池田浩士

石炭の文学史

目次

［海外進出文学］論 第Ⅱ部

IKEDA Hiroshi

池田浩士

石炭の文学史

序章

石炭の一生とその文学表現

1　人びとのこころに生きる石炭

一六八八年初春、松尾芭蕉は故郷の伊賀上野に帰っていた。なんの政治的実権もなかった天皇の暦で言えば、貞享《じょうきょう》五年と呼ばれる年のことである。この年の九月末、元号は元禄と改められた。つまり、それはあの「赤穂浪士」たちの「討入り」の、ちょうど十五年前だったことになる。前年には、徳川五代将軍・綱吉の下で「生類《しょうるい》憐みの令」が発布されていた。

故郷の城下町の郊外を散策した芭蕉は、その光景のひとつに題材をとって一句を詠《よ》んだ――

香に匂へ　うに掘る岡《をか》の梅の花(1)

（1）引用は『芭蕉全集』（〈日本名著全集　江戸文芸之部〉第二巻。一九二九年五月、日本名著全集刊行会）に拠《よ》る。

芭蕉が五十年の生涯につくったほとんど無数といってよい俳句や連歌の九分九厘、いや、わずか数首を除けばすべてがそうであるように、四十四歳の年のこの句もまた、とうてい名作とは言いがたいだろう。——けれども、ここには、疑いもなくひとつの現実が、きわめて凝縮したかたちで、活写されているのである。

小高い丘のほとりで芭蕉は足を止めたのだろう。そこにもまた、二月の花の白いたたずまいがあった。芳香があたりを包んでいるはずだった。だが、そこは、そこだけは、そうではなかったのだ。丘には、人びとの立ち働く姿があった。二月の寒風にさらされながら労働する人びとは、暖をとるために焚火をしていたのだろう。その焚火の煙と悪臭があたりに立ちこめ、梅の花の香りをまったく圧倒していた。そこは、「うに」を掘る岡だったのだ。それが発する悪臭に負けないくらいの香《かぐ》わしい芳香を立ててよ、と芭蕉は梅の花を励ましたのだった。

一般には「たきいし」とか単に「いし」とか称される物質が、伊賀や近江の一部では「うに」と呼ばれた。石炭《いしずみ》のことである。芭蕉が目撃した石炭採掘の現場は、九州の筑豊や三池で石炭に関する記録が本格的に現われはじめる年代と、ほぼ同時代の光景だった。石炭を意識的に題材としている文学表現としては、もっとも初期のものと言えるだろう。俳句としてのいわゆる文学的・芸術的価値からすれば決してすぐれたものとは見なされないかもしれぬこの一句は、しかし、石炭と、それに関わる人間の姿とを、彷彿させずにはいない。おそらく、初期の石炭採掘が多くはそうであったように、その丘に炭層の露頭《ろとう》があったのだろう。石炭の鉱脈の一端が地面に顔をのぞかせている場所である。それと知らずにそこで焚火をして、地面の石が燃えるのに驚愕した——というのが、ほとんどの石炭発見譚に共通する筋道となっている。その露頭から掘り始めて、炭層を次第に地面の底へと掘り下げていく方法、いわゆる「狸掘り《たぬきぼ》」が、初期におけるごく一般的な手法だった。この丘でも、そうだったのかもしれない。いずれにしても、地中で石炭を掘るだけで労働は終わるのではない。掘った石炭は、土中から地上へ運び出さなければならない。石炭に混じった岩石も、やはりそうである。その重労働の合間に、地上の風の寒さに耐えながら人びとは焚火で暖をとったのだろう。もちろん、燃料は石炭である。その煤煙と悪臭が、あたり一面に立ちこめたのだ。

芭蕉の一句が、石炭の一生のうちの最初と最後のそれぞれひとこまを併せ描いていることは、特徴的であると言わねばならない。人間との関係のなかでの石炭の一生は、それを掘る人間の過酷な労働に始まり、人間を悩ます公害の発生に終わるのである。

〈明治〉時代の「狸掘り」採炭風景。工藤光次郎編著『短歌と写真による筑豊炭田史』(No.662)より。なお、書名の後の数字番号は、本書巻末「文献・資料(抄)」の番号に対応している。

そしてもちろん、そのふたつの局面のあいだには、生産地から消費地点にいたるまでの運搬・輸送の諸段階と、それにともなう種々さまざまな人間労働や機械・設備がある。その労働を管理し合理的に組織する方式も必要となる。そればかりではない。それらの過程や資源としての石炭そのものの機能から必然的に発生する関係、国家社会の権力支配構造と不可分の関係がある。『日本書紀』の第二十七、「天命開別天皇《あめみことひらかすわけのすめらみこと》」、すなわち「天智天皇」の巻の第七年、西暦六六八年の項に、つぎのような記述が見られる——

秋七月《ふみづき》に、高麗《こま》、越《こし》の路《みち》より、使《つかひ》を遣《まだ》して調《みつき》進《たてまつ》る。〔……〕又越国《こしのくに》、燃土《もゆるつち》と燃水《もゆるみづ》とを献《たてみつ》る。(2)

(2) 引用は『日本書紀』上(「日本古典文學大系」67。一九六七年三月、岩波書店)に拠る。

この「燃土《もゆるつち》」が、石炭の一種、泥炭《でいたん》であろうとされている。朝鮮半島からの献上品と並んで、北陸地方からの石炭と石油の献上が記録されているわけだが、日本の歴史上、少なくとも神話時代のものではない最古の記録としてここに顔を出している石炭が、すでに古代天皇制権力の威力を誇示するための素材として利用されているのは、後世の石炭が持つことになる歴史と重ねあわせて見るとき、きわめて興味深い。このときから千二百年の歳月が過ぎたのち、石炭は、日本近代の天皇制国家を根底において支える文字通りの原動力となる。しかも、それがそのような原動力となりえたのは、具体的な物質として石炭が果たした役割のゆえばかりではなかったのである。

生産と運輸・交通の、さらには日常生活のさまざまな場面における燃料として、また化学薬品から塗料や道路舗装材にいたる広範な工業製品の原材料として、そして何よりも製鉄製鋼に不可欠の要素として、石炭は国家社会の近代化を担う物質となった。具体的な物質としての比類ないその重要性のゆえに、しかし石炭はまた、人間の意識や感性のなかに、想像力や夢のなかに、深く根を下ろし、人間が現実世界と向きあうさいのプリズムとして、世界観や価値観の一片として、社会的生命を獲得することにもなったのだった。あえてひとつの類比を試みるなら、日本近代の国家社会における「満洲」にも似た位置を、石炭はみずからのものとしたのである。「満洲」が、人びとの意識と感性と想像力のなかで、たんなる地理上の一地域としての客観的な意義を遥かに超える存在となったように、石炭は、ただ単にひとつの鉱物資源としての物質的な価値にとどまらぬ意味を、人間のいわばこころのなかで獲得したのである。

松本清張が一九五三年秋に発表した短篇小説「火の記憶」(3)は、人間のこころにしみついた石炭のひとつの姿を、あざやかに描き出している。

新潮文庫版『或る「小倉日記」伝――傑作短編集(一)』にも収められたこの物語は、結婚しようとしていた頼子が、その相手の戸籍謄本を見た兄によって疑義を出されるところから始まる。頼子の結婚相手、高村泰雄の戸籍面には、母死亡と記され兄弟姉妹のないのはいいとしても、父の名前が、失踪宣告を受けて除籍となっていたのである。

かねて頼子が泰雄から聞いていたところでは、父は商売に失敗して家出したまま行方が知れないということだった。兄が泰雄に直接このことで話をし、納得した結果、結婚は無事に実現した。兄は、泰雄との話の内容については頼子に何も語らなかった。新婚旅行のときに泰雄から話が出るかな、と頼子は考えていたのだが、それもなかった。泰雄がこのことで頼子にくわしく語ったのは、結婚したあと二年も過ぎてからのことだった。

――泰雄の父は三十三歳で行方不明となり、そののち再婚もせずに一人子の泰雄を育てた母は、かれが十一のとき、三十七で死んだ。それから二十年ほどが経《た》つ。五つのときに父が家を出たのだから、泰雄は、自分に父の記憶がないのは無理からぬことだと思っている。ところが、幼い日の遥かな記憶に、ひとりの男の姿が強く残っているのである。小さな自分は母と一緒にいるのだが、しばしばそこにもうひとり、おとなの相手がいるのだ。「今でも憶えている、こういう記憶がある。それはやはり母が僕を連れて夜道を歩いているのだが、その母の横にその男が歩いていた。

(3)「火の記憶」は、雑誌『小説公園』(六興出版)の一九五三年十月号に発表された。引用は初出誌に拠っている。なお、引用文中の/は改行箇所を示す(以下同じ)。

僕は母とならんでいるその男の背中をはっきりと憶えている。」——こう泰雄は頼子に語った。そういうとき母は必ず、今夜のことを人に言うんじゃないよ、とかれに口止めしたのだった。こうして、母と、もうひとりの男と一緒にいたときの記憶が、その秘密の翳《かげ》につつまれたまま、いまでも泰雄のこころにいくつも残っている。

こういう記憶もある。——

> 真暗い闇の空に、火だけがあか〱と燃えているのだ。赫《あか》い火だ。それは燃えさかつている火ではなく、焔はゆるく揺《ゆ》らいで、點々と線を連ねていた。山が燃えているのであろうか。なるほど火は山の稜線のような形を這うように燃えている。／幼い僕は母の手を握つて、息を詰めてこの光景をみていた。この闇の夜に、魔術のように燃えている火の色は、僕に後年まで強く印象に残つて忘れる事が出来なかつた。／ところで、この光景をその場で見ていた者は母と僕だけでない。あの男がいたのだ。母とならんで、彼が立つていたのを覚えている。暗がりの中でこの山の火を三人でみていたのだ。〔振りがな・傍点も原文のまま〕

この火の記憶が、それからずっと、泰雄の脳裡から消えなかった。父ではない男の謎は、この火の記憶にいろどられていた。ずっとのち、成人した泰雄は、あの男が母の愛人であったこと、父の失踪の原因がそこにあったことを知る。いまから三年前、母の十七年忌にふとしたことから母の手函を開いてみて、そこに一枚の古ハガキを見つけた。河田忠一という人物の死亡通知だった。そんなありふれた死亡通知を、母は死ぬまで大切にしまっていたのである。——これが手がかりとなった。

泰雄は、死亡通知の差出人となっている九州N市の男性の所在を探し、ついに、差出人の男性はすでに他界しているがその子息がN市に住んでいることを突き止める。子息からは、河田忠一という人物は亡父の知り合いで、まだ健在の自分の老母が少しは河田氏のことを知っている、という返事が来た。

泰雄は東京からN市に向かった。子供のころ住んでいた本州西端のB市からは、汽車で二時間ほど、筑豊炭田の中心地だった。N市を訪れた泰雄は、河田忠一の知人だったという人の妻、つまり返事をくれた子息の老母に会い、河田がどこか他の土地で長く警察勤めをしていたのを、何か失敗があってこのN市に廻されたらしい、ということを聞いた。胃癌でいよいよ駄目だとわかったとき、これこれの人に出してくれと頼まれた死亡通知のわずかな宛先のなかに、泰雄の母の名前があったこともわかった。それだけしかわからなかったが、東京から汽車で二十五時間のこのN市訪問は、無駄ではなかったのである。

外に出た時は既に陽《ひ》が落ちて蒼茫《そうぼう》と暮れかけていた。老母は気の毒がつて、途中の道まで見送つてくれた。その道には方々の家から七輪に燃える石炭の青白い煙が流れて靄《もや》のように立ちこめ、さすがに炭坑地帯に来たという旅愁を感じた。／N駅から帰りの汽車に乗つた。既に窓外は真暗な夜となつていて、炭坑町の灯が流れて行つた。僕は窓に凭《もた》れて、何だか重い気持に沈んで、ぼんやり外を見ていた。／その時だ、その外の闇の中で、高いところに真赤な火が燃えているのが望まれた。火は山形の直線に點々と焔をあげている——。

この景色こそ夢幻のように幼い頃の記憶の中にしまつたものだ。あゝ、少しも

「火の記憶」初出タイトル・ページより

違わぬではないか、あの火、あの火。母が僕を背負い、あの男が横に立つていて、三人で見た同じ火。／それは炭坑のボタ山に棄てられた炭が自然発火して燃焼している火だつた。あゝ、これだつたのか、と僕は思つた。息が苦しい程だつた。遠い幼い日の追憶が、今、現実となつて目の前にある。／――すると、母は曾つてこゝに来たことがあるのだ。その時、僕を連れていたのだ。何のためか云うまでもない。この土地に流れてきた河田忠一に会いに来たのだ。この火を三人でみた記憶のあの男こそ河田忠一だつた。夢のような僕の幼時の記憶は幻想でも何でもない、やはり事実だつた。

一篇の推理小説でもある「火の記憶」では、このように、炭坑のボタ山の自然発火が謎を解くための決定的な鍵となっている。しかし、この作品を感動的な佳作たらしめるうえで、ボタ山の火は、ただ単に推理小説にとって不可欠な要素たる解明の手がかりとしてだけ、いわば純然たる物質的な要素としてだけ、働いているのではない。作者は、幼いころの泰雄が母とともに住んでいた本州西端の地をB市と表記した。九州の炭坑町はN市となっている。本州西端に近いところに、Bの頭文字で表記される実在の市は存在しなかった。強いて近いものを探せば、防府市があるが、これはホウフであってボウフではない。それにまた、東京からN市まで列車で二十五時間を要した時代に、防府からN市まで二時間で行くことはとうてい不可能だった。B市は、おそらく下関あたりを想定した純然たる仮名《かめい》と考えざるをえない。それとは対照的に、N市は、明らかに直方《のうがた》市である。筑豊炭田の枢要地のひとつ直方は、すでに一九三一年の年頭から市制を布《し》いていた。「町」から「市」への発展は、もちろん石炭産業の繁栄によるものだった。ここを架空の地名にすることは、この作品の現実性《リアリティ》の点からみて、不可能だっただろう。

そればかりではない。直方の地名が筑豊炭田と不可分であったように、夕食の準備の時間に炭坑町を流れる七輪《しちりん》の石炭の臭《にお》いと煙は、そして何よりもボタ山とその自然発火の光景は、炭坑と、石炭と、しっかり結びついて、人びとのこころのなかに生きていたのである。読者とのこのイメージの共有を前提としてはじめて、松本清張の「火の記憶」は、すぐれた文学表現として感動を喚起することができたのである。

そのイメージが、はれやかな明るいものとはほど遠いことは、作品のストーリーそのものによって暗示されている。泰雄がいだいた母への不信を、頼子の兄は、やはり推理によってくつがえす。それは単なる不倫ではなかった。父の失踪の原因は別にあった。河田忠一という男は、逃亡中の犯人が立ち廻ると思われるさきに張り込む刑事だったのだ。かれがB市からN市へ左遷されたのは、かれが犯人を取り逃がしたからではなかったか。そしてかれが犯人を取り逃がしたのは、いつしか泰雄の母、つまり犯人の妻を愛するようになってしまったからではなかったか。――火の記憶は、いずれにせよ、陽のあたる社会の表面ではなく、暗い闇の部分と、つながっていたのである。それは、ボタ山の自然発火の光景だけにとどまらず、炭坑が、さらには石炭そのものが社会のなかで思い描かれるときの、典型的なひとつのイメージでもあったのだ。

2　「叛逆の火」から「一億火の玉」へ

もちろん、炭坑や石炭が喚起するイメージは、もっぱら暗いものばかりだったわけではない。炭坑の営みや石炭という物質が社会生活を根底において支えるものであることは、周知の前提だった。十八世紀半《なか》ばにイギリスで始まったとされる第一次産業革命——蒸気と鉄の産業革命は、石炭を、もっぱら石炭のみを動力源として推進された。そしてこの石炭エネルギーによる産業革命が、二十世紀前半の日本にまで及ぶ歴史の大きな一時代を形成してきたのである。生産も交通も、石炭を原動力としてのみ発展し、未来は石炭によって切り開かれていく。しかも、現在と未来のその原動力は、目に見えない遠い抽象的なエネルギー源ではなかった。日々の暮らしのなかで、手にとって見ることができ、自分のその手で現実に利用することができた。学童たちが小学校の教室のストーブに投げ入れる石炭は、鉄道の駅の構内や近所の町工場の庭や、役場なり公民館なりの裏に積み上げられている石炭であり、列車をひっぱる蒸気機関車の石炭だった。その黒い塊《かたま》りの姿と手ざわりと煙と臭いは、炭坑地帯の住人や炭坑関係者でなくとも、だれもが日常的に実感できるものだった。それが、動力源として燃焼させられるだけでなく、まさに近代化の目に見える一過程にほかならない道路の舗装に使われるコールタールとなり、縁日の夜店を照らすアセチレンガスの灯となり、各種の染料や医薬品や爆薬となり、農薬となり、着色剤となり、自動車のタイヤとなり、スチロール樹脂、ポリエステル繊維、塩化ビニール、ポリウレタン、ナイロン、ビニロンなどの合成樹脂や合成繊維となり、防虫剤のナフタリンとなり、砂糖の代用品としてのサッカリンやズルチンまでもが、石炭から生まれるのだ。

石炭は、生産と社会生活の動力源であり、個人にまで届く日常生活の充実と豊かさをもたらす資源だった。しかもそれは目で見て手で触れることができる身近な物質だった。もしもこのようなものとしての石炭のイメージの前提がなかったとしたら、自分ではまだ炭坑町を訪れたこともなく、ボタ山の火をこの目で見たこともない人びとのなかにまで、「火の記憶」を共有しうる素地が形成されることはなかっただろう。

児童文学作家としてあまりにも著名な小川未明が一九一四年初秋に発表した小説、「石炭の火」は、日本で最初の近代的な製鉄所である官営八幡《やわた》製鉄所が開庁した一八九七年六月からわずか十七年の時点で、人びとのこころに石炭がどのようなものとして思い描かれていたかを暗示する作品である。

「石炭の火」は、一九一四年八月二十六日から九月八日まで、『東京朝日新聞』に連載され、同じ年の十二月に他の三篇と併せて単行本として刊行された。単行本の表題も『石炭の火』である。(4) 大杉榮との交友を契機にして小川未明がアナーキズムに傾いた時期の社会的関心を示す作品とされるこの短篇小説には、表題とは裏腹に、具体的な石炭はひとつも登場しない。語り手である「私」の父が幼いころよく遊びに行った近所の鋳物師《いものし》の店には鞴《ふいご》があって、ときどき主人が手を動かすたびに紅い火花が散り、子供だった父はその火花を見るのが好きであった――という叙述があるが、その燃料が何であったかも一言《ひとこと》も書かれていない。書くまでもなかったのである。この鋳物師が、幼い父の描いた絵を見て、「お前さんは生《うま》れ付《つき》だ。大きくなつたら画家になるがい、」と言った。父はそのとおり画家を志した。ところが、父を可愛がったこの鋳物師が、あるとき、幼い父を背中におぶって遊んでやっているうちに、まっさかさまに落としてしまったのである。気絶した父は蘇生したが、そのときから、成人してのちまで、しばしば激しい頭痛と神経の障害に苦しむことになっ

(4)『石炭の火』(一九一四年十二月、千章館)。引用はこの初版本に拠る。

たのだった。

　物語は、父の死後にその一人きりの子である「私」が父の生涯について語る、という形式をとっている。父の不幸な生涯は、鋳物師に落とされたのがもとで頭痛に苦しまなければならなかったことも、もちろんその原因だっただろう。しかし、この障害が決定的な苦しみとなって父を破滅に追いやったのは、父の特異な画風をまったく理解できなかった世間の冷たい仕打ちである——というのが、「私」が父の哀しい一生をふりかえっていだく感慨だった。画壇で好まれ流行するものとはあまりにも懸け離れた作風のゆえに、父の描く絵はまったく理解されず、評価されなかった。しかし父は、流行に妥協して好まれる絵を描くことはすまいとした。あくまでも自分の絵を追求しつづけようとした。「其の間《あいだ》に子供——私——が産れて、生活は益々苦しくなつた。彼は何でも金を取るために非芸術的なことにも筆を採《と》らなければならなくなつたけれども、彼の胸の裡《うち》には常に石炭の火よりも強い火が燃えてゐた。どうかして、世を征服するやうな作を描きたいと思つた。」

　この意地が、逆に父の画風を歪ませることになった、と「私」は述懐する。いずれにせよ、世間の無理解はかれを絶望のほうに向けて追い立てた。画家になれ、と励ましてくれた鋳物師の追憶も、いまではもはや励ましではなかった。かれはただ無力感にとらわれてしか、幼いころを想い起こすことができなかった。遊びなれた街道の景色や、海のほうの青い空から吹いてきて、短い着物の裾をはたはたと煽る風——「かう思ふと胸の底に冷たく消えかゝつた石炭の火が、この風に吹かれて燃え付いたやうに彼は眼を見張つて四辺《あたり》を見廻した。けれどももう二度《ふたたび》あの当時のやうな素直な涙もろい自分にはなれなかつた。」——「己《おれ》の胸の中に燃えてゐる石炭も尽きたらしい」と父は言い、まもなく一丁の剃刀《かみそり》でみずから生命を絶ったのだった。

　世間に真価を認められぬまま身を滅ぼしていくこの芸術家の生涯にとって、石炭の火は、ただ単に激しい意欲や烈々たる創造力の象徴としてかれの胸中に燃えているばかりではない。それは何よりも、既存の価値観や世間の秩序にたいする叛逆の火なのである。自分自身の胸の裡《うち》の石炭の火が次第に弱まっていくのを感じた父は、あるとき、窓から町の景色を見やりながら、「偉い者になつてくれよ。この社会と戦つて、己《おれ》の仇《かたき》を討つてくれいよ」と言って、「私」を抱き上げる。かれの眼のなかには涙が光っていた。この場面を回想し、胸のなかに燃えている石炭も尽きたらしいと嘆く父を想起するとき、語り手である「私」は、父への深い同情と悲しみにもかかわらず、「私は何となく自分の胸の中にはこれから燃やす石炭が沢山《たくさん》にあるやうな気持がした」と、しずかな決意を語るのである。父は既成の現実によって圧殺された。けれども、「私」は、石炭の火をさらに激しく燃やしつづけるだろう。父の仇を討って、父と同じように無念の思いで死んでいった人間たちの仇を討って、かならずこの現実をくつがえすだろう――。

　小川未明の「石炭の火」は、運動としてのプロレタリア文学が一九二一年二月の『種蒔く人』創刊とともに始まるとするなら、それに先立つこと六年余の時点で発表された。挫折した芸術家という人物設定も、感情的な悲哀の吐露という次元を本質的には超えていない現実批判も、この作品を、のちのプロレタリア文学によりは、むしろ十九世紀ヨーロッパの市民的リアリズムの文学に、いっそう近いものとしている。けれども、現実にたいする人物たちの主体的な肉薄のエネルギーが石炭の火によって象徴されていることのなかには、第一次世界大戦勃発の当時の日本社会で石炭がどのようなものとして思い描かれていたかが、投影されているのである。

日本近代における最初の、そしておそらくは同時にまた最後の総合的な文化運動だったプロレタリア文化運動にとって、石炭は、もはや、人間の胸のなかに燃える象徴的な叛逆の火にとどまるものではなかった。プロレタリア文化運動、とりわけその一翼を言語表現によって担うプロレタリア文学にとって、石炭は、もっと具体的な、形と色と重さと手ざわりとをもった物質だった。まず、そのような物質として、石炭は、人間の労働と具体的に結びついていた。「石炭の火」の父と子が胸に燃やす火となるまでに、プロレタリア文学は、炭坑で、運搬経路のあらゆる局面で、消費され加工される工場で、人間の労働との関係において石炭と向きあわねばならなかった。

一九二六年十一月に刊行された葉山嘉樹の長篇小説、『海に生くる人々』[5]が、初期のプロレタリア文学を代表する一作品であることは、よく知られている。作者が「治安警察法」違反で名古屋刑務所に入獄していたとき獄中で完成したこの小説は、作者自身が一時期そうだった貨物船の乗組員たち、すなわち下級船員というプロレタリアのひとつのありかたを、室浜航路、つまり北海道の室蘭と横浜港とを結ぶ航路の貨物船を舞台にして、描いているのである。――室蘭と横浜を貨物船の航路が結んでいたのは、京浜工業地帯へ北海道の石炭を運ぶためだった。日本最大の工業地帯だった阪神地域へは、山口県の宇部炭田と、九州の筑豊、三池、唐津などから石炭が供給された。京浜地域へは、主として北海道と常磐炭田の石炭が運ばれた。近距離の運搬は別として、石炭は、国内の輸送であっても、炭田地帯に近接する港から、近海航路や内海航路によって船舶で運ばれたのである。

（5）葉山嘉樹『海に生くる人々』（一九二六年十一月、改造社）。岩波文庫その他にも収められている。

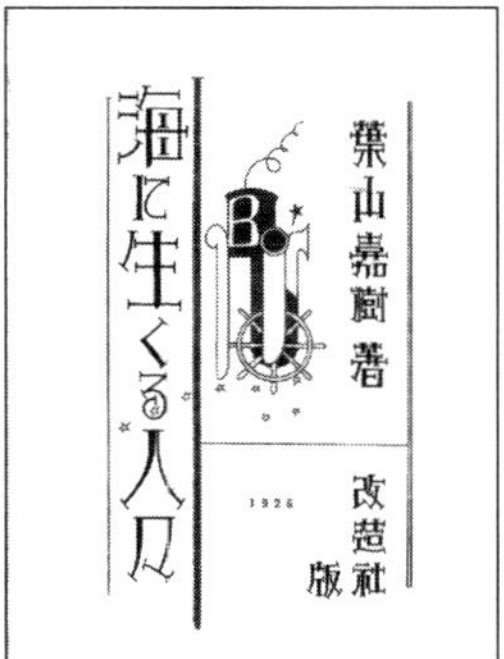

『海に生くる人々』扉

したがってまた、陸から海へ、そしてまた海から陸への石炭の積み込みや積み下ろし、つまり石炭荷役《にやく》の労働が、当然のことながら必要となる。『海に生くる人々』では、高級船員たちの横暴に抗議し、労働条件の改善を要求して下級船員たちのストライキが起こされるが、プロレタリア文学運動ときわめて近い位置で石炭荷役の沖仲仕として働き、沖仲仕の労働組合を結成した玉井勝則――のちの作家・火野葦平――は、一九三一年八月、「満洲事変」開始直前に、筑豊の石炭の積み出し港である洞海湾の石炭仲仕たちのストライキを組織することになる。(6) 世間によって圧殺された画家の父とその子との胸に燃えていた石炭の火は、ついに、国家社会を揺るがす労働争議となって燃え上がったのだ。

石炭運搬の一過程における虚構と現実のこれら二つのストライキよりすでに前に、筑豊の石炭の最大の消費者である八幡製鉄所で、歴史にのこる大罷業が決行されていた。一九二〇年早春のことである。日本で最初のこの官営製鉄所は、もともと、筑豊炭田という国内最大の産炭地を至近距離にひかえているという立地条件のゆえに、北九州の八幡村に建設されたものだった。日清戦争での勝利から二年ののちに操業を開始したこの製鉄所は、数年後の日露戦争を可能とし、さらにその後あいつぐ対外戦争のいわば産屋《うぶや》となった。ここで生産される鉄が、財閥資本の重工業によってあらゆる兵器や艦船や戦車や車輌に加工された。製鉄に使う石炭も、軍需工場の燃料となる石炭も、財閥資本が経営する炭鉱から、やはりこれら財閥資本が大きなシェアを占める船舶会社の輸送船で、これらの財閥によって系列化された荷役システムを介して、運搬された。

「熔鉱爐の火は消えたり！」のキャッチフレーズで歴史にその不滅の記録をとどめ

(6) これについては、拙著『火野葦平論――〔海外進出文学〕論・第一部』(二〇〇〇年十二月、インパクト出版会)を参照されたい。

る八幡製鉄所のストライキは、それから三分の一世紀ものちの一九五〇年代半ばにこの製鉄所に職工として入社した佐木隆三の長篇第一作、『大罷業』（一九六一）[7]によっても、第二次大戦後の視線で感動的に形象化されている。だが、この争議が、その後の労働者運動に大きな励ましを与え、戦後の佐木隆三にあらためてそれを題材とした作品を書かせるほどに伝説的なものとなったのは、やはり、労働組合運動の組織者としてこれを指導した当事者、浅原健三のルポルタージュ『鎔鉱爐の火は消えたり』（一九三〇）[8]があったからだろう。さらに言うなら、これの表題となったキャッチフレーズがあったからだろう。

鉄鉱石から鉄（銑鉄）をつくるには、石炭が不可欠である。石炭を乾溜してできるコークス（骸炭）を石灰石および鉄鉱石とともに熔鉱炉に入れて高温の熱風を送り込むと、コークスが一酸化炭素（CO）と窒素の混合ガスとなる。それが炉内の鉱石中の酸化鉄（Fe_2O_3）に作用し、還元作用で鉄（Fe）と炭酸ガス（二酸化炭素CO_2）が生じるのである。この還元作用は摂氏三〇〇度から八〇〇度で起こるのだが、高温の熱風を得るための燃料には石油を用いる現在でも、鉱石中の酸化鉄を鉄に還元するためには、石炭（コークス）を使わなければならない。ところが、この工程を行なうための熔鉱炉は、周知のとおり、必要なときだけ高温にすればよい、というわけには行かず、四六時中その火を消すことができないのである。ひとたび火が消えれば、炉中の鉄成分が凝固してしまい、炉そのものを破壊して撤去するしか道がなくなるからだ。八幡製鉄所の大罷業は、その火を消した。生産の担い手たる労働者が、みずからの生産労働の所産を、ひいてはまた生産労働そのものの意味を、否定することによってしか労働者としての存在を確証しえない——という問題、既存の現実と

(7) 佐木隆三『大罷業』は、一九六一年十一月、北九州八幡市で発行されていたタイプ印書・謄写版刷りの雑誌『日曜作家』別冊1に発表され、十五年後の一九七六年七月に田畑書店から単行本として刊行された。

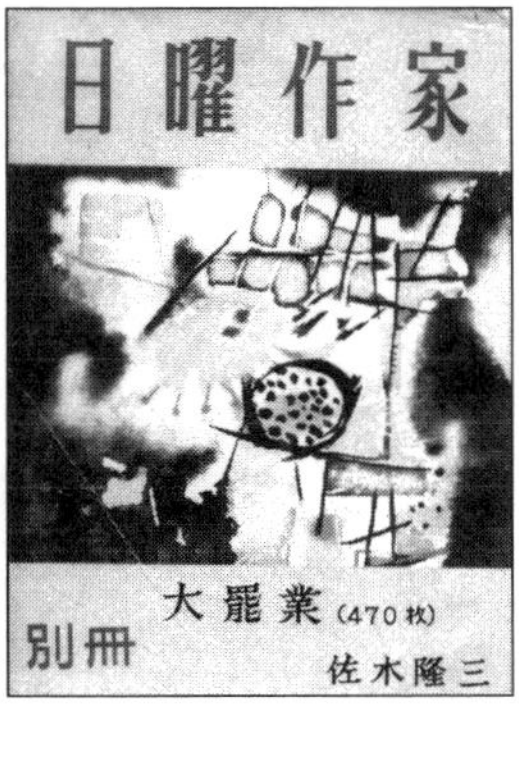

(8) 浅原健三『鎔鉱爐の火は消えたり』（一九三〇年二月、新建社）。

のたたかいが窮極的には直面せざるをえないこの問題を、八幡製鉄所の大罷業は避けて通ることができなかったのである。

石炭は、熔鉱炉での燃焼の局面においてのみならず、採掘の局面においてもすでに、労働の放棄によってしか労働者としての人間的価値をたたかいとることができない状況と不可分にかかわっている。プロレタリア文学における炭鉱労働者は、一斤《きん》でも多くの石炭を掘り出して労働者としての充実感を味わう人間であると同時に、自分の持ち場を放棄することによってしか資本の苛酷さや管理職の横暴に抵抗できない人間でもある。それゆえに、炭坑夫たちを労働に縛りつけ、できるかぎり効率よく働かせるための労務管理が、ここでもまた大きな意味をもつことになる。その意味は、石炭という資源が国家社会にとって占める位置の重さゆえに、他のどの労働現場におけるよりも、いっそう大きくならざるをえない。近代における石炭の歴史は、まさに、労務管理をめぐる労働者と石炭資本との、ひいてはまた労働者と国家との、相克の歴史でもあった。

みずからも筑豊の炭坑夫だったプロレタリア作家、橋本英吉の一連の炭坑小説は、一九二〇年代後半から「大東亜戦争」期にいたる日本の国家社会でくりひろげられたこの相克を、身をもって体現している。

『文藝戦線』の一九二七年七月号に「嫁仕度」を、『戦旗』二八年一月号に「棺と赤旗」を書いて、いずれもプロレタリア文学運動の機関誌だったこれらの雑誌を舞台に、坑夫としての体験を作品化していた橋本英吉は、三五年六月、最初の長篇小説『炭坑』を、運動と密接な関係を持っていたナウカ社から刊行した。そのとき、プロレタリア文学運動の組織、「日本プロレタリア作家同盟」（ナルプ）は、すでに存在しな

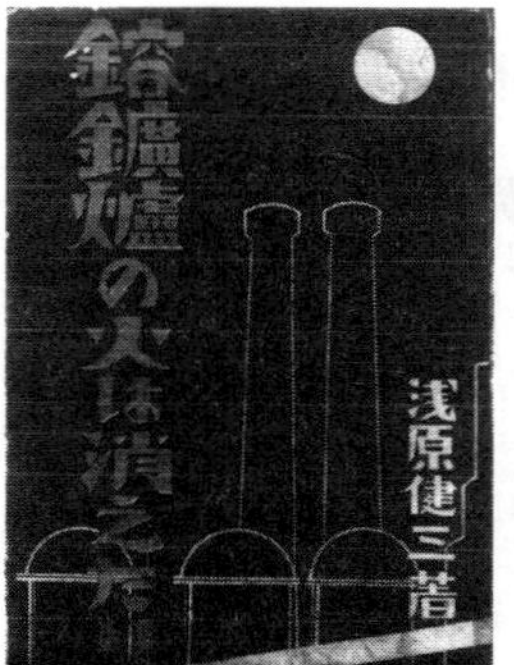

『鎔鉱爐の火は消えたり』表紙

かった。三一年九月に始まる「満洲事変」以後の弾圧の激化と組織内部の対立の結果、三四年二月に「解体」を宣言して崩壊していたのだった。小説『炭坑』は、いわば、敗北したプロレタリア文学の退却戦を担っていたのである。しかし、炭坑の現実を、二つの炭坑のいくつかの炭坑夫の家族と、かれらの仲間の坑夫たち、つまり労働者の側と、大資本によって圧しつぶされていくある小規模炭坑主の息子の側とから描くこの未完の長篇は、その構想の大きさによって、そしてとりわけ炭坑の坑内労働や坑夫たちの日常生活の具体的な描写によって、プロレタリア文学のひとつのすぐれた成果として、いまなお評価に耐えるものでありつづけている。

その橋本英吉が、四年後の一九三九年四月に長篇第二作、『坑道』をやはり書き下ろしで発表したとき、この作品は、春陽堂書店の「生活文学選集」シリーズのなかの一冊として出版されたのだった。「支那事変」第三年目の三九年一月から全十巻の予定で刊行を開始したこの叢書は、漁業・農業から工場・鉱山にいたる社会のあらゆる産業の現場を主題とする諸作家の書き下ろし長篇小説によって構成されており、第五巻である『坑道』は「炭坑生活小説」と銘打たれていた。第八巻としては、大鹿卓の「鉱山生活小説」たる『金山』が収められている。全十巻の諸作品の作者のすべてが、転向を余儀なくされた旧プロレタリア文学作家、ないしはそれにきわめて近い人びとだった。

つまり、『坑道』は、事変の長期化と、やがては対米英戦が予想される状況のなかで、産業の振興と生産の増進に資するような作品を書くことが文学表現の課題とされた時代の所産だったのだ。しかも文学表現のこの課題ともっとも熱心に取り組んだのが、転向作家たちだったのである。橋本英吉がみずからの炭鉱労働者としての体験にもとづいて作品化した炭坑の現実は、戦争遂行に不可欠な石炭という素材そのもののの社会的位置によって、国策が求める産業文学のもっとも重要な部署を、かれの文学表現に与えずにはいなかったのだ。

炭坑を主題とするかれの長篇第三作、『筑豊炭田』（四三年八月、今日の問題社）は、刊行年月からも明らかなとおり、「大東亜戦争」と呼ばれた戦争のための翼賛体制の下での所産だった。「長篇歴史小説」と銘打たれたこの国策文学作品の舞台であり主人公でもある筑豊の炭田地帯は、「大東亜共栄圏」を実現する戦いの動力源の生産地としてのみ、その歴史的意義を持ちえたのである。

『炭坑』から『坑道』を経て『筑豊炭田』に至る橋本英吉の作品の歩みは、プロレタリア文学作家から国策文学作家への作家自身の道を示しているばかりではない。それはまた、炭坑という労働現場とそこでの労働が、そして何よりもまず石炭という資源そのものが、わずか十年足らずの年月のうちにたどらねばならなかった道をも、物語っている。そしてそれは、かつて小川未明の芸術家父子の胸のうちに燃えていた叛逆の火、『炭坑』の労働者たちによってまだ共有されていたその石炭の火が、侵略戦争の主体としての「国民」の胸に燃える熱い火――「すすめ一億火の玉だ！」という有名な戦意昂揚スローガンに謳《うた》われる火の玉となっていく道すじでもあった。そしてまたそれは、労働と創造と叛逆の火としての石炭が、国家社会を挙げての労務管理システムによって、戦争と侵略のエネルギーとして灼熱していく過程でもあったのだった。

3　石炭は社会の歴史的現実を照らし出す

人間と接する局面だけに限定しても、石炭がたどる一生は、そのあらゆる段階で人間社会のありかたを照らし出している。

石炭の火によって照らし出される人間社会のありかたは、まず、石炭と関わる労働にたいする抜きがたい差別感情として浮かび上がってくる――

七つ八つからカンテラさげて
坑内下《さ》がるも親の罰《バチ》　ゴットン

「ゴットン節《ぶし》」と呼ばれるこの歌は、炭坑の坑内で石炭を運ぶトロッコの車輪が軌条《レール》の継ぎ目で立てる音を、合いの手として歌われる。つまり労働の現場で生まれ口ずさまれた仕事歌なのである。けれども、炭坑夫や炭坑婦みずからによって歌われたこの歌の文句は、かれら自身にたいする世間の目を、如実に表現している。

急激な近代化を推し進める日本の十九世紀末から二十世紀のほぼ二〇年代末までの時代、炭坑労働は家族ぐるみでこれに従事する男女の坑夫たちによって担われていた。坑内で産まれた子供もあったくらい、子供たちもまた炭坑とのつながりのなかでしか生きることができなかった。父が先山《さきやま》として石炭を掘り、母が後山《あとやま》としてそれを搬出するとき、子供もまた、父母と一緒に坑内に下《さ》がることが決して珍しくはなかった。少しでも労働の手助けができれば、出来高賃金の炭坑労働において子供もまた貴重な働き手だった。仕事の役に立たない幼な子でさえ、授乳の時間には坑内で母から乳をもらわなければならない乳呑み児の弟妹たちを世話する役目があった。問題は、こうして七つ八つどころか四つ五つからカンテラを提《さ》げて坑内に入らねばならなかった坑夫一家の子供たちを、世間は、そしてあるいは坑夫たち自身もが、親の因果が子に報いている例として、見ていたということなのである。

炭坑夫は、地方によってさまざまな異名で呼ばれたが、九州では広く「下罪人《げざいにん》」という呼び名が流布していた。これは必ずしも、初期の炭坑労働に懲役囚が使役されたことに由来するわけではない。江戸時代末期に始まる日本の石炭産業の歴史のごく初期のころから、炭坑夫にたいする深い侮蔑と嫌悪が存在したのである。資本主義社会においては、社会の根幹を支える労働であればあるほど蔑視される――という通例に違わず、炭坑夫および鉱山労働者全般にたいするこの差別は、炭坑での労働だけにとどまらず、石炭の一生のすべての過程のひとこまひとこまに、深くしみわたっていた。

筑豊で採掘された石炭を遠賀川《おんががわ》の流れに乗って港まで運ぶ川舟の船頭は、「川筋者《かわすじもの》」と呼ばれて蔑視され、また恐怖された。川舟で運ばれてきた石炭を親船に積み込んで工業地帯へと送り出す石炭仲仕《なかし》たちは、「ゴンゾウ」の蔑称で呼ばれ、「沖のゴンゾが人間ならば　蝶々トンボも鳥のうち」とあざけり歌われた。あるいはまた、「きょうはゴンゾが人間と喧嘩しよったばい」という言いかたさえあったという。

この差別を維持し、助長することは、しかし、資本と国家の側に有利な労使関係を確保するうえで不可欠だった。そのために、これまた石炭の一生の諸段階に特徴的な労務管理のシステムが形成された。炭坑における「納屋《なや》制度」がそれであり、そこでは「納屋頭《なやがしら》」と呼ばれる末端管理者と坑夫たちとの間に、親分と子分という関係が結ばれた。過酷な労働と抑圧支配から坑夫たちが逃がれるのを防ぐために、

遠賀川と川艜（かわひらた＝石炭運搬舟）とボタ山―玉井政雄『私の筑穂物語』（No.425）より

逃亡者や不服従者にたいする見せしめの凄惨なリンチが行なわれ、現金のかわりに、その炭坑の購買部でしか利用できない金券（地域マネー！）が賃銀として支払われることも、ごく普通だった。炭坑におけるこのような抑圧的な労務管理は、港湾における荷役《にやく》の段階でも生きていた。石炭仲仕と称される荷役労働者たちは、「小頭《こがしら》」という名の親分、荷役請負《うけお》いと人夫出しを業とする親方の下で、その子方として、子分として忠誠を誓いながら使役された。そしてもちろん、親方たちは、炭鉱資本そのものでもある石炭輸送企業にたいしては、子分の位置に置かれていたのである。そしてまたもちろん、この親分と子分の関係は、ほとんどの場合、「任侠の徒」をもって自任するヤクザ・暴力団の組織と無関係ではなかったのである。国粋主義者、天皇主義右翼、はては「国士」を自称する顔役や団体が、とりわけ九州の産炭地域においては、石炭の利権にまといつく寄生虫でもあった。

　石炭が日本の国家社会に占める位置は、こうした労働をめぐるシステムを、日本列島の内部、いわゆる「内地」だけにとどめておかなかった。植民地や権益地、さらには戦争による占領地域など、いわゆる「外地」にも、石炭とかかわる労働と管理のシステムが、そしてもちろん、このシステムの特殊性にともなう意識や感性の領域での現象が、移出された。そして逆に、それらの「外地」から「内地」へと移入される人間たちがまた、石炭と関わる日本人労働者と同じように、いやいっそう凝縮されたかたちで、「内地」のシステムに強制的に組み込まれることになった。

　日露戦争の戦果のひとつとして大日本帝国がロシア帝国から獲得した「満洲」の石炭採掘権は、日本内地で形成されてきた石炭労働のシステムを踏襲しただけでなく、たとえば、撫順《ぶじゅん》炭礦の「華人苦力《クーリー》」を管理する独自の方式として、指紋押捺による個人の特定という新しい制度を生み出した。「不良苦力」、すなわち札つきの反抗的労働者や逃亡常習者を識別するために案出されたこの方式は、周知のとおり、敗戦後の日本にまで残る外国人登録法上の指紋押捺として、きわめて長期にわたり日本在住の非日本国籍者を陵辱し苦しめつづけることになる。

同じく撫順炭礦では、日本による中国本土への侵略戦争の戦火に追われて「満洲国」に流れてきた「山東苦力《さんとうクーリー》」たちが、もっとも安価な労働力として使い捨てられた。かれらのあいだでは、撫順のうちで最も古い鉱区のひとつである千金寨《せんきんさい》で働くことになった労働者たちの、つぎのような歌が歌いつがれた――

来到千金寨　千金寨にやってきて
就把行李売　すぐさま行李《こうり》を売りはらう
新的換旧的　新品を古着と交換し
旧的換麻袋　古着は麻袋《マーダイ》に換える
要想吃上飯　めしを食おうと思うなら
就得拿命換　つまりは生命《いのち》と引きかえさ
搭命还不算　生命だけではまだ足りぬ
屍体都不見　死んだ体も行方知れず

（元・満鉄撫順炭礦坑夫、呂新科氏による。
一九七八年七月採録。採録と日本語訳は池田）

「麻袋《マーダイ》」とは、かつて日本で「南京袋《なんきんぶくろ》」と蔑称された大きな麻布の袋である。もともと大豆などの穀物を入れるためのものだが、古着を売ってしまったあとは、これに首と両手を出す穴をあけてかぶり、たった一枚の衣服とするしかなかったのである。炭鉱労働は「苦力」たちを豊かにするどころか、かれらをますます貧しくし、ついには生命も遺骸さえも奪ったのだった。傀儡国家・満洲だけではなかった。平壌炭鉱をはじめとする朝鮮の炭坑も、全島に豊富な石炭を蔵した台湾と南樺太のあらゆる炭坑も、現地の人びとや他の植民地から送られた人びとの労役によって、大日本帝国の海外進出を根底において支えることになった。そして他方、これらの植民地や、中国の占領地域から「内地」に強制連行された人びとは、日本人炭鉱労働者にすら想像もできないほどの苛烈な労役に酷使された。これは、石炭荷役の現場においても、変わりなかった。

　これら強制連行された朝鮮人炭鉱労働者の生涯を虚構《フィクション》として描いた作品のひとつに、一九九二年四月に新潮社から刊行され新潮文庫にも収められた長篇小説、『三たびの海峡』がある。帚木蓬生《ははきぎほうせい》のこの力作は、一九九五年に、神山征二郎監督、三国連太郎、南野陽子、永島敏行らの出演で映画化もされた。この作品が、すでに日本の炭坑のほとんどが閉山されたのちの一九九二年になってなお刊行されたことに、注目せざるをえないだろう。石炭の一生は、燃焼なり乾溜による化学成分への変身なりによって終わるのではない。石炭を原料あるいは不可欠の要素として造られた製品が消滅することによって終わるのでさえない。石炭と関わらざるをえなかった人間が生きつづけ、その人間を構成要因として形成された国家社会の歴史が残るかぎり、石炭は生きつづける。とりわけ、小説や詩や戯曲や、さらには映画の脚本から流行歌、労働歌の歌詞にいたるまでの、広義の文学表現のなかに、それは生きつ

中国吉林省舒蘭炭坑にて（一九九五年八月。著者撮影）

づけざるをえない。これらの文学表現は、全国の炭坑がついに姿を消し、燃料としても生産原料としても石炭が日常生活のなかから消え去ったのちも、たとえば野宿者と呼ばれホームレスと称される人びとのなかに、かつての炭鉱労働者や荷役労働者を再発見するだろう。日本の植民地支配は悪のみを為したのではない、開発と近代化に資するところがあったのだ——という歴史観が決して見ようとしない植民地支配の歴史的現実を、それらの文学表現は、石炭と人間との関わりを再発見することによって明らかにするだろう。

日本の敗戦も遠くない一九四五年四月、植民地や占領地以外のいわゆる内地には、四〇万六四八九人の炭鉱労働者がいた。そのうちの一三万三六四四人、三二・九%が朝鮮人だった。敗戦直前の四五年六月現在では、北海道の炭鉱に働く労働者一〇万二二三六人のうち、三七・五%が朝鮮人、そして四・三%がやはり強制的に連行されてきた中国人だった。朝鮮人のうちでは、坑外夫に比べて危険度がきわめて高い坑内夫が占める比率は、八三・七%に上っていた。九州全域でも、一九四四年末の時点で全坑内夫のうち朝鮮人の比率は五三・二%だった。朝鮮半島から強制連行されてきた人びとの数は七二万五〇〇〇名以上に上るとされているが、そのうちの三四万二〇〇〇人以上が、内地の炭鉱での強制労働に従事させられた。強制連行朝鮮人総数の四七%である。(9)

日本の戦中のみならず戦後も、この現実から出発したのだった。それは、いわゆる戦後復興の途上でまたもや主要な動力源となった石炭と関わる労働の場を、旧植民地の人びとが担った、という事実だけを指摘すればすむ現実ではない。たとえば、戦後復興期に全国津々浦々を席捲した歌の代表的なものは「炭坑節」——「月が出

(9) 日本石炭鑛業聯盟・日本石炭鑛業会共編『昭和二十二年版　石炭労働年鑑』（一九四七年十二月、日本石炭鑛業聯盟）、『筑豊石炭礦業史年表』（一九七三年十一月、西日本文化協会）、および矢野牧夫・丹治輝一・桑原真人『石炭の語る日本の近代』改訂新版〈そしえて文庫〉22。第二刷＝一九八七年六月、そしえて）を参照。

た出た、月が出た、うちの炭坑《おやま》の上に出た」――だった。すでに古くからあった「サノヨイヨイ節《ぶし》」のひとつであるこの歌は、またもや象徴的に一時代の石炭の社会的役割を歌うことになったのである。だが、戦後をなお日本で生きなければならなかった朝鮮人炭鉱労働者にとって「うちの炭坑」とは何だったのか、ひいてはまた、「炭坑節」はこの人びとにとってどのような響きをもったのか、という問いを後世がもしも忘れるとしたら、社会と歴史の現実はついに姿を現わすことがないだろう。

日本の敗戦の直後、一九四五年八月下旬から十月中旬までの七週間余りのあいだに、北海道各地の炭坑で相次いで朝鮮人と中国人の労働者による「暴動」が起こった。戦中の奴隷労働にたいする怒りの爆発だったこの蜂起は、北海道地方鉱山局の調査によれば、北海道の十六炭坑に及び、暴動参加者は一万一一二七人に上った。そのうちの七七六六人は朝鮮人、三三六一人は中国人だった。(10) 北海道でまず起こった中国人と朝鮮人のこの炭坑暴動が、日本人坑夫たちを捲き込み、九州の炭坑にも飛び火して、敗戦後の労働争議の狼煙《のろし》となったのである。戦後の叛乱が、これまで近代化の全過程を通じてもっとも抑圧されてきた炭鉱労働者によって、まず起こされた――ということにもまして、この叛乱の主体が、炭鉱労働者のうちでももっとも差別され酷使された人びとだったことに、目を閉ざすわけにはいかないだろう。「下罪人」であり「親のバチ」をつぐなう存在であった炭鉱労働者が、やがて戦後日本の労働者運動の支柱としての役割を果たすことになるのは、戦後史の否定すべくもない事実だった。そして、炭鉱労働者の組織化が他の基幹産業のどこよりも早く途につくことになったのは、北海道におけるこの敗戦直後の炭坑暴動が日本人の炭鉱労働者に及ぼした衝撃のゆえだったのである。

(10)『石炭の語る日本の近代』(註9)を参照。

第Ⅰ章

坑夫という最底辺

——先行するイメージ

1 「華やかな死刑派」と宮嶋資夫

天台宗延暦寺派の高僧だった小説家・今東光《こんとうこう》の晩年の作品に、「華やかな死刑派」(1)という中篇小説がある。関東大震災の前年から始まって、物語の登場人物たちが四散していくまでの数年間を、回顧譚ふうに描いている。

「要慎《ようじん》したほうが好いぜ」と、仲間のひとりが声を潜《ひそ》めて囁《ささや》いたところから、小説は始まる。「宮嶋資夫《すけお》がお前《ま》はんを殺すんだって、短刀《どす》を持って南天堂で頑張ってるそうだよ」というのである。——南天堂は、白山上《はくさんうえ》にあった。本郷方面からでも、団子坂《だんござか》を上がっても、駒込町からでも、とにかく白山上に出ればよい。正規の町名の槇《まき》町とは誰も呼ばず、白山上と言っていた。そこにある銭湯も、「まき町湯」という看板を出しているのに、塩ノ湯で通っていた。「その塩湯に行く路地側に、南天堂の二階に上る階段があった。一階は書店で、いつも沢山の若い者が本を漁《あさ》っていた。

(1) 今東光「華やかな死刑派」は、『小説新潮』一九七二年五月号に発表されたのち、同名の小説集(一九七二年十一月、新潮社)に収められた。引用は後者に拠っている。

二階がレストラン兼喫茶で「レバノン」という店だった。三階は南天堂の一家族の住いになっている。実際は南天堂の隣の薬屋でコーヒーを飲ませたが、此の家のコーヒーは本郷三丁目の青木堂に負けないくらい旨《うま》かった。従って真面目《（まとも）》な人はおいしいコーヒーを飲みに薬屋の方に行ったが、腹に一物《いちもつ》ある奴《やつ》はわざわざ「レバノン」に行くのだ。」（引用文中の振りがなのうち（　）でくくったものは、原文にはなく引用者が付した振りがなであることを示す。以下同じ。）

小説「華やかな死刑派」の主人公たちは、この南天堂二階に出入りした一九二〇年代前半のアナーキストたちである。作品の題名そのものが、かれらのなかで中心的存在だったひとり、萩原恭次郎《はぎわらきょうじろう》の詩集『死刑宣告』(2)に由来している。南天堂に行くようになってこのグループと親しくなった語り手の「僕」は、その萩原恭次郎と童話作家の大木雄二とが決闘することになって、大木の介添人を頼まれる。「僕」自身は、三十二口径のコルト拳銃を持っていて、相手方が武器にピストルを選ぶならこれを大木に貸そうと思っている。ところが、決闘を申し込まれた側が武器を選ぶという慣例に従って萩原恭次郎が指定してきたのは、なんと、錐《きり》だったのである。その時代から四分の三世紀を経てのち、詩人の寺島珠雄が「南天堂時代」と呼んだ(3)時代の一端を、もちろんごく限られた視点からであるにせよ、この小説はよく浮かび上がらせている。

作者自身と重ね合わされている語り手の「僕」が初めて南天堂に足を踏み入れたのは、自分を殺すと息巻いている宮嶋資夫を、返り討ちにするためだった。ところが、「僕」はこの相手に一度も会ったこともなければ、それほど憎まれる心当りもないのだ。

（2）萩原恭次郎『死刑宣告』（一九二五年十月、長隆舎書店）。一九七〇年代末から八〇年代初めにかけて、日本近代文学館からの復刻版が版を重ねた。また、『萩原恭次郎全詩集』（一九六八年七月、思潮社）にも収められている。なお、大木雄二（一八九五〜一九六三）は童話作家・歌人。アナーキストとして出発したかれも、のちの大東亜戦争期には『ヒットラー』、『ムッソリーニ』（ともに一九四二年、金の星社）というような児童読物を書くことになる。

（3）寺島珠雄『南天堂——松岡虎王麿の大正・昭和』（一九九九年九月、皓星社）。なお、「南天堂」は、二〇一一年現在もなお書店として白山上のバス通りに存在している。ただし、二階の喫茶室はもはやない。

宮嶋資夫というプロレタリア作家は、炭坑夫上りということを鼻にかけ、自慢の腕力で可成り暴行を働いて文壇では鼻つまみだという噂《うわさ》は聞いていた。殊《こと》に酒が入ったが最後、一種の酒乱の状態で、誰彼の見さかいなしに殴りかかるそうで、揚句の果てには短刀を振り廻すという甚《はなは》だ物騒な人間像が、まことしやかに僕らの耳にも入っていたので、あるいは本当に何か僕のことを含むことがあって、殺意を抱いているのかもしれないと思った。／「おい。南天堂へ行ってみようじゃねえか」／「えっ。行くかい」／「行かなくちゃ真相は摑《つか》めねえぜ」

このときは、とうとう宮嶋資夫は現われなかった。のちに、宮嶋資夫も「僕」自身も出家して、それから何度か会う機会があったはずなのに、なぜか一度も席を同じくしないまま長い年月が経ち、結局「僕」は、ついに一ヵ寺の住職にもならず永遠の雲水として生涯を終えた宮嶋の死を聞くことになる。小説には書かれていないが、宮嶋資夫が六十五歳で死んだのは一九五一年二月のことで、そのとき作者・今東光自身は満五十三歳になろうとしていた。「僕は宮嶋資夫という人の出生地も知らないし、彼の閲歴についても何も知らない。しかしながら、自ら炭坑夫上りと称する本当のプロレタリア階級から出た作家は、大いに珍重したい気持があった。というのは、自分達の知らない社会を血と汗で描くことが出来るということは、希有《けう》な存在でなければならない。ところが一作を発表して好評を博すると、直ぐ増上慢になって自分の一番悪い性癖を露骨に出しはじめたのだ。それは何だというと、／「ダイナマイト。ドンだぞ」／と殴って快をむさぼるのだ。」――これでは議論のしようがないから、仲間からも批評家からも黙殺された。これに抵抗してますます荒狂った。

『華やかな死刑派』カバー

致命的なことは、仲間たるべきアナーキストにまで横を向かれたことで、「僕」を殺すと触れ廻ったのも、荒野の一匹狼となったかれが、いっそ誰かを殺してやろうと考えたからだが、その目標を「僕」にしたのは、こちらも野良犬そだちの不良だったからだろう。語り手の「僕」は、その当時を回想してこう述べている。

「華やかな死刑派」に炭坑夫上がりとして登場する宮嶋資夫という実在の作家は、今東光の「僕」の目を通して、炭坑夫という存在の一般的なイメージを端的な姿で体現している。ひとつは、もちろん、腕力に物を言わせて暴力を振るうという粗暴さのイメージである。「タンコモン」（炭坑者《もの》）、「タンコタロー」（炭坑太郎）という、それ自体としては何らマイナスの価値を帯びていないはずの呼称が、たとえば「ゲザイニン」（下罪人）というような歴然たる蔑称と同じように侮蔑の言葉となるのも、これらの呼称そのものにではなくそれで呼ばれる人間のほうに、粗暴さのイメージがつきまとっているからである。

宮嶋資夫が「僕」に与える炭坑夫のイメージの第二は、それが「本当のプロレタリア階級」である、ということと関わっている。作者の今東光自身は、二つの中学校を中退した経歴の持ち主で、大学出のエリートではなかったものの、当時すでに川端康成の推輓で第六次『新思潮』の創刊に加わり、いわゆる文学青年として一九二〇年代という一時代の文化の先端を担っていた。そのかれにとって、厳密にはかれが描く「僕」にとって、宮嶋資夫は、「自分達の知らない社会を血と汗で描くことが出来る希有な存在」だったのだ。「僕」のこの感想は、しかし、知識人が肉体労働者にたいしていだきがちな一種の畏敬の念および劣等感を物語っているだけではない。肉体労働のうちでももっとも苛酷なひとつが炭坑労働であるという通念を、

宮嶋資夫――『日本文学アルバム』13、「プロレタリア文学」（一九五五年八月、筑摩書房）より

当然のことながら前提としているのである。そして、作中の宮嶋資夫自身が、このことをよく承知しているからこそ、インテリ・アナーキストたちを殴るのにも、「ダイナマイト。ドンだぞ」というような掛け声を添えたのに違いない。炭坑夫なら、日常的に使う発破《はっぱ》用のダイナマイトをくすねてきかねないだろう。かれはかれなりに、炭坑夫という存在にたいする世間の目を、逆手にとって利用したのである。

とはいえ、じつは、宮嶋資夫は炭坑夫ではなかった。「華やかな死刑派」の語り手が、この人物の死後にもなおこの事実誤認を持続しているのは、きわめて興味深い。「一作を発表して好評を博すると、すぐ増上慢になって」云々と語り手の「僕」が述べているその一作——宮嶋資夫の第一作であり代表作でもある『坑夫』（一九一六年一月）[4]は、金属鉱山を舞台とする小説であって、炭坑夫を描いたものではない。にもかかわらず、「僕」をはじめとする今東光の小説の人物たちは、宮嶋資夫が炭坑夫だったことを、既定の事実として疑っていない。あるいは実在の宮嶋資夫自身も、アナーキストたちのあいだで、自分が炭坑夫だったと公言していたのかもしれない。

この事実誤認は、おそらく偶然ではなかったのだろう。日本の石炭産出量は、一八九〇年の時点では年産二六三万トン弱にすぎなかった。それが、一八九四年から九五年にかけての日清戦争を契機に急増し、二十世紀初頭の一九〇一年には、十年前の三・八倍にあたる九〇〇万トンに達した。日露戦争を経た十年後の一九一一年には、さらにその二倍に近い一七六三万トンに増加した。そして、一九一四年から一八年の欧州大戦、いわゆる第一次世界大戦の四年間を経て、「華やかな死刑派」に描かれる最初の年、一九二二年の時点での石炭の年間出炭量は、二七七〇万トンに達していた。三十年前の十倍である。

（4）宮嶋資夫『坑夫』は、大杉榮と荒畑寒村が刊行していた雑誌『近代思想』の版元である近代思想社からの発行というかたちで自費出版された。一九一六年一月五日の発行日から四日後の一月九日に「出版法」第十九条違反（安寧秩序妨害・風俗壊乱）で発禁となった。これまでにいくつかの文学全集に収められているが、九二年七月に刊行された復刻版（発行＝法政大学西田勝研究室、発売＝不二出版）には西田勝による解題も付されており、また刊行時の原型が再現されている。

鉱山といえば、江戸時代における佐渡金山や生野銀山が思い描かれる時代は、もちろんすでに終わっていた。そればかりではない。一八九〇年一月に初めて鉱毒汚染が明らかになり、田中正造の奮闘と渡良瀬川流域の谷中《やなか》村住民たちの長い闘いによって大きな社会問題となった足尾銅山の鉱毒公害も、人びとの記憶から薄れ去ろうとしていた。「鉱山」のイメージは、明らかに、金属鉱山から石炭鉱山へと移り変わりつつあったのだ。石炭鉱山、すなわち炭鉱を舞台とする文学作品が、ほぼプロレタリア文学の勃興とともに文学史に大きく登場するのは、プロレタリア文学の側からの炭鉱労働への関心によってばかりではなかった。炭鉱という存在そのものが社会のなかでくっきりした姿をとって登場してきた時期、それがちょうどプロレタリア文学の草創期にあたっていたのである。「華やかな死刑派」が描いた一九二〇年代初期が、まさにその時代だった。

2　坑夫という種属

宮嶋資夫を南天堂二階で二時間以上も待った「僕」は、いっこうに相手が現われないので、その日は引き揚げることにした。これでドテッ腹に風穴をあけてやるつもりだったのに、宮嶋資夫というのは運の良いやつだ、と言いながら、ふところから例のコルト拳銃を出して手のひらにのせ、くるりと反転させながら階段を降りた。一瞬、店内は森閑としてしまった。ひとりが、「宮嶋に伝えておこう」と言ったように思ったが、「僕」はそれに返辞をする興味もなかったので、そのまま外へ出た。それを言った男は、細君らしい女と、ほかに数人の髪をのばした奴らと一緒に来ていたのである。「僕」が仲間から教えられたところでは、それは大杉榮と、「辻潤の女

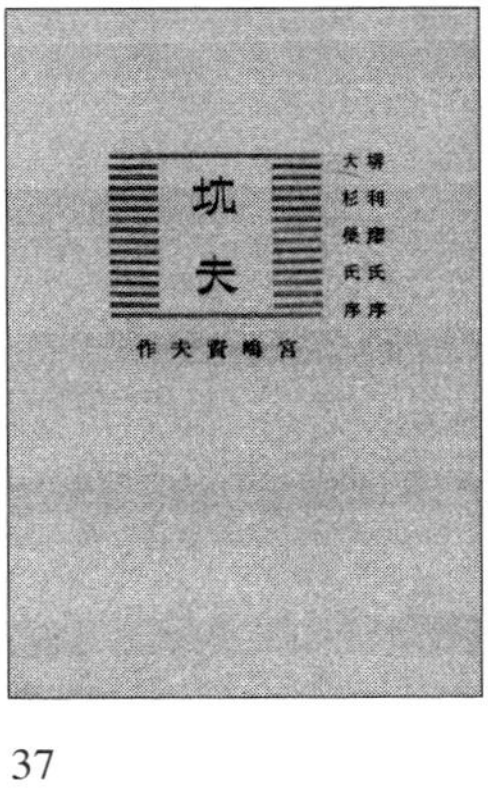

『坑夫』表紙

房だった伊藤野枝」だった。

大杉榮は、刊行後ただちに発禁となった宮嶋資夫の『坑夫』に、社会主義者の堺利彦とともに序文を寄せている。一九一〇年から一一年にかけてのいわゆる「大逆事件」のさい、「首魁《しゅかい》」とされた幸徳秋水の親友であり同志であった堺利彦も、「幸徳一派」の主要メンバーの一人と目されていた大杉榮も、たまたま入獄中だったために「事件」に連座させられることを免れたのだった。その序文のなかで大杉は、「二三ケ月前、僕が始めて此の『坑夫』の原稿を読んだ時、僕は其の夜中強い亢奮に襲はれていろ〳〵な事を考へてゐる間に、其の亢奮がゴリキイの多くの作物を読んだ時のそれと同一であつた事を思ひ浮んだ」と書いて、作者の生活体験から生まれたこの小説のリアリティを、そのころ日本にも大きな影響を与えていたロシアの作家、マクシム・ゴーリキーと比べて高く評価したのだった。大杉榮と宮嶋資夫の関係は、しかし、これだけにとどまるものではない。南天堂二階で「僕」が初めて伊藤野枝の実物を見たとき、かの女はすでにダダイスト・辻潤と離婚して大杉と生活をともにしていた。辻潤と別れて大杉榮の伴侶となった経緯は、伊藤野枝自身の小説「転機」(一九一八年一月)[5]によっても知ることができる。辻潤の妻だったかの女は、一九一五年一月のある日、訪ねてきたMさんから、谷中村の住民たちの窮状を聞いた。足尾銅山の鉱毒によって汚染された渡良瀬川流域の谷中村の住民たちは、鉱害の痕跡を一掃するため全村をダムの底に水没させてしまうという政府の方針に抵抗して、家屋が強制撤去されたあとも掘立小屋を建ててそこに住みつづけてきたのだが、いよいよ最後の強制執行の期日が迫っている、というのだった。Mの話を聞いて心の底から揺り動かされたかの女は、この出来事にたいして冷淡な辻潤に失望し、かね

(5) 伊藤野枝「転機」は、『定本 伊藤野枝全集』第三巻(二〇〇〇年三月、學藝書林)に収められている。

て谷中村の問題に関心を持ってそれを論じていた大杉榮に、自分の思いを伝える手紙を書いた。それが、伊藤野枝と大杉榮とを結ぶ直接のきっかけとなったのである。このMというのが、宮嶋資夫だった。[6] かれは、じっさいには坑夫ではなく、茨城県水戸市に近いタングステン鉱山の帳簿係の事務員として働いた体験から、『坑夫』を書いたのだが、この作品の主人公はほかならぬ足尾銅山の坑夫なのである。そしてもちろん、足尾銅山の坑夫が文学作品に登場するのは、宮嶋資夫のこの小説が最初というわけではなかった。

　坑夫と云へば鑛山の穴の中で働く労働者に違《ちがい》ない。世の中に労働者の種類は大分《だいぶん》あるだらうが、其のうちで尤《もつと》も苦しくつて、尤も下等なものが坑夫だと許《ばかり》考へてゐた矢先へ、すぐ坑夫になれりや大したものだと云はれたのだから、調子を合す所《どころ》の騒ぎぢやない、おやと思ふ位内心では少からず驚いた。坑夫の下にはまだ〱坑夫より下等な種属があると云ふのは、大晦日《おほみそか》の後《あと》にまだ沢山日が余つてると云ふのと同じ事で、自分には殆《ほとん》ど想像がつかなかつた。実を云ふとどてらがこんな事を饒舌《しやべ》るのは、自分を若年と侮《あなど》つて、好い加減に人を瞞《だま》すのではないかと考へた。

夏目漱石の小説『坑夫』（一九〇八）のこの一節は、主人公の感想を通して、世間一般が坑夫にたいしていだく想念を簡明に表現している。主人公の青年は、異性関係で家にいられない事情になったため、夜の九時ごろ東京市内の家を出て、夜通し徒歩でひたすら北に向かい、その翌日、とある茶店で、どてら姿の男に「仕事があ

（6）これについては、拙稿「私はいた、いまいる、今後もいるだろう！——伊藤野枝と文学の自己解放」（日本社会文学会『社会文学』第一五号、二〇〇一年六月、不二出版）を参照されたい。

る」と声をかけられたのだった。「銅山《やま》へ行つて仕事をするんだが、私《わたし》が周旋さへすれば、すぐ坑夫になれる。すぐ坑夫になれりや大したもんぢやないか」と言うのである。この言葉が、「坑夫より下等な種族」があるとは夢にも思っていなかった主人公を驚かせたのだ。華厳《けごん》の瀑《たき》か浅間山の噴火口にでも飛び込むことを漠然と考えていた主人公は、どてらのあとについて銅山へ登っていった。

　この銅山《やま》が足尾銅山であることは、前後の脈絡から推測できる。そして、その銅山での青年の体験が、『坑夫』という漱石の小説の全篇のテーマとなっている。厳密に言えば、銅山にたどりつくまでの道程が全篇の三分の一を占めているのだが、これは、ちょうど泉鏡花の『高野聖』（一九〇〇）が、道中の山道に蛇や蛭《ひる》を出現させることによって、山の中の一軒家で妖女と出会うまでの道程をきわめて効果的に描いているように、魔境に至る道をリアルに描くことでその魔境そのものを日常の世界から切りはなし、別世界としてくっきりときわだたせる手法にほかならない。こうして長い道程を経てたどりついた銅山での日々は、主人公にとっても読者にとっても、まさに異世界でのまったく新しく思いがけない体験なのである。

　坑内と飯場《はんば》を舞台とする主人公の体験は、しかし、きわめて詳細に描写されているにもかかわらず、漱石のこの小説では真に迫るような現実性《リアリティ》に乏しい。宮嶋資夫の同じ題名の小説と比較すれば、その違いは一目瞭然だろう。坑内労働の細部については、夏目漱石の作品のほうがずっと詳しく描いている。坑内で使う道具や、迷路のような坑道や、坑道への往復に上下する竪坑の様子なども、むしろ宮嶋資夫のほうはほとんど描いていない。それでもなお、坑夫たちの息づかいや、セリフに込められている言外の思いまでもが、宮嶋資夫の作品からは伝わってくる。夏目漱石のきわめて洒脱な文体、軽妙な語り口が、この小説の舞台や人物たちには適していない、ということもあるのかもしれないが、それ以上に、作者自身がその舞台や人物たちをありありと目に浮かべて書いているのではない、という印象が拭いがたく残るのである。

夏目漱石の『坑夫』は、ある夜かれのもとを訪れてきた未知の青年から一九〇七年十一月ごろに得た素材をもとにして書かれ、翌一九〇八年の一月一日から四月六日まで『朝日新聞』に連載された。この時期は、足尾銅山の鉱毒問題が田中正造らの苦闘によって世間の注目を惹くようになりはじめてから十五年余を経たときにあたっている。鉱毒問題は大きな社会問題としてなお続いていたが、それに加えて、鉱山内部の労働現場の問題も爆発点に達しつつあった。一九〇七年二月には、管理職と坑夫との衝突に端を発する暴動が足尾銅山で発生し、鎮圧のために軍隊が投入されて、約六百人の坑夫が検挙された。同じ年の六月には愛媛県の別子《べっし》銅山でも、労働者の賃上げ要求と会社側による報復解雇から暴動となり、やはり軍隊が出動した。次いで八月には、兵庫県の生野《いくの》銀山で同盟罷業（ストライキ）が始まった。こうした社会的背景を考えるとき、『坑夫』の題材を漱石が体験者から買った、という事実が明らかになっているいま、この小説のリアリティの欠如そのものを指摘することは、さして重要ではない。問題は、それにもかかわらず夏目漱石のこの作品が、いわば鉱山文学とでも言うべき文学表現の一ジャンルの代表作のひとつと目されていることであり、しかもそれが代表作のひとつと目されるのが、「坑夫」というもっとも「下等な種属」についての前掲の一文によるという事実である。そして、これはこの作品と作者とを貶める物言いではない。

漱石の『坑夫』の本質的な意義は、この作品によって鉱山の労働と、それを担う労働者の姿とが、現実的に描かれていることにあるのではなく、むしろ坑夫という種属についての社会通念を生きいきと体現していることにある。主人公は、初めて坑内の様子を実見したとき、「安さん」という元インテリの坑夫と出会い、「こゝは人間の屑が抛《ほう》り込まれる所だ。全く人間の墓所《はかしょ》だ。〔……〕だから君は今のうち早く帰るがよい」と諭《さと》される。現に大きな社会的注目を浴びながら展開されていた鉱山における労働者の闘いは、それを担う人間たちに対するこのようなまなざしによって眺められていたのだった。しかも、作者はそれを、自覚的なひとりの坑夫自身に語らせたのだ。日本近代の文学表現に炭鉱に先立って登場した金属鉱山という主題が、その労働の現場と労働する人間との現実以上に、むしろこの労働の場と労働者とに向けられる社会の視線をリアルに描くことにつながった、という事実は、このあとにつづく炭鉱の文学、石炭とかかわる文学表現にとっても、きわめて重要な事実だった。じつは、漱石の『坑夫』が発表されたその同じ一九〇七年は、三月と七月に北海道の夕張炭坑でストライキが起こり、四月にはやはり北海道の幌内《ほろない》炭坑で暴動が発生するなど、炭鉱でも労働争議が本格的に始まった年である。この年にはさらに、筑豊の豊国《ほうこく》炭坑で、炭塵爆発によって、三六五人の死者を出すという明治期最大の炭坑災害が生じている。豊国炭坑は、八年前の一八九九年九月にも炭塵爆発によって二一〇人の死者を出していたが、二度目の大惨事は社会に大きな衝撃をあたえずにはいなかった。広い意味での鉱山の一つである炭鉱（石炭鉱山）は、鉱山労働者への世間のまなざしが夏目漱石によって的確に形象化されたまさにその時点で、いわば社会問題として顕在化したのである。

この事実を考えるうえで、興味深い資料のひとつは、雑誌『文藝春秋』の一九三三年三月号に掲載された古市春彦の「炭坑唄」と題するエッセイである。

田植唄、米搗《（こめつき）》唄、木挽《（こびき）》唄、地突《（ちつき）》唄、船唄等々、全ての原始的労働には作業唄が伴ふ。炭坑労働者も地下千尺の坑底《こうてい》で、炭を掘り、槌を叩きつゝ、坑内唄を歌ふ。晒手拭《さらしてぬぐひ》を姐さん被りの選炭婦は吹きさらしの選炭場で、炭坑節《たんこうぶし》の声をはりあげる。／炭坑業は日本《にほん》では若い産業である。長崎県の島々は割合に早いが、北海道は勿論、三池や、筑豊地方の炭田が資本主義的規模で経営せらるゝに至つたのは明治二十年代のことである。従つて、炭坑唄も歴史は浅い。採炭が共同的に始められて直ぐには坑内唄は生れない。炭坑特有の歌詞調、歌が出来上るまでには、相当の年月を要し、相当多くの歌詞が出来て普遍的になつたのは明治四十年代に入つてからと思はれる。だから老坑夫は大抵坑内唄を知つてゐない。(7)

論をこのように説き起こした筆者は、その若い炭坑唄が早くも坑内から消え去りつつある、と述べる。「炭坑労働が所謂《いはゆる》産業合理化の趨勢に伴ふて、近年著しく機械化して来た為に、坑内歌《（ママ）》の声は急に細かくなり、現在の青年坑夫は、佐渡おけさを唄ひ、『酒は涙か……』を唱ふが、所謂坑内唄は衰退した。」——一九三三年の時点で、炭坑唄はわずか二十年ほどの歴史を終えようとしていたのである。つまり古市春彦のこの文章は、日本の炭坑唄のほぼ全貌を見渡すことができる時点にいる、と筆者が考えたであろう時期に書かれたのだった。「坑内唄にはゴットン節《（ぶし）》、セットウ節、ホンニカ・バリバリ節、サノ・ヨイヨイ節等々がある」と古市は分類し、まず

（7）引用にあたっては、原文の振りがなを適宜省略し、また原文にない振りがなを（　）でくくって加えた。これは本書のすべての引用文について同じである。なお、古市春彦「炭坑唄」は、『文藝春秋』一九三三年三月号の「随筆」欄や「時評」欄や「創作」欄ではなく「実話」欄に、大山茂樹「魔ケ淵の殺人」という犯罪実話とともに掲載されている。

まっさきに取り上げられるのは、「七つ八つからカンテラ下《（ママ）》げて、坑内さがるも親の罪《（ママ）》」というあの唄である。古市は言及していないが、この歌詞のあとに「ゴットン」という合いの手（もしくはリフレイン）が入るので、この唄はつまりゴットン節のひとつである。これにつづいては、「親の因果が此子《このこ》に報ひ、長い街道でスラを曳《ひ》く」という唄が挙げられている。これもゴットン節である。街道とは、採炭の場所（切羽《きりは》、切端）から、トロッコの軌道を敷設した主要坑道（曲片《かねかた》または片盤《かたばん》）までの、石炭を人力で運び出す坑道のことをいう。「炭坑労働は最高の苦惨労働である。東西古今、炭坑々夫は最低の労働条件、生活状態の下に酷使せられ、不平不満は絶えず彼等の胸裡に渦巻いて居る」と、古市春彦はこれら二つの唄に先立って書く。ところが、注目すべきことに、このすぐあとにつづけて、かれは、「その割合には坑夫生活を嫌悪し呪咀《（ママ）》した唄は多くはない」と記している。この種の唄として言及されているのは、じっさい、右の二つだけにすぎない。唄に歌われた呪詛と嫌悪は、そのほとんどが、労働の苦しさそのものにではなく、労働をとりまく環境、管理体制や収奪の仕組みに、向けられているのである。

いやな人繰り、邪慳な勘場、情知らずの納屋頭

「人繰《ひとぐ》り」とは、朝早くから入坑をうながす（強要する）ために納屋《なや》巡りをして坑夫を叩き起こす役目で、大納屋（独身者用の雑居宿舎）専属の係員である。午後になると二番方（交代制で二番目の時間帯に入坑する坑夫たち）の督励と、翌日の入坑予約、欠勤者の補充など、人の繰り合わせをするのでこう呼ばれた。勘場《かんば》とは、掘り出さ

れた石炭を坑口で受け取り、その量目を計る場所、またはそこの係員である。納屋頭は、よく知られているとおり、大納屋の管理運営を司る役目で、炭鉱企業から炭坑現場の仕事を請負って操業の実行にあたった。

もとをたゞせば××の無頼漢《やくざ》、今ぢや××の納屋頭」（××は地名）

こういう坑夫たちの納屋頭に対する罵倒の唄も、古市は紹介している。これらの管理者のいずれもが、労働そのものの苛酷さ以上に、坑夫たちの嫌悪と呪詛との対象だったのだ。この感情は、炭鉱が近代的な会社制度の装いをこらし、会社直属の現場管理者たちが「社員」という名称になってからも、本質的に変わらなかった――

凡《およ》そ炭坑でいらないものは、社員、小頭、マブの糞《くそ》

「マブ」（間府、間歩）とは、坑道の古い呼び名である。坑内で脱糞することは、衛生上からも山の神への配慮という点からも忌み嫌われていた。「小頭《こがしら》」は、のちに「坑内係」と呼ばれるようになる坑内労働現場の直接監督者で、作業を差配し能率を上げる役割を担っていた。

坑夫たちには、このように忌み嫌われ呪詛される管理者たちの下で働くしか道がなかったのだ。坑夫にまつわるマイナスのイメージは、このような管理職たちによって支配される労働システムと、このシステムのなかで文字通り搾取される労働のあ

古市春彦「炭坑唄」が掲載された『文藝春秋』一九三三年三月号

りかたという現実を蔽い隠し、坑夫たちを「最下等」の人間と見なすことで、もっぱら坑夫たちに責任を帰する機能をも果たしていたのである。

3 森鷗外が見た筑豊の現実

山は稲荷山《いなり》、会社は狐、またも掘子が誑《だま》された

稲荷山とは、三池炭鉱のもっとも古い坑区のひとつである。一四六九年(文明元年)の正月、三池郡稲荷村《とうか》(現・福岡県大牟田市)の百姓伝治左衛門が近くの稲荷山に登って薪を集めていたさい、寒さのあまり焚火をして、地面が燃えるのに驚いたのが、この地域での石炭の発見だったとされている。石炭と炭鉱についてのもっとも平易で充実したガイドブックの一つである朝日新聞西部本社編『石炭史話——すみとひとのたたかい』もこのエピソードを紹介しているが、それに先立つ一次資料は、西日本文化協会編『福岡県史』のうち「近代資料編　三池鉱山年報」[8]の巻に収められている。「三池鉱山年報」の最初の一冊「三池鉱山第壱次——従明治六年七月/至同年十二月——年報」の冒頭の記事「三池石炭発見の由来」がそれである。この記録によれば、三池炭山の始まりは明らかではないが、「古老ノ説」としてつぎのようなことが伝えられているという。

——今(明治十三年=一八八〇年)を去る四一二年前、三池郡稲荷村に伝治左衛門という老農があった。もとは「家系賤シカラザルモノ」だったが、零落して、ついに日用の薪炭にも事欠くようになり、ある日のこと夫婦で枯れ枝を集めようと稲荷

(8) 朝日新聞西部本社編『石炭史話——すみとひとのたたかい』(一九七〇年一月、謙光社)。
西日本文化協会編『福岡県史』第二回配本「近代資料編 三池鉱山年報」(一九八二年三月、西日本文化協会)。

山に登った。おりから寒気が強く、老人の身とあって寒さに耐えかね、山頂に何心なく枯葉を集めて火を焚いたところ、「アラ不思議ヤ、其岩角トロトロ熔解シテ燃ヘケレバ、□□《夫婦》ハ奇異ノ思ヲ為シ、此レ全ク天運開ケタル所ナリト□□《感服》肝ニ銘ジ、暫ク天ヲ拝シ地ヲ拝シ、悦ビ勇ミ其日ハ急ギ家ニ帰リ、神酒ヲ備《供》テ近隣ノ者ヲ招キ集メ、有リシ次第ヲ物語リケレバ」、満座の男女は、こういう珍しい幸福に巡り合ったのもあなたの徳が高かったからだ、これは末代までも名を残す元だろう、まことに類いまれなことだ、と一同こぞって賞讃した。「此ノ日ハ実ニ文明元己丑《（つちのとうし）》年正月十五日ノ事ニテアリシト伝フ。」（□は原資料の破損で解読不能の文字、それに付されたルビは、『福岡県史』編者による推定。）

文明元年、西暦では一四六九年に三池稲荷山で発見された石炭が、百姓伝治左衛門によってどのように活用されたかはわからない。だが、それから四世紀半あまりののち、石炭の活用は炭坑夫たちの呪詛を浴びる石炭産業の資本家たちの手に委ねられていた。

会社ブッ潰《つぶ》れろ、事務所は焼けろ、残る炭坑は坑夫のもの

これは、さきに引用した「山は稲荷山」とともに古市春彦が「炭坑唄」のなかで挙げている唄のひとつだが、ここでは、歌われているのはもはや個々の管理職ではなく、搾取のシステムそのものである。かつて老伝治左衛門とかれの妻が巡り合った幸福は、いまでは、資本家たる炭鉱主によって独占されていたからだ。

夏目漱石の『坑夫』が発表されるほぼ九年前、一八九九年六月に小倉に赴任した

森鷗外が、人力車夫の乗車拒否に遭《あ》って「九州の富人」たる炭鉱主たちの権勢を思い知らされたエピソードは、よく知られている。ある雨の日、公用で直方《のうがた》へ行き、車《くるま》を雇おうとしたところ、客待ちをしている十余人の人力車夫たちは、あれこれ口実をもうけて応じない。ようやく茶店の主人が引っぱってきた一人も、二十町（約二・二キロ）ばかり行くと坐り込んで動かなくなる。鷗外は已《や》む無く雨の中を二里（約八キロ）も歩かねばならなかった。「車夫の坑業家の価《あたひ》を数倍《すばい》して乗るに狃《な》れて、官吏の程《てい》を計《はか》りて価を償《つぐな》ふを嫌《きら》ふ」ことを、鷗外はあとから人に聞いて知ったのだった。

車賃をはずむ石炭成金を乗せつけていた人力車夫たちは、走った距離を計って車賃を支払うような、たかが「官員」などを乗せたがらなかったのである。このことは、一八九九年七月九日の出来事として『小倉日記』にも記されている。鷗外が小倉に赴任してからわずか二十日後のことだ。日清戦争で巨大な利益を得たうえ、全国の石炭の半分を超える出炭量を誇った筑豊の炭鉱主たちの権勢は、それとの比較で車夫たちから歯牙にもかけられなかった陸軍小倉師団軍医部長・森林太郎に、強烈な印象を与えたにちがいない。これが許せなかったかれは、「我をして九州の富人たらしめば」と題する一文を一八九九年九月十六日の『福岡日日新聞』に発表して、富人たる坑業家たちがみずからの富の遣《つか》い道を知らないことを批判した。その鷗外が、翌年、一九〇〇年の秋に、軍務の途上、「九州の富人」のひとり、しかももっとも代表的なひとりである炭鉱王・貝島太助の邸宅に宿泊し、その富豪ぶりを実見して驚嘆することになる。貝島太助は、麻生太吉、安川敬一郎と並んで筑豊炭業界の「御三家」と称せられていた人物である。直方にある貝島邸の屋内の腰板には、高価な漆《うるし》がふんだんに塗られていた。これは、鷗外自身が邸宅「観潮楼」の建築に当たっ

て、ぜひともそうしたいと願いながら、どうしても財政的に断念せざるをえなかったものなのである。(9)

だが、じつは、森鷗外がこのきわめて早い時期に九州の石炭産業の一端を垣間見たのは、炭鉱経営者との直接間接の二度の出逢いのさいだけではなかった。さらにその翌年の一九〇一年七月、軍医部長として師団の演習に参加したかれは、筑豊の産炭地、田川を訪れている。

七日。日曜日陰。飯塚を発し、上三緒に至りて演習す。〔……〕午後烏尾越より後藤寺に入る。夜田川炭坑の三井倶楽部山田某の家に宿す。山田の説を聞くに、三池は竪坑多く、田川は皆斜坑なり。彼は其炭《そのたん》熔融して、骸炭を形づくるに宜《よろ》しく、此は燃焼全くして火夫の力を労せず。

同じ三井鉱業の経営になる三池炭坑と田川炭坑との比較を鷗外はこのように記している。骸炭《がいたん》とは、「粘結性の粉炭を、密閉器中で高温乾溜し、揮発分を取り出し多孔質の炭素塊としたもの」（金子雨石『筑豊炭坑ことば』(10)）である。一般に「コークス」と呼ばれ、鉄の製錬に不可欠の物質であることは、すでに述べたとおりだ。三池の竪坑《たてこう》と田川の斜坑《しゃこう》との比較も、両炭坑の特色を物語るのに適切な実例かもしれない。いずれも、地中の炭層に沿って掘り進むさいの坑道（卸《おろし》坑道）のことではなく、地表からそこに至るまでの坑道、あるいは通気や捲き上げ（掘った石炭を搬出する作業）のための坑道のことで、地表から深く離れた炭層や海底の炭層の場合、深い竪坑を掘る必要があり、三池がこのケースだった。けれども、森鷗外の「小倉日記」

(9) このエピソード、および貝島邸での森鷗外については、拙著『火野葦平論――〔海外進出文学〕論・第一部』（二〇〇〇年十二月、インパクト出版会）の第Ⅷ章をも参照されたい。

(10) 金子雨石『筑豊炭坑ことば』（一九七四年十二月、名著出版）。なお、本稿での炭坑用語についての説明は、この本に多くを負っている。

の一九〇一年七月七日の記述が興味深いのは、さきの引用箇所につづけて、かれがこう書いているからである――

十二時ごとに坑夫をして更代《こうたい》せしむ。一夫は採掘七八時間にして炭一噸《トン》を得べし。其徭銭《そのようせん》六十銭。諸雑費と運搬費とを併算すれば、炭の門司に至る時、一噸の価《あたい》二円となる。これを売りて三円五十銭を得べしと云ふ。

同じ一九〇一年のビール大瓶一本の値段は十九銭だった。石炭を一トン掘るのに七、八時間を要した坑夫は、その労働によってほぼ大瓶ビール三本に相当する徭銭、すなわち労賃を得たのである。そして「会社はブッ潰れろ、事務所は焼けろ」とのちに歌われることになる会社は、その同じ一トンの石炭を筑豊の田川から門司港まで、約六〇キロメートルの距離を鉄道で運ぶだけで、坑夫の労賃と運賃と諸雑費との合計を差し引いてもなお、一円五十銭――労働者ひとりの生活諸経費込みの労賃の二・五倍の利潤を得たのである。同じ一九〇一年の日本における石炭産出量は約九〇二万トンだった。白米の価格は一升（約一・五キロ）で十八銭、ビール一本よりやや安いくらいの値段だった。大人《おとな》が一日に食べる米は、炭鉱では一般に五合（一升の半分）程度が標準とされたが、副食の乏しい食生活では肉体労働者にはこれではもちろん足りなかった。

同じ一九〇一年の九月、大蔵大臣（現在の財務大臣にあたる）は全国の地方長官にあてて、会社銀行設立に関する内訓を発した。それによれば、銀行を設立するには資本金を五十万円以上にしなければならないことになっていた。単純計算によれば、一年間に石炭から資本家が得る純益だけで、二十七の銀行を設立することができたのである。

森鷗外は、小倉在住の三年たらずのあいだに、しばしば筑豊の炭田地帯を訪れながら、一度として坑夫の姿を見なかった。少なくとも、かれが丹念に付けていた「小倉日記」には、九州の富人の対極に生きる炭坑夫たちの姿は一度も現われない。けれども、長篇『坑夫』で連綿と銅山の坑内と坑夫たちとを描いた夏目漱石が見なかったものを、鷗外は見たのである。なぜ坑夫であることが「親のバチ」であり「親の罪」であるのか？　なぜ坑夫という存在が「親の因果が此子に報ひ」た姿であるのか？——それは、漱石が描いて見せた坑内労働が、その労働そのものが、苛酷で悲惨だったからばかりではない。それにもまして、この労働を取り巻く現実のシステムが、苛酷であり悲惨だったからである。

十九世紀が始まる最初の年に満三十歳の誕生日を目前にして死んだドイツ・ロマン派の詩人、ノヴァーリスは、『青い花』という邦訳名で知られる未完の長篇小説『ハインリヒ・フォン・オフターディンゲン』のなかに、ひとりの老坑夫を登場させている。中部ドイツのテューリンゲンから母の郷里である南ドイツの都市アウクスブルクまで旅をする二十歳の青年、ハインリヒは、その旅によってさまざまな体験を積んでいく。主人公の自己形成の過程を描く「教養小説」(Bildungsroman《ビルドゥングスロマーン》)と呼ばれる文学ジャンルの典型的なひとつであるこの作品で、老坑夫は、主人公の人間形成《ビルドゥング》に決定的な影響を及ぼすのだが、それは、鉱山労働と坑夫の役割についてかれがハインリヒに語ることのなかに、自然の資源と人間によるその利用の仕方との関係についての、ひいてはまた自然と人間との関係についての、きわめて重要な思想が示されているからである。

人びとから「宝掘り」と呼ばれているその老人は、若いころ、山々のなかに何が隠されているか知りたいという強い好奇心から坑夫になったのだった。かれが働いたのはベーメン（ボヘミア、現在のチェコの西部）の金鉱だったが、その経験からかれは、「鉱山の仕事は神の祝福を受けるに違いないのです！」と断言するのである。坑夫は、ひたすら良い鉱脈を探し求めて掘り進み、危険と労苦のすえに採掘した鉱石を地上に運び上げると、それで満足なのだ。その輝きを自分のものにしたいなどとは思わない。「金属が商品になってしまえば、坑夫にはもう何の魅力もない」からだ。坑夫は、いわば自然の富と人間社会との媒介者であり、その役割に満足しているのだ。坑夫は貧しく生まれて貧しいまま死んでいく。そのかわり、黄金の呼び声に誘われて俗世間に飛び出し、大地の地表で人を欺く陰険な策を弄して黄金のあとを追いかける必要はないのである。――坑夫についての老人のこの認識は、自然というものについてのかれのつぎのような思想によって裏打ちされている。

自然というものは、だれかひとりの占有物であることを望みません。だれかの所有に帰すると、自然はたちまち有害な毒物に変じてしまいます。そうすると、安らぎは追い払われ、あらゆるものをこの所有圏内に引き入れたいというおぞましい欲情が触発されるのですが、これには果てしない心配と狂ったような情熱とが付き物です。こうして自然は、その所有者の足下の地盤をひそかに掘りうがち、やがてぽっかりと口を開《あ》けた深淵にそいつを落として埋めてしまいます。それは、人の手から手へと渡り歩き、こうして、万人のものでありたいという自然がもつ思いを、徐々に満足させるためなのです。

イギリスではすでに石炭を唯一無二の動力源とする産業革命が激烈な勢いで進展していた十八世紀末の時点で、ヨーロッパにおける後進地域だったドイツでは、坑夫についてのこのようなイメージが生きていたのである。そして、老坑夫が語るこの坑夫像と社会観が、作者自身の思想にもとづくものだったことは、疑いないだろう。一八〇一年の三月に三十歳の誕生日を五週間後にして肺結核で死んだフリードリヒ・フォン・ハルデンベルク、筆名ノヴァーリスは、鉱山専門学校で学び、そこで師事したA・G・ヴェルナー教授の思想から深い感化を受けていた。

坑夫は、自然の資源を地上の人間社会に送り出すのみで、それを私有することはない。だからこそ、かれは終生貧しいが内面的には豊かなのだ。それとは逆に、坑夫が地上に送り出した鉱物資源を私有財産に変える人間たちは、だれかひとりの占有物ではなく万人のものでありたいという自然の望みに、敵対しているのである。これに対する自然の報復は、商品となり資本と化すことで、それを私《わたくし》する人間たちを人間として亡ぼしながら流通し蓄積され運用されるということなのだ。ノヴァーリスが描く坑夫像の素朴さの裏面には、「自然」が商品となり資本と化す資本主義社会の姿が、きわめてリアルに浮かび上がっている。そしてじつは、ノヴァーリスの坑夫たちさえもが、それからわずか百年にも足らぬ時間ののちには、自然によるこの報復の過程から免れることはできなくなっていたのである。

ノヴァーリスが描いた坑夫たちの鉱山労働と、二十世紀日本の金属鉱山や炭鉱での坑夫たちの労働とのあいだに、おそらくそれほど大きな違いはないだろう。だが、

ノヴァーリス（エードゥアルト・アイヒェン画）—— *Deutsche Literaturgeschichte in einem Band.* Herausgegeben von H. J. Geerdts. Volk und Wissen Volkseigener Verlag, Berlin 1965 より

ノヴァーリスの主人公が老坑夫に見たような、自然の富と人間社会との媒介者という「神の祝福を受けるに違いない」姿は、鉱業資本や石炭資本によって搾取される坑夫たちにはない。それどころか、ノヴァーリスの老坑夫が「おぞましい欲情」を唾棄した独占資本家たちにもまして、坑夫たちは社会的に唾棄される存在となったのだ。

資本主義制度のなかでは、この制度を文字通り根底において支える労働であればあるほど、社会的に嫌悪され蔑視され差別される。今日でもこれにいささかの変わりもない。いわゆる3K労働——きつい、きたない、危険な労働は、鉱山労働一般、とりわけ炭鉱労働および石炭とかかわるすべての労働に、もっともよく体現されているのである。この事実は、その労働そのものの価値を反映しているのではもちろんない。それどころか、その労働そのものにたいする社会の評価を反映しているのでさえない。その労働が置かれている状況、この状況のなかでしかその労働が営まれえないという現実が、社会の評価には無意識のうちに反映されているのである。

「会社ブッ潰れろ、事務所は焼けろ、残る炭坑は坑夫のもの」——この唄の文句には、みずからの労働とその労働の場にたいする坑夫自身の思いが、しみじみと歌われている。だが、炭坑が真に坑夫のものとなるためには、会社が潰れ、事務所が焼けるだけではだめだったのだ。

第Ⅱ章

声を上げた地下労働
――炭坑夫と石炭王

1　炭坑のおかげに死ぬものたち

ヤツ！　コラ〱
嫁にやるなら町人さまへ
千両箱を馬に積み
エッサラ〱丘越へて
ゆきなさんせえ町人さまへ

キクエの父は、坑夫のだれもが好むこの唄を、まれにしか歌わなかった。自分の二人の娘のうち姉のカツエを町の商人に縁づけて、坑夫たちの羨望を集めたのみならず、妹娘のキクエをさえも近々町に嫁《とつ》がせようと考えている。だから、自分の誇りを誇ることになってはいけないと、この唄は心して歌わないようにしてきたのだ。だがきょうは聞くものもいないので、いい気持ちで歌っていた。かれは、マイト穴を掘る自分のうしろにキクエが来て、坑木に腰かけているのに気づかなかったのである。キクエはこのところずっと、入坑もできぬほど身体の具合が悪かった。それがきょうは、無理を押して坑内に下がってきたのだった。

キクエは、まだいゝとは云へなかつたが、どうしても寝てゐられない性分だ。父が夜勤に出てから間もなく、病床から起き上つた。部屋は四畳半、枕元には飯台《ちやぶだい》が待つてゐる。丼《どんぶり》の底に残つてゐた沢庵《たくあん》を、弁当箱の隅に一列に並べて蓋をした――五時半の汽笛が鳴つてから幾らも経たない、まだあの剣術使ひの人事係が巡視に来ない位《くらひ》だ。六時の交代には間に合ふに違ひ《（ママ）》ない――考へながら、猿股《さるまた》を履いた。ベタ〳〵に汚れた仕事着に着替えると、ゾッと寒気がして、真二つに斬られたやうに、上半身が傾きかけた。が、頑張つた。タイヤのやうに強靭な彼女の忍耐力だつた。そのまゝ、納屋の戸をしめると、鍵を弁当袋にしまつて外に出た。〔……〕鑛夫の溜りには、もう誰もゐなかつた。坑口では女達が、児に乳を呑ませてゐた。胃袋の容量には限りがある。それに女達は、十三時間分の乳を呑ませやうとしてゐるのだ。身体検査所の前は狭くなつてゐた。帽子や脚絆《きやはん》をつけないもの、足の指にヘットを塗らないもの、煙草を隠してゐる者、等《など》を探さうといふのだ。だが実際は素人の参観者を感嘆させる仕組だつた。で稀に検査を行ふと、鑛夫の懐中からは、煙草の代りに、祛痰剤を摑み出す位のものだつた。〔……〕キクエは採掘場についた。そこの高い気温は彼女の血行を乱した。脳貧血だ。彼

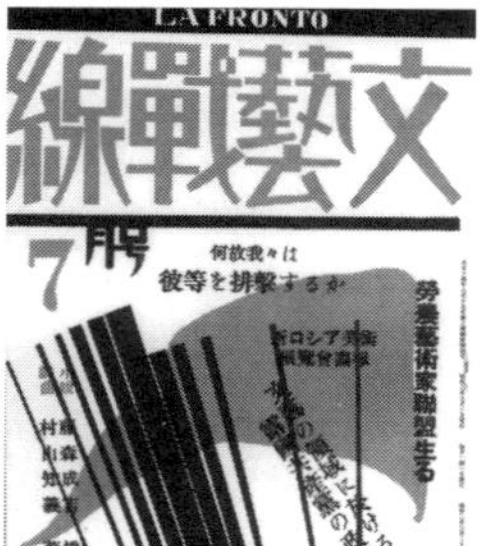

『文藝戦線』一九二七年七月号

橋本英吉『炭坑』〈現代暴露文学選集〉表紙

女は坑木に腰かけて、ボンヤリ穴の奥の父の火を見てゐた。父は彼女の来たのにも気付かず、マイト穴を掘つてゐた。軽快に振るハンマーに連れ、飄々と鑿《のみ》が響く、右手のハンマーがヒヨウと半廻転する、と、右腕の力瘤がリユウと盛上る、チーンと鑿、右腕がクルリ、汗がキラリ、鑿がチーン………

一九二七年初夏に発表された橋本英吉の短篇「嫁支度」(1)は、父とともに働く若い女坑夫と、その娘を町に「肩付ける」ことだけを生き甲斐とする初老の炭坑夫との物語である。キクエは、町人に嫁いだ姉が「美人」であるのと比べて、「発育盛りを坑内で働いた為めに、姿態《すがた》は不整《ふせい》でさへあつた」が、そのかわり「素晴らしい彼女の忍従の美」は何人にも愛されるであろう、と父は思っていた。そこで父と娘は、嫁支度に没頭しだしたのだった。

翌日、町へ嫁いだ姉のカツエがやってきた。近所の娘や嬶連《か、あれん》が戸口に殺到して、妬ましさや媚や羨望のありったけをカツエに浴びせた。だが、じつは、姉は借金に来たのである。炭坑が近ごろ日用品の廉売を始めたので、坑夫相手の町の店が売れなくなったのだという。キクエの嫁支度の貯金は、ようやく三百五十円になっていた。「い、じやないか父つちやん。わしはまだ嫁にや行かんぞ」とキクエは言った。父は幾らかの金を姉娘に持たして帰した。「キクエは床の中で姉の美しさが微笑まれた――きつと楽をするからだ。自分だつて坑内で働かなくなり、伸び〳〵と陽の中で暮らせるやうになれば、姉ほどになるかも知れない――自分の美醜を意識しない程、彼女は幼稚だつた。」

だが、美醜どころか、そのころすでにキクエは身体の奥深くまで病いにむしばま

(1) 橋本英吉「嫁支度」は、『文藝戦線』一九二七年七月号に発表され、一九三〇年三月刊の短篇集『炭坑』(天人社、〈現代暴露文学選集〉シリーズ)に収められた。現在では、「日本プロレタリア文学集」32、『橋本英吉、タカクラ・テル集』(一九八八年四月、新日本出版社)所収のものが、比較的入手しやすい。引用は初出に拠ったが、初出には二ヵ所を除いてルビ(ふりがな)が付されていない。引用中のルビは、『炭坑』所収時に付されたルビを取捨選択したものである(同書は総ルビ、つまりすべての漢字にルビが付されている)。『炭坑』には、「棺と赤旗」、「揚水ポンプ」、「炭坑」、「一九一八年の記録」、「嫁支度」、「逃走」の六篇が収められた。

なお、本書(『石炭の文学史』)では、「こうふ」「たんこうふ」、「こうざん」「たんこう」などに「坑・鉱・砿・鑛・礦」を混用しているが、これはすべて論考する当該作品の表記に対応したものである。鉱と鑛、砿と礦も、必ずしも時代の新旧による字体の違いではなく、旧漢字時代に

れていたのである。正月の仕事始めには床に就いていなければならなかった。それが一ヵ月余りもつづいた。ある朝、納屋の前が急に騒がしくなり、女の泣声が高まった。仲の良かった若い女坑夫のカクちゃんが、竪坑《たてこう》に飛び込んで自殺したのだった。深さ千二百尺（約四百メートル）の竪坑の底から、地下水に押し流されなかった飯粒のような肉片と一切れの耳たぶがバケツに入れて回収された。カクちゃんは、キクエと同じ病気で喀血していたのだ。「して見れば、自殺は当然だ、とキクエには思はれた。が然し、その考へは、次第に自分の方に迫つて来るやうに思はれ出した。彼女の畢生《ひっせい》の希望さへも半ば、壊滅したやうな予感に打たれた。」

少し恢復したとき、かの女は仕事の楽な選炭婦になった。しかし選炭場の騒音と炭塵はかの女のとどめを刺した。ふたたび床に就いたキクエは、もはや動けず、ついに血を吐いた。「カクちゃんは飯粒のやうに砕けた。自分は白骨になるだらう。」――このときから、かの女は異常な忍耐力を失った。訪ねてきた姉は、夫は他処《よそ》へ行って日傭取《ひやといと》りをするようになった、と言った。商売が成り立たなくなったので、家族を残して出稼ぎの日雇い労働者になったのだ。その姉に、キクエは、「もう、あきらめた。炭坑のおかげに死ぬものはわしだけじゃない」と言った。自分の髪が臭いことをしきりに姉に向かって訴えながら、「彼女は汚れた布団の中で益々硝子《がらす》のやうに透明になつて行つた」のである。

「嫁支度」は、橋本英吉がプロレタリア文学運動の一員となったことを告げる最初の作品だった。そして同時にまたそれは、日本のプロレタリア文学が初めて生んだ炭坑夫出身作家による炭坑文学の誕生を告げるものでもあった。

橋本英吉（本名＝白石亀吉）は、一八九八年十一月一日、福岡県築上郡東吉富村に

も並用されていたので、本稿でも両者を区別した（ただし、「鉱」と「鑛」については、引用文と書名・固有名詞以外は原則として簡略字体を用いた）。「嫁支度」は「坑夫」と「鑛夫」を混用しているが、本稿では、引用文は原文のままとし、それ以外では「坑夫」を用いた。

上野英信・趙根在監修『写真万葉集・筑豊』10、「黒十字」（No.743）より

生まれ、六歳のとき父の死に遭って、田川郡伊田町に住む叔母夫婦の養子となった。筑豊炭田の南東部に位置する田川伊田は、福岡県西南端の三池と並ぶ三井炭鉱資本の最重要根拠地である。一九一三年春に高等小学校を卒業し、その年の秋から地元の郵便局の電報配達夫となったが、許婚者の少女とその兄、さらに友人のひとりを、わずか三ヵ月のうちに相次いで喪ったのを機に、気乗りがしなかった郵便局勤務を辞して、一五年の初春から三井八尺坑（第一坑）の支柱夫として働くことになった。丸七年を炭坑で生きたのち、二二年春、数え年二十四歳で上京、モノタイプ（活字を一字ずつ鋳造しながら組んでいく機械）の技術を習得して、二四年に博文館印刷にモノタイプ工として入社した。この印刷工場こそ、のちに共同印刷と改名した会社であり、徳永直の『太陽のない街』[2]に描かれた大ストライキによって歴史に名をとどめることになったものにほかならない。一九二六年一月十九日に始まり三月十八日に終熄した六十日間のこの争議を、橋本英吉は一印刷工としてともに闘うことになる。スト終結とともに解雇が確定したのち、かれが、このストライキを素材にしてではなく、かれにとっての労働者運動の原点だった炭坑を主題にして書いた第一作が「嫁支度」だったのだ[3]。

　キクエとその父が、現実にどのような姿で労働していたのかを如実に描いている一節が、晩年の自伝的長篇『若き坑夫の像』[4]のなかにある。この一節は、坑内労働にたずさわるその当時の炭坑夫たちの具象的な描写としては、凡百の解説書や研究書、ルポルタージュ作品を顔色なからしめる出色の表現といってよいだろう。

　炭坑の労働で一番先に覚えねばならぬことは、赤ん坊のように這うことからで

（2）徳永直『太陽のない街』は、『戦旗』の一九二九年六月号から十一月号までに連載され、同年十二月に戦旗社から単行本として刊行された。

（3）橋本英吉の伝記的事項については、左記を参照した。これらに明記されていない年月などの時期は、③における叙述にもとづいて推定した。

①「日本プロレタリア長篇小説集」6、『炭坑』（一九五五年一月、三一書房）所収の自筆「略年譜」。

②「日本プロレタリア文学集」32、『橋本英吉、タカクラ・テル集』（註1参照）所収の松澤信祐「解説」。

③橋本英吉『若き坑夫の像』（七六年十一月、新日本出版社）。

（4）『若き坑夫の像』（前註参照）。引用文中、カッコでくくった振りがなは引用者が補ったものである。

ある。坑内には地上の道路と同じように国道級もあれば田圃道《たんぼみち》もある。国道級ならさっさと歩けばいいが、坦々とした道は滅多にない。坑道を掘った初めは首をちょっと曲げれば頭を打たないだけの高さがあるが、天井の圧力によって枠が曲ったり折れたりしているから、よほど上下に注意していないと自分で怪我をする。一ヶ月もすればちょっと天井をみただけで、安全度がピンと頭にくるようになる。膝関節を曲げて外に開く気持で背を低め、視線がひとりでに上下に動くようになれば、一人前の歩行と言える。〔……〕坑内の温度は炭層によって差はあるが、地上とは比べものにならないほど差が少ない。民平が働いた八尺坑（石炭層の厚みが八尺）は冬でも二十二度、夏は二十九度ぐらいだから、仕事場に着くと男は褌《ふんどし》一つになる。女も裸になるが、髪が炭塵に汚れないように、糊のついた手拭を二枚重ねてかぶって安全ピンで止める。パンツは現在流行している海水着並の局部だけを覆う「キャルマタ」をはき、その上に非常に短くて局部が見え隠れする程度の絣《かすり》のスカートをはく。坑木や板や地べたに腰かけることもあるので、スカートの後は三センチほど長くなっている。オッパイだけは娘だろうと花嫁だろうと丸出しであった。更にスカートの上部から腹部にかけて汚れていない晒《さらし》を巻く。これは頭に被る手拭と同様に、腰をひやさないためと装飾をかねているから、仕事中は汗と炭塵で汚れないようにはずしておき、風呂から上って自宅に帰る時に腹に巻くのである。長い年月の間に女坑夫が考え出した装飾法とも言えよう。彼女たちは坑内には飲料水がないから、材木を輪切りした形のブリキの水筒を持って行く。女たちは炭塵で汚れた顔を、少しでも見よくしようとして、のどの乾きを忍んで残した数滴の水筒の水で、顔の炭塵だけを洗い落して、坑内から

『若き坑夫の像』カバー

明るい世界に出てくる。顔を洗っただけで自分の容貌が少しは見よくなったろうと、可憐な自己満足をするのである。彼女たちは体につけるパンツ一つにも精魂をこめて、美しく見えるようにと工夫をしてきたのである。／採炭夫は六尺の褌一本である。手拭は必ず鉢巻にしていて、負傷した時の繃帯代りにする。採炭夫は切羽（採炭場所）では、四十歳近くなると、手拭一本の外は体につけない裸体が多い。男のシンボルである一物の先端は、柔かくて疵つき易いから、余った皮で包んで褌の端を切った布で先端を縛って終《しま》う。四十―五十歳の採炭夫の先山は、自分の娘や妻のまえでも平気で、縛られた一物を見て笑う者は居ない。〔文中のカッコ内も原文のまま〕

「嫁支度」のキクエと父も、このような姿で石炭を掘り、それを搬出していたのだろう。掘るのは男の先山《さきやま》で、その石炭を曲片《かねかた》と呼ばれるいわば県道級の坑道、すなわち軌道が敷設されて炭車（トロッコ）が通る坑道まで運ぶのが後山《あとやま》または後向《あとむ》きと称される女坑夫だった。このペアーは、夫と妻、父と娘、兄と妹など、家族同士の場合が多かった。危険や事故と隣あわせの労働現場では、共働者の呼吸がピッタリ合うことが不可欠であるのに加えて、ケツワリと呼ばれる坑夫の逃亡を防ぐためにも会社側は家族持ちを歓迎したからである。小説「嫁支度」の設定とほぼ同時代と思われる一九一五年八月当時、筑豊炭田の諸炭坑における家族持ち坑夫の割合は、全坑夫の七五～八五％程度だったが、とくに三井田川本坑（第一坑、八尺坑）では九〇％を超えていた。この小説が発表された一九二七年当時でもなお、たとえば、田川第三坑では家族持ちの比率が七六・一％に及んでいた。(5) これらの家族の多くが、

（5）荻野喜弘『筑豊炭鉱労資関係史』（一九九三年二月、九州大学出版会）に拠る。

炭坑で家族ぐるみの労働をしていたのである。

　その家族ぐるみの労働に坑夫一家が安んじていたわけではなかったのであり、坑夫という稼業からの脱出を町人への嫁入りに託した夢が無惨にも破れた例は、キクエとその父だけに限らなかったのだ。まず、脱出以前にかれらの生命は事故によって脅かされていた。炭坑夫は、他のどのような労働者にもまして、直接的な労働災害の危険に身をさらさねばならなかったのである。「嫁支度」にも、十四、五歳の少年坑夫が天井部分の崩落で足の骨を折り、白い骨が足の肉を破って突き出ている状態で担ぎ出される場面が、不吉な予兆として描かれている。現実に、労働災害による死傷率は、両次大戦間の全時期を通じて、石炭山が金属鉱山および各種の工場を抜いて遙かに高かった。全労働者数に対する死傷者のパーセンテージは、いくつかの年次を抽出すればつぎのとおりである。

年次	工場平均	金属鉱山	石炭山
一九一九	五・三〇%	二六・九四%	五四・七九%
一九二二	四・九二	二三・七七	六二・二八
一九二五	三・九五	三二・五一	六八・〇七
一九二七	三・九四	二五・四七	六三・四一
一九三〇	三・六五	一八・五九	四七・九六
一九三五	四・九七	一二・八〇	三五・八一

これらの数字は、じつに、一九二〇年代の全時期を通じて、炭坑夫の半数以上が、

はなはだしい場合には三分の二を超えるものが、一年のあいだに何らかの死傷事故に遭っていたことを、物語っているのである。一九三〇年以後、金属鉱山および石炭山での死傷率が低下しているのは、坑夫数が急増したため相対的に比率が下がったにすぎず、死傷者数そのものはむしろ増加していたのだった。(6)

炭坑夫たちが身をさらしていたのは、しかし、直接的な労働災害ばかりではない。労災と認定されず、したがって自費で治療しなければならない疾病が、無惨にも夢を奪い去るのである。日本における炭鉱の歴史の末期に近い一九六四年三月の調査でもなお、「産炭地域住民」の病気のうち、結核は一二・八％を占めていた。そして、この地域の結核罹病率は、全国平均の二倍強だった。(7) ましてや、結核が文字通り不治の病いだった「嫁支度」の時代には、それは坑夫たちにとってもっとも恐ろしい脅威のひとつだった。戦後の三井三池炭鉱で技師として働いた武松輝男は、「地底の記録—呪詛」という肩書きを付したユニークな著作、『坑内馬と馬夫と女坑夫』(8) のなかで、一九二六年から十年間の資料にもとづいて、「坑夫の全身病としてあらわれる結核」は、石炭鉱山では、金属鉱山の一・七倍、他の非金属鉱山の二倍以上に上る、と指摘している。呼吸器疾患である肋膜炎は、金属鉱山の一・二倍、非金属鉱山の一・三倍、肺気腫は金属鉱山の二・四倍、非金属鉱山の二・五倍であるという。「坑内というところは、石炭の一ないし二ミクロンの微粉末でも四〇時間以上も漂っている。それが一ミクロン以下の細菌ならば滞空時間も相当に長い」と、武松は述べる。「嫁支度」の時代のようにダイナマイトで炭層を爆破する（発破《はっぱ》）にせよ、機械化が進んで削岩機や大型採炭機を使うにせよ、石炭を掘り取るさいにはおびただしい微粉末、つまり炭塵《たんじん》が飛散する。炭塵は、それが坑内の空気中で一定の濃度に達したとき引火

(6) 前出のデータ（引用にあたって再構成した）を含め、荻野喜弘の前掲書による。

(7) 九州大学産炭地問題研究会（代表者＝高橋正雄）『産炭地域住民の生活実態調査 報告書（1）』（一九六四年三月、タイプ印書・謄写版印刷）による。

(8) 武松輝男『坑内馬と馬夫と女坑夫——地底の記録—呪詛』（一九八二年三月、創思社出版）。この本については、のちにあらためて言及することになろう。

して、恐ろしい炭塵爆発を引き起こす。微粉末によるこの爆発は、炭塵に限らず例えば製粉工場や製麺工場の小麦粉によっても起こるが、炭鉱では、もっとも激甚で悲惨な坑内事故である炭塵爆発となるのである。だが、それぱかりではない。炭塵は呼吸によって坑夫の肺に入り、不治の病いのひとつである塵肺《じんぱい》の原因となる。炭坑夫たちは、この炭塵とともに、結核菌をはじめとする伝染性の病原菌をも呼吸しながら、裸身で労働していたのだった。米粒《こめつぶ》のような肉片と一切れの耳たぶになったカクちゃんの運命も、汚れた布団のなかで硝子《ガラス》のように透明になっていったキクエの運命も、たまたま不運だったかの女たちだけのものではなかったのだ。それのみか、かの女たちの運命は日本の炭鉱労働者だけのものでもなかったのである。

2　炭鉱と世界を結ぶ

「嫁支度」がプロレタリア作家・橋本英吉の登場を告げてからわずか十ヵ月後、一九二八年四月に、おりから刊行されていた平凡社版「新興文学全集」の第一八巻（独逸篇Ⅰ）[9]が配本された。その巻末に収められていたのが、「ル・メルテン作、佐野碩訳」の「炭坑夫（一幕）」だった。

一幕物の戯曲「炭坑夫」は、ドイツの女性作家ルー・メルテン（本名＝アンナ・ルイーゼ・シャルロッテ・メルテン）[10]が一九〇九年に発表し、一九一一年の土木建設労働者のストライキにさいして素人《しろうと》劇団によって初演された作品である。この日本語訳が刊行された当時、ルー・メルテンはドイツ・プロレタリア文学運動のもっとも主要な理論家のひとりだった。詩人・小説家でもあったかの女は、すでに一九一〇年代の初めから文学・芸術と社会との関わりを理論化する作業を進めてい

（9）『新興文学全集』第一八巻、独逸篇（Ⅰ）（一九二八年四月、平凡社）。

（10）ルー・メルテン（Lu Märten, 1879.9.24～1970.8.12）の著作の日本語訳には左記のものがある。
①林房雄・川口浩共訳『芸術の唯物史観的解釈』（世界社会主義文学叢書第六篇、一九二八年十月、南宋書院）。
②青木俊三訳『芸術の本質と変化』（一九三二年三月、共生閣）。
③池田浩士訳「芸術と史的唯物論」（『資料・世界プロレタリア文学運動』第二巻所収。一九七三年一月、三一書房）。
なお、「炭坑夫」と訳された戯曲の原題は《Bergarbeiter》で、字義通りには「鉱山労働者」だが、作品内容からそれが炭鉱労働者であることは間違いない。

たが、一九二〇年代には、芸術における表現技法の発達を重視する姿勢を明確にし、作品の内容（あるいは主題）が形式を規定するという立場からの唯物論美学に反対して、むしろ技術的要因における変革が芸術表現のありかたを規定するという意味での史的唯物論にもとづく芸術理論を唱えた。ドイツ共産党員であるメルテンのこの見解は、共産党が主導するドイツのプロレタリア文学運動のなかではむしろ異端と見なされたが、実作者たち、とりわけ造形芸術や演劇の分野の表現者たちのなかには、かの女に共感をいだくものが少なくなかった。

　戯曲「炭坑夫」に、のちのルー・メルテンの芸術理論が何らかの形で予示されているわけではない。舞台装置も台詞《セリフ》も、劇の展開も、むしろ古典的な手法で描かれている。だが、炭坑夫の一家と大きな矛盾を孕む社会とを結ぶこの戯曲が、メルテンの表現者としての出発点だったことは、注目に値する。そこで演じられるのは、二十世紀初頭のドイツで唯一の社会主義政党だった社会民主党に加担しはじめたばかりの三十歳の女性作家の、もっとも基本的な、もっとも深い、怒りと抗議と、希望を模索しようとする決意との表現だった。

　——すでに妻と一人の子供を同じ病いで失い、いままた残る一人の息子と一人の娘とを失なおうとしている炭坑夫。古参坑夫であるかれは、もはやこのような生きかたには耐えられなくなった同じ炭坑《やま》の坑夫たちから、会社にたいする闘いの先頭に立ってくれと懇願されている。しかしかれは、そのような大それたことに手を貸すなど、思いもよらない。かれが拒みつづけるうちに、まず娘が消え入るように死んでいく。かの女は、嫁支度どころか、「海だとか森だとか太陽だとか、話には聞いてゐるもの、、一度だつて見たことは無い」。「もつと綺麗な晴れやかなものが欲し

ルー・メルテン —— *Lexikon sozialistischer Literatur*, Herausgegeben von Simone Barck u.a. Verlag J.B. Metzler, Stuttgart u.Weimar 1994 より

かつた」のに、それさえもうとっくにあきらめている。かの女は結核なのである。その兄もまた、同じ結核で、もはや長くはない（引用は佐野磧訳による）。

橋本英吉が「嫁支度」で描いたのとまったく同じ運命を、ほぼ二十年前に、ルー・メルテンの炭坑夫一家がたどっていたのである。そしてその一家の運命が、「嫁支度」のすぐあとを追うように、そのころ大きな出版部数を誇っていたいわゆる「円本」（予約定価が一冊一円の廉価版文学全集）のひとつ「新興文学全集」の一冊として、第二次山東出兵の日本に伝えられたのである。だが、伝えられたのは、「炭坑のおかげに死ぬものはわしだけじゃない」という現実だけではなかったのだ。

ルー・メルテンの「炭坑夫」は、残る二人の子供たちを奪われた老坑夫が、ついに闘争に起ち上がることを決意するところで終わる。それはひとつの始まりだったが、その始まりの帰結のひとつが、「嫁支度」が発表されてから「炭坑夫」の翻訳が「新興文学全集」の一冊として刊行されるまでのちょうどその時期のあいだに、現実のドイツで目に見える姿を現わしていた。一九二七年十月十七日、中部ドイツの炭鉱労働者九万人が、十二時間または十時間の現行労働時間を八時間に短縮することと、日給の八〇ペニヒ（〇・八マルク）賃上げとを求めて、ストライキに突入したのである。ストライキは丸一週間つづいたすえ、このままでは火力発電による電力供給が止まることを懸念した会社側が、六〇ペニヒの賃上げに応じたことで終熄した。――それと同じ時期、一九二七年の後半から二八年の前半にかけての日本の炭鉱では、中部ドイツのストライキに匹敵するような大規模な労働争議は記録されていない。一九二二年三月に光吉悦心、浅原健三らによって「筑豊炭坑夫組合」が結成された前後の数年間と比べてさえも、一九二〇年代後半の筑豊および三池の炭鉱は、採炭と坑内運搬の機械化・合理化が急速に進んだ時期であるにもかかわらず、労働争議は意外なほど少ない。二七年七月から二八年六月末までに三池を含む福岡県の炭鉱では、計六回の比較的小規模な争議を数えるにすぎないのである。(11)

だがしかし、まさにこの時期に、日本のプロレタリア文学は、炭鉱の労働争議を主題として描く最初の作品を生んだのだった。雑誌『前衛』の一九二八年一月号に掲載された橋本英吉の短篇小説、「棺と赤旗」(12)がそれである。

橋本の第一作「嫁支度」が発表された『文藝戦線』をプラットフォームとする日本のプロレタリア文学運動は、一九二七年六月、極左の福本イズム（非合法日本共産党の理論家・福本和夫が唱えた「結合する前にまずきっぱりと分離すべきだ」という運動理論）を支持する中野重治、鹿地亘らが「プロレタリア藝術聯盟」（プロ芸、機関誌は『プロレタリア藝術』）を結成したことで、分裂状態に陥った。中野たちと対抗して葉山嘉樹、林房雄、蔵原惟人、橋本英吉らは「労農藝術家聯盟」（労芸）を結成し、『文藝戦線』をその機関誌とした。同年十一月、労芸は再度分裂し、林、蔵原らは「前衛藝術家同盟」（前芸）を結成して、二八年一月から機関誌『前衛』を発刊した。橋本英吉はその林房雄らと行をともにし、前芸の機関誌の創刊号に発表したのが、「棺と赤旗」だったのである。その後、同年三月の「三・一五」弾圧を契機としてプロ芸と前芸との合同が実現し、「全日本無産者藝術聯盟」（ナップ）が結成され、五月から機関誌『戦旗』が発刊されたため、『前衛』は四冊をもって終刊することになる。

半島の鼻から一マイル、海の中に炭坑が経営されてゐた。島は弧状にそりかへつた半島に、呑み込まれやうとする食物のやうに見えた。島の炭坑生活は舟の生

(11)『筑豊石炭礦業史年表』（一九七三年十一月、西日本文化協会）、および『北九州地方社会労働史年表』（一九八〇年二月、西日本新聞社）による。

(12)「棺と赤旗」は、『前衛』一九二八年一月号に発表され、一九三〇年三月刊の短篇集『炭坑』（註1参照）に収められた。現在では、「日本プロレタリア文学集」32（註1参照）に収載されているものが入手しやすい。本稿での引用は初出誌に拠り、短篇集『炭坑』と、敗戦後に刊行された橋本の短篇集『棺と赤旗』（新日本名作叢書、一九四六年十二月、新興出版社）を参照した。初出誌にはルビが振られていないが、総ルビの『炭坑』によって適宜ルビを付した。

活同様に、一皮めくれば海の底である。だが、事業は、迫つて来る危険率と、同一速度で繁栄してゐた。地上に搬出される石炭の量が増加すればする程、地中の空虚は拡大するのだ。鑛夫はまるで、半日は爆弾を調合し、あと半日は其の爆弾の上で眠る様な仕事をしてゐた。やがて、ポカリと一発見舞はれた軍艦のやうに、鑛夫は島諸共《もろとも》海中に埋没しないとも限らないのだ。／半島の町は、朝の颯爽たる島の汽笛で、戸を開け始める。そして昨日から続いた煤煙を見て、炭坑が健康な経営状態にあることを知る。煙突は島の浮動を防ぐために打ち込んだ釘のやうだ。櫓《やぐら》は、四本の鉄骨が百二十尺の空の一点で組合つた四角錐だ。地上から炭層へ引く六百尺の垂直線。七百二十尺のロープで貫通された垂直の坑道は、資本文明が産出した最も惨忍でグロテスクな街路であつた。朝と晩、六時の交代時間には、ケーヂは染物機械のやうに、青い一群の鑛夫を坑内に送り、黒く染つた鑛夫を積んで上つて来る。ガス発電所がある。ガス爆発の連続的な音響が、波の音を消してゐた。彎曲した半島に歯のやうに、列《なら》んだ町々に反映する島の風景はそれだけではなかつた。深夜にも働らいてゐた島は、全身に素晴らしい星の衣裳を装つてゐた。静まつた夜の潮を這ふやうに、イルミネーションの倒映が輝いた。

「棺と赤旗」の冒頭部分のこの叙述は、日本のプロレタリア文学が達成していた斬新で鮮烈な卓越した表現の水準を、事実をもって示している。構成主義、表現主義、未来派、等々、二十世紀の前衛的表現が世界的同時性をもって獲得した新しい次元をここに見ることも、さして困難ではない。だが、ここにあるのは、狭い意味での表現技法にかかわる迫力だけではない。この技法によってこそ生命をおびて起ち上

『前衛』一九二八年一月号

がってくる主題の迫力が、決定的に新しく鮮烈なのだ。

「鑛夫岩吉は、短気稀代の若者であった。仲間は彼を「マイト岩」と渾名した。それは勿論《もちろん》煙硝に似た彼の爆発力に冠《かぶ》せた名前であるのみならず、同時に、彼の優れた腕力をも表現した。が、今一つ特種な理由は、鑿《のみ》でマイト穴を掘ることが非常に巧みであったからだ。」――このマイト岩を形式上の主人公として物語は展開される。形式上の、というのは、マイト岩という人物こそは炭坑夫についての世間のイメージを一身に体現しているからにほかならない。坑夫と不可分の発破用ダイナマイトを思わせるような爆発的な粗暴さをもつかれの心情と情動と暴力と怒りと発心とを軸にして物語を進行させることで、ただ酷使され使い捨てられるだけの生涯をくりかえしてきた炭坑夫たちがついにストライキに行き着くまでが、きわめて象徴的に、しかも具象的に描き出されるからである。

けれども、じつは、「棺と赤旗」の、文学表現としての新しさ、とりわけ炭坑と石炭とを描く文学表現としての決定的な新しさは、マイト岩という無意識的な暴力坑夫が労働者としての意識にめざめる過程をリアルに作品化したことだけに、あるのではない。この小説の真に本質的な新しさと作品としての迫力は、冒頭の叙述がすでにあらかじめ暗示しているように、「半島の町」と「島の炭坑生活」とを、ついに結びあわせたことにあるのだ。「嫁支度」の悲しい父と娘が炭坑脱出の夢をそこに託した「町人」たちが、炭坑を直視し、それから目を離すことができないような状況を、この小説において、坑夫たちがつくりだすのである。海をへだてて炭坑のありさまが手に取るように見える半島の町の住人たちは、初めて見る「働らいてゐない」島と、警官と暴力団の一群を島に送り込む船とによって、町と島とのつながりを初め

橋本英吉――『名作案内 日本のプロレタリア文学』（〈青木新書〉。一九六八年八月、青木書店）より

て予感する。島の炭坑のストライキは、炭坑を「太古に埋没した古都のやうに静ま」らせただけではない。町そのものを「幽鬱に陥」らせたのだ。

もちろん、五昼夜の後に坑夫側に有利な条件でストライキが解決したとはいえ、それは最終的な勝利とはほど遠いように、この五昼夜によって半島の町の人びとと島の坑夫たちとがただちに何らかの関係を結ぶことも、およそありえない。だが、スト終結によって「幽鬱な島の風景から再び解放された」半島の町々を、作者はそのまま解放してしまうのではない。島から半島に帰着した第一船は警官隊を満載していた。それを眺めた町の味噌屋の亭主は、船の喫水線が五日前の往路に比べて深く沈んでいるのは警官たちが島でたらふく食ってきたからだ、と人びとに話す。かれらはそれを面白おかしく話題にするが、無意識のうちに島の炭坑と外の世界全体との関係を、読者とともに垣間見ているのだ。小説の結末は、会社に買収されてスト破りのために入坑した挙句《あげく》に坑内で死んだ二十八人の「裏切団」の葬儀を、新たな闘争に入るのに先立って全坑夫たちが行なう光景である。この光景を、作者は、半島の町の住人たちの眼によって描いたのである。

『棺と赤旗』表紙

向うの島の背面に、長い列が見えた。白い棺と赤い旗とが鮮かに交錯してゐた。／「あれは、鑛夫の葬式だ。」／巡査の一人が説明した。／「鑛夫の奴等が、今度は葬式騒ぎじや。」／他の警官が愉快さうに言つた。／長い列は、屍を盛つた棺と赤旗の列は、螺旋のやうに幾重にも廻つて、高い方へ上つて行つた。

「棺と赤旗」の島の炭鉱がどこであるのか、作品では明示されていない。しかし、半島と島の位置関係などから、おそらく長崎県の香焼《こうやぎ》島にあった安保《あぼ》炭鉱がモデルではないかと思われる。香焼島の周辺には、圧制ヤマとして有名な高島、軍艦島の異名をもつ端島《はしま》、鬼が島といわれた崎戸島、そして大東亜戦争下の一九四三年によようやく出炭を開始した伊王島など、炭鉱の島が点在している。それらのうちで、東に位置する野母半島（長崎半島）からもっとも近いのが香焼島である。この島には、戦時中の一九四二年に捕虜収容所が設置され、蘭印（オランダ領インド、現在のインドネシア）、イギリス、オーストラリアなどの捕虜が収容された。香焼の炭鉱が閉山したのは一九六五年のことだが、その後、対岸の野母半島とのあいだの約八〇万平方メートルの海が埋め立てられて一九六八年二月に陸つづきとなり、三菱資本の工場群が林立するにいたった。[13]半島の町と炭鉱の島は、いまでは現実に結合しているのである。

　後史がどのようなものであれ、炭鉱と炭坑夫たちを外の世界と結びつけたことこそは、プロレタリア文学の大きな仕事だった。プロレタリア文学によって、下罪人でありタンコモンである炭鉱労働者は文字通り裸の姿を社会の前に現わした。そして町人や市民の社会の側からは、炭鉱と炭坑夫たちの現実に肉薄しようとする試みが、その市民社会を変えるためにも避けることのできない試みとして、現われてきたのである。一九三五年六月に刊行された橋本英吉の長篇小説、『炭坑』は、このような試みを主題とした作品であり、同時にまたこのような試みの実践のひとつでもあった。

（13）中里嘉昭『香焼島――地方自治の先駆的実験』（一九七七年三月、晩聲社）参照。なお、雑誌『前衛』一九二八年四月号に発表された橋本英吉の短篇小説「逃走」（のちに短篇集『炭坑』に収載）の舞台も、おそらく「棺と赤旗」で描かれているのと同じと思われる島の炭坑である。

3　『炭坑』が直面する現実

長篇『炭坑』は、その第一編が雑誌『文學評論』の一九三四年十月号から十二月号までに連載されたのち、新たに第二、第三編を加えて、三五年六月に単行本として刊行された(14)。

月刊雑誌『文學評論』は、「日本プロレタリア作家同盟」（ナルプ）が一九三四年二月に自主解体して日本における組織的なプロレタリア文学運動が終焉したあと、後退戦の試みとして、小説家の徳永直、歌人の渡邊順三らを中心に、三四年三月号から三六年八月号まで二年半にわたって発行された。そのあとなお、武田麟太郎を中心とする同じく月刊の『人民文庫』が三六年三月から三八年一月まで存在したとはいえ、『炭坑』が『文學評論』に連載された当時すでにプロレタリア文学の時代は終わろうとしていたのだった。それゆえ、連載終了のさらに半年後に第三編までをまとめた単行本が刊行されたとき、この作品は、事実上、日本におけるプロレタリア文学の最後の成果のひとつであり、同時にまた運動の総決算という意味をも担わざるをえなかったのである。

長篇『炭坑』は、そのような歴史的位置にふさわしい作品だった。その理由の第一は、テーマ設定そのものにある。『炭坑』は、題名からそのまま明らかなように、工場プロレタリアートを主人公とする作品でも、貧農の生活や小作争議を描く作品でもなかった。革命家たちの非合法闘争や地下活動の記録でもなかった。炭坑夫は、これらすべての革命の主体たちとは別の存在だった。先発工業資本主義国のどこにもまして、日本における炭坑夫は、鉱山労働者（mineworker; Bergarbeiter）であるよりは坑夫であり、企業に雇用された従業員であるよりは親方に隷属する子方でしか

(14) 橋本英吉『炭坑』（一九三五年六月、ナウカ社）は、「新選プロレタリア文学総輯」の一冊として刊行された。（前出の短篇集『炭坑』と同じ題名だが、まったく別の作品である。）ナウカ社版では、表紙の題名表記に「長篇」という肩書きが付され、扉では「炭坑（長篇）」となっている。戦後、三一書房版「日本プロレタリア長篇小説集」6、および新日本出版社版「日本プロレタリア文学集」32（いずれも註3参照）に再録された。引用はナウカ社版に拠っている。カッコでくくった振りがなは引用者によるものである。

橋本英吉『炭坑』初版（ナウカ社版）表紙

なかった。この隷属は、労働現場だけにとどまるものではなく、むしろそれ以上に労働時間外の私生活をも貫いていた。炭坑夫たちの居住の場が「納屋《なや》」と呼ばれたことはよく知られている。独身の坑夫たちは「大納屋」という合宿所で暮らし、納屋頭の統制下にあった。「圧制ヤマ」といわれるような炭坑では、それは「監獄部屋」と呼ばれるものにも等しかった。家族持ちの坑夫は「小納屋」と称する棟割長屋《むねわりながや》をあてがわれた。小納屋は、多くは六畳程度の一間《ひとま》と炊事所を兼ねた土間とから成っていた。もちろん、厳しい労務管理の目は小納屋にも及んでいた。しかも、このいわば前近代的な労働と生活の場が、時代の推移とともに縮小され淘汰されて別の近代的な労働と生活の場に席を譲るどころか、国家社会の近代化と、とりわけ海外進出にともなって、農業人口はもちろんのこと、その他の産業分野の労働力、さらには植民地や占領地の労働力をも吸収して膨張したのだった。炭鉱だけに限らず石炭と関わるすべての労働を支配するこの社会的関係をテーマとするとき、プロレタリア文学は、いわばプロレタリアという人間像のはるか手前まで、そして公式マルクス主義にもとづくプロレタリア革命の構想のはるか彼方まで、描きうるような想像力を必要とせざるをえないのだ。

　こうした課題を、長篇『炭坑』と取り組むさいに橋本英吉がどこまで明確に意識していたかは、わからない。ナウカ社版単行本の巻末に添えられた「作者の言葉」で、かれは、冒頭に「坑夫の生活には、重大な社会問題が多く含まれてゐる」と述べながら、それにつづけて、「けれどもそれは他の社会――工場労働者の問題と質の違つたものではない」という留保を付けたのだった。そして、「今日の坑夫の生活は、原始的域から脱して、都会の労働者と同一水準に近づきつ、ある」と書き、それを示す実例として、住宅の改善、労働時間の短縮、主として大坑山における婦人子供の深夜業などの廃止、坑夫の組織化・統制化の増強を挙げている。これを見るかぎり、作者には、当時における炭鉱労働を工場労働などと本質的に区別する考えはなかった、と言わざるをえない。——けれども、坑夫の生活は都会の労働者と同一水準に近づきつつある、という見解とそれを示す右のような実例とのあいだに、かれは、「特異な労働形態を除いては、殆んど他の労働者とかはるところはない」（傍点は引用者）という一文を記しているのである。そして、都会の労働者との近さを示す実例のあとに、つぎのように書いている。

> 封建的意識から坑夫を引上げる企は、主として資本家によつて指導されてゐる。それが、炭坑経営に最も必要だからである。炭坑を合理的科学的に経営するに絶対必要な条件は、坑夫の粗雑な頭脳の鋳直し、機械に対する理解、団体行動の訓練であり、従つてまた規律ある日常生活を接続する能力を獲得しなければならない。／坑夫の近代的労働者への特質変化は、私の書かうとする第一の意図である。／第二は、炭坑経営の農村に及ぼす影響——土地陥没、農民の坑夫化——等を書くことである。

ここに示された作品の意図からは、他のどのような労働者でもなく炭坑夫をこそ描かねばならなかった根拠が、作者の意識を越えてくっきりと浮かび上がってくる。資本主義が必須とする労働過程の合理化と労働者の馴致《じゅんち》が、炭鉱労働と炭坑夫たちをも逃がさない点では、炭鉱も工場も変わりはない。しかし、炭鉱における「特異な労働形態」は、そしてそれと不可分の労務管理と生活支配のありかたは、工場と工場労働者の場合とは別の合理化と馴致を炭鉱と炭坑夫に課すのである。この別のありかたに光を当てる作品を、運動の最終局面で生んだことこそは、日本のプロレタリア文学の重要な成果のひとつだった。そしてもうひとつの成果、作品の未完によってついに実現されなかった成果は、農業プロレタリアートが坑夫という最底辺へと再組織されていく過程と、炭鉱が周囲に及ぼす公害とに、初めて光を当てようと意図したことだった。

　長篇『炭坑』の舞台は、「福岡県の太川郡井形町」とその周辺である。井形町の中央を東から西に「山伏川」が流れている。山伏川の流域では、眺望の良い山に登ると、「光井」とか「光菱」とかに経営される大炭坑の煙突が六つも七つも見える。第一篇は「光井鑛業株式会社太川鑛業所第三坑」で働く炭坑夫たちを主人公にして展開される。太川郡井形町が田川郡伊田町であり、山伏川が彦山川《ひこさんがわ》であることは、言うまでもない。彦山川は、山伏の修験道で知られる英彦山《ひこさん》に水源を発し、筑豊炭田の東半分を流域としながら北へと流れて、直方のあたりで西南から来た嘉麻川《かまがわ》と合して遠賀川《おんががわ》となり、芦屋で日本海響灘《ひびきなだ》に注ぐ。光井太川鑛業所として描かれる三井田川炭鉱は、一九〇〇年三月、筑豊の炭坑王のひとりである安川敬一郎らが共同経営して不振に陥っていた「田川採炭組」から、三井鉱山会社が一六五万円で買収したものだった。坑夫の一日の賃銀が五〇銭程度だった時代のことである。――その太川の第三坑での一坑夫の骨折事故から、物語は始まる。会社側が古くなった坑木の交換を遅らせてきたのが原因で、落盤が生じたのである。坑道の天井が地圧によって絶えず沈下するのを支え止め、落盤を防ぐために、支柱を立てたり枠を組んだりしなければならないが、その材料となる丸太が坑木と呼ばれる。第三坑の坑木が老朽化していたのに、会社が交換の経費を惜しんだのだ。一緒に働いていた男女の坑夫のうち七人が負傷者を運び出した。残ったものたちが弁当を終えて仕事を再開しようとしたとき、「ヒジヤウ」だという知らせが伝えられてきた。「ヒジヤウ（非常）といふ言葉は爆発といふ言葉と共通な響をもつてゐた。彼等は爆発といふ熟語のヒビキをきらつて、非常と呼んでゐた。何か変事があるとすれば、爆発ではないだらうか？　遠くの切羽で起つた爆発が、だん〳〵広がりつゝあるのではあるまいか？　さういふ考がすぐ浮んだ。」（カッコ内も原文のまま）

　地底のかれらは知るよしもなかったが、地上の第三坑発電所に火災が発生して、昇降機《ケージ》も送風機も止まってしまったのである。炭坑には、操業に必要な電力を石炭や坑内噴出ガスによる火力発電でまかなうための自家発電所が設置されている。それが火災で停止したため、竪坑からケージで地上へ戻ることもできないばかりか、坑内に新鮮な空気を送り込んで換気する装置も働かなくなったのだ。坑夫たちは事情もわからぬまま坑内に閉じ込められてしまったのだった。地上と坑底とのあいだには電話がつながっていたが、詳しいことは何ひとつ伝えられなかった。小説の中心人物のひとりである平澤初太郎は、数人の坑夫から誘われるままに大竹坑道に向かうグループに加わった。大竹坑とは第二坑のことで、山ひとつ越えた隣村にあったが、こちらの竪坑が不通になったときの用意にそことの連絡坑が通じていた。

　大竹坑から脱出しようとしたこの試みは、途中の坑道にたまっていたガスのために二人の死者を出す結果に終わる。この事故がきっかけとなって、坑夫たちと会社側との関係は変化しはじめる。落盤による負傷者が労働災害の認定を受けるための

一九一〇年代後半から一九二〇年代中葉にかけての切羽——工藤光次郎編著『短歌と写真による筑豊炭田史』(No.662) より

公傷手続が会社によって遅らされていることも、坑夫たちの気持ちを硬化させる一因となる。とはいえ、それはまだ、発電が再開されて就業することになってもオレは仕事に出ないぞ、というふてくされのようなものでしかない。――これに衝撃を与えたのは、待遇改善を要求してストライキの構えを見せた機械方《かた》の動きだった。会社側は即座に中心メンバーの解雇を通告したが、機械工たちは争議団を結成し、労働者運動のオルグの応援を得て、坑内夫たちにたいする宣伝煽動を開始した。「オルグ」とは、「オルガナイザー」（organizer）の略語で、未組織の労働者・農民のなかに解放運動の組織（組合）を創出するために労働者運動団体から派遣される活動家のことである。

『炭坑』第一編は、こうして、ついに労働組合の組織という課題に直面しはじめる炭坑夫たちと、お雇いの暴力装置を使ってこの動きを粉砕しようとする会社側の動きとを垣間見るところで終わる。そして第二編では、同じ町に住む山林地主の一家が描かれる。安積家の二男で早稲田大学の学生である曽二郎は、小炭鉱の経営に乗り出す若い継母への反発もあって、その小炭鉱の坑夫たちや、炭鉱による農業用水の汚染や地盤陥没のために被害をこうむっている百姓たちへの関心を深めていく。かれを通して、炭鉱と農業の関係が、さらには炭鉱が現代社会において占める位置が、ちょうどあの半島の町から島の炭坑が眺められたように、外部の視線によって眺められようとする。第三編では視座はふたたび炭坑の内部に据えられる。

『炭坑』が刊行された直後、『太陽のない街』の作家、徳永直は、雑誌『文學評論』に、「『炭坑』の表現と構成について」と題する書評を書いて、「最近読んだもの、うちで、一番読みごたへがあり面白かつた。〔……〕従来、炭坑を描いた作品は、決して少いとは云へない。しかしこのやうにたかい見地から、ハッキリと工業プロレタリアとしての坑山労働者を描いた作品は、まづこれが最初と云つてい、」と、この作品を高く評価した。従来の「炭坑物」は、概して、ちょうど淫売婦を描くのと同じように、素材の異彩さで世間の好奇心をそそるたぐいのものだったが、この作品では「奇抜さやブルジョア的概念で蔽はれた「不思議」と「暗黒」的エピソードによつて、その実体を蔽ひかくされるもの〔……〕が悉くヒン剥かれてゐる」というのが、徳永の評価の理由だった。「この長篇「炭坑」は、この作者がもつ従来の「炭坑物」一聯の作品をはるかに超へ（ママ）る作品であるばかりでなく、日本の文学に「炭坑」を描いた最もたかい立派な小説であるといふことを記録したものである。そしてそれと同時に、僕はこれを読みながら感じたのは――日本のプロレタリア文学も進んだなァ――といふことであつた。[15]」

こう述べたあと、しかし徳永直は、この作品にたいする批判もいくつか記している。第一は、作者の世界観の高さと、用いられている手法との衝突である。これは、全体を三編で構成しながらそれらが有機的に関連しあっていないところに、もっともよく現われている。第二に、全篇を通じて、すぐれたシーンや炭坑地特有の匂いや空気までがパノラマのように現出するにもかかわらず、「人間」が「著しく不足」しており、とりわけ女性たちが描けていない。そして第三に、「こういふ歴史的作品には、典型的な歴史的人物も大事であると同時に、可能なかぎり年代をハッキリさせておくことも必要である。「炭坑」では全篇通じて、年代が一つもないが、勿論およその見当はつく。大正六七年ごろから、パニック襲来の時期といへば、大正九、十年ごろであらうと思ふが、やはり何年何月など書かなくても、それを裏づけておく方

（15）『文學評論』一九三五年八月号、「相互批評」欄。

がいいと思ふ。」

第一と第二の批判点は、小説としての『炭坑』の本質的な欠陥を的確に衝いている。だが、第三の批判は、徳永直の完全な誤読だろう。作品には、「一九二八年の夏休には、珍しく安積兄弟は一緒に帰省することになつた」（第二編、二）と、「一九二八年十月、試験的に設けたコンベアに働いてゐたのは、清水小頭の配下の者達だつた」（第三編、一）と、二ヵ所で年代が明示されている。第一編の幕切れである演説会場での乱闘は、季節感の叙述からしても、また第三編の初めで「夏の事件」と書かれているところからも、夏のことである。そして、その乱闘の場から夢中で逃亡して二、三の小炭鉱で短期間だけ働いた平澤初太郎が再び太川三坑に舞い戻ってくる以前に、コンベアで働く場面が配されているので、第一編は同じ一九二八年の夏の出来事として描かれていることがわかる。第二編の安積曽二郎の帰省と、それは同時期にあたる。

にもかかわらず、年代が不明であるという徳永直の批判は、じつは間違っていないのである。作者が与えている一九二八年の夏から秋という時代設定にもかかわらず、この作品を率直に読むなら、徳永が推測しているとおり、「大正六七年ごろ」から「大正九、十年ごろ」、すなわち一九一〇年代後半から二〇年代初めの出来事という印象は、拭いがたいのだ。

毎日のことでなれた仕事場であつたから、ケーヂに乗り、長い坑道を下つてそこに着くと、皆はゆつたりとおちついて、納屋にゐる時のやうに、枠にズラリと打つてある釘に仕事着をかけ、裸になつてから、親父もおふくろも若い者も、それから十五六の子供らさへも、板ぎれや古坑木のうへに腰をおろすのだつた。

〔……〕坑夫達はさうやつてぢつと腰かけてゐるうちに、しきたりになつてゐる時間だけ休んだことに気づいて、まづ先山が鶴嘴《つるはし》をかついで切羽におりて行くのだつた。／「ちつとばかり叩かうかな。」／さう云つて一人が立ちあがつた瞬間、誰もかるい悲しいやうな気持にとざされる。特に真夏の夜勤のときには、一層それがつよかつた。〔……〕平澤初太郎は、本田の娘クメと何か話してゐた。初太郎はクメの右肩に自分の肱をのせてゐたので、手先がクメの右乳房のあたりに垂れてゐた。クメは肉づきのいゝ長い両脚の膝のあひだに、拾つてきた古草鞋をはさんで、トロにつける番号札の紐をなつてゐた。彼女もほかの女と同じやうに、キヤルマタ（猿股の短いもの）をはき、それがやつとかくれる位に、手拭ほどの広さしかない、荒い絣《かすり》の布を腰にまいてゐた。そしてその上に乳房の下あたりまで晒木綿《さらしもめん》をまきたてゝゐた。髪にはのりのついた手拭を二枚かさねて被つてゐた。と云つた具合の服装が坑夫女の標準型で、その型を破ると笑はれるのである。たとへば絣の布が下のキヤルマタより長くても短くてもいけない。丁度海水着のやうなもので、お尻がやつとかくれる位でなければだらしなく見えるのだつた。

第一編冒頭のこの叙述は、それ自体としてはきわめてすぐれた情景描写というべきだろう。男女の坑夫たちの身のこなしや感情の息吹きまでが、ここからは彷彿として浮かび上がってくる。とはいえ、ここで描かれているのは、「嫁支度」やのちの『若き坑夫の像』で描かれているのとまったく変わらぬ坑夫たちであり、坑内の情景である。言いかえれば、作者自身が坑夫として働いていた一九一〇年代後半から二〇年代初期にかけての人物と情景を思わせずにはいないのだ。

小説中の時代とされている一九二八年当時、筑豊の諸炭坑では採炭と搬出の機械化が急速に進みつつあった。前年には、ほかならぬ三井田川坑で、「リッツルジャイアントＮＰ４７２型」という採炭用ドリルの「三池製作所改良型」が採用され、二八年初めには三井山野坑で「山野式チェーンコンベヤー」が坑内の石炭運搬に導入された。(16) こうした技術革新は、短期間のうちに他の炭坑にも及んだ。あるいは、ひょっとすると、一九二八年の時点でも、この小説に描かれているような坑夫たちの姿と坑内の情景が見られる炭坑が、じっさいにあったのかもしれない。だが、もしもそうだとしても、いや、そうだとすればなおのこと、この作品で作者が強く読者に印象づけねばならないのは、このような場面そのものではなかったはずなのである。このような場面の一方で、作者は、新しいコンベアで働く場面も描いている。そうだとすれば、これら二つの場面は、どういう関係にあるのか？——作者が意図するように「坑夫の近代的労働者への特質変化」を見つめ、それを描こうとするなら、たとえ一九二八年の夏から秋という一時点に舞台を固定するとしても、その固定された時間のなかに、炭坑と坑夫の全歴史が生きているのでなければならないだろう。坑夫たちの姿と身ぶりがその一時点のものにほかならないとしても、そのなかには、かれらの全歴史がにじみ出ているのでなければならないだろう。

その全歴史とは、無限の時間軸に沿った無限の出来事などではない。橋本英吉自身の言葉を使うなら、坑夫たちの「特異な労働形態」が、坑夫たちをどのように形成し、坑夫たちと社会とのどのような関係を形成してきたのかという、その過程にほかならない。それを描き出すためには、坑夫たちの坑内風俗だけではなく、労働現場と生活の場とをつらぬく「特異」な労務管理のありかたと、それを受け入れる

(16)『筑豊石炭礦業史年表』（註11）に拠る。

主体としての坑夫たちのありかたをこそ、坑内の情景にもまして具象的に、描かなければならないのである。

4「どん底の英雄」——？

ルー・メルテンの戯曲「炭坑夫」は、じつは、橋本英吉が「嫁支度」によって作家としての歩みを始める前年に日本に紹介されていたのだった。一九二八年四月に「新興文学全集」に収められるに先立って、まず、そのころまだ日本におけるプロレタリア文学運動の単一の機関誌だった『文藝戦線』の一九二六年十月号に訳出掲載されたのである。掲載誌の編輯後記には、「本号ル・メルテンの戯曲「炭坑夫」は、一般無産階級に働きかけるものとして、実に上乗な作品だと思ふ。佐野碩君の訳筆も推賞に値するものがある。我々は深くその労を謝さなければならない」というコメントがある。炭坑夫を描くことが「一般無産階級」に働きかけることにつながる時代が、始まりつつあったのだ。一幕五場のこの作品は、翌二七年六月に運動が福本イズムをめぐって分裂したのち、中野重治、森山啓、西澤隆二（ぬやま・ひろし）、鹿地亘らを中心とする「プロレタリア藝術聯盟」の機関誌『プロレタリア藝術』二八年三月号に、同じ訳者の改訳稿として再掲された。「新興文学全集」に収められたのは、この改訳稿である。雑誌掲載のさい末尾に付された訳者・佐野碩による註記は、つぎのように述べている。

ル・メルテンの「炭坑夫」は一九二六年十月に拙訳が発表されて以来、『プロレタリア劇場』の北海道東北地方公演（昨夏）を始め、あらゆる暴圧の砲火をくゞつて各地に数十回上演された、我々は、この一幕物ほど全般的なむごたらしい鋏《（はさみ）》を加へられた戯曲をおよそ知らない。そしてまた、この一篇ほど、あらゆる労働者から激励と涙とを以て迎へられた作品を知らない。旧訳に若干の誤りを発見した訳者がこゝに改訳を発表する理由は右の点にある。だが、時日の僅少が訳者に充分の推敲を許さなかつた。最近『プロ芸叢書』の一篇として公にされる際、更に手を加へる積りである。改訳に関しては中野重治の助力が大きい。〔以下略〕

『プロレタリア藝術』の同じ号には、「演出者の覚え書——『炭坑夫』に就いて」と題する佐野碩の一文（二八年二月十日付）も併載された。そのなかで佐野は、この戯曲をつらぬく「一条の太い線」は「闘争の真只中にあるプロレタリアートの姿」であることを強調し、最初はストライキに反対だった老坑夫ブルゲルに焦点を当てて、「ブルゲルがプロレタリアートの底力に《（ママ）》再生するに至つた必然性は如何なるものであるか」を示すことこそ、この戯曲の演出の眼目である、と書いている。

原作者ルー・メルテンは、一九〇九年に発表したこの作品の時代と場所を、「一九〇八年」の「大炭坑地帯」としていた。ここでいうドイツの大炭坑地帯とは、オランダとの国境に近いライン河沿岸のルール地方だろう。そのドイツ最大の鉱業地帯での出来事が、二十年後の日本で、現在のプロレタリアートの典型的な姿を描く表現として再生し、「かくしてその無限の底力を広くそして深く民衆の中に注ぎ込むであらう」（佐野「演出者の覚え書」）と目されたのである。「七つ八つからカンテラさげて　坑内下《さ》がるも親の罰《バチ》」と歌われた炭坑夫たちが、「闘争の真只中にあるプロレタリアート」として「民衆」のまえに姿を現わし、その底力を民衆に注ぎ込もうとしているのだった。

二十年近くも昔の原作が一九二六年秋に初めて日本に翻訳紹介され、各地で上演されたのは、理由のないことではなかった。これが最初に掲載された『文藝戦線』十月号の「印刷納本」の日とまったく同日の一九二六年九月二十五日に発行された『無産者新聞』(第四十八号)の連載コラム「国際戦線」欄は、「勇敢なる英炭坑夫——グリーンが炭坑夫援助を声明す」という表現で、イギリスにおける炭坑夫たちの「罷工」の近況を伝えている。『無産者新聞』は、非合法だった日本共産党の事実上の機関紙として発行されていた週刊新聞である。その号の「国際戦線」欄は、「英国炭坑夫のストライキは五月一日から今日まで継続してゐる」という書き出しのあと、最近炭坑夫が続々と復業しつつあるという報道はウソで、百万からの坑夫は依然として闘争を続けていること、これにたいして国際的な支援も拡がっており、英国炭坑夫代表を迎えたアメリカ労働聯盟の会長であるウィリアム・グリーンが全力を挙げてストライキを支持する方針を表明したことを報じた。同じコラムは、引きつづき十月二日号と九日号でも、イギリスの炭坑夫ストライキに関する記事を載せ、また、これらに先立って九月十一日号には、『世界を震撼した英国の炭坑争議——その真相、意義、教訓』というパンフレットが産業労働調査所[17]から発売されたむねの広告記事がある。

『無産者新聞』九月二十五日号のコラムが報じた一九二六年のイギリスにおける炭坑夫ストライキは、じつは、そこに記されている五月一日よりも前からすでに始まっていた。労働条件の改定を主要な争点とする労資協議会が決裂した四月中旬から、各地の炭坑でストライキが始まり、それは五月一日に至って全国的なものとなった。

(17)「産業労働調査所」は、民間の調査研究機関として一九二四年三月一日に設立された。主任は共産党員の野坂参三だった。一九二五年八月から『産業労働時報』を発刊し、さらに二七年二月からは月刊誌『インターナショナル』を刊行(三三年七月廃刊)して、日本の社会主義・共産主義運動の情報・理論分野で大きな役割を果たした。

五月三日、労働組合会議総評議会が、炭坑スト応援のゼネラル・ストライキ（総罷業）を呼びかけて、全英の各産業、三八〇万の労働者がこれに参加したのである。ゼネストは五月十二日に解除されたが、イギリスの植民地や諸外国でも連帯のストが行なわれ、また共産党系の鉄道労働組合による石炭輸送ボイコット闘争にも支援されて、諸炭坑におけるストライキ闘争は十一月十九日に最終的に敗北するまで、継続されたのだった。(18) 注目すべきことに、ゼネストの翌月、イギリス政府は、イラクのイスラム勢力との間に石油資源の利用に関する協約を結んでいる。石炭をめぐる情勢を憂慮して、代替エネルギーとしての石油の利用に打開策を求めたのである。それゆえ、このイギリスにおける一九二六年の炭坑夫ストライキは、世界の労働者運動史上に特筆されるべき闘争だったばかりでなく、石炭という資源の将来にとってもまた、ひとつの転機となるものだったのだ。石炭から石油への転換という歴史の進展は、このとき初めて世界史のなかに姿を現わしたのである。

ルー・メルテン原作の「炭坑夫」が、『文藝戦線』に訳出掲載されてから、『プロレタリア藝術』への再掲を経て、『新興文学全集』第一八巻に収録されるまでの、一九二六年十月から二八年四月に至る一年半の時期は、日本に限った視線で見るなら、最初の本格的な炭坑文学というべき橋本英吉の「嫁支度」や「棺と赤旗」が生み出された時期にほかならない。それは、日本国内の諸炭坑について見れば、労働争議が比較的少なかった一時期だったが、ドイツや、とりわけイギリスにおける炭坑の大争議は、日本社会にとっても対岸の火事とばかりは考えられなくなっていたのである。ほかでもない橋本英吉の長篇『炭坑』は、まさにこの時期の炭坑を描いていたのだった。ドイツやイギリスとの時差は当然のこととしても、たとえば技術

（18）『近代日本総合年表』第三版（一九九一年二月、岩波書店）、『世界史年表・地図』第二版（一九九六年四月、吉川弘文館）、『世界労働運動史・民族運動史年表』（青木書店）、青木文庫、一九五五年二月、青木書店）、《*Geschichte der deutschen Arbeiterbewegung—Chronik. Teil 2. Von 1917 bis 1945*》(Dietz Verlag, Berlin 1966) などを参照した。

革新の波だけでも視野に入れるとき、この小説のいわば牧歌的な坑内労働風景は、徳永直が誤読したとおり、この時期の現実とは懸け離れていたというべきだろう。

　日本がようやく「明治維新」後の近代化・資本主義化を開始した一八七〇年代初めから、八〇年代初めにかけての十年間、イギリスでの石炭生産量は、年平均で一億三〇〇〇万トン前後だった。それが一八九三年からの十年間には年平均二億トンを突破し、一九〇三年から一二年では同じく二億五四〇〇万トン、以後は漸減に転じ、一九二三年から三二年には二億三三〇〇万トンとなっていた。この減少は、イギリスが世界最強の国家という地位を失っていく過程を、如実に反映している。一方、イギリスとは比較にならぬほど量の少ない日本では、一八八三年に初めて年間出炭量一〇〇万トンを超えて以降、急上昇をつづけ、一八九六年に五〇〇万トンを突破、一九〇三年に一〇〇〇万トンに達したのち、一九一九年に三一〇〇万余トン、その後の数年はやや減じたものの、二四年にふたたび三〇〇〇万トン台となり、二七年には三三五三万トンを生産していた[19]。第一次世界大戦直前の時期が石炭生産量のピークだったイギリスとは対照的に、日本の石炭は対米英開戦の前年、一九四〇年の五六三一万余トンがピークとなる。「紀元二千六百年」とされたこの年が、日本の国力の頂点だったわけであり、戦争の帰趨はこのときすでに決していたのである。いずれにせよ、一九二七年の出炭量はその最高値のほぼ六割に達しており、産業総体のなかに占める石炭の位置は、ますます大きくなりつつあった。そしてそれは、そのまま、労働者運動総体のなかでの炭鉱労働者の比重の増大にほかならなかったのである。

　ルー・メルテンの「炭坑夫」よりも二年前の一九二四年十一月にすでに日本語訳

(19) 古賀進・市川信一『ヨーロッパの石炭I――イギリス・フランス篇』（一九五三年十二月、白亜書房）、および水沢周『石炭――昨日　今日　明日』（一九八〇年七月、築地書館）に拠る。

が刊行されていた一巻の長篇小説、『どん底の英雄――炭坑夫ロバアト・シンクレアの物語』(20)もまた、そのような炭鉱労働者にたいする関心のありかたのひとつを示唆している。

麻生久と渡辺康夫の共訳で出たこの単行本の「序」で、訳者はこう書いたのだった――

此小説は、自然を其《その》住居とする坑夫と云ふ原始的な而《し》かも光輝ある階級の、赤裸々な現実と、類ひまれな情熱とをそのまゝに表現した真実の物語である。／主人公ロバ《ママ》ート・シンクレアは坑夫の子として生れ、長じて坑内に働いた。彼の遂げられざる恋と希望とを骨子として物語が進められて行く中に、資本主義の桎梏にからまれながら地底の暗黒に織りなされる坑夫生活の悲愴なそして又可憐な光景が、恰《あた》かも絵巻物を見るやうに展開されて行くのである。そして、そこでは、坑夫と云ふ人間の生命が、又坑夫の妻と云ふ者の名誉が、如何に僅かな値に依つて押しひしがれてゐることよ！／殊に此小説の全篇を通じて力強く描かれてゐる事は、殆んど信ずる事の出来ない程の困難の中にあつて、坑夫の女房達が勇敢に其困難を切り抜け少しもあやまるところなく、其全心全身の愛情を彼女の家庭と小児のために捧げて行く可憐にして尊い精神に就てゞある。誰れか此小説を読み行くうちに涙なきを得るであらうか。／人々は此小説を読む事に依つて、只に鑛山の労働者の生活を知るばかりでなく、労働者の生活と云ふものが如何に人知れぬ圧迫と悲惨の中にさらされてゐるかを知るであらう。そして労働問題と云ふものが如何なる意味を持つかを知るであらう。

(20) ジェイムス・ウェルシュ原作『どん底の英雄――炭坑夫ロバアト・シンクレアの物語』（麻生久・渡辺康夫訳。一九二四年十一月、新光社）。同じ作品が、翌二五年にジェイムス・シイ・ウエルシュ『長篇小説 地獄――石炭坑夫の記録』という表題で林政雄の訳によって聚芳閣から刊行されたが、引用は前者に拠っている。一九二〇年に初版が刊行された原作は、現在では下記の版で比較的容易に入手できる。James C. Welsh:《*The Underworld: The Story of Robert Sinclair, Miner*》. Dodo Press, UK 2010.

このあと訳者は、この作品の原作者についてつぎのように記している。「ゼイ《（ママ）》ムス・ウエルシユ氏は一八八八年、ロークシヤイアに生れ、十一歳のときに早くも炭坑夫となつて坑内に働いた。彼は僅かに初等教育を受けたのみである。〔中略〕一九二三年にはコートブリツヂー〔スコットランドのグラスゴー近郊〕選挙区から選ばれて労働党の代議士となつた。そして一九一九年以来、ロークシヤイア炭坑夫組合聯合会の副組合長をしてゐる。彼の著書には、本書の他に一九一七年に出版された『坑夫の歌』がある。本書は原名を“Under wood”と云ふのであるが〔正しくはUnderworld〕、題名の都合上小説中の一章に附せられた名を取つて『どん底の英雄』とした。此訳も少し無理な様であるが。／一坑夫の手になつた此小説が如何に評判になつたか、又実際如何に傑れたものであり、面白いものであるかは、此小説が一九二〇年に出版されてから既に二十万部を売り尽くし、独逸、仏蘭西、スカンヂナビアの諸国に翻訳されてゐるのを見ても明かである。著者が労働党の代議士に選ばれたのは此小説の賜であると云ひ」云々〔文中の〔 〕内は引用者による〕。作者ウェルシュの生年が正しくは一八八〇年であり、歿年は一九五四年であることが、今では明らかになっている。

——炭坑夫ヂヨウデイ・シンクレエアは、六週間ほど前に落盤事故に遭ってひどい傷を負い、仕事を休んでいた。それは老坑夫たちが「二志六片の冬」と呼ぶ一時期のことだった。一日働いても坑夫の賃金が二シリング六ペンスにしかならない経済危機のころである。妻のネリイは、働きに出られない夫と四人の子供をかかえて困り果てていた。物語は、そんな一家の不運に付け込んで、自分の言う通りになれ

『どん底の英雄』表紙と函

ば便宜をはかってやる、とネリイに言い寄る監督のジヨック・ウオカア（ブラック・ジヨック）が窓を叩くところから始まる。現場監督であるこの男は、自分の監督下にある坑夫に有利な持ち場をあてがうことを取引き材料にしては、かれらの妻や娘を食いものにしているのである。

ネリイの拒絶に会ったウオカアは、かの女の夫のヂヨウデイが仕事に戻ったあと、ことごとにかれを冷遇する。ネリイはウオカアから言い寄られたことを夫に一言も話さなかったので、ヂヨウデイには自分がなぜウオカアから嫌がらせをされるのか、どうしても理解できない。とはいえ、かれにはそんなことよりも重要な抱負があった。志を同じくする少数の坑夫仲間と語り合って、遠からず坑夫組合《ユニオン》を結成しようと意図していたのである。英蘭（イングランド）ではすでに大きな組合ができていて、坑夫の待遇もそのために改善されつつあった。しかし、ここ蘇格蘭（スコットランド）の、しかも個人経営のこの炭坑では、炭坑主に遠慮し、監督のウオカアに媚びることで有利な待遇を得ようとする「寄生虫《はらのむし》」たちや「いぬ」たちの妨害を乗り越えることは、容易ではなかった。

それでもついに、ヂヨウデイとその仲間たちは、組合活動家ロバアト・スミリイ氏を招いて演説会を開くところまで漕ぎつけた。組合の支部が結成され、ヂヨウデイ・シンクレエアは支部長に推された。かれの二番目の息子で小学生のロバアトは、会場でスミリイ氏の演説を大人《おとな》にまじって聞いた唯一の少年だったが、スミリイ氏から終生消えないほどの深い感銘を受けた。十一歳で卒業試験に首席で合格したかれは、上級の学校へ行かせたいと思っている母親の気持ちとは裏腹に、坑夫になることを宣言する。母親はとまどい、子供の気持ちを変えさせようとしてみる。「それからねロビンや、坑夫つてものが直きに老耄《おいぼ》れてしまふのを見て御覧。もう四十になるやならずにみんな参つちまうのだよ」と、かの女は子供に語る、「ところがお前、牧師さまだの先生さまだのつて、あゝいふ世間の手合なんぞは長生をして面白をかしく生活《くら》せるんだよ。坑夫の生活に比べたらあの手合の生活がまあどんなに気楽でいゝかを考へてごらんな、あの手合はお前のお父さんみたいに朝五時に起きたりすることなんぞないのだからね。八時頃に起き出してね、仕事は九時頃からなんだよ。牧師なんぞと来たら一週に一日しか仕事をしない。それもたつたの二時間ばかしさ。みんなさつぱりとした着物を着てね。真白いきれえなカラア(21)を毎日つけてね毎日々々異つた服装が出来るほどいろんな服をどつさり持つてゐるんだよ。仕事だつてちつとも骨の折れる事ぢやなしね。それにまあ給料をごらん。とてもお前のお父さんの日給二三志《シリング》とは比べものにならないんだよ。そらあ大した給料を戴けるんだよ。」――子供は「それでも仕事に出た方がえゝや」と答える。母親はまだあきらめきれずに言う、「それからね、あの人達には本がどつさり有るのだよ〔……〕それから立派なお家やね、お家の中にはピアノなんかも有るんだよ。毎年々々長いお休暇《やすみ》も戴けるし、それからお休日だつてしよつちうあるし、お休暇だからつて矢張り給料は貰へるしね。ところが坑夫なんて仕事にあぶれた時にや鐚《びた》一文も貰へない。いつももう陰湿《じめく》した所で、瓦斯《ガス》だの悪い空気なんどの中であくせく〱汗水たらした上に、時々は石が落こちたり何んかしてさ、生命まで奪《と》られる事があるんだからねえ、ほんとに厭な商売さ。給料だつてほんの雀の餌ぼつち。だから誰にだつて馬鹿にされるし。」

これに対して少年は、母さんはボツプ・スミリイさんの言ったことを忘れたのか、

(21) ワイシャツ(カッターシャツ)の襟(カラー)と袖口(カフス)は、二十世紀の前半あたりまで、取り外してそれだけを洗濯できるようになっていた。シャツ本体の洗濯回数を節約するためだが、着脱式のカラーがその名残をとどめていたのが、学生服(ガクラン)の白いセルロイド(プラスチック)製のカラーである。

と切り返す、「馬鹿にされるのは坑夫達が自分で自分を尊敬しないからなのさ。みんなで正しいと信ずることさへやればい、んだ。そしたら何もかも今よりは良くなつて行くに違ひないんだよ。」

『どん底の英雄』は、蘇格蘭ロウウッドの小さな炭坑で「何もかも今よりは良くなつて行く」ことを目指して生き、闘い、生命を落とした親子二代の炭坑夫の物語である。二代というのは、父と子の二人という意味ではない。坑内労働が許される十二歳に達するまでの一年間を坑外の選炭作業で過ごしたロバアト・シンクレエアは、ようやく坑内で父と兄との三人水入らずで働けるようになったその第一日目に、落盤事故によって父と兄を同時に失う。そして、それから十年後、二人の弟を含む二十三人が泥炭層の崩壊で生き埋めになったとき、決死の救出作業のさなかに、弟たちとともにかれ自身が生命を落とす。母親のネリイは、こうして、夫と、七人の子供のうちの四人までとを、炭坑で失ったのである。最初の事故は、かの女を思うままにできなかったのを根に持った監督のジヨツク・ウオカアが、かの女の夫と長男に故意に危険な坑道を当てがったためであり、もうひとつの事故は、利潤を追求する経営者側が安全管理を怠ったのが原因だった。

訳本の「序」からも明らかなように、訳者たちは、この小説をただ単に面白い小説として訳したのではなかった。三年半ののちにルー・メルテンの「炭坑夫」の訳者・佐野碩が書いたように、プロレタリアートの底力をこの作品が広く深く民衆のなかに注ぎ込むであろうことを、『どん底の英雄』の訳者たちもまた、予期し期待していたにちがいない。

なぜなら、訳者たちのひとり、麻生久は、ちょうど作中のロバアト（ボツプ）・スミリイと同じように、炭鉱と深くかかわる労働組合運動の中心的な活動家だったからだ。一八九一年五月に大分県に生まれた麻生は、東京帝国大学の仏文科を卒業したのち、新聞記者を経て一九一九年に「日本労働総同盟」の前身である「友愛会」に入会した。そのかれが、同会の鉱山部長となったのち、一九二〇年に「全日本鉱夫総聯合会」を結成して、夕張、日立、足尾の炭鉱や鉱山でストライキを組織する活動にたずさわっていたのが、ちょうど『どん底の英雄』の原著がイギリスで書かれ出版されたころだったのである。この邦訳が刊行されるのと前後して、麻生は、合法無産者政党である「労働農民党」（労農党）および「労働総同盟」を分裂に導き、二六年十二月に「日本労農党」を結成した。それ以後、四〇年九月の急死に至るまで、麻生久の歩みは労働者運動の中間派から右派へ、さらには軍部や天皇制右翼団体との合作へと進むことになる。このかれの歩みについては、日本社会の進路を天皇制との関連において究明する作業のひとこまとして、批判的に再検討する必要があるだろう。だが、一九一〇年代末から二〇年代初めの一時期にかれが企図した労働者の自己解放の理念は、安逸な生活や社会的ステータスとはもっとも遠い最底辺の労働者に加担する『どん底の英雄』という四七〇ページの訳書のなかに、訳者の強い共感として生きいきと反映されているのである。

5　石炭王とその王国

一九二〇年前後の麻生久が炭坑夫の組織化に活動の場を見出した根拠を、ひいてはまた二〇年代中葉から日本のプロレタリア文学に炭鉱および石炭とかかわる労働者が重要なテーマとして現われる根拠を考えるうえで、一九一九年十二月に刊行さ

とて理窟の謂《い》へない道理はない、この頃の世界思潮は、鑛夫や其他の労働者に腹一杯思ふことを謂はせて、それによつて現代の欠陥たる政治界、産業界の組織を根本的に改造しやうと努力することを指してゐるではないか。鑛夫の言葉にも何十年何百年か丶つて得た経験から訴へるときには真摯か《ママ》籠ることもある。俺はその真摯の言葉を聞いて欲しいのだ、そして渦巻く世界思潮の一端でも一沫でも真面目の血の色に染め変へて見たいのだ。」

ここで控え目に表現されているのは、これまで「理窟」を言うことが許されなかった労働者がそれを言う時代が来たのだ、という認識である。そしてさらに、かれらがそれを言うのは、政治のありかたや産業の仕組みを「根本的に改造」するためだ、という主張がここにはある。それは空理空論ではない。労働者の現実とその歴史が、それを「真摯の言葉」たらしめるのである。あらためて言うまでもなく、ここには、大正デモクラシーとして日本の国家社会の現状への肉薄を試みた大きなひとつの流れが脈打っている。だが、民衆による社会改造の担い手がとりわけ炭鉱労働者であると目している本書全体の視座は、巻頭に掲げられた大道良太の「序」のつぎのような記述のなかに端的に語られているだろう――

群雄に覇たらんと欲するものは戦を好む、西欧列国が干戈《かんが》止む時なきの間に処して、独り独逸帝国宰相が獲んと欲する所のものは領土にあらず、人口にあらず、実に鉄と石炭とのみ、是に於て乎《か》北に「波蘭《ポーランド》」を領し、西に「亜留撕斯《アルサス》、魯連《ロレーン》」の二州を略し、「留機仙堡《ルキセンブルク》」を併せ、瑞典《スウェーデン》、西班牙《スペイン》の鉄鑛を独占し、又は之を支配せんとするのみならず、国内石炭の多産なるを負《たの》み、世界統一の夢想を実現せ

『地下労働』表紙

んとす、其言に曰く、鉄山と炭田は畢竟《ひっきょう》天然の原動力所にして亦《また》兵器廠たり、故に焉《これ》を獲るものは栄へ、之を失するものは亡ぶと、這次《しゃじ》の戦争に当《あたり》て、一挙して白耳義《ベルギー》を屠り、次で鉄産地たる仏国東部の「武利」〔モーゼルか？＝引用者〕の地を占領す、国民相慶して戦争の結果予期すべきなりとなせり。／惟《おも》ふに、石炭は単に工業上、軍事上、政治上の原動力たるもののみならず、近代科学の進展は、瓦斯、烟脂、肥料、爆薬、諸種の医薬以下材料の千余種に至るまで、其数枚挙に遑《いとま》あらず、之れが加工変質底止する所を知らず、我国鉄鋼の天恵薄きと雖《いえど》も、石炭の包容量に至つては亦《また》人意を強ふするに足るものあり、特に我北九州を以て最となす、即ち筑豊の野に於て其の炭田に労働するもの現に十有二万六千余人、皆幾百千尺の地下に、朝尺夕寸の蠢進《しゅんしん》を続けつゝあり、而《しか》も之を包囲して勃興せる各種工業の隆盛なるは、実に我国工業の中心地と謂つべきなり、此幾多労働者を対象として考慮すべき社会問題は、恰《あたか》も石炭の生活上必要なる諸般の材料として無限に変化するが如く、其影響する所の拡大せらるゝは諸者を待つて後知らざるなり〔後略。（　）にくくった振りがなは引用者による〕

序文の筆者・大道良太は、付されている肩書きによれば「門司鉄道管理局長」である。筑豊の石炭の陸上輸送を一手に担当し、八幡製鉄所を中心とする北九州工業地帯の鉄道運輸を一轄管理する責任者にほかならない。

日本のプロレタリア文学が炭鉱と坑夫たちを重要なテーマとしたとき、じつは、その前史のなかに二通りの先行者を認めることができる。ひとつは、ルー・メルテンの「炭坑夫」やジェイムス・ウェルシュの『どん底の英雄』に代表されるような、欧米の産炭諸国で生まれた文学表現である。そしてもうひとつは、経済記者や探訪記者などの新聞記者たちによるルポルタージュ作品である。そしてこの後者、大阪毎日の経済記者という肩書きで書かれた喜多収一郎の『地下労働』のさらに前史には、『萬朝報《よろずちょうほう》』の記者だった幸徳秋水の「東京の木賃宿」、「世田谷の襤褸市《ぼろいち》」（いずれも『週刊平民新聞』）、さらには幸徳の後進たる荒畑寒村の『谷中村滅亡史』など、十九世紀末から二十世紀初頭にかけての社会的現実、とりわけ社会底辺の現実に肉薄した表現の、大胆な試みがあったのだ。

　ルポルタージュにせよ虚構としての小説や戯曲にせよ、だがしかし、石炭と関わる労働者の生活と闘いを描くだけでは、かれらの労働を不可欠とするこの社会の現実に肉薄することはできなかった。門司鉄道管理局長が示唆しているとおり、戦争から医療に至るまでの全社会分野を石炭によって領有しようとする人間たちおよびかれらの権力機構と、石炭は深く結びつけられているからである。喜多収一郎の『地下労働』でも、労務管理や賃銀のシステムを通してこの人間たちの側が随所で垣間見られている。虚構としての文学表現もまた、この視点を避けることはできなかった。とりわけプロレタリア文学は、労働者の対極にある社会的存在を視野の外に置くことはできなかった。三編からなる長篇として刊行された橋本英吉の『炭坑』が、第二編を筑豊の小炭坑主、安積家の息子の眼から描いたのも、その一例だった。

　筑豊太川郡井形町の山林地主で、当主が小学校長をしている安積家は、町が炭鉱によって発展し、持ち山が思いもかけず炭鉱に買収されたことで多大な利益を得ることになった。校長には二人の息子があるが、妻に先立たれて、いまでは二十歳も年下の後添いと暮らしている。この若い妻が進取の気にとんだ女性で、商売の真似ごとをして当たったのに力を得て、校長を口説き落として小規模な炭鉱を経営することになったのである。小炭坑《こやま》とはいえ、素人の手には余り、経営はうまく行かなかった。しかし、東京の大学へ行っていた二人の息子のうち弟の曽二郎が、継母の炭鉱に興味をいだき、そこの坑夫と接するようになる。かれは、自分が大学で身につけようとしている知識に疑問をいだいて、大衆の生活の現実を知りたいと考えるようになったのだ。「源氏物語を知つてゐる。動詞と助動詞の接続法を心得てゐる――しかしそれらが百姓や坑夫に何の役に立つだらう？〔……〕とにかく彼は自分の中途半端な態度から、もつと積極的にならねばならぬ。あくまで大衆に近づかねばならぬ。」――こうしてかれは、「今後の東京での生活も、従来の下宿屋と講堂と喫茶店との三角関係を清算せねばならぬ」という結論に達したのだった。

安積曽二郎の「大衆」への道は、坑夫から話を聞いたり、炭鉱が農村に及ぼす害について調査したり、といった域を出ず、いわば聞き取り調査とフィールドワークの初歩的段階にすぎない。作者の構想していた続篇が書かれぬままに終わったためもあって、かれのそれ以上の歩みは小説には描かれずじまいだった。しかし、橋本英吉のこの長篇が、炭鉱主の側からの視線を加えることによって現実をよりいっそう全的に描こうと企図したことは、やはり注目されねばならないだろう。そしてこの企図は、日本のプロレタリア文学に先立って炭鉱と炭鉱労働者を主題としていたアメリカ合州国の文学表現でもすでに、実行されていたのである。

一九二五年三月、そのころマルクス主義関係の文献の版元として知られていた東京神田の白揚社から、『石炭王』と題する五四〇ページもの大部の小説が翻訳刊行された。[23]原作者はアメリカの小説家アプトン・シンクレア、訳者は堺利彦だった。

(23) アプトン・シンクレア『石炭王』（堺利彦訳。一九二五年三月、白揚社）。「訳者の序」に「私の訳は自由訳で、多少省略した所もある」が「略ぼ全訳になつてゐる」と記されているが、じっさいには原作のかなりの章が省略されている。一九一七年に初版が刊行された原作は、現在ではつぎの版で比較的容易に入手できる。Upton Sinclaire: *King Coal.* P. R. Seitz Bookseller, Fort Lee, New Jersey 2010.

一八七八年九月生まれのA・シンクレアは、一九〇六年刊の『ジャングル』でシカゴの牛肉缶詰工場労働者の悲惨な生活を暴いたことによって、すでに社会批判的な作家として世界的に著名な存在だった。訳者の堺利彦（枯川）は一八七〇年十一月生まれ、一九二二年七月の日本共産党（非合法）創立の中心メンバーのひとりでもあった。かれは、二十世紀初頭に黒岩涙香の『萬朝報』の記者だったころ、日露戦争にさいしての涙香の主戦論に反対し、同僚記者だった幸徳秋水ともども退社して、秋水とともに「平民社」を創立し、『週刊平民新聞』を発行した。カール・マルクスとフリードリヒ・エンゲルスの『共産党宣言』は、日本で初めてこの新聞に両者の共訳で掲載された。かれらが「プロレタリア」（Proletarier）の訳語として選んだのが「平民」だったのである。一九一〇年に発覚したとされる「大逆事件」で、翌一九一一年一月に幸徳秋水ら二十四名に死刑判決が下され、そのうち十二人が処刑されたとき、秋水のもっとも緊密な同志であり親友でありながら堺利彦が連座をまぬがれたのは、「事件」の謀議がなされたと当局が主張する時期には大杉榮や荒畑寒村らとともに千葉刑務所で服役中だったためである。生きのびた堺利彦は、「売文社」という文筆代理業を設立して運動の拠点と資金源を創出するとともに、社会批判的なユーモア小説の創作も含めた旺盛な活動によって、以後の日本における社会主義運動に絶大な貢献をすることになる。(24)

その堺利彦が訳出した小説『石炭王』は、前掲の喜多収一郎『地下労働――世界的労資の紛争焦点』が論じている時期とほぼ同じころ、一九一七年にアメリカで刊行されたものだったが、その題名が示すとおり、石炭業界の大資本家を主要人物のひとりにしている。

(24) 堺利彦の評伝としては、黒沢比佐子『パンとペン――社会主義者・堺利彦と「売文社」の闘い』（二〇一〇年十月、講談社）がある。また「大逆事件」に関する文学表現については、池田浩士編『逆徒「大逆事件」の文学』（二〇一〇年八月、インパクト出版会）、『蘇らぬ朝「大逆事件」以後の文学』（二〇一〇年十二月、同）を参照されたい。

山のふもとの小さな町で列車を降りた青年、ハルは、パイン・クリークの炭坑をめざして歩く。そこは、「石炭王」（King Coal）と称されるピータ・ハーリガンが経営する炭坑のひとつなのである。じつは、ハルは大学生なのだが、卒業するまえに炭坑夫となって労働者階級の現実を体験しようとしたのだった。社会主義者と目されたかれは、そのパイン・クリーク炭坑から直ちに叩き出されたが、たどりついた別の炭坑で、さまざまな労働者に出会う。炭坑村（炭坑労働者の居住地区）には「地獄町」（shanty-town ＝掘っ立て小屋の町）と呼ばれる一角があって、そこには新しくアメリカに渡ってきた外国移民中の最下等のものたちが、文字通りの貧民窟をつくって住んでいた。やがてかれは、イタリアから移民してきたジエリ・ミネチと親友同士になり、ジエリと同じく社会主義者である妻のロザと、小さな息子ジエリ・ジュニアとの三人家族の住居に、同居することになる。そしてそのために、かれは、コロラド州のこのノース・ヴァレの炭坑で、同じ炭坑で働きながらアメリカ人から蔑視されているアイルランド人の友だちからさえ、社会上の地位の一段低い人間と見られるようになったのである。

おかしい話だが、ノース・ヴアレでは、身分の差別が非常にやかましかつた。アメリカ人、イギリス人、スコツトランド人は、同じ英国人でも、ウエールス人、アイルランド人を一段下に見下し、其のウエールス人、アイルランド人は又、イタリー人、フランス人を見下してゐた。そしてイタリー人、フランス人は又、ポーランド人、ハンガリー人を見下し、それらは又、ギリシヤ人、ブルガリヤ人、モンテネグロ人を見下してゐた。こんな具合で、リスアニヤ、スラブ、クロオシヤ、アルメニヤ、ルーマニヤ、ルーメリヤから、最後のジヤツプに至るまで、順々に人種的差別が立つてゐた。ハルはこの馬鹿々々しい事実を発見して大いに驚いた。

ハルが驚いたのは日本人《ジャップ》を最底辺とするこの人種的差別、現在のアメリカ合州国を地球上唯一無二の「自由と民主主義」の国とするための基盤となった最底辺のこの構造だけではない。ここは文字通り「石炭王の領土」（The domain of King Coal ＝小説第一篇の表題）であり、炭鉱労働者たちはどの国の出身であれすべて「石炭王の民奴」（The serfs of King Coal ＝第二篇の表題）なのだ。若い赤毛の女坑夫、メリ・バアクは、「坑夫が岩の下敷きになる位な事は、会社はいくらでも我慢する」と言ったが、老坑夫のラフアテイ爺さんは「坑夫のいけない事は、一人も味方のない事だ。坑夫はいつも孤立で——」と言った。メリはまたこれを、「坑夫のいけない事は、奴隷になつてる事です」と言いかえた。ハルは、坑内に入っていく群集をじっと見まもりながら、「彼等の千人中の八人乃至九人は、一年以内に無残の最期を遂げ、又其中の三十人以上は重傷を負ふと云ふ、政府の統計を思ひ出した」のだった。最上等のアメリカ人であれ最下等のジャップであれ、炭坑夫であるかぎり人間ではないのである。

ハルとイタリア人の親友ジエリは、極秘裡に組合を結成する計画を練った。とりわけ、掘り出した石炭を計算する係に坑夫たちの代表を立ち会わせる要求を、会社に認めさせることを闘争課題として提起した。会社側の係員は、実際よりも量目を少なく記帳して、出来高払いの坑夫たちの賃銀を切り下げていたからである。わずかずつではあれ賛同者が集まりはじめていたころ、大惨事が発生した。坑内で激烈な炭塵爆発（dust explosion）が起こったのである。会社側は、空気を遮断して延焼

堺利彦訳『石炭王』函

を食い止めるため、坑口を閉鎖した。坑内には坑夫たちが取り残されたままだった。会社はその人数を四十名と計算していたが、坑夫たちの算定ではその二倍にも三倍にも上っていた。坑夫たちの必死の要求を蹴って会社は坑口を開こうとしなかった。「石炭王の臣僕」（The henchmen of King Coal ＝第三篇の表題）が坑夫たちのまえに立ちはだかって、石炭王の会社を防衛した。

ハルは、この事実を報道してくれる新聞を探した。大新聞はすべて動こうとしなかった。ついに小さな社会主義系の新聞の記者が、事故の実情を紙面に載せてくれることになった。しかしその力はきわめて弱小だった。ハルは、最後の手段として、おりから炭鉱地帯を借り切りの特別列車で漫遊していた石炭王の跡取り息子を人質にとることに成功した。その青年は、かれの大学の学生仲間で、人質となった一行のなかにはハル自身の婚約者である女性も加わっていたのである。——じつは、ハルそのひとが、ある炭鉱資本家の息子だったのだ。かれが炭坑夫になろうとしたのも、もとはといえば、父の跡を継いで炭鉱経営者になるときのために、炭鉱の実態を労働者の側から見ておこうと考えたからだった。この擬似体験のなかで、かれは、イタリア人のジエリ一家と出会い、ラファテイ爺さんと親しくなり、メリ・バアクを知ったのである。いまではかれは本気だった。事故の犠牲者やそれを自分の運命として引き受けている坑夫たちとその家族を棄てて逃げ出すことはできなかった。

けれども、もちろん、「石炭王の意志」（The will of King Coal ＝最終篇たる第四篇の表題）は不動だった。特別列車もろとも息子とその学友たちが人質に取られ、坑口を開いて救助隊を送り込むようにという坑夫たちの要求を受け入れるよう迫られても、石炭王は微動だにもしなかった。むしろ逆に、同じく炭鉱経営者である父の意向を受けたハルの兄が、ハルを連れ戻しに現われた。ハルは資本家である父の世界を取るか、労働者である坑夫たちとともに生きるか、決断を迫られることになる。決断はまた、上流社会の令嬢である婚約者と、「赤のメリ」と呼ばれる赤毛のアイルランド人女坑夫、メリ・バアクとの間の岐路でもあるのだ。

ハル・ワアナという名の資本家の息子の冒険は、最終的には、坑夫たちとは別の世界への帰還によって終わるだろう。ジエリもメリもすべての坑夫たちも、かれの体験の糧《かて》（どころか肥料）としてしか生きなかったことになるだろう。だが、それでもなお、かれの特権的な擬似体験は、坑夫たちと石炭王たちとの間にある巨大な断絶と、その断絶によって隔てられた二つの別の世界を、読者に垣間見せたのである。少なくとも、作者アプトン・シンクレアは、ひたすら炭坑夫たちの目を通してのみ炭鉱の現実を描くかわりに、その現実もろとも炭坑夫たちを支配している階級を一方の主人公として描くことによって、炭坑夫が人間としては扱われない社会の構造とその根拠とを、虚構のなかに組み入れたのだ。

そして何よりも——作者のアプトン・シンクレア自身、そして訳者の堺利彦自身、石炭王たちと同じ側の世界から出発しながら、もうひとつの世界へと引き寄せられた表現者だった。炭鉱と炭鉱労働者の現実は、炭坑夫だった橋本英吉に声を発することを求めたばかりでなく、その現実とは別の現実から声を発する表現者をも、要求するところに来ていたのである。プロレタリア文学は、イギリスでも、ドイツでも、アメリカ合州国でも、そしてやがて日本でも、この要求と向きあわなければならなかったのである。この要求と向きあうために、プロレタリア文学は、石炭をめぐる現実にもっともふさわしい新たな表現のありかたを、発見しなければならなかったのだ。

第Ⅲ章

「下罪人」の自己解放へ
――プロレタリア文学と石炭

1　囚人労働の廃止と××主義文学の開花

一九三〇年十二月二十七日、三井鑛山株式会社三池鑛業所は、「三池刑務所」と囚徒使役の廃止を決定した。

明治維新から五年後、一八七三年七月に、三潴《みづま》県（現在の福岡県の西南部）が県監獄の拘置所を三池郡稲荷村に設けて、その囚徒約五〇名を当時の官営三池鑛山で使役したのが、日本における炭鉱での囚人労働の最初だった。翌年には、白河県（熊本）、福岡県、佐賀県、長崎県が、それぞれ県立刑務所を三池炭鉱の付近に設置した。懲役刑執行のひとつの形態として、苛酷な炭鉱労働が採用されたのである。『三池鑛山年報』は「第四次（従明治八年七月／至九年六月）」の一項で、「懲役人出役ノヿ《こと》」と題してつぎのように報じている。[1]

（1）西日本文化協会編『福岡県史』第二回配本「近代史料編 三池鉱山年報」（既出、四六ページ）。

八年〔一八七五年〕四月役囚派出の義近《ママ》傍各県へ掛合に及べる所、爾後一二次往復の末、其《その》八月に至り小倉県よりは看守人往復旅費及び滞留日当其外共《そのほかとも》特別に要する入費多く、得失不償なるに依り派遣見合《みあわせ》の報あり。福岡県よりは其十月に至り五拾名の囚人を出せり。大分県よりは其十一月使役方法取調中に付、当分派出見合の通知あり。熊本県よりは監舎建築費半額貸し呉るべき旨《むね》協議に付《つき》領諾致せし所、翌九年四月に至り五拾人《ママ》の役囚を派出せり。九年五月現在の役囚を調査するに、三潴県六拾壱名、福岡県四十七人、熊本県五拾名なりき。然るに其六月に至り三潴県の役囚悉皆《しっかい》引揚たり。此《これ》更に使役方法改正の為めなりと聞べし。
（カタカナをひらがなに改め、濁点を補った。〔 〕内は引用者の補足）

この記録は、各県の財政的負担などの理由で囚人労働がそれほど容易には軌道に乗らなかったことを物語っている。だが、八年後の一八八三年（明治一六年）四月十四日、三池炭鉱内に国立「三池集治監」が開庁され、九州各県の重罪徒刑囚がここに統合されるに至って、囚人の炭鉱労働は懲役の一形態から労働力の重要な供給源へと変貌したのである。それから五年ののち、一八八八年八月に官営三池鑛山が三井組（のちの三井鑛山株式会社）に払下げられたときには、囚人坑夫の数は二一四四人に上り、全坑夫数三一〇三人の六九％にも達していた。[2] その後は減少したものの、一八九一年には、「良民坑夫」二六七五人に対して「囚徒坑夫」は九二八人で、依然として全坑夫数の二五％を下らなかった。一九〇一年にもなお、全坑夫数五八八六人のうち囚人が一〇九七名（二〇・三％）を占めていた。それが、一九三〇年末の「三池刑務所」閉鎖の直前、二九年現在の最後のデータでは、三池

（2）上妻《こうづま》幸英『三池炭鉱史』（一九八〇年十月、教育社。〈歴史新書〉日本史・145）に拠る。ただし、月日などのデータについては、『筑豊石炭礦業史年表』（註5）を参照した。

炭鉱の全坑夫数一万〇八六二人のうち、囚人坑夫は四〇三人（三・七％）にすぎなくなる。[3] 労働力としての囚人坑夫の重要性は、ほとんど失われていた。もっと別の労働力が、囚人に取って替わりつつあったからである。

　三池炭鉱における囚人労働の廃止は、石炭と関わる労働の歴史をかえりみるとき、たんなるひとつのエピソードという以上の意味をおびてこざるをえない。それは、歴史の転回点を物語る象徴的な出来事でもあったのだ。

　まず、この囚人労働の廃止とほとんど時を同じくして、一九三一年一月、三池宮原坑で「馬匹《ばひつ》運搬」が廃止された。一八七八年（明治一一年）三月に大浦坑で初めて坑内運搬に約五〇頭の馬が使われるようになって以来、半世紀以上にわたって炭鉱労働の重要な一翼を担ってきた馬たちの苦役が、三池炭鉱で最後まで残った宮原坑においても廃止されたことによって、ついに終わったのである。

　馬は坑外での運搬作業にも使役されていたが、坑内馬の運命は悲惨としか言いようのないものだった。武松輝男のきわめてユニークな著作、『坑内馬と馬夫と女坑夫――地底の記録―呪詛』[4]によれば、一八九九年から一九三一年までの三十三年間に三池炭鉱の各坑で使役された坑内馬は、七七四二頭だった。予備として坑内厩《うまや》に繋養されている馬も含めれば、九九一一頭である。その馬たちは、いったん坑内に下ろされたが最後、多くは二度と生きて地上に戻ることができなかった。来る日も来る日も太陽の光とは無縁のまま、三・五トンから四トンの炭函を曳《ひ》いて狭い坑道を往来した。資料によれば、一九一三年から二一年までの八年間で、三池炭鉱の坑内使用馬の体尺（体長）は、全坑平均して四尺四寸七分（一三五・四センチ）から四尺三寸四分四毛（一三一・六センチ）へと、一寸二分六毛（三・八二センチ）も減っ

（3）吉村朔夫『日本炭鉱史私注』（一九八四年十月、御茶の水書房）参照。

（4）武松輝男『坑内馬・馬夫・女坑夫――地底の記録―呪詛』（既出）。著者・武松輝男（一九三〇年、大牟田生まれ）は、一九四七年四月以来、この本の出版当時も三井三池鉱業所建設部に勤務していた。

たという。武松輝男は、これを人間の寿命と馬の寿命との比率で換算すれば、同じひとりの人間の身長が、重労働のために十三年間で六センチ短くなったということだ、と述べている。そのような過酷な労働を強いられた坑内馬たちの生存期間は、一八八七年から一九〇九年までの十二年間の資料によれば、最長で四年七ヵ月、最短は一年五ヵ月であり、十二年間の調査の平均値が二年一〇ヵ月だった。「これも人間の寿命に置き換えてみる。そうすると平均寿命は五年二ケ月である。その当時の坑夫の寿命は、人間の寿命の半分の二十五年であった。そのことから馬〔坑内馬＝引用者註〕の寿命をみると、馬の寿命は坑夫の五分の一、人間の十分の一である。」――こう武松は書いている。二年一〇ヵ月という坑内馬の寿命は、一般に馬の寿命とされる年月を当時の日本人の平均寿命に換算して比較すれば、人間の五年二ヵ月にしかならない。そしてこれは、「人生五十年」といわれた人間のなかでも極端に短命だった炭坑夫の寿命と比べてさえ、その五分の一という短さだったのだ。

　囚人労働と時を同じくして炭鉱で廃止されたのは、坑内馬の苦役だけではなかった。『筑豊石炭鑛業史年表』[5]の一九三〇年の「企業・労働・災害」および「全国石炭関係」の各欄には、つぎのような項目が含まれている――

9・9　三井山野、女坑夫二八〇人余解雇、同時に保育所も閉鎖。

9・30　三井三池、〔中略〕女子坑内夫の入坑廃止。

10・―　婦人少年坑夫入坑禁止が'33・9・1より実施のため、これによる福岡県下七九坑の婦人坑夫一万四一五〇人が失職のため、三井鉱山・海軍炭坑で副業を奨励。研究会を開いて方針を計画。

武松輝男『坑内馬と馬夫と女坑夫――地底の記録―呪詛』(No.410) より

（5）筑豊石炭礦業史年表編輯委員会編『筑豊石炭礦業史年表』（一九七三年十一月、西日本文化協会）。

11・——　石炭鉱業連合会の送炭制限の決議により、福岡県下各鉱山では'33年の婦人坑夫入坑禁止をまたず一万四〇〇〇人を整理。失業救済のための研究会を開く。

婦人坑夫の解雇は、年が明けて一九三一年になると、各地の炭坑でいよいよ本格的に推進されていった。同年表には、「貝島各坑は婦女子の坑内作業禁止により保育所を廃止」（三月）、「明治第一坑、婦女子の入坑禁止。高田炭坑でも本年度内に殆んど全廃」（同）、「明治鉱業、女坑夫入坑禁止にともない過去半年間で設置したもの——経済調査委員会設立、炭坑失業者のための運動場拡張工事、魚市場の新設など」（五月）——というような事項が記されている。

女性の坑内労働の禁止は、一九二八年九月一日公布の「鉱夫労役扶助規則改正」にもとづくものだった。この改定によって、同規則に第十一条の二として「鉱業権者ハ十六歳未満ノ者及女子ヲシテ坑内ニ於テ就業セシムルコトヲ得ス《ズ》」の一項が加えられ、それ以前にはいわゆる「保護坑夫」として危険作業への従事が禁じられているだけだった女子と十六歳未満の少年が、「主トシテ残炭ヲ採掘スル石炭坑」で特に鉱山監督局長の許可を受けた場合（「鉱夫労役扶助規則第十一条ノ二ノ特例ニ関スル件」）を除き、坑内でのすべての労働を禁止されることになった。施行は、五年後の一九三三年九月一日からと定められていた。ところが、一九二九年十月二十四日のニューヨーク株式市場大暴落に始まる世界的な経済恐慌によって石炭需要の不振と炭価暴落が石炭業界を襲った。この危機に直面して、炭鉱経営者の団体である石炭鑛業聯合会が三〇年十月二十日に送炭調節を決定したため、女子坑内夫の人員整理が事実上三年も前倒しされたのである。

女子の坑内労働を禁じる法改定が公布された一九二八年当時、福岡鉱山監督局管内における労働者五〇人以上使用の石炭山では、坑夫の男女別人数はつぎのとおりだった。

坑内夫　男一〇万三五三七　　女三万六一三四
坑外夫　男　三万二四九六　　女一万三六二七

つまり、坑内夫の二五・九％、四人に一人以上は女坑夫だったのである。その女子坑内夫の所得は、一九二八年六月における三菱新入《しんにゅう》炭鉱（筑豊）を例にとれば、一日平均では男の採炭夫の二円一二銭にたいして一円七五銭、月平均では男の四一円三六銭にたいして三三円二〇銭、ちょうど八割程度にすぎなかった(6)。それゆえ、女子坑内労働の禁止は、このような差別的賃金制からの解放という一面を有していたかもしれない。男の採炭夫に劣らぬ後山の重労働に加えて、女坑夫には授乳や育児、さらには家事の負担が加重された。また、閉ざされた空間である坑内では、役人（労務担当社員）や現場監督、あるいは男性坑夫による性的暴力も稀《まれ》ではなかったからだ。しかし、経済的変動に資本家側が対処するさいの安全弁として女性炭鉱労働者が利用されたという事実は、否めないのである。

それにしても、炭鉱経営者の団体である石炭鑛業聯合会が決定した送炭調節量は、一九二九年七月から三〇年六月までの一年間について、実質九～一二％の削減だった。坑内労働を禁じられることになった女性坑内夫は、前述のとおり全坑内夫の二五・九％だったから、この数字だけからでも、福岡鉱山監督局管内の坑内労働者が、

(6)「鉱夫労役扶助規則」は、一九四一年五月に「鉱夫就業扶助規則」という名に改められた。引用した条文は、久保山雄三編纂『石炭大観』（一九四二年六月、公論社）の第三編「石炭鑛業関係法規」に収められたものに拠る。また、坑夫の所得については、荻野喜弘『筑豊炭鉱労資関係史』（一九九八年二月、九州大学出版会）所収の資料を参照した。

九月　林房雄「密偵」（戦旗）
　　橋本英吉「少年工の希ひ」（戦旗）
十月　平林たい子「殴る」（改造）
十一月　小林多喜二「一九二八年三月十五日」（戦旗、～十二月）
十二月　金子洋文「赤い湖」（改造）
　　岩藤雪夫「ガトフ・フセグダア」（文藝戦線）
　　村山知義「プロレタリア演劇の問題」（中央公論）
二九年一月　會田毅「プロレタリア表現形式への過程」（短歌戦線）
二月　片岡鐵兵「綾里村快挙録」（改造）
　　蔵原惟人「プロレタリア芸術の内容と形式」（戦旗）
三月　前田河廣一郎「支那」（中央公論、～九月）
　　平林初之輔「政治的価値と芸術的価値」（新潮）
四月　中野重治「我々は前進しよう」（戦旗）
五月　小林多喜二「蟹工船」（戦旗、～六月）
六月　武田麟太郎「暴力」（文藝春秋）
　　徳永直「太陽のない街」（戦旗、～十一月）
七月　村山知義「暴力団記」（戦旗）
八月　小倉金之助「階級社会の算術」（思想、～十二月）
　　宮本顕治「敗北の文学」（改造。同誌の懸賞文芸評論第一席。第二席は
　　　小林秀雄「様々なる意匠」）
九月　中野重治『芸術に関する走り書的覚え書』（改造社刊）

小宮山明敏「プロレタリアレアリズムの現段階」（プロレタリア文学）
九月　堀田昇一「奴隷市場」（戦旗、〜十二月）
十月　今野賢三「工場」（文藝戦線）
十一月　中野重治『夜明け前のさよなら』（改造社刊）
久板榮二郎「演劇運動と組織問題」（ナップ）
十二月　小林多喜二「東倶知安行」（改造）
杉村五郎「台湾の暴動（報告）」（戦旗）
三一年一月　江口渙・貴司山治共編『戦旗三十六人集』（改造社刊）
国際欄「ドイツ・ルール地方の炭田の兄弟起つ！」（戦旗）
同「イギリス・ウエルス炭田の兄弟も起つ！」（同）

「新聞紙法」と「出版法」にもとづく検閲によって発禁処分と削除・伏字と自主規制とを強いられながらも、プロレタリア文学が、夙《つと》に栗原幸夫が指摘したとおり(7)、運動の機関誌のみならず商業雑誌をも席捲する勢いで健闘していたことは、この大まかな略年表からも想像できるだろう。こうした状況のなかで、橋本英吉の諸短篇によって本格的な道を切り開かれた炭坑文学もまた、もうひとりの重要な表現者を生むことになる。詩人であり劇作家であり小説家である三好十郎がそれだった。

2　三好十郎の詩と戯曲

プロレタリア文学の表現者としての三好十郎は、一九二六年九月号の雑誌『文藝戦線』に掲載された詩、「雪と血と煙草の進軍」で出発した。つづいて同誌の同年

（7）栗原幸夫『プロレタリア文学とその時代』（一九七一年十一月、平凡社。増補新版＝二〇〇四年一月、インパクト出版会）。

落葉は集まる
ひろがる
ぐる〱と廻る
サツと飛びあがり
一度にドツと進んで行く
白い大通りを
キシ、キシ、キシ
カラ、カラ、カラ……
トトトトトト　進軍する
葉　葉　葉　葉　葉　葉
葉　葉　葉　葉　葉　葉
葉　葉　葉　葉　葉
葉　葉　葉　葉
葉　葉　葉　葉
葉　葉　葉
葉　葉
葉葉
葉
しんがりに私が
一枚の落葉となつて

イノニ行カンナラン／×シタク無イノニ×サンナラン／ゾータンノゴト　ホント
ノ敵ワ××ヂヤナカ／×サンナランノワ外国ニワオラン／ソイデモ出征セニヤナ
ラン　××兵ヲ×サンナラン／ゾータンノゴト／オヂサンワ、ソー言ツタ／シカ
シ、ヤツパリ殺シテイル／歯ヲ喰《（ママ）》イシバツテ殺シテイル／甚太郎オヂサン、殺サ
ンゴトシナサイ／殺サンゴトシナサイ

ゾータンノゴトとは、作者の郷里、九州佐賀の方言で、「冗談のように」とか「こころにもなく」とかいう意味である。ゾータンノゴト××兵（中国兵、いや支那兵）を殺している叔父を思い描く小作人の子供の、手紙の論旨は明瞭だろう。だが、論旨は明瞭だとはいえ、その明瞭さは、言語表現としての並はずれた緊張と凝縮とによってこそ、読むものの胸に深く突き入る鮮烈な感情的迫力を獲得しえているのだ。「秋の軍隊」の前衛芸術的モダニズムは、ここにはない。しかし、そうした前衛的な表現を自分のものにしてきた表現者だけが持ちうる言語感覚——言語を論理的な意味の担い手としてだけではなく感性的な衝撃と感動の媒体《メディア》としても生かすことのできる言語感覚が、このプロレタリア（平民！）の反戦反軍詩には息づいている。
三節八十一行からなる詩の末尾の二十四行は、こうである——

殺サンゴトシナサイ／シカシ、ソレデモ、オジサンワ／剣ツキ鉄砲デ突カンナラ
ン／ソシテ僕達ワ　ガーガー言フ暗イ水ヲ睨ンデ／田ノ番ヲセンナラン／コレワ、
ドースレバヨイカ／ドンナコトヲスレバヨイカ／学校ノ先生モ言ツテクレンケン
／修身ノ本ニモ書イテアリマセンケン／甚太郎オヂサン／ドースレバヨイカ／ソ

レヲ山東カラ書イテヨコシテクレ／ザンゴーノ中カラ／殺シテワイケナイ××兵ヲ／殺シタ手デ／カチカチフルエル手デ／血ダラケニナッタ手デ。／ソレマデ僕達ワ／ダマッテ　ヂゾウサンノ様ニ立ツテ／鬼ドモノ田ヲ守ツテ／土手ノ上カラ／ドブリドブリ流レル／ニゴッタ水ヲ見ツメテオリマス。／足ヲビルニ喰ワレテ立ツテイマス。

〔句読点は原文のまま。／は改行箇所〕

貧農の子は、ここでは、「地主の鬼」と対峙する民衆のひとりであるだけではない。××は敵ではないのに××兵を殺さなければならない叔父の、血まみれの手をカチカチ震わせている叔父の、もっとも近い身内のひとりなのである。修身の本にも書いてない、学校の先生も教えてくれない解決策を、書いてよこせるはずもない叔父が書き送ってくれるまで、なすすべもなく、蛭《ひる》（「ビル」）に血を吸われながら、待ち暮らす民衆のひとりなのだ。

そしてこの民衆を、三好十郎は、貧農だけでなく炭鉱労働者のなかにも、直視せざるをえなかったのである。

一九二九年の初頭から三〇年の末にかけての時期にかれが発表したそれぞれ一篇ずつの詩と小説と戯曲——いずれも炭鉱労働者を主人公とするそれらの作品は、なすすべもなく立ちつくす民衆を見つめ、かれらのなかに別の可能性を模索し、その可能性を激しく突き動かそうとする試みにほかならなかった。

「全日本無産者藝術団体協議会」（略称＝ナップＮＡＰＦ）の機関誌、『戦旗』の一九二九年三月号に発表された「敗れて帰る俺達」と題する詩は[8]、ダラ幹の裏切り

（8）「敗れて帰る俺達」は、比較的手にしやすいものとしては『定本三好十郎全詩集』（一九七〇年九月、永田書房）に、一ヵ所あった初出での伏字（「赤」）をそのままにして収められている。この全詩集には、前出の「雪と血と煙草の進軍」、「秋の軍隊」、「山東へやった手紙」も収載されている。

なお、「敗れて帰る俺達」に二度にわたって出てくる「シキ」（「しき」）

によってストライキ突入に失敗した炭鉱労働者の無念さと怒りを歌っている。
「今日俺達は負けたか？／お丶負けた！／明日には明日の日が照つて／明日も俺達は負けるか？／お丶負けるかも知れねえ。／明後日もその次の日も又の日も／お丶負けるかもしれぬ。」――こう歌いながら、その俺達はしかし、「くそ喰へ！／しまひまで負けて居やうか！／しまひには負けて居やうか！／一歩一歩に憎《にくし》みを踏みしめろ、兄弟！」と叫ぶ。そして、「シキの中が暗くて／血の臭ひのする間、／よしか／一歩一歩に憎《ママ》しみを踏しめろ、兄弟！」という言葉で結ばれるのである。労働と闘争を簡潔かつ具象的な表現でうたうこの詩の基調は、少なくとも使われている言葉だけからすれば、「山東へやつた手紙」の響きとは対照的に、激しく、確信にみちているかに見える。しかし、この基調が三好十郎の坑夫たちに向けるまなざしのすべてではなかったこと、ここにあるのはかれがいだいていた坑夫像というよりもむしろ、坑夫たちにたいするかれの呼びかけだったことは、この詩のあとにつづく小説と戯曲によって、明らかとなるのである。

同じく『戦旗』の二九年十月号に掲載された小説、「ごくつぶし」は、炭坑の木工部で働く仁太郎という名の若い労働者を主人公としている。死んだ父は、この坑山に組合ができたのはかれのおかげだと言われるほどの闘士だったが、肺病やみで足の悪い仁太郎は、国光会というゴロツキ団体の理事が親方をしている賭博場で、負けるにきまっている博奕に一円たらずの金を使うことだけが、唯一の楽しみだった。組合の書記から「この穀つぶし」と怒鳴りつけられても、ただひとりの妹が酌婦として働きながら男たちに弄ばれているのを知っても、怒りもせず、奮起もせず、ただ無気力に日を送っている。いまもまた、労働条件の改善を求めてストライキを準

というのは、炭鉱や金属鉱山の坑道のことで、「舗」の字が当てられる。三好十郎は戯曲「炭塵」でも坑夫たちにセリフのなかでこの言葉を使わせている。ただし、坑道を「シキ」と呼ぶのは北海道や常磐など東日本のヤマであり、筑豊では一般にこの語は用いられず、坑道をさす言い方としては「まぶ」（間府・間歩）が普通だった。あるいは三好十郎の郷里である佐賀の、たとえば唐津炭田などではこの語が用いられたとも考えられないことはないが、井手以誠『佐賀県石炭史』（一九七二年二月、金華堂）で紹介されている唐津藩士・木崎攸々軒入道盛標による絵図『肥前国産物図考』三巻中の石炭採掘絵図の説明文には、「まぶの這入口は凡四、五尺斗也」、「さざいから（栄螺の殻）へ火をともしまぶの中に入る也」（傍点および（ ）内は引用者）などと記されている。また、後出の「ダラ幹」とは堕落した幹部のことで、会社側とのボス交（幹部同士の狎れ合いの交渉）で手打ちをして労働者を裏切る右派幹部がこう呼ばれた。

備する活動家の専吉が警察に捕まって死ぬほどの拷問を受け、炭鉱の社長代理が「最近当山の坑夫の間に、我建国の精神と相容れざる所の、過激なる所の思想を宣伝する者があるさうで〔……〕最近五六の不良坑夫の間に折々、不穏の行動があるのに鑑み」云々と労働者たちに警告しないではいられないような動きが起こりつつあるなかで、仁太郎は、「しかしストライキになつた所で俺みたいな意気地なしの弱虫の跛の肺病やみに、何のする事があるものですか、俺はいつものけ者です。身から出た錆だから誰を恨むにもあたりません」と考えることしかしない。

小説は、その仁太郎が、国光会理事で賭博場の親方の清六親分こと崎山清六に手ごめにされて妊娠した妹のお小夜の死産をきっかけにして、組合活動家から隠してくれと書類と一緒に預かっていた短刀で清六親分を刺す――という展開をたどる。重傷を負った親分は、天下衆知の意気地なしに刺されたとあっては沽券《こけん》にかかわるので、事件をひたかくしにする。妹の無念を晴らすことができたのをきっかけに心機一転した仁太郎は、官憲の拷問の跡がまだ消えずに化物のような顔をした専吉が手渡すストライキの赤い腕章を、右手と歯で左腕に巻きながら、ニコニコ笑ったのである。

仁太郎のような労働者像は、戯曲「疵だらけのお秋」[9]（二八年八月号〜十一月号『戦旗』）以来、三好十郎がくりかえし描いた社会底辺の男女の姿だった。「首を切るのは誰だ」（二八年五月号『左翼藝術』）につづくかれのプロレタリア演劇作品第二作である「疵だらけのお秋」では、それは、お秋の妹芸者の澤子であり、せっかく港町の苦界から恋人の初子を足抜きさせて所帯を持ちながら、初子を護り通せない町田青年である。あるいはお秋と相思相愛の仲仕、阪井もまた、自己を解放する闘いに

（9）「疵だらけのお秋」は、単行本『炭塵』（次註参照）に収められた。現在では、「日本プロレタリア文学集」36、『プロレタリア戯曲集2』（一九八八年六月、新日本出版社）に収載されているものが入手しやすい。

立ち上がろうとしない港湾労働者たちにたいする絶望のあまり、仁太郎と同じような無気力に身をゆだねようとする。そしてもちろん、自分たちが仕事を失うのを恐れて船員たちのストライキに敵対しようとする仲仕たちが、やはり仁太郎の同類なのだ。

とはいえ、三好十郎の作品のこうした人物たちは、作者の憎悪や非難や冷たい視線によって、あるいは理論的な批判をもって、描かれるのではないのである。それらの人物は、かれらの苦しみと悲しみと絶望を自分自身のものとして共有するお秋のような人物によって、見つめられ、見まもられている。世間によって踏みにじられ、疵《きず》だらけになりながら、いわゆるダルマ芸者であるお秋は、そのみずからの疵を自覚し誇りにすることで、かれらの疵を見つめ、共有する。読者や観衆は、お秋のまなざしによってかれらを見ることを学び、かれらをみずからの内に発見し、みずからの内のかれらをお秋のまなざしで見つめるのだ。もしも仮りに、××党や××運動の視線で見るかれらに多くの欠陥があり、許されない裏切りがあるとしても、お秋のまなざしに映じるかれらには、その欠陥や裏切りよりも遙かに重い悲しみと苦しみと絶望があるのだ。そして、そのかれらの苦しみと悲しみと絶望は、かれら自身がお秋と一体化し、お秋とともにみずからを解放することによってしか、終わることがないのである。――ちょうど、女坑夫の坑内労働が労働法規と石炭資本の都合とによって廃止されても、女坑夫が人間として解放されることはないのと、同じように。無期懲役囚の炭坑での使役が廃止されても、懲役刑そのものは終わらないのと、同じように。そして、坑内馬の使用が廃止されても、その廃止が、馬たちとともに労働した坑内馬丁たちのイニシアティヴによってなされたのでなければ、馬たちにとって解放ではなかったかもしれないのと、同じように。これら三つの廃止が、もうひとつ別の奴隷労働のために場所を空けたのと、同じように。

現実変革と自己解放の主体であるよりは、悲しみと苦しみと絶望の体現者であり、それゆえにこそ××運動にブレーキをかけ、運動と敵対する立場に身を置いてしまう人物たち、「ごくつぶし」や「疵だらけのお秋」で描いたこの人物たちのひとりを、三好十郎は、一九三〇年十一月に東京左翼劇場によって初演された戯曲、「炭塵」(10)でもまた主人公として登場させる。

プロローグおよび十一場からなる戯曲の筋は、さして複雑ではない。――北九州にある「北島炭坑」で爆発事故が発生し、二十七人の坑夫が死亡した。これをきっかけにして同炭坑で争議が起こり、それが長期化の様相を呈しつつある。争議団側の四項目の要求を会社当局が呑まず、坑口を閉鎖して操業を停めたまま、強硬な対抗策を打ち出そうとしているからだ。二千人の坑夫およびその家族が、収入の道を断たれ、餓死に直面しさえしている。ところが、争議団は対立する二派に分かれている。多数派を占めるのは公認労組の「労友会」で、会社側との取引きによって有利な条件で妥結しようと意図している。少数派の「北島坑山闘争同盟」は、多数派の「ダラ幹」たちの妥協路線を批判して、「最後迄われ〱と一緒に戦ってくれる×」、「われ〱プロレタリヤの×」の方針に即して闘争をすすめようとするが、坑夫たちの十人に七人は労友会の支持者であるという壁に直面している。会社の暴力装置として雇われた「バクチ打ち」の「ゴロ」である暴力団の亀吉一家が、本格的なストライキ突入を未然に防ぐため、坑夫や家族を威嚇して暴力をふるう。そうしたなかで、じつは閉鎖された坑内に十人ほどの坑夫が閉じ込められたままであることが明らか

（10）戯曲「炭塵」は、あらかじめ雑誌その他に発表されることなく、一九三〇年十一月に「東京左翼劇場」によって上演され、翌三一年二月には「新築地劇団」による関西公演が行われた。その後、「プロレタリア戯曲集」と銘打った単行本『炭塵』（一九三一年五月、中央公論社）の表題作として刊行された。二冊の翻訳書を別とすれば三好十郎の最初の単行本である。この一冊には、「炭塵」のほかに、「疵だらけのお秋」、「首を切るのは誰だ」、「おまつり」、「報国七生院」と、吉江喬松、土方與志、隆松秋彦、佐々木孝丸による「跋」、および日本プロレタリア戯曲研究会名の「序」が収められている。なお、この本は総ルビ（すべての漢字に振りがなが付されている）であるが、引用にあたっては大部分のルビを省略した。

になる。事故ののち就業を拒んだ坑夫たちに対抗して、会社側が密かに入坑させた裏切者たちが、坑内に取り残されてしまったのである。

　裏切者でも労働者である以上、見殺しにはできない——として、救出のために入坑することを要求する争議団に、会社側は応じようとしない。全員を解雇して新しい坑夫を雇い入れるために、すでに募集を始めていたからである。やがて、新しい坑夫たちが到着し、かれらを入居させるために納屋の現住人たちが暴力的に住居を奪われる。労友会のダラ幹たちは、会社側の買収工作に乗って争議の収拾を実行に移そうとしはじめる。労友会のメンバーのなかから、会社側のスパイが発覚する。事態が大詰めに近づくなかで、闘争同盟書記長の秀島は、警察による威嚇と弾圧と、さらには出動態勢をとる軍隊の圧力に抗しながら、ひたすら×からの指令を持ってくる連絡員の到着を待ちわびている。その指令が届けば、応援に駆けつける活動家や労働者とともに、ストライキに突入することができるのだ。

　劇のこのような展開のなかで、主として三人の人物が主要な役割を演じていく。坑夫の勝治とその妹おかね、そしておかねの恋人でやはり坑夫の周作である。勝治はどもりで、しゃべることは苦手だが、闘争同盟書記長の秀島に全幅の信頼を置いて、争議に積極的に参加している。肺を患っている年下の周作を実の弟のように可愛がっているかれは、好きあっている周作とおかねを、行く行くは添わせてやりたいと考えている。こんな身体《からだ》では女房はおろか母親も養えない、と嘆く周作を、勝治はこうドヤシつける、「馬鹿野郎。それよりや身体《からだ》でもよくしろい。それまでにやあ、おかねのあまつちよ、俺が叩き直してやつてお前の後山《あとやま》ぐれえ、ふんばれる様《よう》にしといてやら。なまじつか、ボ、ボ、ボ紡績なんてヤクザな所へ行つたもんだから、身

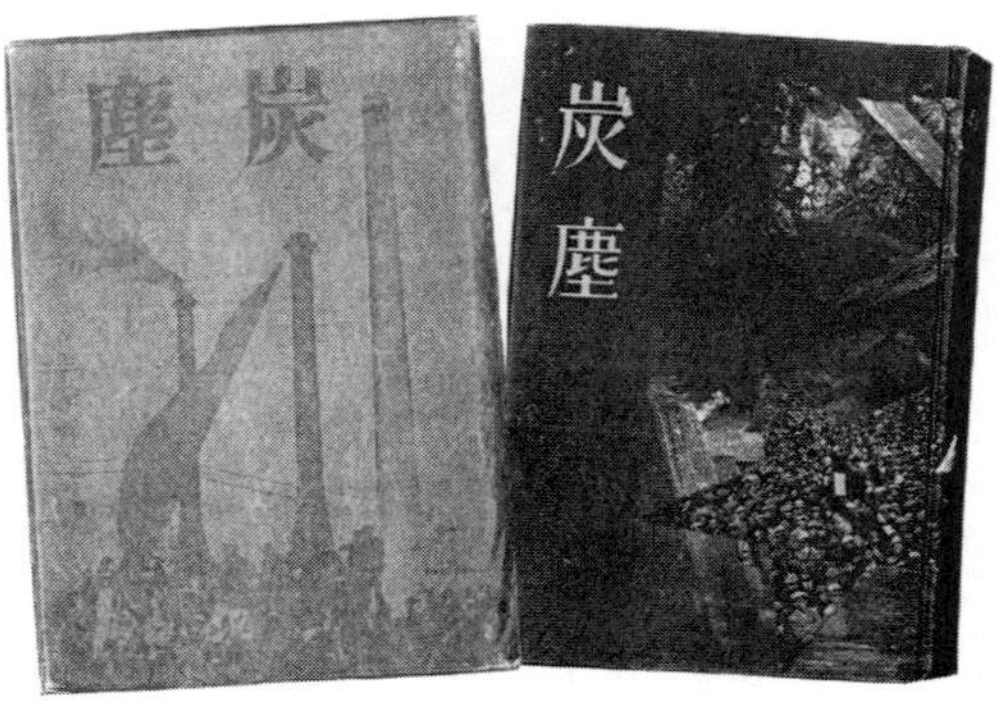

『炭塵』表紙と函

体あナマつちやつてら、彼奴《あいつ》め。」

貧農の娘は、紡績女工になるか、さもなければ女坑夫になるか、あるいは「疵だらけのお秋」や「ごくつぶし」仁太郎の妹のように、酌婦や芸者という名の売春婦として身体を使いつぶすしか、道はなかった。後山のおかねと一緒に働くという夢を唯一の夢として勝治とともに育むことにしか希望のない周作は、そうした貧民の苦しみと悲しみと絶望とを自分のものとして感じないではいられないがゆえに、闘争同盟の方針に勝治のようには賛同できないのだ。争議が長引けば、糧道を断たれた労働者とその家族の苦しみは、それだけ大きくなるのである。×の方針がいかに正しくとも、それがプロレタリアの道だとしても、現に生身の人間が苦しんでいるのを放置し、それを見捨てて、いったい正義の闘争などと言えるのか。

劇の大詰めは、周作のこの逡巡と、×からの指令を携えてくる連絡員からそれを受け取るという大役を担った勝治との、最後の葛藤である。たまたま、炭坑の貯水池で溺れた子供たちを助けて肺患を悪化させた周作は、寝かされていた病院の一室で、乗ってきた円太郎馬車（乗合馬車）が谷へ落ちたために重傷を負って同じ病室へ担ぎ込まれてきたひとりの男のふところから、紙片と一個の黒い物体を抜き取る。連絡員と行き会えずに半狂乱になってやってきた勝治は、隣りの寝台に横たえられた重傷の男のうわごとと周作の態度から、すべてを悟る。問い詰められた周作は、坑夫たちとその家族をこれ以上の苦しみから救うために自分はストライキを妨害するのだ、と告げる。指令書を生命に替えても奪い返そうとした勝治は、ちょうどそこへ戻ってきて割って入ろうとした妹のおかねを、あやまって短刀で刺してしまう。悪いのは会社だ、仇をとってくれ、という恋人おかねの瀕死の言葉で自分の誤り

「炭塵」第七場（一九三〇年、東京左翼劇場）。『炭塵』（No.569）より

を悟った周作は、勝治のあとを追ってストライキ開始を決定する会議に駆けつける。——この結末は、それだけを取り上げるなら、いかにも作り物のように見えるかもしれない。だが、「炭塵」の全篇は、この結末を作り物と感じさせないだけのリアリティをそなえている。周作の視点は、いわゆる日和見主義や倫理主義とは別のものであり、根底的《ラディカル》な解放運動がじつは直面していたはずの問題を、見すえていたのである。被抑圧者の自己解放の運動とは、何よりもまず、いま、ここの、この苦しみや悲しみや絶望を、終わらせることであるはずではないか。現にいま苦しんでいる人間の苦しみをそのままにして、その苦しみの犠牲によって未来の解放を手にする道具を選ぶとしたら、そのような解放とは何なのか。たとえ、×＝党の方針が窮極的にどれほど正しいものだったとしても。

だがしかし、炭鉱資本が坑夫たちとその家族のなかに煽り立てようとしたのは、この疑念だったのだ。「炭塵」においてもまた、労友会のダラ幹たちが会社側と手を打って利得にあずかるために依拠しようとしたのが、この疑念だったのだ。この疑念こそはまた、自分の苦しみと悲しみと絶望を別の人間が引きつぐというかたちでの当面の解放を、労働者たちに納得させ甘受させるための根拠ともなったからである。

戯曲「炭塵」は、まさに地雷原に踏み入るようにこの疑念の領域に踏み込んだ。そしてそれによって、「疵だらけのお秋」がプロレタリア文学総体のなかで獲得しえたのと同質の射程の長さを、石炭の文学史のなかで獲得するのである。なぜなら、「炭塵」と「ごくつぶし」と「敗れて帰る俺達」で炭鉱労働者を描いた三好十郎の表現は、日本という国家社会があるひとつの針路に向かって本格的な一歩を踏み出したまさにその時期に、その歩みの真っ只中に向けて投じられた一石だったからだ。

「炭塵」第八場（一九三〇年、東京左翼劇場）。『炭塵』より

3 「昭和」の始まりと「十八年戦争」の開幕

三好十郎が初めて炭鉱労働者を描いた作品、「敗れて帰る俺達」は、前述のとおり、「全日本無産者藝術団体協議会」（ナップ）の機関誌『戦旗』の一九二九年三月号に発表された。

　二八年五月の創刊から数えて十一冊目にあたる『戦旗』のこの号は、プロレタリア文化運動をふくむ無産者運動が当面していた現実をそのまま反映するようないくつかのテーマを、巻頭に掲げる構成となっている。まず、扉ページはデモ行進の写真で飾られ、その写真には、「御××検束で××のために×××た大澤君の労働者農民葬。デモに入る三重県三千の労働者諸君」という説明がある。伏字はそれぞれ、「大典」――「警察」または「特高」――「殺され」または「獄死し」――と判読できるだろう。大正天皇の死とともに一九二六年十二月二十五日に踐祚した新天皇裕仁は、まだ即位式も行なわないさきの二七年五月末、山東出兵（第一次）によって天皇として初の対外政策を実行に移していた。そして、国内に向かっては二八年六月末の治安維持法改定（緊急勅令）によって、朝憲紊乱《びんらん》の罪に死刑・無期懲役をもって臨む姿勢を明らかにした。この改定に裏づけを与えるかのように、その四日後の二八年七月三日、各県警察部のすべてに「特別高等課」（略称＝特高）を設置することがこれまた勅令で公布されたのである。特別高等課は、「大逆事件」直後の一九一一年八月二十一日に警視庁に設置され、同盟罷業（ゼネスト）、爆発物、および新聞・雑誌・出版物・碑文の検閲を管掌して、反体制運動を抑止弾圧する機能を果たしてきた。それがいまや全国の警察によってくまなく網を広げることになった

三好十郎。一九三八年二月、築地小劇場にて――『新劇はどこへ行ったか』（註14参照）より

のである。――新天皇・裕仁の即位礼、いわゆる「昭和の御大典《ごたいてん》」は、一九二八年十一月十日に京都御所で挙行されたが、それに先立って不穏分子の予防検束が全国でくりひろげられていた。そのうち、十月二十七日未明に三重県松阪署に検束された農民組合の専従職員が、かねて重症だった脚気が勾留によって悪化したにもかかわらず、松阪署から津署へとタライ廻しにされたすえ、十一月十四日に獄死したのである。三好十郎の戯曲では「×」としか表記できなかった非合法日本共産党の事実上の合法機関紙、『無産者新聞』（週刊）は、十一月二十日付の紙面で、「大典警備の検束から／三重の闘士獄死す」という見出しのもとにこの事件を大きく報道した。それによれば、警察から「危篤」の連絡を受けて二名の同志が駆けつけたときには、大澤君はすでに死亡しており、両名の激しい抗議にも特高課長と津署長は「尽すべき事は尽したのだ」と空うそぶくのみだったという。同君の無産団体葬は翌十五日に挙行され、農民組合、青年同盟、水平社などを中心として三千名が参加したのだった。

このときのデモの写真につづいて、『戦旗』二九年三月号が冒頭のグラビア・ページと記事とで取り上げているのは、三月八日の「国際無産婦人デー」に関する日本および諸外国での動きである。一九一七年三月八日（露暦二月二十三日）、帝政ロシアの首都ペトログラードの女性紡績工たちが、「パンをよこせ、夫たちを戦地から返せ」と叫んでデモ行進を決行し、これが三月革命（露暦では二月革命）の直接の引き金となったのを記念して、コミンテルン（共産主義インターナショナル）が三月八日を「国際婦人デー」とすることを提唱し、日本でも一九二三年以来、この名称で集会その他が行なわれてきたのだった。『戦旗』の同号は、ドイツ共産党の女性幹部のひとり、クラーラ・ツェトキンのこの日にちなむ論説を翻訳掲載したが、ツェトキンはそのなかで、「餓えと寒さと闘ひ、警察の鞭と×装したファシストの暴力団と闘ひつゝ、八ケ月の炭坑夫ストライキに能ふ限りの力を添へた」「イギリス炭坑夫の女房達の行動」を、「例外のやうな一人々々としてゞはなく、密集した大衆として」の「ヒロイズムの十分な例」である、と讃えている。

国際無産婦人デーとそのままつながるテーマとして、ツェトキンの文章のすぐ後に置かれているのは、「プロレタリアの母――渡政のお母さん」と題するインタヴュー記事である。非合法日本共産党の委員長だった渡政《わたまさ》こと渡邊政之輔は、よく知られているように、前年、一九二八年十月七日、植民地台湾の基隆《キールン》港で官憲に包囲され、みずから拳銃で頭を射ち抜いて三十歳の生涯を終えたのだった。その渡政の母を訪ねたインタヴュアーは、「×月××日事件は、お母さんにも判然と凡ての事を教へた。／お母さんには一層、息子の事が理解された。〔……〕お母さんの老後の只一つの生きる望みは、息子を奪つた奴に対する××、――お母さんはそれが何であるかをよく知つている」と記した。そして、おそらく編集部によって付されたと思われる末尾の追記は、「今年の三月八日、国際無産婦人デーは、お母さんの全国的救援デーだ！／渡政のお母さんを救へ！」と呼びかけたのである。

「×月××日事件」、つまり、小林多喜二の小説の題名によっても歴史に刻み込まれている一九二八年三月十五日の日本共産党の党員およびシンパサイザーにたいする一斉弾圧は、ちょうどその一周年にあたる時期に発行された『戦旗』のこの号の、主要な特集テーマだった。全国で一六〇〇名以上が検挙され、起訴されたものだけでも四八八名に及んだ「三・一五事件」から一年を経て、少なからぬ連座者たちの裁判は終盤を迎え、刑が確定して北の果ての獄へと押送されていくものも出はじめていた。同号は、一九二四年に関東印刷労働組合を結成したことで知られる春日庄次郎（懲役八年）との接見記や、獄中の同志たちからの手紙や手記に多くの誌面を割いている。そしてそもそも、この号の表紙が、丸一年間にわたる獄中と公判廷での闘いのひとこまを、きわめて象徴的に描いていたのである。——表紙の写真が大きく浮かび上がらせている白いチマ・チョゴリの女性たちは、三・一五弾圧で逮捕されて裁判闘争を余儀なくされた朝鮮人政治犯の家族が法廷の一隅で顔を寄せ合う姿にほかならない。

だが、『戦旗』一九二九年三月号を特徴づけているのは、当面の状況と直接かかわるこのような記事だけではなかった。目次で「創作と詩」としてまとめられている諸作品、とりわけ六篇の詩のいずれもが、特集記事のテーマとなっている当面の状況との緊張関係を内包しているのである。窪川鶴次郎の詩「札幌の同志へ」は、題名が示しているとおり、北の獄の「三畳の房」に「已《や》むことなく／いよいよ鋭い武器を鍛へる」同志への思いを歌っている。江森盛彌の「落馬した兵士」は、徴兵制によって兵士となっている自分が、落馬して重傷を負い、「働ける体」を奪われてはじめて、自分たちが鎮圧すべき「暴徒」と自分とが「同じ仲間」であることに気づき、「何の事だか知らなかつた」「あの事件」、「三月十五日！」の意味を発見しはじめる過程を歌っている。白須孝輔の「おつ母さん——職場からの便り——」は、故郷の母に送る息子の手紙という設定の詩である。ここでもまた渡政が大きな位置を占めている。「三月の検挙でさ／うまくづらかつて呉れたとばかり思つてた／俺達の渡政がよ／到頭やられてしまつたんだ」と母に語るかれは、「その渡政にや、丁度おつ母さんと同じ歳のおふくろがあるんだ」と伝えることを忘れない。渡政のおふくろは、「ど

『戦旗』一九二九年三月号表紙。写真の上に「法廷の一隅に寄合ふ朝鮮に於ける犠牲者の家族」という説明がある。

うか倅に負けないやうにやつて下さい」「どうか倅の仇をとつて下さい」と唇を噛んで言っているのだ。だから、「俺達は俺達の渡政のためにも／蓄生《（ママ）》！／こゝの煙をふつとめねえでおくものか！」

　渡政とその母とへの思いに託してストライキの決意を母に書き送るこの労働者は、郷里で働いていたころ、「××でやられた」自分を母が警察まで「貰ひ下げ」に来てくれた体験を持っている。それが、「こつちへ来てから半歳になる」のに、「俺ときちや情ねえ話だが／まだ気の利いたストライキひとつ起せねえ有様」なのである。――だが、いったいこの労働者は、どんな職場でストライキを起こそうとしているのだろうか？　どこの煙を「ふつとめ」ようとしているのだろうか？　渡政の遺志を継ぎ、渡政のおふくろのために仇を討つのは、どこにおいてなのか？

ほんとに早えもんだ／こつちへ来てから半歳になるんだから／だのに俺ときちや情ねえ話だが／まだ気の利いたストライキひとつ起せねえ有様だ／が、おつ母さん／こゝのやまはちつとばかりでけいんだ／こゝをおとすにや、あと半歳や一年はかゝるだらう／見て、呉んねえ／見て、呉んねえ！〔……〕なあ、おつ母さん／このでけえやまをおとすまで／あんまりいぢけねえで待つて、呉れよ〔……〕やまがでかけりや俺達だつてはりがあると言ふものだ／えつ、おつ母さん／そのときや赤飯《こわめし》を焚いてお祝ひだぜ。

　三・一五と渡政の死を血肉化しようとしているこの労働者の闘いの場は、つまり炭鉱《やま》だったのである。

そして、じつは、初めて炭鉱労働者を歌った三好十郎の詩、「敗れて帰る俺達」は、この白須孝輔の「おつ母さん」のすぐあとにつづけて掲載されていたのだった。まるで、「でけえやま」を「おとす」という決意を母に書き送った労働者の、後日譚ででもあるかのように——

涙は頬つぺたで乾いた
怒りは胃の底によどんだ
にがいにがい空つぽの胃の底に。
俺達は負けた、お丶負けてしまうた。
俺達は負けた！
お丶此の歩いて帰る足の重さよ。
憶えて置こうぞ、此の足の重さ
聞いて呉れよ、しよぴいて行かれた伜よ
冷たい監房の壁の側でな
うなだれて帰る親父の足音をよ。
お前のおふくろが咳に攻められて寝てる
暗い家まで半里だ。
青い空に×い旗のビラビラなびく
モスコー迄は五千里だ。
拳の指からにじみ出る血を
この焼ける歯で噛みながら帰るぞ！

痛みうづく節々に

それだと言つて、兄弟！
俺達のガン張りがたりなかつたのか？
俺達の胃の腑が腕つ節よりも弱かつたか？
俺達のピケが手ぬるかつたのか？
嘘をつけ！
第二坑の奴等も第三坑の奴等も
しきの暗闇で狼の様に眼を光らせて
命を投げ出して待つてゐたんだぞ！
後やまも先やまも
汚れ切つた体を真裸にして待つてたぞ！
合図のハッパの鳴るのをな！
だけどハッパは鳴らずにボーが鳴つた！
おゝよ、事務所の方でボーが鳴つた！
ダラ幹め、俺達を
坑主に売つた合図だつたい！
おゝよ、そして俺達は負けた
若え奴等はしよぴいてかれた
負けたんだ、それつきりだ！

ホエ面をかくな、グチを言ふな。

日が暮れるよ
俺達の地下足袋の先から
音の無い坑山《やま》が暮れる

〔……〕

全九十三行、三つのパートからなるこの詩は、第一のパートで年配の男性坑夫、第二のパートでは夫を落盤事故で亡くして幼い子供をかかえるヨロケかかった女性坑夫が語り手となっている。どの地方のどこの炭坑《やま》かも、どの時代の出来事かさえも明示されない詩の第三パートを、作者はふたたび年配の男性坑夫によってつぎのように歌わせる――

青い呪ひに踏みしめる
足の下に舞ひ上る砂ぼこりも
俺達の眼に見えやうか

たゞ帰れ、兄弟！
たぎり立つ血を
もう一度氷の様に鉄の様に

核の核まで冷たくさせて
帰らうや！　おい！
俺達の背がこんなによ
曲つて胸を押しつけても
泣き寝入りに寝入つてしまふのは早かんべ！
今日俺達は負けたか？
お、負けた！
明日には明日の日が照つて
明日も俺達は負けるか？
お、負けるかも知れねえ。
明後日もその次の日も又の日も
お、負けるかも知れぬ。
歯を喰ひしばれ、歯を　噛みくだけ！
くそ喰へ！
しまひまで負けて居やうか！
しまひには負けて居やうか！
一歩一歩に憎《にくし》みを踏みしめろ、兄弟！
シキの中が暗くて
血の臭ひのする間、
よしか
一歩一歩に憎《ママ》しみを踏みしめろ、兄弟！

（一九二八・十一）

場所も時代も特定されていないこの詩が、それにもかかわらず全篇のトーンから、一九二八・三・一五事件による当面の敗北と、その苦渋を全身で担いながら歯を食いしばって憎しみを一歩一歩ふみしめようとする同志たちの思いの暗喩として読まれただろうことは、想像に難くない。おそらく、その場合、ダラ幹とは、朝憲紊乱の実践を放棄した右派社会民主主義者たちを意味したのだろう。炭鉱労働者を主人公とするこの詩もまた、プロレタリア文化運動の機関誌の一九二九年三月号が特集する当面の状況的主題にふさわしいものだったのだ。

けれども、運動が直面する現実の状況とこの詩の関わりは、それだけにとどまるものではなかったのである。『戦旗』の二九年三月号に発表された六篇の詩のうちで、炭鉱労働者をテーマとしたものは、三好十郎の「敗れて帰る俺達」だけではなかった。この三好十郎の詩と、詩句のなかで主人公が炭鉱労働者であることが示されている白須孝輔の「おつ母さん」との、二篇だけでもなかった。「落馬した兵士」のすぐ前に置かれている「二つの行列」が、これまた炭鉱と炭坑夫とを直接の主題とし語り手としていた。この詩の作者は、固有名ではなく「炭山《やま》の一労働者」とされており、現職の炭坑夫が自己の体験を歌ったものであるということが、意図的に明示されている。

「実炭車《みどろ》が吹飛むだと／鎖《チェーン》が断れてか！／クリップが外《はず》れて／実炭車が吹飛むだと」という四行で詩は始まる。石炭を満載したいわゆる実車の炭車《トロッコ》が、連結鎖が切れたか、あるいは捲き上げロープに炭車をつなぐクリップ（カチともいう）が外れたために、暴走しはじめたのである。坑内でのこのような炭車の事故がめずらしくなかったことは、たとえば夢野久作の短篇小説「斜坑」(11)が、これをある殺人事件の重要な構成要因として使っているところにも反映されている。――だが、「二つの行列」という詩の眼目は、炭車の暴走と脱線転覆それ自体にあるのではない。夢野久作の「斜坑」には、坑内の事故で死んだ炭坑夫の遺体を地上へ運び上げるさい、坑道《まぶ》の要所要所で現在さしかかっている位置を死者に呼び聞かせる情景が描かれ、それを叫ぶ役を一手に引き受けている「アノヨの吉《きち》」こと吉三郎という年配の坑夫が登場する。死んだ坑夫の魂が坑内に取り残されないように、いまどこを通過しているかを言い聞かせながら亡骸を搬出するこの古くからの風習が、夢野久作の小説より三年前に発表された「炭山《やま》の一労働者」の詩の、第一のモティーフである。そして第二のモティーフは、暴走した炭車に轢《ひ》き潰《つぶ》された仲間を地上の長屋まで運ぶその悲しい行列とまったく同日同時刻に、見下ろす崖下の街道を提灯《ちょうちん》を持って流れてゆくもうひとつの行列である。「想出せ！　あの日を／〔……〕／忘れたか！　三月十五日を」と、「死を賭して闘ひ進む／断乎たる決心をもつて」星空の下で仲間の死体を担ぐ坑夫たちの列の眼下を、もうひとつのその行列は通りすぎていく。

「一九一七年十一月の露西亜よ！／一九二八年十一月の日本は／日の丸提灯の群が／酔ぱらひ／躍り上り／突のめり／ゆらゆらと／村の街道を流れてゆく／村人や小商人達に交《まじ》つて／紋付羽織の坑夫達も／打振る　日の丸提灯は／カンテラよりも軽すぎる」――仲間の「死屍」を担架で地上へ運び上げたとき、主任の仏頂面は「御大典だに飛むだことだ！」と、「奉祝の　酔もさめて」つぶやいたのだった。炭車の事故は、御大典の奉祝の当日に起きたのである。「街道を揺《ゆ》れて流れる――提灯の行

(11) 夢野久作「斜坑」は『新青年』一九三二年四月号に発表された。ちくま文庫版『夢野久作全集』第四巻（一九九二年九月、筑摩書房）に収録されている。

列が／街道を見下して／「断乎たる決心」の群／丘の長屋の軒下に／丘の断崖に整列してゐる／——×の指令は未だ来ぬけれど／——死守すべき要求をもつてゐる／大空に／無数の眼は　瞬き／眺めてゐる——二つの行列を／紀元二千有余年は愚かな夢に過ぎぬ(12)」

　同じく炭鉱労働者たちの悲しみと決意を歌ったこの「二つの行列」と並べて見るとき、三好十郎が「敗れて帰る俺達」の末尾に付した「一九二八・十一」という制作時期を示す数字が、ひとつの具体的な意味をおびてこざるをえない。どの地方のどの炭坑《やま》かも、どの時代の出来事かも示されていないその詩は、まぎれもなく国を挙げての「昭和の御大典」の奉祝のさなかに書かれていたのである。炭鉱労働者たちのストライキの企ては、この労働者たちをさえも提灯行列に紋付羽織を着せて動員する天皇国家のなかでの闘いだった。この一九二八年十一月十日の「御大典」で形式上も裕仁は大日本帝国天皇となった。そして、やがて日本国家の海外進出の進展とともに度々くりかえされることになる日の丸の提灯行列は、この年の四月になされた第二次山東出兵によってなおも続く済南《チーナン》占領のなかで、行なわれたのだった。日本国家は、この奉祝のときすでに、前年春の第一次山東出兵に始まる十八年戦争に足を踏み入れていたのである(13)。

　雑誌の同じ号で同じく炭鉱労働者を主人公としている他の二篇と比べたときだけでなく、同時代の日本語の詩の大多数と比較してもひときわすぐれた言語表現である三好十郎の詩は、たとえ奉祝行事にも三・一五事件にも言及していないとしても、社会的現実とそのなかに生きる人間との具体性によって裏打ちされていたのだ。たとえば「日が暮れるよ／俺達の地下足袋の先から／音の無い坑山《やま》が暮れる」という

(12) この詩の最後の行は、原文では「紀元二十有余年は……」となっているが、これは誤植あるいは活字の欠損のためと思われる。

(13) 戦後民主主義時代に定着させられた「十五年戦争」という慣用語は、歴史の現実に即していない。日清・日露の両戦争ののちに大日本帝国が中国大陸にたいする独自の軍事的進出を再開した第一歩は（第一次世界大戦での日英同盟を理由とする山東・膠州のドイツ租借地への攻撃と占領がその前段階だったのだが）、一九二七年五月二十八日の山東出兵（第一次）声明と関東軍（満洲駐剳）にたいする出動命令だったのである。

一見きわめて抽象的・象徴的な詩句さえもが、背を屈《かが》めて納屋に引きあげていく坑夫たちの姿と心中をありありと浮かび上がらせるように、詩中の男女坑夫の独白からは、かれらの表情や身ぶりや胸のうちが、読むものに向かってきわめて具象的に迫ってくる。この具象性こそは、虚構《フィクション》でしかない一篇の文学表現が、社会的現実――直接的には言及されていないとしても、その詩の背後に重くのしかかっている現実――へのひとつの通路となりうるための、もっとも本質的な条件なのである。

三好十郎は、「敗れて帰る俺達」から二十年を経た戦後の一九四八年秋、「小説と戯曲」と題するエッセイで文学表現の「即物性」について論じている。かれはそこで、現在の小説家の多くが「自由すぎる道具」である小説という表現形式によりかかって、この道具を使いこなすための基礎的要件である「即物性」をないがしろにしていることを、戯曲という形式との対比で批判したのだった。即物性とは、「事実あったことを、ありのままに、そして人にもなるべくよくわかるように物語って聞かせる」という態度であり、「わかりきったナイーヴすぎる要件」である。戯曲を成り立たせる大前提たるこの即物性は、じつは小説を成り立たせるためにも不可欠のものであるのに、近ごろの小説家たちは、概してこれをないがしろにしたまま、「人生について自分はどう考えているかについて、あれやこれやの形で主観的なそしてケイレン的な感想文を書きつづる仕事」を、小説だなどと称している。この点で、死んだ織田作之助も太宰治も坂口安吾も同じであり、高見順や尾崎士郎もそれと似たようなものだ。芥川龍之介や室生犀星や中野重治なども「血統から言えばこの血統に属する」が、室生や中野は「自分の血統に対して非常に抵抗して、のぼせあがるまいと努力しながらやっている」ので、「その努力はなかなかえらい」と言える――。こう述べたあと、かれはその批判をつぎのような一節で結んだのだった。

ついでに言って置けば、ロマンが達成されるためには、まずフィクションが必要だと言ったような意見は、俗見の俗見であって、問題を逆立ちさせているだけだ。バルザックやスタンダールやトルストイやドストエフスキーなどのロマンの土台は、フィクションにあるのではなくて「事実そのまま」ないし「事実そのままらしい」個所にある。必要なのは即物性である。即物性に立ったフィクションだけがロマンに成り得る。そうでないフィクションは、ただの戯作になるだけだ。それは、塩を持たないでミソを作ろうとするようなものだ。ミソはすぐに腐る。ミソの腐ったのは、クソよりも悪い。(14)

三好十郎の戦後のこの見解は、小説《ロマン》と戯曲とを対比して論ずるのみで詩については言及していない。しかし、「敗れて帰る俺達」だけではなく、半年前の「山東へやつた手紙」や、それどころかさらにその前々年に発表された「雪と血と煙草の進軍」および「秋の軍隊」という二篇のモダニズム詩さえも含めて、三好十郎の詩が——表面上のモダニズムの背後にも——具象的な身ぶりや動作や情景の細部の描写のなかに息づく即物性をいたるところに孕んでいることは、看過すべくもないだろう。落葉と一体となった身のこなしや、田の水を見張る少年のたたずまいや、曲った背中が胸を押しつける老坑夫の足どりのなかに、ありありと読者の脳裡に具象的なイメージを喚起するこの即物性は、顔をのぞかせている。もちろん、「事実そのまま」と「事実そのままらしい」との間には巨大な距離がある。この距離を越えて「事実

(14) 三好十郎『新劇はどこへ行ったか』(一九八〇年八月、東京白川書院)に収められた「戯曲の重要な役割の自覚」と題する一連のエッセイの前半が、雑誌『人間喜劇』一九四八年九月号に掲載された「小説と戯曲」の再録である。引用は右単行本に拠る。

そのままらしい」を実現することこそが、虚構としての文学表現の課題なのだ。しかし、その実現は、「事実そのまま」を徹底的に見つめる表現者のまなざしがなければ、決して達成されないだろう。「即物性」についての三好十郎の要求は、徹頭徹尾正しいと言わなければならない。

そして、虚構《フィクション》から現実への通路にほかならないこの即物性こそは、葉山嘉樹の『海に生くる人々』（一九二六年十月刊）から小林多喜二の『蟹工船』（二九年五、六月）に至るまでのプロレタリア文学の諸作品が、さらには「嫁仕度」（二七年七月）から「棺と赤旗」（二八年一月）を経て長篇『炭坑』（三五年六月刊）に至る橋本英吉の諸作品が、プロレタリア文学の分野のみならず文学の領域総体に斬新で鮮烈な表現をもたらすものとなりえたことの、もっとも重要な一因だったのである。そして、炭坑および石炭という素材もしくは主題こそは、文学表現のためのこうした即物性を他のテーマにもまして不可欠のものとするのである。

4　戯曲『炭塵』の即物性――炭坑札をめぐって

三好十郎が炭鉱労働者を主人公とする三篇の作品を集中的に発表したのは、一九二九年春から三〇年晩秋にかけてのわずか二年にも足らぬ一時期にすぎない。けれども、そのわずかな期間に、わずか各一篇ずつの詩と小説と戯曲とによって、虚構にすぎないそれらが体現するいわば前衛的な即物性によって、かれは、日本社会のなかで炭鉱労働者が生きている現実を、体験的現実よりももっと現実的《リアル》に、日本社会に突きつけたのだった。

一九三〇年十一月に東京で初演された戯曲「炭塵」は、とりわけ、のちに戦後のかれが「即物性」として重視した要因を作中のいたるところで重用《ちょうよう》した作品である。詩のなかでは象徴的な言葉や身ぶりに託されるのみで、読者の想像力《イマジネーション》を通してはじめて具象的な情景として焦点を結ぶことがらが、演劇である「炭塵」ではそのまま可視的な場面として、人物たちの明示的な所作として現出することは、あらためて言うまでもない。だが、戯曲のそのような即物性は、ある具体的な現実のなかでは、劇を危険にさらしかねないだろう。演出にかかわった「東京左翼劇場」の佐々木孝丸（落合三郎）が単行本『炭塵』の「跋」に記しているところによれば、作品の上演にあたって、「作者がこの戯曲の中で云はうとしてゐる肝心要《かんじんかなめ》の幾つかの点を、骨を削られるやうな思ひで削つたり、ぼやかしたり、廻りくどくしたり、いびつにしたりしなければならなかつた」という。「プロレタリアートの唯一の×のことを口にする自由」を奪われ、「群集と××との衝突、軍隊の出動等も舞台の上から除き去らねばならなかつた」のである。佐々木は言及していないが、当時は、「治安警察法」第十一条によって、劇の上演にまで「臨監」の警察官が立ち会い、上演中止や解散を命じることができたからだ。「『×の指導』といふ根本的な点をぼやかし、××の出動を見るまでにさえ立ち到つた争議団の激化といふことを伏せざるを得なかつた以上、この戯曲は、上演に際して、心臓を半分以上切り取られたやうなものであつた」と佐々木孝丸は書いている。(15)

「プロローグ及び十一場」からなる「炭塵」には、「無名戦士達に」という献辞もしくは副題が付されている。この戯曲が、炭鉱労働者たちのたたかいのなかで斃《たお》れたものたちに捧げられていることは、疑いもない。けれども、そのたたかいとは、佐々木孝丸が無念の思いをこめて言及しているような、ぼやかしたり伏せたりすること

(15) 佐々木孝丸「三好の戯曲に寄せる」。伏字×は「党」、××は前のものが「警察」、後のものが「軍隊」。なお、『炭塵』単行本の巻末の「跋《ばつ》」には、佐々木のこの文章のほかに、吉江喬松「三好十郎君の劇作」、土方與志「プロレタリア劇団の一員として」、隆松秋彦「待望する――」の三篇が収められている。

で切り抜けるしかない種類の事象とかかわる現実の即物性だけを、意味していたのではなかった。歴然たる言論思想統制の弾圧法である「治安維持法」や「治安警察法」、「新聞紙法」、「出版法」に抵触するもの以外の、むしろこれらとは直接には無関係であるような日常生活のさまざまな現実の即物性が、この戯曲の骨格と細部を形成しているのである。それは、炭鉱労働者の日々の労働現場であり、その家族たちの日常生活であり、労働と生活の坦々としたシステムである。伏字にしなければ表現できないような事柄とは縁遠いように思われる生活現場のこの即物性が、だがしかし、状況の推移につれて別の相貌を、隠されていた本質を、あらわにしていく。生活現場のごく日常的な即物性にすぎないものも、それらを本当に自分たちのものとするためには、伏字でなければ許されないような実践と不可分であることを、あらわにしていかざるをえないのだ。たとえば、大日本帝国憲法（いわゆる明治憲法）はその第二七条で「日本臣民ハ其ノ所有権ヲ侵サル、コトナシ」と定めていた。各人の所有権は憲法によって保障されていたのである。だが、坑夫たちや多くの貧しい民衆は、そもそも侵されてはならないその所有そのものを与えられていなかった。憲法によって護られていたのは、事実上、炭坑主たちの、資本家たちの所有権だった。この不平等を是正することを求めようとすれば、必然的に、伏字でしか表現を許されない領域に足を踏み入れざるをえないのである。

　こうした現実の即物性、炭鉱労働者の生活そのものと

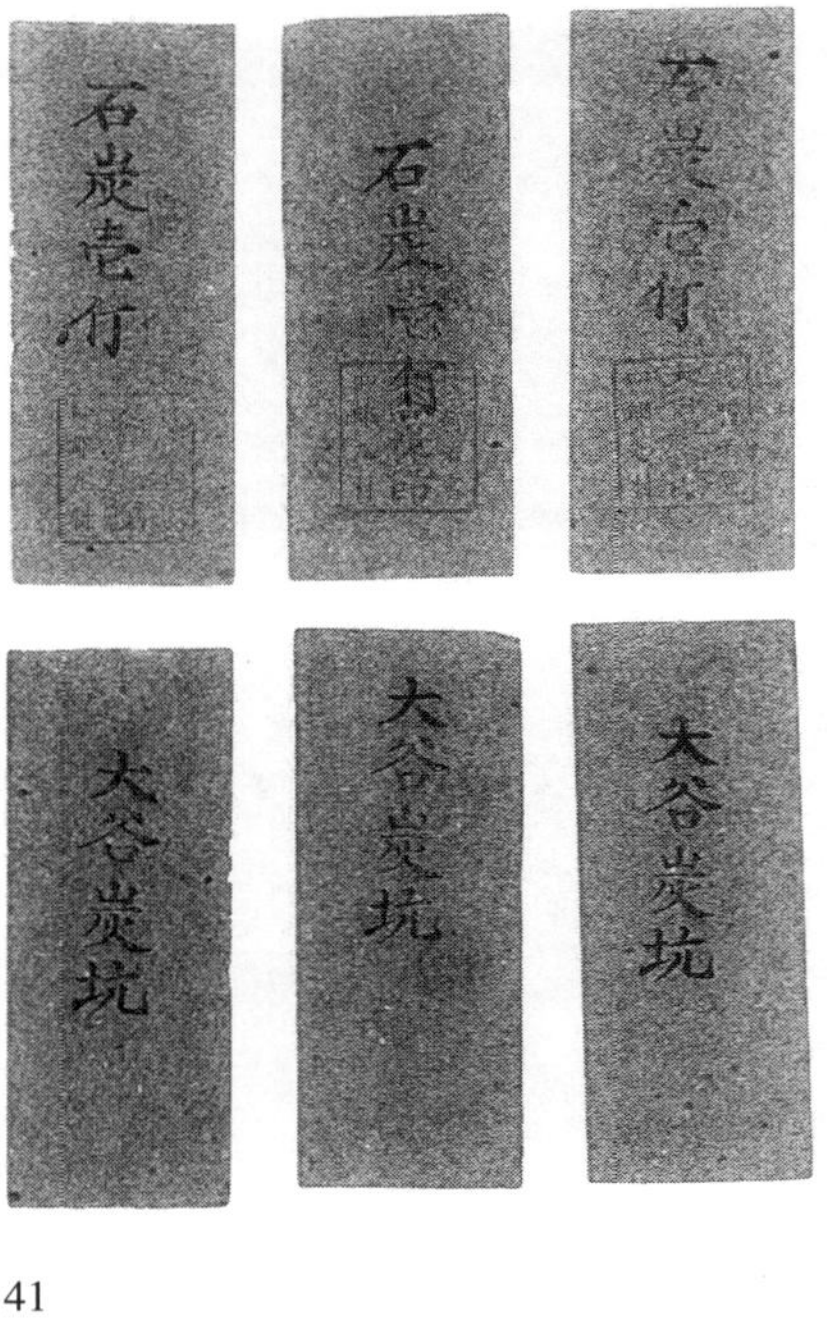

大谷炭坑（福岡県鞍手郡四郎丸村）の炭券。表面には「石炭壱斤」の文字および「筑前若宮／大谷炭坑印／四郎丸村」の朱印がある。一八八〇年代後半（明治二〇年ごろ）の発行。（上段が表、下段が裏）

密着したこの種の即物性は、プロローグにおいてラジオ放送のアナウンサーの声として流されるセリフのなかですでに、争議団の要求と会社側のスト対策との対置というかたちでくっきりと示される――

（声）――次は北島炭坑争議益々《ますく》悪化。本社が先にいち早く報道した所の、去る四月廿日爆発と強制閉鎖に依《よ》る坑夫二十数人の惨死に端を発したる北島炭坑争議は、その後益々悪化し、右《みぎ》会社当局の協調的態度にもか丶(ママ)わらず、争議団側では最初の四つの条件『(一) 惨死坑夫遺族への弔慰賠償金倍額支給 (二) 二重搾取絶対反対、炭票《たんぺう》支払の鞘取《さやとり》廃止。納屋頭《なやがしら》、小頭《こがしら》制の廃止。及び採炭主任の計量に坑夫団選出の立会人を設けること、並に炭票使用に依《よ》る会計部直営の購買部を廃して、坑夫住宅地の消費組合を認められたし等《とう》、以下略します。(三) 坑内安全装置、施療病院の拡大完備、公務傷害手当金の二割増し。(四) 政党加入の自由承認』詳細は略しますが、右四条件を固守して、会社当局の数次の妥協案を一蹴し、一部は既に暴動化した状態であります。会社当局では遂に、四つ井系のトラスト団に了解を得て持久策を採用し、一方中部及び関西に於ては続々と新坑夫の募集を開始すると共に、×××××及び××並びに××の了解を得て、警備の××及び××の増員を行ひつ丶あります。本社の通信網よりの確報に拠《よ》れば、既に会社当局は炭票兌換《だくわん》を停止した由、依《よ》つて、

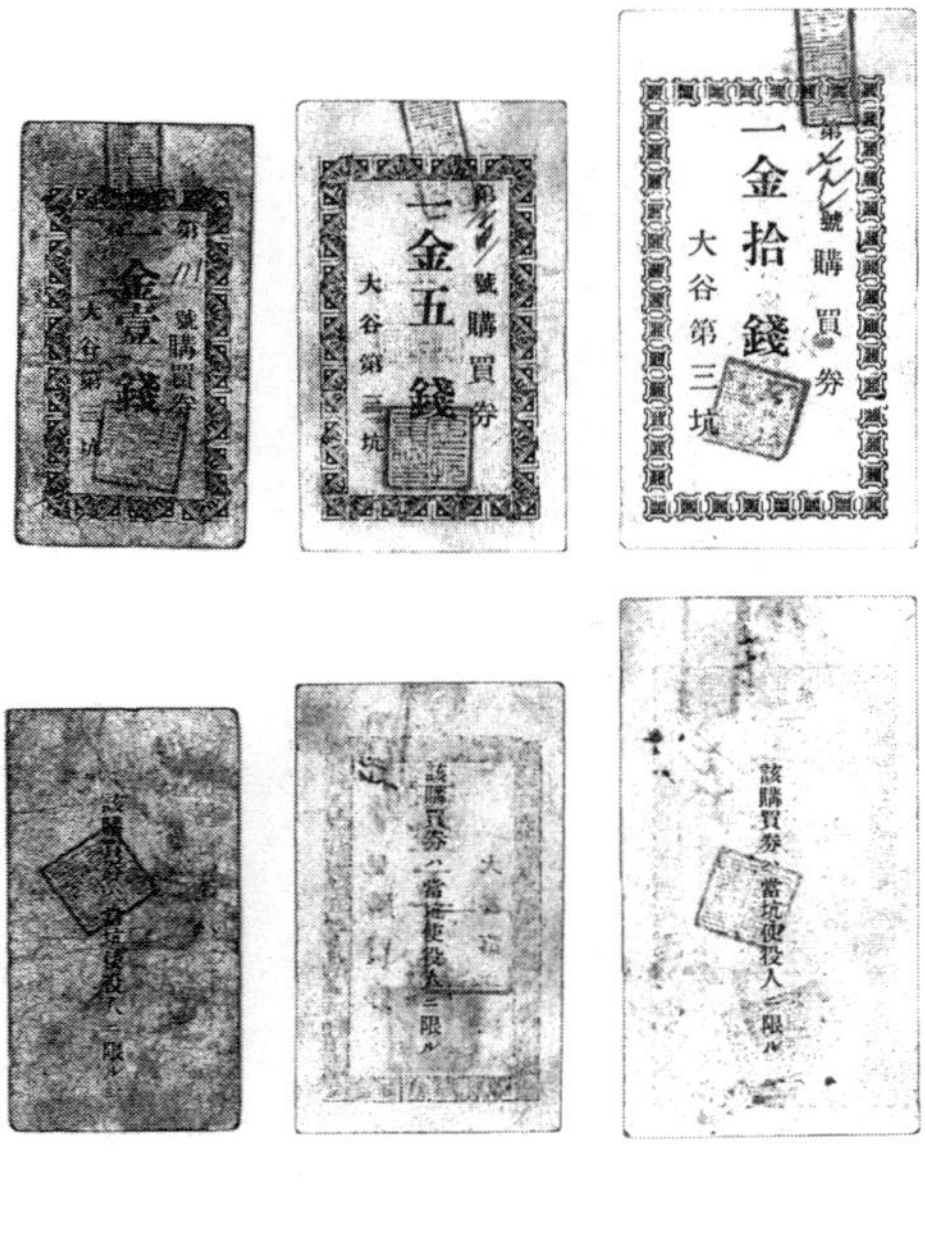

大谷第三坑（粕屋郡宇美村字炭焼）の「購買券」。一九二〇年代後半（昭和初期ごろ）の発行。一枚ごとに「第××号」と番号が打たれ、番号はペンの手書きで記入されている。表面および裏面の角印は「第三坑事務印」。なお、この大谷炭鉱は鞍手郡の同名のヤマとは別のものである。（上段が表、下段が裏）

右炭坑に於て日常殆《ほと》んど通貨として使用されたる炭票の流通価値は全く失はれ、且、右地方は日用の食料の殆んど全部を他よりの移入に依つてゐる為に、目下刻々全山二千余の坑夫及び家族等は飢餓に瀕しつゝある状態で、数日後には真に地獄絵巻を展開すべしと予測されます。一方争議団は既報の通り、某全国労働聯合体の支部組合として公認されたる労友会の多数派、並びに、主として最左翼の成員より成る少数派の北島坑山闘争同盟の二派に別れて、両派間に一致統一を欠く事が、事態を益々紛糾させる原因となるらしく、而《しか》も、闘争同盟中に於ても最も過激なる分子を通じて、非合法的な某団体の活動は漸次《せんじ》その爪牙《さうが》を現はして参りました。〔以下略〕

ここでアナウンサーの声によってあらかじめ伝えられる会社側の対策と、争議団の要求のなかに現われている炭鉱労働者の日常の実態とが、つづく十一場を展開させていく動因にほかならない。それらは、つねに伏字で表記されるプロレタリアートの唯一の「党」への信頼や、それと敵対しそれを権力に売り渡すダラ幹たちへの批判と憎悪などとは別の、あるいはそれ以前の、坑夫たちとその家族とが置かれた状態を、即物的に照らし出す。たとえば、争議団の要求の（二）で言及されている

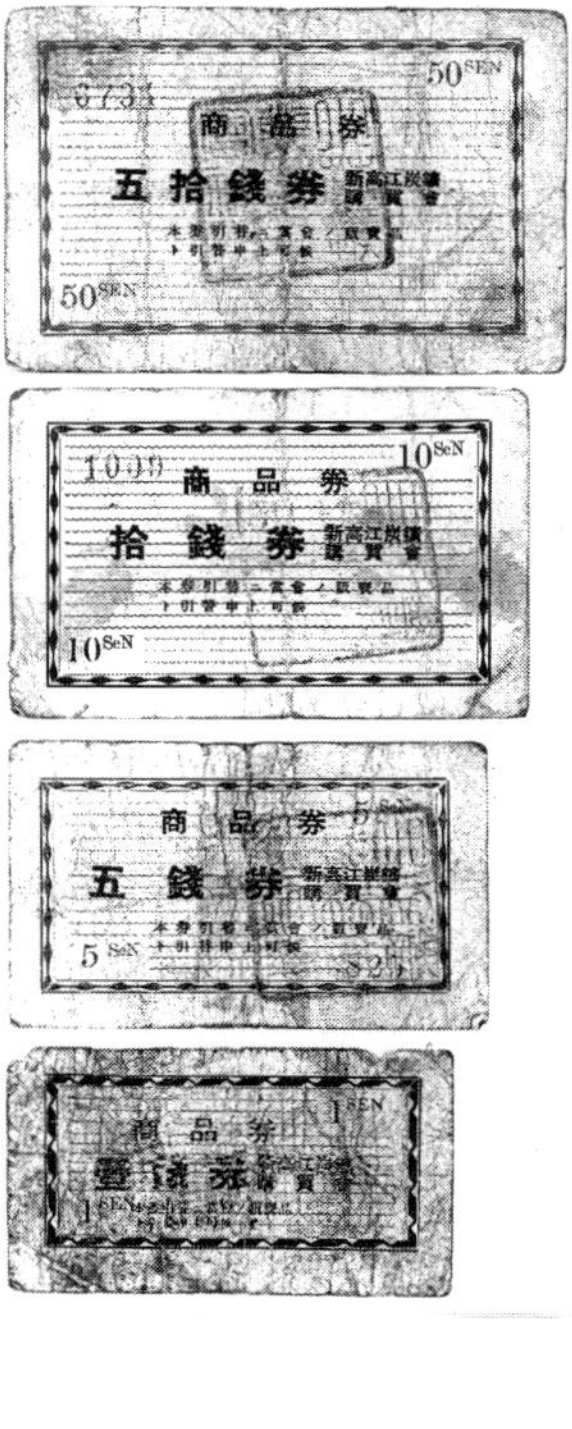

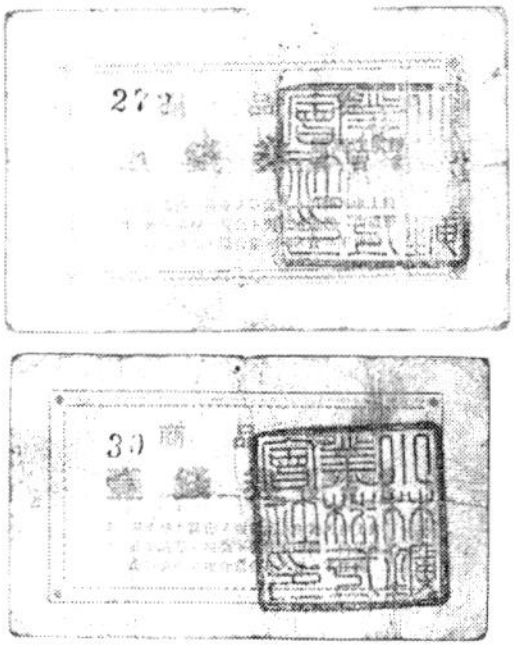

新高江炭鉱（遠賀郡香月村）の「商品券」。片面印刷。表面の角印は「小林鑛業株式会社印」。裏面には小さな角印のみ捺されている。右の二枚は使い古されて文字が消えかかっている。（炭鉱札はいずれも著者所蔵）

「採炭主任の計量に坑夫団選出の立会人を設けること」という一項は、いわば洋の東西を問わず、炭坑夫たちのもっとも切実な要求のひとつだった。アプトン・シンクレアの長篇小説『石炭王』においても、掘り出した石炭の計量に坑夫たちの代表を立ち会わせるという要求が、会社側にたいする闘争の重要課題として描かれていた。また、前述の詩「二つの行列」で「長屋」と呼ばれる炭鉱住宅、つまり「納屋」と、そこを支配する「納屋頭」が、炭鉱労働者の労働と生活総体とを強権的・暴力的に管理するシステムの要《かなめ》に位置していたことは、よく知られている。衣食住のもっとも基本的な場であるその納屋すらもが、争議に加わった労働者と家族からは強制的に奪い去られるのである。「四つ井系のトラスト団」とは、三井財閥が三井鑛山株式会社の名の下に各地で経営する炭鉱企業体をモデルにしていることは、言うまでもない。一九三〇年の時点で、この三井系のトラスト（企業合同体）は、年間約四七五万トンの石炭を産出し、二位の三菱鑛業株式会社の約三六一万トンを大幅に凌駕して、同じ年の全国総出炭量三一三八万トンのじつに一五％以上を一社で生産していたのだった。[16]「北島炭坑」が三井鑛山会社のどこの炭鉱をモデルにしたものかは不明だが、争議団の闘いがこうした巨大産業に立ち向かう絶望的とも言える試みだったことは、この戯曲が描くもっとも基本的な即物性だった。

だが、炭鉱労働者たちの日常を照らし出すこうした即物性のうちでも、戯曲「炭塵」においてもっとも著しい劇的効果を発揮するのは「炭票」とそれをめぐる出来事の諸場面だろう。

炭票《たんぴょう》とは、賃金としての貨幣（現金）の代りに炭坑夫たちに支払われた金券である。ほぼ一八八〇年代後半（明治二〇年前後）から一九三〇年代前半（昭和初期）にかけて、

(16) 久保山雄三編『石炭大観』（一九四二年六月、公論社）所収の統計資料「内地主要炭礦会社別石炭産額調」に拠る。

多くの炭鉱会社が、それぞれの炭鉱《やま》でのみ通用する独自の金券を発行していた。筑豊では一般に「切符」と呼ばれたが、「炭券」、「炭札」、「炭鉱札」、「斤券《きん》」という呼び名も用いられた。福岡市在住の郷土史家、松本一郎の私家版資料集『筑豊の炭鉱札』(17)には、炭車一車につき札一枚を渡したと推測される「壱車証」、俗に「生源札」と呼ばれる炭鉱札も収載されているが、ほとんどの炭鉱札は、前期においては採掘した石炭の斤高《きんだか》を、後期においては支払われるべき賃金の金額を表示していた。明治維新から十九世紀末までの九州の石炭産業および炭鉱労働事情に関する基本文献のひとつ、高野江基太郎著『筑豊炭礦誌――付三池炭礦誌』(18)（一八九八年五月）には、第一編・総論のうち「経済」の章の付記として、つぎのように記されている。

炭坑経済の事に付き茲《ここ》に付記すべきは各坑一般に流行《ママ》する切符（或は炭券とも称《とな》ふ）なり、筑豊炭坑の大半は毎日坑夫の採炭高を計算し其賃銭に代ふるに石炭何千斤又は何百斤と明記せる切符を発行し毎月二回或は三回日を期して之《これ》を現金に引替ふることとせり其の標準は一千斤を一円とし五百斤、二百斤、百斤、五十斤、二十斤、十斤、五斤、三斤、二斤、一斤等あり往時各藩に行はれし長方形の藩札に類し其の大形のものにして長四寸巾一寸五分許《ばかり》あり表面に石炭何斤と記し之に発行炭坑の印を押し裏面に左の文言を明記せり／石炭領収証として本券相渡置《あいわたしお》き計算の上現金を以て引換ふ可《べ》し、但し左の各条に触るゝものは本券を無効とす／一本坑廃業に至る時、一本坑使役人以外の人に渡りし時、一都合により引換時間を限り事務所へ広告貼出せし時其の制限時間に後《おく》るゝ時、一破毀損傷或は書画等を書せし時（第一大辻炭坑発行の分）

(17) 松本一郎『筑豊の炭鉱札』（一九八八年十一月、私家版）。
(18) 高野江基太郎『筑豊炭礦誌――付三池炭礦誌』（一八九八年五月、中村近古堂）。

〔引用末尾のカッコも原文のまま〕

ちなみに、企業側が「炭券」を無効とする場合の例としてここで挙げられている「大辻炭坑」とは、それから一世紀ののちに、帚木蓬生《ははきぎほうせい》の小説『三たびの海峡』の主人公、河《は》時根《しぐん》が、朝鮮半島の郷里から強制連行されて送られる「高辻炭坑」のモデルとなった炭坑の、草創期の姿にほかならない。一炭坑夫から叩き上げた「炭鑛王」貝島太助[19]が、一八九七年六月に買い取った炭坑だったから、『筑豊炭礦誌』が言及している炭券は、この炭坑の最初期のものだったことになる。――だが、いずれにせよ、炭券が無効になる条件は、その大辻炭鉱札に「明記」されているような場合だけには限らなかったのである。月に一回ないし三回の特定の交換日を定めて現金と引き換える定めになっていたにもかかわらず、経営不振などを理由に、これが実行されないことも少なくなかった。また逆に、坑夫の側に急な入用があって現金を手にしようとすれば、納屋頭かそれとも炭券を扱う商店か、さもなければ高利貸に両替を頼むしか方法はなく、その場合は二割から三割の手数料を取られるのが普通で、五割の手数料という例さえあったという[20]。

戯曲「炭塵」においてもまた、プロローグでアナウンサーが「既に会社当局は炭票兌換を停止した由《よし》」云々と述べているように、炭鉱札は労働者にたいする強力な武器として使われるのである。芝居の第一場「事務所の前」は、会社の事務所の前へ押しかけた坑夫たちや女房たち、それに町の小商人など約三十人の人物たちの叫び声で始まる。会社が事務所を閉鎖して、炭票を現金と交換することを拒否しているためである。町の小商人たちがその群集に加わっているのは、会社指定のかれら

(19) 貝島太助（一八四五～一九一六）の数種ある伝記のうち、一九〇九年五月に博文館から刊行された高橋光威編になるものは、『炭鑛王』と題され、「貝島太助翁成功談」という頭書が付されていた。

(20) 松本一郎『筑豊の炭鉱札』に拠る。

の店が、炭票で坑夫たちに商品を売っているからにほかならない。現金の代わりに受け取った炭票の引き取りを会社が停止したので、商人たちの手元にある炭票もまた、紙屑同然になってしまったのだった。(21)

「斤券《きんけん》」という呼び名もあったことからわかるように、炭鉱札は元来、月に一回ないし三回の賃金支払日に通貨（現金）と引き換えるために、斤で表わした採炭量に応じて交付されたのである。(22)もちろんこのシステムには、会社側にとっての利点が少なくなかった。高野江基太郎は『筑豊炭礦誌』の前述の箇所で、この制度を支持する側の説として、「日々現金を仕払《ママ》はざるが為め其資本は現金仕払の当日迄更に他に流通の便を得可《うべ》し」、「〔……〕其発行高の幾分は　必《かならず》　紛失損傷多く実際引換ふ可き金額は必当に〔当然、必然的に＝引用者註〕減額すべく結局坑主即ち発行人を利すること多かるべし」などの見解を紹介している。資本家は、支払うべき現金を他に流用して金利を稼ぐなどの利潤を得るほか、炭坑夫とその家族が炭鉱札を紛失したり汚損したりすれば、資本家側のまったくの丸儲けとなるわけだ。これら以外にも、たとえば、坑夫のケツワリ（逃亡）を防ぐうえで好都合である、もっぱら会社直営の購買部で日常の必需品を買わせることができる、会社との一体感ないしは会社への帰属意識を坑夫とその家族に植えつけるために役立つ――等々、会社側にとっての効用が考えられるだろう。わけても、当該の鉱山のなかでしか通用しない炭鉱札は、会社直営の購買部が粗悪な品物を法外な値段で売りつけることを可能にした。付近の商店でも通用することになっていた場合にせよ、会社と商人との結託によって、労働者は一方的に暴利をむさぼられたのである。

　その炭鉱札が公式に禁止されたのは、一九一九年六月一日のことだった。四月

(21) 戯曲「炭塵」では一貫して「炭票」という呼称が用いられているが、この作品以外に炭鉱札をこのように呼んだ例は、私（池田）がこれまでに確認しえたかぎりでは、橋本英吉の小説「一九一八年の記録――米騒動に関する」（短篇集『炭坑』収載）だけである。金子雨石『筑豊炭坑ことば』（一九七四年十一月、名著出版）では、「炭票」とは「採炭夫が坑内で積んだ炭車に誰のものかを明らかにするため、前板に取り付けた番号札」、もしくは「鉄道の貨車積石炭に差す細長い板の名柄票」のことであるとされており、前者には「金札」という別称もあることが示されている。また、同書では炭鉱札には「切符」という用語が当てられている。

(22) ちなみに、一斤は六〇〇グラム。『筑豊石炭礦業史年表』によれば、一八九五年十二月における筑豊のある炭坑の坑夫の賃金は、一箱（六二〇斤＝三七二キロ）当り一六～二五銭、一日六箱以上採炭した場合は一箱ごとに三銭の増賃だった。また、一九二九年における九州・山口各県の各炭坑夫の一人当り一年の出炭高

二十九日付の通牒で福岡鉱務署が発行を禁止したのを受けて、炭鉱経営者の団体、筑豊石炭鑛業組合が廃止を決めたのである。福岡鉱務署の通牒は、こう述べていた――「鉱夫賃金支払ニ関シ炭券又ハ採炭切符等ノ私札ヲ作成シ正貨ニ交換スル文意ヲ記載シタル一種無記名証券ヲ発行使用スル向有之《ムキコレアリ》右ハ賃金通貨支払ノ趣旨ニ反シ種々ノ弊害ヲ醸成スルモノト認ムルニ付《ツキ》右該当ノ事項アラハ《バ》自今断然之《コ》レカ《ガ》発行使用ヲ廃シ且《カツ》既ニ発行セシモノハ来ル五月末日迄ニ必ラス《ズ》之ヲ回収セラレ度《タク》此段及通牒候也《ツウチヤウニオヨビサウラフナリ》」(23)

けれども、これによって炭鉱札が現実に廃止されたわけではなかった。少なからぬ炭鉱でそれは「購買券」や「商品券」の名のもとに生きつづけた。松本一郎『筑豊の炭鉱札』には、敗戦後の一九四九年に発行された「九州採炭株式会社　新手鉱業所」の額面五〇〇円の「引換券」（金券）が掲載されている。同書はまた、「昭和八年頃発行」のものとして、「金丸鑛業所」の額面五銭の「支拂切符」も収載している。「昭和八年」とはすなわち一九三三年だから、一九三〇年十一月に初演された「炭塵」が炭鉱札に重要な役割を演じさせることによって作品の即物性を深化させようとしていたとき、現実の炭鉱札は諸所の炭坑で現に依然として生きていたのである。

戯曲「炭塵」の会社当局は、「四つ井系のトラスト団」と、作品では伏字になっている「××××」（おそらくは「鑛山監督局」）との了解のもとに、お抱えの暴力団「亀吉一家」と「××」（警察）と「××」（軍隊）とを使いながら、争議団の切り崩しと、争議団を支持する坑夫たちの排除を実行に移していく。事務所を閉ざして炭鉱札と現金との交換を不可能にしたばかりではない。町の小商人たちにたいしても炭鉱札の引き取りを拒んで、かれらが坑夫たちに商品を売らないようにしたあと、会社直

は一三三・四トン、同じ年の筑豊の炭坑夫の一日当り平均取得は、採炭夫が一円六八銭、仕繰夫（支柱夫ともいう）が一円六三銭、坑内大工が一円三〇銭だった。

（23）引用は、田中直樹『近代日本炭礦労働史研究』（一九八四年十月、草風館）に拠る。

営の購買部も閉鎖したのである。こうして完全に糧道を断たれた労働者とその家族たちは、会社が倉庫に貯えている大量の白米を放出せよ、と叫びはじめる。会社側は、暴力団員や武装した社員らによって労働者たちを阻止しながら、かれらの面前で、貯水池のなかに米俵をつぎつぎと投げ込み沈める。タダで棄ててもお前たちには渡さないというのである。

主人公のひとり、周作が、溺れた子供たちを救い上げるために、ヨロケの身体でいながら池に飛び込むのは、この直後のことである。米俵が投げ込まれるのを見ていた少年たちが、そのあとひそかに池に潜って米を取り出そうとして、そのうちの三人が溺れてしまったのだった。溺れながらも米俵から手を離そうとしない少年たちをようやく救い上げた周作は、激しく喀血して倒れる。ヨロケというのは、苛酷な労働条件のなかで炭塵を吸いつづけることによって炭坑夫が冒される塵肺《じんぱい》の症状を呼ぶ語だが、それときわめて近い関係にある肺結核のこともこう称されることがある。自分の身体を考えない周作の行動をなじる勝治に、周作はこう答える——

周作　——(間《ま》)——。俺が黙つて引込《ひつこ》んで見て居《を》れなくなるのは、困つて苦しがつてゐるのが自分と同じ労働者だからだ。——病気で苦しいのも、ひもじくつて苦しいのも、みんな仲間だからだよ。たゞの同情とか何とか言ふんじやねえ。わかるな、あにき？

勝治　わ、解《わか》る。そ、そりや、わかるがよ（どもる）

周作　俺あ、自分の仲間が、例の目付きをしてさ——あのセツ無い目付きは俺達同志にしきや解らねえ——犬が殺される時の様《やう》な目だ。そんな目をしてウロ〳〵

してゐるのを見ると俺あ自分の身体《からだ》のどつかゞ痛み出すんだ。――可哀さうだなんて、そんな人間らしい事を感じるのたあ、違《ちが》はあ。てめえの気持にかゝわり無しに、胸んとこや腹んとこや肩や腰がズキズキ痛くなつて来るんだ。例え話《たとばなし》ぢや無《ね》えんだよ。本当に、正《しやう》の話が、痛くつてたまらなくなつて来るんだ。心持なんかよりや、俺の身体が言ふ事を聞かねえんだ。なあ、あにき――（息切れで暫く休んで）――

勝治　――わ、わかる。そ、そりやわかるがよ

作中で「炭票」と呼ばれる炭鉱札は、炭鉱労働者とその家族の労働と生活にとって、もっとも身近でもっとも重要なもののひとつだった。戯曲「炭塵」は、その炭鉱札を、芝居の劇的展開の動因としてきわめて効果的に活用しているのである。恋人・おかねの兄である勝治に、救い上げようとしていくら引っぱっても貯水池の底で米俵にしがみついて放さなかった少年のことを泣きながら語る周作は、自分がたとえ溺れ死んでも病気のおふくろや弟に粥《かゆ》をすすらせたかったこの少年のためにも、そして同じように辛い思いをして餓えに耐えている千人近い仲間たちのためにも、「ストライキは、もう手打ちにしてくれ」と訴える。現に生身の人間が、それももっとも大切な仲間であるはずの人間が苦しんでいるのを見捨てて前進する闘争が、はたして解放闘争の名に値するのか――という難問《アポリア》、この戯曲の枠内ではもちろん解決しきれないにせよ、この戯曲の即物性にとっては避けることのできないこの難問は、生活の根底と直接かかわる炭鉱札を媒介として、具象的な姿を舞台の上に現わすのである。

「炭塵」というこの戯曲の題名は、もちろん、ここで演じられる坑夫たちのたたかいの直接のきっかけとなった坑内爆発事故と関連している。だがそれと同時に、坑夫たちとその家族が、資本家や国家にとってはあたかも炭塵のように軽く小さく無価値な浮遊物でしかないことを、暗示してもいるだろう。そして、にもかかわらずついにそのかれらが、激甚な爆発を引き起こす臨界点にまで達したことも、この題名は物語っているのではあるまいか。だからこそまた、この戯曲は、そうした地点に達しつつあった炭鉱労働者のたたかいが孕む問題点をも、避けて通ることができなかったのだ。

「『炭塵』を、三好は、プロレタリアの「仮名手本忠臣蔵」を書く積りで書いたと云つてゐる」と、佐々木孝丸は『炭塵』単行本の跋に書いている。作者のこの意図は、もちろん、のちにかれが現代の小説と戯曲との対比で文学表現に求めた「即物性」と関連しているだろう。その「即物性」の要件のひとつとしてかれが挙げた「人にもなるべくよくわかるように物語って聞かせる」ということが、「炭塵」ではきわめて「忠臣蔵」的なわかりやすさとなって実現されているのである。そして、この「忠臣蔵」的なわかりやすさこそがまた、×という唯一至上の大義の前に、周作たちの個人的な思いが未解決のまま解消されてしまうという結果をも、可能にしたのである。人物たちの生活の現実に根ざした即物性は、この戯曲においてすらなお、×という大義の前でだけは、単純化され稀薄化されて、事実上放棄されてしまう。×は、人物たちの決断と行動の以前に、そのかれらの決断と行動を決定し指令する超越的な絶対者として存在する。戯曲が×をそのようなものとして描き、そう描くことに何の疑念も示していない以上、「炭山《やま》の一労働者」のあの詩のなかの「二つの行列」――坑内事故で死んだ仲間の坑夫の死骸を運ぶ列と、「昭和の御大典」を奉祝する酔い浮かれた列と――は、それぞれが別の大義に従っているという違いしかないものになってしまいかねないだろう。

現在の視線から見れば歴然としている「炭塵」のこの限界を、当時の三好十郎が突破しようと試みなかったわけではない。その試みは、「即物性」のさらに向こうに、文学表現の迫真力を、虚構の現実性を、しかも観客とともに、実現しようとする困難な模索でもあった。

「炭塵」初演のちょうど二年前、一九二八年十一月に『戦旗』での連載が完結した戯曲「疵だらけのお秋」のなかで、三好十郎は、娼婦お秋の弟である盲目の少年に、ひとつの重要な役割を与えていた。弟は、さげすまれている貧しい女に子供を孕ませて捨て去る男たちや、姉の身体を買いにくる客たちへの糾弾のセリフを語るのだが、かれはそのセリフを、登場人物ではなく観客に向かって発するのである。

弟　（顔と手を見物席の方へ突き出してわめく）畜生め！　そいつだけぢや無いんだぞ！　お前達の子だ！　そこに居る一人々々のお前達の子だ！　お前達の責任だ！　見ろ、お前達は、みんなして、こんな所に、こんな隅つこに、親父のわからない子供を生みつけるんだ。そして知らん顔をして見てゐるんだ。知らん顔をして見てゐるんだ。――あさましいのは此方《こっち》ぢやないんだ。あさましいのはお前達だ。

〔……〕

弟　姉《ねえ》さんは、もうお化粧をするのかい？
お秋　だつて、もうおつつけ、お昼だよ。
弟　今日《けふ》は止せよ。今日は止しておくれよ。
お秋　だつて、お客が来るんだからね。
弟　――姉さんは、いつでもお化粧をするんだね。――お客だ！　貴様達だ！（薄暗い中で、見物席に向つて、紙を切るためのナイフを手に持つて突出してゐるのがギラギラ見える）貴様達だ――

姉が苦界から脱することができるようにするために、封筒貼りの内職をしながら按摩の修業をしている盲目の弟のこの役割は、言うまでもなく、観客の主体性を触発するためのきわめて基本的な演出にすぎない。とはいえ、演技者と観客との一方通行的な関係を打破しようとするこの試みには、演出者の意図を超えた動きを観衆がしはじめる、という危険な可能性が、つねに内包されざるをえないのだ。それに向けて観客を動員しようと意図されていたはずの大義が、観客によって乗り越えられはじめることも起こりかねないのである。芝居の「即物性」が観客を動かせば動かすほど、大義への共感が深まる可能性ばかりでなく、大義が乗り越えられていく可能性もまた深まらざるをえない。

三好十郎がこの両義的な領域をみずからの演劇表現の舞台に全面的に取り入れたのは、「炭塵」初演の一年後に書き上げられたシュプレヒコール劇、「婦人よ、列へ！」[24]においてだった。三月八日の「国際婦人デー」のために書かれたこの作品では、冒

(24)　三好十郎「婦人よ、列へ！（シュプレヒコール）」は、日本プロレタリア演劇同盟の機関誌『プロット』一九三二年二月号に発表された。新日本出版社版「日本プロレタリア文学集」36、『プロレタリア戯曲集2』（一九八八年六月）に、「疵だらけのお秋」とともに再録されている。引用は初出誌に拠る。

頭からすでに、サークルで上演する劇のための役者が足りずに困っている舞台の「世話役」にたいして、「俺達がゐるぞ！」という声が観客席から飛ぶ——という設定がなされている。こうして観客席から舞台に引っぱり上げられた二人の人物を加えて、もともと素人の寸劇という設定のシュプレヒコールが始められるのである。もちろん、シュプレヒコールという表現形式が、観客席からの唱和と、作者や演出者の想定を超えた独自の発声とを、そしてさらには上演される時と場の状況によって臨機応変に加えられる改変を、予期していることは言うまでもないだろう。この作品の台本がプロレタリア演劇運動の機関誌『プロット』に発表されたとき、作者は「一九三二・一」という執筆年月とともに、つぎのような「付記」をそれに添えていた——

これは三月八日以外でも婦人を主とした集りで演出し得る。そのために多少の改変は主催者の方でやつてくれてもいいし、言つてよこして下されば当方で改作をしてもよい。合唱隊は特別に編成する必要が無く、その日その舞台裏に居合せてゐる人間を全部よせ集めて、それを音楽の事を知つてゐる者が一人指揮をすればよい。

自分自身の苦しみはさておいても他者の苦しみや悲しみを自分のものとして感じないではいられない周作のような人物が、まず声を発する主体とならなければならないのだ。かれのような人物こそが、声を発し行動する主体のひとりとならなければならないのだ。「国際婦人デー」のためのこのシュプレヒコールには、もちろん炭坑夫たちは登場しない。「敗れて帰る俺達」の老坑夫と女坑夫の、「ごくつぶし」の肺病やみの坑夫の、そして「炭塵」の周作やその仲間たちの、ありうる未来の姿を、この表現形式の共演者たちのなかに見出すかどうかは、観客にゆだねられている。かれらが声を発し行動する主体として登場することは、ついに廃止された「三池刑務所」――かつて炭鉱労働力の重要な供給源だった「三池集治監」――と変わらぬ日常から、かれらが脱出することの最初の一歩だった。男女の炭坑夫たちが下罪人としての存在からみずからを解き放つための、まず最初の一歩だった。――だが、それはまた同時に、作者や演出家の意図を越えてかれらが主体的に歩みはじめる出発点かもしれなかったのである。そして、主体となったかれらのその歩みの果てには、三好十郎が伏字で描いた×とは別の大義が待ちかまえているのかもしれなかったのである。

「げざいにん」を「下罪人」と表記するのは、じつは単なるあて字でしかない。すでに室町時代のころから、鍛冶《かじ》職のような身分の低い工人や、とりわけ鉱山の坑夫が「げざい」（下在、下財）の名で呼ばれていた。プロレタリア文学の擡頭によって社会的な声を上げた坑夫たちは、それゆえ本来の意味における「げざいにん」としての自己をあらためて発見したのだった。だが、この自己発見は、その自己を自立した主体として形成する可能性だけでなく、むしろその自己がいっそう大きな「大義」に帰一する道を歩む可能性にも直面していたのだ。

シュプレヒコール「婦人よ、列へ！」が書き上げられた一九三二年一月には、満洲事変に投入された日本軍は、満洲の全域をすでに制圧していた。この作品が一九三二年三月八日の「国際無産婦人デー」に上演されたときには、すでにその一

一八九八年十二月、福岡市博多の三苫写真館が撮影・製版印刷した英日対訳の三池炭鉱写真帖（No.725）より

週間前に傀儡《かいらい》国家「満洲国」が樹立されていた。石炭と石炭に関わるあらゆる労働もまた、むしろこの労働こそがまず、歴史のこうした展開と無関係ではありえなかった。

第Ⅳ章

石炭と鉄道
――近代化の路線

1　鉄道ミステリー、その「謎」の原動力

一八九五年十一月第三週のロンドンは、濃い黄色の霧に閉ざされていた。その週の木曜日、シャーロック・ホームズは、ある不可解な事件の解明を依頼される。イギリス海軍が建造しようとしていた「ブルース＝パーティントン式潜水艇」という最新鋭の秘密兵器の設計書が、厳重に保管されていた機密室の金庫から盗まれ、それを盗み出したと目されるキャドガン・ウェストという海軍工廠《こうしょう》の若い官吏が、ロンドン市内の鉄道の線路脇に死体となって横たわっていたのである。不可解というのは、現場の状況から見て列車から転落した（もしくは突き落とされた）に違いないかれが、全部で十枚あった設計書のうち比較的重要でない七枚をポケットに残している一方、鉄道の切符を持っておらず、しかも頭部に致命傷を負っているにもかかわらず付近に血痕がないことだった。キャドガンが外国のスパイに設計書を売ろう

として、その相手に殺され、重要な三枚を奪われた、ということは推測できるのだが、列車の車中で殺人が行なわれたとは考えられず、別の場所で殺された死体が人目のある車内に乗せられてきたこともありえない。そうだとすれば死体はどのようにしてここまで運ばれてきたのか？――名探偵ホームズの冒険には欠かせないロンドンの霧とガス灯が、今回もまた物語を彩っていることは、言うまでもない。

ホームズは、まず、死体があった場所に注目する。そこは、線路が大きくカーブしたあと、郊外の諸方向へと分岐していくためのポイントがある地点だったのである。カーブを曲がった列車はここで大きく横揺れする。つまり、死体は市内のどこかで車輌の屋根に乗せられ、夜の闇のなかをここまで運ばれてきて、カーブで徐々にずり落ちながら、ポイント箇所での横揺れとともに線路脇に落下したのだろう。――こう推理したホームズは、では死体はどこでどのようにして車輌の屋根に乗せられたのか、という新たな難問に直面する。

この難問に読者もともに立ち向かうためには、当時のロンドン市内の鉄道について知らなければならない。ロンドン市には、一八六三年、日本の歴史でいえば「明治維新」の五年前、世界で最初の都市地下鉄が開通した。郊外の各方面と市内とを結ぶ鉄道路線は、いずれかの地点で地上から地下に潜って、市の中心部を走る地下鉄の路線に乗り入れるのである。[1] 市内を地下鉄にしたのは、ロンドンの街路が狭く、しかも入り組んでいて、地上に路面または高架の鉄道を敷設するのは困難だったためと言われている。ホームズは、当局が把握している外国スパイのリストを送ってもらい、そのうちの一人の住所に着目する。それは、郊外に向かう列車が地下から地上に姿を現わしながら、線路脇の建物の窓のすぐ下を通る場所であり、しかもそ

（1）ロンドンの地下鉄については、左記を参照した。②と③は「ブルース＝パーティントン設計書」についても論じている。
①パシフィカ版「シャーロック・ホームズ全集」（阿部知二訳、全六巻・別巻一巻。編集発行＝パシフィカ、発売＝プレジデント社）の別巻、『シャーロック・ホームズ事典』（一九七八年六月）。
②中川浩一『地下鉄の文化史』（一九八四年七月、筑摩書房）。
③小池滋『英国鉄道物語』（一九七九年十一月、晶文社）。

のさきで別の路線と交差しているために、しばしば信号待ちで停車する地点だった。その男が住居としていた建物を密かに調べたホームズとワトソンは、裏階段の踊り場の窓のすぐ下を列車の屋根が通過することを確認する。その列車はしかも、たまたま信号待ちで、しばらくそこに停車したのである。ホームズの推理どおり、その外国スパイは、殺したキャドガン・ウェストの死体をその窓から列車の屋根に乗せたのだった。ホームズの策略によって、設計書を盗み出してスパイに売った意外な犯人が現われ、殺されたキャドガンの無実も明らかになる。

これが、のちに『ホームズ、最後のあいさつ』（*His Last Bow*）という一冊に収められる「ブルース＝パーティントン設計書」(2)のきわめて大まかなあらすじである。発表されたのは一九〇八年十二月だった。一八八七年十二月のホームズ第一作、「緋色の研究」と、最後のホームズものである一九二七年四月の「ショスコム荘」との、ちょうど中間の時期の作品だったわけだ。だが、ここでこの小説を取り上げたのは、ホームズについて論じるためではない。キャドガンの死体を乗せて走ったロンドンの地下鉄について考えるためである。――地下鉄の列車は、どのような動力によって走っていたのだろうか？

ロンドンの地下鉄の全線が電化されたのは、一九〇五年のことだった。一八九〇年から徐々に電化工事が進められたが、蒸気機関車がすべて姿を消したのは二十世紀になってからのことだったのである。一八九五年十一月に起きたことになっている「ブルース＝パーティントン設計書」事件の地下鉄路線は、まだ蒸気機関車に牽引されていた。死体をそこから列車の屋根に乗せるとき死体がこすったと思われる窓の敷居に、「通過する機関車の煤煙が厚くつもっていたが、その黒い表面がところ

(2) 原題＝*The Adventure of the Bruce-Partington Plans.* 邦訳はパシフィカ版「シャーロック・ホームズ全集」第四巻『ホームズ、最後のあいさつ』（一九七八年一月）、その他に収められている。原語で読む人には、ホームズもののすべて（短篇五十六篇と四篇の長篇）を一冊に収めたペンギン・ブックス版が便利だろう（*The Penguin Complete Sherlock Holmes* by Sir Arthur Conan Doyle. Penguin Books, London・New York 1981.）。

どころぼやけたりこすり取られたりしていた」からである。

全線の約半分が地上または切り通しを走るようにし、駅は掘り割り状にして、できるだけ煙を地表に逃がすように設計されていたとはいえ、地下鉄が石炭の黒い煙を吐きながら走っていたとは、現代のわれわれにはほとんど想像を絶するような光景だろう。しかし、この光景は、一八一四年にジョージ・スティーヴンソンが初めて蒸気機関車の試運転に成功して以来、列車は蒸気機関車に牽《ひ》かれて走るものと承知していた人びとにとっては、何の不思議もなかったに違いない。それは、地下から排出される蒸気機関車の煤煙も大きな原因となっているロンドンの黄色い霧ばかりでなく、その霧ににじむガス灯の光が、石炭を原料としていたのと同じように、当たり前のことだったのである。そして、それが当たり前だったからこそ、石炭で走る蒸気機関車に引かれた列車は、それが地上を走るものであれ地下を走るものであれ、かなり長い時代にわたって、文学作品のもっともポピュラーな題材のひとつとなったのだ。イギリスより半世紀近くも遅れて鉄道が開通した日本でも、これに変わりはない。

蒸気機関車を主題とするミステリーを日本で最初に書いた文学表現者は、プロレタリア文学の作家、岩藤《いわとう》雪夫だったのではあるまいか。かれは「労農藝術家聯盟」（機関誌は『文藝戦線』）の一員だったが、一九三一年秋に「人を喰った機関車」という題名の短篇小説を発表した。(3) それは、一九二〇年代のいわゆる「大正デモクラシー」の文学領域での、とりわけ探偵小説という分野での担い手だった大衆文化雑誌、『新青年』に掲載された。この作品も、シャーロック・ホームズの冒険譚と同じく、一種の探偵小説だったのである。

（3）岩藤雪夫（一九〇二・四・一～九〇・八・二八）の「人を喰った機関車」は、雑誌『新青年』の一九三一年十月号（十月特大号）に掲載された。岩藤自身の作品集には一度も収められなかったが、戦後になってから、『新青年傑作選』3（「恐怖・ユーモア小説編」。一九六九年十二月、立風書房）、鮎川哲也・編『下り〝はつかり〟――鉄道ミステリー傑作選』（〈光文社文庫〉。一九七五年六月、光文社）に収録された（どちらもその後、版を重ねている）。引用は初出誌『新青年』に拠った。同誌は総ルビだが、引用に当たってはルビを適宜取捨選択した。また、原文では人物のセリフは『』でくくられているが、これは「」に変えた。

「私の勤めてゐる駅の機関庫に「人喰機関車《ひとくひきくわんしや》」と称《よ》ばれてゐる旧《ふる》い型《かた》の機関車があります。正面の円《まる》い面……あすこはカガミと名づけられてゐます……の鎮鍮板《しんちうばん》にはNo. 62845とインク色に番号が打たれてあります。」——という語り手の淡々とした口調で物語は始まる。

むかし、その機関車の石炭をくべる爐口《ファネス》に一人の人間が抛《ほふ》り込まれて惨殺されたんです。未《ま》だ私が機関助手見習をしてゐた十年も前の話です。だから誰でもこの機関車を運転するのを気味悪がつてゐます。ことに夜行運転の場合は一層きらはれるんです。／空に星があらうと闇の夜《よ》であらうと、或は暴風雨の晩であらうと、この「人喰機関車」の爐口《ファネス》は真夜中になると異様な唸りを叫びあげるさうです。／「あの機関手が焼殺《やきころ》された時刻になると唸るんだ。あの機関車にはまだ怨みが残つてゐるんだ……」／と若い見習助手たちは今でも騒いでゐます。

十年前のその出来事は、霧の深い秋の末に起きた。運転手も助手見習もいない機関車が八台の客車を引いたまま、とんでもない山峡《やまあ》いに急停車したのである。規定の駅に停車もしないで全速力で走るのに驚いた車掌が、非常ブレーキをかけて停めたのだった。機関車を調べてみると、ボイラーの爐口《ファネス》にはコンガリと焼けた機関手の半焼け死体が赤い石炭の中に埋もれていた。助手見習の姿は見えず、立ち往生した地点から五マイルも手前のトンネルの出口の海岸に、かれの帽子と靴と上着が潮にぬれたまま発見された。そうした状況から、助手見習が機関手を殺して爐口に投げ込み、そのあと投身自殺したのだろうということになったが、なぜ機関手と助手見習とが死を賭してまで争わねばならなかったのかは、ついにわからなかった。
真相は、それから十年後に「私」に届いた一通の手紙で明らかになる。手紙は、死んだと思われていた事件当時の助手見習からだった。手紙によれば、かれは、ある事情から機関手と取っ組み合いになり、思いがけなく相手を殺してしまったのである。無我夢中でその夜を朝まで過ごしたかれは、ほとんど無意識のまま機関手の死体を自分たちが早朝から乗務することになっていた機関車まで運んだ。運転台のうしろの炭水車の端に腰掛けているような恰好に死体を坐らせて、駅長に気付かれぬままかれは蒸気弁を少しずつ開いて汽車を発車させた。霧の中を勢いよく突進する列車が「東海道では一寸《ちょっと》長い××トンネル」に近づいたとき、かれは機関手の死体を足から先に爐口の中へ送り込んだ。列車はトンネルに入った。

汽関《(ママ)》車の機関手にとっても助手見習にとってもトンネルという奴ほど癪《しゃく》な奴はないのだ。／今こそトンネルの通風がだんだん改良されているがその当時のトンネルは地獄そのものだつた。旅行する客は「トンネルはいやだ」といふがそんな言葉は贅沢の餅《もち》の皮だ。／汽関車の運転台にゐる人間は何《な》んといふか真黒い空気と煤煙とにとじ込められて目も開けられない有様だ。だからこそその当時の私たちはトンネルへかかると給水栓《きふすゐコツク》の水でタウルをぬらし鼻と口をかくしてしまふのだ。そして爐口《ファネス》の爐蓋《ジャンパン》を開けてそこへ顔を突きだすのだ。さうすれば石炭の吐くかすかな水蒸気とタウルのしめりで漸《やうや》く肺臓を痛めない事ができる。しかし、どんな機関手でも火夫でも火夫見習でも、胃と腸と肺が煤煙で真黒にすすけてゐることは、私が言ふまでもなく帝国大学の医学部の先生方が立派に証明して呉れてゐる。

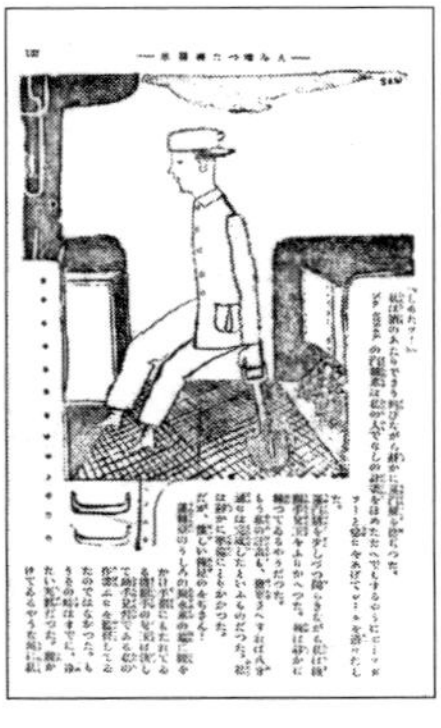
『人を喰った機関車』初出誌挿し絵

／そんな事はどうでもいいのだ。それから私がどうしたかを語らなければならない。

それからかれは、やはりいつものとおり、爐口を開けて顔を突っ込んだのである。自分の殺した男が火葬にされつつある最中の爐の中へ顔を突っ込むというのは、いかに殺人犯人の自分でもやりにくいことだったが、トンネル内の煙と煤煙の恐ろしさには勝てなかった、とかれは書いている。つい鼻の先で焼けている最中の死体を見ないように目をつぶって泣き、耐えられなくなって顔を外に出しては煤煙にむせんで、また中に突っ込んだ。ようやくトンネルを出た列車から海を見下ろしたとき、かれは自殺するために運転台の鉄板を力まかせに蹴ったのだった。しかしあまり浅くもなく岩もなかった海がかれを救ったのである。命拾いをしたかれは、「生きたい！」という思いにとらえられ、帽子と上着と靴を渚に脱ぎ捨てたまま、そこから逃げた。

かれが運転手と取っ組み合いをしたあげくに相手を殺してしまったのは、かれがひそかに想いを寄せていた娘に運転手がみだらな行為を仕掛けたからだった。小説は、その娘が十年後のいまどうなっているかという種明かしもしている。もちろん、手紙の主《ぬし》の元・助手見習はそれを知るよしもなく昔の同僚だった「私」に告白の手紙を送ったのである。――だが、小説「人を喰った機関車」の魅力は、その種明かしだけではない。蒸気機関車に牽引された列車がトンネルに入るときに乗客がこうむる被害を、実際に体験した世代がもはや少なくなっている現在、この小説が描いているトンネル内の情景は、ひとつの貴重な歴史的証言でもあるだろう。汽車の機関手（または機関助手）は、トンネルが近づくと長い汽笛を鳴らして乗客にそれを知らせる。それまで窓を開けて涼しい風を楽しんでいた乗客は（なにしろクーラーなどというものはなかったのだから）、あわてて窓を閉める。それでも車内には煙が侵入してくる。手紙に書かれているとおり、機関車の運転台（キャブ）にいる機関手と助手は、それどころではなかった。左右には鉄板の壁面があるが後部には外部とのあいだを仕切る扉がない運転台は、トンネルに充満する煙と煤煙で、文字通り息もできないほどなのだ。この小説から二十年後の一九五〇年代初めごろになってもなお、これに変わりはなかった。たとえば、東海道線の上り列車が京都の山科駅を出てつぎの滋賀県の大津駅に向かうためには、そのころ北陸線の清水トンネル、東海道線の丹那トンネルに次いで日本で三番目に長かった全長二三二五メートルの逢坂山《おうさかやま》トンネル（厳密には「新逢坂山トンネル」）を通り抜けなければならない。ところが、琵琶湖の水を琵琶湖疏水に流して京都の飲料水として送っていることからもわかるように、京都より大津のほうが標高が高いのである。つまり、逢坂山トンネルのなかは、上り列車ではかなりの登り坂になっている。そのため、「汽車は出て行く、煙は残る」という歌のようにはならず、息を切らしながら坂を登る機関車の煙突から吐き出された煙と煤煙は、列車の進行方向に向かって立ちのぼり、トンネルの出口まで列車と競争するように渦巻きつづける。大津駅のすぐ手前、京阪電鉄京津《けいしん》線が東海道線を跨ぐ陸橋の上から見下ろすことができるトンネルの出口では、上り列車が近づくとまず灰色の煙が噴き出して、しばらくしてからようやく機関車が姿を現わすのだ。水に濡らしたタオルで口と鼻をふさいでもなお機関手がトンネル内で失神し、助手があわててブレーキをかけたが、停車すべき大津駅を通過してしまった、という話さえあった。そのため、トンネルが山腹を貫通している逢坂山の山上には、ちょうど大きな井戸のように、下の地中の鉄道トンネルまで竪坑が掘られて、煙を逃がす煙突が作られていた。それでも機関手と助手の苦労は並大抵のものではなかったのである。(4)

小説「人を喰った機関車」は、いまでは思い描くことが容易ではない事象を、これ以外にもうひとつ描き込んでいる。手紙の主であるかつての助手見習は、自分の犯罪を告白したあと、「しかし私はさう大して悪い事をしたとは思つてゐないのだ」と書いて、その理由をつぎのように記すのである——

あの当時、全日本鉄道従業員組合の支部が××駅員の力で組織され、組合本部が労農党支持を決議し、日本中の支部もそれに合流しようとした時に、この××支部の動きを駅長や他の幹部に告げて我々の進展を邪魔し、及ぼしては組合本部の指導者たちを馘《くび》にしたのもあの児玉といふ男の行動だつた。全世界の労働者の申合せの中に「裏切者は×してもいい」といふ文句がある。その申合せからすれば（勝手のやうだが）私の行動は結果としてさう悪いことではないと思ふ。

手紙を受け取った「私」も、これを読んで、児玉という機関手を殺した手紙の主であるかつての助手見習に共感し、「彼は私たちの仲間の尊い犠牲者です」と語る。「何故《なぜ》なら、児玉がゐなくなつてからこの駅の従業員は小さいながらも全日本鉄道従業員組合支部再建のために着々と歩を進めてゐるからです。彼は一つの邪魔ものを消して呉れたのです。勿論、弾圧はあの当時よりもひどくなりましたが、同志の中にスパイはゐなくなりました。／ことに今度の減俸問題後の組織の進み具合は素敵

（4）十一歳まで大津で暮らした著者（池田）自身の体験による。その当時、大津の小学校の遠足のひとつは、逢坂山に登って、山上にある煙出しの煙突から地下を通過する汽車の煙が吹き出してくるのを見学することだった。なお、「逢坂山トンネル」は、一八九〇年から三〇年間使われた旧路線のトンネルの名称で、一九二一年に開通した現行のものは厳密には「新逢坂山トンネル」である。

な勢《いきほひ》です。「人喰汽関車」そこのけです。」――この「全日本鉄道従業員組合」というのは、一九二六年二月十一日に結成された実在の労働組合である。

小説「人を喰った機関車」が掲載された『新青年』は、欧米の探偵小説の翻訳や翻案から始まった日本の探偵小説の分野に初めて本格的な創作探偵小説をもたらし、「大正デモクラシー」のモダニズム文化を活字メディアの最先端で担った雑誌だった。一九三〇年代になってもなお、毎号、時代から抜きん出て新しい風俗を切り開く女性たちの姿を描いたモダンな表紙を堅持しつづけていた。その雑誌の誌面で、「人を喰った機関車」の人物たちは、唯一の合法左翼政党であり非合法共産党の隠れ蓑でもあった労農党（労働農民党）への支持を明言し、労働組合運動についての確固たる（あるいは、殺人をも辞さないほど過激な）心情を吐露したのである。労働組合というものが（組合とは名ばかりのダラ幹御用組合連合を除いて）ほとんど壊滅させられている現在、労働者のこころをそれほどまでにとらえていた労働組合運動が存在したという事実は、あらためて想起されなければならないだろう。石炭は、炭坑から遠く運ばれ、機関車のボイラーで燃焼しながら、炭坑夫たちとはまた別の、このような労働者たちと出会っていたのだった。

2「汽車の罐焚き」と石炭の燃焼

蒸気機関車（SL=steam locomotive）は、周知のとおり、前方に巨大な円筒形のボイラーを備え、後方に石炭と水を積載する炭水車（テンダー tender）を随《したが》えていて、両者の中間に運転台（キャブ cab）がある。ボイラーで水を熱して水蒸気に変え、それを圧縮してその圧力でシリンダーのなかのピストンを動かし、その運動を車輪に伝える

——という仕組みで走るものである以上、走行中は絶えず炭水車の水と石炭とを前方のボイラー部分に補給しなければならない。炭水車の下部に蓄えられた水はパイプによってボイラーに送られるが、炭水車の前方上部に積み込まれた石炭は、必要に応じて運転台にいる人間がシャベルでボイラー内部の火室（ファイアーボックス firebox）に投入するのである。そのために、運転台（運転室）と後部の炭水車とのあいだを仕切りや扉で閉じることはできず、トンネル内で機関車乗務員が苦しむことになる。技術革新が進むと、自動給炭器（mechanical stoker）が開発され、一部の新型機関車（D52型、南満洲鉄道の「アジア号」機関車など）に導入されるが、蒸気機関車の時代が終わるまで、ほとんどは手動による燃料投入だった。この火夫の役割を果たすのが機関助手であり、またその見習、つまり助手見習である。かれらは俗に「汽車の罐《かま》焚《た》き」と呼ばれた。

機関庫へはいつて来る少年は大抵小学校きりだつた。彼らはほとんどみな機関庫所在地のものだつた。親父が機関庫へ出てゐるとか、伯父が駅へ勤めてゐるとかいふ手引きで彼らははいつてきた。採用試験にパスしたものはまづ庫内手になつた。将来乗務員として進めなさうなものは機関車清掃手になつた。彼らは働きながら初歩の数学や機械の取扱ひを教はつた。そして庫内手を一年ぐらゐやつてゐるうち局の教習所へやられ、寄宿舎に入れられて三ケ月の講習を受けた。彼らはそこでよその機関庫からきたものと共同生活をした。いよいよ教習所を卒業すると機関助手見習になる資格が与へられた。しかし資格が与へられてもなかなか本物にはなれなかつた。あるものは一年も二年も「有資格者」でとどまつた。さうしてやつと機関助手見習になつた。見習になつて初めて機関車に乗務した。機関車には機関手に機関助手が乗つてゐたからつまり三人で乗つて実地に学ぶのだつた。そして乗務見習期間数ケ月——それは三ケ月ぐらゐのこともあり、乗つた回数で計ることもあり、乗つたキロ数によることもあつたが——機関助手になる資格が与へられた。そしてそこでまた働いて機関助手に上がつた。そこで二年半以上機関助手をやらねばならなかつたが、その間中毎日——休み以外は——夏冬なしに交番表に追ひかけられ、せまいデッキで片手シヨベルを振《ふる》つて十秒一回の割りで投炭しつづけた。そこで初めて教習所機関手科受験資格が与へられた。彼らは受験した。幸ひパスしたものは機関手科へ入学（？）して半ケ年勉強した。そこを出てきて初めて機関手見習になる資格を与へられた。運がよければ機関手見習になれた。そこで機関手見習として三ケ月乃至《ないし》四ケ月乗務した。そしてもう一度運のよかつたものが初めて一人前の機関手になれるのだつた。

転向後の中野重治が一九三七年初夏に発表した中篇小説「汽車の罐焚き」(5)は、蒸気機関車の乗務員が歩む道をこのように語っている。この小説そのものが、訪ねてきた元・機関助手から聞いた話をもとにして書いた、という設定になっており、蒸気機関車の機関手と機関助手（そのころには「機関士」、「機関助士」と呼びかえられていた）の作業について、とりわけ「罐焚き」である助手と助手見習の労働内容について、きわめて具象的に描き出されている。岩藤雪夫の「人を喰った機関車」の助手見習の姿も、中野のこの小説を読むことであらためて生彩をもって浮かび上がってくる。中野によれば蒸気機関車の乗務員は三人だが、岩藤の小説では機関助

（5）中野重治「汽車の罐焚き」は、中国への本格的な侵略戦争（支那事変）が開始される直前、一九三七年六月号の『中央公論』に発表され、三年後の一九四〇年四月、他の五つの短篇および「前書き」と併せて小山書店刊の単行本『汽車の罐焚き』に収められた。この本の装幀（表紙、函とも同じデザイン）は、かつて日本のダダイストたちの前衛的な雑誌『マヴォ』のメンバーであり、プロレタリア美術運動の中心的な担い手だった柳瀬正夢の労作である。「汽車の罐焚き」は、戦後に細川書店版『汽車の罐焚き』（一九四七年三月）、中野の選集および全集、角川文庫などに採録されたが、現在では講談社文芸文庫の『空想家とシナリオ・汽車の罐焚き』（一九九七年一月、講談社）が比較的入手しやすいだろう。作者は単行本収録に当たって雑誌掲載の初出稿にかなり手を加えたので、引用は小山書店版の単行本に拠った。

手が乗務していない。だが、国鉄（日本国有鉄道＝ＪＲの前身）の機械工だった岩藤雪夫は、機関手と助手見習だけの場合があったことを知っていたからこれを書いたのだろう。もしも、現実に必ずつねに三人乗務だったとしたら、助手見習による機関手の死体焼却という設定そのものが成り立たなかったはずだからである。

中野重治の「汽車の罐焚き」は、炭水車の石炭を機関車のボイラーに投入する火夫である機関助手の目を通して、労働現場でのさまざまな重圧や理不尽を語るなかで、とりわけ「模型競技」なる制度によって管理され搾取され、文字通り生命までも奪い取られていく下級鉄道労働者の現実を描いている。「模型競技」とは、炭水車と火室（ボイラー内の石炭燃焼室）の模型を使って石炭投入の技能を競わせる制度なのである。「第〇回通常模型火室投炭競技大会」というのが正式名称だが、この競技で機関助手はつぎのようなことをしなければならない——

〔……〕まづ審判官が見張つてますね。委員です。その委員が「用意ツ！」といつたら選手が足位置をきめるんです。そして自分で「いちツ！」といふんです。その次ぎ、シヨベルに石炭をしやくうた時が「にツ！」です。それから戸鎖、戸鎖つてのは、フアイヤドアが鎖で吊るしてあつてそのチエーンなんですが、引くと蓋があく、それを握つた時が「さんツ！」、自分で自分に号令をかけるんですね。それからが「始めツ！」〔……〕とにかくこれや苦しいですよ。大抵の奴がへたばります。

投炭の練習は平素でも繰り返されるが、とりわけ次回の「模型競技」に出場する

「汽車の罐焚き」の主人公が乗務したのと同型の9600型機関車（写真は29643号）。後部の炭水車に石炭を積んでいるのが見える。——臼井茂信『機関車の系譜図』II（No.190）（1978年12月、交友社）より

ことが決まった機関助手には、上司たちや管理職たちの厳しい目が注がれる。その監視の下で、９６００型の蒸気機関車の火床面積二・三二平方メートルを六百キロの石炭でまんべんなく埋めるための五百回の投炭を、十九分前後で行なうのである。作品には書かれていないが、単純計算をすれば、テンダーから石炭を掬《すく》って身体を反転させて火室に投入し、ふたたび身体の向きを変えてシャベルをテンダーに戻すまで、二・五秒足らずということになる。語り手である鈴木君もそれ自体が苦しい重労働である練習に心身をすり減らしてきたのだが、いよいよ翌日が競技本番という夜に、あす早朝に福井から金沢へ向かう貨物列車の機関助手が急病になったため代わって乗務せよという連絡を受け、競技当日、午前三時に起きて寝不足のまま、自分の出番までに往復八時間の重労働をしなければならない羽目になる。職場全体の名誉にかけて、競技に欠場することは許されないからだ。では、そもそもこの競技と練習の目的は何なのか？

模型をやる目的つていへば、つまり投炭練習、石炭のくべ方ですね。うまくくべないとうまく燃えません。効率といふことをいつて、それが高いとか低いとかいふ。も一つは石炭の節約ですね。国鉄ぢや年に約三百万トン、ざつと四千万円ばかり買ひ入れるんですが、これを、効率はあげて焚く量は減らさうつていふんです。それで平生から投炭練習をやらすんですが、経験のないものにやとてもその辛さが分かりませんよ。しよつちゆうやるんですが、頃あひを見はからつて競技もやらせるんです。機関庫聯合で、リーグ戦みたいにしてもやりますね。だから、競技前の練習ときた日にや格別ひどいんですよ。〔……〕それでその時、つまり競

『汽車の罐焚き』表紙と函

技があつたんですが、これが並みの競技でなかつたといふのは、今度は新式投炭法で競技をやるつていふんです。新式の第一回なんです。おまけに運輸事務所長が参観に来るつていふ騒ぎなんです。運輸事務所長なんていつても分からないでせう？　それやア偉いんですよ。ま、神さまですね。そしてそのあとでリーグ戦の話も出てゐるし、なにしろ主任としちやア〔……〕まるで気がふれたみたいになつてるんです。そしてその責任が、全部選手たちへかかつて来るわけなんです。で、その新式法ですが、名古屋鉄道局の東野といふ機関庫係長が発明したやつで、「伏せシヨベル焚火法」つていふんです。今までのがそれにたいして平シヨベルです。いや、シヨベルは変りません。同じシヨベルで、使い方だけが変つたんです。平シヨベルの方は、早くいへば石炭をしやくつてそのまま投げこむんですが、伏せの方は、フアイヤホールへ投げこんだ瞬間、シヨベルをくるりと伏せるんです。引つくり返すんですね。手でまつすぐにやれば、石炭が棒みたいになるでせう？　伏せれば、一廻転して帯状に叩きつけられる。全体へ撒布するつていふんです。

片手のシャベルでテンダー（炭水車）の石炭を掬い、もう一方の手で火室のファイヤドア（「人を喰った機関車」では「爐口の爐蓋」）の戸鎖を引き、すかさず投炭する——という作業だけでも、これを何千回も反復することを考えれば、気が遠くなるような重労働だろう。それに加えて、新式投炭法では、重いシャベルを一回転させて広い範囲に石炭を撒布しなければならないのである。効率を上げるためのこの方式が、国鉄で使う石炭の質の低下とも関係していたことを、中野重治の小説は描いている。「模型競技」当日の早朝、これから乗務する９６００型機関車「２９６３７」

に石炭が積み込まれている最中、機関助手の鈴木君は、テンダーへ上がって覗き込む。「石炭何や？　また松浦か……」――何よりもそれが気がかりだったのだ。「前はよく撫順炭や夕張炭が来たものだつたが今は来なかつた。消費成績をやかましくいふやうになつてからの松浦炭は実にひどかつた。燃えつきはわるい、塊炭は石のやうに固い、細炭をくべればたちまち粘る、燃えたあとまで元どほりの形でアッシユ〔灰殻《はいがら》＝引用者註〕が残つて何度も火床換えせねばならぬ……／鈴木は腕シヨべルに掬つて火床へくべた。やけに重い。しかし蒸気はちつとも騰《あが》らぬ……／「ああ、夕張、撫順……」／烏《からす》の羽根のやうな色、上品な光沢、それをさらつとくべる気持ちよさを思ふと、こんなやくざものは雪の中へほうり出したくなつてくるのだつた。／しかし松浦二千二百キロを積み、第一混合といふ割りにいいのを八百キロ積んだ。発車準備は出来た。」

　その鈴木機関助手が、疲れ果てたまま金沢往復の乗務から競技会場に駆けつけ、その本番で、腕の力を失って石炭もろともシャベルをファイヤホール内に投げ落としてしまい、上司たちの怒りと憎悪を一身に浴びる、というのが物語の結末である。すでに競技のための練習の過程で、ひとりの助手見習が肺結核を悪化させて倒れていた。鈴木君も模型競技で無残にも失格したあと、国鉄を辞めることになる。

　小説「汽車の罐焚き」は、下級鉄道労働者が置かれた状況を具象的に（三好十郎の言葉によれば「即物」的に）描くことによって、作者自身の「転向」がけっして無残なものではなかったことを実証してみせた作品だった。(6) その具象性は、とりわけ、疾駆する蒸気機関車の火室の前で石炭と格闘する機関助手の労働のありさまを、読者が眼前に見るようにありありと描いてみせるところから生まれている。そして、

（6）機関助手の労働現場を鉄道労働者の側からきわめて生きいきと描いた「汽車の罐焚き」には、しかし、疑問点がひとつある。この小説には、「キャプナイ《ママ》」という語が五ヵ所に出てくる（初出誌および全ての版本でも同じ）。前後関係からこれが蒸気機関車の運転台（運転室）を指していることがわかる。しかし、蒸気機関車の運転台（運転室）は「キャブ（cab）」と呼ばれた。あるいは、作者・中野重治が作中の鈴木君のモデルとなった人物から話を聞いたとき、「キャブ内《ない》」というのを「キャプナイ」という専門用語だと誤解したのではあるまいか。この推測はひょっとすると見当はずれかも知れぬが、文中の「キャプナイ」を「キャブ内」と読むとすべて意味が通じることは間違いない。――このような疑問をいだいたわたし（池田）は、本章脱稿後の二〇一一年二

積雪の具合や線路の勾配によって刻一刻と石炭投入を加減しなければならないその格闘のリアリティは、かれが扱う石炭の具体的な特性や品質によって、具体的に裏付けられているのである。

　鉄道史研究者の原田勝正は、『鉄道と近代化』と題する著書のなかでつぎのように書いている(7)——

> 蒸気機関車では、石炭を燃やすボイラーの水が蒸気に変わっていきますが、その間、蒸気の圧力が常に変動します。ですから、蒸気機関車の運転は、必要な圧力を得るために、いつも手順を考えながら進めなくてはならないことになります。ボイラーの火室にくべる石炭の量、その石炭のカロリー、それからボイラーの中にためてある水の量、それらの条件の下で圧力を加減しながら進めていかなければならない。その石炭のカロリーも、産出される鉱山によって常に違います。非常にカロリーの高い石炭もあれば、低い石炭もあります。ですから、機関車で石炭を積む場合、どこの石炭かが分かっていなければならない。夕張のどういう石炭であるとか、筑豊のどういう石炭であるとか、銘柄を知っていないと機関車の運転ができないというように、燃料からして考えておかなければならない、という問題があります。／一九二九年に特急「燕《つばめ》」の試運転を東京と神戸の間でしたとき、石炭の鉱山を指定して、どこからどこまではどこの石炭を使うということがあらかじめ計画されて、そしてボイラーで発生する蒸気の量は、この石炭であればどこの勾配を越えるときにはどれくらいの蒸気を出すことができるかということを全部事前に計算をして試運転を実施しました。そういうふうにして、蒸気

月十三日、埼玉県大宮にある「鉄道博物館」を訪れて、スタッフの金田さんという元・機関士のかたに質問し、話をうかがうことができた。それによれば、乗務員は機関車の運転室を「キャブ」と呼んでおり、そのなかを指すときごく普通に「キャブ内」という言いかたをしていたとのことである。この言いかたは電気機関車の時代になっても同じだったという。中野の小説中の「キャブナイ」という記述は「キャブ内」であるべきなのだ。中野重治の専門研究者は掃いて捨てるほど（と言って失礼なら、山ほど）いるが、三好十郎がその小説の「即物性」を少しは評価した中野重治（本書一三七ページ参照）を、専門研究者たちは誰ひとり「即物的」に（「具象的」に）読んでこなかったのだ。だから中野の誤りに気づくこともなかった。これは他人事《ひとごと》ではないと、わたしもあらためて自戒の思いを噛み締めたのである。

(7) 原田勝正『鉄道と近代化』（〈歴史文化ライブラリー〉38。一九九八年四月、吉川弘文館）。

機関車の運転は、曲線や勾配という線路の状態に合わせて、発生させる蒸気の量、圧力を計算し、シリンダーで生じるエネルギーを必要なだけ得られるようにするという作業が必要です。したがって、蒸気機関車の運転については、これらの作業に熟達している機関士でなければ、いたずらにエネルギーを浪費する結果となります。

機関手だけでなく、とりわけ火夫である機関助手もまた石炭の特性や品質についての知識を持ち、その石炭に適した作業に熟達していなければならなかったことを、小説「汽車の罐焚き」は描いている。鈴木君の関心事は、速さを競う投炭技術の熟練だけではなかったのだ。

すでに「非常時」という時代規定(8)のもとに国家総力戦体制への道を転がりつつあった当時の日本で、国鉄は、石炭との関係がもっとも大きい国家企業体の一つだった。中野重治の小説に即していえば、鈴木君は、国鉄が年間三〇〇万トンという石炭を買い入れると語っている。この量を一九三五年の日本の石炭産出量、三七七六万トンと比較してみるだけで、国鉄と石炭との関係の深さはわかるだろう。石炭の全産出量のじつに一割近くが、国鉄という国有企業によって消費されていたのである。しかも、その消費は、いわゆる国民生活の足としての役割のためだけのものではなかった。作者の分身である「私」と鈴木君との会話には、近ごろ蒸気機関車がCとかDとかの名称になり電気機関車がEDとかEEとかになったのは、機関車の総数がわかるといけないからだという説があることや、「鉄道聯隊派遣兵業務施行細則」というものがあることなども、話題として登場する。鉄道もまた石炭とともに「非

(8) 一九三三年七月八日、文部省は外務省・陸軍省・海軍省と共同編輯の『非常時と国民の覚悟』と題する冊子を全国の学校および教化団体に配布し、時局にたいする国民の危機意識と緊張感を促した。すでにそれに先立って、大発行部数を誇る大衆雑誌『キング』(大日本雄辯會講談社)が同年五月号に『時局問題　非常時国民大会』という表題の別冊附録をつけて、文部大臣・鳩山一郎(現存する同姓の兄弟政治家の祖父)、陸軍中将・松井石根(敗戦後、東京裁判で死刑)、作家・菊池寛(文藝春秋社主)、日本女子大教授・高良富子(とみ。戦後、参議院議員)らの檄文を掲載し、「非常時」という時代規定の一般化に貢献していた。

常時」のまっただなかを疾駆していたのである。

3　鉄道草創期における石炭の役割

原田勝正の『鉄道と近代化』には、蒸気機関車の誕生についての興味深いエピソードも記されている。

　イギリスの産業革命の段階で、炭坑の排水を汲み上げたり、鉱石を地上に引き上げたりするのに使っていた蒸気機関、これは垂直にものを移動させるための機械であったわけですが、この蒸気機関を、車を移動させるという水平移動（もちろん勾配がつくことがあるので「水平」と言い切ることはできませんが）に用いるように造られたのが蒸気機関車です。その場合、ものを垂直に移動させるための縦形の蒸気機関を線路の上に乗せることはできません。そこでその蒸気機関を横に倒す必要が生じました。そして、横に倒してもボイラーで十分に蒸気を発生させることができるということが分かってきて、そこから蒸気機関車が造られてくるのです。これは画期的な進歩でした。蒸気機関はもちろん、家畜に比べてはるかに大きな力が得られます。それだけではなく、人が牽いたり馬が牽いたりする力に対して、ここではボイラーで発生したエネルギーを列車を牽くために適当に調節することによって、馬の尻を鞭でたたいてエネルギーの力を調節する場合よりも、はるかに調節する側の意思をきめ細かく忠実に実現させる方式が可能になりました。／一番最初に蒸気機関車が造られたのは一八〇四《(ママ)》年といってよいと思いますが、これが実用化されて日常の営業に安定して使われるようになるのが一八三〇年。リバプールとマンチェスターの間の鉄道として、ここではじめて蒸気機関車が安定した牽引車として定着するようになりました。それまでは、とても蒸気機関車などは危険なものであって、いつボイラーが爆発するか分からないというように見られていましたから、貨物を運ぶためには蒸気機関車が使われていましたが、旅客を運ぶためには馬を使うという段階からなかなか抜け出すことができなかったのです。

産業革命の動力となった蒸気機関が、どこよりもまず炭鉱で使われたということは、重要な歴史的事実だろう。その蒸気機関の力を借りて地上に運び出される石炭は、もちろん、自分を掘り出す助けをしてくれる蒸気機関の燃料として使われるだけではない。鉄を製錬し、さまざまな機械を製作し、紡績機を始めとする機械を動かすための、文字通り産業革命の原動力として、石炭は駆使されるのである。

蒸気機関を不可欠とするようになっていた炭鉱で、その蒸気機関の火夫だった父親の息子として一七八一年に生まれたジョージ・スティーヴンソンは、父が働くニューカッスル近郊の炭坑で十四歳のときから父の助手として働いた。やがて炭坑の機械工となったかれは、さきに引用した原田勝正の言葉を借りれば、ものを垂直に移動させるための機械である蒸気機関を横に倒したのである。試作に試作を重ねたすえ、キリングワースの炭坑でついにかれが最初の蒸気機関車を動かすことに成功したのは、一八一四年だった。そして、かれとかれの息子のロバートが製作した蒸気機関車に牽引される列車が「ストックトン・アンド・ダーリントン鉄道」で営業運転を開始したのは、一八二五年九月二十七日のことだった。開業当日には、つ

ストックトン&ダーリントン鉄道——*The History of the First Public Railway* (No. 182) より

めかけた多くの乗客が初めて蒸気機関車に牽かれて走る列車に乗ったが、一輛の客車を除いて車輌のほとんどは屋根のない石炭車だった。ストックトン・アンド・ダーリントン鉄道は、ダーリントンの先のシルドン近郊の炭坑から、北海に注ぐティーズ川の河口に近い港町ストックトンまで、石炭を運ぶために敷設された鉄道だったからである。(9)

　この鉄道も、それまでは、馬に牽かせて貨車で石炭を運搬する馬車鉄道だった。馬に比べて劃期的に大きな重量をしかも高速度で運べる蒸気機関車が、まず最初、産業革命期の炭鉱から石炭を搬出するために実用化されたということは、象徴的な出来事だった。石炭は、蒸気機関車を動かす燃料だったばかりでなく、蒸気機関車を、ひいてはまた鉄道を生み出すそもそもの原動力だったのである。――ここから、鉄道がまさしく世界を支配するための道という姿をとって後発国日本の前に現われるまでには、わずか四十数年しか要さなかった。

　原田勝正の『鉄道と近代化』および『明治鉄道物語』(10)は、明治維新の直後からアメリカとイギリスが日本にたいして鉄道の導入を強力に働きかけてきた経緯を、興味深く論じている。そこからは、このとき日本がそれらの国の植民地となる危険に直面していたことがありありとうかがえる。技術提供や資金援助というかたちで後進国家や未開発地域の近代化を促し、そこでの利権を握り発言力を行使するのは、植民地主義の常套手段なのだ。原田によれば、まだ産業革命を経ていなかった当時の日本では、明治政府の内部にも鉄道の必要性と重要性についての意識は乏しく、政府内の権力闘争の道具としてしか鉄道導入問題を見ない政治家たちも少なくなかった。そのような脆弱な基盤の上で導入の是非が論じられていたので、もしも

(9) これについては下記の資料を参照した。
Heavisides, M.: *The History of the First Public Railway, (Stockton & amp; Darlington) the Opening Day, and What Followed.* Printed and Published by Heavisides & Son, Stockton-on-Tees, 1912. Reprint: Lightning Source UK, 2011.

(10) 原田勝正『明治鉄道物語』〈講談社学術文庫〉。二〇一〇年八月、講談社）。この本は、一九八三年十月に筑摩書房から刊行され、著者の歿（二〇〇八年）後に文庫本として再刊されたものである。

アメリカとイギリスが強引に自国の方針を押し付けようとしていたら、おそらく日本は鉄道導入を突破口として植民地化されていたかもしれない。しかし、すでに幕末当時から、佐賀藩その他では、欧米列強の技術をそのまま受け入れるのではなく独自に軍艦や機関車の設計が試みられており、また日本独特の機械・技術が発達してきた歴史もあったので、当初は一方的な技術提供によって日本側を圧伏しようと考えていたイギリスが、アメリカをおさえて、日本の意向を尊重する姿勢に転じた。これによって日本はこれらの国の植民地となることを免れ、日本の鉄道は植民地鉄道ではなく自立した鉄道の方向を進んだ。この点で、日本の鉄道はアジアの他の地域の鉄道とはかなり異なるのだ。――これが、原田の論述の概要である。

　鉄道導入と植民地化の問題を考えるとき、鉄道を生み出したそもそもの原動力である石炭のことを、もちろん度外視することはできないだろう。あらためて言うまでもなく、石炭そのものが植民地主義諸国の大きな関心事だったのだ。

　国鉄労働者の最初の自立的な労働組合組織、「全日本鉄道従業員組合」が結成されてからちょうど二年後、一九二八年三月号の大衆啓発雑誌『科学知識』[11]は、「ペルリ訪日艦隊と台湾の炭田調査」と題する記事を掲載している。――西暦一八五四年三月三十一日（嘉永七年三月三日）に「日米和親条約」（神奈川条約）の調印を終えたアメリカ海軍提督ペルリ（マシュー・キャルブレイス・ペリー）は、率いてきた艦隊のうちサラトガ号には条約副文を持たせて本国に帰艦することを命じたが、他の各艦船にはそれぞれ任務を授けて各地に派遣した。とくにアボット大尉を艦長とするマセドニアン号には、運送船サップライ号とともに台湾に向かうよう下命したのである。「処《ところ》で其《その》目的及び其結果に至つては、其後これを知る人少く、しかも其目的が、

(11)『科学知識』は、財団法人「科学知識普及会」によって発行されていた月刊雑誌。B5判で毎号一〇〇ページ内外だった。第八巻第三号にあたるこの一九二八年三月号には、「油田の火災と闘ふアスベスト服消防隊」という写真ページもある。アメリカの石油会社が新しく採用したアスベスト製の白い防火服を着込んで消火にあたる消防士たちの活躍が、感嘆すべきニュースとして紹介されているのである。

今日天与の資源として貴重視される炭田の調査に在ることは大《おほい》に学ぶべきであるから、ペルリが米国政府に致した報告書（United States Japan Expedition）中より、右二艦の台湾訪問に関する記事を茲《こゝ》に採録する。」――筆者の「理学博士　大島正満」は、記事の趣旨をこのように説明している。

ペリーがアボット大尉を台湾の基隆《キールン》に向かわせるにあたって命じたことは、ひとつには「日本属領中の或る島嶼《たうしよ》」もしくは台湾に抑留されているという米国人漂流民の安否を確かめることであり、もうひとつは「台湾の炭田を精査し、該《がい》地方が石炭供給地として好適するや否や、其炭質が艦船用として適当するや否や等を研究するのにあつた」。もしそこで石炭が安価に入手できれば、運送船サップライ号に積載して帰ることも、指示されていた。基隆に到着したアボット大尉以下は、海岸から至近距離のあちこちに豊富な石炭採掘場があることに一驚する。「〔……〕坑口から港への運搬は、孰《いづ》れの鑛区たるを問はず極めて便利である。即《すなは》ち僅々二百ヤード〔約一八〇メートル＝引用者註〕内外の鉄路を敷設すれば、坑口から其付近を流るゝ河に達することが出来る鑛区が多いやうであるが、満潮時に達すれば此《この》河筋を通つて石炭を基隆港へ搬出することが出来る。又それより東方へ三哩《まいる》〔約四・八キロ〕ほど距《へだ》たつた地点には、海岸に近く現はれて居る炭層がある。かゝる場処では海辺に向つて約二百呎《フイト》〔約六〇メートル〕内外の鉄路を敷設し、舟を岸近く寄せて石炭を落し込む繰作（ママ）を行ふことも出来る。／予はそれらの地点を中心として東へ七哩程《ほど》の地域を探査したが、到る処石炭の露頭があり、採掘中の坑区が散在して居ることを見出した。西部一帯の地域も地質学的に同一であるから、矢張り同じやうな状態であるに相違ないと思ふ。然し今回は時が無くて其地方を探査することが出来なかつた」云々。

ここで「鉄路」と書かれているものが、蒸気機関車によって牽引される鉄道のことではなく、たかだかトロッコの線路を意味していたであろうことは、その距離の短さからも想像できる。この報告書で印象的なことは、むしろ、鉄道を敷設するまでもなく至近距離で船まで石炭が運べる利点が強調されていることだろう。ペリーの当面の目的は、台湾の石炭をアメリカ艦船の燃料補給に利用できるかどうかを調査することだった（ということになっていた）。その真の目的はさておき、船に積み込むまでの距離に焦点を合わせた調査報告は、きわめて示唆に富んでいる。――石炭は、採掘するだけでは何の価値もないのである。採掘したものを地上まで運び上げなければならない。それのみか、そこからさらに消費場所まで運搬しなければ、石炭としての価値は発揮できないのだ。植民地主義諸国の突破口のひとつが後進地域への鉄道導入にあったとすれば、その鉄道を動かすための石炭が関心の外に置かれていたはずはないだろう。そして、植民地開発のためにも不可欠なその石炭の運搬は、たとえ鉄道導入の当初は鉄道敷設の目的として前面に出ていなかった場合でも、あらためて鉄道に重要な役割を与えざるをえない。

一八七二年十月十四日（明治五年九月十二日）、イギリスの助力によって最初の鉄道を新橋・横浜間に開通させた日本政府は、それから七年余りのち、旅客輸送とはまったく別の目的を持つ鉄道の起工を、「北海道」の奥地で行なった。「幌内《ほろない》鉄道」と呼ばれることになるその鉄道の建設は、七年前には鉄道導入によって植民地化の危険にさらされた日本が、今度はみずから鉄道を敷設することで蝦夷地を植民地「北海道」として最終的に支配する重要な一歩でもあったのである。北海道鉄道管理局蔵書の毛筆本、『北海道炭礦鉄道略記』[12]は、「炭礦鉄道」の章で以下のように記している。

（12）北海道鉄道管理局蔵書『北海道炭礦鉄道略記』（一八九七年？　毛筆本）は、野田正穂・原田勝正・青木栄一編『明治鉄道史資料〈第2集〉地方鉄道史　第4巻　社史（4）』（一九八〇年六月、日本経済評論社）に復刻版として収められている。同書には、北海道関係資料として、つぎの各資料も収録されている。北海道庁鉄道部『北海道鉄道略記』（一八九八年八月。印刷本）とその写本である北海道鉄道管理局蔵書『北海道鉄道略記』（毛筆本）、『北海道鉄道紀要』（毛筆本『北海道鉄道略記』付録）、北海道庁鉄道部『北海道官設鉄道沿革概要』（一九〇二年九月。印刷本）、北海道庁長官・原保太郎『北海道官設鉄道調書』（一八九六年十二月。印刷本）。これらの資料には、各鉄道の収支や鉄道沿線の各炭坑の出炭量、収支などの詳細な統計も収められており、鉄道と炭鉱との不可分の関係を知るうえでも、貴重な文献である。

なお、引用にあたっては、以下のような改変を行なった。――カタカナ表記をひらがなに変えた。また、初め幌内鉄道は、同炭山より幌向太《ほろむいぶと》に至る凡《おおよ》そ七里の間に敷設し是より石狩川に漕運せんとするの計画なりしも、其《その》損多く益少きを以て、「クローフオルト」〔米国人お雇い土木工師＝引用者註〕の意見を採《と》り、更に線路延長及《および》増資の允裁《いんさい》（十二年十月二十五日にあり）を得（前年裁可百五十万円中の汽船購買費三十万円を転用するの外《ほか》二万円を加ふ）遂に幌内より札幌を経て小樽港に達せしむ。〔……〕幌内炭礦は、米国人地質学士来曼《ライマン》の測量する所凡そ七層、〔……〕此七層を横断するの大坑道を堀鑿《ママ》し、層毎《ごと》に沿層坑を作るの計画にして、先づ堀鑿に着手す。既にして英国人鉱山師「ポツター」の意見を採り、石炭露面に就き沿層坑数坑を開き、爾来採炭の業と大坑道堀鑿とに従事す。而して札幌手宮間鉄道は十三年十一月を以て成り、札幌幌内間は十五年二月を以て成り、両極全通し、始めて幌内の石炭を小樽に輸送するを得たり。〔以下略〕

北海道庁の前身である「北海道開拓使」が直轄したこの幌内鉄道のために、「米国ペンシルベニヤ州ヒツッボルグ府ヱッチ、ケイ、ポートル社製にて「モーグル」形の蒸気機関車四輌が購入され、のちに二輛が追加された。「機関車名は本道史伝上に関する人名を付す。所謂《いわゆる》比羅夫号、義経号、辯慶号、静号、信廣号、光圀号是《これ》なり」と、『北海道炭礦鉄道略記』は述べている。機関車の馬力は、「平均二百乃至《ないし》百八十馬力」で、「一時間十四哩の速力にて蒸気を二分の一ストロツク迄用ゆるとせば二百馬力となる」。ストロック（ストローク stroke）とは、シリンダー内でピストンが一端から他の一端まで動く「一行程」のことである。空気を圧縮するピストンがシリンダー

固有名詞以外に濁点がなく、句読点のまったくない原文に、濁点と句読点を補った。原文で一行を二行に分けて書かれた註記は、（　）でくくって表わした。〔　〕内はすべて引用者の註記である。

弁慶号――『幌内鉄道史―義経号と弁慶号』（No.188）より

の半分まで動く状態で作動しながら時速二二・五キロで走るとき、いわば二百頭の馬で牽《ひ》くに等しい力を発揮したわけだ。もちろん、馬の速度は遥かにこれに及ばなかった。

それにもまして注目に値するのは、幌内炭坑の坑道の掘鑿《くっさく》と鉄道敷設工事とがまったく同時並行で進められていたことである。すなわち、鉄道はもっぱら炭坑のためだけに、そこで掘り出される石炭を小樽港まで運ぶためにだけ敷設されたのだった。炭鉱と鉄道とのこの完全な一体性は、一八八二年二月に「開拓使」が廃止されたのち、あらためて制度化された。幌内炭坑が、官営鉄道を引き継いだ鉄道会社にそのまま払い下げられ、文字通り炭鉱と鉄道とが一体として運営されることになるのである。これについて、鉄道の資料である『北海道炭礦鉄道略記』は、「幌内炭山」という一節でつぎのように記述している。

本礦の梗概：〔……〕明治二十二年〔一八八九年〕一月十八日、幌内炭山所属物件を炭礦鉄道会社〔この日に設立された「北海道炭礦鉄道会社」＝引用者註〕に払下らるゝや、会社は其十二月十日之《これ》が引継読を空知監獄署より受け、其十一日、借区〔石炭採掘権を貸与された区域〕開坑の允許《いんきょ》を得たり。其面積は官業の時と同じく六十二萬坪にして、坑口は二十五ヶ所に至る。同日より採炭の業を開始し、月尾までの採堀《ママ》高は、塊炭千四百四十一噸、粉炭千四百六十四噸、合せて二千九百五噸なり。使役の坑夫は亦《また》官業の時の如く允許を得て、空知監の囚徒を以て之に充《あ》つ。其採炭所職員は、技師二人、手代八人、技手五人、雇五人、其他定雇夫三十七人、火夫見習一人（廿三年六月三十日現在）。廿三年、官に請ひて、従前使用の囚徒千

開坑当時の幌内炭礦──北海道炭礦汽船株式会社『五十年史』（No.94）より

名に更に二百名を加へ、良民囚徒の混使を廃す。既にして其不便を感じ、再び良民坑夫百八十余を用ふ。廿四年、「インフルエンザ」流行し、罹病数百人に及ぶ。又、監獄制度の改善に従ひ、囚徒戒護の厳粛なりしを以て採炭量に影響せること少なからず。二十五《ママ》年三月、旧坑中火を失したりしも幸に他に延焼せず。二十七年二月、採炭の囚徒四百名を減ず。且《かつ》良民囚徒の混使を禁ぜられたるを以て、囚徒は本坑木之澤の両坑を限りて之《これ》〔を〕使役し、良民は之を瀧の澤に使役す。後《のち》官命により囚徒を返還す（十二月にあり）。是より悉《ことごと》く良民を使役するに至れり。〔以下略〕

鉄道は、そして石炭で走り石炭を運ぶ蒸気機関車は、囚徒坑夫と呼ばれた懲役囚とともに、北海道開発のエネルギーとなった。それから三分の一世紀余りを経たのち、プロレタリア文学の作家、平林たい子は、開発に貢献する鉄道と囚徒たちのもうひとつの姿を描いた。「敷設列車」と題する密度の濃い小説[13]でかの女がそれを描いたとき、舞台はもはや北海道ではなく、使役される囚徒たちはもはや「日本人」ではなかった。「敷設列車」、文字通り鉄道線路を敷設していくその列車は、「満洲」の荒野の果てに向かって日本の鉄道を延長していく工事に営々として従事していたのである。先頭の車輌は「敷設車」と呼ばれている。「敷設車を押してゐる機関車は後《うしろ》に材料と工夫を載せた長い鋼鉄車を牽《ひ》いて」いる。そして「自分で軌条と枕木とを敷いてその線路の上を漸進して行く施設車」が、機関車と鋼鉄車をさらに先へと進ませる。逃亡を厳しく監視されながらその工事のために酷使される労働者たちは、「苦力《クーリー》」と呼ばれる「支那人」たちであり、抗日運動のゆえに追跡されながらこの労働現場に潜伏してきた「犯罪人」たちだった。植民地化の先兵としての鉄道は、北海道から

（13）平林たい子「敷設列車」は、一九二九年十二月号の『改造』に発表され、ただちに作品集『敷設列車』〈日本プロレタリア傑作選集〉（一九二九年十二月三十日発行、三〇年一月二十八日＝十四版発行、日本評論社）に他の六篇とともに収載された。さまざまな文学全集にも収められてきたが、現在では、「日本プロレタリア文学集」21、『婦人作家集1』（一九八七年九月、新日本出版社）が比較的手に取りやすいだろう。

さらに満洲にまで、進出していたのである。

北海道の炭鉱鉄道に関する資料集の編者でもあった原田勝正（一九三〇〜二〇〇八）は、『鉄道と近代化』のなかで、興味深いエピソードをもうひとつ記している。日本の鉄道の線路の軌間（二本の線路の幅）が、ＪＲ新幹線や一部の私鉄を除いて、いわゆる狭軌（三フィート六インチ）であり、アジア大陸を含む国際的な標準軌間（四フィート八インチ半）よりもかなり狭いことは、よく知られている。原田によれば、日露戦争後に標準軌間に変える案が出たのだが、実現にいたらなかった。「そして一九三九《(ママ)》年、日中戦争が始まると、もう一度標準軌間の新幹線を造ろうという計画が立てられました。東京—下関間に新幹線を造り、朝鮮海峡に海底トンネルを掘って、下関か門司と釜山《プサン》を結ぶ。そのようにして、東京から北京《ペキン》まで一本の列車を走らせることができる体制を作ろうということが計画されました。」——現在の東海道新幹線が使っている新丹那トンネルや日本坂トンネル、東海道本線の新逢坂山トンネルの一部は、じつは、このとき掘られたものなのだ。

これを紹介した原田勝正は、「今のわたくしたちの新幹線の元々の起こりは、東京とアジア大陸を結ぶ鉄道の計画にその起源があるのだということを考えておく必要があります」と述べている。

東京から北京までを直通の新幹線で結ぶ、という日本鉄道省の海外進出計画は、支那事変の延長線上にあった大東亜戦争に日本が敗北したことによって、もちろん実現されることなく終わった。しかし、これは、日本の鉄道が（陸軍鉄道聯隊などの将兵は別として）中国大陸に進出することはついになかった、ということを意味する

運炭列車

運炭列車——北海道炭礦汽船株式会社『五十年史』（No.94）より

ものではない。そのことを、中野重治の小説「汽車の罐焚き」に登場する蒸気機関車の履歴は物語ってくれる。

　この小説で主人公の機関助手が「模型競技」に出場する当日の早朝から福井—金沢間を往復乗務した２９６３７号という蒸気機関車は、実在していた。「キュウロク」または「クンロク」と愛称された「９６００型」機関車の一台である。９６００型は、一九一三年十二月に川崎造船所（！）で最初の一台（９６００号）が製造されて以来、一九四一年七月に最後の一台が造られるまで、二十八年以上にもわたって製造が続けられ、戦後の国鉄から蒸気機関車が姿を消すときまで、少なからぬ同型が現役でありつづけた、というきわめて息の長い型式だった。第一号が９６００、以下９６０１から９６９９まで連番で続いたあと、一〇一輌目は１９６００と、頭に１が付けられた。「汽車の罐焚き」の２９６３７号は、つまり第二三八番目に製造された９６００型だったわけだ。実在の２９６３７号は、一九一八年にやはり川崎造船所で生まれている。——ちなみに、中野重治の小説のなかで、近ごろ蒸気機関車がＣとかＤとかの名称になったのは、機関車の総数が（仮想敵国など外国に）わかるといけないからだという話が出てくるのは、機関車の番号が上述のような決めかたをされていたからである。

　９６００型機関車は、鉄道省が経営する国有鉄道用としては一九二六年に最後の一輌、７９６６９号が造られるまでに総計七七〇輌が製造された。しかしその後、台湾総督府鉄道部用の同型式が一九三九年まで（それ以前に造られたものも含めて）計三九輌、樺太庁鉄道用が一九二八年から四一年までに計九輌、いずれも日本内地の工場（川崎造船所、汽車製造、日立製作所、川崎車輌、三菱造船所）で製造され、現地に送り出された。さらに、内地の産業用として、一九三七年から四一年までに、計五輌の9600型が、日立製作所および川崎車輌で製造されたのち、三菱鉱業大夕張鉄道、三菱石炭油化工業、夕張鉄道、三菱鉱業美唄鉄道の、それぞれ石炭企業専属鉄道に納入されている。

そして、支那事変の開始と日本軍による占領地域の拡大とともに、当時の国有鉄道における主力機関車だった9600型蒸気機関車の一部が、軍によって徴発され、「供出」という名目で占領地域や傀儡政権の支配地域の鉄道に投入されることになった。国内の狭軌用の装備を標準軌間用に改造したうえで中国に送られた9600型は、一九三八年二月から三九年四月まで、全六次にわたり、合計二五〇輌に及んだ。国鉄用として生産された七七〇輌のほぼ三分の一である。

「汽車の罐焚き」の機関車、29637号もまた、一九一八年から一九年にかけて製造された296××号のうちの三〇輌の一輌として、中国へ送り出された。日本の敗戦後、ふたたび日本内地に帰還できた機関車は、もちろん一台もなかった。臨戦態勢の日本国内で黒光りする撫順炭や夕張炭のかわりに劣悪な松浦炭を焚いて走らねばならなかった中野重治の29637号が、日本にとって泥沼となった戦争の現地でその後どういう運命をたどったのかは、もはや知るべくもない。(14)

(14) 9600型機関車については、左記に拠っている。
臼井茂信『機関車の系譜図』II(一九七八年十二月、交友社)。なお本書には四冊本もあるが、これは二巻本として刊行されたものである。

第Ⅴ章
「ケツワリ」考
——植民地を遠くはなれて

1　木靴とズボン

一八七二年三月下旬のある日、黄昏《たそがれ》が濃くなるころ、ひとりの男がウィガンの駅で汽車を降りた。降りたくなかったが、降りなければならなかった。ロンドンからの列車がウィガンに近づくと、暗い空がますます暗くなり、火山から立ち昇る刺激性の煙のようなものが、しかも一ヵ所からではなく至るところから空に吹き上げ、その土地全体が火事になっているかのようだった。北の地平線は黒いヴェールに蔽いつくされていた。綿織物工場、ガラス工場、鋳鉄製造工場、染物工場、煉瓦工場の周囲に林立する煙突から、それは吐き出されているのだった。しかし、もっとも重厚な煙突群はピットにあった。ピット（pit）とは、炭坑の採掘坑のことである。採掘坑から捲き揚げ機で地上に運び出された石炭を選別する選炭場など、坑口周辺の付属施設をも含めてそう呼ばれることもある。

汽車がおびただしい数の煙突のまえをつぎつぎに通りすぎると、空は日食を思わせる灰色に変わった。両側には、ピットから前方の運河に通じる私設の線路が走っていた。夜のとばりと鋼鉄の線路のあいだに、ウィガンの街があった。一見したところ、街というよりくすぶっている廃墟に思えた。／石炭は街そのものにも侵入していて、石炭のかすが黒いぼた山をつくっていた。いくつかのぼた山では、もれた石炭ガスが小さな炎をあげて、青い小鬼よろしく頂から頂へさっと飛んでいた。汽車がピットにそってスピードを落としたとき、昇降ケージにぎゅう詰めになった坑夫たちが地上にあがってきた。炭塵におおわれた男たちは、手にもった安全ランプをのぞけば、闇にまぎれてほとんど見えなかった。汽車が巻きあげ機をのせたやぐらのまえを通りすぎると、うすれゆく光のなかでも、赤く塗ってあるやぐらが見えた。反対側では、一列になった人影が鉱滓《こうさい》を横ぎり、家への近道をたどっていた。ブレアには人びとの横顔が見えた。こちらもズボンをはいて炭塵におおわれているが、全員が女だった。

（北澤和彦訳）

汽車はリーズ・アンド・リヴァプール運河にかかる橋を渡り、石炭を満載した艀《はしけ》の上を越え、ガス工場と綿織物工場群の前を通って、やがてスピードを落とした。出迎えの男にうながされて、ジョナサン・ブレアはウィガンの街に降り立った。かれは、アフリカへ帰る船賃を稼ぐために、ウィガンで行方不明の牧師補を探し出さなければならないのである。リヴァプールからアフリカ黄金海岸までの船賃は一〇ポンドだった。かれの雇い主のハネイ主教は、牧師補を探し出したときの報酬として一五〇ポンドを約束していた。

ジョナサン・ブレアを、人びとは「ニガー・ブレア」と呼んでいた。かれは測量師であり、地図製作者であり、鉱山技師だった。そのかれが「黒ン坊ブレア」なる名前で呼ばれていたのには、もちろん理由があった。貴族であり、英国国教会主教であり、「王立地理学協会」の有力理事であり、ウィガンのハネイ炭鉱をはじめ世界各地の鉱山の経営者でもあるロード・ハネイに雇われて、アフリカ大陸で金鉱を探す仕事にたずさわってきたからである。それが、聖書基金の着服、命令不服従、奴隷制の教唆によって地理学協会と外務省に大恥をかかせたというので、イギリス本国に送り返されたのである——。

一九四二年十一月生まれのアメリカ合州国の作家、マーティン・クルーズ・スミスの長篇小説『ローズ』(1)（一九九六）は、そのジョナサン・ブレアがロンドンでハネイ主教と面会したのち、主教の命を受けてランカシャーの炭鉱町ウィガンに赴くところから始まる。

虚構の人物である山師ブレアがウィガンへ行ったときから三分の二世紀以上を経た一九三六年春、この同じ炭鉱町を訪れた実在の作家、ジョージ・オーウェルは、そのときの体験にもとづくルポルタージュ作品『ウィガン波止場への道』(2)（一九三七）のなかで、「マンダレー〔ビルマ中部の都市〕からウィガンへは大変な距離があるというのに、いったいなぜ思いきってウィガンへ行く気になったのかは、自分でも簡単に説明できない」（土屋宏之・上野勇訳）と書いた。それとは逆に、やはり大変な距離をへだてる黄金海岸から帰ったジョナサン・ブレアが、ウィガンに赴いた理由は明瞭だった。一月中旬から行方がわからなくなっているウィガン教区の牧師補、

（1）マーティン・クルーズ・スミス『ローズ』（Martin Cruz Smith:*Rose.* Random House, New York 1996.）。邦訳＝北澤和彦訳〈講談社文庫〉。一九九七年四月）。なお、本稿でのこの作品からの引用は、とくに注記しないかぎり北澤訳に拠っているが、引用文以外の記述では必ずしも北澤訳の訳語に従っていない箇所もある。例えば「クロッグ」（北澤訳）→「木靴」、「シャフト」（同）→「竪坑」、等々。

（2）ジョージ・オーウェル『ウィガン波止場への道』（George Orwell:*The Road to Wigan Pier.* Victor Gollancz Limited, London 1937）。邦訳＝土屋宏之・上野勇訳（ちくま学芸文庫。一九九六年七月）。本稿での引用は、とくに注記しないかぎり、原著を参照しつつこの訳本に拠っている。

ジョン・メイポールの捜索を、主教が命じたからである。メイポール牧師補は、炭鉱経営者であるハネイ主教の一人娘、シャーロットの婚約者だったのだ。ウィガンで汽車を降りたブレアは、駅でかれを待っていたハネイ炭鉱の財産管理人から具体的な情報を得ながら、メイポールの行方をつきとめる仕事にとりかかる。——だが、じつは、実在のジョージ・オーウェルがウィガンへ行ったのにも、もちろん理由があったのだ。植民地インドの警察官としてビルマで過ごしたかれは、大英帝国の植民地支配の手先となって働いた自分に決着をつけようとしたのである。虐げられ搾取されるビルマの人びとと同じ姿を、かれはウィガンの炭鉱労働者たちのなかに見出すことができると考えたのだった。そして、オーウェルのこの確信は、ウィガンの現実を見ることで深まっていった。一方、ウィガンに赴いた理由が初めからきわめて明瞭だったジョナサン・ブレアは、ウィガンの現実を身をもって知るにつれて、さながら濃い炭塵の闇のなかに足を踏み入れたかのように、道を失っていくのである。

　汚名にまみれてアフリカから放逐された「ニガー・ブレア」のことは、ウィガンでもすでに知られていた。しかし、公金着服というのは、ブレア自身によれば、外務省と王立地理学協会がかれにやらせた測量の仕事の必要経費を支払わないため、やむなく聖書基金の一部をそれに充《あ》てたのであって、この額を差引いてもなお一〇〇ポンドをかれのほうが協会と外務省に貸していることになる。さらに、奴隷制の教唆とそれにともなう命令不服従に関しても、かれにはかれの言い分があった。ハネイ主教の甥、ロード・ローランド（ローランド卿）が、学術探検家として黄金海岸のアシャンティ王国（のちのガーナ）へやってきたのが、直接の発端だった。ハネイ主教はこの甥を「アマチュア科学者」と呼び、動物の標本を集めていたのだ、と

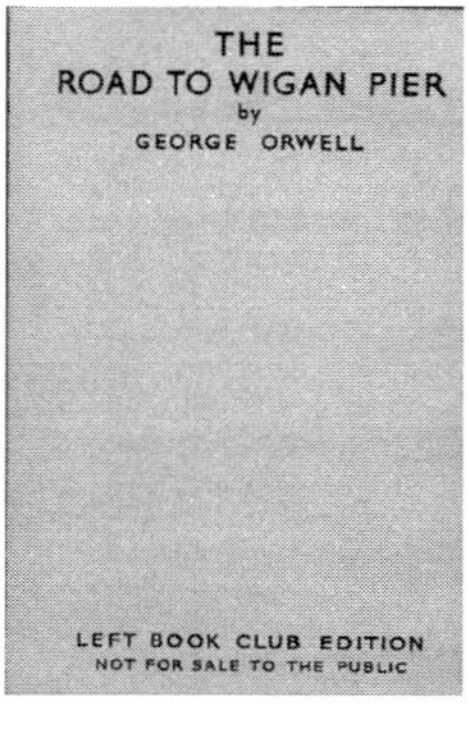

『ウィガン波止場への道』初版本表紙。

説明する。しかし、ブレアのコメントはこうである、「穴のあいた標本を、ね。半日で五十頭のカバと二十頭の象を撃てば、科学者どころかりっぱな虐殺者だ」——そのロード・ローランドが、アシャンティに来て、外務省の要請で現地を調査していると言明し、「イギリスの植民地に奴隷制度があるのを発見してショックをうけたとぶちあげた」のだ。このことを語るとき、ブレアが「植民地」という言葉を使うのを聞いたハネイ主教は、「イギリスの保護領だ」と訂正する。軍勢をひきつれたローランドは、アシャンティの奴隷を解放し王に鉄の足かせをつけてやると予告した。それは、アシャンティ族を怒らせて、それを口実にイギリス軍を送り込むためだった、とブレアは主教に言う。

「どこが悪い？　アシャンティ族は奴隷制で大儲けをしたんだぞ」

「それはイギリスだっておなじことですよ。イギリスとオランダとポルトガルは、アシャンティと奴隷貿易をやっていた」

「いま、イギリスは奴隷貿易をやめている。それを徹底させるただひとつの方法は、アシャンティを屈伏させ、黄金海岸の隅々までイギリスのルールを行き渡らせることだ。しかし、ジョナサン・ブレア、わたしの使用人であるきみは黒い奴隷商人たちの肩をもった。いつから外務省の方針に楯ついたり、ロード・ローランドの倫理感に異議をとなえたりできるようになったんだ？」

ブレアには、八百万人の奴隷を西インド諸島とアメリカに送りこんだイギリスがいま奴隷制の反対を唱えてアシャンティ族に圧力をかける本当の理由がわかっていた。それは、奴隷の人権のためなどではなく、金《きん》の採掘のためだったのだ。小説のなかでは言及されていないが、イギリスが国家としての奴隷貿易を廃止したのは一八三三年、つまりブレアが黄金海岸から追放される四十年ほど以前のことだった。南北戦争の結果、アメリカ合州国でリンカーンによる黒人奴隷解放宣言がなされたのは、一八六三年だった。ちなみに、ロシア帝国で農奴制が廃止されたのは、それより二年前、一八六一年である。世界の趨勢は奴隷貿易と奴隷制の廃絶に向かって進んでいた。しかし、それはアフリカをはじめとする非ヨーロッパ諸地域の人間たちの解放を意味するものではなかった。ブレアが小説のなかでアシャンティからイギリスのウィガンにやってきたのは、一八七二年だった。黄金海岸へのイギリスの植民は、軍隊の力でアシャンティを撃破した一八七四年から本格的に開始された。アフリカ各地の制圧と並行して、アジアでは、一八七八年から八一年にかけての「第二次アフガニスタン戦争」の結果、イギリスはアフガニスタンを植民地として手中に収めた。このアフガニスタンでの侵略戦争の現実から、それに従軍して負傷したワトソン博士という虚構の人物が生まれ、かれによってシャーロック・ホームズの探偵譚が記録されることになるのは、周知のとおりである。

「ニガー・ブレア」は、アシャンティ族の奴隷制度を攻撃するイギリスの真意が、奴隷解放にあるどころか、奴隷制廃止のためという口実でアシャンティを軍事攻撃し、そこの金《きん》資源を奪うことにあるのを、見ぬいていたのだった。そして、そのかれが、炭鉱町ウィガンで見たものは、イギリス本土に存続しているまぎれもない奴隷制にほかならなかったのだ。ウィガンの奴隷たちは、木靴をはいていた。女奴隷たちは、木靴をはいているだけではなく、公序良俗に反してズボンをはいていた。

Random House 版 *"Rose"* 初版ジャケット。

2　殺戮の二種

一九九六年に刊行されたマーティン・クルーズ・スミスの『ローズ』は、イギリスでもすでに石炭産業が決定的に過去のものとなった時点で書かれた一篇の歴史小説である。鉄と蒸気の産業革命の文字通りの原動力となった石炭は、この小説の舞台となる一八七二年のイギリスで、四十年後の第一次世界大戦期にその絶頂に達する増産の道をひた走っていた。『ローズ』は、ヴィクトリア時代後期のその石炭産業の現場を、もっとも典型的な炭鉱町のひとつだったウィガンに焦点をあてて活写している。だが、この一篇の歴史小説は、ウィガンの炭鉱の営みを、ハネイ坑《ピット》というひとつの現場と関わる炭坑夫たちの労働と日常生活を炭鉱主たる資本家貴族の生活と対照させながら描くことによって、ジョージ・オーウェルが例えば『ウィガン波止場への道』で考察した資本主義社会の「階級」の実態を鮮烈に浮き彫りにしているばかりではない。石炭が、十八世紀後半から十九世紀前半にかけてのヨーロッパにおける産業革命の原動力だっただけでなく、ヨーロッパ列強の海外進出のエネルギー源でもあったことを、この小説は活写しているのである。一四九二年のクリストファー・コロンブスのいわゆるアメリカ大陸発見に始まるインディアス侵略のあとの、第二の集中的な第三世界への進出は、産業革命を生んだその同じ石炭のエネルギーによって推進されたのだ。

主人公のジョナサン・ブレアは、西アフリカの黄金海岸から追放されて、暗鬱なイギリス本土で不本意な行方不明人捜索を強いられている。アフリカにしか自分の生きる場所はないことを知っているかれは、混血児である自分の娘がいる輝かしいアフリカへ、一刻も早く戻りたい。かれの胸には、正体を隠してアシャンティにもぐりこむ構想がちゃんとできている。だが小説は、数千マイルを隔てたこの二つの世界が、たがいにまったくの別天地ではないことを、物語の最初の部分ですでに描き出してしまう。しかもそれでいて、この小説は、一方の世界の現実から他方の世界の現実へと脱出していく人間の物語なのである。同じひとつの現実のふたつの別の部分にすぎない黄金海岸とウィガン——それにもかかわらず、この小説の主人公たちは、ウィガンから黄金海岸へ脱出しようとする。もっと正確に言うなら、かれらは、いまウィガンに生きているがゆえに、黄金海岸で生きることを選ぶのである。二つの土地が同じ現実の二つの部分だとしても、かれらは、ハネイ主教の甥のロード・ローランドが無惨な殺戮者として立ち現われるアシャンティの地で、殺される側とともに生きることを選ぶのである。たとえそれが、ウィガンの坑道で無惨に死ぬことと何の変わりもない生きかたであるとしても。

　黄金海岸に帰る船賃を得るためにはメイポール牧師補の行方をつきとめるしかないブレアは、メイポールが最後に目撃されたとき一緒にいたローズというピット・ガール、つまり女坑夫から事情を聴こうとする。はじめてローズの住居を訪れたかれは、アフリカから持ってきたマラリアの熱にうかされて、ローズが仕事から帰ってくるのを待つうちに、眠り込んでしまう。眼をさますと、室内に置いたタライでローズが全身を洗っているのが見える。かれが片隅にいることに初めて気づいたローズは、かれの視線を避けて暗がりに身を隠す。ブレアには、ローズの顔がよく見えない。

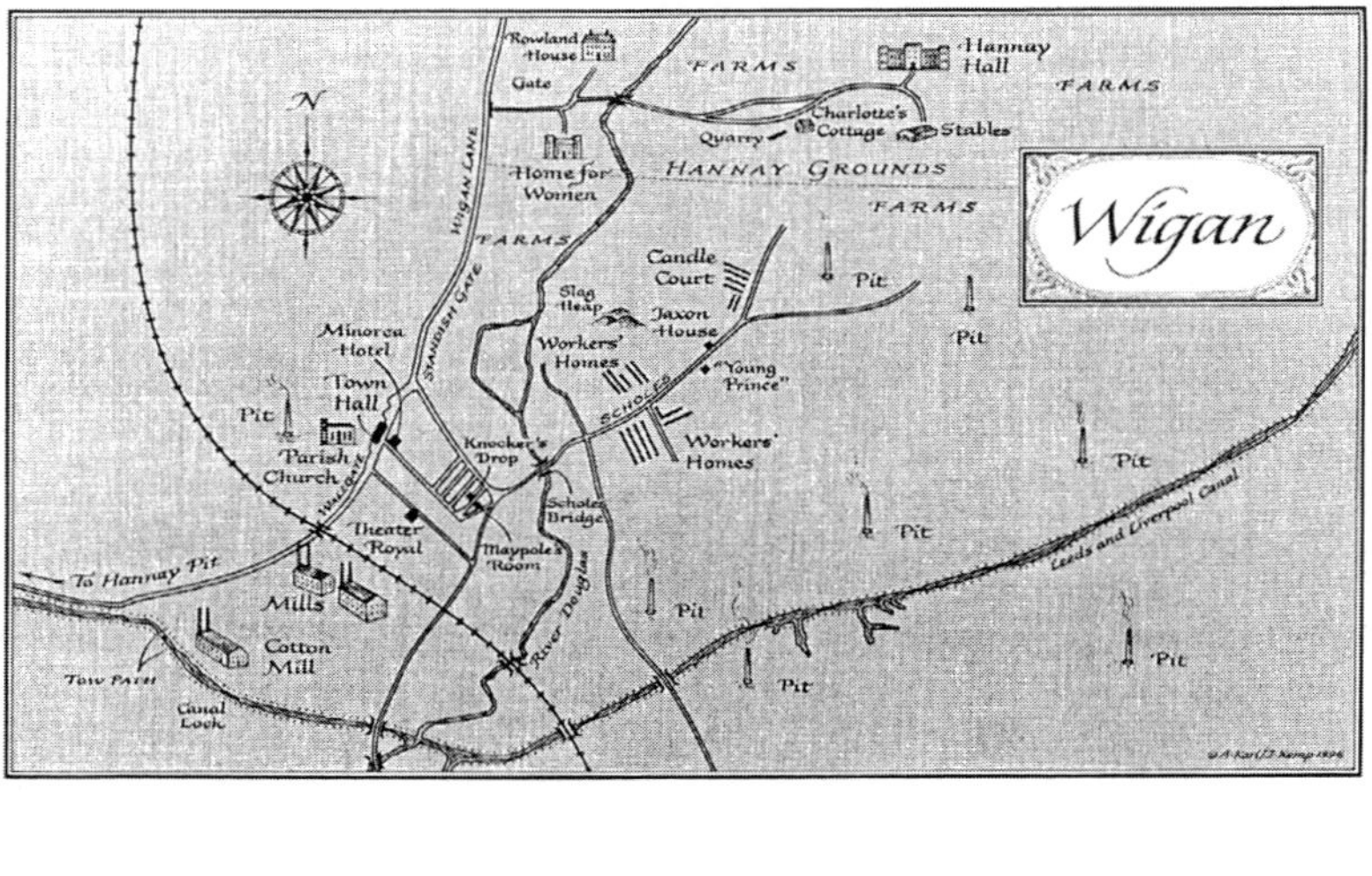

ウィガン略図（Random House 版 "*Rose*" より）

——初対面がこのようなものだったので、ローズは当然のことながらブレアに好意をいだくはずもなく、メイポール牧師補の捜索に協力的ではない。そのうえ、ローズにはビル・ジャクソンという頑強な炭坑夫がついていて、自分の女にちょっかいを出したというのでブレアを叩きのめしてウィガンから追い出そうと、執拗につけねらうことになる。そのビル・ジャクソンからしかけられる攻撃は、ブレアの心胆を寒からしめるに充分なものである。ジャクソンの実力を、ある凄惨なゲームのひとこまから、思い知らされていたからだ。

　ジャクソンが身をかがめてクロッグのひもを結んだ。ランカシャーの作業用クロッグは甲が革で底がトネリコ〔モクセイ科の落葉高木で材質が固い＝引用者註〕でできており、消耗をふせぐために底には蹄鉄形の鉄が打ってある。ジャクソンのクロッグのつまさきには真鍮の飾り鋲がついていた。〔……〕ジャクソンの相手が、ブルドッグそっくりのよたよたした足どりでまえに進みでた。すねは斜めの傷だらけだ。彼のクロッグのつまさきにも真鍮がついていた。〔……〕ふたりの敵対者はしばらくうしろにさがった。つまさきに真鍮がついたクロッグは重い棍棒も同然である。とりわけ、坑夫の脚が渾身《こんしん》の力で蹴ったとき、そしてそれが無防備な皮膚にあたったときは。坑夫はクロッグで木のドアをぶちこわすこともできる。〔……〕ウィガンで踊るバレエだな、とブレアは思った。最初のキックはあまりにはやくて眼に止まらなかった。両者とも膝から血を流している。蹴りがはいるたびに、真紅の血がたがいの皮膚に飛びちった。アイルランド男は横からビル・ジャクソンを攻めようとした。ジャクソンが足をすべらせると、アイルランド男はクロッグを蹴りあげ、ジャクソンの膝から股間にかけて切り裂いた。／ジャクソンが上体をそらし、相手に頭突きをくらわすと、剃りあげた男の頭は血を入れた磁器のボウルよろしくぱっくり割れた。ジャクソンはやみくもに放たれた報復の頭突きをかわし、外側からすくうように蹴って小柄な男を宙に浮かせた。アイルランド男が地面に倒れると、ジャクソンは全体重をこめて蹴った。びしっという音とともにクロッグが肋骨《ろっこつ》にぶちあたった。〔……〕アイルランド男はころがり、地面にどす黒い痰をはいた。立ちあがりながら蹴り返し、ジャクソンのわき腹の皮膚をはぐ。ジャクソンのつぎなる一撃はアイルランド男の胃をとらえ、男はふたたび宙に舞った。膝から地面に落ち、ぐらっとゆれる。口から鮮血がほとばしる。戦いが終わっていないことをのぞけば、その瞬間にすでに決着はついていた。／ジャクソンは、「ローズに迷惑をかけた男、やつがおれをその気にさせたんだ」と告げ、翼をさっと動かすように脚をまえに蹴りだした。

ローズに迷惑をかけた男、ジョナサン・ブレアは、パーリング（purring）と呼ばれるウィガン独特の炭坑夫たちのこの暴力ゲームを、人かげから眺めていた。「下罪人《げざいにん》」であり「炭坑《タンコ》太郎」である炭坑夫につきまとう原像ともいうべき暴力のイメージのこのウィガン版は、ブレアを心底から打ちのめす。しかしかれは、メイポール牧師補が最後に接触した人物であるローズからの事情聴取を避けるわけにはいかない。かれは、クログ（clog）と呼ばれる木靴の攻撃を何度もビル・ジャクソンから仕掛けられ、かれ自身もまた何度も「ウィガンで踊るバレエ」の踊り手とならなければならない。クログという言葉には――小説では述べられていないが――動詞型として「木靴ダンスを踊る」という意味もあるのである。

だが、おそらく──これも小説では直接そうと述べられてはいないが──ウィガンのこの残虐な暴力ゲームは、ブレアに、少なくとも読者に、ブレアがよく知っているもうひとつの残虐な暴力ゲームを想起させずにはいないのだ。

イギリス人をひきつけているのは金《きん》だった。アシャンティ族は金を豊富にもっていて、まさにアフリカのインカ族だった。川には金が点々と光り、丘には金の鉱脈が走っていた。三脚と六分儀、らせん錐と選鉱鍋、水銀の瓶をもったひとりの男にとって、これほどすばらしい投資があるだろうか？　ナイルの水源や月の山〔ナイル河の原流は月の山に発している、と信じられていた＝引用者註〕の発見、ライオンや類人猿の虐殺、発見した湖や人びとに洗礼名をつけることは、英雄たちにまかせておけばいい。ブレアが求めているのは、黄鉄鉱と石英、おのずとあらわれるオーロラの輝きなのだ。／熱っぽい夢のなかで、ブレアはアクシム〔アシャンティの黄金海岸に面した一地点の地名＝引用者註〕の黄金の砂浜にもどっていた。こんどはローランドもいっしょだった。ブレアは主教の甥が正常でないのを知っていたが、海が彼の青い瞳をやわらげてくれることを願っていた。海風がローランドの金色のあごひげをいたぶった。車輪そっくりの安定したペースで波が打ち寄せる。／「すばらしいじゃないか」と、ローランドがつぶやいた。「すばらしい」アクシムでは、女たちは黒く塗った木の皿で砂をすくい、陽光に反射させて金をさがす。女たちは裸で水にはいって砂を洗い落とすと、木皿を高くかかげながら、立ちあがって波をかぶった。「みごとな鴨たちじゃないか」といって、ローランドはライフルをもちあげた。ひとつの木皿が吹っとび、それをかかげていた女が波を赤くそめて沈みこんだ。彼が弾丸をこめているあいだに、ほかの女たちはよろよろと海岸をめざした。ローランドはふたたびなにくわぬ顔でねらいすまして撃った。女がひとり倒れ、砂の上に砂金が舞った。彼が片足で女をころがすと、女はきらめく金にまみれた。ブレアが残っている女たちを集めて安全な場所へ導くと、ローランドはまた弾丸を装塡《そうてん》して、ライフルをブレアのほうに向けた。彼は銃口がうなじに押しあてられるのを感じた。／ブレアは純然たる恐怖で眼がさめかけた。首にあるのは汗で、ライフルではなかった。ただの夢だったのだ。

この夢が、しかしただの夢ではなかったこと、かれの純然たる恐怖に現実の裏打ちがあったことを、やがて読者は知る。測量技師であるブレアを案内人としてアフリカで学術探険を行なっていたロード・ローランドは、あるとき、数珠つなぎになった数十人の奴隷を移送する奴隷商人たちの一行と遭遇した。ローランドは、奴隷制を許さぬというイギリスの名において、奴隷商人たちをつぎつぎと撃った。商人たちは奴隷の背後に逃げ込んだ。するとローランドは、かまわず奴隷を撃った。ブレアが奴隷たちを導いて避難させた。奴隷商人たちが殺されたあと、これで自由になれるかと思っていた奴隷たちを、ローランドは解放しなかった。かれの弾丸を逃れて生きのびた奴隷たちは、すべてかれによってイギリスの巡察隊に引き渡されたのだった。

小説『ローズ』は、「この世でいちばん美しい女はアフリカの女たちだ」という一節で始まっている。その数行あとには、「彼女たちは頭からつまさきまで黒ずくめで、コール墨で縁どった眼に熱い思いを押しこめていた」という一節もある。アフリカとはまた別種の暴力と殺戮が突出する炭鉱町ウィガンでブレアが出会うのが、やはり黒ずくめの女たちなのだ。かれがメイポール牧師補についての証言を何とかして得たいと考えるローズも、その女たちのひとりだった。だが、その女たちが四六時中わが身にこうむっていたのは、炭坑夫たちの木靴の暴力ではない。生命をすりへらしながら短い一生をすごし、イギリスでもっとも堕落した女、ズボンをはく女という世間の非難を浴びる女坑夫たちを襲うのは、炭鉱産業のシステムそのものであり、海外に進出しつづけるイギリス帝国の国家社会そのものなのである。この暴力を、ハネイ主教は、「石炭があるかぎり、われわれは世界を主導しつづける」という言葉で表現し、一方ブレアは、「ほんとうに一日に一〇ペンスの稼ぎなのかね？　奴隷制はまだ終わっていないんだな」という言葉で語るのである。

3　脱出する女坑夫たち

メイポール牧師補の行方を追うジョナサン・ブレアは、牧師補がローズと話しているところを目撃されていたその同じ一月十七日に、ハネイ坑で大規模なガス爆発事故があり、七十六人もの炭坑夫が死んだことを知る。死んだのは男の坑夫だけだった。というのも、女坑夫の坑内労働は廃止されていたからだ。坑夫組合も、女は家庭に戻るべきだと主張していた。坑外の選炭場へ追い上げられた女坑夫たちは、男の坑夫たちの組合からも憎悪されていた。この労働組合にとってさえ、ウィガンの女坑夫たちは恥辱なのだった。炭塵にまみれて顔も身体も真っ黒な女坑夫はイギリスのいたるところの炭坑にいるが、女だてらにズボンをはいているのは、ウィガンの女坑夫だけだったのである。「ピット・ガールはまさに性別に背《そむ》いているからです。性別を否定し、悪用している。娼婦というのは、少なくとも女性です。しかし、ピット・ガールはいったいなんです?」――こう言うのは、女坑夫を炭鉱から追い払う法律をめざしている国会議員アーンショーだけではない。「ピット・ガールは男たちの食料を盗んでいるばかりでなく、男たちの家族の食料をも盗んでいるのです」と弁ずるかれに、発破師である炭坑夫スモール・ボーンは、「組合はおたくに賛成だよ〔……〕小娘たちは労働者にとっては危険な存在だし、家族制度にとっては脅威だ」と同感を表明する。労働組合の活動家フェローズもまた、いまは坑外での石炭の選別と運搬だけに限られている女坑夫《ピットガール》の労働について、こう述べる、「そのての仕事は男がやって人なみの賃金をもらえばいいのであって、女は家を守ったほうがいいのです。あるいは、どうしても働きたいのであれば、まともな女性のように綿織物工場で働けばいいのです」――そして、メイポール牧師補の上司であるチャブ師は断言する、「道徳の問題なのです〔……〕悲しい事実ですが、ウィガンはイギリスでもっとも堕落した町です。原因は、女より粗野な性である男たちではありません。ウィガンの女たちが原因なのです。おそらくアフリカやアマゾン流域は例外でしょうが、彼女たちには女のやさしさなどかけらもありません。」――ウィガンの警察署長、ムーンの見解は、こうである、「南洋ではいざ知らず、イギリス女性がいったんズボンをはけば、おのれの性にあたえられた品位と思慮をみずから捨てたことになる。」

ジョナサン・ブレアはまた、ハネイ家の令嬢でありメイポール牧師補の許婚者であるシャーロットが、堕落した女坑夫たちの更生のために「女たちの館《やかた》」を開設していることを知る。そして、メイポール自身がまた炭坑夫たちに説教することを自

ボタ山で石炭を拾う炭坑夫たち。*The Road to Wigan Pier*（No.710）より

分の重大な任務と考えていたらしい、という事実を知る。メイポールは、最後に目撃されたときローズと一緒だったことからもわかるとおり、女坑夫たちに接近しようと努めていた。それどころか、ブレアが坑夫たちから聞き出したところでは、坑内に入ってそこで男の坑夫たちに説教することを目論んでさえいたらしいのだ。

ブレアの疑念は、メイポール牧師補がローズとなぜ、何を話していたのかという点と、ガス爆発事故のときひょっとするとかれは坑内にいたのではないかという点に凝集していく。この二つの点は、どこかで結びついているのではないか。——だが、ローズ・モリニュークスはかたくなにブレアにたいして口をつぐむ。それのみか、あのパーリングの勝者、ビル・ジャクソンは、しつこくローズにつきまとうブレアを、再三その木靴で襲う。事故に関しては、検屍審問報告書から、坑夫が入坑するとき受け取る坑内ランプの数と、発見された死体の数とが一致していることを、確認せざるをえない。ランプには番号が記されていて、入坑のさい番号と坑夫の名前とが記帳される。記帳されていない番号のランプが事故後に坑内で発見されるか、記帳された坑夫の人数より一つ多い死体が発見されるかのいずれかがないかぎり、メイポール牧師補が坑夫たちに混じって密《ひそ》かに入坑していた可能性は、否定されざるをえない。それに第一、炭坑内のことなどまったく知らぬ牧師補が入坑するためには、だれか現場の坑夫の手助けがなければならないはずだが、これまたほとんど考えられないことなのである。

『ローズ』は、こうした謎と直面するジョナサン・ブレアを探偵役として展開される一篇の探偵小説にほかならない。だが、ブレアが直面する謎は、ただ単にひとりの人物の失踪の真相だけにとどまるものではない。謎は、ウィガンという炭鉱町の日常そのもののなかに、ウィガンの炭鉱が現実の世界のなかで占める位置そのものののなかに、息づいている。炭坑夫たちが、男も女も、ほとんどつねに炭塵で黒く素顔を蔽いかくされているように、ウィガンは、ブレアのまえに、町全体が決して素顔を見せることがない。それは、下の世界についてだけでなく上の世界についても言える。メイポールの婚約者であるシャーロットもまた、女坑夫のローズと同じように、失踪した牧師補についての情報を積極的に提供するどころか、むしろブレアの追及にあらわな敵意を隠そうともしない。父親のハネイ主教の真の意図が、牧師補を発見すること自体にあるのではなく、かれが死んだことが明らかになるなり、あるいは生きているとすれば婚約者にたいする不実が明らかになるなり、とにかく娘がつまらぬ牧師補などとの結婚をあきらめる結果になることだけが目的であるのを、いまではブレアも知っている。しかし、シャーロットは、ブレアがつきまとうことに冷たい拒絶反応を示しながら、牧師補についての情報を与えることで一刻も早くかれを追い払ってしまう道をとることもしない。この一件が落着しないかぎりブレアがアフリカに帰れないことを、かの女はよく知っているにもかかわらず。

けれども、一日も一刻も早くウィガンから出ていきたがっているのは、ジョナサン・ブレアだけではなかったのだ。二人の女性が、いやあるいは三人の女性が、かつてウィガンからの脱出を試み、あるいはいま試みようとしているのである。

ブレアは、炭坑夫ビル・ジャクソンの暴力的攻撃に身をさらしながら、牧師補が最後に言葉をかわしていた人物、女坑夫ローズ・モリニュークスから何とかして話を聞こうとする。かれは、ローズと接近しようとした最初の時点ですでに、かの女がもうひとりの女坑夫と一緒に暮らしている住居が、女坑夫の賃金ではとうてい借りられるはずもないものであることに気づく。ウィガンの女坑夫の週給は五シリング以下である。つまり、日給一〇ペンスから諸経費を天引きされるので、週給にするとそうなるのだ。これは、そのことを知ったブレアが思わず「だれがいったんだ、イギリスが奴隷制度に反対してるなんて」とつぶやかざるをえなかったほどの低賃金だった。ところが、ローズは、どう見ても週当たりの家賃が三ポンドはする住居に暮らしているのである。(3) もちろん、かの女の恋人のビル・ジャクソンにも、そんな金《かね》が出せるはずはない。パーリングの賭けで得た金《かね》がつねにそれくらい多額なのであれば話は別だが。考えられることはただひとつ、女坑夫たちにたいして深い嫌悪と敵意をいだく人間たちが、あるいは世間一般が言うとおり堕落した女坑夫のひとりであるローズが、堕落した行為によって稼いでいる、という可能性しかありえないのだ。

その可能性についての思いがブレアを動かしたのかどうかは小説には述べられていないが、ローズから何とかして牧師補のことを聞き出そうとしたかれは、ビル・ジャクソンから瀕死の傷を負わされ、その手当てをしてくれたローズと、肉体関係を持つようになる。頭の傷を縫合してくれたローズの手ぎわは、主教令嬢で炭鉱主のお嬢さまであるシャーロットが慈善事業として運営する「女たちの館」で受けた講習の成果などとは、とうてい思えないほど見事だった。いつも真っ黒な顔に眼だけが輝いているローズは、ハネイ家の蒼白いシャーロットとは対照的な生きた人間の魅力によってブレアを惹きつける。そのローズに、ブレアはアフリカのことを語って聞かせる——

（3）ちなみに、当時のイギリスの貨幣の単位は、一二ペンスが一シリング、二〇シリングが一ポンドだった（一九七一年以降は一ポンド＝一〇〇ペンスとなった）。

彼は頭の傷の縫い目に手をふれた。「きみがやってくれた外科手術だ。アフリカでも十分やっていけるだろう。アマゾンになれる」／「だったら、あんたなんかいらないじゃない？　あんたなしでやってけるわ」／「もちろん。貿易風に乗っていけばいい。まさにそれが貿易ってやつで、ひたすら風と潮の流れなんだ」　ブレアはローズの心臓の上に手をおき、下にずらしていった。「石炭はカナリア海流に乗ってリヴァプールから南へくだる」／手のひらをななめ方向にあげていく。「パーム・オイル〔椰子《やし》油＝引用者註〕は赤道海流に乗ってアフリカから西へ行く」／手のひらを横にすべらせる。「金はメキシコ湾流に乗って南北アメリカから東へ向かう」／「そんなふうにいわれると、ずいぶん単純に聞こえる」／「おれが知ってるのはそれだけだ」と、ブレアはいった。／「それで、ほかのルートも知ってるの？」／「ああ」／「連れてって」　ローズはブレアの手に手を重ねた。「あたしをウィガンから連れだして、ミスター・ブレア、そしたら死ぬまであんたを愛するわ」

探偵小説『ローズ』は、脱出の物語である。炭坑からの脱出。人間を奴隷とする現実からの脱出。人間を奴隷とすることで人間として生きることができている現実からの脱出。――ブレアが発見したメイポール牧師補の暗号で書かれた日記から、ブレアは、メイポールが炭坑夫たちこそが神に愛される人間であることを発見したいきさつを、知ることができた。メイポールは、「彼らは〝秘められたるところで造られ、深い地の底で織りなされた〟」という聖書「詩篇」一三九章の言葉を、炭坑夫たちと重ね合わせたのである。「これはウィガンのために書かれた詩篇だ」とメイポールは記していた。そして、かれの日記のここかしこから、ブレアは、メイポールが

ウィガンの女坑夫――乾由紀子『イギリス炭鉱写真絵はがき』(No.757)より

女坑夫のローズを愛するようになっていたのではないか、と推測するにたる記述を見出すことになる。メイポールは、イエスの弟子たちがみな肉体労働者だったことに気づき、かれらに奴隷の状態を強いることで生きている自分たち、とりわけハネイ一族の世界から、地の底へと脱出しようとしたのではないか。

いま自分が生きる世界から脱出しようとしたのは、かれだけではない。重ねて記すなら、二人の女が、いやあるいは三人の女が、脱出をかつて試み、いま試みる。そもそもジョナサン・ブレアは、ウィガンへ行けという主教の命令を、なぜきっぱりと断らなかったのか。——それは、ウィガンがかれの生まれ故郷だったからだ。そうにちがいなかったからだ。

ジョナサン・ブレアは、自分がたぶん三十二歳か三歳かだろう、ということしか知らない。主教令嬢のシャーロット・ハネイは、あるときかれに、ブレアというのはウィガンの名前ではない、と的確に指摘する。ブレアというのは、アメリカへ向かう船のなかでかれを拾ってくれたアメリカ人の鉱山師《やまし》の姓なのである。幼いかれを連れてアメリカへ渡る途上の船のなかで、かれの母は死んだのだ。ジョナサンは、その母の遺体が船の甲板から海のなかへ投げ落とされ、落ちていく途中で遺体を包んだシートがほどけて、母のからだがむきだしで海面に浮かんでいたのを憶えている。その光景が、ジョナサン・ブレアの原風景なのだ。どうせ堕落した女坑夫がどこかの店員の子でも産んで、ウィガンにさえも居られなくなったのさ、と警察署長ムーンはブレアを嘲笑する。しかし、ブレアは知っているのである。母は、このウィガンから、人間として生きることのできる現実への脱出を敢行したのだ、ということを。かつて母が試みたその果敢な脱出を、いま、ローズが試みようとしているのだ、ということを。
炭鉱の歴史は、そして石炭の歴史そのものが、脱出の試みの歴史でもある。この現実が現実であるかぎり、炭鉱からの脱出は、ひとつの奴隷状態から別の奴隷状態への移行でしかなかった。たとえばジョナサン・ブレア自身、母とともにウィガンを脱出したとしても、世界にイギリスのルールを押しつけるイギリスから脱出したとしても、そのイギリスが現実に存在しつづけるかぎり、そのルールから脱出することはできない。小説の終わりに近いところで、かれは、女坑夫たちの対極で生きているにちがいない令嬢シャーロット・ハネイと、こういう会話をかわす——

「あなた、アフリカ人のことがそうとう気になるようね。わたしたちは彼らを助けるために軍隊を送りこむといわれているけど、実際は彼らを撃っている」
「イギリス人は優秀な兵士だ……ビールと銀めっきしたスプーンとペアーズの石鹸ほしさに戦っている。自分たちがなぜ戦っているのかも知らずに、ただ送りこまれてるだけさ。でも、おれは知っている。おれのつくる地図が、さらなる軍隊、鉄道技師、金を洗い流すための水圧ホースをもたらしているのをな。おれは千人の兵士、十人のローランドよりひどい存在だ」

このあとに、しかし少なくともあなたは何かをしている、あなたはあなたが人形の家《ドールハウス》と呼んだ「女たちの館」で遊んでいるわけではないのだから、というシャーロットの重要な発言がつづくのである。——シャーロットは、自分自身の「女たちの館」について、自嘲を込めてこう言ったのだ。炭鉱主でもあるハネイ司教を父にもつシャーロットにとって、ウィガンはもっとも安んじて生きることのできる土地だったはずであるにもかかわらず。

日本の筑豊炭田地帯では、坑夫たちが炭坑から脱出することを「ケツワリ」と称した。このケツワリについて上野英信は、『地の底の笑い話』(4)（一九六七）のなかで、つぎのように書いている。

ケツワリとは逃亡・脱走の意であり、動詞としてはケツをワルというふうに用いられている。ケツワリ坑夫といえば脱走坑夫のことになる。よく尻割りという漢字が宛てられるけれど、これはバケツを馬穴と書くのとおなじく、まったくの宛字にすぎない。もともと脱走を意味する朝鮮語の「ケッチョガリ」の転訛であることは明らかだ。係員のことをヤンパンといったり、飯をくえというところをパンモグラといったり、炭鉱で日常用語と化した朝鮮語がすこぶる多いが、これはすでに明治時代からかなり多くの朝鮮人移民が炭鉱に流れこんできているためである。たとえそれが不幸な出会いであるにせよ、地の底における日本人と朝鮮人との結びつきは歴史的に深い。そしていつとなくキリハの暗闇に根をおろした朝鮮語は、それぞれにもっとも苛酷な運命を背負った者たちが先山となり後山となって働くなかで、なによりそれが必要だったからである。

4　三たびの海峡

大陸先住民を母として一九四二年に生まれた北米合州国の作家、マーティン・クルーズ・スミスが小説『ローズ』でウィガンの炭坑夫たちを描いたとき、ランカシャー

(4) 上野英信『地の底の笑い話』〈岩波新書〉青版639、一九六七年五月)。

のこの炭鉱の町でも、それ以外のイギリスの産炭地でも、石炭鉱業はすでに過去のものだった。小説のもうひとつの舞台とされている北西アフリカの黄金海岸で、小説のなかの一八七〇年代前半に、奴隷貿易がイギリスの公式見解ではすでに過去のものだったのにもまして、この小説が刊行された一九九六年における石炭は、決定的に過去のものだったのである。

このことはしかし、小説『ローズ』が決定的な過去の亡骸《なきがら》を描いている、ということを意味するわけではない。日常の平凡な現実が虚構《フィクション》によって驚異的な稀有の現実として新しい生命を獲得するように、すでに決定し定着している過去の現実が、後世のまなざしによって思いがけない姿をとって再生することは、けっして例外的な事例ではない。しかも、こうして再生する過去の現実は、ただ単に過去として再生するのではなく、その過去の一時点から現在にいたる歴史の歩みと、その結果としていまある現実とを、ともに暴露しつつ再生するのである。黄金海岸や、そのすぐとなりの奴隷海岸から強制連行された黒人奴隷たちによってイギリスの炭鉱産業が担われていたわけではなかった。しかし、石炭の流れと奴隷の流れと黄金の流れとを比較して、それらをひとつの仕組みとしてとらえる主人公（たち）の視線は、小説の舞台であるウィガンの炭鉱労働者たち自身が、小説中の時代である十九世紀の七〇年代には、とうてい持ちえなかったものだった。そればかりか、それ以後、『ローズ』が書かれるまでの百二十年間にも、この視線が社会の共通の視野とならなかったからこそ、この現在の世界が存立しえているのである。——ウィガンと黄金海岸とを結ぶ『ローズ』の視線は、もはや体験することも変更することもできない過去の現実を、後史のみが持ちうる想像力《イマジネーション》によって追体験し再構成しようとする試みにほかならない。だが、この想像力の試みが問おうとするものは、過去の現実だけではない。問われるのは、後史そのものであり、そして、変更することがまだ可能なこの現在そのものなのだ。

『ローズ』より四年前、一九九二年四月に刊行された帚木蓬生《ははきぎほうせい》の長篇小説、『三たびの海峡』(5)は、そのような想像力の試みの傑出したひとつである。

> 冬のあいだ青黒く沈んでいた海に生気が戻っていた。桟橋の根を軽やかな波が打つ。埠頭《ふとう》のベンチに坐り、もう一時間、南の海峡を眺めていた。／こんなふうに意図的に海の方向に視線を向けたのは初めてだ。チャガルチ市場の漁船の脇で商いをしていた頃も、海雲台の高級ホテルで商談をするときも、私は故意に海を見なかった。海は間近にあったが、わたしの内面が視野を受けつけなかった。

暗く沈んだ抒情で物語は始まる。「私」である主人公・河時根《ハーシグン》は、四十数年間というもの、その海を見ようとしなかった。二年余り前に死んだ妻の姜乙順《カンウンスン》が決して済州島《チェジュド》のほうを見ようとしなかったのと、それは同じだった。「海を眺めれば、否応《いやおう》なく海峡の向こうの島を考える。私は大韓海峡の先の日本を、妻は済州島を思い起こす。回想は必ず苦しみを伴った。だから私たちは釜山に住みながらも、海の方角に見えない屏風《びょうぶ》を立てて暮らしてきたのだ。」――そのかれが、いま、南の海を見ているばかりか、三たびそれを渡ろうとしているのである。六十四歳になり、去年は大手術をした。息子たちや秘書たちは病後の身を案じて空路で行くことをすすめたが、かれは船で海峡を渡ること以外は考えなかった。

(5)帚木蓬生『三たびの海峡』(一九九二年四月、新潮社)。のちに新潮文庫版が一九九五年八月に刊行された(解説＝関川夏央)。また、神山征二郎監督によって映画化もされており、VHS版が市販されている。引用にあたっては、原文のふりがなを適宜省略した。

『三たびの海峡』カバー・帯

その海峡は、十七歳になったばかりの河時根が五十年近くも昔に初めて渡った海だった。まったく自分の意思ではなく強いられて渡ったその海を、つぎには南から北へ、一年半後に、自分の意思で密航した。一度目は、故郷の村々から集められた大勢の同胞たちと一緒だった。二度目は、ひとりの身重の女性と一緒だった。いま、かれはその同じ海を単身で、最後に渡ろうとしている。海峡の南の日本に、人生の最後の仕事としてやりとげなければならないことがあるからだ。

『三たびの海峡』は、巨大な犯罪と、小さな復讐の物語である。古来、復讐は想像力の作業である文学表現の最大のテーマのひとつとなってきた。犯罪がそれに手を下したもの自身によってつぐなわれず、それどころか自覚さえされないまま風化させられようとするとき、その犯罪に決着をつけるのは個人の復讐だけである。だが、現実になされる復讐は、悲しいことに、現在の日常にはめったに届かず、現在の現実をほとんど動かさない。復讐は、虚構のなかでのみ、現実に介入する力を獲得しうるのだ。現実を虚構として描く想像力が読者の想像力を動かすとき、はじめて、個人の復讐は現実に届く道を見出すのである。

一九四三年十月のある日——それが十月の初めだったか半ばだったかさえ憶えていないほど日付けとは無縁な生活だったのだが——いつものように畑で働いていた河時根《ハーシグン》は、体調をこわして家に残っていた父が日本人に連行されたという知らせを母から聞く。日本で働かされるとのことで、逃げれば家も田畑もすべて没収されるのだという。兄はすでに二年余り前から満洲の鉱山へ働きに行っていた。病身の父の身代わりに自分が行くことを役人たちに認めさせた河時根は、じっさいは十七歳になったばかりだったが、書類上は十八歳の成年として、日本へ渡ることになる。

造船所で働くのだ、というのが朝鮮で説明された行く先だった。

のちに「強制連行」と呼ばれることになる「半島人労働力の内地移入」の一環として河時根が送り込まれたのは、しかし造船所ではなく、筑豊の炭鉱だった。連行された当初はもちろん西も東もわからなかったのだが、小説ではそれは、N駅で乗り換えて行く香月《かつき》が最寄駅の高辻炭鉱ということになっている。近くにはN市という大きな町がある。——このN市が福岡県の直方《のうがた》市であることは間違いない。N駅というのはしかし、この直方ではなく、中間《なかま》だろう。現在はすでに廃線となっているが、かつては筑豊本線の中間から香月線という支線が出ていた。香月には、最大の地場炭鉱資本である貝島炭礦株式会社の主力炭鉱のひとつ、貝島第二鑛業所大辻炭鉱があった。小説中の高辻炭鉱が、この大辻炭鉱そのままではないとしても、大辻炭鉱を念頭に置いていることは確実だろう。

近代日本の石炭産業、わけても支那事変から大東亜戦争へとつづく戦時下の炭鉱と、朝鮮人炭鉱夫との関わりを、日本の石炭鉱業の最末期である一九八〇年に刊行された水沢周のすぐれた概説書、『石炭——昨日　今日　明日』(6)は、つぎのように簡略に述べている。

> 朝鮮人労働者のおおくは、強制連行によるものである。昭和一四年（一九三九年）から、二〇年まで、七二万をこす朝鮮人が強制的に労働者として日本に送りこまれているが、そのうち三四万人が、炭鉱に送られた。そして、そのうち約半数が筑豊に、四分の一が北海道に配置された。昭和二〇年六月の、北海道における炭鉱労働者の構成をみると、坑内労働者は、朝鮮人三万二、一一〇人にたいし、日本

(6)　水沢周『石炭——昨日　今日　明日』（一九八〇年七月、築地書館）。

人二万五、一三〇人、中国人二、六一六人、捕虜三一六人となっており、圧倒的に朝鮮人がおおい。しかも日本人のうち、正規の労働者は一万九、一三四人で、あとは勤労報国隊、女子挺身隊といった、いわば臨時労働者だから、坑内労働の主力はまったく朝鮮人であったといっていい。坑外労働をふくめても、三七・五%が朝鮮人であった。（矢野他著『石炭の語る日本の近代』より）常磐でも四万人中なかば以上を朝鮮人労働者が占めた。／これらの人々の待遇は極度にわるく、消耗率も高かった。正確な記録を欠くが、永末によると筑豊内の二市一郡の範囲だけで、朝鮮人労働者の無縁仏五〇〇体近くが戦後確認されており、筑豊全体ではその数倍にものぼると推定するほかはないという。[7]

戦争末期の炭鉱で朝鮮人坑夫が占める比率の高さは、北海道と常磐のみならず筑豊を含む九州地方でも同様だった。石炭庁ならびに石炭鉱業会の資料にもとづいて運輸調査局が調製した統計によれば、一九四四年九月末の時点で、九州の炭鉱労働者総数四〇万一五三四人のうち、朝鮮人は一二万八一四六人で三一・九%を占めていた。[8]これは、坑内夫と坑外夫を合わせた数値であって、坑外労働とは比較にならないくらい危険で事故の確率が高い坑内労働では、朝鮮人の割合はきわめて高かった。敗戦直前の一九四五年六月当時の北海道の場合では、朝鮮人坑夫のうち八三・七%は坑内夫、残りのわずか一六・三%だけが坑外労働に充てられていた。筑豊全体についての資料はないが、田中直樹『近代日本炭礦労働史研究』[9]に収められている明治鉱業平山炭鉱のデータはきわめて興味深い。そのデータにもとづいて分析するなら、前述の大辻炭鉱から南々西に三〇キロたらずの距離に位置する平山炭鉱（福岡

(7)（　）内も原文のまま。なお、引用文中で言及されている文献は、つぎのものである。
①矢野牧夫・他『石炭の語る日本の近代』（一九七八年六月、改訂新版第二刷＝一九八七年六月、そしえて。〈そしえて文庫〉22）。水沢周著の引用箇所の数字のうち、「……日本人のうち、正規の労働者は一万九、一三四人」とあるのは、『石炭の語る日本の近代』では「一万九、一八四人」となっている。
②永末十四雄『筑豊――石炭の地域史』（〈ＮＨＫブックス〉１９９。一九七三年十二月、日本放送出版協会）。

(8)北海道炭礦汽船株式会社『石炭国家統制史』（一九五八年七月、日本経済研究所）に拠る。なお、同書がこの資料の典拠として挙げている「石炭庁並石炭鉱業会」の「石炭鉱業会」は、「石炭鑛業聯合会」のことと思われる。

(9)田中直樹『近代日本炭礦労働史研究』（一九八四年十月、草風館）。

県嘉穂《かほ》郡桂川《けいせん》町）では、一九四一年二月から四四年十二月までの間に合計三三三人の朝鮮人坑夫が雇い入れられたが、そのうち坑外夫は四四年十二月雇用の七名だけだった。

林えいだい『消された朝鮮人強制連行の記録――関釜連絡船と火床の坑夫たち』(10)には、一九四三年十一月に大辻炭鉱に雇われた金亨坤の体験談が収められている。四一年秋に北海道のタコ部屋に入れられて住友鉱山で働いたかれは、いったん帰国したのち、ふたたび海峡を渡って今度は貝島大辻炭鉱へ連れて行かれたのだった。着いた当初は飯《めし》もドンブリに一杯あって、監視もきびしくないように思われた。ところが、四日目から入坑させられてみると、「これは人間のする仕事ではないと直感」した。そして、たちまち三日間のうちに同じ朝鮮人寮の同胞が五人も事故死したのである。「考えてみると、あの、北海道のタコ部屋でさえ毎日死ぬようなことはなかった。三日間で五人も死ぬとは、やっぱり炭鉱が危険だということだった。／そうした話は何時の間にか同室の者に伝わり、すぐ相談がまとまって十五人が集団逃亡を決めた」と、一九二一年生まれの金亨坤は語っている。

その大辻炭鉱をモデルとする高辻炭鉱で、『三たびの海峡』の河時根は、働き始めてから一ヵ月ほどたったころ、落盤事故に遭うことになる。日本人三人と朝鮮人三人が組になり、その班長は島という日本人だった。「危ない。逃げろ」という島班長の声が届いたのと天井がドーンという音をともなって崩れ落ちたのは同時だった。島班長は脊髄骨折で頭と両腕以外は動かない身体となったが、新婚早々の妻から生木を裂くように引き離されてきた安先浩《アンソンホ》は全身を圧しつぶされて死んだ。

一九四一年末から四四年末までの時期において、全国の炭鉱での坑内夫と坑外夫

(10) 林えいだい『消された朝鮮人強制連行の記録――関釜連絡船と火床の坑夫たち』（一九八九年八月、明石書店）。なお、林えいだいには本書のほかにも以下のような重要な著作がある。

『朝鮮海峡――深くて暗い歴史』（八八年三月、明石書店）。

『筑豊坑夫塚』（一九七八年三月、晩聲社。〈ルポルタージュ叢書〉8）。

『死者への手紙――海底炭鉱の朝鮮人坑夫たち』（一九九二年七月、明石書店）。

『闇を掘る女たち』（一九九〇年十一月、明石書店。装丁＝貝原浩）。

『海峡の女たち――関門港沖仲仕の社会史』（一九八三年五月、葦書房）。

『筑豊俘虜記』（一九八七年七月、亜紀書房）。

『証言・樺太朝鮮人虐殺事件』（増補版＝一九九二年八月、風媒社）。

『〈グラフィック・レポート〉清算されない昭和――朝鮮人強制連行の記録』――後出（註18）。

との比率は、男性の坑夫のみに限っても、平均三対一だった。(11) 女性坑夫を加えれば、坑外夫は全坑夫の約三二%を占めていた。前述の平山炭鉱の例が示すように、朝鮮人の場合には坑外夫の比率が極端に低く、移入朝鮮人はほとんどが危険な坑内へ追いやられたのである。――しかも、朝鮮人坑夫にとって、危険は、坑内労働そのものに伴う危険だけではなかったのだ。

(11)『石炭国家統制史』（註8）所載の表「戦時中における炭鉱労働者数の推移」の数値にもとづいて算出した。

島という日本人を班長にして日本人が三人、私たち同胞が三人の組だった。そのなかに、イチ・ニ・サンの数字を覚えられなかった安先浩もいた。／島さんは、背は低いものの筋骨隆々として、普通は二、三人で支えるドリルも楽に一人でこなした。安全対策に口やかましく、暇さえあれば坑木の具合や天井を点検していた。私たちに対する注意はもちろん日本語で、手真似も混じえて大声で繰り返す。〔……〕島さんは私たちに日本語を教えるのにも熱心だった。／「あんたたちが日本語なぞ覚えたくない気持も分かる。しかしな、日本語を知っていて損はしない。若いうちの頭は、海綿が水を吸うように何でも吸収する。今のうち精一杯覚えておきな。知っているか知らないかが命の分かれめになる」／島さんはそう言って、教訓話をつけ加えた。「切羽をかけている途中、メタンガスが噴き出て、坑道に充満したことがあった。メタンガスは空気の半分の重さだから、頭を床につけておけば、そのうちきれいな空気が流れてきて助かる。『伏せろ』とわしは何度も叫んだが、朝鮮人坑夫はヨロヨロ立って歩きながら何十メートルも進み、そこで倒れてしまった。追いすがろうとしたが間に合わなかった」／今でも島さんがしゃべる日本語のいくつかが耳の底に残っている。「生地獄」「天国」「安全」「点検」「逃

工業技術教育研究会編『絵と標語作業読本 炭砿篇』（No.226）より

げろ」「しゃがめ」「もうよし」「急げ」「休め」「伏せろ」。しわがれ声で言う島さんの短い単語は、銀の弾丸のように私の頭と筋肉に巣食っている。

河本時根夫という日本名をかつて持った河時根は、三たび海峡を渡ってN市に向かう途中、乗り換えの折尾駅のホームでこのような回想に沈む。朝鮮人から名前を奪った日本が、そのうえさらに言葉を朝鮮人から奪ったのは、ただ単に言葉を奪っただけではなかった。文字通り、日本語に屈することによってしか生命を維持することができないところへ、朝鮮の人びとを追い込んだのである。この関係が日常的にあらわになったのが、強制連行によって河時根が送り込まれた炭鉱だったのだ。

5　国策としての朝鮮人強制連行

朝鮮人の強制連行が日本の国策として実行されたことは、すでに動かしがたい歴史的事実である。それまでの「自由募集」にかわって総督府の斡旋による「半島労働力移入」、すなわち官斡募集方式のまぎれもない強制連行に移行したのは、一九四二年二月二日の「朝鮮人労務者活用に関する方策」の閣議決定と、それにもとづく二月二十日の「鮮人内地移入斡旋要綱」の施行を待ってのことだった。しかし、この施策はむしろ制度の仕上げであって始まりではなかった。強制連行の前段は、すでに支那事変の開始から二年後に始まっていた。一九三九年六月二十四日、石炭鑛業聯合会が炭鉱への朝鮮人の集団移入を商工大臣・吉野信次（のちの満洲国顧問）に陳情し、早くも一ヵ月後の七月二十八日には、この件について厚生省および内務省と朝鮮総督府とのあいだに合意が成立、九月から朝鮮で炭鉱労働者の募集が開始

皇國臣民ノ誓詞（一般及上級學校用）

一、我等ハ皇國臣民ナリ　忠誠以テ君國ニ報ゼン
二、我等皇國臣民ハ　互ニ信愛協力シ以テ團結ヲ固クセン
三、我等皇國臣民ハ　忍苦鍛錬力ヲ養ヒ以テ皇道ヲ宣揚セン

皇國臣民ノ誓ヒ（國民學校用）

一、私共ハ大日本帝國ノ臣民デアリマス
二、私共ハ互ニ心ヲ合セテ　天皇陛下ニ忠義ヲ盡シマス
三、私共ハ忍苦鍛錬シテ　立派ナ強イ國民トナリマス

朝鮮総督府情報課編『新しき朝鮮』（No.282）より

されたのだった。[12] 事変の長期化によって増加の一途をたどったその後の移入は、対米英戦の開始と戦局の悪化にともない、炭鉱での主要労働力となるまでに朝鮮人坑夫を増大させることになる。

もちろん、朝鮮における労働力にも限界がある以上、内地の炭鉱への朝鮮人労働力の移入は、当然のことながら朝鮮半島の労働力配置の変更を必要とせざるをえない。対米英開戦を四ヵ月後にひかえた一九四一年八月十四日、石炭鑛業聯合会および金属鑛業聯合会が合同で政府に提出した「鉱山労務根本対策意見書」は、労務者の確保のために「外地労力の移入」が必要であることを指摘し、「朝鮮農村に於ける農耕技術の改良農業集約化等を計り之に依り生ずる半島人労働力の内地移入に一層の努力を為すこと」と説いている。[13]

つまり、強制連行による朝鮮人労働力の炭鉱への投入は、同時にまた、朝鮮における農業の根本的な改変をも意味したのである。植民地支配による農業の直接的収奪や、「土地調査事業」による入会権の抹殺と土地の没収がもたらした農業と農民生活の破壊に加えて、農村の働き手たちを内地の炭鉱へと奪う施策を奇貨とした農村と農業の改変が実行されようとしたのだった。農作業を中断したまま日本へ連行された小説中の河時根が、筑豊の炭鉱で奴隷労働に呻吟しはじめていたちょうどそのころ、京城帝国大学教授・鈴木武雄は、国家の御用学者として、植民地収奪の走狗として、朝日新聞社発行の啓発冊子『朝鮮の決戦態勢』[14]（一九四三年十二月）のなかで、とくに「朝鮮の労働資源」に言及してつぎのように書いている――

抑《そも》々生産が土地、資本、労力の三要素によつて行はれることは経済学のイロハ

(12)『筑豊石炭礦業史年表』（一九七三年十一月、西日本文化協会）に拠る。
(13)『石炭国家統制史』（註8）に全文が収載されている同意見書に拠る。
(14)鈴木武雄『朝鮮の決戦態勢』（一九四三年十二月、朝日新聞社。初版三万部）。

であるが、いま土地を原料、資本を生産設備と考へるならば、原料、生産設備及び労働の三要素が組み合はせられて始めて生産が可能であるといふことが出来る。従つて増産を行ふためには、これら三要素を増強することが常道であるが〔……〕然るに、内地は既に労力の相当程度の不足に悩んでをり、労力といふこの最後の生産要素においても弾力性が頗《すこぶ》る乏しい状態であるから、茲《ここ》においてどうしても、半島の労力資源が非常に期待せられることにならざるを得ない。〔……〕量的観点から見た場合、近時「農工併進」して産業躍進の顕著な半島においては、労力資源がかつての豊富さを失ひつゝあることは否み難き事実であり、また徴兵制施行後の変化も予想せられるが、農村にはなほ多量の労力が潜在してをり、農村及び農業生産の合理化により相当の労力給源をここに見出し得ることは、内地の労力事情とは大いに事情を異にするのである。／即ち、朝鮮の職業別人口構成を見ると、農業人口はなほ全人口の七割を占めて圧倒的に多数であるばかりでなく、従来南鮮地方は農業人口の過剰に悩み、現在も耕作地三反歩未満の零細小作農が相当数に上つてゐる。しかも、農業労働日数を内鮮比較すると、内地の一人二三〇日前後の労働日数に対して朝鮮は一一〇日位で約半分である。尤もこれは、朝鮮側の資料の関係上昭和六、七年頃を比較したのであるから、最近は半島人農家の労働日数はもつと増加してゐる筈であり、且つ全年労働日数でなく稲作のみについて見れば、内地農家の反当《たんあたり》一九・二日乃至《ないし》二〇・一日の労働日数（昭和十五年調査。籾摺《もみすり》等を含む）に対し、半島人農家は一六・九日（昭和九年調査）で大差はなく、従つて農繁期においては半島農村と雖《いえど》も相当労力の繁亡を告げるのではあるけれども、それにしても内地と比較してなほ相当の差のあることは確かであらう。

データの信憑性も論理の整合性もかなぐりすてて、ただひたすら朝鮮の農村労働力に余剰があるという結論を出すことだけが目的のこの文章が物語っているように、小説中の河時根が強制連行されたのも、朝鮮の農村がかかえる矛盾を解決するための施策に沿ってのことだった。当然のことながら、一家の離散を前提とするこの農村改造は、朝鮮における村落共同体の最終的な解体をも意味せざるをえないだろう。逆説的なことに、河時根は、日本で知りあい愛しあった日本人女性を連れて故郷に帰った解放後の日々に、故郷の共同社会から冷たく排除されねばならない。そして逆に、奴隷労働にあえぐ筑豊での日々に、日本の地で息づく同胞の共同体、「アリラン部落」のハルモニ（おばあさん）に、字義どおり生命を救われるのである。

高辻炭鉱で働き始めて三ヵ月が過ぎたとき、ようやく最初の外出が許された。一回でも休んだものや、労務係から睨まれているものは除外された。みなと同じように町へ繰り出すかわりに、「私」は他の二人の同胞と連れ立って、かねて噂に聞いていた「アリラン部落」へ行ってみることにした。ボタ山を背にして遠い山の方角に大人の足で二時間もすれば着く、と言われたとおりに歩いた。行き逢う村人ごとに「アリラン部落はどう行けばいいですか」と「私」が尋ねた。一般人を相手に日本語を使うのは初めてだったが、「私」が一番日本語がうまいことになっていたのである。そしてそれは難なく通じた。

山の斜面にしがみつくようにして小さな村落がみえた。屋根も壁も、板を打ちつけただけの掘立小屋《ほったて》で、日本人の藁葺《わらぶ》きや瓦《かわら》屋根の家と比べれば、とても人の住む処《ところ》とはいえない。／人の頭ぐらいの石を腰の高さまで積み上げて塀がわりにしていた。石垣の横に水桶《みずおけ》と平たい板をさし渡したのが台所だ。屋根はなく、雨でも降れば傘をさして食物を刻まねばならない。全部で二十軒はあるだろう、家づたいに約半間幅の道がつけられ、板片を埋め込んだ階段もできていた。／雑草の繁った斜面の一部は平たく開墾され、野菜畑になっていた。私の胸が熱くなったのは、紐《ひも》に吊《つ》るされた白いチョゴリを目にしたときだった。確かにここには同胞が生活している。極貧かも知れないが、私たちのように高い塀に囲まれた生活ではなく、大地にへばりつき、自分の力で生きていた。

小説では語られていないが、「アリラン部落」は、そこ一ヵ所ではなく、炭坑に隣接する各地の山間《やまあい》や谷間にあったのである。ここで「私」が訪れるのは、距離その他から考えて、おそらく現在は北九州市八幡西区になっている浅川のアリラン部落を想定しているものと推測される。いずれにせよ、炭坑からの脱走を敢行する朝鮮人にとって、追手を気づかいながら逃げる山越えの道である「アリラン峠」が筑豊のいたるところにあったように、「アリラン部落」もまた炭鉱と分かちがたく点在していたのだ。こうした地名が日本人住民にも共有されるくらい、朝鮮人は炭鉱と不可分な存在だったのだ。

浅川のアリラン部落（現・北九州市八幡西区）。林えいだい／朴慶植／高崎宗司『清算されない昭和――朝鮮人強制連行の記録』（No.370）より

6　虚構の復讐から現実の歴史へ

支那事変が長期化し、さらに大東亜戦争の戦局が深刻の度を加えるにつれて、「内地」に「渡航」する朝鮮人「契約労働者」の数は年々増加の一途をたどったが、炭

鉱へ送り込まれる朝鮮人の数もほぼそれと軌を一にして増大していった。『石炭国家統制史』に収載されている「内地渡航朝鮮人契約労働者数の推移」に関するデータによれば、それはつぎのとおりだった――

会計年度	合計人数	炭　鉱
一九三九	三八七〇〇	二四二七九
一九四〇	五四九四四	三五四三一
一九四一	五三四九二	三二〇九九
一九四二	一一二〇〇七	七四五七六
一九四三	一二二二三七	六五二〇八
一九四四	二八〇三〇四	八五九五三

この増大は、言うまでもなく、戦争遂行のために国家総力戦態勢で軍需産業と物資輸送を増強しなければならなかったことによる。しかし、それだけではなかった。日本人労働力が軍隊に吸収されざるをえなかったことが、労働力の決定的な不足を惹き起こしたのである。同じく『石炭国家統制史』が示している資料によれば、陸海軍を合わせた日本軍隊の兵力は、支那事変開始の年である一九三七年には六三万四〇〇〇人だったものが、対米英戦が始まる四一年には二四一万一〇〇〇人となり、四二年には二八二万九〇〇〇、四三年には三八〇万八〇〇〇、四四年には五三六万五〇〇〇、敗戦時の四五年八月には七一九万三〇〇〇に達したのだった。軍隊に廻された炭鉱労働力は、「勤労報国隊」や「女子挺身隊」という名の強制的ボ

ランティア制度や、女子の坑内労働の復活、外国人捕虜、そして何よりも朝鮮人強制連行によって埋められようとした。しかし、一九四一年度末から四四年度末にいたる間に全国の炭鉱労働者の総数は二八万六八〇〇人から四〇万一五〇〇人へと約一・四倍に増加したにもかかわらず、石炭生産高は、四一年度を一〇〇とすれば四四年度は八九に低下し、敗戦の年の四五年度はわずか四〇にまで落ち込んだのである。(15)

『三たびの海峡』でもくりかえし描かれる脱走を試みて失敗した朝鮮人坑夫への凄惨なリンチ、日本人の労務主任である山本三次と、その手先となった朝鮮人の労務担当者たちによる拷問と制裁は、一人の労働力も失うことを許さない戦争国家の弾圧の中で行なわれたのだった。しかも、まさに生地獄のような責め苦のなかで耐えた労働の賃金は、日当が二円ということだったが、すべて強制的に貯金させられ、果たして言葉どおり故郷へ送金されているのかどうかさえ、知ることができないのだ。もしも「私」が二円の日当を実際に支給されていると仮定しても、それは、一九四三年度の炭鉱労働者の平均賃金（日当）の三円八〇銭、同じく四四年度の三円九九銭と比べれば、きわめて低いと言わねばならない。ちなみに、金賛汀《キムチャンジョン》は『火の慟哭——在日朝鮮人坑夫の生活史』(16)のなかで、ある炭鉱の朝鮮人労働者の一九四四年十二月における賃金台帳を紹介しているが、それによれば、諸手当を含めた当月の賃金支払総額（就業時間数は三〇〇時間）が一七六円五〇銭だった。一日一〇時間労働だとすれば、日当は四円八八銭になる。ところが、ここから退職積立金、安全灯代、寮食費、その他諸々の経費を控除されるのである。その控除額は合計一二三円六〇銭にも達し、差引支払額（労働者が実際に受け取る賃金）は一ヵ月でわずか五二円八二銭、日当にすれば一円七六銭にすぎない。

(15)『石炭国家統制史』（註8）に収載された資料にもとづいている。後出の炭鉱労働者の日当額についても同じ。

(16) 金賛汀『火の慟哭——在日朝鮮人坑夫の生活史』（一九八〇年一月、田畑書店）。

炭鉱資本と日本国家、そして現場の末端管理者である労務担当たちは、もちろん、このような現実は存在しないことにして事を運んだのである。復讐のために三たびの海峡を渡った河時根の目標の最大のひとり、日本人・山本三次でさえ、朝鮮人が天皇の赤子《せきし》であることをわきまえている。見どころがあると見込んだ河時根に、労務担当になって朝鮮人のまとめ役として働かないか、と誘いかけさえする。山本三次の手先の青木指導員、本名・康元範《カンウォンボム》でさえも、同胞の面汚しであるがゆえに同胞たる朝鮮人坑夫に制裁を加えるのである。そして、このかれらの側からすれば、現実はつぎのようなものであるはずなのだ。

四、美談　昭和十七年十月十六日第三寮事務室に一通の電報が配達された。第四分隊の松田進興宛である。／電報を受取つた係員は早速病気で休業中の松田進興に渡した電文は『トウエイシススグコイ』とあつた。／これを見た係員は直ぐ事務室に引返し其の旨《むね》寮長に報告した。報告を受けた寮長は松田進興を事務室に呼び／『電報が来たそうだが東永といふのは誰かね』／『私の長男です、今年二十歳になります』／『お、それは……可愛想に……前に何とか云つて来て居なかつたかね』／『はい先日病気と言ふ手紙は来て居ましたが、直ぐよくなるだらうと思つて居ました』／『帰鮮しなければならぬだらうが君の体の調子はどうかね』／『体は大した事はありませんが帰鮮はしない積りです』／『なぜ？すぐ来いとしてあるではないか』／『私は面の係が高島炭坑行勤労報国隊員を募集した際進んでお願ひして隊員に入れて戴いたのですからその役目が済まぬ中は子供が死んだ位では帰鮮することは出来ません』／『でも君の家族は待つてゐるだらう』

／『妻も子供も待つてゐるとは思ひますけれど私が勤労報国隊員に志願したことには死んだ東永初め皆賛成して居るのですから』／『故郷では困る様なことはないかね』／『私が出発する時困らぬ様にして置きましたから』／『然し長男が死んだのだから一時でもい丶帰鮮したらどうかね』／『私が帰つたからとて死んだ東永が生き返るではなしまた子供が死んだからとてお国の為に働きに来た者が直ぐ帰鮮する様では皇国臣民とは言へません、勤労報国隊員としての務を立派に果してこそ東永も悦ぶこと丶思ひますから帰鮮の手続は執らない様にして下さい』／寮長は『子供が死んだ位で帰鮮する様では皇国臣民とは言へません』の言葉にいたく感激言葉も出ない程でした。／『君のそう《（ママ）》言ふ気はよく解つた。どうか体に注意して此後大いに頑張つてくれ』〔後略〕

長崎県の三菱鉱業高島鉱業所でのこととして、朝鮮総督府情報課編『新しき朝鮮』(17)（一九四四年四月刊）が紹介している「美談」である。これが作られた美談であるのを強調することが重要なのではない。また逆に、悲しいことにこのエピソードが実話であることを、想定してみる必要があるわけでもない。問題は、朝鮮人労働者と日本との関係、「一視同仁」という理念の下で生きる「皇国臣民」としての朝鮮人と日本および日本人との関係が、このようなものでしかありえない――という現実を、現実として手離さないことなのだ。河時根たる「私」が、五十年の歳月を経てもなお身体の底に染《し》みつかせている「皇国臣民の誓詞」の文言を実践することを措《お》いて、炭鉱でも工場でも朝鮮人が生きる道はなかった――という現実を、現実として手離さないことなのだ。小説のなかの河時根は、同胞たちが逃亡に失敗したとき受ける

（17）朝鮮総督府情報課編纂『新しき朝鮮』（一九四四年四月、朝鮮行政学会）。復刻版が一九八二年二月に風涛社から刊行されている（解説＝和田春樹）。

凄惨きわまりないリンチに立ち会い、それによって生命を奪われた同胞をも目撃しながら、にもかかわらずケツワリを決行しようとする。それは、美談を現実として受け入れることをかれが拒否し、むしろもうひとつの現実を自己の現実として引き受けようとしたからである——

慶尚南道居昌郡南上面出身の廉燦淳さんは、家族との悲しい別離の涙も乾かないまま釜山へ到着すると、後を追うかのように「チチシススグカエレ」の電報が釜山水上署に届いた。その電報を三井鉱業所の労務係に見せ、長男だから親の葬式を出さなければならないから、すぐ家に帰してくれと頼んだ。／それを聞いた労務係は「貴様は何と甘えたことをいうか。父親が死んだくらいで葬式に帰りたいとは何ごとか。産業戦士として、いまから戦地に行きよるから帰れないと返電を打て！」。廉さんは、みんなの前で怒鳴りつけられた。

（林えいだい『清算されない昭和——朝鮮人強制連行の記録』[18]）

高辻炭坑に連れて来られてから一年と二ヵ月が経った一九四五年一月四日の夜、河時根はかねての脱走計画をついに実行に移す。雨のなかをかれが逃げた先は、あのアリラン部落だった。ハルモニはかれを快く迎えてくれた。部落と連絡のある同胞の手引きによって、かれは遠賀川《おんがかわ》の河口の町、芦屋で、河岸の堤防工事や芦屋港の港湾荷役《にやく》を請負う朝鮮人の親方の組に身を寄せる。

ケツワリ、つまり炭坑からの逃亡は、坑夫の需要に比して坑夫の数が不足している時期にあっては、炭鉱資本がもっとも恐れることであり、労務管理の担当者が何

（18）林えいだい（写真・文）『〈グラフィック・レポート〉清算されない昭和——朝鮮人強制連行の記録』（一九九〇年九月、岩波書店。序文＝朴慶植、解説＝高崎宗司）。

としても阻止しなければならないことだった。――にもかかわらず、強制連行された人びとを中心とする朝鮮人坑夫たちのケツワリは、じつは、驚くべき数に上っていたのである。前出の『近代日本炭礦労働史研究』のなかで田中直樹は、明治鉱業平山鉱業所における一九四一年五月以後四五年三月までの「朝鮮人坑夫移入人員推移表」を示しているが、それによれば、その期間に筑豊炭田の西南部に位置する同炭鉱に移入された朝鮮人炭坑夫の総数は、二四五六人だった。そして、その総数のうち同期間内に死亡したものは三一人だった。転職は計七人だが、四二年四月を最後として以後は一人もない。それは、日本人坑夫も含めて鉱山からの転職が禁止されたことによる。(19) また、同時期のあいだに帰国もしくは送還されたものは三五五人にすぎない。そしてなんと、逃亡したものは一五一〇人、つまり移入総数のじつに六一・五％が炭鉱から逃亡しているのである。『三たびの海峡』で活写され、あらゆる証言や文献が必ず言及してきた厳重な監視と、失敗したときの言語を絶する報復リンチにもかかわらず、炭鉱での日々の連鎖はケツワリによってしか断つことができなかったのである。

芦屋の土木工事現場で働くうちに、河時根は「倭奴《ウェノム》の女にだけは気をつけよ」という日ごろの親方とおかみさんの忠告にもかかわらず、佐藤千鶴《ちづ》という年上の日本人女性と激しく愛しあうようになる。千鶴は、結婚後まもない夫を戦死によって奪われ、婚家から実家へ戻ったものの、実家にも居づらいために土方《どかた》仕事に出ていたのである。ついに日本の敗戦が、朝鮮人にとっては解放がやってきたとき、千鶴は二人のあいだの子供を身ごもっていた。同じ組で働く五歳年上の吉田さんこと徐鎮徹《ソジンチョル》の親身の助力によって、河時根はもう一度アリラン部落のハルモニを頼って

(19) 一九三八年五月五日に施行された「国家総動員法」は、一九四一年三月に「改正」され、人員・物資・設備・事業・資金などの国家統制が大幅に強化された。その直後から翌年にかけて、これを実行するための法令が「勅令」として相次いで出されたが、それらのひとつである「労務調整令」（一九四一年十二月八日、勅令第千六十三号。四二年一月十日施行）は、厚生大臣の指定する工場・事業所などの従業者の解雇・退職を厳しく制限した。これによって、炭鉱・鉱山などからの労働者の転職は事実上不可能となった。

そこに千鶴を預ける。そして、下関から釜山へのヤミの船の便を待つ。敗戦によって朝鮮人との関係が一変してしまった高辻炭鉱を吉田さんに付き添われて訪れ、賃金の未払い分を請求すると、本人である証明を示せと要求されたが、たまたまそこへ顔を出した山本三次が不敵にも証言してくれたため、賃金の残高一五六円と、退職金二〇円を受け取ることができたのだった。会社によって故郷に送金されていた計一五〇円を加えた額が、一年二ヵ月の高辻炭鉱での苦しみの代償のすべてだった。こうして、かれは、千鶴とともに海峡を渡る資金を手にすることができたのだった。

『ローズ』のジョナサン・ブレアが黄金海岸へと脱出するために要するリヴァプールからの船賃は、一〇ポンドだった。ローズと一緒に行くとすれば、それは二〇ポンドになるはずである。一人一〇ポンドという船賃は、女炭坑夫の日当である一〇ペンスの二四〇日分に相当する。もちろん、そこから諸経費を天引きされるので、実質的には週給五シリング以下、日当にすれば七ペンス程度になる。これを基準とすれば、黄金海岸とリヴァプールの距離はほとんど一年分の労働にも等しい。河時根が千鶴とともに渡ろうとする海峡のヤミの船賃は、一人当たり三〇円は見ておかなければならないという。かれの炭坑での日当が名目どおり二円だとすれば、一人について一五日分である。実際に受け取った金額で計算しても、四〇日分程度である。ウィガンと黄金海岸の距離に比べれば、下関と釜山はそれほど近かったのだ。

だが、じつは、この近い距離は戦後にもなお埋められることがなかった。たとえば一九五〇年代後半から六〇年代中ごろにかけての大ベストセラー、『にあんちゃん』[20]を一読してみるだけでも、そのことを加害者たちは直視しえたはずであるにもかかわらず。

(20) 安本末子『にあんちゃん――十歳の少女の日記』〈カッパブックス〉。一九五八年十一月、光文社)。爆発的でしかも長期にわたるベストセラーとなったこの本は、刊行からちょうど百日後の五九年二月中旬の時点で二一版、六六年五月には一〇八版を重ねている。一〇八版の帯には「日活映画化(芸術祭参加作品)映画を見る前に、ぜひ一読を!」と記されている。

――母についで二ヵ月足らず前に父を失い、上の兄が臨時雇いとして働く炭坑の宿舎に、二番目の兄（二あんちゃん）と一人の姉との四人兄妹の末っ子として暮らす小学校三年生の安本末子は、一九五三年一月三十日の日記に、つぎのように書いていたのである。

学校からかえって、四時ごろ、もち月《づき》さんのおつかいをして、家にかえってくると、となりの吉田のおじさんと兄さんが、しごとのことでおはなしをしていました。よく聞いてみると、兄さんのにゅうせき（入籍）は、できないというおはなしでした。／兄さんはいま、三年もまえから、すいせんぼた（石炭の水洗い）のさおどり（石炭車の運搬）をしてはたらいていますが、とくべつりんじ（特別臨時）なので、ちんぎん（賃金）がすくないのです。ちんぎんというのは、はたらいたおかねのことです。それが、ふつうの人より、だいぶんすくないのです。どのくらいすくないのといったら、ざんぎょう（残業）を二時間しても、なんにもならないというほどです。／お父さんがおったときは、ふたりではたらいていたから、それでもよかったけど、いまはせいかつにこまるから、にゅうせき（入籍）させてくださいと、ろうむ（労務）のよこてさんにたのんだら、できないといわれたそうです。どうしてできないのといったら、吉田のおじさんのはなしでは、兄さんがちょうせん人だからということです。／兄さんは、がっかりしているようでした。「もおう、ひるのいもは、四百めしかやかない。」といわれました。私は、べんきょうを、いっしょうけんめいにしようと思いました。／私は、この家から出るのが、かなしくてなりません。この家をはなれるのはいやです。／だけど、にゅ

『にあんちゃん』カバー・帯

うせきできないなら、どうなるかわかりません。

〔丸カッコ内の説明は出版社編集部による〕

この記述からは、炭坑で働く長兄の姿が言外に浮かび上がってくる。その姿をくっきりと思い描くうえで、「すいせんぼた」を「石炭の水洗い」とした出版社編集部の説明は、正確さを欠いており、理解の妨げにさえなっていると言わざるをえない。――採掘して地上に運びあげた石炭は、そのなかに混入している岩石（ボタ。「硬」と書く）を取り除く作業に廻される。その選別作業が「選炭」だが、長いあいだ選炭婦が手でより分けていた時代がつづいたのち、ほぼ一九三〇年代から、石炭を水洗いすることによってボタを取り除く方式が一般的となり、これは「洗炭《せんたん》」と呼ばれた。比重の軽い石炭は水に沈むのが遅いが、重い岩石であるボタは速く沈むので、この洗炭を何度か繰り返して、最後に残った「水洗ボタ」をボタ山に運んで捨てる。兄は、そのボタを捨てにいくトロッコの係りをしていたのである。炭坑のさまざまな労働のうちでも、もっとも下積みの労働だったのだ。父が死んだあと、長兄は「入籍」させてくれるようにと会社に頼み込んでいた。「入籍」とは、正社員にしてもらうことだろう。長兄が、もし正社員になれなければ、給料が安いばかりではない。兄妹四人はいま住んでいる宿舎（いわゆる社宅）を追い出されるのだ。

「在日二世」のこの兄妹たちにとって、日本の敗戦も、日本人の戦後民主主義も、解放や償いとはまったく関わりのないものだった。それどころか、兄妹たちが住む家を奪われ離散しようとしていたまさにそのとき、朝鮮半島での戦争による「朝鮮特需」のおかげで、敗戦国日本は、驚異的な戦後復興と経済成長への一歩を踏み出

ボタ山のトロッコと棹取《さおど》り――本田辰己写真集『炭坑往歳』（No.750）より

しつつあったのである。

そして、だからこそ河時根は、千鶴と別れて生きた半世紀ののちに、復讐のために三たび海峡を渡らねばならなかったのだ。復讐は、かれ自身のものであるだけではなかった。千鶴を失ったあと韓国で結婚した済州島出身の妻、いまは亡き姜乙順のためのものでもあった。乙順は、済州島から連行されて従軍慰安婦として青春を奪われたのち、済州島がこの世に存在しないかのようにしてしか生きることができなかったのである。

あえてくりかえすなら、河時根の復讐はあくまでも正当である。しかも二重の意味において正当である。ひとつには、犯された罪はつぐなわれねばならないからだ。そして第二に、犯された罪が犯したものによってみずからつぐなわれようとせず、それどころか自覚さえされぬままに歴史の過去として忘却されていくとき、この忘却に抗するには復讐しか残されていないからである。――けれども、『三たびの海峡』は、じつは復讐だけを描いた小説ではない。だれにも知られぬ場所で、だれにも知られぬ方法で復讐を果たすかれは、自分が愛したただ一人の日本人女性とのあいだに生まれて筑豊に生きる息子によって、そしてこの息子の社会的実践によって、歴史的犯罪を過去として葬らない試みが日本人たちのあいだに生まれつつあることを知ったのである。そして、もはや二度と会うことのない韓国人の息子たちに、小説そのものである長い手記を残したのである。『三たびの海峡』という復讐物語は、こうして、個人の復讐をもはや必要としない道、罪がそれを犯したもの自身によって自覚されかつつぐなわれる可能性にいたる道を、加害者の側から描いているのだ。

しかもこの作品は、石炭をめぐる労働と搾取のなかにもっとも端的に凝縮しているひとつの関係を、ただ単に過去と向きあうことによってのみ具象的に描き出したのではない。過去を忘却してはならないものとして定着させただけではない。石炭の時代が終わってもなお、石炭によってつくられた現実は終わっていないことを、終わりえないことを、それはありありと描いているのである。

第Ⅵ章 石炭から石油を！——満洲と石炭

1　小山いと子の一九三〇年代

支那事変が始まったとき、小山いと子は満三十六歳の誕生日を目前にしていた。一九〇一年七月十三日に高知市で生まれたかの女は、一九二八年十月に創刊された女性文学者たちの同人雑誌『火の鳥』の創立当初からのメンバーとして、作家への道を踏み出した。同誌に「樟」（一九二九年五月号）、「優良工女」（三二年三月号）など多くの短篇小説を書きつづけたのち、三三年八、九月号『婦人公論』に連載された中篇、「海門橋」によって広範な読者に注目され、その後も「深夜」（三四年一月号『中央公論』）、「高野」（三七年五月号『中央公論』）を始めとする力作を相次いで発表してきたのだった。

作家・小山いと子の初期、ほぼ十年にわたる時期の諸作品は、いずれもかなり歴然とした特徴的な主題《モティーフ》を軸にして展開されている。人物たちの職業や境遇、舞台と

（1）『村』は、「土の文学叢書」の一冊として、新潮社から刊行された。この叢書は、同じ時期に砂子屋書房から出ていた「新農民文学叢書」（註2参照）と並んで、大陸進出を最大のテーマとする「開拓文学」もしくは「大陸文学」と「農民文学」とを関連づけて奨励する企画だった。和田傳『若い地』、打木村治『支流を集めて』、丸山義二『土の歌』、鑓田研一『生きてゐる土』、伊藤永之介『二子馬』などがそれに収められた。「土の文学叢書」各巻に付された版元広告には、「有馬頼寧伯曰く」として、「現下の非常時局は農民の重要性を

なっている地方や地域の違いはあっても、主題の点では顕著な共通性を有しており、共通するそれらの主題は、ほぼ三通りに大別できる。作者自身が結婚して移り住んだ広島県福山近郊の農山漁村を舞台にした連作――のちにそれらのうち五篇が第二作品集『村』（三九年三月）(1)に「福山附近」という表題で収められた――にせよ、さまざまな地方の町や村を舞台とする最初の短篇集『湖口』（三九年一月）(2)の諸作品にせよ、その多くは何らかの意味で三通りの主題のうちいずれかと関わっている、といっても過言ではない。

その主題の一つは、「樟」の主人公・嘉助のように、永年親しんできた生活環境が周囲の外的事情によって奪われ破壊される局面に逢着し、どうすることもできない無力さのなかで、しかし絶望的な抵抗を試みて敗れていく人物たちによって体現されている。第二の主題は、「深夜」の瓜生あきや「高野」の頼子のように、固陋な因習に縛られた結婚生活やあるいは過酷な労働現場で身をすり減らしながら、それでも必死に自分の生きかたを貫こうとする人物たちによって担われている。もう一つの主題は、「海門橋」の青年技師のように、きわめて困難な外的条件のもとで、ほとんど不可能と思えるような課題ないしは目標に挑みつづける人物たちを通して描かれる。第一の人物たちは、たとえば福山近辺で瀬戸内海に注ぐ芦田川の改修工事のために立ち退きを強要され、生涯の思い出の染み付いた家屋敷と古い樟《くすのき》を失わなければならない孤独な老人であり、第二の人物たちは、無理解な姑《しゅうとめ》と鈍感な夫との生活に圧《お》し拉《ひし》がれながら何とかして小説を書きつづけようとする妻である。そして第三の人物たちは、前二者がいわば状況の暴力を一身にこうむる存在であるのとは異なり、むしろ積極的に、みずからすすんで困難な課題に挑戦し、前人未踏の領域に

痛切に我等に教へた。国民精神は実に土の中から生れる。農民文学の使命は大きい。此の使命を自覚して起つ若き作家の新集刊行せらる、は欣快に堪へない。」という一文があり、また出版社のメッセージとして、こう記されている、「我が民族精神の象徴たる農民文学と新たに興り来れる大陸文学との精英を集めた本叢書は従来の農民文学書が高価で購ひ難いといふ声に鑑み思ひ切つて廉価版とした。」

この叢書は、四六判（ほぼB6判）よりやや小型のフランス装（紙表紙の簡易装幀）、約二〇〇頁で定価五十銭だった。ちなみに、小山いと子の『湖口』（次註）が収められた「新農民文学叢書」は、厚紙装・函入り、三〇〇余頁で一円五十銭である。

(2)『湖口』は砂子屋書房版「新農民文学叢書」の第四篇として刊行された。奥付によれば初版は五千部。この叢書には、ほかに、和田傳『螟虫と雀』、森山啓『日本海辺』、打木村治『部落史』、丸山義二『田舎』、橋本英吉『衣食住その他』、佐藤民寶『喜望峰』などが収められている。

新しい道を切り開くために苦闘を重ねる。前二者の生活空間が、それに愛着をいだくにせよそれに苦しめられるにせよ、いわゆる古い世界のものであるのとは反対に、第三の人物たちは、最先端の科学技術が成果を競う世界に生き、そのなかでさらに新しい革新を追い求めつづけるのである。

これら三者の生きかたとして描かれているものは、しかし、まったく別個の主題なのではない。地域の開発や職場の合理化、あるいはまた時流の推移によって翻弄される人物たちも、家庭という牢獄で孤独な自我を死守する女性たちも、小山いと子の作品においては、かれらがそのなかで生きる外的な環境との緊張関係を物語の本質的な構成要因としてのみ、描かれる。主人公の内面の苦しみや自分自身との葛藤も、外部との対決のなかでのみ、つまり特定の具体的な状況を生きる人間の社会的な闘いの局面としてのみ、現われてくる。そして、高度科学技術《ハイテクノロジー》の分野でさらに新しい成果を目指して苦闘する人物たちでさえもが、技術開発という課題そのものとだけ苦闘するのではない。かれらの苦闘は、しかも最大の苦闘は、かれらを取り巻く外的環境、業界や専門分野の人間関係や利害関係との闘いにある。作品の真の主題は、達成されるべき新しい技術や完成されるべきプロジェクトなり建設工事なりがどのようなものかを描き、それを実現する人間の独創性や努力、等々を物語ることではない。その仕事にたずさわる技術者や工事責任者が引き受けなければならない強大な外圧と、それに抗して心身を磨り減らすかれらの苦渋にみちた闘いこそが、小説の主題なのだ。

三通りの主題の共通性を端的に物語っているのは、『中央公論』の一九三四年新年号に発表された短篇、「深夜」だろう。同誌の懸賞小説二等第二席（一等該当作なし）

『村』表紙

小山いと子（『村』扉より）

に入選したこの作品で、[3] 主人公の瓜生あきは旅の途上にいる。夫および姑とともに暮らす婚家から、土木建築関係の役所に勤める実兄のもとへと急な旅行をしたのである。きっかけは兄からの一通の手紙だった。ついさきごろ雑誌にその第一回が掲載されたかの女の小説「朱塔」が、兄の同僚の建築技師を深く傷つけた、というのである。自分の建築家としての生命はこれで終わり、不名誉だけが生きつづけるのだと、その技師は自殺もしかねないほど絶望しきっている……。兄の手紙によれば、役所の同僚たちはみな、あの作品は兄自身が書いたものと思い込んでいる。作者は女の名前で署名しているが、「文に一種の迫力があり、線の太いところがどうしても男の筆だ」としか思えない。描かれている建築工事の内情に詳しい点から見ても、『建築と工人』という職場の雑誌の編集に関わっている兄が作者に違いないとされて、モデルと目された技師も同僚たちもかれを恨みかつ憎んでいるのである。一応このことを知らせておくが、おまえは自分の道を行って、作品の後篇を必ず完成させなければならぬ、と兄は書いていたが、あきは居ても立ってもいられず、すぐに汽車に乗ったのだった。

「朱塔」というのが、小山いと子のいわゆる文壇出世作、「海門橋」[4]をモデルにしていることは、明らかである。「朱塔」という小説の詳細については「深夜」では記されていないものの、鹿島灘に注ぐ那珂川の河口に巨大なコンクリートの橋を架ける難工事に挑む「海門橋」の青年技師と同じように、瓜生あきの作品である「朱塔」の主人公も、技術的にほとんど不可能とされる建築工事に挑戦して、しかも直接の上司と激しく争いながら自説を貫き、工事を完成に導いた人物として、描かれているものと推測できる。兄の同僚の青木という技師が、その「朱塔」に登場する

(3)「深夜」は、のちに作品集『高野』(こうや・一九四〇年二月、中央公論社)に収録された。この作品集は、戦後の四八年七月に同じ出版社から、版を改めて別の装幀で再刊されたが、そのさい旧版の収録作品十篇のうち、「蕎麦の花」が除かれた。なお、「深夜」が二等第二席となったさいの二等第一席入賞作は、伊東祐治「葱の花と馬」だった。

(4) 初め『婦人公論』の一九三三年八、九月号に連載された「海門橋」は、『村』(註1)および『熱風』(四〇年十一月、中央公論社)に収められた。

椎野という上司のモデルにされている、と兄の同僚たちは信じたのである。椎野という人物に相当するのは、小説「海門橋」では、橋の設計を担当する葉山という技師である。「海門橋」は、その葉山技師と、若い主人公・丹羽との緊張にみちた関係を、緯糸《よこいと》の一本として展開されていく。丹羽は、葉山の助手にすぎない自分の地位をも顧みず、多くの難工事の設計者として名高い葉山技師の設計の誤りを勇気をもって指摘し、激論を重ねたすえ、ようやく葉山を譲歩させる。そのかわり、自分が主張した設計変更の正しさを実地に証明して橋を完成させるために、愛する婚約者とも訣別して、葉山技師の憎悪を浴びながら、工事に全存在を打ち込まねばならない。

――つまり、小説「深夜」における兄の同僚の青木技師は、自分が作中の小説「朱塔」の椎野技師、すなわち実在の小説「海門橋」の葉山技師という悪役のモデルとされてしまったことに、深く傷ついたのである。

「朱塔」の作者、瓜生あきを主人公とする小説「深夜」は、姑および夫との息詰まるような日常に耐えながら小説を書く時間を死守するその主人公・あきの視線で描かれている。瓜生あきが直面していた難問は、モデルのことだけではなかった。かの女は、家庭内での重圧に抗して「朱塔」を書いたのである。このテーマは、明らかに、作者自身の現実から基本的な素材を得ているのだが、やがて「高野」をも加えることになるこの作品系列こそは、前述の第二群の主題を描くものにほかならない。そして、この主題を描くなかで、第三群の主題が登場させられるのである。この第三の主題――劃期的に新しい科学技術の開発・実現を目指して苦闘する人物たち――をみずからの小説で共感こめて描く主体は、生きる場の強圧に抗してみずからの生きかたを貫くために苦闘する人物、つまり第二の主題を担う人物でもある。短篇「深夜」は、小山いと子の文学世界のこうした重層性を、くっきりと浮かび上がらせている。

それだけではない。「深夜」の主人公・あきは、兄と語り合ったのち、どうしても、そのまま婚家に帰っていく気持ちになれない。軽井沢の別荘地に住むコーツという外国人に、ぜひとも会ってみたい、という思いに駆られて、兄の家を辞したあと深夜の赤羽駅から夜行列車に乗る。ドクター・コーツについては、かの女は会ったこともなければ、何かで読んだこともなかった。ただ、この春、その地方の小さな軽便《けいべん》鉄道の車中で地元の農夫たちが噂しているのを小耳にはさんだことがあるだけだった。結核の専門医であるドクター・コーツは、若いころたまたま立ち寄ったこの国の結核患者を助けるために、風土と生活と病気との関連を解明し適切な治療法を見出す研究に没頭して、とうとうこの国に住み着き、いまでは七十を越えているらしい。永年の研究資料を整理する作業に専念するため数年前に北海道に移ったが、火事ですべてを失って最近また帰ってきたのだという。あきは、自分のいまの気持ちにはコーツと会うことが一番ぴったりしていると、なぜか思い込んでいたのである。――ドクター・コーツと瓜生あきがじっさいに出会う場面は、「深夜」という作品には出てこない。列車を降りてからコーツの家までの途上は「高原」と題する短篇で、コーツのもとで過ごす数時間は「コーツ」という続篇で、それぞれ描かれることになる。(5) 独立の作品として発表され文学賞を受けた「深夜」という短篇小説は、読みかたによっては、ドクター・コーツというひとりの米国人に会うための道筋のひとこまにすぎない、とも考えられるのだ。「深夜」を発表した時点で作者がコーツという到達点をすでに構想していたことは、この作品のなかですでにコーツ

(5) 「高原」と「コーツ」は、「深夜」と併せて『高野』(戦後版とも)に収められた。三作は物語の時系列に従って配列されているが、目次でも三部作としてではなく別個の独立した作品として扱われている。

に会いに行くことを主人公が決めているところからも、疑問の余地がない。

「深夜」の瓜生あきは、新しい技術に身命を賭する人物を自分の小説に共感こめて描いたばかりではなかった。かの女自身がまた、時流の移り変わりに翻弄されながら自分の生きかたを貫こうとする人物たちによって体現される第一の主題とも、明白な接点を持っているのである。ドクター・コーツも、ただ単に新しい結核の治療法を開発しようとする研究者であるばかりではない。妻と幼い子供に去られてもなおこの国に留まりつづけ、この国の結核と闘う半世紀を生きてきたかれは、資料の整理と研究の集大成のために移り住んだ北海道では、道庁の役人たちや警察当局から露骨な妨害を受けつづけ、おそらくはかれらが仕組んだ放火によって生涯の蓄積の一切を失ったのである。コーツがアイヌ民族にたいする共感を示したことも理由のひとつだと思われるが、何よりも、時局が西洋人、とりわけアメリカ人を敵視する方向へと急激に動いていたからだった。コーツという人物は、「樟」の老人とは似ても似つかぬ存在でありながら、時代の動きに抗して苦闘する小山いと子の主人公たち、第一群の主題を担う人物たちの、まぎれもない一員なのである。しかも、かれはまた、不治の病いと見なされていた結核の治療という最先端の科学技術に挑戦する人物でもある。そして、瓜生あきたち日本の女性を抑圧する人間関係との葛藤は、かれにあっては、国内少数民族への差別と仮想敵国民に対する排外主義というこの国家社会の巨大な権力＝暴力と対峙するような、極限的な位置での苦闘なのである。

短篇小説「深夜」においてひとつの結節点を見出している三通りの主題《モティーフ》とそれらを体現する人物たちは、いずれも、それらの人物たちの苦闘や葛藤がいわゆる内面的なものではなく、明らかな外的暴力との闘いであるという点で、共通している。

そこに描かれる闘いは、職場や生活の場での個別具体的な強圧に抗するものであれ、時局という名の政治的暴力に抗するものであれ、人物たちの社会的な実践、家庭をも含む社会的な営為との関連のなかで、展開されていく。人物たちは、圧倒的な外圧を甘受して胸のうちで密かに苦悩するのではない。かれらは行動する。そのかれらの行動ゆえに状況はかれらにとって苛酷なものとなる。

　小山いと子の作品が「行動主義文学」という範疇と関連づけて論じられるとき、それをあながち的外れと言えないのは、かの女の諸作品のこうした三通りの主題のありかたゆえである。「海門橋」や「深夜」が発表されたのとほぼ時を同じくして、雑誌『行動』（一九三三年十月創刊）を主要な拠点としながら展開された日本における行動主義文学の運動は、しばしば指摘されてきたように、さして注目すべき作品を生まぬまま、一年後には終熄に向かう。しかし、日本でのこの運動のきっかけとなったフランスの行動主義、ラモン・フェルナンデス、アンドレ・マルローらの文学活動のありかたは、マルクス主義文学が転向を余儀なくされるなかで社会的現実と文学表現との接点を失うまいとする日本での試みに、きわめて大きな刺激を与えたのだった。小山いと子の初期の諸作品は、鋭敏で強靭な社会的問題意識と、問題に立ち向かっていく能動性において、そうした試みのもっとも顕著な一例だったのだ。

　だが、ラモン・フェルナンデスの文学活動は、やがて、ナチス・ドイツの占領下で対独協力という現実路線をたどり、それとは対照的にアンドレ・マルローは、ドイツにたいする抵抗運動のシンボルとなっていった。行動主義文学は、当然のことながら、歴史的現実に参加《アンガジェ》することを避けるわけにはいかなかったのである。小山いと子の文学表現も、支那事変が大東亜戦争へと拡大されていく現実のなかで、外的環境の圧力と対峙しつづける人物たちを描くという作品の主題を手離さぬまま、時局の真っ只中へと身を投じていくことになる。いやむしろ、それぞれに葛藤を抱える人物たちの苦悩と苦闘を外部との軋轢のなかで描くことをやめなかったがゆえに、小山いと子の作品世界は、現実の状況がますます深刻の度を加えるにつれて、その現実に深く巻き込まれていく人物たちをますます鮮明に具体的に描き出すという過程をたどらざるをえなかったのである。小山いと子という文学表現者のすぐれた現実感覚を物語るこの過程が、一九三〇年代の終焉とともに到達した一点――それが、満洲を舞台とする中篇小説、「オイルシェール」にほかならない。

2　「オイルシェール」の虚構と現実

小山いと子の「オイルシェール」は、「紀元二千六百年奉祝」の国家行事が行なわれた直後の一九四〇年春、雑誌『日本評論』の三月号に発表された(6)。この作品の主題もまた、困難な新技術の開発に文字通り一命を捧げる技術者の苦闘である。かれのその苦闘は、オイルシェールと呼ばれる鉱物資源の実用化をめぐって展開される。

　オイルシェールといふのは、見たところはうすい緑を帯びた灰白色の粘土をかためたやうで、何の変哲もないが、これから重油やパラフインや硫安やコークスや、まだいろ〳〵とれる。その生成については多くの説があつて、正体は今でもよくわかつてゐない。二十四五年前までは、大昔、頁岩に浸み込んだ石油が地熱によつて蒸発し、その渣《おり》が重合して石油溶剤に不溶解性のものになつて含まれたのだといはれてゐた。その後五六年して、さうではない、動物の死骸が土砂と一緒に

(6)「オイルシェール」は、作品集『オイルシェール』（一九四一年十一月、中央公論社）に表題作として収められた。同書には、再録された「湖口」をも含めて九篇の中・短篇が収載されている。なお、作品の表題は、雑誌掲載時には「オイル・シェール」となっていたが、単行本収載時に「オイルシェール」と改められ（ただし目次のみ「オイル・シェール」）、本文中の表記もすべて「オイルシェール」とされた。本稿でも後者に従っている。なお、小山いと子については、拙著『〈海外進出文学〉論・序説』（一九九七年三月、インパクト出版会）をも参照されたい。

水の底に埋れ、腐つて脂肪酸及びそのエステル化合物を生じて之が重合したものだとされた。そのあとすぐ、動物ではなく植物、それも水草のやうな油分の多い植物の胞子や花粉などが沼沢につもつたものだと発表された。兎に角さういふものらしい。

小説のなかで「オイルシェール」という物質はこのようなものとして説明されている。工業技師・瀬川達夫が内地からこの炭礦にやってくるよりもずっと以前から、「この炭礦の石炭層の直上四百五十呎《フィート》の厚さに殆んど全表面を蔽うてゐる岩層が、そのオイルシェールではないか」ということは言われていた。「埋蔵量は五十億噸《トン》、ボーリングの結果オイルシェールとわかつたけれども、オイルシェール工業はその頃この国はもとより、世界中でスコットランドだけしかやつてゐない有様であつたから、誰もよく知らなかつた」のである。この炭礦を有名にしている露天掘りのために捨てなければならない表土層たるオイルシェールの量は、莫大なものだった。

達夫はこの炭礦に赴任して間もなく、オイルシェールに関心を持つた。或る日、神社の坂道を歩いてゐると、道ばたに、閃きのやうなうつくしいものを見た。まぶしい花のやうな白光をあげてゐるちひさな焔であつた。焔は真昼のあかるい陽光の中に溶け込んで、どうかすると見落しさうであつたが、時々蛇の舌のやうに揺れ、またかすかに一抹の香煙を立ちのぼらせた。それらはうすい緑を帯びた灰白色の小石から出てゐるのであつた。達夫はマボラスといふ台湾製の葉巻を一本とり出して、燃えてゐる小石の上にかざした。さうして葉巻のさきに点ぜられた

露天掘り上層の油母頁岩を含有する土石を剥離し搬出する作業現場——『炭都・撫順の大観』(No.243) より

火をぢつと見つめてゐた。

少し遅れて坂を登ってきた梅園炭礦長が、達夫の指さす先を見た。「ふうむ、自然発火だ」とつぶやいて同じようにしゃがみ込んだ梅園氏は、やがて立ちあがると、勢いよく達夫の腕をつかんだ。「君、やって見ないか。こんなに燃えるものから、油がとれない筈はない。」——これが、梅園炭礦長の後ろ楯を得て瀬川達夫がオイルシェールの精製法の開発に取り組むことになった始めだったのである。

達夫はそのころ、同じ炭礦の化学工業部門のひとつである「モンドガス工場」の技師だった。モンドガス工場というのは、この炭礦で採掘される石炭のうち、硬炭《こうたん》またはボタと呼ばれる粗悪炭[7]から、モンド式ガス発生炉という英国製の装置を使って発電用の燃料ガスを製造する部門である。達夫は、そのモンドガス工場の一隅に小さな炉をつくって研究を開始した。やがて、液体燃料は世界的に重大な関心を持たれるようになり、この国でも「国防上の見地から」それに関する研究が大きな課題となって、この炭礦のオイルシェールが目を付けられはじめた。達夫の研究はまだ完成までには至っていなかったが、だいぶ進んでいた。

そのころ、会社自体もオイルシェールから液体燃料を精製する計画に本格的に着手しようとしていた。一介の技師にすぎない達夫は、会社の上層部で進められている企画について知るよしもなかったが、梅園炭礦長は、進行しつつある計画が達夫の開発しようとしている新しい方式とは別の、旧来からの「スコットランド式」であることを知っていた。達夫が自分の研究に絶対の自信を持っており、スコットランド式はこの炭礦には適さないことを確信しているのを確かめたのち、炭礦長は、

(7) ふつう「ボタ」(「硬」という字が当てられる)というのは、石炭採掘のさいに混入したり石炭自体が嚙んでいたりする岩石のことをいう(北海道や常磐では「ズリ」と呼ばれる)。しかし、ここでは品質の粗悪な石炭がこう呼ばれているのである。

スコットランドへ派遣される会社の技術調査団に達夫を加えることに成功した。会社では、この炭礦のオイルシェールをスコットランドへ送って、そこの工場で試験をしてもらうことになっていたのである。スコットランドで試験に立ち合い、実地にオイルシェール工場を見た達夫は、スコットランドでの日程が終わると、他の技師たちと別れて石炭乾溜の世界的権威であるドイツのトレンクラア博士を訪ね、博士の意見を聞いてますます自分の構想に自信を深めたのだった。

スコツトランド式といふのは簡単にいふと、外熱式とも呼ばれるやうに炉が二重になつてゐて中の小さい炉にシェールを入れ外の炉に石炭を詰めて乾餾する遣り方である。達夫の研究してゐる方法はそれに対して内熱式とも呼ばるべきもので、一つの炉にシェールを満たし下から熱いガスを吹き送つてやるので、シェール自身の持つ熱を利用するために燃料が少しもいらないのが特長であつた。その上二重炉と一つの炉では中へ入るシェールの分量にたいへんな差があり、従つて一箇あたりの採油量も非常にちがつてくる訳である。達夫は学校を出るとすぐ、入つたのが千代田ガスであり、それから釜石の石炭乾餾であり、現在のモンドガスであるから、乾餾については自信があつた。

ところが、会社の燃料研究所も中央試験所も、みなスコットランド式でやる方針なのだという。炭礦長でさえ、その方針に反対することは至難だった。幹部会議でスコットランド方式について説明するように、という命令を受けた達夫は、この方式がいかに劣っているかを示す機会だと考え、万全の準備をして会議に臨んだが、

撫順炭礦のオイルシェール工場。『炭都・撫順の大観』（No.243）より

任務はもっぱら純然たる説明だけに限定されたうえ、初歩的とさえ言えぬような質問にたいする応答に精力を割かれるばかりで、時間がくると退席を命じられ、ほんのわずかな参考意見さえ聴取されることはなかった。こうして、既定のスコットランド式が会社の方針として正式に決定され、達夫の十年に近い努力と梅園炭礦長の支援は水泡に帰することになったのである。

物語はここで転換を遂げる。会社内部の抗争では勝ち目がないと思い定めた炭礦長が密かに政府の中枢に働きかけ、それがついに功を奏して、スコットランド式は土壇場で総理大臣によって却下されたのだ。巨大な国策企業の一部門であるこの外地の炭礦が、国家権力に逆らうことなどは論外だった。こうして、達夫が開発した内熱式工場の建設が最終的に決まった。——けれども、この転換は達夫にとって最終的な勝利ではなかった。かれの苦闘は、むしろこのときから本格的に始まったのだ。末端の一技師によって自分たちの計画を葬り去られた会社幹部やかれらと利害を同じくする連中の報復が、かれらに抱き込まれた役人たちとも結託しながら、ことあるごとに達夫に襲いかかった。動き始めたオイルシェール工場の生産量が計画より少ない、抽出された重油から精製されるパラフィンの純度に問題がある、硫黄含有量が多すぎる、製造された硫安の品質が良くない、等々のクレームが次つぎとやってきた。そのたびに、達夫は不眠不休で装置の改良に取り組まねばならなかった。かれを庇護してくれた梅園氏は、すでに炭礦長の職を退いて東京のある燃料会社の専務になっていた。孤立無援の達夫を援けたのは、かつて北九州のK市のガス工場で亜鉛引きのパイプを曲げる腕前に達夫が惚れ込んで以来、ことあるごとに目をかけてきた増西という年上の職人だった。ちょうどかれの内熱式が採用され、工場が

撫順・オイルシェール工場の一部——『満鉄撫順炭礦』（No.244）より

建設されようとしていたとき、その増西が内地からひょっこりと訪ねてきたのだった。そのとき以来、この偏屈な職人は、文字通り達夫の手足となってオイルシェール工場のために働いているのである。

小説「オイルシェール」は、じつは、このように時間を追って叙述されているのではない。それは倒叙形式で語られている。物語の冒頭は、瀬川達夫の最後の日記の引用から始まる。自殺の直前に、かれは幼い二人の子供に向かって「この工場を、この国のオイルシェール工業を、生かすために、父はお前たちを捨てる」と日記に記していたのである。周囲を取り巻く敵たちとの闘いによって消耗の極に達したかれは、増西の助力もあって改良に改良を重ねたすえに工場の製油技術がほぼ完璧となったのを見定めたとき、みずから生命を絶つ決意を固めたのである。憎悪に取り囲まれた自分の存在が、オイルシェール工業そのものへの憎しみとなって、それの発展を阻害することを、憂えたのだった。かれは、自分一個を殺すことによって重要な国策事業であるオイルシェール工業を生かすという道を選んだのだ。

新技術の開発と改良という直接の課題との闘いにもまして、周囲の人間たちや機構との闘いに生命を燃え尽きさせねばならない主人公のこの物語は、もちろん、架空のものではない。その舞台が満洲であり、主人公が勤務する炭礦が南満洲鉄道株式会社（満鉄）の経営する撫順炭礦であること、少なくともそれがモデルであることは、歴然としている。そして、その撫順炭礦でオイルシェールから石油に代わる液体燃料と副産物の硫安が製造されたことも、歴史的な事実にほかならない。小山いと子のこの小説が発表される三ヵ月前、一九三九年十一月二十日に「南満洲鉄道株式会社撫順炭礦」を発行所として刊行された『炭礦読本』[8]は、つぎのように記し

（8）『炭礦読本』は、一九八六年一月に「満鉄史料叢書」①として龍渓書舎から復刻版が出ている。この復刻版は上質紙を用いており、バックラム装（ビニールなどでコーティングした布の装幀）の厚表紙を除く本文ページだけで厚さが四センチあるが、オリジナル版はごく薄いバックラム表紙を含めて厚さが三センチしかない。もちろん紙質の違いによるものだが、復刻版がいかにも重要史料という感じを漂わせているのにたいして、オリジナル版にはそのような感じはない。本そのものの装幀も、オリジナル版は背に「炭礦読本　撫順炭礦」の文字とその上下の線模様があるだけで、表紙は無地である。ただし、紙製のカバーが少し変わっている。これも表紙に当たる面は無地で、背の部分に本体とまったく同じ文字と線模様が入っているだけだが、これがカバーの裏側にもそっくりそのまま印刷されていて、いわば両面使用可能になっているのである。その理由はわからない。

ている――

　我が撫順に於ける頁岩油《けつがんゆ》製造の研究はその端を明治の晩年に発したが、当時に於ては研究資料を石炭坑内より採取する他に途《みち》がなかつたため、炭層直上の頁岩《けつがん》が特に含油率の低かつたことに禍《わざはい》せられ、本事業は採算上稼行《かかう》し得ないものとの決《(ママ)》論に到達しそのま、研究は中止の姿となつた。然るところ大正九年〔一九二〇年＝引用者註〕に到つて撫順炭層西部一帯の区域を露天掘により採炭するの議《ぎ》熟し、その準備として正確なる炭量調査の目的で多数のボーリングを施すに際会し、上層頁岩に対しても同時に組織的の調査を行ふ事となつた。此の結果撫順頁岩層は全礦区を通じて不同なくその厚さ約一三五米を有し、総礦量は五十四億噸、露天掘区域内のみにても三億二千万噸と算定せられた。而して含油率は最上層に於て最大の一〇パーセントを示し、下層に向ふにつれ或は減じ或は増し三段起伏の後漸減《ぜんげん》して石炭層に接するところ最小となり僅かに一パーセントを含むに過ぎず。全層を通じて含油率平均五・五パーセントとなり、下層の三〇米を除く平均品位六パーセントの頁岩を採取し得ることが確認された。右の調査に依つて撫順大炭層にも匹敵すべき一大熱源が発見せられた事は邦家のため誠に慶賀すべき事である。

……

〔原文のふりがなは適宜省略した〕

　オイルシェール（oil shale）は、日本語では「油頁岩《ゆけつがん》」または「油母頁岩《ゆぼけつがん》」と訳されていた。頁岩《けつがん》とは、堆積岩の一種で、本のページのように薄くはがれる性質からこう名付けられたのである。小山いと子の小説には、視察に来た役人が、その頁岩のことを「ページ岩」と言う場面が出てくるが、撫順炭礦の『炭礦読本』には、小山いと子の小説に描かれている頁岩の乾溜方法をめぐる葛藤についても、以下のように記されている。

当時油頁岩乾餾《かんりう》方法に関し種々の考想が問題となり甲論乙駁して久しきに亘《わた》つたが、結局撫順産頁岩はその性状蘇格蘭《スコツトランド》産頁岩に相似《あひに》たると、蘇格蘭式乾餾方法は最も大規模に工業化されてをり信頼するに足《た》るとの理由で撫順の工場も此の式に拠らんとの議に傾き、先づ現地に於て大量試験を行ふため礦石五〇〇噸を遠く蘇格蘭に送致した。本実験は大正十三年夏より秋にかけて行はれ満鉄及び海軍よりは各々技師数名を派遣し該《がい》試験に立会はしめた。しかしその結果は必ずしも満足すべきものでなく補助燃料として多量の石炭を要し、又巨大なる資本を要する事が明《あきらか》となつた。されば満鉄より派遣された一部の技師達は右試験の終了後欧洲大陸に渡り、乾餾に関係ある諸工場を視察し旁《かたは》ら斯道諸大家の意見を叩き、只管《ひたすら》蘇格蘭式に代るべき案を求め遂に撫順頁岩に適すると思はれる内熱式乾餾方法を案出し、之を提《さ》げて帰朝し本社委員会に報告した。一方撫順に於ても蘇格蘭よりの報告が芳《かんば》しからざるに因《よ》りモンド瓦斯工場の経験から独自の内熱式乾餾方法を考案し既にその基礎的実験を進めて居た。か丶る情勢のもとに大正十四年五月満鉄は著名なる教授数名を招聘し之に陸海軍代表者及び技術委員会幹部、会社重役等が加はり大連に於て聯合協議会を開催し、本問題につき如何に善処すべきかにつき論議した。席上議論は二派に分れて沸騰したが、結極《けつきよく》頁岩事業の速行を要するならば蘇格蘭式を採用すべく、然らざれば内熱式乾餾方式の実験を行ひ其の結

『オイルシェール』表紙と函

果を待つべしと決議され、海軍は即時企業を要望した。而して其の何れを採るとも決せざる間に撫順には一日一〇噸容量の試験炉が急造され、いち早く内熱式に拠る乾餾試験を開始し当事者は不眠不休の努力を払つて其の研究に没頭した。同年初夏新炉による中間成績が発表せられるに及んで新考案の乾餾方法が可能なことを実証したため、曩《さき》に聯合協議会に於て議決せられた前項の部分は自然消滅の姿となり、該試験は翌十五年四月迄続行され其の間頁岩乾餾に関する種々の貴重なる資料を得て撫順式乾餾方法を確立した。

ここで注目すべきことは、海軍および陸軍の関係者がオイルシェール開発プロジェクトにたえず関与しているという事実である。エネルギー源の分野で逸早く石炭から石油への転換を遂げたのは、自動車と航空機だった。軍用自動車や戦車、それにもまして軍用機は、高性能の液体燃料を不可欠としたのである。「新考案の乾餾方法」にもとづく建設計画が推進された製油工場は、一九三〇年正月には運転を開始し、「国防上重大なる意義をもつ最初の油滴を見るに到つた」のだった。『炭礦読本』はさらに、副産物たる肥料「硫安」（硫化アンモニウム）の市価の低落や製造される重油の価格が伸び悩んだこと、さらには満洲事変を契機として工場拡張が国策上急を要するようになったことなど、小説「オイルシェール」で瀬川達夫を苦しめた諸問題についても言及している。そして、工場のシステムの現況について紹介したのち、「撫順頁岩事業の将来」をこう展望している——

之を要するに撫順産頁岩油は満洲国内に於て最廉価の原油であつて、如何なる外油の輸入も価格に於て太刀打の出来るものはない。故に若し頁岩原油を全部揮発油灯油等の如く、高価な製品に化し之を満洲国内に於て販売するものとすれば、最早露天掘の援助を要しない。独立の負担に於て原岩其他を採掘稼行し尚相当の利益を収め得るのは明かである。今日既に然り、将来に於ける技術の進歩発達を予想すれば本事業の発展に就いて殆ど測り知る可からざるものがあらうとは斯業《しげう》に関与するものの総てが信じて疑はぬ所である。斯く観じ来る時近き将来撫順から年額百万噸の原油を得ることは決して机上の空論ではなからうし、又将来採炭終了期に近づくにつれ炭都撫順が油都撫順と転換し永く栄え行くことも亦痴人の夢ではなからう。只此の時代の来る遅速に就いては今後に於ける技術者の真剣なる研究と、本事業を発展助成すべき母国日本並に満洲国の政策如何に因るものと信ずる。

もちろん、ここに記されている夢は実現しなかった。『炭礦読本』が刊行されてから大日本帝国の敗戦と満洲国の崩壊までには、わずか五年余りの年月しか残されていなかったからである。小山いと子の「オイルシェール」は、それゆえ、神社の坂道で燃える石を見てから生命を絶つまでの瀬川達夫の苦闘を通して、撫順炭礦における油母頁岩の歴史を、その草創期から成就期までのほぼ全過程にわたって描いていたのだった。しかも、年間の石油需要量三百万トン（海軍の使用量を除く）のうち植民地での生産を含めてわずか三五万トンしか自給できない日本国家にとって、二億七千万トンの油成分を含有すると推定される撫順の油頁岩の産業化というテーマは、絶大な意義を有していた。

「倭式の神殿ゆかし」――「撫順神社は端然たる大鳥居も、列び立つ献灯も、千木高き神殿も、凡て倭式で、洋式市街に異彩を放ち、胡沙吹く満洲にあつて、遠く神国を偲ぶ人々の畏敬をあつめてゐるが、祭神は天照皇太神、大国主命の外、特に土地柄だけに金山、石土工をしろしめす金山毘古、金山毘売

小説「オイルシェール」が発表されたとき、じつは、新しいエネルギー源である石油と、そして旧来のエネルギー源たる石炭とは、ともに、不可分の関係のなかで、決定的に重要な歴史的局面に立っていたのだった。オイルシェールをめぐる問題は、オイルシェールだけの問題にとどまらぬ大きな意味を持っていた。小山いと子は、この問題の圏内に足を踏み入れたのである。それゆえ、新しい科学技術の開拓をめぐって苦闘する小山いと子の人物たちは、ただ単に新しい科学技術を開拓するためにだけ戦うのではなく、その仕事によってそのまま国策の尖兵となることができたのであり、それゆえにまた、国策とともに死すべき運命にあったのだった。瀬川達夫の早すぎた死は、じつは、ほんの数年だけ早かったにすぎないのだ。

3　小山いと子の絹糸と石炭

朝日新聞東京本社が刊行していた月刊誌『科学朝日』は、一九四三年二月号（第三巻第二号）で「石炭・衣服の科学」という特集を組んだ。一九三七年七月の対中国侵略戦争開始から五年半、真珠湾とマレー半島への奇襲攻撃による対米英開戦から一年三ヵ月後のことである。

時局を考えるなら、ポピュラーな科学雑誌の特集に石炭が取り上げられたことは容易にうなずけるだろう。文字通り最大のエネルギー源だった石炭は、戦争の成否と直接かつ不可分の関わりをもっていた。石炭の重要性をあらためて再認識し、石炭増産を至上命令として自覚することが、炭鉱とは無縁で産炭地から遠い国民にたいしても、要求されたのである。その石炭とセットで衣服に関心が寄せられたことの理由は、いまとなってはそれほど分明ではないかもしれない。だがもちろん、衣

二神を齋き祀ってゐる。神職二人、氏子一六、七〇九人。毎年六月十六日、十月一日に例祭を行ってゐる。」（『炭都・撫順の大観』（No.243）より

服もまた時局と密接に関係するテーマだったのである。ひとつには、綿花の輸入に頼ることができなくなった日本の繊維工業にとって、石炭の乾溜による化学繊維の開発と増産は焦眉の課題だったからだ。『科学朝日』の特集記事のひとつは、「石炭から繊維をつくる」と題して、ポリアミド合成繊維「アミラン」のことを紹介している——

　一九三八年に米国ヂュポン会社の人造絹糸ナイロン合成の成功が発表されるとともに、我国において、この研究に先鞭をつけた東洋レーヨン会社は、その合成に逸早く成功し、中間工業試験を終つて、本年から製品の一部を市販するに至つてゐるといふ。これは本邦ではナイロンとは呼ばずに、アミランと称してゐる。

　まづ石炭を乾溜して得たベンゾールから石炭酸をつくり、これを処理して得た単量体を、電熱加圧缶中で二五〇—二六〇度、水素気圧一〇気圧下に加熱重合させて、長い糸状分子を形成せしめ、熔融紡糸によりポリアミド合成繊維をつくり、これに三〇〇％の低温引伸装置を行つて製品ができる。

　このポリアミド合成繊維の比重は一・一四で、絹や羊毛よりも軽いし、水分吸収率七・五—八％で絹よりも少い。強度は五瓦／デニール、湿強度四・四瓦／デニール、伸度は二〇％で絹よりも強靭であるし、耐久性においてもかなりの強さを示してゐる。弾性、耐熱性、電気絶縁性、耐摩擦性等においても優秀であつて、バクテリアに浸《（ママ）》されることはなく、紫外線に対しても絹より優れてゐるやうである。

文中の「強度五瓦／デニール」というのは、繊維にある重さを加えて引っ張るとき、一デニールあたり五グラムの重さまで耐えることができることを示す。デニール（denier）は生糸《きいと》や人造繊維の太さを測定するとき用いる単位で、四五〇メートルの糸の重さが〇・〇五グラムであるとき繊度一デニールという。「原始人は石炭の層上にあつても凍死したものさへあつた。現代人はこれに反して燃料以外にもあらゆる方面から石炭を利用する。ここに紹介する合成繊維の如きは、石炭から生れ出でながら、絹糸と少しも変らぬ用途をもつて、靴下やパラシュート、釣糸、外科手術用縫糸、電気絶縁用などに天然糸以上の優秀性をさへ示すといふ。／これをさらに短繊維として捲縮を与へて用ひるときには、羊毛の分野にまで進出し、硬いままでは、豚毛に代つて、歯ブラシ、毛髪ブラシ、洋服ブラシにまで化けるといふ重宝な代《しろ》ものである。」――記事はこのように述べている。

人造絹糸（artificial silk）、日本では略して人絹《じんけん》と呼ばれた化学繊維は、一八五五年、スイスのオードマースによって創製され、一八八四年にフランスの化学者シャルドネが工業化に成功して、「シャルドネ絹」あるいは「レーネル絹」の名称で知られるようになった。その後、アメリカ合州国での商品名「レーヨン」が流通し、これが人造絹糸の一般名称として普及するようになる。日本では、一九二四年六月に旭絹織株式会社がドイツの製法特許を得てレーヨンの製造を開始し、さらにその一年半後の二六年一月にはこの人造繊維を主製品とする東洋レーヨン株式会社（のちの東レ）が設立された。東洋レーヨンの製法は「ヴィスコース方式」と呼ばれ、この方式によって製造されるレーヨンは「ヴィスコース人絹《じんけん》」と称されていた。木材パルプなどの植物性繊維を苛性ソーダの濃溶液で処理してアルカリセルローズとし、さらに数段階の工程を経たのちセルローズの溶液を毛細管から凝固液のなかに紡出するのである。その当時、人造絹糸には製法によって、「銅アンモニア絹糸」、「硝化繊維素人絹」、「酢酸繊維素人絹」などがあったが、世界のレーヨンの八割は「ヴィスコース人絹」だったとされている。しかし、それらの製法のいずれもが、植物の細胞膜を構成する不溶性の繊維要素であるセルローズを原料としている点では共通していた。それゆえ、石炭を原料とする「ナイロン」の発明は、人造絹糸の歴史にとって劃期的なものだった。『科学朝日』の記事は、その発明から五年を経ずして日本でも東洋レーヨンが石炭から製造する人絹を商品化したことを、驚嘆すべき成果として報じていたのである。

これとは別に、「石炭・衣服の科学」を特集する『科学朝日』の同じ号には、「衣服の科学」と題して、さまざまな種類の繊維や布地の科学的特性を詳細に説明する記事が掲載されており、表題から見てもこれが特集のひとつのメインとなっている。この記事の筆者の肩書きは「陸軍省製絨廠研究部員」である。この科学記事が、じつは戦時下の物資不足のなかで衣服をもっとも経済的かつ有効に活用する方法を具体的に教示する意図をもって書かれていることは、一読すれば誤解の余地がない。たとえば、繊維の疲労ということについての科学的な解説に関連して、繊維も休息させることが必要であり、同じ服を毎日着ていると一年間で破損するとすれば、二着を交互に着る場合には二着で三年間着られる、という指摘がなされるのである。石炭から繊維が生み出されることはなるほど驚異的な科学的成果だとしても、石炭増産の重要性は、化学繊維によって衣生活が豊かになることのためにあるのではない。石炭増産のキャンペーンは、増産された石炭を衣服用の人造繊維のためにではなく直接的に戦争のために使うことができるようにするキャンペーンによって、裏

地底に闘ふ戦士たち──『科学朝日』一九四三年二月号（No.225）、特集記事の扉ページ

打ちされなければならなかったのだ。そして、ポピュラーな科学知識の普及を目的としたと考えられる『科学朝日』の使命は、もちろん主としてこの後者のキャンペーンにあった(9)。

このようなキャンペーンのひとつとして興味深い記事が、同じ号にもうひとつ掲載されている。「蚕にも決戦体制」と題するグラビア記事がそれである。記事の目的は、直接的には、東京淀橋区に新しく設立された「大日本蚕糸会蚕糸科学研究所」の紹介にあったが、そのなかで述べられていることは、人造絹糸が直面していた現実の、ちょうど楯の反面を物語っている。

記事はまず、蚕《かいこ》の吐く生糸《きいと》の中心部をなすフィブロインという繊維状の蛋白質と、これを相互に付着させる膠質《にかわしつ》のセリシンという蛋白とについての記述から始まる。生糸中に含まれるセリシンの量はフィブロインの二割五分の割合になっている、と指摘したのち、記事はこう述べる——

蚕から生れでる絹や絹製品が、奢侈品になるかそれとも実用品の役割を果すかといふ大きな分岐点は、政治的には大東亜戦争といふ史上未曾有の大事件を契機とし、専ら輸出向きであつたものを国内需要に切り換へたところに出発するのであるが、科学的には多分にこのセリシン利用の道を切り拓いた功績によつてゐるものと思はれる。

ここで言われようとしていることは、つまり、つぎのような意味なのだ。——日本の絹や絹製品は、従来、欧米とりわけ米国向けの日本の主要な輸出品目だった。

(9)『科学朝日』一九四三年二月号の特集記事のうち、本章で言及したもの、あるいは本章の記述と関連しているものは、以下のとおりである。

「石炭から繊維をつくる」（無署名。写真＝藤田勉）。

「人造石油工業」（高橋政博・帝国燃料興業株式会社技術部第二課長）

「石炭の乾溜工業」（稲見慎一・前商工省化学局合成課長）。

「石炭の化学工業」（荘原和作・工業化学会長、三井化学工業株式会社常務取締役）。

「石炭利用の新生面」（伴義定・商工省燃料研究所長）。

「蚕にも決戦体制」（記事・写真とも無署名）。

「衣服の科学」（山本直成・陸軍省製絨廠研究部員）。

そしてそれを欧米人は奢侈《しゃし》品として買ったのである。ところが、大東亜戦争によって、日本からの絹の輸出は道を閉ざされた。ほとんどもっぱら輸出向けに生産されてきた絹は、国内需要を当てにするしかなくなった。これによって絹は奢侈品ではなくなる道を拓かれたのである。それは戦争という政治的な大事件によるものだったが、その道に現実的な裏付けを与えたのは、あるひとつの科学的な成果にほかならない。生糸の成分のひとつ、セリシンの利用に関する発明がそれである。

従来は、セリシンを精錬によつて廃棄して、いはゆる絹の味を出してゐたが、このセリシンを定着してフィブロインの纖維力を補強し、毛織物の性能を与へることに着目してからは、種々の新用途が開拓されるに至つた。さらにセリシンを定着したフィブロインを軟化し、分線させて、絹毛絹糸といふ新しい原料を生み出したのである。かくて軍需用としては従来の落下傘や火薬包の他に航空機用防寒具などもつくられるに至つたのである。／セリシンの利用はそれのみにとどまらない。絹皮やオイルパッキング、油類タンク、エンドレス・ベルトや無音歯車、ローラー、その他の機械部分品など、我々の祖先たちが夢想だにもしなかつたものを生み出したのだ。今まで絹糸の生産過程において捨てて顧みられなかつたものが、寧ろ新たなる時代の脚光を浴びて極めて重要なる物質として浮び上つたのは興味深いことではないか。

綿花の輸入激減をカバーするために人造繊維を石炭から製造する必要が生じた現実の裏面には、輸出の花形だった絹をなんとかして国内で需要するために新しい技術を開発しなければならない現実があったのである。この技術はそのまま、絹糸を戦争遂行のための資材として活用することと直結していた。グラビア版の記事の写真には、生糸から造られた歯車やローラーが示されている。

小山いと子という作家は、このような現実の真っ只中で、このような現実の喫緊の課題を作品のテーマとして取り上げた表現者にほかならなかった。かの女は、中篇小説「オイルシェール」（一九四〇年三月）で石炭という国策資源の新しい用途を開発する人物の苦闘と死を描いたが、それより一年余り前には、もうひとつの国策資源に関する技術革新のひとこまをテーマとした短篇、「4A格」（一九三八年十二月）[10]によって注目されていた。この小説で小山いと子が描いたのは、輸出用の絹糸の品質向上をめぐる苛烈な争闘と、そのなかで使い棄てられていく女工たちだったのである。

4A格とは、生糸《きいと》の規格をあらわすランクのひとつである。繭《まゆ》から紡ぎ出された生糸をボールドと呼ばれる板に薄い帯状に巻きとり、それに強い照明を当てると、ごく微細な斑《まだら》が浮かび上がる。それが糸條斑《しじょうはん》である。この糸條斑の具合によって生糸のランクが決まる。「八十四点以上がA格、以下F格まであり、G格以下は輸出糸にはならない」とされている。A格の上に、2A格《ダブルエー》、3A格《トリプルエー》、4A格《スペシアル》がある。「従来の坐繰機時代は2A格を、挽《（ひ）》くことさへ至難であつたほど輸出生糸の糸條斑はやかましい。4A格に至つては単に理論上可能であるとされてゐたものである。この検査方法は、止め度もなく贅沢な高級な絹糸を求めるアメリカの靴下製造業者が近年になつて案出したもので、これに依ればどんなに繊《（ほそ）》い糸でも繊度平均度をひと目で見分けることが出来る。かうしてえらばれた品位の高い生糸はどんな不況時でも金

（10）「4A格」は、『新潮』一九三八年十二月号に発表され、短篇集『湖口』（三九年一月、砂子屋書房。「新農民文学叢書」第四篇。初版＝五千部）、および小説集『熱風』（四〇年十一月、中央公論社。ここでは「四A格」と表記）に収載された。

にかまはず奪ひ合ひで取引された。アメリカ女のうつくしい靴下に対する憧憬と関心は異常と見える。」――下級品は売れないことがあったが、少なくとも2A格以上なら絶対に売れないことはなかった。不況になればなるほど高級な糸をつくらねばならないのだ。

　こうして全国の輸出生糸製造業者は、少しでもよい糸をつくり出すために激しい競争をくりひろげている。従来の坐繰機にかわって多條機が発明された。この機械のために、経営者は従来より七、八倍も高い設備費が必要になったが、工女は手慣れた繰糸法を棄てて、はるかに複雑な機械に立ちつづけのまま緊張を持続して向かわねばならない。いくつもの繭から生糸を引き出し、それを撚《よ》り合わせて一本の細い糸に紡ぐ操作は、機械の能率が高まれば高まるほど高度の技術を必要とする。「津島製糸場」ではこの新しい機械を数十台購入して、優秀な工女を選んでそれにつけてみた。そしてきょう、初めて4A格が出たのである。それを出したのは、森しづ江という工女だった。かの女は、これに先立って3A格もまっさきに出していた。

> 大抵の者は成績に屢々《しばしば》変動があつた。ひと口に製糸工女といふけれど、繰糸の技術は神経的に繊細なものである。毛筋よりも細い十四デニールといふ輸出生糸は約四粒の繭から出る繭糸がより合されて出来る。ところで一粒の繭から出る繭糸は始終一様ではない。終りにゆくに従ひ次第に繊《ほそ》くなつてゐる。その上繭糸はよく切れる。切れるのをつなぎながら、且《かつ》絶えず繊度のちがつてゆく四條の繭糸をうまく按配して始終全く一様な十四デニールの糸に繰り出さねばならぬ。それが一ぺんに六本づつの生糸、繭にして二十四五粒を繰るのが従来の遣り方であつ

た。多條機では一躍二十本、約百粒の繭の動きに絶えず目と注意を注いでゐなければならない。繭の品質が変つたり、天候、温度、湿度の工合は勿論のこと、その日の気分が勝れなかつたり、心配事があつたりすると、忽ち秤《はかり》にかけたやうに影響する。坐繰機時代優秀工女であつた者も、多條機になつて却つてＡ格しか出せないのもあつた。形も大きさも竪型ピアノそつくりの多條機がずらりと並んで一人づゝ若い娘を従へながら轟音を挙げてゐる光景は壮観ではあるが、森しづ江のやうな工女は先づ滅多に無いといつてよい。今日の４Ａ格なぞはまるで宝玉を展《の》べたやうで、大袈裟にいへば一つの芸術品である。

森しづ江が特別手当を支給され、管理職たちが新機種導入の成功を喜ぶ反面、この合理化によって津島製糸だけで三百五十人もの工女が余分となり、解雇される運命となった。これにたいして解雇撤回を求めたしづ江たちの申し入れは、４Ａ格を出せる工女を失うことを恐れた会社側によって受け入れられた。成績の悪い工女たちは、雑役に廻されるにせよとにかく会社に残れることになった。「４Ａ格の前には工場中、どうすることも出来やしない、ここはしづ江の言ふとほりにならうよ」という工場長の言葉に、現業長は「まるで女王様ですね」と応じた。「女王様」は、その後しばらく工場の流行言葉になった。

　だが、その森しづ江の幸せな境遇は、長くはつづかなかった。その年に内務省主催で開かれた国産品顕揚宣伝博覧会に、全国から選抜された六名の繰糸工女のひとりとして参加したかの女は、上首尾の成果を挙げたのち、満足感に浸るままに、同行していた工場長・津島東三の誘惑に応じたのだった。東京から帰ったかの女は、これまでなら思いもよらなかったようなミスを繰り返すようになった。かの女の技術が急速に低下していくのに最初に気付いたのは恋人の清次だった。しかしどうにもならなかった。とうとうしづ江がB格を出してしまったとき、その記録を見た現業長は、ただちにかの女をはずすよう指示した。持ち場があいてしまうという清次の異論に、現業長は「馬鹿、代りはいくらでもある」と答えた。

「4A格」の森しづ江は、「オイルシェール」の瀬川達夫のような大学出のエリート技師ではない。機械の前で糸を繰る単純作業だけが持ち前の若年女性労働者である。けれども、そのかの女が果たした役割は、満洲で瀬川達夫が果たした役割と別のものではなかった。かれらはどちらも、日本国家のもっとも重要な国策のために高度な技術をもって貢献した人物たちだった。一方は、軍事的進出にとって不可欠な液体燃料、つまり石油の調達という課題に殉じ、もう一方は、経済的進出の花形商品である絹の品質向上に身を捧げた。「4A格」は一九三八年末に発表され、「オイルシェール」は一九四〇年春に発表された。「4A格」で描かれた対米輸出用の絹は、三年後には販路を失って国内需要の方途を案出しなければならなくなった。軍需用としては落下傘《パラシュート》などごくわずかな用途しかなかった絹が、技術開発によって航空機用防寒具、歯車やローラー、無限軌道《キャタピラ》などの原料としても活用されるようになり、こうして繭は軍事物資に変身していく。そして、瀬川達夫によって実用化の道を開かれた撫順のオイルシェールは、石油輸入の道を断たれたまま大東亜戦争を遂行しなければならない日本国家にとって、もっとも重要な資源のひとつとなっていくのである。

小山いと子の「4A格」が『新潮』に発表されたのと同じ月、一九三八年十二月

オイルシェール製造工程のひとこま
——『科学朝日』一九四三年二月号より

号の総合雑誌や文芸誌には、のちに振り返ってみれば当時の時局を如実に体現しているると言わざるをえない諸作品が、肩を並べるように掲載されている。順不同で列挙すれば以下のとおりである。

上田廣「帰順」（『中央公論』）
丹羽文雄「還らぬ中隊」（同）
大鹿卓「金鑛」（『文藝春秋』）
岸田國士「従軍五十日」（同）
橋本英吉「衣食住その他」（『文藝』）
川上喜久子「童女像」（同）
湯浅克衛「先駆移民」（『改造』）
尾崎士郎「戦影日記」（『日本評論』）
三木清「知性の改造」（同）
海野十三「密偵名簿」（『大陸』）
伊馬鵜平「非従軍作家」（同）

同じ月にはまた、林芙美子の『戦線』（朝日新聞社）が刊行され、火野葦平が『海と兵隊』（「東京日日新聞」「大阪毎日新聞」。のちに『広東進軍抄』と改題）、『花と兵隊』（「東京朝日新聞」「大阪朝日新聞」、ともに夕刊）の両作品の新聞連載を開始している。支那事変第二年目が終わろうとしていたその月の定期刊行物は、戦争が文学表現のもっとも主要なテーマとなっていることを端的に物語っていた。そのとき、小山いと子は、戦線ではなく銃後で行なわれている戦争を、「4A格」と「オイルシェール」によって描いたのである。科学技術《テクノロジー》の戦いと下層労働の戦いはともに銃後を戦場としていることを、かの女の作品は的確にとらえていた。

4　未来主義者・神原泰と「戦争する石油」

一九四三年十月二十一日、文部省と学校報国団本部の主催による「学徒壮行大会」が東京の明治神宮外苑競技場で挙行された。それに先立つ十月二日公布（即日施行）の勅令「在学徴集延期臨時特例」にもとづいて、それまで在学中は兵役義務が猶予されていた大学、専門学校（「大学令」によるもの）などの満二十歳以上の学生・生徒が、理工系と教員養成課程を除き、徴兵されて戦地に赴くことになったのである。あまりにも有名なこのいわゆる「学徒出陣」が、戦局の悪化によるものだったことは、あらためて言うまでもない。すでに同年二月一日のガダルカナル島撤退に始まり、日本軍は占領していた南方諸島から次つぎと「転進」を余儀なくされていった。国民には知らされなかったが、戦局は緒戦の連戦連勝から決定的な負けいくさに転じていたのである。小山いと子の「4A格」から五年、「オイルシェール」から三年半を経た時点での、これが日本の状況だった。

　戦力における日本の劣勢が主として科学技術の遅れに起因していたことは、周知の事実だろう。だが、もしも仮りに米英と比肩しうる水準の科学技術があり、相手の追随を許さぬ最新鋭の航空機や艦船を製造しえたとしても、日本にはそれらを自由に駆使できるだけの動力がなかったのだ。製造工場は石炭で動かせるが、航空機も戦車も潜水艦も、ガソリンや潤滑油がなければ動かない。軍艦が石炭を燃料としたのは、日露戦争までだったのである。石油資源を自国に持たない日本が戦争をするとすれば、この問題をなんとかして解決しなければならなかった。満洲撫順炭礦のオイルシェールが小山いと子の小説のテーマになるくらい重要な意味を帯びることになったのも、そのためだった。

対米英開戦の前後の時期に、『戦争・石油』および『戦争する石油』と題する二冊の興味深い本が刊行されている。(11) 興味深いという理由のひとつは、もちろん、題名が示すとおりこの二冊が「戦争」と「石油」との関わりを単刀直入に論じているからにほかならない。だが、興味深い理由のもうひとつは、それらの著者が神原泰《かんばらたい》だからである。――一八九八年二月二十三日に生まれた神原泰は、中央大学を卒業する以前からすでに、二十世紀初頭に始まる前衛《アヴァンギャルド》芸術から受けた衝撃にもとづく詩や絵画の実作と、新興芸術の理論化の試みを続けていた。一九一七年には、日本で最初の未来派的な絵画作品によって十九歳で二科展に入選した。そのころかれが発表した詩に、つぎのようなものがある（／は改行、／／は一行あきの箇所を示す）。

悪魔、悪魔、狂乱／絶間なく流動するいのち――お、雑音／自動車、煙、シャフト、劇場／色満ち、光満ち、音充ち飽くる市街よ／お、美よ、美よ、エゴイストの華美よ。／／パラソルの乱舞／原色の放散／流動する大気――大気に混乱する原色／熱と光と圧力の飽満／電気と雑音と――お、このすべて騒擾なオーケストラの真中／官能は燃えて街道を血塗り、光今空間を領する真昼／錯乱は妖怪の如くみだらな都会の歓楽をことほぎ／雑音と強圧に様式奪はれて原色は流れ／時間は消えぬ、空間も消えぬ。／／お、このすべての流動する原色／あり

(11) 神原泰『戦争・石油』（一九四一年三月、東晃社）。
同『戦争する石油』（一九四二年一月、皇国青年教育協会）。一九四二年一月十八日に初版が刊行され、三週間後の二月十日に第五版が出ている。

としきる生命の饒多／宇宙はそれ自体の回転によつて奈落に沈み／苦しみの生物／——たゞひきずられ行く——／お、／この厳かな神々の滅亡を前に乱舞するエーテルよいのちよ／お、夏は来る、されば赤よ。

「夏来る」と題するこの詩は、一九一七年六月中旬に作られたものだが、のちに『定本 神原泰詩集』（一九六一年九月）[12]に収録されたとき、（後期立体詩）という説明が表題の下に付された。美術における立体派（キュビスム）の影響のもとに生まれた詩であることを、作者が自覚していたのである。その三年後、一九二〇年十月の初めての個展にさいして発表された「神原泰第一回宣言書」は、日本におけるアヴァンギャルド芸術運動の烽火と見なされるものだった。二二年にかれが中心となって結成された前衛芸術グループ「アクション」が、文字通り行動《アクション》のための拠点となった。この時期のかれの理論的な成果は、『芸術の理解』（一九二四年、イデア書院）、『未来派研究』（二五年、同）、『新興芸術の烽火』（二六年、中央美術社）などのエッセイ集としてまとめられている。だが、この同じ時期にもっとも多くの人びとの目に触れた神原泰の作品は、おそらくロープシンの小説『蒼ざめたる馬』の表紙デザインだったのではあるまいか。のちにロシア革命のなかでレーニンたちのボリシェヴィキ派と激しく抗争して「反革命」に追いやられていくことになる社会革命党（エスエル）の活動家、ボリス・サヴィンコフがロープシンの筆名で一九〇九年に発表したこの小説は、はじめ一九一九年十月に青野季吉の訳で冬夏社から刊行された。それが、関東大震災後の一九二四年五月二十日に随筆社から再刊されたさい、新たに神原泰の装幀による表紙に替わったのだった。この新版が出たとき、訳者の青野季吉

（12）神原泰『定本 神原泰詩集』（一九六一年九月、昭森社）。扉に「1960年自選／1961年刊行」とある。収録されたすべての詩（および表題だけを挙げて詩そのものは収録されていないものすべて）に、作詩の日付と発表・収載の紙誌名・書名などのデータが付されている。本論で引用した詩はいずれもこの詩集に拠っている。

は、三週間後に創刊号が発行されることになる『文藝戦線』の中心的な理論家として（もちろん非合法共産党のメンバーとして）[13]プロレタリア文学運動を牽引していく出発点に立っていた。未来派を始めとする前衛芸術の理念を日本において実践しようとしてきた芸術的アヴァンギャルドである神原泰が、とりわけロシアやドイツやイタリアで革命と深くコミットした前衛芸術家たちと同じく、共産主義革命や無政府主義思想に共感を抱いていたのは、当然のことだった。そのかれの心情は、もちろん、文化運動の分野においてのみ辛うじて可能だった現実批判の実践が弾圧によって困難の度を加えていくにつれて、屈折し挫折感を濃くしていかねばならなかった。一九三〇年十一月と三三年十一月に書かれた二つの詩は、かれの心情がたどった変遷をよく物語っている。

今　日（一九三〇年十一月三日作）

今日現実主義者たり得るものは吾等のみだ。吾等のみが、今日の現実を、而《しか》して明日へと続く現実を正しい客観的現実主義もて見る事が出来る。

此所《ここ》は戦場、勝利は吾等のものだ。然し最初に死ぬのも亦吾等だ。

詩人はラッパ卒であつてもいゝ。伝令使であつてもいい《ママ》。然《しか》し詩人にとつて、常に正しい世界観と時代を見る鋭い眼とを特長とする詩人にとつて、最もふさわしい職務は、敵営に向つて、深く深く近く近く掘り進む掘手である事だ。

（13）厳密に言えば、一九二二年七月一二日に結成された日本共産党（非合法）は、二四年三月に解党を決議していたので、『文藝戦線』創刊時には共産党は存在しなかった。しかし、第一次共産党の解党後も、青野季吉は党再建を目指すグループの一員として活動し、二五年一月に中国上海で行なわれた会議に参加して党再建決議に加わった。その後、二六年十二月四日、山形県の五色温泉で秘密裡に行なわれた第三回党大会で中央委員が選出されて、日本共産党は（もちろん非合法のまま）再建されることになる。

ダイナマイトに火を点ずる。此の花々しい仕事は、ほかの人々のする事だ。
ダイナマイトに火を点ずる。此の花々しい仕事は、ほかの人々のする事だ。ダイナマイトに火を点ずる前に、吾等は敵弾や地雷火や毒瓦斯や裏切りやで殺されて了《しま》ふであらう。

然し勝利は吾等のものだ。
然《しか》りそして一等さきに死ぬるのも亦吾等だ。

折れた旗　〔一九三三年十一月二十六日作〕

旗は折れた
歌はやんだ
やんだ歌に、折れた旗に何んの未練があらう
昨日の真実は今日の真実ではない
昨日の僕は今日の僕ではない
あゝ
背後から迫つて来る熱い呼吸を身に感じながら
旗を持つて先頭を歩く男の心
その誇と信念と熱情に
些《いささか》の疑もためらひもなかつたとしたら
あゝ

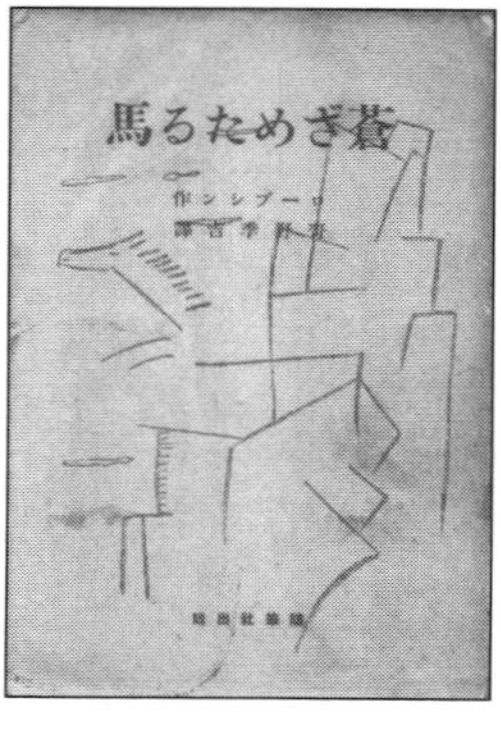

神原泰の装幀による『蒼ざめたる馬』表紙

懐疑の少しも混つて居ない信念
それが此の世の中にあり得たとしたら
それは何んと驚くべき奇蹟であらう
しかも
その奇蹟は明確な現実であり
その現実は地球を進展させて居たのだ。

打壊かれた旗
泥土にふみにぢられた旗
旗を踏みにぢるものは誰か
ＡかＢかＣかＤか
否、否、否
それは昨日迄
旗を持つて先頭を歩いて居た男だ。

あとのほうの詩に否定すべくもなく表現されている敗北と挫折ののちにも、しかし注目すべきことに、神原泰は、前衛芸術家としての初発の関心を捨て去ったわけではなかった。プロレタリア文化運動がほぼ圧殺され終わり、それに先行してその源流となったアヴァンギャルド芸術がほとんど忘れ去られようとしていた一九三七年九月になってから、かれ自身の芸術表現の理論的集大成ともいうべき『フューチュリズム・エクスプレッショニズム・ダダイズム』[14]を上梓したのである。石油工

（14）神原泰『フューチュリズム・エクスプレッショニズム・ダダイズム』（『近代美術思潮講座』第五巻。一九三七年九月、アトリエ社）。この本の題名は誤解を招きやすい。函にはフランス語で「FUTURISME／EXPRESSIONISME・DADAISME」（／は改行箇所）と黒字で記され、下方に日本語で「フューチュリズム・ダダイズム／エクスプレッショニズム」と赤字で記されている。本体の表紙には「FUTURISME／EXPRESSIONISME／DADAISME」、背には「フューチュリズム・ダダイズム／エクスプレッショニズム」と黒で刻字されている。本全体が横書きなので、表紙・函の正面の題字もすべて横書きである。本と函の背の題字は、二行に分けて縦書きになっている。扉も表紙と同じ。目次のタイトルは、「FUTURISME／EXPRESSIONISME／DADAISME」、その下に「フユーチユリズム／エクスプレッショニズム／ダ

業会社での専門的な業務に携わりながら、支那事変の開始に追い討ちをかけるようにかれが発表したこの一冊は、二十世紀の文化的前衛だった未来派、表現主義、およびダダイズムへの深い共感をあらためて対象化する作業であると同時に、かれ自身がその代表的な一員だった日本における芸術的アヴァンギャルドへの、文字通りの挽歌だった。――しかも、それが終わりではなかった。神原泰は、一九四〇年春、「ダダの社会的必然に就いて」という文章を、雑誌『アトリエ』の紙面から「紀元二千六百年」の日本に向かって投げつけたのである。(15)

〔……〕ダダは其の旋風的な流行病としての蔓延のあとでは、最早通り魔としての話題でしかない。／然るに今ダダに就いての問題を再考するとすれば、それは恐らく、ダダが第一次大戦の所産であつた事から連想して、第二次欧洲戦争の結果として再びダダが現はれはすまいかと云ふことが考へられる。若《も》し然りとすれば此の考方は極めて興味あるものと思ふ。そして吾々は斯かる考方からダダの社会的必然性を考察して見るのも、あながち無駄ではないであらう。

いまダダを論じる理由をこのように述べたあと、かれは「ダダは何故死んだか」と問う。「人類生れて今日迄ダダ迄《ママ》深刻に、ダダ程絶望的に人間の心を、肉体を、人間の生き甲斐を生活を、人間全部をゆすぶつたものはない」。それはなぜかと言えば、「第一次大戦は人類が経験した最も大規模な殺戮であつたと共に、其所《そこ》から直接に生れたダダは人類が未だ曾《かつ》て夢想だもしなかつた程深刻な徹底した「人類そのものへの絶望」であり、侮辱であり、嘲笑であり、或場合はうつろな

ダダイズム」とある。本文の論述も「未来派」、「表現派」、「ダダイズム」の順序である。（奥付には「近代美術思潮講座・第五巻」としか記されていない）。函および背の日本語表記「フューチュリズム・ダダイズム／エクスプレッショニズム」は、これを二行に分けて書くさいの配分を考えたデザイン上の処理と思われる。したがって『フューチュリズム・エクスプレッショニズム・ダダイズム』をこの本の題名と考えるのが妥当だろう。なお、この本は、和田博文・監修の「コレクション・モダン都市文化」第二八巻、澤正宏・編『ダダイズム』（二〇〇七年六月、ゆまに書房）のなかに復刻版が収録されている。また、神原泰の初期の芸術論のうち、『芸術の理解』と『新興芸術の烽火』、および神原訳のマリネッティ（マリネッティ）作『電気人形』（〈先駆芸術叢書〉3。一九二四年五月、金星堂）は、同じシリーズの第二六巻、石田仁志・編『未来主義と立体主義』（二〇〇七年六月、ゆまに書房）に復刻版が収められている。

(15) 神原泰「ダダの社会的必然に就いて」（『アトリエ』一七巻五号、一九四〇年四月、アトリエ社）。

魂の無意味な叫声でさへあつた」からである。しかしながら、「如何なる絶望も如何に深刻な苦悩も若しも彼が狂人になるか自殺して了はない限り（ダダイストの或者は自殺し或者は狂人になつた）永久に続く事はあり得ない」のだ。ダダイストたちがみずからの破壊行為に疲れ、自己嫌悪と疲労とに陥ったのと時を同じくして、ダダイズムは「マルキシズム」と「超現実主義」（シュールレアリスム）とに分裂し、やがて超現実主義もまたマルキシズム的なそれと「遊離的超現実主義」とに分かれた。「然し更に看過出来ないのは、人間が「慣れる」機能を持つて居る事である」。「一度驚かされた人はもう二度とは驚かされないで「そんなふざけたことはもう沢山だ」と云ふであらう」し、ダダによってあらゆる権威や尊厳が剥奪されたのを見た人びとは、「此等凡ての尊敬が迷妄に過ぎた事を悟つた」ので、もはや驚くことはない。このように述べたあと、神原泰はあらためて「されば、第二次大戦に依つてダダは生れるであらうか」と問う。かれの答えは、全否定である。なぜなら、第一に、一度ダダに免疫になった人びとは、もはやダダに驚かない。第二に、もはやわれわれは偶像的に尊敬する対象など持っていない（ただし、「勿論ドイツに於てヒットラーを嘲弄すれば彼は殺されるであらう。然しそれはカイゼル〔ドイツ皇帝＝引用者註〕の場合と同じく、反乱《ママ》であつて最早芸術ではない」とかれは付記している）。第三に、第二次大戦は「感傷主義的感激や正義感を越へて遥けき計算から戦はれて居る。であるから第二次大戦に依つて人類に幻滅する青年はあり得ないであらう」。第四に、今次の大戦は「総国力戦」であって、戦争は「冷静に」「計画的に」進められるであらうから、「無目的的な凶暴な芸術が味方を得るとは考へられない」のである。第五に、「第二次大戦は、第一次大戦の終末期の如くマルキシズ

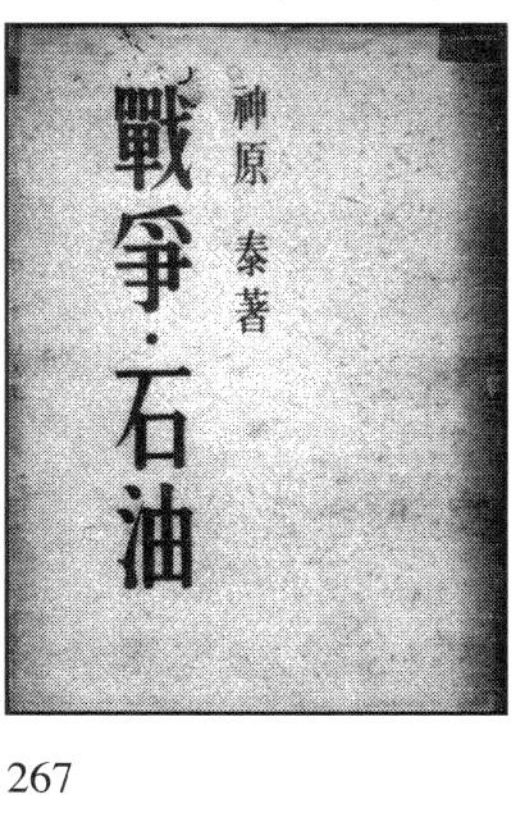

『戦争・石油』カバー

ムや共産主義への心酔が民衆の心に喰ひ込んで居ない。それのみかデモクラシー国家はデモクラシーを、全体主義国家は全体主義を飽く迄も擁護する事が戦争を遂行する必要条件である事は充分民衆が自覚して居る」。このように推論していくと、「第二次大戦に依つて再びダダが生れるとは如何にしても考へられない」というのが、かれの結論なのである。

この推論が結果的に正しかったかどうかはさておき、神原泰のこのダダイズム論は、その時点では日本がまだ参入していなかった「第二次大戦」の性格をかれがどのように想定していたかを物語っている点で、興味深い。かれが直接その対象として論じているのはヨーロッパにおける大戦だが、やがてその一部として戦われることになるであろう日本の戦争が、それとはまったく異なるという言及を、かれはしていない。「第二次大戦」のアジアにおける前哨戦にほかならなかった日本の対中国戦争を、ひいてはまたその先に予見されていた全面戦争を、かれがまったく別種のものとは考えていなかったことが推測できるだろう。かれは、いま目前にしている全面戦争を、「感傷主義的感激」や「正義感」とは無縁な「冷静」で「計画的」なものとして把握していた。かれの第二次世界大戦像は、「聖戦」その他の神がかり的な熱狂とはほど遠い、いわば極めて合理主義的なものだったのである。

「ダダの社会的必然性に就いて」から一年後、一九四一年三月に刊行された『戦争・石油』と、対米英開戦の四十日後に出た『戦争する石油』は、もはや、芸術家ではなく石油業界の実務家としての神原泰の仕事だった。『戦争・石油』の「巻末に」と題したあとがきのなかで、かれは、「私は現在／陸軍燃料廠《しょう》嘱託員／商工省燃料局嘱託員／協和鑛業株式会社嘱託／日本石油株式会社調査課長／の四

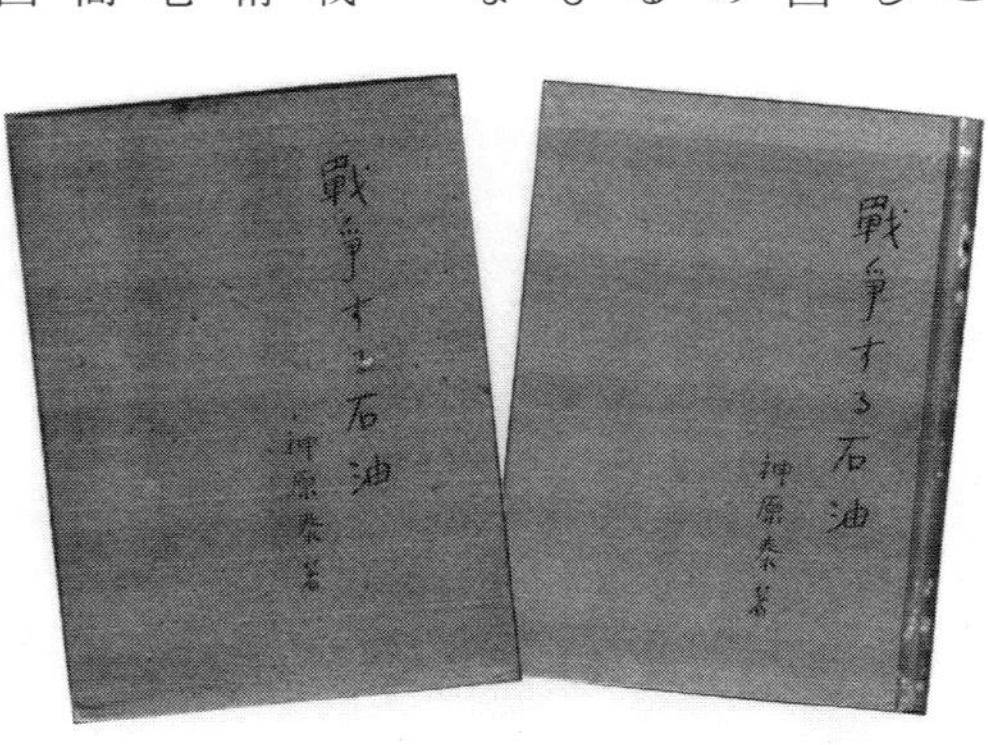

『戦争する石油』表紙と函

つの仕事を担当して居る」と述べている。ちなみに、さらに二年後の四三年二月に出版された『現代出版文化人総覧　昭和十八年版』(16)の「現代執筆家一覧」では、神原泰の現職は「帝国石油企画部副部長、兼調査課長」となっている。会社名の「日本」が「帝国」に変わったのは時代の流れだったが、神原自身の職責も重さを加えたことがわかるだろう。一九二〇年の暮に寶田石油会社に入社して以来、やがてこの会社が日本石油株式会社と合併したのちも引き続き同社で調査研究の仕事に携わってきたかれは、アメリカによる日本への石油輸出禁止と、イギリス、オランダによるアジア産の石油停止、そしてすでに抗日戦争のさなかにあった中国を加えて、いわゆるＡＢＣＤ包囲陣が狭められ、全面戦争の危機が迫るなかで、今度は石油問題の領域における最前衛の位置に立つことになったのである。そのかれが戦争と石油に関する二冊の著書で試みるのは、「ダダの社会的必然性に就いて」で行なった推論を思い起こさせるような予測であり、しかもその予測作業は、ダダとの関連で示されたような戦争についてのきわめて合理主義的な姿勢によって貫かれている。

「戦争するものは国家であると共に石油である。／石油のない国家は戦争する資格のない国家である。そこには屈従と隷属と恥辱とがあるのみである。石油なくて存立する国家はない。／実に戦争こそは人類の精神に風を当て、黴《かび》の生えた一切の建築を空爆し、文化を直截《ちょくせつ》に変貌させると共に、人類をその滅亡から救つて進展せしめる。」——イタリア未来派の芸術家たちの戦争讃美を思わせるこの一節で『戦争・石油』は始まる。もちろん、いずれは避けられないと考えられていた米英との全面戦争を想定して、日本という国家に「戦争する資格」があるか否かを解明することが、

(16) 協同出版社編輯部・編輯／日本出版文化協会・監修『現代出版文化人総覧　昭和十八年版』（一九四三年二月、協同出版社。初版六千部）。

この一冊のテーマだったのである。対英米開戦のちょうど一ヵ月前に原稿を出版社に渡していたという『戦争する石油』でも、そのテーマは再論され、さらに具体化されている。

これらの著書で神原泰は、まず第一に、「第二次大戦」の初期にドイツが「電撃戦」で勝利を収めたことが石油とどう関わっているか、さらには、そのドイツは石油との関係で今後この戦争にどのような見通しを持ちうるかを、明らかにしようとする。そして第二に、日本が対米英の戦争に踏み切った場合に、ヨーロッパでのこの教訓を生かしながら、どのようにして石油を確保すべきかを、示唆するのである。

神原泰は、第二次世界大戦の勃発そのものを主として石油資源をめぐる戦争という観点から見ているが、とりわけ緒戦におけるナチス・ドイツの圧倒的勝利を、ドイツの石油戦略の成果として捉える。自国内に石油資源を持たないドイツは、戦争に備えて石油の節約と備蓄に努める一方、人造石油工業を強力に開発推進してきた。そして、性能において優位に立つ空軍力を背景に、もしも英仏がドイツを空爆すればそれに倍する中心都市への報復空爆を決行するという威嚇によって、英仏がドイツの人造石油工場への空爆を行なうことを阻止しつつ、開戦とともに一気にガソリンと潤滑油を投入して、極めて短期間の「電撃戦」で勝利を収めたのである。つまり、報復空爆を恐れるあまり英仏がドイツの人造石油工場を空爆せず、ドイツ軍がガソリンと潤滑油を大量に使用できたことが、ドイツの勝利の原因だったのだ。しかし、注目すべきことに、友邦ナチス・ドイツの将来に対する神原泰のまなざしは冷たい。ドイツの石油戦略による勝利の経緯を述べたあと、かれはこう書くのである、「しかし以上はすべて「ドイツが短期戦で勝ち切る」こと、「ドイツが人造石油工場を空襲されないうちに勝つてしまふ」ことを前提とした石油であつて、長期戦が不可避となり、米国の対英援助が強化された時の石油ではない」（『戦争する石油』）。今後の戦局の展開は、もはや石油の備蓄が乏しいドイツを、ルーマニアの油田への進撃と、ソ連領コーカサスの石油資源の獲得、さらにはイラクを始めとする中東の油田地帯への進出に向かわせざるをえない。しかし、緒戦の失敗を繰り返さぬ英国、さらには参戦を辞さない米国は、ドイツの人造石油工場への空爆を徹底的に行ない、持てる豊穣な石油を駆使してドイツに対する攻撃を行なうであろう――。つまり、神原泰は、早くも言外にドイツの敗北を予言していたのである。

一方、アメリカがついに一九四一年七月二十四日の大統領発言によって日本への石油全面禁輸を決定した現在、神原泰は、かねてからの持論である蘭印（オランダ領インド、現在のインドネシア）の石油獲得が、日本の未来を切り開くための唯一の道として現実の課題となったことを強調する。だが、アメリカに続いて蘭印も七月二十八日に「日蘭石油民間協定」を停止していたので、蘭印の石油を獲得するということは事実上オランダとの戦争と蘭印現地への進撃を意味したのである。神原泰の主張は、それゆえ、蘭印への軍事侵略を容認し奨励することに他ならなかったのだ。現実の動きもまたこの軍事行動の方向へと急速に傾いていくなかで、しかし、もしも日本が蘭印を軍事攻撃すれば米英資本を含む現地の石油企業やオランダ軍は「焦土戦術」、つまり製油工場や油田そのものを炎上させて日本に引き渡さない措置を講ずるだろう、という危惧が浮上しつつあった。こうした危惧に対して神原泰は、石油企業の専門職の見識において、石油に関してそのような対抗措置を取りうる石油企業関係者はいない、と断言する（『戦争する石油』）。そしてそれゆえに、かれは、

「一九四一年二月一〇日執筆」という日付を持つ『戦争・石油』の最終章、「世界石油界寸言」を、こういう言葉でしめくくっていた、「日本の生命線は蘭印に在る。／それと共に日本の石油業の生命線亦蘭印に在るであらう。／吾々は此の生命線の彼方に日本の明日の輝かしい姿を思ひ浮べて大きな喜悦と希望で胸を脹らませないわけには行かない。」

この確信を、かれは、対米英開戦の三ヵ月後に刊行された『蘭印の石油資源』(17)でもさらに詳しく論述した。一九四二年三月十五日の発行日付を持つこの本には、巻末に編集部の付記があって、それにはこう記されている、「皇軍は二月二十八日夜来ジャバ島に上陸を敢行し忽ち戦果を拡大、一方スマトラその他蘭印全島の完全攻略も時間の問題となり、従つて蘭領印度の存在は事実上既に抹消されたも同然であるが、本書でなほ蘭印の呼称を用ひてゐる所以《ゆえん》は新呼称の未決定のため叙述の便宜上そのまゝとしたものである。(三月三日)」——この付記が書かれてから本が刊行されるまでのあいだに、オランダ領インドの島々は日本軍によって占領されていた。三月九日、ジャワ島の蘭印軍が降伏し、アジアにおけるオランダの植民地は陥落したのである。まさに、著者がかねて主張してきた蘭印石油資源への道が「皇軍」によって踏み固められたそのときに、この本は世に出たのだった。そして、この本が世に出たとき、「焦土戦術」はありえないという著者の確信が事実だったことが、あらためて明らかになったのだった。

これよりさき、神原泰は、『戦争する石油』の最終章、「石油随筆」の末尾の一篇で、「これだけは石油人の覚悟」と題して、つぎのように語っていた。

(17) 神原泰『蘭印の石油資源』〈朝日時局新輯〉。一九四二年三月、朝日新聞社)。

ルーズヴェルト大統領が「戦争を賭しても石油を日本に売らない」旨を初めて公言したのは昭和十六年七月二十四日であつて、その日から本稿執筆の今日迄既に三ヶ月に近く、我が国は英・米・蘭の対日石油圧迫が何を意味するか、更にその何物なりやを如実に知つたのである。／当初から、合衆国の対日石油圧迫絶対不可避論者であつた我々は、支那事変勃発と同時に、其の準備対策の緊要なる事、準備なければ臍《ほぞ》を噛んでも及ばない事、而して其の対策たる万全を期すべきであつて、過度に陥るも敢へて辞すべからざる事を力説し来つたのであるが、事いよ〳〵現実となるや、後悔先に立たざるを痛感せずには居られない。／然し何を言つても、事態は今や刻々最悪に向かひつゝある。我が国の石油界は其の嵐のたゞ中にあつて、機構に於て、根本観念に於て、制度に於て、目醒しい変革を遂げつゝある。／自家用車に貴重な揮発油を浪費する事が国賊に近い行為である事は、ややうやく納得された。もはや石油業者は、国家の為とあれば其の職を失ひ、地位を失ふ事などは何等意に介さないのみか、石油に依つて私利私慾をたくましくし、皇軍の将士にとつて戦ふ血液である石油の上に安逸をむさぼるが如きは、何人も夢想だにもしない事になつた。／我が国は神国である。／石油の無い国家は、生き発展する資格の無い国家である。／されば日本が生き発展する神国である限り、日本が何等かの途に依つて、自由且つ豊富に石油を手に入れ得るに至るべき事また疑はない。然し我々は、石油が再び自由且つ豊富に手に入る日が再び来た時も、我々石油業者が現在持つて居るが如き、緊張し、反省自粛した心構へだけは、失ひたくないものだ。

（昭和十六年八月記）

「神国」という言葉を楯に使いながら、神原泰は、神風信仰や精神主義に抗して、石油がなければ戦争ができないという客観的・合理的な現実を訴えていたのである。そのかれは、かつて一九三〇年六月号の雑誌『時間』に発表した「詩人の問題」と題する詩のなかで、こう歌っていた、「僕の思想、僕の感情、僕の感覚、僕の個性／此等すべて個人的なるものは、芸術の名に於いて僕に発言させる／しかし一体そんな物は、何んの意味があるか／若し何等かの意味がありとすれば、それは芸術と云ふ文字の持つ意味だけのレイゾン・デートル〔存在理由＝引用者註〕によつてではないか／そんなものはみんな、そんなものは徹底的に排撃し清算して了わなければならないものばかりだ。／／僕はロボットでなければならない。／／僕は機械でなければならない。／／僕の属する階級が命ずるまゝに動くロボットでなければならない。」

それから十年後、対米英戦と蘭印への進撃を覚悟しなければならない状況に直面したとき、この詩でうたったことをかれは実践に移したのだった。機械技術やスピードや戦争を讃美した未来主義者《フチュリスト》は、蘭印の石油資源を獲得するための戦争を励ましながら、戦争する石油とともに、石油の専門家として、戦争のためのロボットになる道を選んだのである。敗戦後もなお石油業界で大きな役割を果たしつづけた神原泰は、一九九七年三月二十八日、満九十九歳で他界した。

5　大東亜戦争と石炭の液化

欧洲大戦、つまり第一次世界大戦は、液体燃料が決定的な重要性を獲得した最初の戦争だった。この大戦で大きな役割を果たした新しい兵器のうち、一九一五年四月にドイツが西部戦線で初めて使用した毒ガス（フランス名＝イペリット、イギリス名＝マスタードガス、ドイツ名＝ロスト）は石炭の乾溜によって製造されたが、機動戦の主力となった戦車も、新たに登場して深刻な脅威となった飛行機も、もはや石炭ではなく石油を燃料としたのである。

大東亜戦争は、石油なしではおよそ不可能だった。しかもその石油の輸入の道を日本は断たれていた。撫順炭礦のオイルシェールが重要な意味を持たねばならなかった。とはいえ、そこでの油頁岩からの石油（粗油）生産量は、一九三九年の時点で年間一四万五千トンにとどまっていた。そのうち一二万トンが重油工場の原料として使われ、残りの二万五千トンと重油工場で出る雑油一万二千トンが揮発油（ガソリン）工場の原料となった。当時の日本における石油の年間需要は、最大の消費者である海軍の使用量を除いて三〇〇万トンだったから、撫順のオイルシェールから精製される石油だけでは、もちろん需要を充たすには遠く及ばなかったのである。(18)オイルシェールの増産を目指す一方で、別の方途による液体燃料の確保を急がねばならなかった。神原泰が蘭印の石油資源の獲得が日本の将来を決定すると考えたのも、もちろんそのためだった。

しかし、じつは、さらに長期的に見るとき、たとえ日本が蘭印を制圧しても、それで石油問題が解決するわけではなかったのだ。資料によって多少の違いはあるが、第二次世界大戦開始前の全世界における石油埋蔵量と生産量に占める各国の比率は、以下のとおりだった。(19)

①一九三六年度現在の石油埋蔵量（総計＝二一九億六五〇〇万バーレル）の比率

アメリカ	四八・一四％	コロンビヤ	一・二五

(18) ここに挙げた数値はすべて、満鉄撫順炭礦発行『炭礦読本』（一九三九年十一月）の記述に拠っている。

(19) 埋蔵量については後出の小中義美『人造石油と戦争』（註22）、産油量については同じく後出の石村幸四郎『石炭と石油』（註23）に拠る。国名表記も典拠資料のままだが、〔　〕内は引用者による註記。

ソ連	一二・八八	ペルー	〇・六三
イラク	一一・二七	英領印度（ビルマ）	〇・五一
イラン	九・七九	アルゼンチン	〇・四二
ヴェネズエラ	六・一五	トリニダット	〇・四一
ルーマニヤ	二・八八	其の他	一・七一
蘭領東印度	二・〇五	合計	一〇〇・〇〇
メキシコ	一・九一		

②一九三五年の世界産油額（一億三六一五万六〇〇〇トン）[20]

アメリカ	六四・〇〇%	蘭印	二・四〇
ロシア〔ソ連〕	一二・〇〇	ルーマニア	二・四〇
メキシコ	七・〇〇	イラン	二・三〇
ベネズイラ	四・五〇	日本	〇・二五

つまり、蘭印の石油資源を日本が自由に使えるようになるとしても、製油施設の拡充までに時間がかかることは別として、圧倒的な埋蔵量と生産量を持つアメリカとの長期戦には、とうてい耐え得なかったのである。ましてや、ソ連が敵となるときを想定すれば、なおのことだろう。天然の石油資源を補う人造石油の生産が、焦眉の課題だった。

「人造石油の成分は天然原油と同様に炭化水素の混合物であつて、その製法如何によつて多少の差異はあるが、人造絹糸のやうな所謂「代用品」ではない。天然石油と同様な性能を持つてゐるだけでなく、寧《むし》ろその特徴は品質の優秀な点にあると謂《い》

(20) 石油（原油）一トンは約七バーレルに相当する。

へるのである。」——「石炭・衣服の科学」を特集した『科学朝日』一九四三年二月号の特集記事のひとつ、「人造石油工業」の冒頭で、筆者の帝国燃料株式会社技術部第二課長・高橋政博はこう述べたうえで、戦争と石油および石炭の関係についてつぎのように説明している。

　一体、石油は、前大戦〔引用者註＝第一次世界大戦〕当時から、その一滴は血の一滴に喩《たと》へられるほど、国防上または産業上極めて大事なもので、過去においても石油資源の獲得は屢々《しばしば》列強の外交・軍事の対象になつてきたことは世人のよく知るところである。／同じ地下の燃料資源でも、石炭は比較的広く地球上に分布されてゐるけれど、石油資源は甚だしく不公平に配分されてゐる。即ちアメリカ合衆国は世界全産額の六割余を占めて断然他を抜いてゐる。その他は一割余のソ聯を筆頭にヴェネズエラ、ルーマニア、イラン、メキシコ、東印〔マレー半島および現在のインドネシアを中心とする地域＝引用者註〕、イラク、南米諸国等が石油産

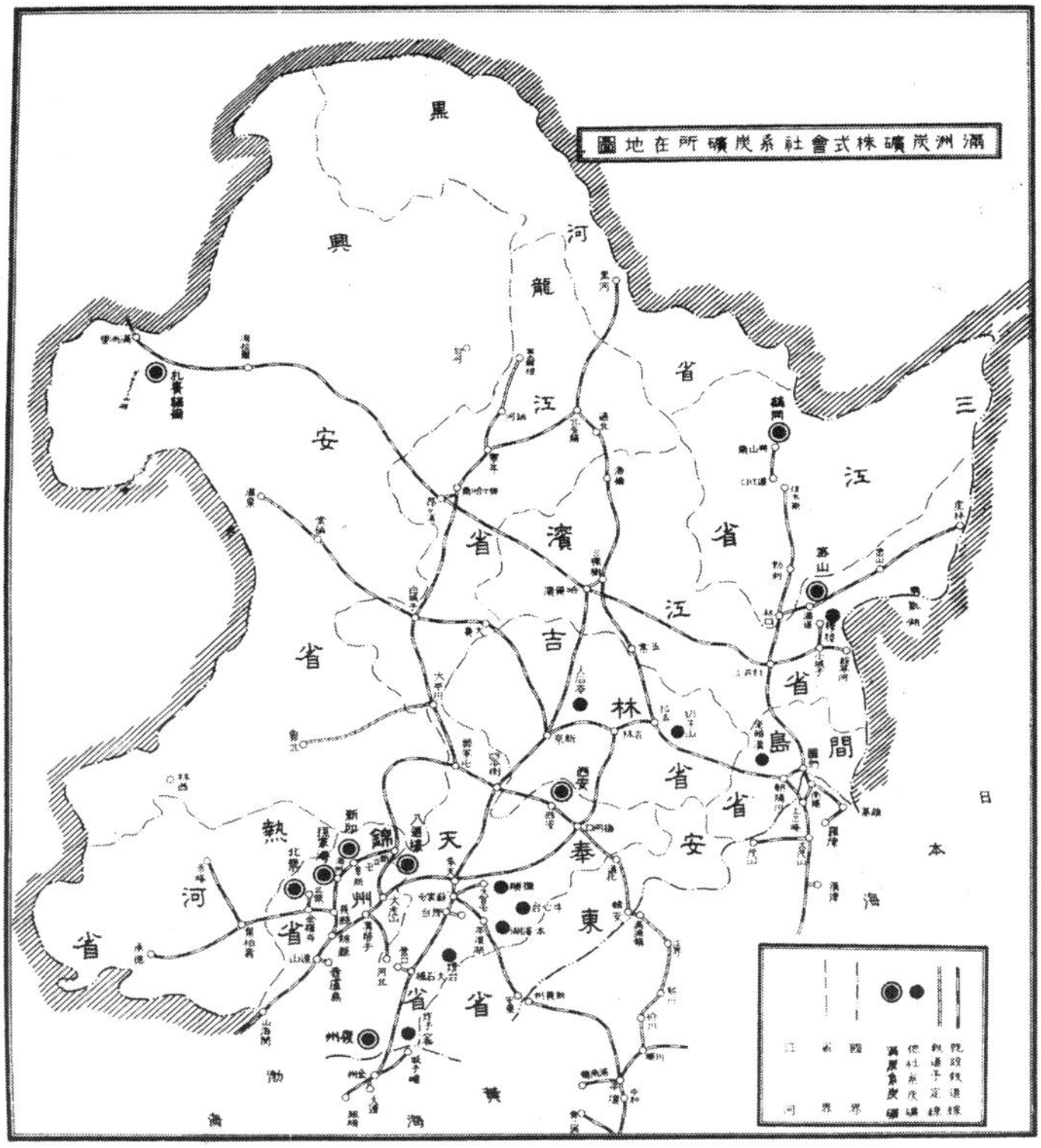

満洲の炭鉱（二重丸は満洲炭礦株式会社、黒丸は他社の炭鉱）——満洲炭礦株式会社『満洲炭礦株式会社概要』（No.238）より

出国として知られてゐるが、列強中では日本、ドイツ、フランスは極めて少量を産出するに過ぎず、イギリス本国、イタリアに至つては殆ど産出を見ない。しかしイギリスは古くから凡ゆる手段を講じて利権を獲得したので、今次大戦前には、世界天然石油の全生産は大体、アメリカ六八％、イギリス一七％、ソ聯一一％、その他四％から成る資本網によつて支配されてゐるといはれてゐた。／こんな状態であるから、所謂「持たざる国」において人工的に石油を製造する努力が払はれて来たのは当然である。殊に科学を以て誇るドイツは前大戦に苦い経験をしてゐるので、幸ひ国内に豊富に産出する褐炭を油化せんとし、多大の困難を克服して遂にこれを完成した。即ち、後記するベルギン法先《ま》づ興り、フィッシャー法これに次で、今日では低温タールを含めて少くとも年産三―四〇〇万瓲の人造石油を得てゐると伝へられる。／日本でもドイツ同様に、原油産出は戦前需要の一割にも足らない状態であつたが、人造石油工業はドイツに比して多少立ち遅れの観は免れない。それは太平洋の彼岸に生産過剰を悩みとするアメリカがあつて、政策的にも極めて低廉に石油を供給してをつたので、何時しかアメリカ依存の経済体制が採られてゐるからである。アメリカが今次大東亜戦争直前、石油輸出禁止によつて日本の屈服を期待したのも当然であらう。

しかし、日本でも一部ではかなり古くから人造石油の研究は進められていたのである。この記事の筆者によれば、海軍燃料廠をはじめ商工省燃料研究所、工業試験所、八幡製鉄所、満鉄試験所その他がそれぞれ独自の研究を進めてきた。満洲事変を契機として緊迫する国際情勢に対応すべく、政府も人造石油の企業化を急ぎ、助成策を講じることになった。その結果、「遂に昭和十四年〔一九三九年〕大規模の石炭直接液化工場が満洲の撫順と朝鮮の阿吾地とに設立された」のである。それに次いで、九州大牟田（三井三池鑛業所）に石油合成工場が完成し、「以前から行はれてゐた頁岩油工業並《ならび》に低温乾溜工業の発展と共に、この両三年来漸く人造石油工業の体制が整つたものといふことが出来る」というのが、当時の現状だった。

もちろん、石炭から石油を造るのは、常識的に考えてもそれほど容易ではないことが想像できよう。それが容易でないのは一方が固体で他方が液体だから、というわけではない。社団法人「日満支石炭聯盟」が一九四一年の四月から五月にかけて開催した連続講座の速記録にもとづく啓蒙書、『石炭常識講座』（昭和十七年新修）[21]には、商工省燃料研究所長・伴義定の「石炭の利用工業」と題する講演記録が収められているが、そのなかで伴は、石炭乾溜工業、ガス化工業とともに人造石油工業について講じ、それが困難な理由をほぼつぎのように説明している。

――石炭は熱で分解してガス、タールを発生する性質と、空気中の酸素と結合する（つまり燃焼する）ばかりでなく水の中の酸素とも結合して水性ガスを造る性質をもっている。しかし水素とはきわめて結合しにくい。もし石炭と水素とが簡単に結合するなら、石油を造ることも容易であるはずなのだ。なぜなら、石炭も石油も主成分は炭素と水素であり、石炭は炭素分が非常に多いのにたいして石油は水素が非常に多いという違いはあるにせよ、成分としては似通っているからである。日本の石炭は大体において水素が四～五％、炭素は七五％になっているが、石油は水素が一五％であるのにたいして炭素が八五％程度である。つまり、炭素一〇〇にたいして石炭の場合には水素が六くらいであるのに、石油の場合には水素が一五くらい

(21)『石炭常識講座――昭和十七年新修』（一九四二年四月、日満支石炭聯盟）

になる。したがって、石炭に水素を結合させて、炭素にたいする水素の割合を二倍余り多くすることができれば、石炭を石油に変えることができるわけなのだ。ところが、前述のように石炭はなかなか水素と結合しにくい性質をもっているため、石炭から石油を造るということは、長年さまざまな研究がなされてきていながら、成功しなかったのである。

　このように述べたあと、伴は、その困難を克服して開発された各種の人造石油製法について紹介している。一九四三年十月に刊行された小中義美の『人造石油と戦争』と題する興味深い一冊[22]や、四一年十月刊の石村幸四郎による簡にして要を得た高レベルの概説書、『石炭と石油』[23]をも参考にしながら、それら各製法の概要を略述すれば、石炭を石油に変じる方法、すなわち石炭の液化法は、以下のようなものだった。

　（一）一九一三年、ドイツの化学者フリードリヒ・ベルギウスが、石炭を摂氏四〇〇度以上の高熱で分解させ、それに一〇〇気圧以上の高圧の水素を加えることで石油を造り出すことに成功した。この方法は発明者の名にちなんで「ベルギン法」また液化の工程にちなんで「高圧水素添加法」、「水素添加法」、あるいは「直接液化法」と称されることもある。有名な染料会社のI《イー》・G《ゲー》・ファルベンがこれの実用化と取り組み、種々の触媒と設備の考案・改良を進めた結果、発明から二十年足らずを費やして一九三一年に初めて褐炭の直接油化を工業ベースに乗せたのだった。ちなみに、I・G染料《ファルベン》は、染料会社として出発したのち、火薬製造を始めとする大軍需産業コンツェルンとして、二十世紀ドイツの軍国主義を支えた企業である。発明者のベルギウスは、一九三一年にノーベル化学賞を受賞した。この方法には褐炭が適しており、やはり石炭から製造する水素ガスの分も含めて、原料となる石炭の重量

（22）小中義美『人造石油と戦争』（一九四三年十月、東京八雲書店）。奥付によれば初版は三五〇〇部。

（23）石村幸四郎『石炭と石油』（〈科学文化叢書〉1。一九四一年十月、誠文堂新光社）。

の約五分の一の石油が製造できる。また、反応の過程でできるアンモニアは、硫酸に吸収させて硫化アンモニウム、すなわち「硫安」と呼ばれる化学肥料となる。

（二）一九二五年、同じくドイツのフランツ・フィッシャーが、常圧または一〇気圧程度の低圧と二〇〇度前後の低温で一酸化炭素と水素の両ガスを触媒の作用で化合させる方法を発明した。発明者にちなんで「フィッシャー法」と呼ばれ、また「石油合成法」あるいは「間接的油化法」と称されるのがこれである。日本では、一九四〇年五月、三井鑛山が大牟田で工業化したのが最初だったが、ドイツでは一九四〇年代初頭の時点にこの方法だけで年間一〇〇万トン以上の人造石油を得ていたとされる。この方法で製造されるのは主としてガソリンだが、そのガソリンは、そのままでは航空機用には適さない。しかし、同時に得られる「ガゾール」というガスは、航空機燃料として重要なイソオクタンの原料となるのである。

（三）これらのほか、石炭からコークス（骸炭）やガスを製造するさいの副産物であるコールタールを原料として人造石油を製造する方法も開発されていた。コークスやガスを得るときの一〇〇〇度以上の高温ではなく六〇〇度程度で処理すると、生じるコールタールは天然の原油に近い性質のものになる。「石炭低温乾溜法」と呼ばれるこの方法は、日本でも一九二〇年代から小規模に採用されていたが、時局の推移とともにその価値が見直されようとしていた。この方法では、原料炭一〇五〇キログラムから二三五キログラムの人造石油が製造できる。つまり、重量比で石炭の二二・四％の石油が得られるのである。

（四）さらに、石炭を加熱処理して、可溶性の成分を有機溶剤を用いて抽出する方法（「溶剤抽出法」）も試みられていたが、一九四〇年代初期の段階ではまだ実用化に

満洲・鶴岡炭礦の露天掘。康徳四年『満洲炭礦株式会社概要』（No.238）より

は至っていなかった。

人造石油は、もちろん基本的には、天然石油の不足または欠如を補うための手段である。もしも日本という国家が、石油資源の豊富な国や地域を支配下に置くことができたとすれば、人造石油開発に血道を上げる必要はなくなるだろう。一九四一年十二月八日の対米英開戦とともに日本がマレー半島や蘭印に軍を進めたのは、そのためだった。しかし、さきに述べたように、石油大国であるアメリカとの戦争のためには、それだけでは充分ではなかった。そればかりでなく、戦争の目的であるはずの「大東亜共栄圏」を建設し、それを運営発展させていくためには、もっと多くの石油が必要だったのである。一九四三年十月に刊行された前述の『人造石油と戦争』のなかで、著者・小中義美は、「大東亜戦緒戦に於ける戦勝の結果として、南方油田が悉く我が掌中に帰した」とはいえ、「然らば此の南方石油資源の獲得に依つて、我国及び大東亜の石油需給の問題は果して解決せられるのであらうか」と問うている。そして、南方全油田の石油供給力は「其の復興の暁に於ては年産一、〇〇〇万噸に達するであらうことは想像に難くない」としたうえで、しかし今後の必要量は年間二〇〇〇万トンに上ると予想されるので、不足分の一〇〇〇万トンは人造石油で補わなければならない、と指摘するのである。もちろん、その場合には、それに応じた大量の石炭が必要になるわけだが、これについて小中はつぎのように記している。

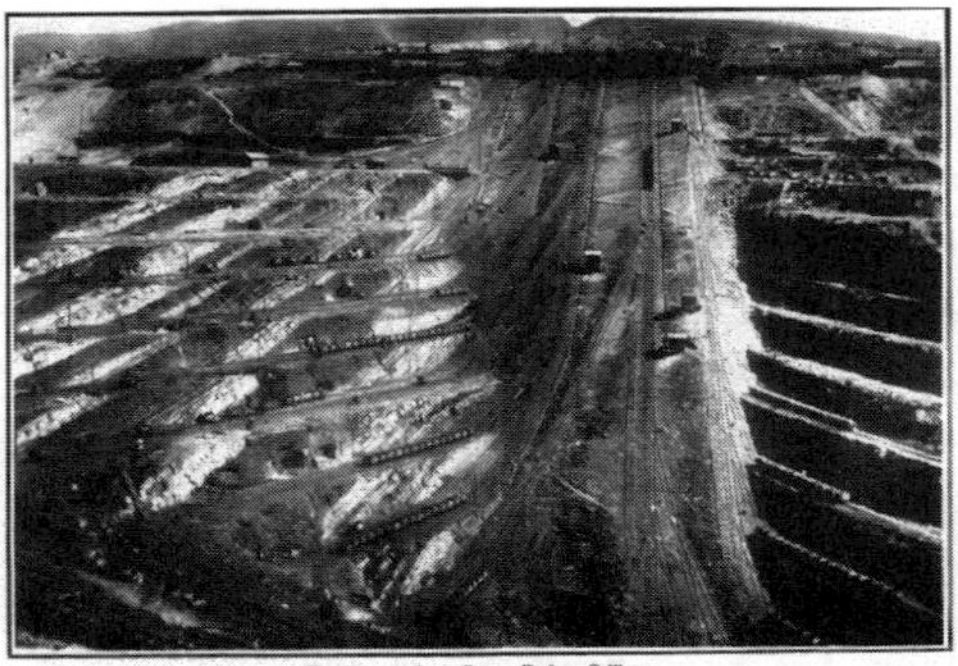
The Famous Open Cut at Fushun Colliery.

満鉄撫順炭礦の露天掘 — *Report on Progress in Manchura 1907-1928* (No.254) より

　人造石油を製造するに要する原料炭は、石炭の性質や瓦斯《ガス》化方法の相違及び電力の起し方等に依つて相違するが、直接液化法の場合だと低温乾餾用炭、液化炭の外にボイラー用炭又は電力用炭等の雑用炭を含めて油一噸当り五噸から六噸位の原料炭が、合成法の場合では六噸―八噸位の原料炭が必要である。つまり人造石油一噸当りに五噸乃至《ないし》八噸と云ふ多量の原料炭を必要とするのであるから、仮に年二〇万噸の人造石油工業を企業するためには年産一〇〇万噸乃至一六〇万噸の採炭が必要となる。これに輸送用其の他の雑用炭を含めて少くも年二〇〇万噸位の石炭がなければ年産二〇万噸の人造石油を製造することが出来ないことになる。

日本が大東亜共栄圏確立のための戦争を遂行するうえで毎年必要になると予想される石油の量の半分、一〇〇〇万トンを人造石油で補うとすれば、そのためだけに、毎年じつに一億トンの原料炭が必要となるわけだ。ちなみに、日本内地における石炭の利用状況を産業別に見るなら、支那事変開始の前年、一九三六年（会計年度）における統計は次のような数値を示している（久保山雄三『石炭大観』[24]に基づき再構成）。

産業別	石炭消費高（単位＝トン）	比率（％）
重工業	七四九万七〇〇〇	一七・一
化学工業	五六九万〇〇〇〇	一三・〇
船舶焚料	四五三万〇〇〇〇	一〇・三
鉄道	四〇二万八〇〇〇	九・四
紡績染業	三八三万六〇〇〇	八・七
窯業	三八二万二〇〇〇	八・七

（24）久保山雄三『石炭大観』（一九四二年六月、公論社）＝一四四ページ既出。

電力業	三一七万四〇〇〇	七・二
瓦斯、骸炭業	二四三万三〇〇〇	五・五
食糧品業	二二三万一〇〇〇	五・一
その他	六六〇万九〇〇〇	一五・〇
総計	四三八五万〇〇〇〇	一〇〇・〇

この年、内地における石炭産出量は四一八〇万トンだった。消費はそれを約二〇〇万トン上回っている。朝鮮、台湾、南樺太のいわゆる「領土炭」の産出額合計は、その前年(一九三五年)のデータによれば五二七万一〇〇〇トンだった。しかも、これら植民地での石炭消費額は、一九三五年が五一四万五〇〇〇トン、三六年では五七九万九〇〇〇トンに上っている。つまり、本格的な石炭液化(人造石油製造)に着手する以前から、日本の石炭は植民地も含めて、人造石油製造に廻すだけの余裕を持たなかったのである。加えて、対米英開戦の前年である一九四〇年の日本内地における石炭産出量、五六三一万三〇〇〇トンが、日本の歴史上の最高値であったことを考えるなら、人造石油に国運を託さざるをえなかった日本国家の前途は、すでに明らかだった。——支配階級のロボットとなることを決意した神原泰が見通したとおり、日本は、まず蘭印の石油資源を戦い取るしかなかった。そして、それでも「大東亜共栄圏」建設のためには不足する一〇〇〇万トンの石油を、何とかして石炭から製造しなければならなかった。その石炭が、内地と植民地をすべて合わせても足りなかったのだ。

日本国家は、石油資源獲得のための全面戦争が不可避となる状況のなかで、さらにこのような砂上の楼閣ともいうべき人造石油製造に望みを懸けながら、とにかく液体燃料の確保に全力を挙げなければならなかった。そして、もちろんそれは本国だけのことではなかったのである。傀儡国家・満洲での人造石油製造のひとこまを物語る資料に、「康徳五年十二月二十四日」の発行日付をもつ小冊子がある。『吉林に進出する国策会社　石炭液化並カーバイト工業』と題する「吉林商工公会」発行の冊子(25)がそれである。

満洲国吉林省の中心都市、吉林は、市内を流れる松花江（スンガリー）の上流二四キロのあたりに建設中の「第二松花江ダム」、いわゆる「大豊満ダム」が「康徳八年」、つまり一九四一年に完成を予定していることから、広さが琵琶湖の七割という広大なその人造湖のダムで発電される電力を利用した工業都市としての発展を期待されていた。そこで吉林市が積極的に誘致したのが、カーバイト工業と石炭液化工業だったのである。カーバイト工業は、第二松花江ダムの電力利用のための企業として新たに設立された「満洲電気工業株式会社」が経営し、石炭液化工業は、「朝鮮窒素肥料株式会社」を中軸とする「野口系」に委ねられた。この後者は、石川県出身の野口遵《したがう》が一九〇八年に設立した「日本窒素肥料株式会社」の系列のいわゆる「日窒《にっちつ》コンツェルン」が、植民地朝鮮に進出して経営していた企業体である。朝鮮での最初の石炭液化工業が開始された阿吾地というのは、この野口系の炭鉱にほかならなかった。そして、その日窒コンツェルンが戦後の財閥解体を経て生き残り、「チッソ株式会社」としてあの水俣病の元凶となったことは、忘れられてはならないだろう。

カーバイトは、かつて夜店の明かり、アセチレン・ランプの原料として親しまれていたが、工業的には人造ゴムや合成樹脂の原料として、日常生活にとってばかり

(25)　吉林商工公会『吉林に進出する国策会社　石炭液化並カーバイト工業』（康徳五年十二月）。康徳五年、つまり一九三八年の十二月に刊行された全六八ページのこの冊子は、「経済資料第二輯」として編まれた。第一輯は『化学工業都市化する吉林』という表題で、同じ吉林商工公会によって編輯発行されている。

でなく軍需産業にとっても重要な物資だった。それの製造には、石灰石とコークスというわずか二種の原料だけで事足りた。吉林から南方へ約一五〇キロの磐石の付近に、全山が石灰石といういわば無尽蔵の石灰石産地があり、これまでもっぱらセメント原料として採掘されていたものが、カーバイト原料として脚光をあびることになった。一方、コークス（骸炭）の原料となる石炭については、南へ約二〇〇キロという近距離にある満洲炭礦株式会社（満炭）の西安炭礦が検討されたが、結局ここの石炭は適さないことが明らかになり、撫順炭を用いることに決まった。一方、カーバイトと比べても時局にとって遥かに大きな意味をもつ石炭液化工業のための原料となる石炭は、吉林から南東へわずか五〇キロの距離にある舒蘭《ジョラン》炭鑛（舒蘭煤窯）のものが最適であるとされた。しかも、その埋蔵量は約一〇億トンと見積もられ、撫順の一六億トンに比しても遜色ないとされたのだった。

石炭液化工業の吉林誘致について、冊子はその意義と経緯をつぎのように述べている。

〔……〕日本政府商工省に於ては昭和十二年〔一九三七年＝引用者註〕より今後七年の後に於て二百万トンの人造石油の生産を目論みて居り、これを国策的立場からしても是が非でも遂行せんとしてゐる。／石油問題について盟邦ドイツの場合を例にとつてみるならば、ドイツの場合も日本と同様、石油の不足には国家的な悩みを有する訳であり、ヒツトラーは国運の伸張は先づ石油の確保に在りと為し、石油自給四ケ年計画を樹立し、これに向つて一路邁進したのであつた。このためヒツトラー総統は「ガソリンの価格は世界標準値段の三倍までは認めるから代用燃料の製造に邁進せよ」と高唱したのである。このドイツの積極的代用燃料の生産に刺戟され、ドイツではフイツシヤー法によるガソリンの製造を行つた結果、市価の三倍以上、即ち一ガロンにつき八十銭以上の生産原価を必要とするに至つたのである。／か丶る重要な液体燃料把握の重要性からして、日満両国政府に於ては、石炭液化を国策的立場から如何なる犠牲を払つても、これを強行せんとする意図の下に、満洲国政府では本秋、野口朝窒社長の来京〔満洲国首都「新京」来訪＝引用者註〕を求め、吉林に石炭液化工場を設立すべく、着々其の準備を進めつ丶あつたが、最近漸く成案を得、愈々ここに最重要なる国策会社吉林液化工場が創立されんとするに至つたのである。

計画によれば、工場はダムによる発電の施設が完成する年度、康徳八年（一九四一年）末までに竣工し、年間三〇万トンの石油を生産することを目標とした。原料炭の供給地である舒蘭と吉林のあいだには鉄道を敷設することも決定された。製品（人造石油）一トンにつき五トンの原料炭が必要となるので、年間一五〇万トンの石炭が供給されねばならず、満炭では舒蘭での二〇〇万トン採炭計画を実施に移している――。

ドイツのＩ・Ｇ・ファルベンがそうだったように、日本とその植民地および属国でも、元来は染料や肥料を製造することを目的として設立されたはずの企業が、そのまま軍需産業の死の商人として戦争と海外進出の動力源となったのだった。石炭は、直接のエネルギー源として戦争のためにみずからを燃焼させたばかりでなく、オイルシェールとして液体燃料となり、人造絹糸から人造石油にいたるまでの化学工業製品として国策に貢献した。そしてもちろん、その石炭とともに、「オイルシェール」の技師や「4A格」の女工たちが、銃後で、みずからの生命を燃え尽きさせていったのである。

小山いと子は、そうした銃後の人間たちを描きつづけた。かの女の作品の少なからぬものが、ルポルタージュ小説ときわめて近い現場性を色濃く示しているのにふさわしく、戦中のかの女は、しばしば銃後の現場を自分の目で見つめ書き記そうとした。一九四三年一月号の雑誌『日本婦人』[26]（第一巻第三号）には、造兵廠と足尾銅山を見学したかの女の記録が掲載されている。だが、そこには、国策のために身も心も磨耗させていく技師も、国策によって易々と使い棄てられていく女工も、もはや登場しない。そこに生きて労働し、小山いと子のペンによって描き出されているのは、あの足尾銅山で軍事物資の銅を掘り出すことに誇りを抱く鉱夫たちと、傷痍軍人たちとともに「如何にも戦士といふ」面持ちで働く女子工員たちだけだった。

（26）小山いと子「造兵廠と足尾銅山—戦ふ銃後の第一線視察記」（『日本婦人』一九四三年一月号）。

造兵廠を見学する小山いと子（右）—『日本婦人』一九四三年一月号＝第一巻第三号（No.327）より

第Ⅶ章 たたかう石炭 ――戦争は誰によって遂行されたか？

1 「黎明を知らざる夜戦」

福岡県嘉穂《かほ》郡（現＝飯塚市）忠隈《ただくま》の住友炭鉱での出来事である。

一九四一年十二月八日、ラジオのニュースに身も心も緊張した検炭係員が、石炭を積んで昇坑してきた炭車の番号札を取ろうとすると、それがない。採炭者が入坑するとき、切羽《きりは》（採炭現場）の責任者が番号札を必要な数だけ労務係から受け取って行き、搬出炭車にそれを掛ける。その札によって当該の切羽における出炭量が記録され、賃銀が計算される仕組みになっているので、番号札を掛け忘れるというのは無駄働きをしたに等しいのである。検炭係員は、苦笑しながらその一函を採炭者不明として処理したのだった。

ところが、翌日もまた、番号札のない炭車が一函、昇坑してきた。いくら増産に懸命になっているにしても、番号札を忘れるやつがあるものかと、検炭係はいささ

旧・忠隈炭鉱のボタ山――松本一郎『筑豊の炭鉱札』（No.61）より

か憤慨しながら、やはり採炭者不明の処理をしておいた。しかるに、またまたその翌日も、一函の無炭札《たんさつ》車が昇ってきたのである。故意にやっているのだ。こんな手数を人にかけさせる悪戯は許せない……と、ただちに労務係と一緒に取調べに乗り出すことになった。その結果、無札車の前後に昇坑した炭車の番号札の所持者から推断して、第七坑左一片払の責任者、高山啓次郎（四十四歳）の切羽から昇ってくるものらしい、ということになった。

筑紫聰のエッセイ風ルポルタージュ集『炭礦の凱歌』（一九四三年十二月刊）[1]は、その一章、「非常時石炭増産期間中の美談」のなかで、他の五つの美談に先立つ第一の実話として、右のようなエピソードを紹介している。そこで言われている「左一片払」（ひだりいちかたはらい）というのは、炭車の捲差《まきさ》し（地上への揚げ降ろし）をする捲卸《まきおろし》と呼ばれる主要坑道から左右に枝のように分岐していく炭車軌道のある坑道（曲片《かねかた》という）のうち、捲卸の左側（「左」）に掘られた最初の曲片（「一片」）にある長壁式の採炭現場（「払い」）のことである。長壁式《ちょうへきしき》（long-wall system）とは、袋状に奥へと掘り進むのではなく、炭層に長い壁面を造って、落盤防止のための炭柱（石炭を太い柱の形で残した部分）を残さずにすべて払い取るように採炭しながら掘り進む方式で、コールカッターやベルトコンベアーなどの大型機械の導入がこの方式によって大幅に進んだ。「非常時石炭増産期間」というのは、企画院・商工省・厚生省・大日本産業報国会と石炭統制会とが共同で決定した「戦時非常石炭増産期間実施要綱」にもとづき、一九四一年十二月十五日から四二年三月三十一日までの予定で実施された石炭増産運動期間のことである。厳密に言えば、ここに描かれたエピソー

（1）筑紫聰『炭礦の凱歌』（一九四三年十二月、新正堂。装幀＝大野鐵雄。初版一万部）。

ドの第一日目である四一年十二月八日、つまり対米英開戦の当日には、まだこの国策キャンペーンは開始されていなかった。だが、すでにそれよりほぼ一年前の四一年一月の一ヵ月間が「全国石炭増産強調期間」と定められ、企画院・商工省・厚生省の主催で大々的に石炭増産キャンペーンが実施されており、それ以後も、増産は炭鉱と炭鉱労働者にたいする至上命令でありつづけていたのだった。

住友忠隈鉱の検炭係員は、労務係員の立ち会いのもとで、無札炭車の切羽の責任者、高山啓次郎を詰問した。口を緘《かん》して語らなかった高山が、「条理を尽した問」によようやく口を開いて打ち明けたのは、つぎのようないきさつだったのである——

「大東亜戦争勃発のニュースを聴きましてから、日本人として、何とかしてお国に御奉公申し上げ度いと思ひましたが、適当な方法がみつかりませんので、農夫が、初めて獲《と》れた〔原文のまま〕お米を神様にお供へするやうに、私たちも、毎日初めに掘出した一函を報国炭と名付けて、お国に献上しようぢやないかと、相談しましたところ、みんなも快よく賛成してくれましたので、かうやつてゐます。……でも、みなさんにお手数をかけたことは真に申訳ありません。」〔……も原文のまま〕

こう語って高山は頭を下げた。「この話に、無番号の不都合を訓戒しようとしてゐた二人の係員は、反対に彼等の崇高な精神に撲《うた》れて返す言葉もなかつたといふことである」と、筑紫聰は書いている。

いわばボランティア精神の精髄を物語るようなこのエピソードを紹介した『炭礦

長壁式採炭場——北海道炭礦汽船株式会社『五十年史』（No.94）より

の凱歌』の著者、筑紫聰は、この本が出たころにはすでに、炭鉱を描いた小説の作者として一部では知られていた。一九四一年一月の「全国石炭増産強調期間」を契機として書かれた短篇小説、「炭田の人々」が、『サンデー毎日』の懸賞小説に一等で入選し、この作品を表題作として計八篇の炭鉱をテーマとする小説を収めた作品集『炭田の人々』(2)が四二年十一月に刊行されていたのである。この作品集の巻頭に「序」を寄せた石炭統制会企画部長・茂野吉之助は、表題作「炭田の人々」が『サンデー毎日』懸賞の一位入選作であることに言及したあと、つぎのように記している。

「炭田の人々」は所謂《いわゆる》炭礦小説の在来の型を脱した点に於て、殊《こと》に炭礦経営の国策的意義を、その構想に取り入れた点に於て、出色のものと考へて、私は石炭鑛業聯合会から副賞の寸志を呈し、増産運動に関係した官民の方々に、一読を推奨したことを記憶する。

乍併《しかしながら》、炭礦といふものは、これに関係する人々の間だけでなく、もつと広く一般人士に理解されて欲しい。地下資源を探つて、これを採掘し、国家須要の用途に供するといふ重大な仕事が、脚下の泉を穿《うが》つが如き易々たるものと誤解される処に、幾多の障礙を生じ、惹《ひ》いては、戦時炭礦経営の根帯《ママ》まで揺がすことになる。無理解ほど恐ろしいものはない。

今、幾多の文芸作家は身を挺して、その筆陣を砲火の第一線に押し進めて居る。私共は硝烟を払ひつつ書かれた力作から、戦線の緊迫した空気を呼吸して、銃後の武者震ひを忘れざらんことを努めて居るが、炭礦も亦、地下戦線として、地表

(2) 筑紫聰『炭田の人々』(一九四二年十一月、科学通信社出版部。初版四千部)。

の人々に知つて貰ひ度い困苦と緊張とを有して居る。

一国の興隆は地下から盛り上る。その浅きは蒔かれたる米であり、その深きは石炭である。炭礦稼業は、此の深き地下資源を攻略する坑道作戦と云ふ可《べ》く、闇黒と闘ふ点から云へば、黎明を知らざる夜戦である。此の戦線に働く人々は、大東亜建設の基礎を地下の深きより築き上げようとして、黙々として日夜必死の努力を続けてゐる。

私はかうした炭礦の事情を世人に知つて貰ふ為に、此の書「炭田の人々」を推奨し度い。著者筑紫聰君は、九州筑豊炭田の生れであり、産湯を使つた遠賀川の流れは、石炭を五平太と呼んだ昔の主要運炭水路である。筑紫聰君こそ生え抜きの炭礦作家である。私は 君が将来に於て、筑豊炭田を舞台とした一大雄篇を物せられん事を、此の短篇集の読者と共に切望して已《や》まない。

昭和十七年九月

この序文の筆者が企画部長の職にあった「石炭統制会」とは、対米英開戦に先立って一九四一年八月三十日に公布された「重要産業団体令」（勅令第八百三十一号）の第四条以下によって、「国民経済ノ総力ヲ最モ有効ニ発揮セシムル為《タメ》当該産業ノ綜合的統制運営ヲ図リ且《カツ》当該産業ニ関スル国策ノ立案及遂行ニ協力スルコトヲ目的ト」して設置された国策機関である。その二ヵ月後、同年十月三十日公布の「重要産業指定規則」は、石炭のほか、鉄鋼、原動機など十二種の産業を指定した。前掲の序文からもわかるように、序文の筆者・茂野吉之助は、石炭産業の企業家組織である

「石炭鑛業聯合会」の役員であり、この企業家組織が国策団体「石炭統制会」の事実上の母体となっていたのだった。明治鑛業の社主であり、石炭鑛業聯合会の会長である松本健次郎を会長とする石炭統制会で、茂野吉之助は筆頭理事として、企画部長と労務部長とを兼ねていた。

つまり、『炭田の人々』に寄せられた茂野の序文は、戦時体制下の石炭にたいする国家統制の観点からの思いを、率直に語っているのである。そのなかで茂野が、「所謂炭礦小説の在来の型を脱した点」で筑紫聴の「炭田の人々」を評価していることに、とりわけ着目しなければならないだろう。「在来の型」とは、言外にプロレタリア文学の炭鉱小説を意味しているのである。強大な石炭産業資本によって全存在を握られ、文字通り搾取されるプロレタリアートとしての炭坑夫——そういう炭坑夫を筑紫聴の小説はもはや描かない。それにかわって、そこには、「炭礦経営の国策的意義」が、しかも「地下戦線」である「炭礦稼業」に「働く人々」の姿を通して、描かれているのだ。作家が石炭を描くことは、いまや、石炭と関わる労働のありかたや労働者の姿を描くことではない。石炭を描くことは、大東亜共栄圏建設のための戦いの一翼を担うことであり、「国民徴用令」によって戦地に送られる従軍作家たちの任務と同様、戦争遂行にとって欠かすことのできない義務なのだ。この義務を逸早く果たしつつある作家として、茂野吉之助は筑紫聴に着目したのだった。

『サンデー毎日』の懸賞小説で一等に入選した筑紫聴の短篇小説、「炭田の人々」は、新しい坑道を開鑿《かいさく》する作業に従事する坑夫たちを、主要な登場人物として描いている。採炭現場の切羽で働く坑夫ではなく、未開坑の新しい有望炭層に到達する

『炭田の人々』表紙

ための坑道を鑿《うが》つ坑夫の仕事は、斤先請負《きんさきうけおい》と呼ばれていた。どちらかと言えば世人の目に触れることが少ないこの斤先請負の労働を筑紫聰が小説のテーマに選んだのは、もちろん、かれが時局の要請に応えようとしたからである。長期化する事変と緊迫の度を加える対米英関係とのために、石炭増産がますます不可欠となるなかで、北海道や樺太の炭鉱に比べて炭層の薄い筑豊では、少しでも厚い炭層を新たに開鑿することが喫緊の課題だった。小説の坑夫たちは、巨大な断層の向う側にある十三尺層（厚みが十三尺、つまり約四メートルに及ぶ石炭の層）への到達を目指して、度重なる失敗にも屈せずそれを諦めないひとりの炭坑主のもとで、国家のために、危険な掘進作業をつづけているのである。

　作者・筑紫聰は、エッセイ集『炭礦の凱歌』の自序のなかで自分自身について、「炭礦に生れ炭礦に育ち、炭礦に父を捧げた私」と述べている。父を炭鉱災害で失ったことは推測できるが、かれ自身が炭坑夫として働いていたのかどうか、またいつまでそうだったのかは、明らかではない。短篇小説集『炭田の人々』も、エッセイ集『炭礦の凱歌』も、自伝的な要素ではなく取材と脚色を軸にした作品によって、構成されている。自分を語ることは作者の意図ではなかったことを、作品そのものが語っている。作者は、自分のペンを、「私」を離れた国策事業の完遂のために、文字通り捧げつくそうとしているように見える。虚構にすぎない小説も、私的な感懐でしかないエッセイも、この二冊の作品集では、「黎明を知らざる夜戦」（茂野）の銃口から発射するような思いを込めて書かれたにちがいない。射手である自分の姿を誇示することではなく、弾丸が敵に命中するかどうかが問題なのだ。とりわけ、『炭礦の凱歌』の巻末の一章、「石炭増産の一方策」では、一九四二年〇月の内地石炭出産高が前年同期に比して約〇万噸の減産となったことへの危機感から、これを増産に転じるための現状分析と提言とが、二十七ページにわたって詳細に記されている。

筑紫聡に危機感を抱かせた石炭減産は、じつは、かれが「はっきりした数字を挙げることは、時節柄《がら》遠慮するが」とことわって〇で示した特定の月だけに限ったことではなかったのである。日本（内地）の石炭の年間産出量は、明確な記録が残っている一八七四年以後、つぎのような推移をたどってきていた。[3]

石炭の年間産出量

年度	産出量（トン）
一八七四（明治七年）	二〇万八〇〇〇
一八八〇	八八万二〇〇〇
一八八五	一二九万四〇〇〇
一八八八	二〇二万三〇〇〇
一八九一	三一七万六〇〇〇
一八九四	四二六万八〇〇〇
一八九六	五〇二万〇〇〇〇
一九〇〇	七四八万九〇〇〇
一九〇三	一〇〇八万九〇〇〇
一九〇五	一一五四万二〇〇〇

（3）以下に数値を挙げた石炭産出量については、水沢周『石炭——昨日　今日　明日』（一九八〇年七月、築地書館）に収載された資料、および『筑豊石炭礦業史年表』（一九七三年十一月、西日本文化協会）に拠っている。

一九一三	二一三一万六〇〇〇
一九一九	三一二七万一〇〇〇
一九二五	三一四五万九〇〇〇
一九三〇	三一三七万六〇〇〇
一九三五	三七七六万二〇〇〇
一九三六	四一八〇万三〇〇〇
一九三七	四五二五万八〇〇〇
一九三八	四三六八万四〇〇〇
一九三九	五一一一万一〇〇〇
一九四〇	五六三一万三〇〇〇

一九四〇年の五六三一万三〇〇〇トンという産出量は、全国出炭目標六〇〇〇万トンの計画を達成すべく全力を傾けた結果であり、それまでの三分の二世紀にわたる石炭増産の歴史上、もっとも高い産出量だった。――けれども、すでに述べてきたとおり、これが、日本の石炭史上、最高の数値となったのである。翌四一年には、それは五五六〇万二〇〇〇トンに低下した。さらに四二年には五四一七万九〇〇〇トンに減じた。四三年にはやや回復して五五五〇万トン台となったものの、四四年は四九三三万五〇〇〇トン、敗戦の年の四五年には二二三三万五〇〇〇トンにまで落ち込んだ。戦後復興のなかで、一九六一年に五五四一万三〇〇〇トンを産出したのが、回復の頂点だった。「エネルギー政策の転換」によって石炭の時代が終わる

一九七〇年代末、一九七八年の産出量はわずか一八五〇万トンとなり、一九一〇年代初頭の水準にまで減退することになる。

つまり、支那事変がそれをも含む大東亜戦争へと拡大されたとき、日本の石炭産出はすでに頭打ちから減産へと転じていたのだった。石炭が、人造石油の原料であることも含めてもっとも主要なエネルギー源であり、あらゆる産業と生活現場にとって決定的な重要性をもっていたことを考えるなら、一九四〇年の石炭産出量が史上最高値を示していたという事実は、大きな歴史的意味をおびてこざるをえない。日本のいわゆる「国力」は、対米英開戦の前年、一九四〇年が頂点だったのだ。日本は、国力が下り坂に転じたとき、対米英開戦という決断をせざるをえなかったのである。「戦争に鉄が入用なことは三歳の童児でも知つてゐる。が、その鉄を製《つく》るのに、鉄鑛一噸に対し二噸乃至《ないし》三噸の石炭を必要とするといふことを知つてゐる者はあまりない」と、筑紫聰は『炭田の人々』の「跋」に書いていた。あるいはまた、情報統制と宣伝啓発の最高機関である情報局が編輯発行していた『写真週報』の四四年一月二十六日付第一〇九号は、「時の立札」と題するキャンペーンのページに、「爆撃機一台をつくるには約二百トンの石炭がいる/輸送船一隻をつくるには約三万トンの石炭がいる」と記し、足りない石炭を節約するために、石炭を必要とする日用の電気・ガスや生活資材の節約を呼びかけている。戦争する国家にとって「石油の一滴は血の一滴」だったとすれば、石炭もまた文字通り生命の火だったのである。なんとしても、より多くの石炭を掘らねばならなかった。国策としての朝鮮人強制連行の開始（四二年二月）と炭鉱への配置も、このような歴史的脈絡のなかでなされたのだっ

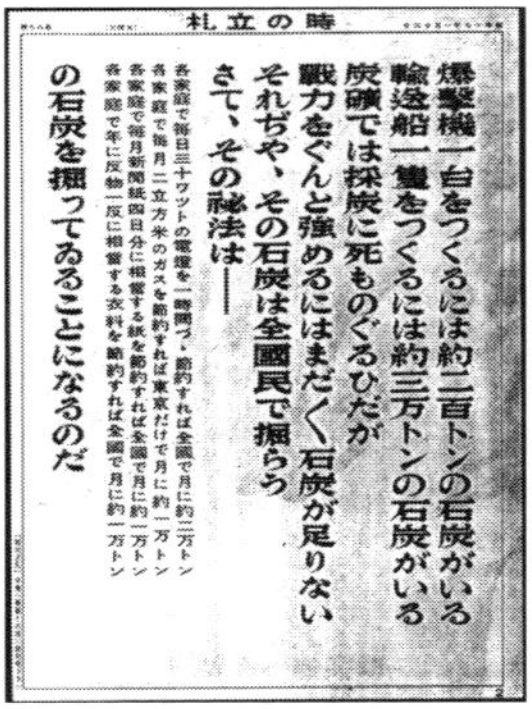

時の立札

爆撃機一台をつくるには約二百トンの石炭がいる
輸送船一隻をつくるには約三万トンの石炭がいる
炭礦では採炭に死ものぐるひだが
戰力をぐんと強めるにはまだ〳〵石炭が足りない
それぢや、その石炭は全國民で掘らう
さて、その祕法は――

各家庭で毎日三十ワツトの電燈を一時間づゝ節約すれば全國で月に約二万トン
各家庭で毎月二立方米のガスを節約すれば東京だけで月に約一万トン
各家庭で毎月新聞紙四日分に相當する紙を節約すれば全國で月に約一万トン
各家庭で年に反物一反に相當する衣料を節約すれば全國で月に約一万トン

の石炭を掘つてゐることになるのだ

『写真週報』一九四四年一月二十六日号（No.344）より

た。そして、『炭礦の凱歌』の最終章で筑紫聡が石炭増産の方策について心を砕くのも、このような現実を背景としてのことだった。

2　炭坑夫たちは何を考えていたか

『炭礦の凱歌』の一章、「石炭増産の一方策」で、筑紫はまず、減産の原因となっている要因として「坑道の延長による生産コストの漸増」、「優秀鉱区並に切羽の隠匿」、「資材の不足」、「労働力の不足」の四点を挙げる。第二点の「隠匿」に関しては、「これは杞憂かもしれないが」とことわりながら、しかし石炭統制会の設立の主旨にも、こうした業者には強権をもって臨むという条項があることを考えると、まさかとは思うが絶無ではないような気がしてならない、と述べている。炭鉱会社が、所有する炭坑のうち採算上有利な箇所を将来のために密かに温存しているらしい、という疑いがあったわけだ。だが、筑紫がもっとも多くのスペースを割いて考察するのは、「労働力の不足」という要因についてである。これには、あるひとつの炭鉱に永く居つかないという炭坑夫の古くからの習性が大きく関係している、と指摘したのち、かれは、では何故にそのような流動の習性が身につかざるをえないのか、と問う。もちろん、少しでも賃銀の高い炭鉱に移ろうとするのは、理解できることである。それだけではなく、事故のさいの保障など、福利にかかわる待遇の差が、坑夫たちの職場を変える動機として働く。現行の「鑛夫労役扶助規則」は、労務者が負傷しまたは疾病にかかったさいの休業扶助料支給についても定めているが、それは例えば国鉄（国有鉄道）や重工業分野の労働者に比してあまりに低額である。要は、炭鉱という職場が、その過度の危険性を考えるとき、腰をすえて働くことのできる労働の場ではないという点にある。このように分析する筑紫が最後に着目するのが、いわば安心して死ぬことができる職場としての炭鉱――という意識を労働者にいだかせなければならぬ、という一点なのだ。負傷や罹病のさいの扶助料の少なさについて批判したのち、かれは、炭鉱災害で殉職した場合の保障について、こう書いている――

次に犠牲者に対する国家的の弔意については、私は何も物質的にどうせよといふのではない。たゞ、彼等の犠牲に対しては、国家に於ても深甚なる敬意と弔意を払つて貰ひ度いのである。日本坑法が制定されて、石炭鑛業が正式に国家に認められるやうになつた明治五年以来、犠牲者の数も相当多数に上つてゐるのである。だが、これ等の犠牲者たちは、今まで社会や国家からどれほどの敬弔を受けてゐるであらうか。甚しいのは、炭礦自身ですら、永い年月と当局者の更迭等によつて、過去に於けるさうした犠牲者の名前さえ忘れてゐるものがあるに至つては、甚だ慨嘆に堪へない次第である。

総じて炭礦には、山の神と称する神祇がどこにも祭つてある。これは初めはひとつの迷信から出発したものであらうが、今ではなくてはならぬものとなつてゐる。私はそれに批判を加へる訳では毛頭ないが、かうした山の神を祭つた時、何故炭礦当局者は彼等の炭礦で犠牲になつた人達を神として祭る敬虔さに気付かなかつたであらうか、私は、数年前或る業者〔炭鉱経営者＝引用者註〕にこのことを話したら、そんな縁起でもないものを——と一笑に付されたが、果してそんな気持で、この至厳なるべき彼等の犠牲が葬去られてもいいものであらうか、炭礦に生れ、炭礦に育ち、幾度かかうした犠牲者を目撃してゐる私には、彼等の魂魄の啾々たる哭嘆が身に徹してゐるのである。

ここには、みずからの父をも炭鉱で失った著者の思いが、使い棄てられ忘れ去られていく地底の労働者たちの生と死にたいするかれの思いが、率直に表白されていると言うべきだろう。そしてこの思いは、つぎのようなひとつの具体的な提言として読者と国家に訴えられるのである。

私は、春秋二季の靖国神社の祭礼を迎ゆる度に、常にこれ等犠牲者たちのことを想はずにはゐられない。基より、国家の尊い犠牲となられた忠霊を祭つてある、靖国神社と同一視した神社を設立せよなどの不遜は決していはないが、炭礦の犠牲者たちにも、これに類した国家的な神社があつて、毎年厳粛なる慰霊の方法が講ぜられても、決して過当でないと思ふのは私一人ではあるまい。尠くとも産業人——否、石炭の恩恵を蒙つてゐる人たちの間だけでも、この企てが成されてもいい筈ではなからうか。

こんなことは、あまりに非現実的な問題だと非難する人があるかも知れないが、私は断じてさうとは思はぬ。かうした企てが、全労務者に与へる精神的の影響の如何に重大であるかを私は信ずるのである。戦場に於ける兵隊の合言葉である「九段で会はう」の一語に耳を傾けよ。これは、われ〳〵日本人でなければ到底理解出来ぬ魂の尊厳と、死処の光栄を誇つた言葉ではないか。これと同様に、彼等炭礦労務者たちにも、かうした合言葉を与へてやつてこそ、どんな危険にも莞爾と飛込んでゆく心構が出来るのではあるまいか。若しこのことに反対する人があつたら、もう一度、橋本英吉氏の「坑道」の中の中宮幾太の言葉を反復吟味して頂き度い。彼等は対国家、対社会に、自分たちの地位の認められることをどれほど切望しているかを。――人間は、物質上の待遇だけでは決して行動するものではないことを、当局者も事業家も深く心に銘じて可《しか》るべきであらう。

炭鉱犠牲者たち（いや、炭鉱戦死者たち）のために、東京九段の靖国神社に相当する国家的神社が設立されることを、「生え抜きの炭礦作家」である筑紫聰は「炭礦労務者たち」の名において要求するのである。かつて「下罪人」であり、「炭坑者《タンコモン》」として蔑視され、いまなお苛酷な労働と逆比例する社会的評価の下に置かれている炭鉱労働者は、こうして、労働において国家と一心同体となるだけでなく、死後にもなお天皇制日本国家と合一する存在にまで、高められようとするのである。

筑紫聰が炭鉱版靖国神社の提言のなかで言及した橋本英吉の『坑道』は、それより三年前の一九三九年春に刊行されていた。[4]「生活文学選集」と銘打った全十巻のシリーズの第五巻として、書き下ろしで出版された長篇小説だった。このシリーズの各作品には「〇〇生活小説」という肩書きが付されているが、『坑道』は「炭坑生活小説」と称されていた。一九三九年一月中旬に刊行が開始された「生活文学選集」は、

（4）橋本英吉『坑道』〈生活文学選集〉第五巻、一九三九年四月、春陽堂書店。装幀＝中川一政）。この選集は、「炭坑生活小説」である橋本英吉の『坑道』のほか、つぎのような諸作品からなっていた。

漁業生活小説――間宮茂輔『怒涛』
農村生活小説――和田傳『家長』
農民生活小説――伊藤永之介『雁』
鑛山生活小説――大鹿卓『金山』
都会工業生活小説――徳永直『はたらく人々』
地方工業生活小説――中本たか子『建設の明暗』
浮浪者生活小説――大江賢次『我らの友』
飯場生活小説――葉山嘉樹『流旅の人々』
海員生活小説――廣野八郎『西南の海』

これらのうち、廣野八郎の作品は刊行されないままに終わったが、それから四十年を経たのち、『華氏140度の船底から――外国航路の下級船員日記』と題する廣野の作品が太平出版社から上下二巻で刊行された（上＝一九七八年十二月、下＝

間宮茂輔、伊藤永之介、徳永直、中本たか子、大江賢次、葉山嘉樹など、作者たちがいずれも、濃淡の差こそあれプロレタリア文学時代を過去に持っているという点を、最大の特色にしていた。この選集の一冊として書かれたかれらの作品は、プロレタリア文学運動の組織が自己解体を宣言した一九三四年二月から丸五年を経て、何らかの意味で作者の「転向」の表現という意味を帯びざるをえなかったのである。かつてプロレタリア文学の後期におけるもっともすぐれた作品のひとつとして評価された長篇小説『炭坑』（三五年六月刊）その他によって、炭鉱労働者を描く文学分野の代表的存在と目されてきた橋本英吉は、いまや「生活文学」という名称を与えられた現実表現の一領域において、あらためて筑豊の炭鉱労働者を主題とする長篇と取り組んだのだった。

旧作『炭坑』が、炭坑夫たちと坑主たちとの両面から炭坑の全体像に迫ろうとしたのとは対照的に、『坑道』は、中宮幾太という若い坑夫と、小頭《こがしら》の南という、坑内で働く二人の人物を中心に据えて展開される。「小頭」というのは、坑内の現場監督として作業能率や安全を確保する役割を持った職員を呼ぶ古くからの名称である。小説の背景を客観的に見るなら、その当時、臨戦態勢の炭鉱では、他のすべての職域と同様、もはや労働組合は存在せず、「〇〇報国会」という翼賛団体が労働者の統合と労務管理のための自発的組織として与えられていた。そういう現実のなかで、作者・橋本英吉は、この与えられた状況に甘んじることができないひとりの人物を描くのである。

中宮幾太は、他の坑夫たちのように自分の職業を卑しむべきつまらぬものだとは

一九七九年三月）。未刊だった『西南の海』との関連は不明だが、外国航路汽船の火夫見習の日記という形式で、焚料炭の石炭と格闘する下級船員の重労働が随所に描かれている。廣野自身は、下級船員をやめたのち、一九三三年から私淑する作家・葉山嘉樹に従って天竜川沿いの鉄道（三信鉄道、現在のＪＲ飯田線）建設工事の土方として働いた。その後、三六年暮に両親のいる佐賀に帰って、やがて炭坑夫となり、三池炭鉱の宮浦坑で敗戦を迎えた。戦後も坑夫となって、計二十五年間の炭坑夫生活を送った（前掲書上巻の作者あとがきに拠る）。

考えていないが、自分たちの苛酷な労働がともすれば国家社会のために生かされるのではなく、資本の利潤のために利用されていることにたいしては、少なからぬ批判をいだいている。

むかしは坑夫は飯場頭や親方に隷属してゐた。そして直接会社には所属せず、何十人かの一団として、頭《かしら》や親方《おやかた》を通じてしか隷属してゐなかつたといふ。その当時は頭《かしら》は善悪に拘はらず、家長であつたから、坑夫に対しては親子の関係を持続した。それは契約でなくて情理であつたから、親方は彼の力の及ぶ範囲において、子供の生活をまもる義務があつた。嫁をもたせ納屋を与へ、病気を看てやつたのだ。鑛業が小規模な時代には、それが最も便利な方法であり、坑夫は親方に服し、親方はまた坑主の子分《こぶん》として、小さく固く全体が塊りをつくつてゐたのだ。／現在では此の関係は消滅した。もはやこの様な組織では、近代的な鑛業は成立しないのだ。この《(ママ)》様な頭脳ではカツター一つすら運転することはできないのだ。そこで坑夫は個人として会社に雇はれる。そして規約によつて彼等は支配される。故に坑夫は会社と契約によつた関係があるだけで、坑夫対坑夫の関係は、昔の兄弟関係ではなく、全く何でもない他人であり、時に自分の利害と対立する競争者でさへある。会社は坑夫の〔以下、一四字と一行欠落〕／会社は自分で云ふが如き「親と子」との関係を果して望んでゐるだらうか？　むしろ個人個人として在《あ》ることを望んでゐるのではないか？　若《も》し坑夫等が彼等自身の発意で、団体の如き動作をとるときには、今まで激しい憎悪をみせて来た。働く者の「協力」は、会社に利益をもたらす形でしか行はれてはならず、それは平和な時代も、緊迫した現在の状態に於いても依然さうである。そして、さうある事が会社の存立する本来の企図と一致することは、何と云つてい、であらうか？／かくて坑夫の協力といふことは、全く彼等からは嘲笑すべき夢ごとなのだ。

引用中の〔以下、一四字と一行欠落〕と註記した箇所は、本来そこに印刷されているはずの文字が欠落して白紙になっている部分である。出版社による自主規制か、それとも「出版法」第三条（文書図画《トガ》ヲ出版スルトキハ発行ノ日ヨリ到達スヘキ日数ヲ除キ三日前ニ製本二部ヲ添ヘ内務省ニ届出《トドケイヅ》ヘシ）による検閲で削除を命じられたのか、その経緯は不明だが、いずれにせよ、すでに出来上がって印刷機にかけるばかりになっていた原版から急遽削り取られざるをえなかった不都合な文言が、ここにあったのである。炭鉱における技術革新とも関係する雇用形態の変化を当然のこととして受け入れながらも、主人公・中宮幾太は、炭鉱資本によって分断され、それゆえに炭鉱資本による抑圧支配に甘んじなければならない状態から、坑夫たちが脱却しなければならないと考えるのだ。「坑夫個人対会社の現在の関係が、坑夫対国家または坑夫対社会となることが望ましい。少くとも坑夫であることによつて、国家や社会に直接つくし得る状態こそ理想的であると思ふ。「産業人」とは資本家だけでなく、その下に働く者をも含んだ言葉でなければならない。なぜなら産業は国や社会のために在るから。」

では、「国家対坑夫といふやうな関係」、つまり資本家の利潤のためではなく「国

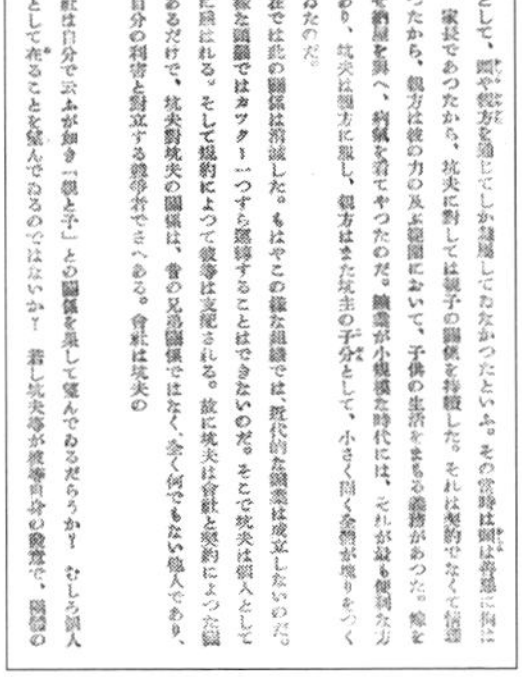
一國として、[illegible]や親方を[illegible]にでしか[illegible]してゐなかつたといふ。その當時は[illegible]は[illegible]らず、家長であつたから、坑夫に對しては親子の關係を持續した。それは契約でなくて[illegible]であつたから、親方は彼の力の及ぶ範圍において、子供の生活をまもる義務があつた。[illegible]をもたせ[illegible]を與へ、[illegible]を看てやつたのだ。[illegible]が小規模な時代には、それが最も便利な方法であり、坑夫は親方に服し、親方はまた坑主の子分として、小さく[illegible]く[illegible]が[illegible]をつくつてゐたのだ。

現在では此の關係は消滅した。もはやこの様な組織では、現代的な[illegible]は成立しないのだ。この様な[illegible]ではカツター一つすら運轉することはできないのだ。そこで坑夫は個人として會社に[illegible]れる。そして規約によつて彼等は支配される。故に坑夫は會社と契約によつた關係があるだけで、坑夫對坑夫の關係は、昔の兄弟關係ではなく、全く何でもない他人であり、時に自分の利害と對立する競爭者でさへある。會社は坑夫の

會社は自分で云ふが如き「親と子」との關係を果して望んでゐるだらうか？　むしろ個人個人として在ることを望んでゐるのではないか？　若し坑夫等が彼等自身の發達で、[illegible]の

『坑道』の削除箇所（後から四〜三行目）

家や社会」に直接貢献しうるような関係を、どうしたら作ることができるのか？——これが、主人公の直面する問いだった。ここで注目すべきことは、プロレタリア文学が国家権力による弾圧で解体したあと、転向を余儀なくされたひとりの作家が、「資本の利潤のため」ということと「国家や社会のため」ということとをはっきり区別している、という事実である。この事実についての評価はひとまず措《お》くとして、そのように考えるがゆえに、主人公は、たとえば待遇改善についても、与えられた道を歩むのではなく自分なりの解決策を模索するのである。

自分なりに何か考えているらしい中宮幾太に注目した前田という役員（管理職）が、待遇改善を望むなら「中堅報国会」に積極的に加盟して発言の場を持つべきではないか、と持ちかけるのに答えて、幾太はこう述べる。

いや、わしは待遇をよくしろといふやうな事は、あまり考へてはをりません。それはよくしてくれるに越した事はないけんど。わしは拙《まず》い物を喰べて、苦しい仕事も忍んで行くつもりで居ります。外《ほか》の坑夫のことはよくは分りまつせんが、今はかういふわけで我慢して貰はにやならんが、先になれば良くするいふ事を、はつきり説明して納得させさへすれば、みんな我慢すると思ひよります。ところが、そこを口に出して説明しないで、なるだけ隠すやうにするか、夢にも考へてはならんやうにしよるから、腹の底に溜つてしまふとですたい。わしらは中堅報国会にも勧誘されたら無論入りますけんど、本当のところは、あんなものをいくら作つても、今までのやり方をつゞけるなら成功せんと思ひます。わしらが入つて何か云つても、方針も役員もみんな初めに定つちよつて、坑夫のいふ事などきくと、権威に拘はるやうな顔をするにきまつちよる。ですから、わしはそれはそれとして、別に坑夫だけの会をつくらうと思ひよります。南さんにも話した一函《かん》会を、今は七号の坑夫だけですけんど、何とかして大きくして行かうと考へよります。

「それは面白いと思ふなあ。さうして目的は何だね？」と訊ねる前田にたいする中宮幾太の返答は、こうである――

目的つて、いつか坑内で話したぐらゐのもので、外に何もありまつせん。たゞ坑夫だけの会は一つもないけん、よからうと思ひよります。精神修養団体でも、会社に対立する団体でもない。待遇も今のまゝでよい。精神も今のまゝでよい。たゞ坑夫が一つ方向に向つて、明るく生活して行ければい丶、たゞそれだけですたい。〔……〕坑夫は誰でも狡猾で怠け者で教育もありませんが、それをたゞ直さうと幾ら骨折つても、社会全体がよくならねば仕様がない事で、とても自分らの力ではかなひません。それで、精神など構はず、何でも一緒に仲よくやる、それだけを目標にすれば、自分らでもある程度やれるやうな気がします。

役員・前田は、炭坑夫たちの精神がいまのままではどうにもならない、だから中堅報国会で正しい精神を身に着けさせるのだ、という意見だった。中宮幾太は、それに自分なりの異論を唱えていたのである。かれは、その後も、もっと上役の管理職に向かってもこの自説をくりかえす。これが、作者・橋本英吉の見解でもあったことは、作品全体から判断して間違いないだろう。作者は、翼賛体制を支える産業報国会運動の端末組織として中堅坑夫たちに強要される「中堅報国会」を主人公に忌避させ、坑夫たちの自主組織である「一函会」をかれに創設させて、皇国精神の育成強化を図る炭鉱資本側と国家とに対抗させたうえ、「社会全体がよくならねば」精神が改善されるはずもないことを、主人公に明言させたのである。

このことが何を意味しているのかを読み取ることは、読者に委ねられている。しかも、それを読み取ることは、それほど容易ではない。けれども、中宮幾太の口から語られる言葉をそのまま読むだけでも、かれによって具体的に二つのことが要求されているのが分かるだろう。ひとつは、「坑夫だけの会」をつくりたいということである。もうひとつは、坑夫の意思が反映されない上意下達の「産業報国会」端末組織に強制加入させられるのはいやだ、ということである。ではなぜ、かれはこのようなことを要求するのか。それは、これが自分たちを欺き、自分たちの労働を巧みに収奪するための仕組みであることを、かれが見抜いているからである。かれは、自分たちの労働が国家や社会のために生かされるのではなく企業の利潤のために利用されることに、異論をいだいている。「「産業人」とは資本家だけでなく、その下に働く者をも含んだ言葉でなければならない。なぜなら産業は国や社会のために在るから」という主人公の信念は、もちろん、それだけを取ってみれば、挙国体制としての「産業報国」(産報)運動を裏付ける精神でしかない。だからこそ、この小説は、ごく一部の削除を余儀なくされるだけで出版できたのだった。ところが、「会社」と

『坑道』表紙と函

「国家」とを区別して語る主人公は、じつは自分たちの労働にたいして正当に報いていないのは企業だけではない、ということに気づいているのである。国家も、いや国家こそが、自分たちに犠牲を要求するばかりで、将来の保障を与えることはしない。坑夫たちの団結を阻止するために精神修養団体を押し付け、戦争のためという名でますます労働強化を押し付ける。これでは、ひたすら利潤を追求して自分たちを搾取する企業と、いったい何の違いがあるか？――じつは、「資本の利潤」と「国家や社会のため」とを区別する言葉の裏で、中宮幾太はこれを問うているのである。橋本英吉の「転向」が、少なくともこの作品の時点までにおいて何だったのかを、『坑道』は誤解の余地なく明示しているだろう。

それを、もうひとりの炭鉱文学作家、筑紫聰は、炭鉱版靖国神社の提言のための論拠として簒奪したのだった。「坑夫が一つ方向に向つて、明るく生活して行ければい、、たゞそれだけですたい」という『坑道』の主人公の国家的統合に抗する意思を、『炭礦の凱歌』の著者は、「彼等は対国家、対社会に、自分たちの地位の認められることをどれほど切望しているか」という言いかたで要約し、あろうことかその「切望」を、坑夫が国家のために安んじて死ねるような道を整備するという自己の構想を権威づけるために、濫用したのである。

だが、この筑紫聰の文学的実践が、現実の炭鉱労働者とはほど遠い単なる一炭鉱文学作家の観念の操作にすぎないものだったとしたら、つまり現実の炭鉱労働者たちの思いがこれとはまったく無縁なものだったとしたら、あるいは石炭産出量の減少も、あの程度にとどまってはいなかったかもしれないのだ。そして何よりも、大

東亜戦争の戦時下に生み出された一連の新しい炭鉱文学作品――たとえば菊童梨朔の二冊の長篇炭鉱小説、『炭山の虹』と『愛の戦列』[5]も、小糸正世の長篇小説『石炭』[6]も、そして諸雑誌に発表された枚挙にいとまがないほどの炭鉱文学作品も、もしも国策にたいする作者たちの思いと炭鉱労働者たちの思いが、筑紫聰の思いとまったく異なるものだったとすれば、そもそも書かれるはずがなかったかもしれないのだ。問題は、じっさいにその時代を生きていた現場の炭坑夫たちが、橋本英吉の主人公と筑紫聰の人物たちとのどちらに共感を抱いていたのか、あるいは、どちらの主人公・人物たちが、現実の炭坑夫たちの姿に近かったのか、ということである。

炭坑夫たち自身の意識や思いに目を向けるに先立って、かれらの全存在を取り巻き、かれらの意識や思いに影響を及ぼさざるをえない社会的要因を、さらに見ておこう。

炭鉱労働者やその家族を主人公にして、いわば炭鉱を内側から描いた前述の諸作品が、炭鉱を「戦場」として、炭鉱労働者を靖国神社に祀られるべき「戦士」として描いただけではなかった。外側からの視線――炭鉱を見学し、炭鉱について知り理解しようとする視線――で見る作品もまた、かれらを「戦士」として描いたのである。もっとも端的な外部ともいうべき子供たちが炭鉱と炭坑夫を見るまなざし(見させられるときの視角)は、たとえば、大東亜戦争末期に刊行された二冊の絵本から、明白に読みとることができるだろう。

一冊は、『ミクニノコドモ』という月刊絵本雑誌の「セキタン　ヲ　ホル　ヒト」と題した「石炭増産特輯号」(一九四四年一月発行[7])である。

(5) 菊童梨朔『炭山の虹』(一九四三年八月、富文館。装幀装画＝斑目栄二)。同『愛の戦列』(四三年九月、富文館)。前者は四三年十二月に再版(五千部)が刊行されている。

(6) 小糸正世『小説　石炭』(四四年二月、昭和刊行会。初版一万部)。

(7) 絵本雑誌(「観察絵本」と銘打っている)『ミクニノコドモ』は、一九二九年に創刊された月刊誌で、日本保育館から刊行されていた。一九四四年一月二十六日発行の「セキタン　ヲ　ホル　ヒト」は第一六輯第一一編で、表紙裏も含めた一八ページに九つの場面が描かれている。絵と文の作者名は記されていない。

「アヲイ　ソラ／アカイ　ヤネ／アカルイ　ウチ／タノシイ　マチ／タンカウノマチ」――赤い屋根の長屋（炭住、つまり炭鉱住宅）が並ぶ光景を紹介するところから絵本は始まる。そのあと、「センサウニ　カツタメニハ　セキタンガ　タクサンニイリヨウデス。／アナタガタハ　セキタンガ　ドコデ　ホラレテヰルカ、シッテヰマスカ」と読み手たちに訊ねて、「セキタンヲ　ホル　ヒト」たちの「クリコミ」（入坑）から、掘った石炭の送り出しまでの作業を、順を追って描いていくのである。最後のページは、その石炭が役立てられる光景である。そこでは、空を飛ぶ軍用機と海を行く軍艦の行列に、つぎのような文が添えられている（／は改行箇所）。

サテ、コレデ　ワタクシノオハナシモ　ヲハリニ　ナリマシタガ、／アナタガタハ、イマコソ　セキタンガ、ドコデ　ホラレテヰルカヲ、ヨク　シルコトガデキマシタ。／サウデハ　アリマセンカ。／ワタクシノ　イキマシタ　タンカウニモ、／トウデウサンガ　イカレマシタ。／ソレホド　イマノ　ニッポンニハセキタンガ　イリヨウナノデス。／　テキヲ　マカスマデハ　モットモット　タクサン／フネヲ　ツクリ、／ヒカウキヲ　ツクリ、／ダングヮンヲ／ツクラナケレバ／ナリマセン。／ソレニハ　モットモット　セキタンガ　イリマス。／セキタンガ　モノヲ　ツクッタリ　キカイヲ　ウゴカス　モトニナルカラデス。／セキタンヲホレ、／セキタンヲホレ。／ヲハリ

「トウデウサン」とは、一九四一年十月十八日から四四年七月十八日まで首相だっ

た陸軍大将・東條英機のことである。その東條が、「何度もラジオを通じて、つるはし戦士を激励し、また自らも鑛山の地下深く潜つて、親しく慰問してまは」ったことは、例えば東條内閣末期の四三年四月に出版された『戦ふ東條首相』と題する画文集(8)にも描かれていた。その東條だけでなく、絵本の読み手（または聞き手）である子供たち自身が、「セキタンヲホレ、セキタンヲホレ」と「セキタン　ヲ　ホル　ヒト」たちを励ますのだ。

もう一冊の絵本は、児童読物作家・小田俊與の文と美術家集団「新制作派」の画家・今村俊夫の絵によって敗戦の四ヵ月半まえに刊行された『炭礦戦士』(9)である。この本もまた、「タンクワウノ　アサ」から始まって坑内での作業や炭鉱住宅での生活を紹介しながら、「ヘイキセイザウ」（兵器製造）や、「センジヤウ」（戦場）での「クワウグン」（皇軍）の戦いに目を向けて、石炭の重要性を説いている。「ナガイ　坑道《カウダウ》ニ　コダマシテ　イサマシイ　ヒビキヲ　タテル　チカ　二センジヤクノ　サイタンバ　ソレハ　チヤウド　センジヤウノヤウダ／サウダ　ココハ　マツタク　センジヤウダ　タキナスアセヲナガシ　ヒトカタマリデモ　オホク　ホラウト　シニモノグルヒデ　タタカヒ　ツヅケル　タンクワウセンシ　コソ　マツタク　ジユウゴダイ一センノ　ユウシナノダ」

ちなみに、江戸時代から明治維新直後まで、ひらがなは庶民の文字であり、カタカナは漢学者・国学者など知識階級の文字だった。それゆえに福澤諭吉は、いずれも漢字と仮名《かな》とによって表記されているまったく同時期の二冊の著書のうち、初学者を対象とした『学問のすゝめ』（初版）をひらがなまじり文で印刷させる一方、漢

(8) 小田俊與編・著『戦ふ東條首相』（一九四三年四月、博文館）。表紙には題名の上に「聖戦画帖」と記されている。二十六人の画家の絵と小田俊與の文（一篇だけ女性作家・美川きよの文がある）、それに巻頭の題字（外務大臣／情報局総裁・谷正之閣下、国務大臣／翼賛会副総裁・安藤紀三郎閣下）、巻末の二つの歌（小田俊與・作詞／大村能章・作曲）の楽譜を加えて厚紙の五五ページからなるこの画文集は、奥付によれば五万部刊行された。

(9) 小田俊與著／今村俊夫画『炭礦戦士』（一九四五年三月三十日初版発行、大日本雄辯會講談社）。奥付によれば初版は五万部。

学者や国学者を説伏し改宗させることを目的とした『文明論之概略』ではカタカナを使用したのである。明治藩閥政府は、富国強兵の教育を推し進めるにあたって、小学校の読み書きをカタカナから始めさせた。これが、敗戦後のいわゆる「戦後民主主義教育」が導入されるまで続いた。つまり、これらの絵本は、カタカナで文字を習い始めた小学校低学年の子供たちを対象にしていたのである。

学び始めたばかりの子供たちが、炭鉱と炭鉱労働を絵本で知ったばかりでなく、もっと積極的・実践的に炭鉱との関わりを持ったというひとつの事実を、婦人運動家として有名な奥むめお（一八九五～一九九七）が紹介している。一九四三年六月に大政翼賛会宣伝部によって刊行された小冊子、『戦ふ女性――女も働かねばならぬ』(10)の一節は、「炭坑の暁、学童激励隊」と題して、つぎのように語っているのである。

戦争に無くてならぬ石炭を掘り出す磐城炭礦では、可憐な少年少女の暁の激励訪問から夜が明け初《そ》めるのであります。鑛区長屋の窓々が未だ深い眠りに垂れこめてゐるとき、早や、国民学校〔現在の小学校＝引用者註〕の児童たちは凍えた大地を踏みならして行列を組み乍ら戸毎に言葉をかけて、／「おぢさん　おばさん　けふも休まないでお願ひします」／と声を揃へて朝の挨拶です。／「よし来た。さあ　俺も起きるかな」／「毎朝御苦労だね、今日も休まないから安心してくれろよ」／家の中からはこのやうにして元気な受け答へがあります。／朝餉を終へ、身支度もそこそこに坑道入口に着けば、さきの少年少女たちは恰かも出征する勇士を見送る時のやうに整列して、／朝はすがしき山の風／あふれる力拍手《かしはで》

(10) 奥むめお『戦ふ女性――女も働かねばならぬ』（一九四三年六月、大政翼賛会宣伝部）。奥付によれば発行部数は三万五千部。

『戦ふ女性』扉

に／祈る無事故《むじこ》よ山の幸／と安全歌を合唱してゐます。冷たい朝風に少年たちの頬は紅く、吐く息は湯気のやうに白くあたりを霞めてゐます。歌に送られて大人は一そう元気潑剌、真剣な顔でさらにけふ一日の採炭奉公を念ずるのであります。かくて長蛇の列が坑道へと吸ひこまれてゆくうしろから、よくすき通る子供の声で、／「おぢさん、行つていらつしやい」／「おばさん、しつかり頼みます」／と浴びせかけます。／夕方、坑を出て帰つて来るとまた少年少女たちの列が待ちかまへてねぎらひの言葉をかけてくれるのです。いたいけな子供といつて甘やかされてゐるばかりが子供の世界ではありません。かうして立派に戦時の増産に協力しつつある少年少女の群もあります。

敗戦後の一九四七年から三期つづけて参議院議員となり、四八年には主婦連合会（主婦連）を創立してその初代会長となった奥むめお（本名＝奥梅尾《むめお》）は、『戦ふ女性』が刊行された一九四三年当時、大政翼賛会調査委員として、官製の「国民精神総動員」運動（三九年三月開始）から陸軍省の決戦標語ポスター「撃ちてし止まむ」（四三年二月作成）へと拡大深化した国民運動の先頭に立ちながら、日本女性を代表しかつ叱咤激励する役割を勤めていたのだった。それにしても、福島県磐城《いわき》炭礦でのこの光景は、象徴的と言わねばならない。かつては、入坑を渋る坑夫たちを励まして（強要して）仕事に追いやるのは、「人繰《ひとぐ》り」と呼ばれる人事担当だった。大納屋（独身者用の雑居宿舎）に所属する末端管理職として、大納屋だけでなく小納屋（家族持ちの長屋）の坑夫たちも含めた人員配置の按配とケツワリや怠業の監視に当たる人繰りは、日ごろから、坑夫たちに恐れられ、またもっとも嫌われる存在だった。「あの剣術使ひの人事係」と、橋本英吉の「嫁支度」で描かれているのが、この人繰りである。仕事に出るか出ないかという自己決定権も、労働現場以外での私生活の自由も、人繰りの権力と暴力の前では崩壊する。その末端管理職の役割を、いまや子供たちが溌剌と演じているのである。

3　生産増強はいかにして達成されるか

あたかも出征兵士のように子供たちに見送られて入坑する炭鉱労働者たちが、じっさいにどのような気持ちで石炭増産の戦場で戦っていたのかを思い描くうえで、示唆に富んだ資料が存在している。一九四三年九月に刊行された暉峻義等編『炭礦作業図説』(11)がそれである。B5判七七ページのこの本は、「労働科学研究所報告／第四部　勤労文化」のうちの第五冊として出された。同じ「勤労文化」シリーズのうち「開拓科学生活図説」の部として、『白系露人の営農と生活』、『満人の営農と生活』、『日満露三民族の生活比較』が、また「第五部　大東亜労務管理」シリーズでは、『支那礦夫の生活』、『把頭制度の研究』、『把頭炊事の研究』が刊行された。題名だけからでも、これらのシリーズが満洲における農業と生活、および中国の炭鉱労働者およびその労務管理システムに主要な関心を向けていることがわかるだろう。しかし、『炭礦作業図説』は、満洲の炭鉱をテーマにしているのではなく、もっぱら同時代の日本の炭鉱における労働現場の光景を、スケッチを添えて解説しながら、個々の労働のあり方を分析したものである。

(11) 暉峻義等編『炭礦作業図説』(〈労働科学研究所報告〉第四部「勤労文化」第五冊。一九四三年九月、大阪屋號書店。一二三〇〇部)。

編者の暉峻義等《てるおかぎとう》は、一八八九年九月三日生まれの医学者だった。東京帝大卒業後、警視庁の依嘱でいわゆる細民街の調査に従事し、一九一九年に大原社会問題研究所に招聘されて研究員となったのち、倉敷労働科学研究所を設立、のちにこれを改組して「日本労働科学研究所」へと発展させ、その所長となった。研究所の仕事は、主として、紡績女工と炭坑夫を始めとする労働者や、農民、開拓民の生活と栄養状況の調査研究だったが、戦時体制によって研究所は産業報国会の下部組織となり、所長の暉峻は産業報国会理事、大政翼賛会国民運動局長に任命された。敗戦後、かれは日本労働科学研究所を再建し、労働や栄養の実態に関する多くの調査資料を世に送り出して、一九六六年十二月七日に歿している。

『炭礦作業図説』は、同研究所の研究員たちと、スケッチを担当した書記とが、じっさいに「地下二千尺の切羽に毎日下《（さが）》り」、「戦場のやうに忙しい仕事場の岩壁に身をひそませて」「現状を捉へることにつとめ」た成果であり、大東亜戦争下における炭鉱労働が具体的に描かれている点で、きわめてユニークな資料となっている。だが、それに劣らずユニークなのは、全冊のほぼ三分の一の分量にあたる「付録」である。そこには、「坑夫達は何を考えてゐるか」と題するアンケート調査の報告と、「炭鑛《（ママ）》労務者との座談会」（目次では「炭鑛労働者との懇談会」）が収録されているのである。

「生産増強はいかにして達成せられるか、これこそわが国民の一人一人に課せられた緊急の課題である。／私は生産増強——特に石炭の生産増強については、生産の最前線の勤労を極めて重大視する。そこにわが国民的志操と生産技術とが結集して働きづめに働いてゐるからである。／石炭を実際に掘り採つてゐるわが地下労務者諸君の創意と工夫とは、出炭の現場の技術として、遺憾ながら十分にとりあげられてはゐない。あるものは空しく炭坑の現場人の胸奥深く秘められ、あるものはその価値を自らも認識せず、他にもこれを伝へることなしに個人の働らきとして坑内に沈潜し、それが普及しないでゐる。かくの如き生産増強への心構へと、最も有効適切な手段とを、生産の最前線に働らく人からつかみとらうと云ふのがこの報告書の意図である。」――アンケート調査結果と座談会記録に先立って、暉峻はそれらの意図をこう述べている。また、本文において炭鉱労働の具体的な姿をスケッチと解説文において再現しようと努めた意図を、かれは以下のように説明している。「労働科学に於ては労働意志は生産の基本要件である。志を興し、志を以て働らく人、並に志を以て働らく人がその生産的活動に表現してゐる生産的活動の質量如何は、極めて重要なる生産の根基をなしてゐるのである。「優秀なる労務者」とは如何なる人、いかなる技術を云ふのであるか、「優秀なる労務者」が、その生活態度に於いて、生活の仕方に於いて《（ママ）》その生産の技術に於いて、長き試練と幾波瀾の中からそして又先人の良き伝統の摂取継承によつて、到達し得た水準を把握し、これを一層に高め深めることは、人として技術者としての責任であるのみならず、それこそ、生産の増強完遂の大道であるとともに、職場に働らきつゝ、この戦時下に国民資質の向上を達成する所以でもある。」

　暉峻義等と労働科学研究所の意図は、明らかに、精神主義によって生産増強を達成するのとは別の道を、見出すことにあったのだ。炭鉱労働の現場の情景描写に加えて、単独もしくはペアーを組んで作業する個々の労働者の身体の動きや機械を扱う身ぶりを描き取ったスケッチを収載しているのも、合理的で効率的な身のこなしを発見し共有するという目的からのことだったのだろう。「労働意志」は、生産技術の合理的な向上深化と結合することによって、いわば神がかり的な石炭増産運動から脱却することができるはずなのである。「炭鑛労務者との座談会」でも、約七十名の坑内夫たちと意見を交わす暉峻は、坑内で個々の坑夫の作業中の身体を写し取ったスケッチを示しながら、効率的な作業のありかたを具体的に明らかにしようと努めている。さらには、出役（就業）率が低いという炭鉱労働の宿痾を改善する方策について坑夫たちの考えを聴取するさいにも、すすんで働く気持ちになれるような具体的・物質的な条件は何かを、坑夫たちとともに考える態度を示し、精神主義ではない別の打開策を模索する姿勢を崩さない。

それだけにまた、もうひとつの付録資料であるアンケート調査のうちのいくつかの項目は、暉峻のこうした基本姿勢と炭鉱労働者（当時はもっぱら「労務者」という名称が使われた）の感覚・志操との齟齬を物語る結果となっていて、興味深い。

調査の対象とされたのは、「某炭鑛」の約二百名の坑夫である。その内訳は、採炭夫三八名、支柱夫五九名（保安係、発破係各五名を含む）、坑内棹取夫《さおどり》（炭車の配置・操作を行なう係＝引用者註）二〇名、喞筒《ポンプ》運転手（排水喞筒を動かす係＝引用者註）三四名、機械運転手六名、その他の坑内日雇二一名、坑外日雇八名、坑外機械運転手一名、職名不明のもの三名となっている。加えて、かれらの勤続年数は、いずれも五年以上、そのうち半数近くは十年以上で、「成績極めて優秀にして、精励恪勤人《ひと》として技術者として、われらの尊敬に価する労務者である」とされている。

『炭礦作業図説』（No.227）より

質問一、石炭を少しでも多く出すことは国家に対する最も大切な御奉公だと思ひます。坑内の諸君が皆一人残らずさう考へてゐると思ひますか。

全然答へぬもの又質問と関聯なきことを書いたもの　一四名　七・四％

一人残らず考へてゐると答へたもの　一〇七　五五・七

一人残らずとは言へぬが左様考へてゐるもの多し　五三　二七・六

考へてゐる者少いと専ら否定的に答へたもの　一八　九・三

この答えから、石炭増産が重要国策であり、炭鉱労働者にその遂行が課せられているという認識は、八割以上の坑夫たちに共有されていたことがわかる。だが、質問二の「もしさう考へてゐない人があればその人によく分つて貰ふにはどうすればよいと考へますか」という問いにたいしては、「常会、講演会、座談会等、集会教育を活溌にせよ」という答えが九八名（五一・〇％）、「上司、係員、古参者、隣組長の指導を必要とする」が四一名（二一・四％）で、「楽しんで働ける現場にせよ」の三名（一・〇％）を圧倒しているのである。さらに、質問三「どうすれば石炭を少しでも多く出せると思ひますか。その方法に就て思ふことを書いて下さい」という問いにたいしては、「欠勤を防止する要を答へたもの」七一名（三七・〇％）に次いで、「従業員の時局認識に基く協力一致」という答えが四四名（二二・九％）で、この両方を合わせるとほぼ六〇％を占めて、「仕事のやり方」二四名（一二・五％）、「作業環境の改善」一九名（九・九％）、「賃金の増額、賞与の交付」九名（四・七％）の合計を大きく超えている。質問四「坑内夫諸君の移動が非常に多いですが、その原因は何だと思ひますか」という問いにたいしても、「時局認識の不徹底」を挙げる答えは一六名（八・三％）に達しており、「退職者の側における個人的性格素質に原因を見たもの」二四名（一二・五％）と合わせて、労働者の側に責任があるとする答えは、「仕事に馴れるまでの不安及び下宿先の冷遇、言語の通ぜぬことを併記したもの」一九名（九・九％）の二倍以上になっている。「言語の通ぜぬこと」というのが、朝鮮人坑夫の存在を暗示していることは、あらためて言うまでもないだろう。坑夫の移動が多いという現状にたいする対策について、「出入りを少くし落着いて山に居て働くやうにするにはどうすればよいと思ひますか」と問うた質問五にたいしても、「時局を認識させる教育（隣組座談会等によつて）」が一〇名（五・三％）、「採用時の厳選」一六名（八・三％）、「新入輔導《ママ》の必要」七〇名（三六・五％）、「個人的資質故《ゆえ》対策なしと答へたもの」一一名（五・七％）で、これらの合計は「答へぬもの、不明其他」を含む全回答数の過半数に達している。これに反して、明確に雇用主側の責任を指摘した「作業環境並《ならび》に条件の改善」一一名（五・七％）、「待遇、施設の改善」三〇名（一五・七％）は、明らかに少数派だった。

調査した側の思惑とも相違するこの結果は、たとえば橋本英吉の『坑道』の主人公のような自立的意思と強権力の方針に対する批判とを、炭鉱労働者たちの大多数は抱いていなかった、ということを物語っている。『炭礦の凱歌』の著者である筑紫聰が、『坑道』の主人公の企図を曲解して自説の裏づけに利用したことが、我田引水であり簒奪行為であることは論を俟《ま》たないとしても、その筑紫の認識は、決して現場の炭鉱労働者たちの感覚と無縁なものではなかったのである。もちろん、労働科学研究所のアンケート結果からは、安んじて死ねるように死後の慰霊の制度と施設を確立してほしい、というような要望が明らかになっているわけではない。けれども、そのような提言の受け皿が存在しないわけではないという事実を、つぎの質問と答えは暗示していると言えるだろう。

質問二四、山の仕事はつらい。しかし辛い中にも少しでも愉快に仕事をするにはどうすればよいですか？

答なし又は不明	五一名	二六・六％
つらいとは思はぬ	二	一・〇
各人が産業戦士としての自覚と誇あれ	四八	二五・〇
従業員同志《(ママ)》が親密になる機会を作れ	三〇	一五・六
福利施設を充実されたし	一六	八・三
現場の環境をもつとよくされたし	一二	六・三
各人の家庭を明るく楽しくしよう	一一	五・七
仕事に無理のない過程を決めること	八	四・二

賃銀、賞与等を増されたし	八	四・二
休憩時間を定めたし	四	二・一
従業員の将来の安定を計られたし	二	一・〇

これについて暉峻義等は、とくに、「最後の将来の生活の安定を計られたいとの希望は数は少いが注意に値する」というコメントを加えている。このコメントに暉峻の思いが如実に込められていることは、疑いない。かれの言う「将来の生活の安定」というのが、『坑道』の中宮幾太が会社の管理職たちに突きつけた要求と同じものを意味しており、筑紫聰の靖国神社構想と同じものを意味しているのではないことは、言うまでもないだろう。そして、この要求が、いかに暉峻がそれを重視するにせよ、現実にはわずか一パーセントの圧倒的な少数意見だったこともまた、あらためて言うまでもないだろう。問題は、「注意に値する」はずのこの答えが、微々たる数の炭坑夫によってしか提出されなかったことである。そしてさらに問題なのは、このわずかな答えをも含めて、現世の現実における労働条件と生活水準の改善につながるような施策を求める答えがきわめて散発的であるのに対して、「産業戦士」としての自覚と誇りに活路を見出そうとする答えが、もっとも多い回答として四人に一人の炭鉱労働者から出されていたことである。「戦士」は、この天皇制国家社会においては、大義に殉じて生命を捧げ、英霊として祀《まつ》られるべきものなのだ。

筑紫聰の短篇集『炭田の人々』に寄せた序文のなかで、石炭統制会理事・茂野吉之助は、表題作について、「殊に炭礦経営の国策的意義を、その構想に取り入れた点に於て、出色のものと考へ」る、という評価を示していた。茂野の言う「国策的意義」が何を意味するかは、「炭田の人々」という作品を一読すれば明らかである。

――父の急死によって小規模な炭鉱を引き継いだ若い坑主、坂上哲太は、亡父が積極的に受け入れていた「前科者」たちを中心とする坑夫たちを使って、石炭増産を求める時局に対処しようとしている。やはり前科があって他の炭坑では受け入れてもらえなかった老坑夫、嘉助の提言によって、きわめて有望な十三尺層が断層の向う側に眠っているという予測に賭け、そこに到達する坑道を開く事業に専心しているのである。種々の困難のすえ、ついに十三尺層に着炭することに成功したとき、しかし坑主・哲太は、この鉱区をそのまま「二菱」財閥に売り渡す決意をしたむね、坑夫たちに発表する。坑夫たちの怒りと失望にたいして、哲太は、つぎのように説明する。

　現下の祖国は、一握りの石炭をも必要としてゐる。しかも、明日よりも今日、今日よりも現在、といふやうに、切実に急速に要求してゐる。自分は十三尺層といふ優秀な炭層を発見した。が、果して祖国のこの要求に、責任を以て応へ得るだけのことを成し得るだらうか、一個のピック・ハンマーさえ持たぬ、近代設備は何一つとてないこの炭礦ではないか。あの炭層の開発といへば金融はつくかも知れぬ、しかし資材をどうしようといふのだ。厖大な資材を……二菱は天下の財閥である。工業部門も化学部門も有《も》つてゐる。どんな資材でも、己の手で、何の掣肘も受けずにどしどし製ることが出来る。また、必要とあらば、同系資本の鑛山からも融通はつく。二菱こそは、四井と併立して、十三尺層を開発するに相応しい資本家ではないだらうか、優秀なる地下資源は、断じて一個人の占有とすべきものではない。速かに、国家の要請に応へ得る、実力ある資本家に開放すべきだ。このことは、目下の日本の現状に照して、特に企業家の深く反省しなければならぬことではないだらうか?

私はさう思つたのです、真にさう思つたのです。この考は、老練な実業家からみれば、乳臭い理想主義だと嗤《わら》はれるものであるかも知れません。しかし、私としましては、——戦争の第一線に立つてゐる人たちと同じ年輩の私としましては、理屈では批判を許さぬ、この尊い世紀の熱情を感じたことを、むしろ誇りとし、この熱情を基調とした実践には、決して悔はないと堅く信じて疑はないのであります。

〔……も原文のまま〕

こう語ったあと、坑主・坂上哲太は、「僅かな過失のために、不当に世間から圧迫されてゐる」前科持ちの坑夫たちの大部分がすでに炭鉱労働には無理な年齢であることを指摘し、相応な退職金を支払いたいと述べる。断層を突破した三人の坑夫たちのひとり、仙次をはじめ、若い坑夫たちは、雇い主は変わっても引きつづきこの炭鉱で働くことができるようにしてある。自分は、十三尺層と引き換えに二菱から提供された別の炭鉱で、石炭増産に励むつもりである。——物語は、老坑夫の嘉助をはじめ多くの炭坑夫たちが坑主の意気に感じて新しい炭鉱へと坑主とともに向かう場面で、結末となる。「先の旦那も豪《えら》かつたが、若旦那はまた豪かけんな。……俺やな仙次さん、若旦那と心中することに決めたとばい、俺や……」

十三尺層に到達するために断層突破の難工事に挑んだのは、もちろん坑夫たちだった。十三尺層の存在を予測し、それの開鑿を提案したのも、坑夫だった。炭鉱《やま》とともに生き、炭鉱《やま》を労働の現場とし、炭鉱《やま》に生死をゆだねているのは、坑夫たちであって、坑主ではなかった。少なくとも、かなりの規模の炭鉱を持つ資本家ではなかった。いわんや、石炭の一生のあらゆる局面で大々的に石炭を商品として扱う「二菱」や「四井」などの財閥ではなかった。それなのに、その坑夫たちの生死は、炭鉱《やま》そのものではなく、坑主たちに、それどころか遥かに遠い財閥に、ゆだねられていたのである。小さな炭鉱の坑主たち自身も、「祖国の要求」に応じるためには大財閥に自分の炭鉱《やま》を差し出さねばならなかった。「国家」は、「資本の利潤」と結託したこのような体制の上で、戦争を遂行していたのだった。

だが、そのとき、炭坑夫たちの多くは、橋本英吉の主人公・中宮幾太のように、そういう現実そのものに異論を唱え、そういう現実そのものが変わらなければならないとは、夢にも考えなかった。それどころか、橋本英吉が、ひとまず国家や社会の要請と区別する表現を用いながら中宮幾太に語らせた大資本に対する批判、大資本の利潤のために自分たちが利用されていることに対していだいた批判さえ、ここではまったく影をひそめ、自分たち坑夫もろとも炭鉱が「二菱財閥」に売り渡されていくことに賛同する流れだけが、ただひとつの疑問の声さえないままに形成されていく。こうして、橋本英吉が試みた最後の抵抗は踏みにじられ、石炭は坑夫たち自身によって戦争の原動力へと、まさしくたたかう石炭へと、磨き上げられていく。

――しかもそれは、虚構でしかない小説のなかだけのことではなかったのだ。

第Ⅷ章
勝利の生きた結晶石
——台湾と石炭

1 「要塞台湾」の鉱物資源

日本の敗戦がわずか半年余りののちに迫っていた一九四四年暮から四五年正月にかけて、台湾台北市の台湾出版文化株式会社から『決戦台湾小説集』と題する文学作品集が全二巻で刊行された。[1]「台湾総督府情報課」の編輯と銘打ったそれは、「乾之巻」が四四年十二月二十六日初版印刷・十二月三十日初版発行、「坤之巻」が四五年一月十二日初版印刷・一月十六日初版発行で、奥付によれば発行部数はいずれも一万部だった。初版以後に重版されたという痕跡はない。

乾坤《けんこん》両巻のいずれにも、台湾在住の日本人文学者を代表する一人と目されていた台北帝国大学教授で英文学者・詩人の矢野峰人《ほうじん》によるまったく同じ「序」が付されている。「編輯委員代表」の肩書きで書かれたその序文によれば、この小説集が生まれた経緯はつぎのようなものだった。

（1）『決戦台湾小説集』全二巻は、ゆまに書房刊「日本植民地文学精選集」15、「台湾編」3として二〇〇〇年九月に復刻版が刊行されている。これの巻末に、原典の成立経過についての適切な解説（中島利郎）が付されている。

ことし六月、台湾総督府情報課は、「要塞台湾の戦ふ姿を如実に描写し、島民の啓発に資すると共に、明朗にして潤ひある情操を養ひ、明日への活力を振起し、併せて産業戦士に対する鼓舞激励の糧」たらしめんがために、台湾の作家を各方面へ派遣し、彼等をして約一週間現地に於て挺身諸士と起居を共にした上、その体験をば文学作品として提供せしめん事を企て、台湾文学奉公会に対し協力方《かた》を要請した。文学奉公会としては、年来斯種の事をば念願しながら未だ機を得なかつた際とて、欣然これに応じたのである。而して、この企画は、その規模に於て将又《はたまた》公的なる性格に於て、台湾としては正に空然《ママ》の事であるのみならず、情報課が作家に対し、「単なる探訪記事に堕する事無く、飽迄も文学作品として、本島文学の動向に示唆を与ふるものたる事」を要求したのは、為政者側が地元の文学運動に並々ならぬ関心を払へる事を積極的に示せるものとして、真に劃期的な意義を有《も》つものと言へよう。〔後略〕

「昭和十九年十二月八日」の日付をもつこの「序」によれば、こうして「選ばれた」十三名の作家は、六月の半ばから月末までの間に順次出発して、台湾各地の労働現場に赴いたのだった。そして、その成果たる作品は、すでに翌七月末までにはほぼ提出され、もっとも早いものはすでに七月のうちに雑誌に掲載されるほどだった。「爾来毎月数篇が発表されたが、十月の完了を俟《ま》ち、情報課はかねての計画に基づき、更に広く島内および内地に「戦ふ台湾」を紹介せんがために、書肆をしてこれら作品集を刊行せしむる事としたのである。」

「序」につづいて、十三名の作家とその派遣先、書かれた作品の題名とその発表機関（新聞雑誌名）が掲載されている。作家たちのうち六名が「本島人」、つまり中国系の台湾人、それ以外の七名が日本人で、派遣先は農場、アルミニウム工場および繊維工場、船渠《ドック》、鉄道関係の諸機関、炭鉱、山林、金属鉱山、油田地帯、土木工事現場、海兵団、錬成道場などである。「その体験をば文学作品として提供せしめん事」という企画の目的に沿って、発表された諸作品はすべて派遣された現場での体験や見聞を直接間接の題材としている。その結果、これらの作品は、一九三〇年代後半に転向作家たちによって担われた「生活文学」や、大政翼賛会文化部副部長の日比野士朗が一九四四年夏になって改めて提唱した「生産文学」と軌を一にしながら、生活現場とりわけ労働の現場を主題として描くものになったのだった。(2)

もちろん、内地における諸作品と根本的に異なる点は、作品の舞台が大東亜戦争末期における本土防衛の「要塞」として位置づけられていた台湾であり、書き手たちだけでなく「挺身諸士」たる登場人物たちも、さらには読み手たちでさえもが、日本人ばかりではなかった、ということにほかならない。そして、それぞれの巻に七篇ずつが収載された作品の主題もまた、「決戦台湾」をそのまま体現するものだった。第二冊目である「坤之巻」が刊行されてからわずか二ヵ月後、天皇裕仁は、連合軍にたいする降伏を早期に決断するよう上奏した近衛文麿に、「なんとか敵を台湾に引き付け、できるだけ損害を与えて、有利な条件で和平交渉ができぬものか」と答えた。その結果として、沖縄戦と二発の原子爆弾とソ連参戦、そしてこれらにともなうあらゆる帰結（もちろん朝鮮半島の分断を忘れるわけにはいかない）が生じることになるのだが、いずれにせよ植民地・台湾は、大日本帝国天皇の心中でその

(2)「生活文学」、「生産文学」については、拙著『「海外進出文学」論・序説』（一九九七年三月、インパクト出版会）の第Ⅶ章「「生産文学」再考」を参照されたい。

ようなものとして位置づけられていたのであり、『決戦台湾小説集』はそのような台湾のいわば文学的自己表現だったのである。

たとえば、「乾之巻」の末尾に収められた河野慶彦の小説「鑿井工」は、台湾北端の基隆《キールン》から遠くない油田地域で働く若い日本人、計七の目を通して描かれる。河口に近い川原のそこここには黒褐色の櫓《やぐら》が突っ立っていて、丁字形の腕の両端が交互に上下して坑底から油を汲み上げている。計七は、そこに新しい油井を開鑿する工事に従事しているのである。試掘管が油層に到達するのを待たずに、一緒に働いていた四十五歳の曽木は徴用で占領地のインドネシアに送られていった。作品にはそうと書かれてはいないが、日本の命運が懸かっているとされたあの「蘭印の石油資源」を開発するために、現地で油田の技術者が必要だったからであることは疑いない。「計七もついて行きたかつたが、検査前の彼には徴用は来なかつた。」――「検査」とは、もちろん、徴兵検査のことである。植民地台湾で徴兵制が施行されるのは、この小説が収められた「乾之巻」の刊行直後、一九四五年一月一日になってからだが、内地では、一九四三年十二月二十四日に公布と同時に施行された「徴兵適齢臨時特例」(勅令第九三九号)によって、徴兵年齢が従来の満二十歳から十九歳に引き下げられていた。このことから、作品の叙述によればほぼ一年余り前と思われる曽木の離台当時、計七はまだせいぜい十八歳だったことがわかる。やはり同じ現場で鑿井《さくせい》に従事している本島人の少年、鄭順良は、「僕は××日入所だけれども、それまでに井戸の結果が分らないかなあ」と気を揉んでいる。近く志願兵訓練所に入ることになっていたのだ。これも作品では触れられていないが、徴兵制が布かれる以前の台湾で「台湾総督府陸軍兵志願者訓練所官制」(勅令第一〇八号)によって「陸軍特別志願

台湾唯一の油田池、日本石油株式会社出礦坑油田――『別冊一億人の昭和史―日本植民地史3・台湾』(一九七八年一〇月、毎日新聞社)より

兵」の制度が施行されたのは、一九四二年四月一日のことだった。朝鮮ではすでに、一九三八年四月三日から同じ制度が実施されていた（勅令第一五六号）。先行した朝鮮では、第一年目に満十九歳以上の男子四〇〇名を採用したが、四年後の台湾では、満十七歳以上の男子一〇〇〇名を採用することになっていた。いずれも訓練所で六ヵ月の軍事訓練を受けたのち軍隊に編入されたのである。わざわざ「特別志願兵」と称されたのは、「兵役法施行令」（一九二七年十二月一日施行、勅令第三三〇号）第七条が志願兵の年齢を「十七年以上徴兵適齢未満」と定めているため、徴兵制がない朝鮮と台湾で二十歳以上の現地人も軍隊に採れるようにする必要から、内地の志願兵と区別したのだった。

台湾での石油の増産は、台湾から遠く離れた南方占領地における石油確保と、そして石油増産そのものとは別の「要塞台湾」の死守という、二つの重大な緊急課題と不可分にしか実行されえなかったのだ。作者は、小説という虚構のなかに、この現実を描き込んでしまったのである。

戦争末期のこの現実は、大日本帝国という戦争国家にとって最大の弱点たる石油資源をめぐってのみ露《あら》わになっていたのではない。同じ巻に収められた高山凡石の小説「御安全に」は、やはり台湾最北部の金瓜石《きんかせき》鉱山という実在の生産現場での臨戦態勢を題材にしている。「御安全に」という題名は、炭鉱をも含む日本の鉱山で鉱夫たちが入坑のさいや坑内で出会ったさいに交わす挨拶の言葉であり、台湾でもこの日本語の言いまわしが用いられていたことがわかる。主人公は、「鉤鼻《かぎつばな》で、出目金のやうな眼をした」山中捨次郎という日本人鉱夫である。かれは、この鉱山ですでに三十年も働きつづけており、いまでは職長として鉱夫たちや管理職たちの信頼

金瓜石鉱山——『別冊一億人の昭和史—日本植民地史3・台湾』（前出）より

を得ている。かれが若かったころ、ここでもまた日本人と本島人のあいだには時として険悪な空気が流れていた。なかでも、張飛と渾名された張東輝は、義兄弟の契りを結んだ他の二人の本島人鉱夫と結託しながら、坑内の日本人鉱夫たちを「闇の飛礫《つぶて》」と呼ばれる物騒な投石によって悩ましていた。かれは、「口をひらけばすぐ馬鹿と怒鳴るか、でなけりや、いきなり手を出す」日本人に、「おいらは蟲けらぢやない」、「たとへ、蟲けらであつても一寸の蟲にも五分の魂があら」ということを示してやるために、その襲撃を繰り返していたのである。もちろん、日本人である山中捨次郎もまた、かれら本島人鉱夫たちの攻撃の標的だった。

あれから三十年近い歳月が流れた。／田中長兵衛氏を社長とする田中鑛山株式会社から後宮信太郎氏を社長とする金瓜石鑛山株式会社の経営に移り、満洲事変の翌々年日本鑛業株式会社の買収するところとなるや、社名も台湾鑛業株式会社と改められ、更に支那事変後間もなく親会社である日本鑛業株式会社に合併され、同会社の持ち鑛山《やま》であると同時に、長期建設の国策を遂行させるための資源として、ただ資本の命ずる利潤追求にのみ汲々たることは不可能となつた。／そこには自由主義時代の資本の意志のほしいままなる跳梁を許さなくなつた。鑛山の機構はすべてをあげて国策の一線へと固く結びつけられて行つた。たくましい世紀の歯車は廻転するにつれて、あらゆる機構の整備と組織の改善は目を瞠るばかりだ。〔……〕台湾服が労働服に着換へられ、跣足《はだし》が影を没した。／飯場が撤廃され、斬つたはつたで男を磨くといつた、粗暴な、頽廃的な、古い鑛夫気質は忘却の彼方に消え去つた。〔……〕知ると知らざるに関係なく、歴史のたくましい息吹を呼吸するやうになつた。〝産報運動〟が展開されるに至つて、事業所と従業員ががつしりと組み合つてきたのであつた。

実在の金瓜石鉱山は、もともとは良質の金鉱として知られていた。しかし、金以外にも、軍事的に重要な銅を産し、国策上きわめて貴重な鉱山と目されていたのである。物語は、このように変貌を遂げた金瓜石で、いまでは老職長となっている山中捨次郎が、かつて本島人の反抗仲間でありながら現在は互いに意地を張って仲たがいをしている張東輝と簡石龍のために、かれらの息子と娘の縁結びを買って出て尽力する、という結末で終わる。決戦態勢は坑内でのみ完遂されるのではない。生活の全体と鉱山の人間関係の総体が、一致団結した信頼関係によって貫徹されなければならないのだ。

こうした結末が文字通りの絵空事にすぎないこと、むしろ日本人は依然として本島人の馬鹿さ加減に手を焼く人間としての位置に身を置きつづけていること——これをこの日本人作家の作品から読み取ることは容易である。それどころか、依然として変わらない日本人と本島人との位置関係を反映したこの結末そのものが、台湾における「産報運動」の実態を垣間見させているとさえ言えよう。一九四〇年十一月二十三日に結成された翼賛団体「大日本産業報国会」の下で展開された「産報運動」（産業報国運動）は、国家総力戦体制における生産力増強という重大な課題を担っていた。だが、資源も労働力も決定的に不足する状況のなかで、ひたすら精神主義に頼る労働強化が、労働現場に課せられるのみだった。植民地台湾では、こうした現実がさらに増幅・深化されて労働者の全生活と人間関係を支配していたのである。

2　楊逵と西川満――石炭を描く台湾文学

「鬵井工」と「御安全に」という二篇の小説のなかに、植民地台湾が、戦争遂行に不可欠な鉱物資源に関してもまた「要塞」であった、という現実の一端が描かれていたことは、見まがうべくもない。だが、これらの小説が描いた油田および金属鉱山と並んで、台湾は石炭の産地としても大きな軍事的意味を持っていたのである。

依然として重要性を失っていない石炭という資源に関しては、南方の広大な占領地域も軍事上の必要を充たすものではなかった。支那事変の開始とともに「大東亜共栄圏」構想を先取りするかたちで一九三七年八月に創刊された『朝日東亜年報』は、「昭和十七年版」（大東亜戦争特輯）[3]の「東亜共栄圏の資源概観」と題する一章で、そのことを以下のように記している。

石炭は日本、満洲、支那に多い。支那は二千億トンないし五千億トンと推定されて、その内《うち》山西一省で半分以上を有し、支那全体の推定埋蔵量の高下も山西省のそれに対する推定の高下によるものである。外《ほか》には河南、河北、山東等北支に多い。支那の埋蔵量は米国の現在の年産出量を以てしても、六七百年間の供給可能量を有するといふ。しかし鉄の最も低廉なる製錬には鎔鑛爐法によらなければならず、これに要するコークス用の粘結性石炭は支那には割合に少い。この点ではむしろ満洲が重要であり、日本にも多少はある。／仏印〔仏領インドシナ＝現在のヴェトナム、ラオス、カンボジア＝引用者註〕には北部に無煙炭があるがコークス用炭が殆どなく旧蘭印にも多少の埋蔵はあるがコークス用のものは全然望めな

（3）朝日新聞社中央調査会編『朝日東亜年報』昭和十七年版（一九四二年十二月、朝日新聞社）。

い。又タイには石炭資源が殆どなく、ビルマにもない。フイリツピン、マレー半島にも小炭田はあるがやはりコークス用のものが全くない。即ち大東亜の石炭資源は共栄圏の北半分に著しく偏つてをり、殊にコークス用に適する石炭は北半部に限られてゐる。しかも北半部の数量はかやうに豊富なものではあるが、欧米のそれに比較すると、北支の山西省が擢《ぬき》んでて多量であるほかは何れも遥かに下位である。北米や欧洲北半部の如く各国に多量に埋蔵して近代文化を産み出す大きな物質的基礎になつてゐるのに比ぶれば少いものである。

「大東亜共栄圏」を構成するはずの東南アジアの広大な占領地域は、中国山西省を別として、こと石炭資源に関するかぎり——わけても製鉄に不可欠なコークス（骸炭）用の粘結性の石炭については——期待できるものではなかったのである。一方、日本の内地および植民地が一九三五年の時点で石炭産出量において占める比重は、つぎのようなものだった。(4)

	産額（単位＝トン）	比率（%）
朝鮮	二二〇万五三四六	五・一
台湾	一五五万〇〇〇〇	三・六
南樺太	一五一万五六四七	三・五
内地	三七七六万二四九一	八七・八
総計	四三〇三万三四八四	一〇〇・〇

（4）数値は久保山雄三編『石炭大観』（一九四二年六月、公論社）所載の統計「内地府県別並領土別石炭産額調（二）」に拠っている。

内地の産額は、翌一九三六年には四一八〇万三〇〇〇トンに増大する。三七年以後は公表されなくなったが、戦後に明らかになった数値によれば一九四〇年の五六三一万三〇〇〇トンが史上最高の産出量だった。植民地における産額も、ほぼこれに比例して推移したと考えられるだろう。台湾の諸炭鉱には粘結性の炭を産出するものもあったが、コークスの需要を充分にまかなうには程遠かった。それでも、日本の植民地のうちでは唯一、用途別石炭消費高のうちに「骸炭原料」という項目が挙げられるのは、台湾だけだった。一九三五年度には、台湾における石炭全消費高のちょうど三%、四万四四二五トンが骸炭（コークス）原料として消費されている。さらには、かつて江戸時代末期の日本に来航したペリーの艦隊が船舶燃料として台湾の石炭に着目したように、日本の植民地台湾も、一九三五年における石炭消費高の五二・五%、七七万六〇〇〇トンを船舶用として供給していた。[5] 同じ年の日本内地で船舶焚料に充てられた石炭は四六三万トンだったから、船舶用として台湾の石炭が占める位置は推測できるだろう。「満洲国」と中国占領地域を除く日本の石炭産出総額の三・六%を占める台湾の石炭は、大日本帝国にとって不可欠の重要な資源であることに変わりはなかったのである。『決戦台湾小説集』のために炭鉱へ派遣された二人の作家たちの顔ぶれも、産業諸部門における炭鉱の重要性を物語っている。

本島人作家と日本人作家が一人ずつ派遣されたのは、台陽鑛業株式会社の石底鑛業所だった。台陽鑛業は、基隆炭礦株式会社に次いで台湾第二の規模の炭鉱会社であり、台湾の石炭産出額の約一七・八%のシェアを占めていた。石底炭礦はその台陽鑛業の主力鉱で、同社の総出炭量のほぼ三分の二を産出していたのである。時代は少し遡るが、支那事変開始前の一九三五年における台湾主要炭鉱上位三社の石炭産

（5） 久保山編『石炭大観』（註4）所載の「朝鮮、台湾及南樺太に於ける用途別消費高調」に拠る。

出額（台湾総督府殖産局鑛務課調査に拠る）を、台陽鑛業に焦点を当てながら記せば、以下の通りだった。(6)

基隆炭礦株式会社	
基隆一、二、三坑	八万六二一三
同　三、四坑	一〇万六六七六
瑞芳三坑	一一万六七六〇
〔以下略〕	
計	五三万九四五一トン
台陽鑛業株式会社	
石底炭礦	一七万九四一六
海山炭礦	五万五二三七
益隆炭礦	二万四二六一
その他	一万八八五九
計	二七万七七三トン
益興炭礦株式会社	
計	一五万七四〇二トン
台湾総計	一五九万六六七二トン

台陽鑛業の石底炭礦が、同社の主力鉱だったばかりでなく台湾随一の大規模炭鉱だったことが、この産出額からわかるだろう。つまり、作家たちはそういう炭鉱へ

（6）久保山編前掲書の「台湾主要炭礦別石炭産額調」に拠って主要三炭鉱分を再構成した。前掲の日本内地および植民地の石炭産出量との数値に違いが見られるのは、前掲の数値は『石炭大観』の編者・久保山雄三が『本邦鑛業の趨勢』などいくつかの資料を綜合して独自にまとめたものだからである。

派遣されたのである。

石底へ赴いた二人の作家のうち、本島人は小説家の楊逵《ようき》だった。楊逵は、内地の雑誌『文學評論』が一九三四年に行なった「第一回原稿募集」に応募し、入選第二席（第一席は該当者なし）となって内地文壇に登場した作家である。東京へ出て働きながら苦学する台湾人青年を描いた入選作「新聞配達夫」は、プロレタリア文学の後退戦を担う『文學評論』の三四年十月号（第一巻第八号）に掲載されたが、それは橋本英吉の長篇『炭坑』の連載第一回が発表された号でもあった。楊逵の入選は、台湾人の側からも「台湾作家の内地進出」として称揚され、かれは台湾を代表する作家としての地歩を、しかもプロレタリア文学の残照のなかで、固めたのである。(7)

「増産の蔭に——呑気な爺さんの話」と題された楊逵の石底炭礦体験記は、『決戦台湾小説集』の「坤之巻」に収められた。炭坑に出入りする坑夫たちを乗せる箱車の捲上げを大斜坑で見学していた「私」は、ひとりの坑夫から「よう、世話役さんではないか？」と声を掛けられる。「さつきから、妙に気味の悪い目付で、じろ〳〵見られてゐると思つたら、その採炭夫が、「これは珍らしい」と言ひ、寄つて来て私の肩を叩く。叩かれたあとは、屠殺場の検印のやうに鮮やかに残つてゐた。いくらかの常識をつけるために、夏目漱石の「坑夫」を読み、それで鑛山の凄惨さと坑夫の荒々しさを印象つけられて来た私は、どきつとして二三歩後じさりした。」——それは、私が経営する農場で働いていたことのある張という「日傭《ひやとい》」の労働者だった。半年来すっかり行方知れずになっていたのが、こんなところで再会したのである。私はその張の宿舎に案内されて日本人の老人、「呑気な爺さん」こと佐藤金太郎に出会う。それがこの作品の真の主人公なのだ。

（7）日本語で発表されている楊逵についての研究成果としては、とりわけ以下のものがある。①下村作次郎『文学で読む台湾——支配者・言語・作家たち』（一九九四年一月、田畑書店）。とりわけその「序章」。②河原功「楊逵「新聞配達夫」の成立背景」＝下村作次郎・中島利郎・藤井省三・黄英哲編『よみがえる台湾文学——日本統治期の作家と作品』（一九九五年十月、東方書店）所収。③塚本照和「楊逵の「田園小景」と「模範村」のこと」＝同前所収。④張季琳「戦時下の楊逵——「増産の蔭に」をめぐって」＝藤井省三・黄英哲・垂水千恵編『台湾の「大東亜戦争」——文学・メディア・文化』（二〇〇二年十二月、東京大学出版会）所収。⑤山口守「楊逵——植民地の眼差し」＝同前所収。

爺さんは「労務係嘱託」という名刺を私にくれる。本島人坑夫の「鼻たれ小僧達」からも慕われている爺さんは、女中に雇った本島人の少女を「自慢の孝行娘」として育て、読み書きができるようにしてやったばかりか、「日本娘のよい点をすつかり身につけ」させたのだという。雨が降ってくると、爺さんは、坑夫長屋の屋根の雨漏りを自分が濡れ鼠になるのも厭わず修理して廻る。爺さんにすっかり感心させられた私は、社長と所長に伴われて危険な坑内の見学を終えたあと、坑内の坑夫たちや爺さんの真剣な働きに相当するような貢献を自分がなしうるかと自問しないではいられない。私が思いついたのは、野菜不足で野草を食っているという坑夫たちに食べさせるための野菜を、農園経営の経験を生かしてこの炭鉱で作る、という計画だった。

　楊逵のこの作品が、決戦態勢下の日本の台湾統治に本心から協力することを意図して書かれたものか否かについては、さまざまに論じられてきた。だが、本心からのものでなかったにせよ、本島人の目で日本人の労務嘱託員を魅力的な人物として親しみを込めて描いた以上、この作品が挙島一致の「決戦台湾」という日本国家の方針に沿うものとなったことは否定できない。それ以上に問題なのは、しかし、作者が炭鉱の坑内にじっさいに入りながら、坑内の危険な状態を通り一遍の記述でしか描いていない、ということだろう。どれほどの労働強化が、どれほど過酷なノルマが、本島人の坑夫たちに課せられていたか、その片鱗さえもここでは描かれておらず、暗示されてもいない。台湾の炭鉱が内地のそれと比べてもどれほど劣悪な条件下に置かれていたかは、大規模経営の炭鉱をも含めて大部分が機械導入以前の「手掘り」だったこと[8]からもわかる。かつてプロレタリア文学の洗礼を受けて文学表現

（8）『石炭大観』（註4参照）のデータに拠る。

者としての道を歩みはじめたこの作家にも、「増産の蔭に」ある真の闇を描くことはできず、増産の蔭で縁の下の力持ちとして働く日本人を美化することができたのみだった。しかも、台湾における「国語解者」、つまり日本人以外で日本語を理解する台湾人は、一九四一年の時点ですでに、総数五六八万人のうち三二四万人、五七%に達していた。(9) 楊逵の作品はこの台湾人たちに向かって日本語で語りかけていた。石炭そのものばかりでなく、石炭という文学的テーマは、楊逵というひとりの台湾人作家によって、文字通り植民地同胞を決戦に動員するためのエネルギーとして使われているのである。

そして、その点では、同じ炭鉱に赴いた日本人作家も変わるところがなかった。

電鈴が鳴る／合図だ　合図だ／槓桿《てこ》を動かす／捲場《まきば》のモーターは／唸る　唸る
唸る／張りきつたケーブル／ケーブルの／ギリギリと／ギリギリと／捲き
あげてくる／炭車《たんしや》／二台　三台　五台／ギリギリと／ギリギリと／斜坑《しやかう》をのぼ
つてくる／切羽《きりは》から掘り出され／切羽から運び出された／石炭――／火薬と／
雷管《らいくわん》と／鑿岩機《さくがんき》と／人間の力といふ力を／注ぎ注いで掘り出した／地底三千尺
の／真ツ黒な石炭／炭素と／労力と／戦争と／勝利の／生きた大結晶石／石炭
――／燃えあがる炎と／動力《どうりよく》を／さりげなく内《うち》にかくした／不動の黒金剛《くろこんがう》／あ
あ　逞ましく　はげしく／石炭は　いま／燦爛《さんらん》たる陽《ひ》を浴《あ》びようとする

「戦争と勝利の結晶石」と題されたこの詩は、西川満のものである。「石炭・船渠・道場」という総タイトルのもとにまとめて掲載された西川の三つの詩のうちの一篇

(9) 藤井省三『台湾文学この百年』(一九九八年五月、東方書店。東方選書32) 所載のデータに拠る。

がこれで、他の二篇は台湾船渠および斗六国民道場に派遣された成果だった。

楊逵が台湾を代表する台湾人作家だったとすれば、西川満は日本人詩人として台湾文学の代表者と目されていた。かれは、『決戦台湾小説集』の下巻、坤之巻にも小説を載せている。『決戦台湾小説集』の両巻に各一篇ずつ、一人で二篇の作品が収められているのは西川満だけである。楊逵とともにかれがとりわけ重要な炭鉱へ派遣されたのは、前述のとおり台湾文学に占めるかれの位置のゆえだった。だが、それだけではない。西川満と台湾の石炭とのあいだには、切り離しがたい関係があったのである。敗戦後四十年近くを経た一九八二年にかれが刊行した『西川満全詩集』(10)の自筆「略年表」には、一九四四年（三十七歳）の一月の項にこう記されている、「前年十二月二十日、帰星せる父のあとをつぎ、樹林の昭和炭礦社長となるが、その才、まったくなし。黄子欽、王志賢二恩人の協力により経営。」

西川満《みつる》の父、西川純《じゅん》は、一九一〇年に、父（満の祖父）の弟が台湾で始めた炭鉱経営に参加するため、家族とともに台湾の基隆に移住した。一九〇八年二月十二日生まれの満が数え年で三つのときである。そのとき以来、早稲田第二高等学院を経て早稲田大学仏文科に学んだ一九二八年四月から三三年四月までの丸五年間を除いて、敗戦翌年の一九四六年四月に東京へ引き揚げるまで、かれは台湾で暮らすことになる。父自身も一九三八年三月に台北州海山郡鶯歌街の炭鉱を取得し、「昭和炭礦株式会社」を経営していた。西川満が一九四〇年一月に台湾で創刊した『文藝臺灣』も、それ以外のかれの文学活動も、炭鉱主たる父・西川純の資金援助があってこそ可能だった。『決戦台湾小説集』の発行所である「台湾出版文化株式会社」も、じつは西川満が台湾文学奉公会の雑誌『臺灣文藝』に連載してきた長篇「台湾縦貫鉄道」を

(10)『西川満全詩集』（一九八二年二月、人間の星社。限定八百部。装本＝西川満）。

単行本として出すことを目的に西川純が出資して設立された出版社だったのだ。西川満にとって、植民地台湾の石炭は、文学表現の題材となったばかりでなく、文学表現の経済的な原動力ともなっていたのである。

父の純が経営する昭和炭礦は、対米英開戦に先立って、一九四一年三月、台湾の各炭鉱会社とともに「台湾石炭株式会社」という単一の会社組織の下に統合され、西川純はその取締役のひとりとなった。新会社の「設立要綱」は、設立の「目的」として「本会社は台湾に於ける石炭の需給を調整し価格の適正を図り石炭資源の開発を促進して炭業の健全なる発展を期し、併せて各種産業の興隆に寄与せんとす」と述べている。だが、その真の目的は、むしろ、この新会社設立に付随して定められた「台湾石炭配給統制要綱」から読み取ることができるだろう。その全文は以下のとおりである。[11]

一、石炭の生産業者は其生産したる石炭（鑛業自家用を除く）を台湾石炭株式会社に売渡すものとす

二、台湾石炭株式会社の買入れたる石炭は移輸出するものを除き用途、販売先、輸送其他に付必要なる事項を指定して買入先又は販売業者に売渡すものとす但し必要ある場合は直接消費者に売渡すことを得るものとす

三、台湾石炭株式会社の販売業者に売渡すべき石炭は島内一般用に付ては特別のものを除き発駅車上に於て、船舶焚料炭に付ては基隆貯炭場艀卸《はしけおろし》又は本船乗《ママ》に於て之《これ》を引渡すものとす

四、月百瓩《トン》以上の消費者は毎四半期の需要量割当を其の期の開始二ケ月前迄に台

（11）「台湾石炭株式会社設立要綱」および「台湾石炭配給統制要綱」は、久保山雄三編の『石炭大観』（註4）に収載されている。

湾総督に申請するものとす
五、台湾総督は月百瓲以上の消費者に対し需要量割当の申請に基き用途の軽重緩急を勘考して割当証明書を交付すると共に台湾石炭株式会社に対し配給の指図を為すものとす
六、石炭の移輸出入は台湾総督府の指示に依り台湾石炭株式会社直接之に当るものとす但し石炭販売業者に委託することを得るものとす
備考
　台湾総督府は台湾に於ける石炭需給計画の完遂を期する為輸出入品等に関する臨時措置に関する法律（昭和十二年法律第九十二号）に依り石炭配給統制規則（府令）を制定し本会社をして石炭の買入、販売並《ならび》に移輸出入に当らしむるものとす

「備考」に示されているとおり、台湾総督府は一九四一年八月二十八日、総督府令による「石炭配給統制規則」を定めて、台湾で生産される石炭の販売を統制下に置き、これによって石炭の用途をきびしく管理する体制を整えた。すでに内地では、石炭の供給・販売を国家が管理統制することを定める「石炭配給統制法」が、一九四〇年四月八日に制定されていた（法律第百四号）。これによって、石炭の売買はいわゆる自由経済の埒外に置かれることになり、本格的な戦時体制が石炭に関しても確立されたのだが、それが一年遅れで植民地台湾でも実施されることになったのである。「決戦台湾」の態勢はこのとき最終的に整った、と言うべきだろう。詩人・西川満は、『決戦台湾小説集』に収められた詩で「炭素と／労力と／戦争と／勝利の／生きた大結晶石／石炭」を謳ったとき、もはや自由なエネルギー源として輝いているのでは

七七歳のころの西川満。『西川満異国小説集・テヘランの審判』（一九八五年二月、人間の星社）より。本のテーマにふさわしくトルコ帽をかぶっている。

ない石炭、戦争のための国家統制の下でしか働くことのできない石炭を、父の後を継いだ炭鉱主として地上に送り出していたのだった。

3 「黄金の人」、後宮信太郎

敗戦によって失われた台湾から本土に引き揚げてのちも、西川満は台湾への思いを表現しつづけた。一九三〇年のいわゆる「霧社事件」を主題とした中篇「蕃歌」を含む小説集『台湾脱出』[12]のほか、台湾を舞台とする十指に余る数の詩集や小説集が、多くは私家版の豪華本で上梓された。それらのほとんどが西川満という一詩人のきわめて主観的・心情的な台湾への思いを歌っているなかで、一九五七年夏に刊行された『黄金の人』と題する伝記作品[13]は、ひとりの実業家とその家族の歩みを素材にしながら、台湾と日本人との歴史的な関わりを描き出して異彩を放っている。


『乾坤一擲』という言葉がある。

これくらい、後宮信太郎《あとみやのぶたろう》の、仕事に対する情熱を、いいあらわした言葉は、他にないであろう。一か八か、とにかく、じつとしておられないのである。

時は、日清戦争で日本中が沸きたつていた明治二十七年の晩夏、額ににじみ出る汗をぬぐいながら、愛宕山を前に見て、八キロの小径を、原村へ向かつて、信太郎は歩いていた。

金が欲しかつた。金がなくては、身動きがとれない。


伝記物語はこのように始まっている。伝記の主、後宮信太郎は、京都府下丹波の

(12) 西川満『台湾脱出』（一九五二年一月、新小説社。〈新小説文庫〉一三〇）。なお、これに収められた「蕃歌」については、『台湾の「大東亜戦争」』（註7の④参照）に収載された拙稿「海外進出と文学表現の謎」も言及している。

(13) 西川満『黄金の人』（一九五七年七月、新小説社。装本＝西川満、題簽＝後宮信太郎）。

『黄金の人』函

庄屋の家系に生まれた。「ヤマコ」と称される投機癖のために身代をつぶした父に似て、まだ数え年で二十二歳のかれもまた、鬱勃たる事業欲を抑えることができなかった。母方の叔父に無心して百円を借りたかれは、そのまま、日清戦争さなかの朝鮮に渡った。軍隊相手の雑貨を買い込んでいって大儲けをしたのが、後宮信太郎の実業家としての第一歩だった。儲けを元手にして、軍隊の兵糧を前線へ運搬するための人夫を差配する「人入れ稼業」、つまり人夫請負業を始めた。そして、戦争の終結を逸早く見越すと、さっさと朝鮮から手を引いた。今度は、清国に勝利して獲得した新領土、台湾が、かれの活躍の舞台だった。一八九五年六月十七日、偶然かれの満二十二歳の誕生日に当たる「始政式」からちょうど三ヵ月後の九月十八日、信太郎は台湾に上陸した。

基隆から新竹まで通じていた鉄道で台北に着いた。年が変わった元旦の未明、大規模な「土匪」の襲撃に脅かされる。夏には水害に見舞われた。その後に流行した疫病に追われるように、信太郎は憔悴して内地に戻ったのだった。しかし、トミという伴侶を得たかれは、牛のいない台湾で牛肉屋を始めるという着想に突き動かされ、七頭の神戸牛を連れてふたたび台湾に渡る。高温で肉が腐ることを計算に入れていなかったため、牛肉屋はたちまち失敗したが、これを潮に、かねて勧められていながら決心が付きかねていた煉瓦製造業に転じることになったのである。やがて「煉瓦王」と呼ばれるかれの一時期が、こうして始まる。

新竹からさらに南へ打狗（高雄）まで延長される台湾縦貫鉄道の建設工事が、大量の煉瓦を必要としていた。商売敵である英国人の煉瓦工場主との競り合いは、薄利に徹した信太郎の勝利に終わった。英国人の工場はかれによって買収された。新しい建築材のコンクリートが煉瓦に取って代わるという見通しをも、かれは無視した。第一次世界大戦の好景気は、対岸の中国大陸にまで販路が拡がった煉瓦を輸送するための船の不足をもたらした。かれは、大阪造船に千五百トンの貨物船を発注した。

ところで、煉瓦をつくるにも、船を動かすにも、必要なものは、石炭である。汽船に手をのばした以上、この際、炭砿経営にも乗りだそう、と信太郎は決意した。

台湾の石炭は、主として中央山脈の西大安渓以北の地で産出するのであつて、領台当時は、原始的な狸掘りで採つていた。はじめて炭砿に機械掘を応用したのは、会津の人、秋山義一である。秋山は東大工科の第一回卒業生で〔……〕炭砿を経営した。この秋山は、筆者の父、西川純の叔父にあたるので、筆者もまた父につれられて、三歳で渡台したのである。

秋山は、その後、これを基隆炭砿に売却し、明治四十三年、台北に創立されていた台湾瓦斯《ガス》会社の社長となり、筆者の父もこれに従つて、同社の支配人となつたが、ここに、この一項をはさむ所以《ゆえん》は、大正十三年、筆者の父が後宮合名に入社、昭和九年になると、信太郎が瓦斯会社の社長に就任する奇しき因縁があるからである。

さて、信太郎は、基隆川に沿うた五堵の山を購入して、石炭採掘に乗りだした。炭質は良好で、内地の一等炭に比べても、遜色がない。

すべてが順調であつた。

時に、大正六年、信太郎は、四十五歳である。

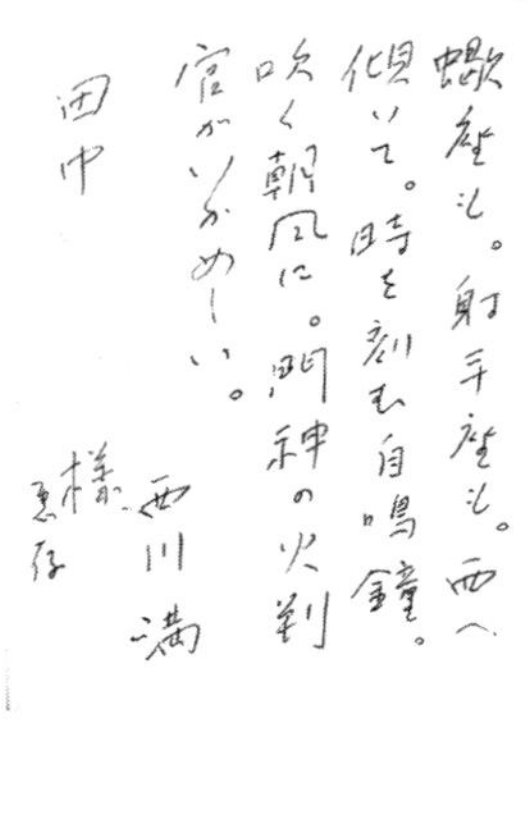

西川満の筆蹟。田中某氏に献呈した『黄金の人』の一冊（池田所蔵本）の扉裏にペンで書かれたもの。ここに掲載するにあたり、田中氏の名前は消した。

『黄金の人』の最大の特色は、随所で、主人公の伝記を叙述する作者自身が登場することにある。炭鉱主を父とする作者の社会的な位置が、伝記の主のそれと接点を持たざるをえないからだが、その結果、西川満の詩や小説からだけでは明らかにならないかれ自身の伝記的な事実や、植民地台湾の歴史をめぐるエピソードを、この伝記小説は伝えることになるのである。後宮信太郎自身は、炭鉱取得ののちさらに、「タカサゴビール」を製造販売し、これが不評だったために「ライトビール」と改称したが、ラベルに英語でLightと書くべきところをRightとするなど、これは完全な失敗に終わる。そのかれが真に「王」と呼ばれるに値する成功の糸口をつかんだのは、大正末年に、台湾北部の基隆川上流にある金瓜石鉱山を取得したときだった。——『決戦台湾小説集』の「乾之巻」に収められた高山凡石の「御安全に」が描いたあの山中捨次郎職長の金瓜石鉱山が、ここで登場するのである。

その産金額は大正元年に於て、金瓜石が日本第一、瑞芳が第六、武丹坑が第十一位である。／大正二年、田中組は、やや沈滞気味の武丹坑を買収したが、この鉱区の一部に、石炭が埋蔵されていた。田中組では、石炭には全然、手をつけなかつたので、後宮合名では、この鉱区を譲り受けた。／それが武丹坑炭砿なのである。ちようど〔……〕鉄道に近いので、信太郎は個人で、武丹坑駅を建設、鉄道部に寄付して、開発にあたつた。／開坑六ケ月で断層にぶつかり、支配人の脇坂たちを困惑させたのは前述の通りだが、幸い、その後、良質の無煙炭が出るようになつた。こんな縁故で、田中組とは、密接な関係を生じていた。

台湾総督府（一九〇二年着工、一九一九年完成）

その田中組が金瓜石の金鉱を手離すという話を耳にしたとき、後宮信太郎は即座にこれを買い取る決心をした。素人の金鉱経営を危惧した銀行は資金融通を渋った。しかし、決意を変えなかったかれは、この鉱山によって「金山王」の異名を取ることになる。かれの手はやがて朝鮮の金鉱にまで延ばされた。慶尚北道の大邱の北に位置する金井《きんせい》鉱山を入手したのである。きわめて優秀なこの金鉱を獲得したかれは、台湾の金瓜石鉱山を有利な条件で売却し、その年度の所得税は、台湾の新聞に「日本一の所得税、後宮氏が完納」と報じられたほどだった。成人した長男の末男がすでに父を助けて鉱山経営に当たっていた。ブラジルへ渡って広大なコーヒー農場を経営しはじめた下の息子、武雄も、父が佐賀県東杵島《ひがしきじま》の炭鉱を取得すると、一時帰国してそれを管理することになった。しかし、この炭鉱は、着炭（掘進して石炭の鉱脈に到達すること）の報を受けて地元で町を挙げての盛大な祝賀行事を行ないながら、その直後の大量出水が止まらず、結局は放棄せざるをえなかった。一九三〇年代末の時点で二千万円という巨額の資金を注ぎ込んだ結果だった。しかも、大東亜戦争に突入すると、国家は金鉱山を重視しなくなった。政府は採鉱中止の命令を下し、さらに金鉱を買収した。この歴史的事実は、一九四四年版『朝日年鑑』(14)には「勤労決戦体制の確立」の項にこう記載されている、「政府は支那事変以来金の増産を奨励し来つたが、大東亜戦争の勃発に伴ふ対外依存脱却の結果、国際貸借決済手段としての金の需要量は著しく減退したので、金鑛山を整理してこれが労力資材を他の重要鑛物の鑛山に振り向けること、し、但し金に随伴して相当量の銅、鉛、亜鉛、アンチモニーを産出する鑛山は引続き稼業を続行せしめることに方針を決定、十八

一九一〇年代建造の台北「鉄道ホテル」前ページの台湾総督府の建物と同じく後宮信太郎の煉瓦が使われた。（写真はいずれも『別冊一億人の昭和史―日本植民地史3・台湾』より）

(14)『昭和十九年 朝日年鑑』（一九四三年十二月、朝日新聞社）。表紙・扉・カバーとも、題名の下に「紀元二千六百四年」と元号が記されている。

年四月九日商工省より「金鑛業整備に関する方針要旨」としてその内容を発表した。／右整理に伴ふ休廃止金鑛山の鑛区、設備等については、国庫が補償すること、し」(以下略)。

高山凡石の小説「御安全に」が、一九四四年の時点で台湾の金瓜石鉱山が操業している現場を物語の舞台にすることができたのは、この金鉱が同時に銅を産出したからである。小説に描かれたとき、登場する鉱夫たちは金ではなく銅を掘っていたわけだ。それとは対照的に、後宮が経営する朝鮮の金井鉱山は、純然たる金鉱だったために閉山を余儀なくされたのだった。だが、廃止された金鉱で働く三千五百人の鉱夫を路頭に迷わせるわけにはいかなかった。父から金井鉱山の社長の座を譲られていた長男の末男に、ひとりの朝鮮人が江原道の南端に近い三斤里《さんきんり》の銅山を売り込みに来た。この銅山が、奇跡を生んだ。リシューム(リチウム)が出たのである。「リシューム！　それは原子爆弾にも使えるものだが、当時としては、ゼラルミンの熔接剤として知られていた。これを使えば、鋲なしでゼラルミンがくっつくのである。」「南北アメリカあわせて千噸も出ない、世界稀有のリシューム鉱！」——だが、このニュースが伝わると、京城の海軍武官府から出頭を命じられ、有無を言わさず三斤里は海軍管理鉱山とされてしまった。ジュラルミンの接着剤は軍事的にも重大な価値を持ったのである。数時間後に陸軍からも同じ命令が来たが、これは手遅れだった。海軍はリチウム一トンを六千五百円から七千円で買い上げたので、戦局が激しさを加えれば加えるほど、後宮合名会社は揺るぎないものになった。

そして、その後に来たのは日本の敗戦だった。

昨日まで、ここも祖国と、骨をうずめる覚悟であつた外地が、一夜にして日本の領土ではなくなつた、と知つたとき、誰が死を覚悟しなかつたであろう。／筆者もまた、死を決意した。幸い、生きて帰れたが、三十六年すみなれた台湾を去るのは、断腸の思いであつた。筆者の父は、後宮合名を退社後、譲り受けた武丹坑炭砿を経営し、また南港、樹林に新たな炭山を持つたが、不幸、昭和十八年の末に歿した。筆者は親がのこしてくれたすべての財産を棄て、一人あたり千円の金だけを持つことを許されて、日本に食うや食わずで戻つた。〔……〕が、筆者の場合は、たかが知れている。三井、三菱を凌ぐ、世界屈指の大富豪になつたかもしれぬ、三斤里の鉱山をはじめ、朝鮮、台湾、ブラジルにあつた後宮家の巨万の財産は、一朝にして国家と運命を共にしてしまつたのである。

こうして、伝記小説『黄金の人』は終局を迎える。後宮信太郎という実在の人物は、敗戦とともに日本の歴史から姿を消したのである。

しかし、じつは、後宮信太郎はそのまま歴史から姿を消しはしなかった。戦後にもう一度、再生したのだ。——一九五二年四月、NHKは夕方のゴールデンアワーに菊田一夫原作のラジオドラマ『君の名は』の放送を開始した。「忘却とは忘れ去ることなり。忘れえずして忘却を誓うこころの悲しさよ」という毎回冒頭のセリフとともに、放送は五四年四月まで続いた。そして、『君の名は』の放送時間には銭湯の女湯がからになる、と言われるほど大きな人気を呼んだのだった。この純愛悲恋物語のヒロインは、「真知子巻き」というストールの巻きかたが一大ブームを呼ぶことになる氏家真知子《うじいえまちこ》だが、その恋人であるヒーローが、後宮春樹《あとみやはるき》である。西川満は、『黄金の人』の一節で、このヒーローの名前の由来について語っている。西川の「竹馬の友」でもあった原作者の菊田一夫は、『君の名は』のヒーローの名前についてファンから、「後宮はウシロクと読むはずだ」という抗議を受けた。それにたいして菊田は、自分の台湾での小学校に「アトミヤ」と読む姓の下級生がいた、と答えたという。それが後宮信太郎の次男、武雄である。本来は「ウシロク」だったが、台湾に渡った信太郎が、わかりやすいように自分の一家の姓の読みを「アトミヤ」と変えてしまったのだった。信太郎の末弟、後宮淳は、東條英機の右腕と称された陸軍軍人だった。東條の後任として陸軍参謀総長になるものと目されていたが、昭和天皇裕仁が後宮を嫌っていたため実現しなかった、といわれている。後宮淳は、敗戦のとき在満洲「関東軍」の第三方面軍司令官として奉天（瀋陽）でソ連軍の捕虜となった。シベリアに抑留された後宮淳《うしろくじゅん》大将が、ソ連地区からの最後の集団引揚げ団（第十一次）の団長として舞鶴港に帰着したのは、敗戦から十年以上が過ぎた一九五六年十二月二十六日のことである。

四十五歳のアトミヤ信太郎と大尉時代の実弟ウシロク淳――『黄金の人』（No.618）より

第Ⅸ章

大東亜の労務管理と鉱夫の現実

——「監獄部屋」から「把頭炊事」まで

1 炭鉱の納屋制度とその撤廃

嫌《イヤ》な人繰り
邪慳《ジヤケン》な勘場《カンバ》
情け知らずの
納屋頭

一九五二年ごろに刊行されたと思われる謄写版刷りの私家版『民謡炭鉱物語』(1)のなかで、著者・伊藤時雨は、この炭鉱唄に関してつぎのように書いている。

炭鉱が近代的な産業の形態をとゝのえて、遠隔の地から労働者が入り込むよう

(1) 田中光夫監修・伊藤時雨著『民謡炭鉱物語』。ガリ版刷り——鉄鑢《やすり》の上に置いた蝋引きの原紙に鉄筆を用いて手書きで文字をカットする

になると、労働者の供給確保ということが非常に大事な仕事となつて来た。即ち、炭鉱主は、納屋頭を任命して、その募集監督の任にあたらせたのである。／そして、御多分に洩れず、当時の納屋頭は、大《ママ》低、放蕩無頼の徒が多く、その配下に又無頼の博徒等を集めて、労務者を誘拐同様の方法で雇入れて、納屋に押込んで働かせていた。このように納屋制度は封建的な拘束の下に於ける一種の強制労働である。／筑豊地方に於ても、当時は例外なしに、納屋制度一《ママ》天張であつた。納屋は古い時代には、粗末な藁小屋を用ひてゐたが次才に改造を加へて五間《けん》・十間・十五間・二十間の長屋作りとし之を数戸又は十数戸に分割してゐた。こうした納屋を幾つかの大納屋にわけて、その中に住む坑夫達の差配を納屋頭に委ねていた。／大納屋の大将を納屋頭（通称頭領と呼んでいた）と云ひ、大納屋には飯場（寄宿坑夫のこと）が二、三十人置いてあり、また、此の外《ほか》に、頭領の子分にあたる中納屋と云ふのがあつた。

〔漢字・かなづかいと（　）内も原文のまま。ただし、（　）でくくった振りがなは引用者による。／は改行箇所を示す。〕

ここで「当時」とされている時代を、著者は、私家版『民謡炭鉱物語』を大幅に改稿して刊行された『うたがき炭鑛記』（一九六四年五月刊）[2]では、日露戦争直後の時期として明示している。十年前の日清戦争のさいの石炭景気は、戦後わずか数年で下火となった。一九〇四年から五年にかけての日露戦争で盛り返して好況が訪れたが、以前のような反動が来るのを警戒した石炭事業主たちは、「もっぱら資本の蓄積にこれ努め、石橋をたたいて渡るように経営の基礎を固めようとし、ここに納屋

ことによって原版を作り、それを謄写版で刷るという方法――で作成されたB6判一一〇ページのこの本には、発行年月日を示す奥付がない。しかし、『新々炭鉱《ママ》節』がいま流行しているという「結び」の記述内容から推測して、ほぼ一九五二年ごろに上梓されたものであると思われる。『炭坑節』（月が出た出た、月が出た……サノヨイヨイ）の全国的流行に煽られて、その本歌取りである『新炭坑節』（此処は山奥山の中、あれは女松か男松……）が作られ、さらにつづいて『新々炭坑節』（……喧嘩博打に身をすねて、川筋育ちのよか男）が流行した。そのうえ『新々々炭坑節』（別称『三新炭坑節』）までできたが、それらのうち『新々炭坑節』がNHKラジオの全国放送で取り上げられたのは、一九五二年六月だった（深町純亮『炭坑節物語』＝一九九七年十一月、海鳥社＝参照）からである。

（2）伊藤時雨『うたがき炭鑛記』は、一九六四年五月に自費出版され、一九九七年二月にあらためて福岡市の葦書房から刊行された。

制度が本格的なものとなってきた」のである。「会社は職種別に「大納屋」を組織させ、その鉱夫の差配を大納屋に委ねるとともに大納屋の管理を会社がすることになった。〔……〕大納屋は飯場鉱夫の他に多くの「小納屋鉱夫」（家庭持ち鉱夫、たいがいは夫婦共稼ぎ）を配下に大勢持っていた。」（カッコ内も原文のまま）

私家版でも新版でも前出の唄を引用したあと、伊藤時雨は、「この歌は、嫌味たっぷりに出来ているが、これで仲々当時の実相を伝えているのである」（表記は私家版に拠る）と述べて、歌われている人物たちについての解説を加えている。二つの版の記述を総合して要約すれば、ほぼつぎのようになる。

「人繰り《ひとぐ》」――大納屋にも中納屋にも必ずいて、先山《さきやま》と後山《あとやま》の組み合わせを決めたり、切羽《きりは》の様子を調べたり、就業（入坑）を督促して廻る役であるが、この「人繰り」の思惑次第で恋人同士の仲が邪魔されたり、見も知らぬ他人同士が恋仲になる機会も作られたりする。

「勘場」――鉱夫の賃金を毎日一括して会社から受け取ってきて、これを小納屋鉱夫や飯場鉱夫に支払う役目である。「見合い貸し」（賃金の前貸しや、怪我・病気などで休むときの生活費の前貸し）の権限も持っていたので、鉱夫にとっては煙たい存在だった。

「納屋頭《なやがしら》」――貪欲にも不人情にも見えるが、鉱夫たちの「親」とも言うべき存在である以上、経験と頭領たるべき資質を備えていなければならない。「即ち世話好きであること、痒《かゆ》いところに手の届く人、相当酒を飲み得ること、目から鼻に抜けるほど悧巧であること、人中で口が利けること、度胸があること、威張らず、おこらず、

山本作兵衛画文『筑豊炭坑絵巻』(No.716) より。手書きの説明文――「明治時代　ミセシメリンチの詞は明治にはなかった／肥前の（長崎県）鷹島に大正時代まで実行していたミセシメで　納屋頭領にチョウハンと云う無頼漢がおって残酷制裁をしていたと言う。このミセシメは島破り海を渡って〔以下行間に〕塩たわらを頭にかぶり海を泳いでケツワリする〔以上行間〕逃走中捕らえられた者、又は姦通マオトコ、強姦などの犯人に加える

碎けた人物であること、思ひやりがあること、世の中の酸いも甘いも知りぬいた苦労人であると共に睨みが利き、寛厳宜しきを得て、統御の才があること等が、必要条件であつた。」（引用箇所は私家版『民謡炭鉱物語』に拠る）

ここで「勘場」と呼ばれているのは、説明にあるとおりの役目だが、掘った石炭を計量する係りが同じ「勘場」の名で呼ばれることもある。混入しているボタの多寡や石炭の形状などで厳しく手加減を加え、少な目の数値を記入することが多いので、労働者側の立会人を置くようにという要求が出されたこともあった。その数値によって賃金が決まるからである。また、ここで納屋頭の資質として挙げられていることと、さきに引用した一節の「御多分に洩れず〔……〕放蕩無頼の徒が多く」という記述とのあいだには矛盾があるように思えるが、事実としてはこの両方の特性が納屋頭には共存していたのだろう。かれらは、あるときは人情味を武器とし、あるときはすさまじい暴力で鉱夫たちを圧伏した。労働力でしかない鉱夫たちを会社に繋ぎ止め、限界まで働かせ続けることが、納屋頭たちの仕事だった。そして、そのための二種の力の使い分けは、頭領自身によってなされただけではない。伊藤時雨は、私家版での納屋頭その他についての説明に添えて、「社宅「奥さん」／大納屋「お母さん」／小納屋「ごりょん」に／誰《タ》が決めた」という自作の唄を紹介している。「ごりょん」とは「御寮さん」の意味だが、会社直属の社員と納屋住まいの鉱夫とでは、さらにまた大納屋の独身鉱夫（「飯場」鉱夫）と小納屋の所帯持ち鉱夫とでは、それぞれの管理職の妻を呼ぶ用語が違ったのである。それら管理職の妻たちの役割について伊藤時雨はこう述べている、「大納屋でも、小納屋でも同様だが、その頭領

のであったと云う　逆づり下三〇センチ位すかして火を燃し　その傍で入坑前の独身者（飯場）は食事をすると言う事であった。（このリンチは筑豊のヤマにはないと言うていたがの――）／おめえたちも生意気すると此の通りだぞ――」

は、厳父のような厳しさを示すのに対してその妻君は母親のようなやさしさをもつて面倒をみてくれたのでお母さんと云ひ、御寮《リヨ》んと呼ばれていた。」

伊藤時雨が「納屋制度が本格的なものになってきた」とする日露戦争直後の時期が始まろうとしていた一九〇五年五月、児玉音松著『筑豊鑛業頭領傳』と題する一冊の本が刊行されている。(3) 納屋制度が本格的なものになってきたというのは、具体的には、江戸時代以来の納屋制度が炭鉱会社の組織のなかに組み込まれていく時代が始まりつつあった、ということを意味していた。その転換期に書かれたこの本には、それまでの筑豊で名を残してきた百十二人の納屋頭たちの略伝が集められている。二度の対外戦争における勝利は、富国強兵という国家社会の基本方針が成果を上げてきたことの証左でもあった。その国家社会を根底で支えた石炭産業の相貌が、この本からは、炭鉱労働の現場を取り仕切る人間たちの相貌を通して浮かび上がってくる。たとえば、「福田和吉氏」の項はつぎのように叙述されている。（ふりがなは適宜省略した。原文にないふりがなを引用者が補った場合は（　）でくくった。）

氏は礦業界の名物男、弁舌あり勇気ありて喧嘩の場数《ばかず》も並々ならねど、曾《かつ》て負け知らずの剛の者、而《(し)》かも斯道《しどう》の経験は人に優《す》ぐれて手腕《うでき》の聞こへ高し、氏は豊前田川郡苅田《(かんだ)》村福田為次郎氏の五男なり、五歳の時父を失ふて舎兄《あにき》某等と共に家居《すまい》せしが、某は商業《しょうばい》の為め家産《しんだい》を敗《や》ぶりて憐《あ》はれ氏は幼少より貧苦の中に人となり十六歳の時始めて博奕《ばくち》の面白きを知り十九歳迄は我を忘れての博奕三昧に各地を横行して、喧嘩闘争の本家本元となり、二十歳の時下境本洞坑に入りて坑夫となりしが、ソモ身を坑業界に投じたる初めなり、時の頭領は渡邊重兵衛氏なり、其

(3) 児玉音松『筑豊鑛業　頭領傳』（一九〇五年五月）。扉には「児玉蔵版」と記されており、自費出版されたことを示している。奥付には「著作兼発行者」として「寄留福岡県遠賀郡長津村字中間炭坑業頭領会事務所」の肩書きで「児玉音松」の名と、「印刷者」（矢野松吉）および「印刷所」（大阪製本印刷株式会社）が記載されているのみである。名ばかり高い稀覯書だったが、一九七〇年一月に西日本文化協会によって復刻版が刊行された（これ自体がいまでは稀覯書になっている）。

後氏は筑豊五郡を廻《めぐ》りて、小力《こりき》と云ふ綽号《あだな》を取れり、這《こ》は畢竟《ひつきよう》身を喧嘩闘争《どうらく》に寠《や》つせし果ての事、茲《こゝ》に氏が男を売りたる抑《そも》くの喧嘩あり、頃《ころ》は明治十九年旧正月二十六日の事にて、所は鞍手郡下木築《しもきづき》に於て、有名なる新入和蔵《しんにうわざう》（一名鬼の和蔵）事《（こと）》吉田和蔵の左腕を切つて、当時の兇漢無頼《わるもの》の徒《なかま》を驚かしめたる一事《こと》是なり、而して其起因《をこり》は以前氏が和蔵と一六勝負の結果《はて》、些《す》こしの怨恨《うらみ》ありしによるものなりと云へとも実は和蔵が其腕力を恃《たの》みて跋扈《ばつこ》するを悪《に》くみ世人の為めに和蔵が利手《きゝうで》の左を切りたるなり、依《（よつ）》て氏は重禁錮二年の刑に処せられたるも、小力《こりき》の驍名《な》は忽《たちま》ち炭坑界に鳴り渡れり、其後氏は刑期満ちて家に帰り、間もなく埴生《はぶ》坑の納屋頭となりしも、半年にして中止せり（坑は飯野、寺島二氏の所属）ソレより大辻坑の中山熊平氏の許《もと》に遊び、其年の十月吉田御輪地《をわち》坑に来りて納屋頭領となり、翌二十四年大洪水《おゝみづ》によりて同坑の休業《ちゆうし》せるより、去りて二村《ふたむら》坑（西野番七氏所属）に至りて一年を送り、ソレより香月新三郎氏所有の土手内《どてのうち》坑に入りて半年、廿六年霜月同坑を去りて田川郡小松坑（片山逸太郎氏所有）に至りて二年を送り夫《（それ）》より第二新手に来りて四年を送る、其後岩瀬坑の取締となりしも、間もなく鳳凰坑に転じたり、坑は反保《たんぼ》市次郎氏の所有にして、名高き喧嘩山なりし、然れども氏が此の坑に入て以降、漸次《しだい》平穏《をだやか》に帰して、行商《しようにん》なども入り込む事となれり、以前は同坑の乱暴狼藉に誰れ一人として入り来る行商《しようにん》のなかりしは皆人の知る所なり、去れば当時《そのころ》氏が手腕《うでま江》を称せざるものなく、為めに氏も大《（おおい）》に面目を施せり、此坑に留る三年、ソレより渡邊坑に来りて大頭領となる、今は同坑の幾分を採掘して坑主たり、

〔全文〕

一介の坑夫から身を起こして炭鉱主となったのは、この福田和吉だけではない。貝島太助、麻生太吉など、三菱や三井という大財閥と拮抗する筑豊の地場資本家、森鷗外のいう「九州の富人」となった石炭王たちもまた、かつては一坑夫から出発して頭領への道を歩んだのである。だが、二十世紀初頭までの日本における炭鉱労働者を統轄した納屋制度の歴史、ひいてはまた納屋頭領たちの歴史は、三度目の対外戦争である欧洲大戦、すなわち第一次世界大戦を境にして終焉に向かう。浅井淳の『日本石炭読本』(4)は、納屋制度撤廃の端緒として、炭券《たんけん》（炭鉱札）が一九一九年に政府によって禁止されたことを挙げている。納屋頭が子方である坑夫たちの労働と生活を支配するうえで、炭券は重要な役割を果たしてきた。浅井淳によれば、「これ等の権力者は、大納屋、中納屋を持つて、子方のうち独身者を収容し、食料を徴して下宿させる一方、日用雑貨品を売る売勘場《うりかんば》を経営して、子方にそれを買はしめた。」――つまり、納屋頭領たちは、会社から支払われる賃金を坑夫たちに炭鉱札で支給し、ほかの鉱山では通用しないこの炭券で自分が経営する売店の割高の品物を買わせることによって暴利を得るとともに、現金を持たせないことで坑夫たちの逃亡を阻止してもいたのである。炭券の禁止は、一九一九年四月二十九日付で各鉱務署より各炭鉱に達示されたのち、六月一日に施行された。この炭券廃止を契機として、各炭鉱会社は、それまで頭領に統轄させてきた納屋を相次いで会社の直轄に移したのだった。

もちろん、じっさいには、炭券がその後も生きつづけたのと同様に、長い歴史を持つ納屋制度は短期間で廃止されたわけではない。炭鉱・鉱山における親方制度に関する大山敷太郎の詳細な研究、『鉱業労働と親方制度――「日本労働関係論」鉱

（4）浅井淳『日本石炭読本』（一九四一年六月、古今書院）。これも復刻版が一九九五年十一月に葦書房から刊行されている。

業篇』[5]には、「大手某炭坑」における「周旋人」（納屋頭）制度の廃止が、ようやく一九二九年八月に実行されたものの、その後も「飯場主」、「飯場世話方」、「委託合宿監理人」などと順次その名称を変えながら敗戦後にまで存続した過程が明らかにされている。炭鉱・金属鉱山にせよ、大規模土木工事現場にせよ、苛烈な労働条件の下での集団的肉体労働は、労働現場とその近くにある共同生活の場とを一括して統御する労務管理システムによって、労働力を確保し効率を高めなければならなかった。いわゆる立志伝中の人物たる炭鉱の納屋頭領がもはや伝説の主人公たちとなったのちにも、「監獄部屋」や「タコ部屋」と呼ばれる施設が、炭鉱における「納屋」と共存しながら、あるいはその延長線上で、日本近現代の歴史を彩ってきたのである。

2　小説家が描いた「監獄部屋」

同じ持場で働いてゐる山田といふ男が囁いた。

「オイ、何でもナ、近けえ内に政府《おかみ》の役人の良い所が巡検に来るとヨ」

「エッ、本当かイ夫《そ》れア、何時《いつ》だつてヨ」

「サア、其奴《そいつ》ア判ら無《ぬ》えがナ、今度《こんだ》ア今迄来た様な道庁の木ツ葉《こっぱ》役人たア違ふから、何とか目鼻はつけて呉れるだらう、何時《いつ》もく胡麻化されちア返《けえ》るんだが、今度ア左様《さう》は往《い》くめエ、然《しか》し之《これ》で万一《もし》駄目だとなりや、此世は真暗闇だぜ」


ある工事現場で、小頭《こがしら》（現場監督）の目を盗んでこういう会話が交わされるところから、小説は始まる。「現場といつても、丸ノ内のビルヂング建築場でも、大阪

（5）大山敷太郎『鉱業労働と親方制度——「日本労働関係論」鉱業篇』（一九六四年十二月、有斐閣）。

淀屋橋架換《かけかへ》工事場でも、関門聯絡線工事場でも無い。往年《さきのとし》、鬼怒川《きぬがは》水電水源地工事の折《をり》、世に喧伝された状況《ありさま》を幾層倍にして、今は大正の聖代に、茲《こゝ》北海道は北見《きたみ》の一角×××川の上流に水力電気の土木工事場とは表向《おもてむき》、監獄部屋の通称《とほりな》が数倍判りいゝ、此世からの地獄だ」と、語り手の「私」は述べている。「仕事の適否とか、労働時間とか、営養《えいやう》とか、休養とかは全然無視し、無理往生の過激の労働で、人間の労力を出来る丈《だけ》多量に、出来る丈短時間に搾り取る。搾り取られた人間の粕《かす》はバタ〳〵死んで行くと、一方から新しく誘拐されて、タコ誘拐者に引率されてゾロ〳〵やつて来る。」——ここにおおかた三千人いるという「私」と同じ運命の人間は、その多くが「地方の都会農村から成功を夢みて漫然《ぶらり》と大都会へ迷ひ出た者が、大部分だから、「土木工事の荒仕事」には不向きなのだが、そこへ「圧搾機械」のような方法で搾《しぼ》られるのだから耐《たま》ったものではない。「朝東の白むのが酷使《こきつかひ》の幕明《まくあき》で、休息時間は碌《ろく》になく、ヘト〳〵になつて一寸《ちよつと》でも手を緩め様《やう》ものなら、牛頭馬頭《ごづめづ》の呵責の鉄棒が用捨《ようしや》なく見舞ふ。夕方ヤツト辿り着く宿舎は、束縛の点では監獄と伯仲《おツつかつ》でも、秩序や清潔の点では到底《てんで》較べもので無い。監獄部屋の名称は、刑務所の方で願下げを頼み込むに相違ない。」

一九二六年三月号の雑誌『新青年』に発表された羽志主水の短篇小説「監獄部屋」(6)は、この監獄部屋を事件の舞台にして展開される。さきの引用中に登場する「鬼怒川水電水源地工事」とは、一九〇九年から三年をかけて鬼怒川水力電気会社が栃木県の鬼怒川上流で行なった水力発電所建設工事だが、きわめて低賃金で、しかもそれは「山札」と呼ばれる金券で支給され、工事場の売店でしか通用しなかった。労働時間は夜明けから日没まで、飯場は丸太を組み合わせて厚さ一寸の板で囲っただ

(6) 羽志主水(本名＝松橋紋三。一八八四年六月三日〜一九五七年二月二十六日)の「監獄部屋」は、『新青年傑作選』3、「恐怖・ユーモア小説編」(一九七七年九月、立風書房)、『新青年傑作選集』Ⅲ、「骨まで凍る殺人事件」(〈角川文庫〉。一九七七年八月、角川書店)、および『日本探偵小説全集』11、「名作集1」(〈創元推理文庫〉。一九九六年六月、東京創元社)に収録されている。どちらも長期にわたって版を重ねているので、比較的容易に入手できるだろう。引用は初出誌に拠る。

け。監視はきわめて厳重だった。病人や負傷者も医者にはかけなかった。病人を夜中ひそかにセメント樽に入れて、コンクリート漬けにしたことがあったという。夫婦で働いていた妻が逃走して二本松の警察署に訴えたので、警察官が人夫に変装して現場に入り、部屋頭以下の幹部が検挙されて、実態が明るみに出たのだった(7)。羽志主水の小説「監獄部屋」は、それと同様の労働現場を、しかも北海道という僻遠の地を舞台にして、きわめて生きいきと描いている。社会から隔絶した工事現場で、厳しい監視の下に逃亡もできずに酷使され搾取される労働者（「土工」、「土工夫」）には、この実情を外部に訴える手段もない。工事現場へは、ときおり監督官庁の役人が巡検にやってくるのだが、「山の幹部連中」、つまり監獄部屋の親方たちにうまく丸め込まれて、暴力支配の実態を把握せぬまま帰っていくのである。ところが今回は、国会で監獄部屋のことが野党議員によって取り上げられたとかで、いつもとは違って政府の役人がじきじき乗り込んでくるらしい。親方連中もその対策でピリピリしているのだ。労働者たちは、「早稲田に居る内、過激思想にかぶれ、矯激《けうげき》な行動をやつたので半途《はんと》で抛り出された上、女の事から自棄《やけ》になつて、死ぬ積りで飛込んで来た丈《だけ》に中々負けては居ない」山田という男を先頭にして、役人たちの前でこの監獄部屋の実態を暴くことができる日を、密かに待ち受けていた。

こうして、ついにその当日がやってくる。

　山の幹部連中は前の晩から十何里距《へだ》つた汽車の着く町迄出迎《でむかへ》に出かけて居る。留守は上飯台《うははんだい》の連中が、取片付けに吾々を追廻し乍《なが》らも、口では夫《そ》れとなく、裏切りをすれば生命《いのち》は無いぞと脅すのを忘れなかつた。然《しか》も眉間《みけん》の間には心配と反

（7）鬼怒川水電水源地工事については、戸崎繁『監獄部屋』を参照した。なお戸崎のこの著書については、のちに改めて言及する（註10）。

抗との混交《まじ》つた凄味を漂はせて居る。一方吾々下飯台《したはんだい》の方は、幾月にも斯様《こん》なお手柔《てやはらか》なこきつかはれ方に遭遇《でくは》さないので、却《かへつ》て拍子抜がして、変てこだが遉《さすが》に嬉しさは顔や科《こなし》に隠されぬ。殊に山田のハシヤギ方は随分目につくので、何かなければ良いがとおもはせる。／午前十一時頃、見張の者から巡察官の一行が二里程先の「五本松」の出端《ではな》に見えたとの報せは、殆んど万歳を喚起《よびおこ》す程の感激を生じた。〔……〕やがて、彼是《かれこれ》十人計《ばかり》の一行は主任の先導で、休憩所に宛てられた事務所の二階へ歩を移した。其時に順になつたので、役人の親玉と次席と其次位《そのつぎくらゐ》は判別できた。隊長は案外見立《みだて》のない痩せ男だが、遉《さすが》に怜悧想《りこうさう》な、底光りのする眼付であつた、次席に六尺近い、い、恰幅の、一寸《ちよつと》関取と言ひたい様な体格の所へ、真黒な頬髯を蓄へてる丈《だけ》に、実に堂々たる偉丈夫だ、只左の中指に太い印形《いんぎやう》付きの黄金指輪が変に目についた。其次の男は中肉中背の若い男だが、体の科《こなし》から、互の会話振から一人で切廻したがる才子風の所がアリ〳〵と現はれて居る。其後《そのあと》からは秩序もなく六、七人が随《つ》いてゆく。何《いづ》れも威張れる所で精々威張り貯めて置かうといふ、マア〳〵罪のない連中らしい。

午餐がどんなご馳走だったかわからぬが、午後一時にいよいよ広場に全員が集合させられ、「山の主任」が立ち上がって、「内務省から派遣された大河内参事官を紹介し、何か不平でも希望でもあらば申立てる様仰《やうおほ》せられたから、其旨《そのむね》申伝へると述べて着席する」と、大河内参事官は「痩ツぽちの体に似合はず、吃驚《びつくり》する程の大声で」訓示を始めた。「当局に於いては虚心平気で実地の真情を審《つぶ》さに調査報告し、改良すべき点ありと認むれば、飽迄《あくまで》も之が改善を命ずるのである、腹蔵なく述るがよい、世評が嘘伝《うそ》であつて欲しいと思ふ」というのである。参事官が椅子につくかつかぬかのうちに、山田が何か述べ立てようとすると、すぐ後ろで見張っていた小頭が肩口をつかんで小突いた。すると、壇上に坐っていた「次席の偉丈夫山本さん」が「突立上《つゝたちあが》つて」、小頭を睨み、「いま参事官閣下の言はれたことがわからんか止《や》めなさい」と底力のある声で叱り付けた。勢いづいた山田は感激に満ちて、いかに無道徳で、いかに残酷で、いかに悲惨であるかを、実例を挙げて巨細《こさい》に訴えた。続いて淫売殺しの木村も立ち上がった。弁舌では山田に及ばないが、例証を挙げることの綿密なのは、誰も彼もが感服した。もちろん、陳述は属官が一語も洩らさず速記している。主任連の凹《へこ》みかたったら無かった。勢いを得て七、八人のものが続いて訴えた。「大体要領は得た。更に何か変つた、新しい方面の訴は無いか」と参事官が尋ね、「一人の十八、九の若僧が出しや張つて、何《ど》う変り栄えもせぬ事をクド〳〵と東北弁で述べた時……」

……実に其時だつた……。

壇上の席に突ツ立上つた大河内参事官閣下が、破《わ》れ鐘の様な大声で怒鳴つた。

「黙りやがれツ、七ツくどいツ」

若僧は一縮《ひとちゞみ》になる、一同呆気にとられてポカーンとした儘《まゝ》、咳払ひ一つ聞えぬ。

「黙らねえか、五月蝿《うるせ》エや、何ンだ、言ふ事ア夫《そ》れツ切りか、下ら無エ同じ事をツベコべ〳〵、ぬかしやがつて耳が草臥《くたび》れらア、コウ手前達《てめえ》ア、此山《このやま》に居ながら此山の讒訴《ざんそ》をしやがつて夫れで済むか、山にもナ、楠孔明《くすのきこうめい》が控へてらア、一番灰汁《あく》洗ひを喰《く》はせたんだゾ。俺は参事官でも四時間でも無《ね》エ、高間《たかま》の初蔵《はつざう》といふ者だ。

手前達の内に良くねエ企らみを為《す》る奴があるので、偽《にせ》勅使で一杯引ッ掛けたタア真逆《まさか》に気も付くめエ、智慧の足り無エ癖に口許《ばかり》達者にベラく喋りやがつて、今に其舌の根ツ子オ引ン抜いてやるから待つてろヨ。今手前達の言立てはすつかり速記にとつてあるから夫《それ》について言抜《いひぬけ》は又幾何《いくら》でも考えられらア、馬鹿野郎共め」

山本さんも立上つて怒鳴った。

「獣《けだもの》め、口先計《ばかり》達者で、腕力《ちから》も無けりや智慧もねエ、様《ざま》ア見やがれ、オイ、閻魔ツ、今頬桁《ほゝげた》叩きやがつた餓鬼共ア、グヅグヅ言はさず——見せしめの為だ——早速片付ちまひねエ」

山田を始め七人の運命は、「何の疑を挟む余地もなく、簡単に、礙滞《こだはり》なく、至極男性的に、明白に処断されたのは勿論」である。一週間後、内務省参事官の一行が、道庁の警察部長を先導に乗り込んできたときには、もちろん、一言の不平も一片の希望も聴き取れずに引き上げていった。

作者は物語の途上で、監獄部屋のことを、「此世界では〔……〕殺人、傷害、凌辱、恫喝が尋常茶飯事で、何の理由も無く平気で行はれ、平気で始末される、淫売窟に性道徳が発達しない如く、斯《か》る殺人公認の世界には探偵小説が生じ得ない」と述べている。創刊から七年目を迎え、日本固有の創作探偵小説の桧舞台としてすでに認知されていた『新青年』で、かれは「探偵小説が生じ得ない世界」の探偵小説を書く、という野心的な試みを行なったのである。『新青年』への掲載に口添えしてもらうために送られてきたこの作品の原稿を読んで、当時の探偵小説界の重鎮だった小酒井不木《こざかいふぼく》は、一九二五年十一月十九日付の松橋紋三あて書簡で、つぎのように書いた。「監獄部屋」の作者の羽志主水《はしもんど》という筆名は、松橋紋三《まつはしもんぞう》の姓の後半と名とをもじったものだったのである。

御手紙玉稿只今拝手致しました。非常に佳《よ》い御作《おさく》と思ひます。あれに似た趣向はオルチーの短篇にもありますけれど、御作は立派にレゾン・デートル〔存在理由＝引用者註〕を持つて居ります。監獄部屋の研究も十分行届いて居りますのには感心しました。嘗《かつ》て監獄部屋に居た人から、私《わたし》のところへその経験を書いた原稿を送つて来て森下さんへ廻して置きましたが（探偵小説ではありません）それを読んで居たので、一層実感が伴ひ愉快に拝読しました。探偵小説としては最近この種の作が喜ばれるやう希望します。御作は早速森下さんの許《もと》に廻して置きました。例の通り原稿は大へん輻輳《ふくそう》して居るやうで、いつ掲載されるかわかりませんが、森下さんにも気に入るだらうと思ひます。御多忙《おたぼう》でせうけれどせつせと書いて下さつて見せて下さいませ。今は探偵小説全盛の機運が醸されて来ましたから、この機を逸せぬやうに私も出しやばつて居るやうな訳です。〔後略〕(8)

「オルチー」とは、通俗小説の傑作、『紅はこべ』（*The scarlet pimpernel*, 1905）で知られるハンガリー生まれの女性作家エムシュカ・オルツィ（Emmuska Barstow Orczy, 1865～1947）、「森下さん」は、一九二〇年一月の創刊号から二七年二月号まで『新青年』の編集長だった森下雨村である（雨村の後任編集長は横溝正史）。小酒井不木が、たんなる謎解きの面白さだけではなく社会的現実と対峙した作品を高く評価していたことが、この書簡からわかるだろう。「監獄部屋」は、読者たちの日常

（8）小酒井不木の松橋紋三あてのこの書簡は、『小酒井不木全集』第十二巻、「文学随筆及書簡」（一九三〇年五月、改造社）に収められている。なお、『小酒井不木全集』は総ルビだが、引用にあたってはルビを適宜省略した。

とは縁遠い現実であるかのように見えながら、じつは都会の住人たちにとっても無縁な世界ではなかった。「タコ部屋」とも呼ばれる監獄部屋へ釣られていくものたちの少なからぬ部分は、都会から供給されていたのである。

3 検事が描いた「監獄部屋」

「監獄部屋」のひとこまを虚構《フィクション》によって活写した羽志主水の作品からわずか一年あまり後の一九二八年夏、ひとりの検事が部内の研究会で「所謂監獄部屋の研究」と題する研究報告を行なった。その報告は、司法省調査課が一九二八年十二月に印刷配布した『司法研究　第八輯　報告集　弐』に他の二篇の報告とともに収められている。[9]『司法研究』と題する研究報告集シリーズは、各裁判所に所属していた検事や、現在の刑務所長または拘置所長にあたる典獄など、司法・行刑にたずさわる法務官たちが、自己の専門分野に関するさまざまなテーマや問題についての調査研究の成果を発表する場であり、一般刑事犯罪から思想犯である無政府主義・共産主義、さらにはその一領域たるプロレタリア文学運動に至るまでの「犯罪」をめぐる詳細な調査研究報告は、現代史を解明するうえで不可欠の資料である場合が少なくない。検事・石田廣による「所謂《いわゆる》監獄部屋の研究」も、そのもっともすぐれた資料のひとつである。報告者の石田検事はみずからの研究の主題と意図について、「緒言」でつぎのように述べている(全文)。

　所謂監獄部屋とは土工部屋に対して用ひられたる名称である事は今更云ふ迄もなく世上周知の事実であらう。／北海道鉄道線路を発掘するならば土工夫の死骸

(9)『司法研究　第八輯　報告集　弐』(一九二八年十二月、司法省調査課)

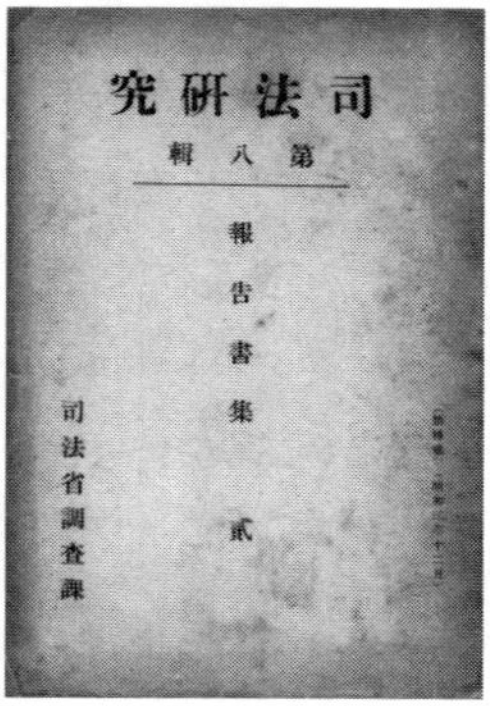

が幾つ掘り出されて来るか知れないと云ふ人もある。／実際北海道の土工部屋を中心として種々悲惨なる物語りが伝へられてゐる。殆んど人身売買に等しき方法を以て土工部屋に送り込まれ、其処で粗食、薄給、秘室監禁の極端なる自由拘束、過度労働の強制、無償使役、疾病土工夫の酷使及び其の放逐、逃走未遂者に対する私刑、手足を制縛して梁木に吊し火と水とを以て責め、或は海中に投ずる、或は撲殺する等々。／斯《か》くの如き事実は到底世人の信ぜんとするも得ない処であらう、何となれば夫《そ》れは余りに吾人の文化とかけ離れてゐるからである。／だが併《しか》し、斯くの如き惨虐なる事実は今尚ほ吾人が実際に直面する処である。／是《こ》れ正に文明の中にとり残された一つの暗黒世界ではないか。斯くの如き世界の今尚ほ厳存する事は重大なる社会問題であるのみならず人道上由々しき大問題であると云はねばならぬ。／土工夫に対する酷使虐待の声は北海道のみに止まらず、内地に於ても之を聞いたのであるが、併し所謂監獄部屋なるものは北海道の特産物と称せられてゐる、余の是れに関する研究と其範囲とは北海道のみに限られてゐる事を特に付言して置かなければならない。／此の研究に関し北海道庁警察部が幾多の統計資料を与へられた事を感謝する。

石田検事の研究意図が、「正に文明の中にとり残された一つの暗黒世界」の現実を暴《あば》き告発することにあったのは、明らかだろう。では、なぜこのような暗黒世界が発生したのか——石田は、「風土気候の劇烈」な新しい「植民地」が労働力の不足によってこのような現実を生み出したことを、的確に指摘する。「僻遠の地、労働者に不足を告ぐること勿論である。労働者の不足は彼等を優遇する結果を齎《もたら》さずして、却《かえっ》て彼等の移動を防止する為めの極端なる自由拘束と過度労働の強要に終つた。労働の困難と自由拘束とは逃亡者を続出した。労役の強制と逃走防止の為めに飯場の管理者は棒頭を使用した。棒頭は土工夫中の腕利者が抜擢せられた。更に土工夫の素質を見るに、当時北海道土工夫に応じたる者の如きは殆んど前科者に非ずんば無頼の徒であつて其の性粗暴過激の者多く、抜擢せられて棒頭となれば、暴力を振るひ惨虐を恣《ほしいまま》にした。／斯《かく》の如き原因よりして土工部屋は暗黒化した。」

石田はさらに、監獄部屋発生の重要な一因として、「北海道開発の初期に当り、盛に囚人を拓殖事業に使役した」ことを挙げている。一八九〇年三月に設置された釧路監獄署網走分監の八百名の囚人を、北見国網走港から石狩国札幌までの国道（中央道と称した）の開鑿工事に使役したのが、その始まりだった。「過度の労役は健康を害し、夏期数ケ月の間に八百名中百名以上が斃《たお》れた。過労の困苦は多数の逃走者を出し、或者は斃れ、或者は斬殺せられた。所謂拒捕斬殺である。看守が逃走者を追跡取押へんとしたる際捕を拒んだ者は其場で斬殺せられた」と石田は書いている。「囚人を植民地に送つて開発事業に使役したるの例は啻《ただ》に我国のみに止まるものでないことは勿論であるとは云へ、北海道に於ける囚人使役の如きは、囚人に対する二重科刑たるに止まらずして、甚だしき人間の虐待と云はねばならない。寔《まこと》に我国獄制史上の「拭フヘカラサル一汚点」であつた。」

偖《さ》て、沿革上の見地よりして如何なる事実を以上の囚人使役の中に看取すべきか。／第一に囚人は土工夫であり仮休泊所は土工部屋であつた。是こそ名実共に監獄部屋であつた。／次に休泊所に於て看守長以下十五名が各班二百名の囚人土工夫を指揮監督して使役したるは後述すべき所謂監獄部屋に於て棒頭と称する一団が平土工夫を指揮監督すると其の制度を同じうする。／一時的建設物の宿舎にして其の施設の不備なる、過度労役の強要、過労に因る困憊、逃走企図、拒捕斬殺、疾病死亡者の続出其の他凡《あら》ゆる暗黒惨澹たる状況は所謂監獄部屋に於けるそれと異る所がない。強ひて異る点を求むるならば一は囚人であり他は然《しか》らざるの点であつた。〔……〕若し北海道土工夫虐待史を編まんとする者あらば、彼は其の劈頭に於て先づ囚人使役の事実に筆を染むべきではなからうか。

「第一章　所謂監獄部屋の沿革」で「北海道拓殖と土工部屋／監獄部屋の発生／囚人使役の真相」について略述したのち、第二章以下では監獄部屋をめぐる実状と問題点がつぎのような脈絡で詳述されていく。

第二章　所謂監獄部屋の実状（工事種別及場所数／部屋の構造／部屋内部の組織階級／現場作業の模様／賃金と其の支払方法／食事及日用品販売／彼等の慰安）

第三章　所謂監獄部屋に収容せらるゝ迄（土工夫の流れ込む三経路／募集の段階／雇傭契約と前借金／土工夫の移動と彼等の素質）

第四章　所謂監獄部屋と犯罪（土工部屋犯罪の概況／募集屋周旋屋人夫曳《ひき》等に依り行はるゝ犯罪―ポンビキの誘拐・蛸釣り・周旋屋の不法監禁暴行傷害等・周旋屋の逃走共謀―／管理人世話役棒頭等により行はるゝ犯罪―酷使虐待・殺人傷害暴行不法逮捕監禁等・土工夫の放逐遺棄・土工夫の略取・刑事々件の実例―／一般土工夫により行はるゝ犯罪―逃走・殺人傷害等・離職土工夫の竊盗《せっとう》―

／其他の犯罪）

第五章　所謂監獄部屋に対する取締（募集上の取締規則／使役上の取締規則／官憲の取締方針）

第六章　所謂監獄部屋の改善（監獄部屋弊害発生の原因／請負制度の弊／募集制度の弊／改善の根本策）

統計（北海道庁調査）　労務者累年比較表／昭和二年労働《ママ》者出身地調表／昭和二年労役《ママ》者年齢表（自一月至六月・自七月至十二月）／昭和二年工事場其他調表（各月別）／昭和二年労務者異動表（各月別）

たとえば第二章「所謂監獄部屋の実状」のうち「部屋の構造」と「部屋内部の組織階級」については、「部屋の内部は一部は土間で一部は床が張つてある。土間には炉を切り一方には飯台が設けてある」として、「最近の土工部屋」の見取り図が三例示されている（そのうち一例を下に転載する）。「土工部屋」、いわゆる「飯場」の組織階級についての説明を要約すれば、以下のとおりである。

管理人――工事を請け負った元請負人の下にある下請負人が、工事期間のあいだ土工夫とともに部屋（飯場）に起臥していっさいを管理する。管理人は親方・小頭・部屋頭などとも称する。

世話役――管理人の顧問格で、一部屋に一人と限られている。仕事の割り当て、工事の段取りなどを取り仕切るほか、土工仲間の喧嘩沙汰などの収めも付ける。

帳場――一部屋一人。記帳・会計事務。工事作業には従事しないが、現場に出て棒頭と同様に土工夫の監視に当たる。

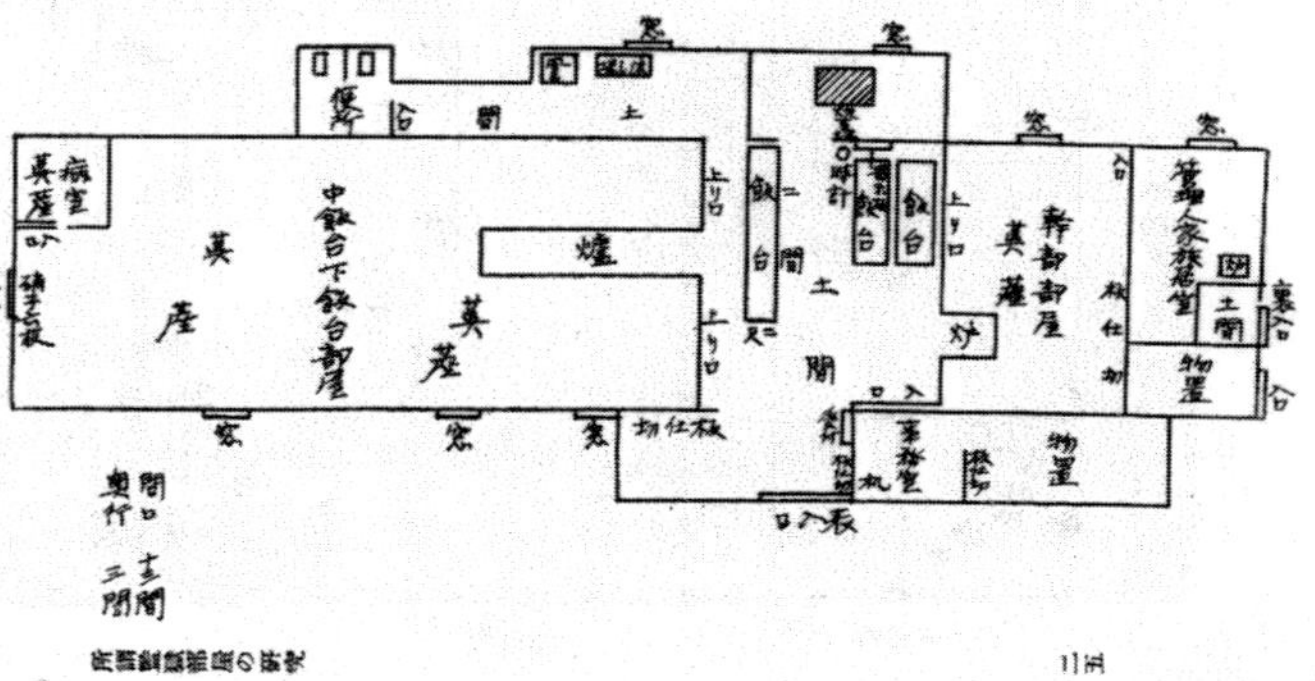

飯場の見取り図（一例）――「所謂監獄部屋の研究」より

棒頭——みずからは工事作業に従事しないが、土工夫の指揮監督に当たる。「逃走者があれば追跡して取押へる。／常に棒を携へて他の土工夫を牛馬の如く駆使すると称せられるのも、酷使虐待血なまぐさい殺傷事件を惹起するのも此連中であつて、平土工夫から最も恐れられてゐる。／棒頭といふ名称は古くから用ひられてゐるのであるが、此の名称も忌むべきものとして近来廃止の意見が唱へられ幹部とも称せられてゐる。」

飯台取締——後述する中飯台と称する階級のなかから指名されるが、まれには選挙制が行なわれている部屋もある。部屋内において物品の給与、起床の指図などをするのが役目だが、現場においては棒頭同様に逃走監視などに当たる。部屋によっては飯台取締というものを置かないところもある。

これら役割による任務分担のほかに、土工部屋には古くから三段の階級が厳存する。上飯台、中飯台、下飯台がそれである。「元来此の階級は飯台を中心として発生したものであつて専ら食膳上の差別待遇に起因せるものなることは其の名称自体により明白なる処である。／食膳より階級別が発生するといふが如きは之も亦所謂監獄部屋の暗黒面を物語る事実の一つではあるまいか。」——こう述べたうえで、石田検事はそれぞれについてほぼつぎのような説明を加えている。

上飯台——右に述べた世話役、帳場および棒頭の全部が属する階級であって、土工夫の最上階級である。「従つて待遇も一番よい。食事上の待遇としては一番先に入浴してからゆつくり別間で座食し酒は制限なく欲する丈け飲める。御馳走もよい。／此の階級に抜擢せられた時には管理人から親分乾分《こぶん》の盃を受けるを常とする。」

中飯台——上飯台の次に位する階級で、下飯台から仕事のできるものが抜擢される。一部屋の収容土工夫数を七十人とすれば約二十人の割合である。「工事現場に於て作業に従事することは下飯台と同様であるが、若し逃走者があつた場合にはそれを追跡する役目を帯びてゐる。部屋に於ては下飯台と区別して座食することが出来る。酒も銚子で二本迄飲めるし食事前に入浴も出来る。賃金其の他の待遇もよい。／下飯台より此の中飯台に進むことは非常な名誉とせられてゐる。〔……〕前に述べた飯台取締は此の階級から抜擢されるのである。幹部に準じた待遇を受けるところから準幹部とも称せられる。」

下飯台――最下位の階級であって、大多数の土工夫がこれに属する。棒頭の監視の下にもっぱら現場作業に従事する。「食事は飯台で土足のま、とることになつてゐる。酒は茶碗で一合〔一八〇cc＝引用者註〕丈けしか飲めない。賃金其の他凡《あら》ゆる点に於て待遇も一番悪い。／酷使虐待を受けたり逃走を企てたりするのも此の連中である。」

食事は一日四回で、朝四時半ごろに朝飯、午前九時に「九時飯」、午後二時に「二時飯」、部屋へ引き上げてから夕食になる。ただし、冬は一日三食だった。九時飯と二時飯は工事現場で食うので、部屋の飯台で食事をするのは朝と夕とである。警察では、一週間ないし十日ごとに労役者献立表届を出させて取締っていた。「監獄部屋では充分飯も食べさせぬとか粗食だとかずいぶん惨めな話が行はれて来た」からである。届け出のあった献立表のうちから石田検事は二つの例を引用しているが、そのうち岩見沢警察署管内清真布土工部屋の届け出た一九二八年八月二十日から二十六日までの分はつぎのようなものだった。

ある飯場の内部――『所謂監獄部屋の研究』より

曜	朝飯		午前九時飯		午後二時飯		夕飯		
日	味噌汁	漬物	味噌	塩鱒	握飯（胡麻塩付）	梅干	味噌汁	漬物	生魚
月	同	同	同	同	同		同	同	鱈
火	同	同	同	同	同		同	同	サバ
水	同	同	同	同	同		同	同	豆腐
木	同	同	同	同	同		同	同	鱈
金	同	同	同	切干	同		同	同	色豆
土	同	同	同	塩鱒	同		同	同	生魚

監獄部屋はじつは人夫募集の段階から始まる、というのが石田検事の見解である。俗に「ポンビキ」と称される人夫募集者が、東京なら浅草公園、上野、亀戸、吉原土手、あるいは「木賃宿区域」と呼ばれる貧民街で網を張って応募者をつかまえ、周旋人に高値で売り込む。北海道内の都市では、「蛸釣り」といわれる「土工人夫誘拐の手段」が一般的である。「蛸人夫を釣つて誘拐するといふ所から蛸釣りと称する」のだが、タコは窮したとき自分の手足を食って生きるとされるところから、いくら働いても結局は自分自身を食って生きるしかない下層労働者を「蛸人夫」と呼んだのである。定まった目的もなく北海道に流れてきた家出者を言葉巧みに宿に連れ込み、金を立て替えてやったりしながら親身に世話するふりをして、ここぞというときになると、金がないなら懇意な周旋屋に世話をしてやろうということにするのである。周旋屋は一人につき四、五十円の手取りで「部屋」――つまり、「蛸部屋」――へ送り込む。内地募集の場合、挙げられている一例では、応募人員二十名を一人が北海

道へ連送するものとして、部屋に着くまでの旅費や食費などが一人当たり四十五円二十六銭かかった。これには周旋費や護送人の旅費等も加算されている。そしてこれはもちろん本人の前借りとされるのである。ちなみに、石田検事も記しているように、土工夫の日給は「最底《ママ》額一円三十銭最高額二円といふのが普通である」というのが、当時の相場だった。したがって、部屋に着いたときにはすでにほぼ一ヵ月分の賃金に等しい前借りができていることになる。

石田検事がその撲滅を願っている監獄部屋をめぐる犯罪は、すでにこの土工夫募集の段階から始まっているのである。だが、犯罪がもっとも歴然と凄惨なかたちで姿を現わすのは、「管理人世話役棒頭（幹部）等に依り行はる、犯罪」においてだった。これには、直接の暴力行使以外にも、たとえば「賃金責《ちんぎんぜめ》」というものがあった。「賃金責と云ふのは〔……〕一日には到底為し得ない過度の仕事を割当て賃金の歩引《ぶびき》をする方法である。今仮に一日一円五十銭の土工夫二百名に対して二分《ぶ》〔ここでは二〇％の意味＝引用者註〕の歩引を為す時は、下請負者〔管理人、部屋頭のこと〕の利得は一日六十円、一ヶ月一千八百円、一ヶ年実に二万千六百円の巨額に達する。不当の利得を計らんが為めに斯の如き手段が用ひられる。」——もちろん、殺人・傷害・暴行・不法逮捕監禁などの犯罪は、枚挙にいとまがないほどだった。「昨年〔一九二七年〕中に於ける殺人事件二件傷害致死事件七件傷害暴行一二八件検挙人員合計三一八名に達し、一昨年の如き傷害致死事件のみで十四件の如きに上」ったが、この種の犯罪の大部分は、管理人・世話役・棒頭などによって平土工夫に加えられた犯罪だった。

而《しか》も其の犯罪の手段に至つては惨虐執拗を極むるものが多く、之を聞くものは人乎鬼乎《ひとかおにか》と彼等の本然を怪しむであらう。／彼等の社会に於て焼きを入れると云ふ言葉が用ひられる。裸体にして引出し手足を縛つて土間に横たへ、或は梁《はり》に吊り上げ、火で炙り水を浴せて半死半生の殴打暴行を加へるのである。気絶すれば水を吹きかけ、蘇生すれば火で責めるのである。ぶちなほすといふ言葉もある。叩きつけてなほすとの意である。のばすと云ふ言葉も盛に行はれる。息の根を止めて仕舞ふ迄やつつけるとの意である。

幹部たちによる犯罪の事例を石田検事は計一五件あげているが、たとえばそのうちの一例はつぎのようなものである。

（例の一二）アイヌ土工夫

罪名　傷害致死
場所　釧路国厚岸郡太田村字ホマカイ採石工事
被告人　水野芳太郎（当三十六年前科四犯）
　　　赤松常吉（当二十五年前科三犯）
　　　紅野善吉（当四十二年前科八犯）
　　　佐藤辰雄（当二十四年初犯）

犯罪事実

昭和二年五月
被告人四名は幹部若しくは準幹部、被害者は平土工夫の秋部音次郎（当三十一年）

といふアイヌ土人。

音次郎が仕事現場から逃走を企てたのを付近の高所にて見張りをしてゐた外廻りが発見して「アイヌが飛んだ」と連呼した。被告芳太郎常吉辰雄の三名は直に追跡して現場より百間《けん》〔約一八〇メートル〕余の山林中で取押へ木棒で交々《こもごも》殴打し、足腰も立たぬ迄に暴行を加へた。音次郎は畚《もっこ》で部屋に担ぎ込まれた。被告芳太郎常吉の両名は更に同人を部屋内炉端に引摺り寄せて、逃走の不都合を難詰しながら炉の中から火の付いた薪を取り上げて頭などを叩きつけた。其の仕打ちが余り惨酷であつたので中飯台の土工夫二人が仲に入り、勘弁してやつて呉れと頼んで許を乞ふてやつた。／翌日仕事現場へ引き出された音次郎は疲労と空腹の為め休憩した処が、被告善吉は「此逃走奴が」と怒鳴つて長さ三尺余の鉄条で腰の辺りを殴打した。／其数日後音次郎は他の土工夫と《ママ》数名と共に他の工事場へ移労《ママ》させられる事になつて、別れの酒を呑むだが焼酎半勺〔約九cc〕許《ばか》りで忽ち酩酊して仕舞ひ他の数名の者は既に出発したのに、自分のみ一人後に残り愚図々々してゐた。被告芳太郎等は之を怒つて同人を井戸端へ連れ出し、石油の空缶で冷水を幾杯も頭から浴せ掛けて工事場へ連れて行つて働かせ様としたが、到底働くに堪へない有様だつたので被告辰雄が同人を土工部屋へ連れ帰り、濡れた着物を着換へさせた上で再び就業させ様としたけれども応じなかつた。今度は被告辰雄が之を怒つて、また井戸端へ連れ出し裸体にしたる上冷水を打ち掛け他の被告人等も其処へ来て共に暴行を加へた。音次郎は此時殴られたり蹴られたりして其場で働〔動〕けなくなつてしまつた。部屋の中へ担ぎ込まれたが其儘口も利けず横たはり二日目の朝息が絶えた。後で死体を検すると全身二十数ケ所の生傷があつた。屈強なる体格を以て此の部屋に来たアイヌ土工夫も斯くて数日の後に斃れた。／此の死に対してすら奇怪にも医師は脚気衝心の検案書を与へ、幹部等は病死として犯跡を蔽はんとした。／釧路地方裁判所　懲役二年乃至三年の言渡であつた。

土工夫の逃走は、あまりにも惨酷なタコ部屋から生きて出るための最後の手段だったと言うべきかもしれないが、石田検事は「逃走することを彼等の間では「飛びつちよ」と称する。逃走常習者の間では、此の飛びつちよを巧にやることが誇とせられてゐる。其の回数を重ね、場所を踏むことの多い程、兄貴様として顔が利く」と述べている。検事の目からすれば、曲がりなりにも契約のうえ就業した以上、土工夫の逃走はやはり犯罪だったのだろう。逃走は「一般土工夫により行はる、犯罪」の項で論じられている。犯罪に関しては、左翼の活動にも言及されているが、「左翼団体も土工部屋には手をつけない」というのが石田の見解である。「彼等土工夫の一般が今尚無智なること、、彼等の労働が季節的のものであつて毎年労働者と工事場が移動することがその原因であらう。此の点は同じ北海道でも鑛山と其の趣を異にする処であつて、鑛山方面には思想の宣伝者が潜入するの危険多く、鑛山当事者は官憲と連絡して之に備へてゐる有様であるが、土工部屋に於ては其の様な事は全然ないと謂《(い)》つてよい。」

きわめて詳細で具体的な現状分析のすえに石田検事の提起する「改善の根本策」は、要約すれば、「棒頭の人選監督を一層厳重にすること」など現場の取締りを充実させることに加えて、工事請負制度と土工夫募集制度の改善、ということに帰着する。とりわけ募集制度については、「公設無料職業紹介所」をもって「営利的仲介者」に代えることが、「人身売買と人間虐待」が「跡を絶つ」ためには「絶対的に必要」であると、かれは結論づけている。

検事・石田廣の「所謂監獄部屋の研究」は、「緒言」に述べられているように、調査研究の対象を北海道の監獄部屋に限定している。そのため、金属鉱山や炭鉱については言及されていない。しかし、たとえば、監獄部屋に関する基本文献のひとつとされてきた戸崎繁の『監獄部屋』[10]には、一九〇六年から〇七年にかけて夕張炭山、なかでも清水沢の監獄部屋における労働者虐待と拷問殺を報じた『北海タイムス』の記事が紹介されている。また、近藤喜代太郎のきわめてユニークな研究書『幌内鉄道史——義経号と弁慶号』[11]は、「いわゆるタコ部屋労働と北海道炭礦鉄道」と題する一節をもうけて、「最初のタコ部屋」が「明治23年ごろ、北炭の線路建設の現場で発生し」たことを指摘している。炭鉱のために敷設された北海道で最初の鉄道の建設工事が、監獄部屋を生み出したのである。「納屋」制度によって坑夫たちを支配管理してきた炭鉱は、直接的にも間接的にも、監獄部屋と無関係ではありえなかったのだ。

4 「苦力頭の表情」と把頭制度

日本の石炭産業の合理化・近代化にともなって姿を消したかつての納屋頭領たちや、警察や検察の取締り強化によって追い詰められていった監獄部屋の親方・棒頭たちは、だがしかし、そのまま歴史の過去に葬り去られたわけではなかった。かれらは、国策の重要な一翼を担う部署の真っ只中に、ふたたびくっきりと姿を現わすことになる。それは、大東亜戦争のさなかの中国大陸においてのことである。

(10) 戸崎繁『監獄部屋』(初版＝一九五〇年二月／再刻＝一九八一年六月、みやま書房)。これまで「監獄部屋」に関するもっとも基本的な文献とされてきたこの本は、じつは、きわめて多くの部分が検事・石田廣の研究報告をそのまま引用または大幅に援用したものである。写真や図面、統計的な数値も、そっくりそのまま使用されている。それにもかかわらず、石田検事の研究のことは(出典を示すというかたちでも)いっさい言及されていない。時代の違いもあるのだろうが、現在の目で見れば、戸崎の一冊はその過半が壮大な剽窃の集成といっても過言ではないだろう。先に引用した「アイヌ土工夫」にたいする傷害致死の事例を含む計一五件の犯罪事例については、戸崎はそれらの全文引用ではなく簡略に要約するというやりかたでそっくり無断借用している。もちろん、石田検事の報告より後の出来事や事実、とくに戦後のものについては戸崎のオリジナルだが、その比率は大きくない。

他の諸国でと同様にプロレタリア出身の表現者がきわめて少ない日本のプロレタリア文学のなかで、里村欣三《さとむらきんぞう》はその数少ないプロレタリア作家の一人だった。もともとプロレタリアートの出ではなく、資産家の家庭に生まれながら、下層労働者としての生活をみずから選んだのである。その生活のひとこまを描いた一九二六年の作品に、里村欣三の代表作の一つとされる短篇小説、「苦力頭の表情」(12)がある。かれが自分の出自を棄てて満洲を放浪していたころの体験が、この作品に生かされていると考えて差し支えないだろう。

かれが満洲を放浪したのは、かれが兵役義務から逃れて密かに中国大陸へ渡ったからだった。一九〇二年三月十三日に岡山県で生まれた里村欣三（本名＝前川二享《にきょう》）は、一九二二年秋に徴兵検査ののち現役兵として姫路の歩兵十聯隊に入営した。正確には、入営したはずだった。それというのも、かれが実際に入営したのかどうかが、定かではないからだ。プロレタリア文学運動でかれの同志だった作家の平林たい子は、同じくプロレタリア文学運動の一員である夫の作家、小堀甚二から聞いた話として、脱営説を伝えている。それによれば、徴兵検査を受けて入営したかれは、三ヵ月後に姫路城にあった兵営から脱走し、海岸に履物を脱いで置いて入水自殺を偽装したまま、中国大陸へ逃亡したのだった。しかし、これとは別に、かれは徴兵検査を受けぬままか、あるいは検査を受けたのち入営以前に所在をくらました「徴兵忌避者」だった、という見方も存在する。大東亜戦争末期の一九四五年一月にかれが従軍作家としてフィリッピンで戦死してしまったため、真相は不明のままになった。いずれにせよ、かれは徴兵制から逃れて満洲へと脱出し、行方不明者として前川二享の戸籍は抹消された。ところが、一九二四年の前半と思われるころに帰国して「里

監獄部屋・タコ部屋の現実を土工の側から描いたものとして、あまりにも有名な高田玉吉の『実録　土工・玉吉――タコ部屋半生記』（古川善盛・編。一九七四年三月、太平出版社）とその続編（No.209）がある。

（11）近藤喜代太郎『幌内鉄道史――義経号と弁慶号』（二〇〇二年十月、成山堂書店）。著者・近藤は「幌内」に「ポロナイ」とルビを付している。この本には、鉄道線路建設工事の「タコ労働」では死者や虫の息の病者は線路脇の森林に埋め、トンネルでは人柱として立位で壁に塗り込めたという噂が事実だった、というエピソードも記されている。一九七三年に、石北本線の常紋トンネルの壁が崩れて、十数体の白骨が立位で発見され、地元の人びとの発掘作業によって森の中からも百数十体の人骨が回収されたのである。

（12）里村欣三「苦力頭の表情」は、雑誌『文藝戦線』一九二六年六月号（第三巻第六号）に発表された。里村欣三の生涯については、高崎隆治『従軍作家　里村欣三の謎』（一九八九年八月、梨の木舎）がある。

村欣三」となったかれは、最初のプロレタリア文学運動誌『種蒔く人』の後継誌として一九二四年六月に創刊された『文藝戦線』に、同年八月号を皮切りにして次つぎと作品を発表するようになる。こうして誕生した作家・里村欣三が、プロレタリア作家としての地歩を確立したのが、同誌二六年六月号に掲載された「苦力頭の表情」だった。この作品はまた、かれのプロレタリア文学時代を鮮烈に体現した代表作ともなった。のちに一九三四年になってから軍当局に自首して出て、あらためて兵役につくことになったかれは、それ以後、もはや日本の侵略戦争を批判する視点を失ったまま、国策に副《そ》った多くの戦争体験文学作品を書くようになるからである。

小説「苦力頭の表情」は、「俺」が「亡命の露西亜人」であるらしい「淫売婦」のもとで三日三晩を過ごすところから始まる。わずかな有り金を使い果たして追い出されたあと、俺は「支那街」の汚い空地で寝込んでいた。気がつくと、空地の向うで五、六人の「苦力」がマントウ（饅頭）を食っている。三日三晩ろくに飯も食っていなかった俺は、思わず手を出したが、前にいた苦力に激しく拒絶された。やがてかれらは食器を片付けると、「小屋のやうな房子」に引き揚げた。俺もその後についていった。「彼等と一緒に働かうと思つた」からだ。

俺が入ると、暗い土間のところでアバタ面の一際《ひときわ》獰猛な苦力頭が、――何んだ！何者だ――といふやうに眼をむいて叫んだ。俺はびつくりして、一足二足あとへすさつたが、また考へ直してにやにや笑ひかけて図太く土間に進んだ。俺はスコツプで穴を掘る真似をして働かして、（ママ）貰ひ度いものだといふ意味を通じた。が、苦力頭は俺の肩を摑かんで、外を指さした。出て行けといふのだ。しかし俺は出

「苦力頭の表情」が掲載された『文藝戦線』一九二六年六月号

て行くところはない。かぶりを振つてそこの隅にヘタバリ付いた。／苦力頭は仕方がないとでも云ふやうな顔で、自分の腰掛に腰を据えて薄暗いランプの灯で、ブリキの杯で酒を嘗《な》めはじめた。他の苦力達が、俺を不思議さうに寝床の中から凝視《みつ》めた。

　翌朝、鶏に棚の上から糞をひっかけられて眼を覚ますと、豚のように寝込んでいる苦力どもを苦力頭が棒切れで突き起こして廻っていた。そして、「苦力頭の女房らしいビンツケで髪を固めてゐるやうな、不恰好な女がマントウやら葱《ねぎ》やら唐黍《とうきび》の粥《かゆ》のやうなものを土器のやうな容れものに盛つて、五分《ぶ》板の上に膳立てをしてゐた。そして頻りに俺を睨みつけた。」――一方、苦力頭は、鼻もひっかけない面付《つらつき》で俺を冷たく無視した。朝飯を食い始めた苦力たちは誰ひとり俺にマントウの一片も差し出そうとはしなかった。

　皆がシャベルを持って出かけたとき、俺も勝手に一本かついで後に続いた。腹が減って眼がくらみそうになりながら、俺は道普請《みちぶしん》の仕事に精を出した。苦力たちは驚いた。「まさか日本人に土方といふ稼業はあるまいと思つたに違ひない。支那に来てゐる日本人は皆な偉さうぶつて、苦力を足で蹴飛ばしてゐる訳だから」である。昼ごろに苦力頭が見廻りに来たが、そのときも俺に見向きもしなかった。「アバタ面を虎のやうにひんむいて、苦力どもを罵つてゐた」ばかりだった。しかし、昼飯のとき、苦力のひとりが俺にマントウと塩辛い漬物とを食えといって突き出した。仕事が終わって、転げそうな身体をようやく小屋に運び、一日十五六時間も働いて腹を空かせきっている苦力たちと一緒に空地で飯を食った。俺は、腹が減りきっているにもかかわらず、バラバラした味気のないマントウは食えなかった。熱い湯を飲み、なまの大根をかじっただけで中へ入った。

土間の入り口の古い机に倚つて、酒を呑んでた苦力頭が俺をみて、はじめてにつこりとアバタ面を崩して笑つた。そしてブリキの盃を俺に突きつけた。俺は盃をとるかわりに腕を摑んで、

——大将！俺を働かしてくれるか有難い——と叫んだ。苦力頭はおれの言葉にキヨトンとしたが、感じ深い眼で俺を眺め、そして慰めるやうに肩を叩いて盃を搗《ママ》ぶつた。——やがて食ひ物にも慣れる。辛抱して働けよ、なア労働者には国境はないのだ、お互に働きさへすれば支那人であらうが、日本人であらうが、ちつとも関《かま》つたことはねいさ。まあ一杯過ごして元気をつけろ兄弟！——苦力頭のアバタにはこんな表情が浮かんでゐた。俺は涙の出るやうな気持で、強烈な支那酒を呷《あお》つた。

この結末の場面での苦力頭のセリフがすべて「俺」の感じ取った思いでしかないように、この小説における「苦力」たちと「苦力頭」の言動は、すべて「俺」という日本人の目を通して解釈されたものにほかならない。「労働者に国境はない」と苦力頭が考えていたかどうかは、まったくわからないのだ。しかし、そのような公式的信念とは別に、この小説が中国での日本人にたいする、また中国人と日本人との関係にたいする自己批判の一片を描いていることは、疑いない。そしてそれ以上に、前川二享＝里村欣三は、出自を棄て兵役を拒否することによって、かれが母国では

知ることがなかった労働の現場とそこに生きる人間たちを、満洲と日本人が呼んでいた中国の一角で知ったのである。

「苦力頭の表情」に描かれている労働者たちこそは、そのころ日本の炭鉱・鉱山で徐々に廃止されつつあった労務管理システム、納屋制度の下に生きる人間たちだった。苦力頭《クーリーがしら》は、納屋頭そのものだった。かれの妻の役割も、伊藤時雨が記録している日本の炭鉱での納屋頭の妻君、「お母さん」にほかならなかった。

里村欣三が「苦力頭」と呼んでいる親方（「大将」）は、中国では一般に「把頭（パートウ）」と称されていた。土木工事や荷役《にやく》労働の請負《うけおい》にあたる親方も、炭鉱・鉱山での労働力調達と労務管理を仕事とする親方も、この名で呼ばれた。当時の日本でもよく知られていた把頭の活躍現場は、大連埠頭《だいれんふとう》と撫順炭礦である。里村欣三の作品に登場する苦力頭のような土木工事請負いの親方の場合も含めて、把頭たちは、配下の労働者を宿舎に起居させて食事を賄うことで、労働だけでなく生活の総体を統轄していた。この点でも、日本の炭鉱・鉱山における納屋頭（そしてまた石炭仲仕の小頭《こがしら》）と同じ位置にあったのである。そしてあらためて言うまでもなく、かれらのその位置は、暴力的な一変種たる「監獄部屋」の管理人と棒頭の役割へと、移動する可能性を孕んでいた。

里村欣三の小説に登場する虚構の人物としての把頭《パートウ》が、日本国家の国策遂行にとってきわめて重要な存在として現実の意味を帯びてきたのは、この小説の発表から二十年近くを経た大東亜戦争末期のことだった。一九四四年七月に財団法人・東亜研究所が印行した『支那の石炭と炭礦業』と題する調査報告資料[13]は、第三章「支那炭礦業の企業形態」の第五節「炭礦労働者」のなかで、「請負制度」と題してつぎの

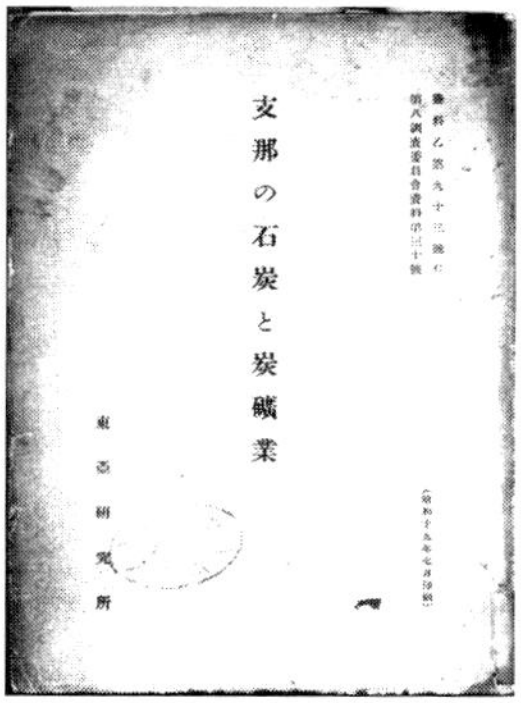

（13）『支那の石炭と炭礦業』（東亜研究所資料乙第九十三号C・第八調査委員会資料第三十号。一九四四年七月、財団法人・東亜研究所。五〇〇部）。

ように記している。

支那の鑛山労働に於いて一つの特色として挙げ得るものは、包工制度と言はれる請負制度 Contract System の存在である。この請負制度といふのは鑛山経営者が直接に労働者を雇入れるものではなく、請負業者、即ち把頭をして労働者の募集又は労役に関する一切の責任を付与し、賃銀は請負業者に対して請負賃として支給され、直接労働者には支払はれないものである。従つて経営者は労働者に対しては直接何等の干与をなすものではない。〔……〕かゝる請負制度は支那の如く労働者が夫々自己の郷土関係を以て結ばれ、個々別々に企業に雇傭され難い社会に於いては、最も適合したもので、請負業者は彼の地縁的血縁的な関係者を吸収集結して、労働者の需要ある炭礦の経営者に対し、一定の出炭量を引受け、これに対する給付を目的に、支那炭礦には普遍的に見られるところのものである。他方、経営者より見るときは、労働者募集の手数は勿論、作業監督、賄《まかない》、宿舎等の負担一切が請負業者に転嫁せしめ得るため、極めて便利な制度となつてゐるが、然しこの制度のために労働が強化されたり、賃銀の頭をはねたりする弊害を生じて、採炭能率を低下せしめてゐるため、これを撤廃せんと企図した炭礦もあるが、これは極めて根強い慣習であるために、改善することは極めて困難な状態に置かれてゐる。

検事・石田廣が「所謂監獄部屋の研究」で、監獄部屋を無くすための方策として「請負制度」の改善を挙げていたことを、想起しなければならないだろう。支那事変から大東亜戦争へと突き進んできた大日本帝国が、戦況の決定的な悪化に直面して起死回生を図ろうとしたとき、労働力供給源であり石炭資源の供給源でもある中国大陸の占領・支配地域で緊急に打開しなければならない難関が、この請負制度に依拠した炭鉱・鉱山における把頭制度の壁だった。すでに、対米英開戦の直前に満鉄広報課編で刊行された『東亜の石炭方策』[14]において、著者の満鉄撫順炭礦技師（のちに同炭礦長）・久保孚は、大東亜共栄圏の建設にとって石炭に関する国策がきわめて重要であることを力説しながら、とりわけ「満洲国」および「支那」の石炭産業において「大工頭（大苦力頭）」（カッコ内も原文のまま）の制度をいかに運用するかに、東亜の石炭方策の成否が懸かっていることを指摘していた。しかも久保によれば、大東亜共栄圏を実現するという日本の課題は、石炭と関わるこの制度の運用をいっそう困難にするのである。なぜなら、欧米人が中国で各種事業を経営する場合と日本の場合とでは、根本的に違うからだ。「欧米人は別に支那に政治を行ふものでない。支那民衆を啓発する必要がある訳でない。事業に利益がありさへすれば宜《よろ》しい。そこでコンプラドール〔comprador 仲介人、すなわち中間搾取者＝引用者註〕をして多分に儲けさせ、彼等を通じて苦力を搾取して差支へない訳である。〔……〕日本が支那民衆に臨む場合は大いに意味が違ふ。我々日本人は彼等を指導啓発すべき任務を有する訳であるから、理想としてはコンプラドールを通じて苦力を搾取するが如き挙に出づべきでなく、欧米人に比し遥かに多数の日本人を監督に当らすことが出来るのを幸に、より進歩せる現代風の雇傭組織を採用し、なるべく直接に苦力を使役し支那民衆と共存共栄に進むべく、又これが事業自体にとつても永久に伸展繁栄する道であると言へば、支那苦力の性格を知らざる者は日本式に考へて洵《まこと》に御尤《ごもっと》もな

（14）満鉄広報課編・久保孚著『東亜の石炭方策』〈東亜新書〉。一九四一年十一月、中央公論社）。

事だと同意するに違ひないのである。」

しかし——というのが著者・久保孚の論旨である。なるほど、「大東亜共栄」という理念に従えば、把頭制による労働者の搾取はこの理念に反するものであり、しかも合理的な労務管理の方式から見れば非合理的と言える。けれども現実には、大工頭、すなわち大把頭を頂点として小工頭から各苦力へと及ぶ労務管理システムなしには、苦力たちは労働力として用をなさない、と久保は考えざるをえないのだ。把頭制度を会社直轄の労務管理に移すという合理化によって生産性の向上を図ろうとすることとは、現実にはかえって石炭増産の国策と逆行することにしかならない。端的に言えば、石炭増産を達成するためには、把頭制度による労働者の苛烈な搾取を容認するしかないのだ。これが、撫順炭礦の現場での体験にもとづいて対米英開戦直前の時点で久保がいだいていた結論的見解だった。かつて新しい植民地、北海道で急速な開発工事を進めるために監獄部屋と暴力的労務管理が必要だった歴史を、日本は中国で繰り返すことになるのである。

5 「把頭炊事」から見る鉱夫の現実

対米英開戦に先立って撫順炭礦の久保孚が指摘した把頭制度をめぐる矛盾は、大東亜戦争の戦況が日本にとって不利に傾くにつれて、さらに具体的なかたちで明らかとなった。労働力の掌握と管理のシステムとしての把頭制度が、戦争遂行に不可欠な石炭および金属鉱石の増産にとって、成否の鍵を握る決定的要因としての姿をいっそう顕わにしたのである。しかも、事態は久保孚の想定とは逆の方向で進展した。戦況が悪化し、中国の日本支配地域でも食糧・物資の不足が深刻化するにつれて、もっとも効率的なシステムであったはずの把頭制度、だからこそ維持されてきたその制度が、把頭による中間搾取のゆえに労働力を過度に消耗疲弊させることになり、労働力である「苦力」の肉体的生存そのものまでも危くする事態に立ち至ったのである。

財団法人東亜研究所の所員である手塚正夫が『支那の鉄・石炭と東亜』（一九四三年二月刊）(15)で示している数値によれば、「東亜共栄圏の石炭埋蔵量」および「東亜共栄圏の石炭生産高」は、支那事変開始前の一九三六年時点で、左記のとおりだった。

	埋蔵量（単位＝一〇〇万トン）		**生産高**（単位＝一〇〇〇トン）	
日本	一六、六九一	五、七四%	四七、九〇四	六一%
満洲	二〇、四〇〇	七、〇一	一二、〇二〇	一五
支那	二三二、五五九	八〇、〇〇	一五、〇〇〇	一九
仏印	二〇、〇〇二	六、八九	二、一八六	三
東印度諸島	一、〇〇六	〇、三四	一、一四七	一
北ボルネオ	八〇	〇、〇二	五一一	一
比律賓	三二		三〇	
計	二九〇、七七〇	一〇〇、〇〇	七八、七九八	一〇〇

「支那」をここで挙げているのは、汪兆銘を主席として一九四〇年三月末に樹立された日本の傀儡政権（「南京政府」）の存在があったからにほかならない。「仏印」とは「フランス領インドシナ」、つまりヴェトナム・ラオス・カンボジアの地域である。このフランス植民地は、ナチス・ドイツのフランス占領とヴィシー傀儡政権発足に

(15) 手塚正夫『支那の鉄・石炭と東亜』（一九四三年二月、朱雀書林。二五〇〇部）。

よって盟邦の植民地となった時点で、ドイツの同意のもとに一九四〇年九月と四一年六月の二度にわたって行なわれた「仏印進駐」により、すでに対米英開戦に先立って日本の軍事制圧下に置かれていた。「東印度諸島」とは、旧「蘭印」、つまり現在のインドネシアである。「蘭印の石油資源」が日本の最大の目標だったことは、すでに述べた。――一九四三年初頭の時点で日本の支配下にあった諸地域に関するこれらの数値から明らかなように、日本の支配がやがて全土に及ぶはずの「支那」は、「東亜共栄圏」のうちでも圧倒的な水準を示しながら、これから採掘されるべき厖大な埋蔵量の石炭を有していたのである。その埋蔵量に見合った生産量を達成することが、日本の戦争の今後にとって重大な課題だったことは、あらためて言うまでもないだろう。

この課題を実現するうえで最大の問題になるのが、炭鉱労働者の労務管理だった。「労働科学研究所」の暉峻義等[16]は、同研究所の報告書の一冊として刊行された藤本武『支那鑛夫の生活』[17]に寄せた「序」で、「東亜の諸域に於ける労務対策こそ、大東亜新秩序建設の最も重要なる前線工作である。吾等は慎重に、而も最も大胆に、且つ明瞭に東亜諸地域の勤労民衆にわれらの意図と思想とを明識せしめ、彼等をして、われらの最も善き協力者たらしめねばならない」と述べている。この目標の実現がとりわけ急がれていたのが、炭鉱を含む鉱山の現場だった。『支那鑛夫の生活』という研究報告書は、この目標の実現に資するために、具体的にあるひとつの鉱山での実地調査にもとづいて鉱夫の日常生活の実態を明らかにし、解決すべき問題を提起する試みだったのである。

調査の対象となったのは、「蒙疆《もうきょう》」の張家口に近い龍烟鉄鑛株式会社の鉱山労働者

(16) この研究所およびその主幹である暉峻義等については、本書の第Ⅶ章三一五ページでも言及している。

(17) 藤本武『支那鑛夫の生活』(労働科学研究所報告第五部大東亜労務管理第2冊。一九四三年十一月、大阪屋號書店)。つぎの二冊も同じ装幀で刊行されている。

たちである。一九四〇年十月、ここに「労働科学研究所」の分室が開設され、数名の研究員が常駐して調査を開始したのだった。その調査結果は、『支那鑛夫の生活』のほか、『把頭制度の研究』（中村孝俊）[18]、『把頭炊事の研究』（藤本武）[19]として、内部報告書のかたちでまとめられたほか、東京日本橋の大阪屋號書店から公刊された。

　この鉱山が調査対象とされたのは、それが日本の支配下にあったからにほかならない。一九三七年十月二十七日、日本軍の中国侵攻と連動して、中華民国領の内モンゴルに「蒙古聯盟自治政府」が樹立された。主席となったのは、シリンゴール盟スニト旗の王公である徳王（デムチュクドンロブ）だった。この日本の傀儡国家は、一九三九年九月一日、ちょうどヒトラーのドイツ軍がポーランドに侵攻して第二次世界大戦が始まったのと同じ日に、徳王を主席とする「蒙疆聯合自治政府」として再編され、首都を張家口としたのだった。つまり、龍烟の鉄鉱山は、この傀儡政権の版図のうちにあって、日本の戦争遂行のための重要資源を供給すべき責務を与えられていたのである。労働科学研究所の分室がこの鉱山に設置されたのは、「蒙疆聯合自治政府」発足の一ヵ月後のことだった。

　この鉱山で行なわれた鉱夫たちの生活調査は、報告者たちが随所で「炭鑛山」という表現を用いているように、金属鉱山に限らず炭鉱にも共通する労働と生活の実態を対象としていた。そして、これら一連の調査が「支那鑛夫の生活」と関わるテーマとしてもっとも重視し、重点的に究明しようとしたのが、把頭制度にほかならなかったのだ。中村孝俊の『把頭制度の研究』は、同時代に類書を見ないユニークな研究成果であるのみか、現在もなお、中国における労務管理システムの歴史に関する不可欠の資料であり、炭鉱・鉱山のみならず港湾労働の実態についても多くの示

(18) 中村孝俊『把頭制度の研究』（労働科学研究所報告第五部大東亜労務管理第4冊。一九四四年一月、大阪屋號書店）。

(19) 藤本武『把頭炊事の研究』（同上第3冊。一九四三年十一月、大阪屋號書店）。なお、これと同じ内容に加えて「昭和十八年六月九日稿」の「追補」を付した「社外秘」の版が、著者名なしに「労働科学研究所龍烟分室調査報告」として「龍烟鉄鑛株式会社」名で出ている（奥付なし）。

唆を含んでいる。さらには、日本における労働および労務管理のシステムを考えるうえでも、これを看過することはできないだろう。——だが、この一連の研究作業が真にユニークであるのは、これら三冊の報告が、いずれも、とりわけ「把頭炊事」に着目しているという点にある。藤本武の『把頭炊事の研究』は、その着目をいわば凝縮したかたちで集約したものだった。

里村欣三の苦力頭は、苦力たちを棒で突き起こし、アバタ面《づら》を虎のようにひんむいて怒鳴りつけながら苦力たちを酷使するばかりではない。かれの妻は苦力たちに食事を与え、昼食のためのマントウを持たせる。また、検事・石田廣が『所謂監獄部屋の研究』で土工夫たちの食事内容に着目したのも、食生活の内実が飯場での労働者の待遇を如実に反映していたからである。「タコ土工」が自分の手足を食って生きる「蛸」の名を与えられたことも、これと無関係ではない。労働生活とは、すなわち食うことなのだ。『支那鑛夫の生活』は、鉱夫たちの収入のうち、故郷への送金分を除いた支出全体の七三・六％（送金を含む支出の六三・一％）が飲食物費に使われることを明らかにしている。そして、この飲食物の主要な部分は、「組炊事＝把頭炊事」と称される飯場《はんば》（「組」）での食事として、把頭を経て供給されるのである。この把頭炊事にたいして個々の鉱夫が支払う食費は、鉱夫の全支出の、五〇・二％に上っている。材料調達も調理も飯場ごとに行なわれるこの食事で不足する栄養分や嗜好品は、もちろん鉱夫みずからが個人的に買わねばならない。戦局の悪化で材料費が高騰するにつれて、把頭が炊事費を抑えるために食事内容は劣悪化し、その分だけ各鉱夫が別に買って食うための支出が増える。しかも、把頭が鉱夫たちの炊事費のうちからの自分の取り分を減らすことなどありえない。労賃として会社から支払われる金額からの中間搾取（ピンはね）は、調査結果によれば、少なくとも五％、通常は一〇％に相当していたが、鉱夫たちは、この基礎的な中間収奪（一連の研究報告では「中間収取」と表記されている）に加えて、把頭炊事による収奪をも受けなければならなかったのである。『把頭炊事の研究』によれば、「組長の中間収取」、つまり鉱夫が支払う食費と実際の諸経費との差額が把頭（「組長」）によって収奪される割合は、一九四一年十二月から四二年三月の時期で、支払う食費のうちの二七％に及んでいた。

報告者たちの大きな危機感は、つまり、このような状態にある把頭炊事が、鉱夫たちの基礎体力そのものを破壊し、かれらを労働力として役に立たないものにし、その結果、作業能率を著しく低下させることになる、ということに向けられていたのだった。龍烟鉄鑛株式会社版の『把頭炊事の研究』に付された一九四三年六月九日稿の「追補」によれば、「昭和十七年（一九四二年）秋より華北一帯に捲き起つた物価騰貴の波」は、経済的に華北と緊密に結び付いている蒙疆をも直撃した。とりわけ暴騰が激しいのは、この地域の主要な食糧である雑穀類だった。一九四二年九月から四三年三月の間に、その価格は三倍に上昇した。しかも、食糧不足に対処するため蒙疆政府は雑穀その他の生活必需品の収買統制を実施したため、鉱夫の食糧も配給によらなければならなかった。配給量は、原穀（精白前の穀物）で鉱夫一人につき一日一キロとされており、これは労働科学研究所の所員たちが算出した鉱夫一日必要量の六割にも達しない量である。不足分は主として山葯（馬鈴薯、つまりジャガイモ）で補われていた。把頭による食費の中間収奪は、このような食糧事情のもとで行なわれていたのである。

『把頭炊事の研究』は、すでにこの「追補」以前に、「食事内容の低劣さ」と題す

右＝龍烟鉄鑛株式会社版
左＝大阪屋號書店版

る第二章のなかで、副食がますます粗末になるどころか、副食が付かない主食のみの把頭炊事が各組（飯場）で一般化しつつあることを指摘し、しかもその主食自体が劣悪なものになっていることを厳しく指弾している。とりわけ、この地方で主食の優劣順では大米（白米）に次ぐものとされる白面（精白した小麦粉）が、著しい価格高騰によって、もはや入手がほとんど不可能になっている。「白面は十六年〔一九四一年〕八月までは若干（五％—一五％）配給されたがそれ以後は殆んどなく、旧正月、端午節、中秋節に多少配給されるに止まる。すなはち現在においては饅頭は鉱夫の口へは常食としては入ることがない。」——里村欣三の「俺」は、苦力が差し出してくれたバラバラした味気のないマントウ（饅頭）を、ついに食うことができなかった。そのマントウも、いまではもはや苦力たちは口にすることができないのだ。苦力と呼ばれた鉱夫たちの食生活は、そこまで来ていた。

大東亜戦争の貫徹と大東亜共栄圏の建設にとって、これはきわめて由々しき問題なのである。龍烟鉱山でのこのような事態は、もちろん、日本軍支配下の中国と満洲の各地の炭鉱でも、同じように進行していただろう。それらの炭鉱でもまた、同じ把頭制度が支配しており、同じ把頭炊事が鉱夫たちの身体を蝕んでいたのだろう。問題は、人間としての鉱夫たちの生存に関わることだった。把頭制度によって酷使され搾取され使い棄てられる労働者が、問題だった。そして、労働科学研究所の研究員たちにも、『東亜の石炭方策』の著者・久保孚にさえも、それら鉱夫たちへの配慮と共感が欠けてはいなかったこと、それどころか、それこそがかれらの調査研究や提言の出発点となっていたであろうことは、かれらの文章の行間から読み取ることができる。

けれども、かれらのその調査研究や提言は、国策の遂行に資するというありかたでしか、なされることができなかった。かれらの仕事は、ついに、苦力頭＝把頭にたいする中国人鉱夫たちの依存と愛着の関係を超えることができぬまま、つまりその関係に変わる新しい労働と生活のシステムを見出すことができぬまま、日本の敗戦とともに終わったのだった。中国人労働者たちが把頭制度による労務管理と把頭炊事による生活収奪の桎梏下に置かれているという現実を、聖戦完遂のための不可欠の要因とした歴史もまた、日本という国家社会が戦後に引き継がねばならなかった戦争責任・侵略責任のひとつとして残されたのである。

6　「特殊労務者」の「労務管理」

だがしかし、「苦力」をめぐる日本国家とその国民の戦争責任・侵略責任は、中国の占領地域や満洲の土地と資源と労働力を収奪するなかでかれらを把頭制度に委ねて搾取した、ということに止まるものではなかった。そのことを示すひとつの資料がある。その資料もまた、把頭制度に着目して、つぎのように述べている――

苦力はその特質上、作業の運用に当つて中心勢力がない時は到底十分の能率を発揮させることが出来ないから、苦力群の編成組織は特定人物を中心とした把頭制度を採つてゐる。／把頭は作業上に於ては労務者の訓練・指導等一切の管理をなすと共に、その私生活に対しても経済的援助をなし、労務者の気持を確然と把握してゐる。故に企業者側から見る時は、把頭を如何に巧妙に把握するかといふことが労務管理上の重大な問題であり、ここに日本人式労務管理の劃一的公式論

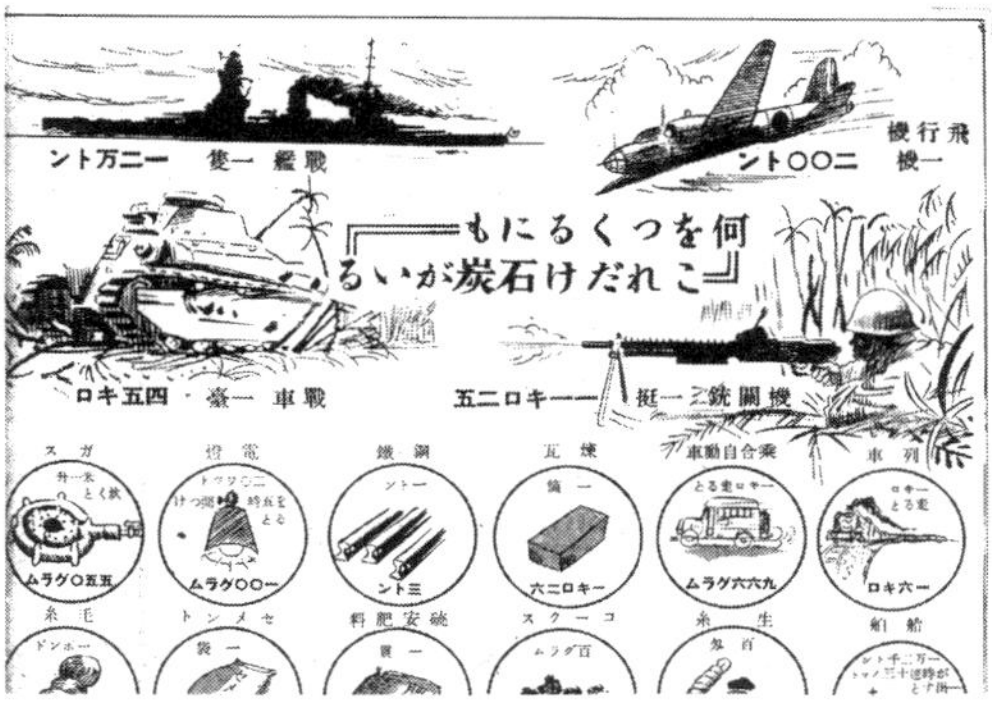

『写真週報』（情報局編輯・印刷局発行）一九四四年一月二六日、第三〇六号（特集「石炭確保へ総突撃」）より

を以てしては到底及び得ない妙諦も、困難も存在するわけである。／把頭制度は苦力の管理上絶対に無視してはならないものであるが、勿論これにはいろいろの弊害も伴つてくる。中間搾取の如きはその一例であり、賃金の不払・蓄妾の風習・阿片の吸引・大賭博等の悪徳が列挙される。然し企業の実際に於てその存在を是認し、断乎として払拭し能はざる所以《ゆえん》の事情は、〔中略〕十分検討して見なければならぬ特殊事情である。

一九四三年十一月三十日に初版が刊行され、ほぼ一年後の四四年十一月二十日に第三版が出た『特殊労務者の労務管理』と題する書籍の一節（後篇「苦力」、第7章「苦力群を編成する把頭制度」、第1節「把頭制度とは何か」）で、著者はこのように述べている。把頭制度についての概説として、きわめて一般的な説明であり、とくにユニークな視点が示されているわけではない。ところが、著者がここで把頭制度に目を向けているのは、じつは、きわめて重大なひとつの目的のためだったのだ。右の引用文の最後に近いところで〔中略〕とした箇所には、原文では「苦力内地移入の場合に於ても」と記されているのである。つまり、この本の著者が把頭制度について論考しているのは、中国の「苦力」を日本内地に「移入」するにあたっては、把頭制度をそのまま残したかたちでそれをするのか、それとも把頭制度を廃して別の労務管理方式を導入するのか、という問題に直面してのことだったのである。「昭和18年天長の佳節に当りて」という日付を持つ「序」で、著者はつぎのように述べている。

工場鑛山に於ける労力構成の根幹たるべき本来の内地人労務者は、既に給源の不如意を招来し、これを充足すべき労働力としては国民徴用令による徴用工を以《もつ》てするほか、法令勤報隊・短期挺身隊・農閑期出稼労務者・転廃業者等の内地労力を以て彌縫《びほう》するに止まらず、更に鮮人・華人・白人の外地労力を吸収し、今や労務管理の対象たるべき労務者の種類は複雑多岐の様相を呈してゐる。殊《こと》に言語・習俗・生活・思想を異にせる鮮人・華人を如何に調整し、能率を昂揚して生産に寄与せしむるかといふ労務管理上の未知の分野は、関係当務者をして深くその善処に焦躁せしめつつあるかの如くである。

一九四三年四月二十九日の日付を持つこの序文で著者が言おうとしていることは、きわめて簡単明瞭だろう。戦争の長期化と大規模な消耗戦の結果として、工場や鉱山という重要部門に充《あ》てるための「内地人」労働力は、絶対的な不足を来たしていた。「国家総動員法」にもとづいて一九三九年七月に施行された「国民徴用令」や、対米英開戦直前の四一年十一月二十二日に公布され、十二月一日から施行された「国民勤労報国協力令」（勅令）による勤労奉仕団（勤労報国隊＝勤報隊）などによっても、学齢を終えた無職・未婚の女子を「挺身隊」として労働に動員しても、それは「彌縫」策でしかなく、「外地」からの労力「吸収」だけがもはや唯一の打開策なのだ――。こう、著者は考えるのである。そして、こうした観点から（「白人」の捕虜はひとまず度外視して）主要な二種の「特殊労務者」、つまり「鮮人」（朝鮮人）と「華人」（中国人）について、その「内地移入」にともなう問題点と解決策を労務管理の専門家としての立場から詳細に論じたものが、この『特殊労務者の労務管理』と題する一冊[20]にほかならない。この重要な資料の著者は、前田一である。

（20）前田一『特殊労務者の労務管理』（〈産業能率増進叢書〉。一九四三年十一月、山海堂）。奥付によれば初版は五千部。四四年十一月に再版、同十二月に三版が発行された（いずれも五千部）。ただし、三版の発行年月日と発行部数は奥付に印刷するかわりにゴム印で捺されている。統制経済の下で印刷用紙の配給を受けるために発行部数を水増しするのが普通だったのに加えて、このような奥付表記から見て発行部数には（初版、再版を含めて）信憑性がないと考えざるをえない。なお、同書は全ページ横書きになっている。数字も洋数字なので、引用にあたっても（一部を除き）洋数字のままとした。

前田一《はじめ》は、一八九五年三月に佐賀県で生まれ、東京帝大を卒業して「北海道炭礦汽船株式会社」（北炭）に入社した。この会社は、一八八九年十一月十八日に「北海道炭礦鉄道会社」として創立免許を取得し、それまで官営だった幌内炭山《ほろない》（現在の三笠市）と、手宮・幌内間、幌内太《ほろないぶと》・幾春別《いくしゅんべつ》間の鉄道の払い下げを受けて、営業を開始した。翌一八九〇年四月に空知採炭所を、同年十月には夕張採炭所を設置し、本土への石炭の送出を急速度で進めた。鉄道はすでに岩見沢、札幌を経て小樽（手宮停車場）まで通じていたので、当初はこのルートで石炭が送り出されたが、会社設立の三年後、岩見沢から室蘭までの鉄道が竣工し、のちに葉山嘉樹の小説『海に生くる人々』（一九二六年刊）で描かれることになる「室浜航路」（室蘭・横浜間の航路）で京浜工業地帯へと北海道の石炭が送られることになった。日露戦争後の一九〇六年、鉄道国有法の制定によって、北海道炭礦鉄道会社が所有する線路延長三三三・三キロメートルの鉄道は国有化され、これにともなって社名が同年十月一日付で「北海道炭礦汽船株式会社」と改称された。会社名に「汽船」が付いたのは、一八九一年に購入した「空知丸」（一七七九トン）を皮切りに、一九〇二年購入の「手宮丸」（二九四二トン）ほか、石炭輸送のための船舶を多数保有していたからである。(21)

『特殊労務者の労務管理』が刊行された一九四三年十一月当時、著者の前田一はその北海道炭礦汽船株式会社の労務部長だった。その後、労務担当取締役を経て、敗戦翌年の一九四六年十二月に設立された炭鉱経営者の団体、「日本石炭鉱業連盟」の常任理事に就任した。さらに、四八年四月に「日本経営者団体連盟」（経団連）が発足すると、その専務理事となって、日本資本主義のいわゆる戦後復興をとりわけ労務管理の分野で領導することになる。総評（日本労働組合総評議会）を主力とする戦

(21) 北海道炭礦汽船株式会社と同社経営の炭鉱については、主として左記の資料を参照した。
①北海道炭礦汽船株式会社『五十年史』（一九三九年六月、北海道炭礦汽船株式会社。非売品）。
②北海道炭礦汽船株式会社『七十年史』（一九五八年十一月、北海道炭礦汽船株式会社。非売品）。
③北海道鉄道管理局蔵書『北海道炭礦鉄道略記』（〈明治期鉄道史資料・第二集⑷〉所収。野田正穂・原田勝正・青木栄一編、一九八〇年六月、日本経済評論社）。

後の労働者運動を経営者・資本家の陣営で迎え撃った前田の地歩は、炭鉱現場でかれが体得した労務管理の手腕を戦時体制下において発揮した実績によって築かれたものだった。そして、その実績のうちの大きな部分が、特殊労務者内地移入と関わっていたのである。

「人々が唖然として続次移入の鮮人を受入れてゐる間に、その割合はいつの間にか4割となり、5割となり、甚だしきは8割に達するものさへ現れた。しかもこの大勢は滔々として停止することを知らず、最高限3割の定説を軽く一蹴して、内地資源産業が今やこの鮮人大世帯を巧みに運営し、生産増強に貢献するを得つつある事実を何と説明すべきであらうか。一視同仁の皇道精神から湧き出づる内鮮当局の至誠と、鮮人労務者自身の皇民的自覚に基く協力に俟《ま》つところ勿論大なりといへども、要は不撓不屈の訓練指導を中核とする労務管理と技術指導の堅き結合の賜《たまもの》であるといはねばならない。」――『特殊労務者の労務管理』の「序」のなかで、「工場鑛山」に投入された朝鮮人「労務者」についてこのように述べた前田一は、同書の三分の二を占める「前篇　鮮人」の部で、一九四二年二月二十日から始まった「官斡旋募集」、つまり事実上の強制連行に至るまでの「鮮人移入」の成果を確認しながら、はなはだしい場合には工場・鉱山における労働者総数の八割にも達した「鮮人」の労働と生活の実態や、かれらに対する労務管理のありかたを詳細に記述している。朝鮮人強制連行という歴史的現実を直視するうえで、みずからの現場での経験にもとづいてなされている前田一のこの論述は、逸することのできない史料であると言わなければならない。朝鮮人強制連行と直接関わるその経験を踏まえて、「後篇」たる「苦力」の部は展開されるのである。

まず、苦力とは何かという定義づけをめぐる諸説を紹介したあと、前田はかれなりの定義として、「(1)漢民族及び満洲民族であること。(2)不熟練労働者であること。(3)他人決定の労働に従事する賃金労働者であること。(4)主として屋外にあつて筋肉労働に従事する者であること。」の四点を挙げる。しかし、この四つの要件に当てはまる労働者のすべてに、前田の関心が向けられているわけではない。

各種の文献を通じ、又巷間伝へらる話材によつてわれわれが観念してゐる苦力とは、〝動物的生活に甘んじてゐる人間の屑〟とでもいふやうな感じを以て一応理解してゐたやうである。しかし一度北支各地を視察し、現地の事情について仔細に考察する時、観念と事実との懸隔の余りに大なることに驚くものである。勿論、苦力の全部がわれわれの想像以上に立派であるといふ意味ではなくて、苦力といはれるうちにかくも進歩した労務者がゐたのかと一驚を喫するだけの話である。こと程さやうにわれわれは苦力といふものを低級下劣に評価してをつた。何故それ程低級な動物的生活群として評価されるに至つたのであらうか。／われわれが一応理解してゐた苦力とは、都市に於ける人力車夫や雇傭条件の目茶苦茶な農業労働者などの話から推定されたものであつたかも知れない。〔……〕このやうな雇傭条件の乱雑さの中に、平然として黙々働いてゐる労働者――苦力を動物的低級生活者なりと理解し、観念することも亦一応尤もな筋道ではなからうか。／とはいへわれわれが内地に於ける労務管理の頭を以てしては、到底理解することの出来ないやうな貧農生活に甘んじてゐる苦力から演繹して、これを全産業の労務者に類似し、工場・鑛山の労務者も亦かくの如きものであらうと独断してゐたことは、顧みて非常な認識不足であつたことを今更ながら痛感するものである。

もちろん、前田がみずからの認識不足を痛感するのは、かれが「苦力」たちの人権や尊厳を顧慮するからではない。そうした認識不足が、かれの考える労務管理、労務政策にとって障害となるからである。かれの視線は、朝鮮人の「内地移入」によってもなお不足する日本の戦時労働力を補うものとしての中国人「苦力」に、いわば釘付けされていたのである。

かくの如く一概に苦力といつてもいろいろの種類があり、果して如何なる苦力が内地労力充足の一翼を買つて出る所謂〝直ちに移入し得べき苦力〟となるであらうか。而してその種類とは何かと質問されるならば、私は尠《すくな》くとも内地移入の場合、その対象となり得べき苦力には四つの種類があることをいひたいのである。／その一つは天災・人禍に追はれ、貧窮のどん底にあつて部落から部落に流浪し、或は満洲・蒙疆《もうきょう》の遠隔地まで出稼せんとす〔る〕苦力、仮にこれを（難民的苦力）とでもいはふか。而してその二は都市に於ける紡績工場の労務者、天津・塘沽・秦皇島・青島・連雲等の埠頭に於ける荷役苦力、或は開灤炭礦・中興炭礦等の近代的設備の鑛山等に雇傭せられてゐる所謂熟練工とでも称すべきものであつて、仮にこれを（経験的苦力）と呼称するならば、その三は農業労働に従事する地方の良民で、可能耕作地に対し余剰力となつた者の中から、或は把頭を通じ、或は業者直接に、或は公私の紹介機関等を通じて募集した苦力、仮にこれを（農民層の募集苦力）と名付け、最後の第四に属するものとして、今次の事変以来皇軍の討伐作戦によつて俘虜となり、又は帰順した兵が一定の訓練所に収容されて正規の訓練を修了し、一応良民として解放される者を苦力班に編成したもの、即ち仮称（俘虜・帰順兵苦力）と、上述四つの種類があり、このうち何れかのものが内地労力充足の一翼を担ひ得るものとなるのであらうと思はれる。

〔（　）内も原文のまま。ただし（　）でくくった振りがなは引用者。〔　〕内は引用者による補足。〕

では、これら四種類の「苦力」のうち、日本内地に移入できるのはどのグループか？――まず、厖大な数の「難民的苦力」については、前田も、「改めていふまでもなくこれらの難民的苦力群は、断じて内地の工場・鑛山や埠頭荷役に連れて来られるものではないのである」と匙《さじ》を投げざるをえない。「能率・素質の点から見ても、治安の点から見ても、若しこれらの手合いがひしめきあつて来るならば、工場・鑛山は秩序も施設も管理もおそらく一朝にして破壊されてしまひはせぬかとすら思はれるやうな感を深くさせられる。如何に内地の労力充足が困難であつても、この種の難民的苦力を移入するのはおそらく余程先の話ではなからうか」というわけだ。これとは逆に第二の「経験的苦力」、つまり既経験苦力は、たとえば開灤《かいらん》炭礦の例でも移動率はきわめて少なく、年間三三〇日以上も稼動するなど、「内地の炭礦労務者と比較して、どの点に於て優劣があるかと反問されるならば、何と答ふべきであらうか」というほど水準が高い。「内地の炭礦・荷役、如何なる事業場に持つて来ても、明日が日からすぐ間に合ふといふ立派な労務者である」が、それだからといって、かれらを引き抜けば中国現地の産業が成り立たなくなるだろう。「世の中のことたるやう

海路「満洲」に移民してきた山東苦力
――『満洲と満鉄』（No.260）より

まく思ふ通りにならないものである」とかれは慨嘆している。第三の「農民層の募集苦力」については、山東・河北の両省を合計して概算六六〇万人前後の余剰労力があると見込まれる。しかし、「封建的家族制度による相互扶助の慣習が、彼等をして動物のやうな生活のなかから遊離せしむる気持を頑強に拒否してゐるやうである」ということに加えて、募集機関の陣容が整っていない。また、「匪賊の討伐と部落民に対する宣撫工作とに撓《たゆ》まざる努力を傾倒してきた皇軍の努力」にもかかわらず、農民のなかには「勿論、八路軍の味方をしてゐる者もかなりゐると見なければならない」という問題がある。「彼等は表面良民を装ふてゐるが、臨機応変に土匪ともなり便衣隊ともなる手合である」からだ。――「八路軍」とは、「新四軍」と並ぶ中国共産党の抗日軍の名称であり、「便衣隊」とは、軍服ではなく農民や市民の服装をしたゲリラ兵士（パルチザン）のことである。著者・前田は、これと関連して、とくにこう記している、「治安上油断を許さないのは炭礦地帯が殊に甚だしい。開灤炭礦付近、大激戦のあつた台児荘の近くにある中興炭礦、即ち津浦線の臨城と、隴海線の趙墩をつなぐ臨趙線の一帯、淄川炭礦・博山炭礦付近から北は井陘炭礦・大同炭礦等の沿線等は、特にこれらの蛆虫匪賊どもの頻《しき》りに出没するところであるといはれてゐる。」

　ここで挙げられている諸炭鉱のうち、これまでにもしばしば言及されてきた開灤炭礦というのは、「北支」を占領した日本軍が一九四一年十二月八日に接収して軍の管理下に置いていたものだった。それゆえ、ここに対する「匪賊」（抗日ゲリラ）の襲撃が頻々となされたのは、当然のことだったのである。これらの実情や困難を考慮した結果、前田のさしあたりの結論は、「勢ひ〔、〕残る問題としては討伐作戦によつて得た俘虜・帰順兵にして訓練を経た者を、一応良民として解放し、これを内地に移入するといふ以外に苦力移入の途はないやうに思はれる」というものだった。「帰順兵」とは、日本軍の正しさと中国の国民政府または共産政府の誤まりを悟って日本軍に協力する意思を示した捕虜たちを呼ぶ名称である。前田一は、こうした中国兵捕虜たちを「苦力」として日本内地へ送るほかに道はない、というこの考えに基づいて、日本軍が設置した「石門俘虜訓練所」、「済南救国訓練所」における中国人捕虜の現状と訓練の概要を紹介し、さらに、これらの捕虜たちを日本内地に移入するさい「把頭制度」をどうするかという問題に論を進めていく。把頭制度の概要と、その把頭によって掌握される苦力の習性や生活の実態、食糧資材の確保策などを詳細に考察した結果、かれが下す結論は、つぎのとおりである。

十数年前まで残存してゐた鑛山飯場（はんば）の制度に於ては、飯場主が縁故周旋等によつて募集し来つた鑛夫を自己の飯場に収容し、出稼1日に付幾何《いくばく》かの賃金の上前を刎《は》ね、下宿代を徴収するほか配給物品を高価に売付けて相当あくどい中間搾取を敢てすることが公認されてゐた。／労務管理の進歩発達と共にかくの如き制度は徹底的に払拭せられ、今日に於てはその片鱗をすら認むることが出来なくなつたが、若し把頭制度をその儘《まま》内地に移入するに於ては、あたかも十数年以前、非常な苦心惨憺を嘗《な》めて漸く廃止し得た昔日の飯場制度に類するものを再び公認する結果となり、折角《せっかく》企業の直轄下に整備拡充された労務管理に、一抹の暗影を投ずるに至るであらうことは想像に難くないところである。これは到底今日の労務管理の耐え忍び得ることではないと思ふ。／しかし把頭制度は苦力の習性上、どうしても一応採り上げなければならぬ制度である。彼等を内地式に、個々別々に切り離して会社と直接雇傭契約を締結しやうとしても、それは恐らく不可能であらう。仮にそれを強行したとしても断じて良い結果を期待するわけにはゆかない。〔……〕内地の労務管理に適合する苦力の労働組織を如何なる形で調整してゆくにせよ、如何なる場合に於ても把頭制度の良さだけは断じて切り離すわけにはゆかない。これは今日まで散々に経験し尽された労務管理上の答案である。内地移入の場合に於てもこの点を十分吟味する必要があるといふ北支当務者の示唆には、洵《まこと》に傾聴すべきものがあるやうに思はれる。〔第11章第4節「把頭制度の〝良さ〟を吟味せよ」〕

簡潔に言えば、前田一の結論は、日本の鉱業や土木建築業の現場でようやく撤廃にこぎつけた飯場制度（さらに直截的に言うなら「監獄部屋」）の弊害を復活させることになるとしても、内地移入「苦力」の労務管理の効率を考えれば把頭制度の温存は不可欠だ、というものだったのである。

だがしかし、前田一の『特殊労務者の労務管理』は、じつは、それが刊行された時点ではすでに、現実の歴史過程を先取りする理論であるよりは、現に起こりつつある出来事を追認する作業だった。より正確に言うなら、この資料は、いま現実に進行している歴史過程のそもそもの根源、つまりその歴史過程を生み出すことになった理論作業を、あらためて一冊の著書のかたちで公表したものだったのである。

——この本が刊行されるより一年近く前の一九四二年十二月、各産業代表と政府関係官庁の担当官たちが「華北労働事情視察」を行ない、前田も言及している開灤

四十歳代半ばの前田一（一九三〇年代末）——北海道炭礦汽船株式会社『七十年史』（No.95）より

炭礦その他の炭鉱や、天津と塘沽の埠頭、さらには「石門俘虜訓練所」を視察した結果、「石門」と「済南救国訓練所」の捕虜を、試験的に内地に移入することを決定していた。松沢哲成の厳密で思想性ゆたかな研究書『天皇帝国の軌跡――「お上」崇拝・拝外・排外の近代日本史』（二〇〇六年十二月）は、一次資料の発掘も含めた綿密な資料追跡にもとづいて、この経緯に肉薄している。それによれば、このとき内地移入された人員、計一〇〇〇名のうち、荷役関係は伏木港運輸会社へ五〇〇名、炭鉱関係は北海道炭礦汽船株式会社の夕張鉱へ一五〇名、三井鑛業の田川鉱へ一五〇名、日鉄二瀬炭鉱へ二〇〇名が送られることになった。さらにそれより前、一九四二年十一月二十七日、業界からの強い働きかけによって、「華人労務者」の移入が閣議決定されていた。こうして実行された事実上の「苦力」の強制連行は、内地の労働現場では、たとえば一九四四年四月二十四日付の花岡鉱山長あて秋田県警察部長通牒に「華人労務者……作業に関する命令は日系指導員及《および》華系責任者（隊長又は把頭）を通じ之を発すること」とあるように、把頭制による労務管理も視野に入れた労務管理の下に置かれたのだった。(22)

一九五〇年四月に創刊された三井三池鉱業所（いわゆる三池炭鉱）の労働者の同人雑誌『三池文学』は、その第十号（一九五一年三月）に「炭鑛にて」と題する本吉進の小説の第一回を掲載した。副題に「『東京脱出』続篇」とあるように、同誌の第三号（五〇年六月号）から第六号（同年九月号）までに連載された自伝小説の続篇だった。(23)その「炭鑛にて」の連載第一回に、坑夫たちの「逃亡」について語った部分がある。小説中の記述とはいえ、敗戦後まだそれほど年月を経ていない時期のきわめて早い証言として、長くなることを厭わず該当箇所を引用しておこう。

(22) 松沢哲成『天皇帝国の軌跡――「お上」崇拝・拝外・排外の近代日本史』（二〇〇六年十二月、れんが書房新社）に拠る。

なお、松沢は、「親方制度と把頭制――中国人強制連行の背景」と題する研究報告論文を、「日本寄せ場学会」の年報『寄せ場』第一一号（一九九八年五月、発売＝れんが書房新社）に発表しており、『寄せ場』の同号は「中国人強制連行の背景と実相」という特集テーマで、松沢論文のほか以下の諸論文を掲載している。①蘇崇民「撫順炭鉱の把頭制度」、②傅波「撫順鉱務局館蔵の日本の中国侵略時期の档案資料の研究」、③老田裕美「「特殊工人」と「万人坑」――日本への「中国人強制連行の原型」として」、④伊藤一彦「日中にまたがる労務支配」。

日本寄せ場学会の『寄せ場』は、中国人強制連行をめぐって、これ以外にもつぎのような研究報告を掲載している。①新美隆「花岡事件――中国人強制連行の捉え方」（第五号、一九九一年十一月、発売＝現代書館）、②伊藤一彦「戦時下撫順炭鉱の中国人労働者」（第一二号、一九九九無断で外出してそのま、帰つて来ないことを山では「逃亡」と言ひ、逃亡した者のことを「逃亡者」と呼んでゐた。この陰惨な用語が用ひられるのは、昔この炭鉱で囚人を使役したりして炭鉱そのものが牢獄的な性格を帯びてゐて、そこで働くことが一種の『苦役』であると考へられてゐた結果であらう。それかあらぬか、この炭鉱では鉱員が出勤することを『出役』と呼んでゐたのである。

この逃亡者は内地人の労務者の間にも屢々《しばしば》見られたが、殊に半島人（朝鮮人）に多かつた。半島労務者は各々の山において彼等だけの一つの寮に入れられてゐたが、その寮からは毎晩一人や二人の逃亡者が出ないことは稀であつた。その最も大きな原因は、彼等の多くが募集員の口車に乗り甘い空想を描いて内地へ渡航して来たからであつた。

しかし、逃亡に対して最も厳重な監視が加へられ、逃亡者に対して最も重い刑罰が加へられたのは、支那の占領地域から連れて来た『華工』に対してであつた。

華工は昭和二十年の二月に約一千名N炭鉱にやつて来た。尤もこの炭鉱に割当てられた数はもつと多かつたのであるが、その中の百名以上が大陸からの輸送船の中で死んでしまつた。調書に依れば彼等の死因は申し合はせたやうに肺炎といふことになつてゐた。しかし、その本当の原因が栄養失調であることは、生き残つた他の華工達の貧弱な栄養状態によつて容易に想像された。

N炭鉱に来た華工は、N炭鉱の四つの山の中《うち》、三つの山に約三百名づつ分割して配属させられた。彼等は坑口の近くに急造され〔た〕バラックの中に収容され、収容所の周囲には鉄条網が張りめぐらされ、三名の警官と十名ばかりの係員が泊

年五月、発売＝れんが書房新社）③中西昭雄・川上奈緒子・番場友子「中国人強制連行の実態――新発見資料・北海道庁「ペスト」防疫関係文書から」（第一五号、二〇〇二年五月、発売＝同前）。

（23）『三池文学』は、発行主体の推移にともない三期に分けて刊行された。第一期は一九五〇年四月創刊で発行は「三池文学会」（住所は三井三池鉱業所人事部）、第二期は「新日本文学会」大牟田支部の機関誌として一九五五年九月から、第三期は編集兼発行人・内田博、六二年三月から終刊号となった一九八二年八月までである。本吉進は創刊当時からの『三池文学』同人であり、第一期の「編集兼発行人」だった。創刊号に「十五年」と題する一幕物の戯曲を発表し、第三号から中篇小説「東京脱出」、第十号から「炭鑛にて」を連載したほか、エッセイや評論を発表している。わたし（池田）が入手した『三池文学』（第一期）バックナンバー（第一一号まで）は本吉進の旧蔵書だったらしく、創刊号の戯曲「十五年」の全ページにおびただしいペン字の書き

り込みで監視に当つてゐた。

華工の収容所は『華工寮』といふ尤もらしい名称で呼ばれてゐたが、それは鉋《かんな》をかけないザラ〳〵の板壁に囲まれた、粗末なバラックに過ぎなかつた。平家建の細長いそのバラックの内部は、中央に幅三尺のタタキでない本当の土間の通路があり、通路の両側は幅一間《けん》の板張りになつてゐた。華工達はその板張りの上に、通路と直角の方向に、坑木用の丸太を縦に二つに割つた木の枕をかつて目白押しに寝てゐた。それは『西式健康法』から見れば、まことに理想的な生活様式であつた。

華工達は、朝、数名の係員に引率されて坑内にはいり、そこで重労働に服し、夕刻再び監視付きで彼等の寮に帰つて来た。彼等には無論外出は許されなかつた。だから彼等が外界との接触を持つことの出来るチヤンスは、朝夕の寮から坑口までの二、三百米《メートル》の往復の時間だけであつた。

彼等は皆一様にカマキリのやうに痩せてヒヨロ長かつた。彼等の腰はかがみ、彼等の膝は『く』の字なりに曲つてゐた。それは彼等の極度の栄養不足を物語つてゐた。彼等は頭を垂れ、黙々として力無く歩いてゐた。彼等の顔色は鉛色を帯び、彼等の眼はドンヨリ曇つてゐて生彩が無かつた。彼等の顔には表情といふものがまるで無かつた。没法子――それが彼等の表情のすべてであつた。彼等は意志といふものを忘れた人間の影法師であつた。

この意志を失つた影法師のやうな華工が、意外にも、日本側の厳重な警戒にも拘らず、屡々『逃亡』を企てた。

華工が逃亡するのは夜に決つてゐた。逃亡が発覚すると、山の労務係の全員に

込みや修正があり、セリフを大幅に書き換えた箇所の手書きのB4判原稿用紙一枚が挟み込まれている。そしてなんと、創刊号および二冊ある第十号のうちの一冊を除いた全冊から、本吉の作品の掲載ページだけがすべて切り取られてしまっているのである。

非常呼集が掛けられた。そして宿直の警官の指揮の下に、山を中心として半径十キロの範囲に亘つて非常線が張られ、労務係の勤務員は、炊出しの握飯を携へ、四、五名づゝ一班となつて、八方に捜索に出かけた。

逃亡を企てた華工は翌日か翌々日には必ず摑まつた。彼等の或る者は、大騒ぎしてゐる労務係の勤務員を尻目に、華工寮とつひ眼と鼻の所にある社宅街の中の或る防空壕の中で、大いびきをかいて寝てゐる所を、翌日の昼頃、社宅のお神さんに発見された。他の或る華工は、翌々日の午後、山から三里程離れた山添ひの村道を、フラ〱歩いてゐる所をその村の駐在所の巡査につかまつた。取調べの結果、その華工は、華工寮の便所の窓から脱出し、彼の生国である北支那まで歩いて帰るつもりだつたと答へた。彼は日本と彼の本国との間に東支那海といふ広い海があることを失念してゐたのであつた。

摑まつた華工は華工寮に連戻され、他の華工達の眼の前でリンチを加へられた。無論それは、その逃亡者に対する刑罰であつたが、同時にそれは、他の華工達への見せしめのためでもあつた。しかし、このリンチにも拘らず、華工の逃亡は依然として跡を絶たなかつた。

〔「　」、『　』、（　）は原文のまま。（　）でくくった振りがなと、〔　〕内の補足は引用者による。〕

作中で「M鉱山株式会社」が経営する「N炭鉱」と呼ばれているのは、もちろん、三井鉱山の三池炭鉱である。Mが重複するのを避けてNという頭文字にしたのだろう。小説の主人公、羽鳥邦雄は、日本の敗戦を間近にした一九四五年二月、東京を脱出して郷里O市のN炭鉱に入社し、同炭鉱の四つのヤマの一つであるY坑で労務係として働くことになる。O市は大牟田市、N炭鉱四つのヤマとは万田、宮浦、三川、四山の各坑で、そのうちのY坑とは四山《よつやま》坑のことだろう。いずれにせよ、作者の分身である主人公は、労務係という至近距離から、強制連行された中国人「苦力」と接していたのである。

対米英戦開始ののち、「半島人労務者活用に関する方策」という閣議決定にもとづいて一九四二年二月二十日に朝鮮総督府が制定した「朝鮮人内地移入斡旋要綱」、つまり朝鮮人強制連行のための「官斡旋方式」は、石炭鉱業資本の側からの「鮮人移入」策強化の強い要請にもとづいて実行に移された。それと同じように、「苦力」たる「華人労務者」の強制連行もまた、炭鉱を始めとする大資本の要請と実際上の立案のもとに実行されたのだった。この立案と実行に大手炭鉱会社の労務担当幹部としてもっとも中心的な役割を果たしたのが、『特殊労務者の労務管理』の著者、前田一だったのである。「嫌《イヤ》な人繰り／邪慳《ジャケン》な勘場《カンバ》／情け知らずの納屋頭」と坑夫たちに歌われた日本の炭鉱における労務管理システムは、里村欣三が共感を込めて描いた「苦力頭」と手を携えて、中国人の「苦力」化と強制連行にまでつながる歴史をたどることになった。「苦力」たちが送り込まれた飯場や炭鉱の「華人寮」が、文字通りの「監獄部屋」だったことは、あらためて現在のまなざしによる研究のなかで明らかにされている。(24)

(24) 中国人強制連行に関する調査研究のうちで、これまでにもっとも多くの成果が公刊されているのは、日本の敗戦を目前にした一九四五年六月末から七月初めにかけて秋田県の花岡鉱山で「内地移送」された中国人たちが決起したいわゆる花岡事件についてのものである。比較的容易に入手できる文献として左記のようなものがある。

①劉智渠・述『花岡事件』（一九九五年五月、岩波書店。のちに同書店の「同時代ライブラリー」に収められた。

②石飛仁『花岡事件』（〈FOR BEGINNERS シリーズ〉。一九九六年一月、現代書館）。

③石飛仁・監修／金子博文・編『花岡事件——秋田裁判記録』（二〇一〇年八月、彩流社）。

第X章
原拠としての「長靴島」
――表現主体を問い直す

1 「戦後」の始まり――井上光晴と海底炭鉱

一九六二年三月の「銅鑼」と題する詩で、井上光晴は、二十年前のある炭鉱の島での娼婦と坑夫の生と死をうたった(1)。

廃坑の海に漂うもうひとつの火葬場がある――
いまに坑内キャップをつけた鰯《いわし》が、糞だめをつつくようになると悪態をつく、
朝鮮女郎番の飼う兎小屋の下の突堤に、黄色いひらひらをつけた少女が蹲《うずくま》っている。
年に一寸《すん》ずつ沈むこの部落に銅鑼が鳴りわたると、少女は起ち上って死んだ鱶《ふか》のような行列のあとに従わねばならぬが、泥炭のこびりついたおれの炭札入れに

(1) 引用は思潮社版『井上光晴詩集』(一九七一年七月)に拠る。

は、どんなに握りしめても十銭銅貨が一枚しか入っていなかった。

ヤンバンからもらいうけた寸足らずの坑木を削って、自分の足カセを作ってい
る坑夫たちの休日を、一円ボボを買いなさいと白い切羽《きりは》のような化粧をした女
たちがねり歩く。

コークスの吠える未明、売れ残った女たちは、三番方の坑夫目あてにもう一度
にっぱ椰子《やし》のかぶさる黒いトロをのぼっていくが、そのとき棹取《さおど》り兪英生の肉
を入れた木棺は低い納屋と納屋との間から音もなく動きだし、歯と歯、眼と眼
の葬列は、女たちと燃えあがる闇の中で交錯する。足のとれた肉みたいか、息
子の哀号ききたいか。　　　　　　〔（　）でくくった振りがなは引用者による〕

戦争のための石炭増産を担ったのは、「産業戦士」であることに誇りを持とうとし
た坑夫たちや、坑夫たちが安んじて死ねるように炭鉱にも「靖国神社」のような慰
霊施設を建立することを希《ねが》った炭鉱関係者たちばかりではなかったのだ。そのよう
な誇りや希いをいだくすべもなく石炭増産のために生命を燃やし尽くさねばならな
かった多くの男女たちを、この国家社会は必要としたのである。そして、その必要
がなくなったのちも、この国家社会は、かれらの死屍を直視しようとはせず、かれ
らの哀号《アイゴー》に耳を傾けようとはしなかった。すでに全国の炭鉱があいついで廃坑と化
し、坑夫とその家族が生きた納屋《なや》（炭住＝炭鉱住宅）も朽ちるに任されようとしてい
る時点で、井上光晴はあらためて、あるいは初めて、この国家社会のこの歴史的現

実と対決する。

新日本文学会第十一回大会における報告の前提として一九六四年四月号の『新日本文学』に掲載された文章を、井上光晴は「わたしのなかの『長靴島』」と題した。その年の一月下旬、かれは長篇小説のための取材を目的に、九州・佐世保港外の「S海底炭鉱」を訪れていた。そこでかれは、三年前にかれ自身が小説「飢える故郷」(『新潮』一九六一年三月号)で描いたのとまったく同じ体験をすることになったのである。「飢える故郷」の主人公、元・坑夫の「成り上り作家戸坂博」は、閉山寸前の「片島海底炭鉱」を再訪して、かつての同僚である坑夫たちから徹底的に拒絶され嘲笑され否定される。だが、つい最近に閉山を決定した現実の「S海底炭鉱」を訪れた作者の井上光晴自身もまた、この炭鉱の島で「わたしが予測していたものとは、まるで異質の坑夫たちの眼が待ちうけている」のを知ったのだった。

「実際に少年期の大半をそこでくらし、戦後レッド・パージ[2]で殆どすべての友達をそこから追放されるまで、一週間ごとに通っていたS海底炭鉱こそ、私の文学にとって、何ものにもかえがたい故郷であった」と井上光晴は書く。しかし、かれが島の炭鉱で働くのをやめて、職業作家として歩み出し、その生活をつづけていくうちに、自分がいつのまにか島に向かう心を失いつつあることに気づいたのだった。「海底炭鉱で働く労働者との連帯から、わが文学が外れるはずはないとつねに確信しながら、いつの間にか、私の足もとは半ばつきくずされていた」のだ。小説「飢える故郷」で、元・坑夫の職業作家を主人公に設定し、その主人公の現在の生きかたを性急に否定してみたものの、否定しやすい人物として設定されたその「偽物」の頭を「いくら坑夫たちの棍棒で叩いても」、打ち倒されるのは「偽物」でしかなかったのだ――。「わ

(2) 一九五〇年六月二十五日に「朝鮮戦争」が始まった。その一ヵ月後の七月二十四日、GHQ(連合軍総司令部)は新聞協会代表に共産党員とその同調者の追放を勧告し、いわゆる「レッド・パージ」(アカ追放)が正式に始まった(前年の九月から、九州大学を皮切りに、諸大学で「赤色教授」に対する辞職勧告がなされ、またいくつかの県で教員定数条例を口実にした教員のレッド・パージが事実上進行していた)。パージは言論・教育の分野だけでなく、五〇年八月二十六日には電気産業で二一三七人、十月五日に化学工業で一四一〇人、十月十五日に石炭関係の二〇二〇人が解雇され、レッド・パージによる解雇は同年十二月十日までに民間二十四産業で一万〇九七二人に及んだ。

たしのなかの『長靴島』」は、その「偽者」であるわたしをあらためて問いなおす試みだった。

一九二六年五月に中国遼東半島の日本の租借地、「関東州」の旅順で生まれた井上光晴は、四歳のとき母と生別し、祖母と妹と一緒に内地へ帰った。七歳で佐賀県の伊万里から佐世保に移ったが、一九三八年夏、かれが十三歳のとき、生活困窮に迫られて長崎県の西彼杵《にしそのぎ》郡崎戸《さきと》町に渡り、祖母が崎戸炭鉱の寮の清掃婦として働くことになった。かれ自身は、高等小学校一年（現在の中学校一年）を終了したのち中退、大阪に出て製鋼所の見習工となったものの、失意のうちに一年たらずで島に帰り、崎戸二坑の繰込炭札《くりこみたんさつ》係、坑内道具方として働いた。繰込炭札係とは、入坑する坑夫に、繰込《くりこみば》場と呼ばれる坑道入口で、各自が掘った石炭の炭車（あるいは炭函）に付ける木の札を渡す係りである。坑内から送り出されてくる炭車に付いたこの炭札によって、賃銀の計算がなされる仕組みになっており、炭札はきびしく管理されていた。もちろん、この場合の炭札は、炭鉱で現金の代りをする炭鉱札の略称としての炭札ではない。坑夫は繰込場で炭札とともに、これもきびしく管理されている安全灯（ヘッドライト）を受け取る。安全灯係は若い女性であることも多かった。

井上光晴が「わたしのなかの『長靴島』」で「S海底炭鉱」と呼んでいるのが、この崎戸炭鉱であることは、あらためて言うまでもない。[3] そしてこの海底炭鉱の島――厳密には、蠣《かき》の浦、崎戸、御島の三島からなる――を、かれは、一九五三年六月号の『新日本文学』に発表した小説で、[4]「長靴島」と呼んでいたのだった。それから十年を経た長靴島の現実との対決は、もはや決定的な閉山、廃坑の道をたどるしかない炭鉱の現在にたいして、かつてそこで炭鉱労働者として働いたひとりの表現

（3）井上光晴の伝記的事項については、旺文社文庫版『たたかいの朝』（一九七四年二月、旺文社）収載の小坂部元秀編「年譜」、ゆりはじめ『井上光晴の世界』〈レグルス文庫〉（一九七二年八月、第三文明社）の「井上光晴年譜」に拠っている。

（4）小説「長靴島」は、井上光晴の最初の短篇集『書かれざる一章』（一九五六年八月、近代生活社）に収録された。前出の「わたしのなかの『長靴島』」は、エッセイと詩を集成した『幻影なき虚構』（一九六六年六月、勁草書房）に収載されている。（「井上光晴作品集」全三巻、「井上光晴新作品集」全五巻、「井上光晴第三作品集」全五巻、および「井上光晴長編小説全集」全一五巻への再録については、以下の註において言及しない。）

者が何をなしうるか、という問題と深くかかわっている。みずからの「文学」にとって「故郷」である海底炭鉱の島は、そこを起点として職業作家となったかれの一方的な思いと視線を、完膚なきまでに拒絶するのだ。「かつてわたしが繰込炭札係をしていた時、炭札をごまかしてやった高等小学校時代の上級生の掘進夫は、すきやきを炊いてわたしをもてなしてくれたが、宿泊だけは「フトンがない」という口実で、それこそいんぎんに拒絶したし、電工をやっていた同級生は、二級酒まで買ってきてまでなつかしがったが、「会社」のことに関しては、ついぞ心を開こうとしなかった。しかも私のだした手みやげ代りの謝礼は決して受取ろうとしないのだ。ちり紙に包んだ千円札を同級生の子供に渡した時、「こんなことはしなくても」といいながら笑顔で返された時ほどはずかしい思いをしたことはこれまでない。」

井上光晴にとっての長靴島は、いわば「下罪人」を――「タンコもん」や「ゴンゾウ」を、つまり石炭がたどる一生のあらゆる局面と結ばれている底辺の労働者たちを――文学表現はそもそも描くことができるのか、描く資格と権利が文学表現にあるのか、という詰問をもってかれに迫っているのである。

じつは、石炭とかかわる労働と生活の現場は、かれにたいしてだけでなく、それを描こうとするすべての表現者にたいして、この詰問を向けつづけてきたのだった。けれども、生産文学や戦意昂揚文学、あるいはルポルタージュ文学としてみずからを位置づけ、意義づけることによって、文学表現は、この詰問を回避しつづけたのである。いかに効果的に、いかに感動的に描くかが、石炭とかかわる文学表現にとってもまた、重要なテーマとなった。なぜそれを描くのか、そして、それをそのように描く人間が何者であるのかは、描く人間自身によってついに問われなかった。だ

『書かれざる一章』カバー

からこそ、翼賛体制下においても、石炭を描くなかでみずからの転向や翼賛を深く問いなおす作業は、ほとんどなされなかった。井上光晴は、炭鉱を描くことによって、炭鉱を描く人間みずからを――ひいてはまた炭鉱の現実と表現者自身との関係を――はじめて文学表現のテーマにしたのである。

もちろん、みずからを問うこの作業は、虚構《フィクション》として描かれるものである以上、作中人物がそのまま作者・井上光晴その人であることなどありえない。作中の出来事もまた現実のそれとそのまま同じではないだろう。だが、一九五三年四月に脱稿した短篇「長靴島」から、六三年七月号『文藝』に掲載された長篇『地の群れ』(5)に至るまでの、ちょうど十年間に発表された海底炭鉱島を舞台とする井上光晴の諸作品には、そこに描かれている主人公の体験やエピソードに、疑いもなく顕著な共通性が見られるのだ。しかも、その共通点を持つ体験やエピソードは、閉山と廃坑の道をいまたどっている炭鉱の現在と、二十数年前に作者自身がそこの一員として働いていた戦時下の「たたかう石炭」の生産現場とが、断絶した別の局面ではないことを、明らかにしていくのである。

井上光晴の長靴島は、炭鉱の歴史と関わる文学表現の作者自身をくりかえし問うための原点であるばかりではない。それはまた、すでに閉山と廃坑の道を歩み終えた石炭の歴史の現在にとってもまた、くりかえし立ち帰るべきひとつの原拠なのだ。この原拠は、そこから現在に向かっての起点であるだけではない。それは同時にまた、そこからさらに過去の時代へと遡行するまなざしにとっても、ひとつの原拠なのである。

（5）『地の群れ』は、一九六三年九月に単行本として河出書房新社から刊行された（Kawade Paperbacs 64）。

2　犯罪現場としての坑木置場

『書かれざる一章』、『トロッコと海鳥』[6]につづく三冊目の短篇集『ガダルカナル戦詩集』[7]が刊行されたとき、井上光晴は「坑木置場」と題する短篇を書き下ろしでこれに加えた。

　佐倉さんもその男に似とるね、戦争の一番ひどい時期に半年もかくまってもらって、終戦になっても影も形もあらわさなかったというんよ、その朝鮮人の娘は赤ん坊を抱いたまま、ずうーっと心あたりのところに手紙をだしてみたけど何にもいってこなかったんよ、戦争の時、警察に追われてかこわれていたんだから、そういう思想だから大体心あたりのところはわかっていたというけど、その娘は旅費がなかったからどうにもできなかった。そのうち、やっぱり朝鮮人の娘が思ったところに男はいたということがわかって連絡がついたけど、その日本人の男は名前をかえていて、戦時中の好意は感謝しているけど、自分にはそういうおぼえがないから、子供は自分のものとは思えないという手紙がきてね、それっきりになってしまったというんよ、昭和十九年の夏から暮まで戦争が一番ひどかった時に朝鮮人部落にかくまってもらって、その娘に子供まで生ませておきながら、しらんというんだからね。戦争に抵抗したとかなんとかいっても、何が抵抗よ、女をだましっ放しの抵抗なんかはうちはみとめんよ、何で特高に追われていたかしらんけど、どうせろくなことで逃げていたんじゃないでしょう、うちはそんな抵抗なんかみとめられん。それから、その男の手紙がきてから、その朝鮮人の娘はその手紙を焼き捨てて汽車に飛込んでしまった。だからその男の名前も何もわか

(6)『トロッコと海鳥』（一九五六年十月、三一書房。〈三一新書〉62。

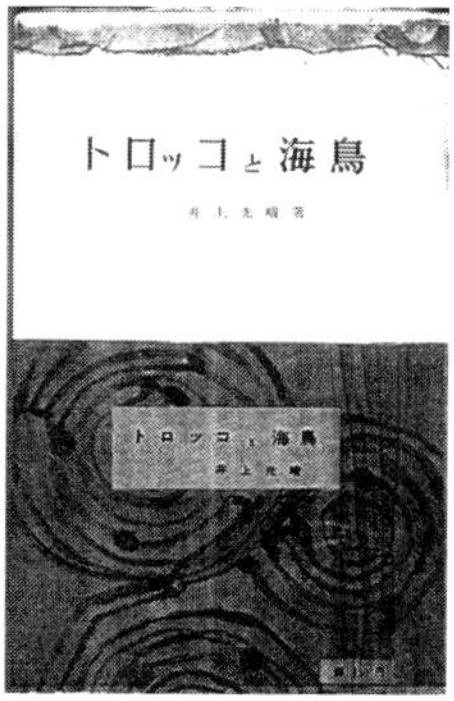

(7)『ガダルカナル戦詩集』（一九五九年三月、未来社）。

らん、子供だけが生きていまも大村の部落にいるというけど……。佐倉さんもちょうどその男に似とるね。

短篇「坑木置場」の冒頭は、村川省子のこの言葉で始まる。坑木置場とは、炭鉱の坑道や切羽で地圧によって下がってくる天井を支え落盤を防ぐために枠や支柱として使う坑木《こうぼく》と呼ばれる丸太を積んでおく場所である。この坑木置場を重要な舞台として展開する事件の二日前、佐倉博は港の岸壁で省子がこう言うのを聞いていたのである。いまそれを、佐倉は病院のベッドで意識を回復して思い起こしている。事件というのは、省子が鋏《はさみ》でかれの脇腹を刺し、つぎの瞬間、その鋏を自分の咽喉に突き立てたのだった。佐倉がまだ組合の専従(8)にならぬ以前、そのころ十九歳の省子を、彼は愛した。省子は、新制中学卒としては異例のことだったが、坑務部測量製図室に入って、選炭婦の母を助けていた。それから四年、組合専従の書記になって組合内での発言力を増し、女子職員や炭鉱病院の看護婦たちの関心を惹くようになったとき、かれは、村川省子の父が朝鮮人だったことを知らされたのである。かの女自身も、母からそのことをはじめて打ち明けられたのだった。「朝鮮人も日本人も同じ人間だよ」と口では言いながら、かれの心が完全に変わってしまったことを省子は知らされた。そしてかれは、それでもなおかの女との関係をずるずると続けていたのである。もちろん、結婚の意志など、かれにはもはやなかった。

面会謝絶の佐倉の病室に、かれと同じ組合書記の淵野が入ってくる。組合執行委員会は二つの対策案を出したという。一つは、会社の挑発で村川省子が佐倉を刺したことにする。さもなければ、説得中に突発的な発作で刺したものであって、絶

(8) 企業別あるいは産業別の労働組合は、企業や職場に雇用されている労働者によって構成されるが、組合には、企業・職場の従業員ではなくもっぱら労働組合の事務や運営の仕事に携わる組合職員を置くことができる。このような組合専属の職員を「専従」と呼ぶ。

対に心中ではないこと。どちらを選ぶかをいま相談して決めるのだというのである。警察は佐倉による殺人未遂という容疑で動きはじめており、しかも佐倉のカバンを押収していった。組合は、佐倉の立てたストライキ闘争の方針を組み替えることになる――。淵野がこの事件を最大限に利用して次期書記長の椅子の競り合いで佐倉を蹴落とそうとしていることは、明らかだった。作者は言及していないが、戦後民主主義の担い手のひとつとされた左翼労働組合も、そのダラ幹たち、労働組合貴族たちの本性《ほんしょう》は、かつて一九三〇年に戯曲『炭塵』で三好十郎が描いた同類たちと選ぶところはなかったのだ。労働組合書記の淵野が帰ったあと、佐倉はもうひとりの訪問者を迎える。村川省子の母だった。かの女は、かねて娘から佐倉に渡してくれと言われていた手記を届けにきたのである。それを読み終えたかれは、できるならのまないほうがよいと看護婦に言われている睡眠剤をのまずにはいられなかった。「あんたは自分の良心でものみこんでいるつもりかもしれないけど、本当はあんたは自分の腐れたエゴイズムをのみこんでいるんじゃないの」という村川省子の声を、かれは必死で打ち消そうとした。だが、かの女の手記の一行一行がかれの眠っていく脳髄をしめつけ、「彼の腐れたエゴイズムを生白いスクリーンにぐしゃっとたたきつぶすように映しだしていく」のである――

「彼を好きになった時、私はまだ父が朝鮮人だとはしらなかった。第二坑木置場で彼がいつか私にいったこと。妊娠だけは注意しとかんといかんよ。ひょっとしたら死ぬかも知れないと思うが決行する。眼を一生懸命つぶって、卑怯者の子を堕すのだと自分にいいきかせて坑木の上から逆落しにおちる。」……佐倉博を愛した時、私はまだ私の体の半分に朝鮮の血が流れていることをしらなかった。私は彼とずっと前にきたことがある坑木と坑木の間を通っていった。横倒しになったトロッコと引込線のある泥炭場に、一段高くなったレールが平べったく交錯して、私の足下に薄汚くまといついていた。わたしはまたそのまといつく影をおしのけるようにして第二坑木置場の闇の中に入り、それから急に誰か後をつけてくるような気がして古びた捲上機の側にしゃがんだ。／私はなるべくゆるい斜面に積んである坑木の一番端に注意深く足をかけた。右足と左足を動かすたびに、何か風のような鉛のような鈍い音が私の耳の遠くできこえた。「妊娠だけは注意せんといかんよ。君のメンスはいつだった」という佐倉博の声がきこえる。その卑怯者の声を思い出したことを何かひどくとり返しのつかぬような気分に襲われながら、私はまた坑木のスロープを匍らばうようにして上っていった。下腹のところがささくれだった坑木の杉皮と接触して、ほとんどギッギッという音をたてた。坑木の一番上は梯形になっていて、私はそこからまた、吃水線すれすれの限度まで砂利をふくらませた機帆船を、なんとなく私のようだと思って眺めた。／私はゆるゆると横ばいになり、ちょうど子供が滑り台を逆に滑るような姿勢で頭を坑木の斜面に向けて、一挙に足を蹴った。

〔……も原文のまま〕

戦時中に特高から逃げて朝鮮人部落にかくまわれた名前もわからぬ男と、愛人の父が朝鮮人だったことを知って心変わりする戦後の労働組合活動家とを結ぶものは、朝鮮人にたいする、朝鮮人女性にたいする、日本人の、日本人男性の、まったく同一の関係である。長靴島と対決する作者は、このような日本人としての、日本人男性としての、自分自身を問うことからしか、長靴島を描くことはできなかったのだ。なぜなら、名前もわからぬ卑怯な男と佐倉博とが朝鮮人部落の娘と朝鮮人を父に持った村川省子とのあいだに結んだ関係こそは、長靴島で、全国の炭鉱で、戦中も戦後も、日本人が朝鮮人にたいして結んだ関係だったからである。長靴島が、井上光晴というひとりの文学表現者にとっての原拠であるばかりでなく、石炭とかかわる文学表現にとっても避けることのできない原拠であるのは、日本人が朝鮮人と結んだ歴史的関係を、この虚構の炭鉱の島が初めて具象的に体現しているからにほかならない。

海底炭鉱の島を描いた最初の作品、「長靴島」（一九五三年四月）で井上光晴が向き合おうとしたのが、この関係だった。しかも、井上光晴がこの関係と向き合うのは、ルポライターやノンフィクション作者、あるいは歴史小説作家の視線によってではない。かれは、いまこの現実を生きる人間たちや、かつてそこでその現場を生きた人間たちのひとりとして、その関係を自分自身につきつけようとする。そのことは、中心人物たちのひとり、杉昭夫という十六歳の繰込場職員が、作者とほぼ同じ経歴の持ち主とされ、しかも人物や事件を追う物語の視線が、主としてその杉昭夫の視線と重なっていることからも、明らかだろう。

小説「長靴島」で描かれる事件は、繰込場での名前の呼び上げの場面から始まる。炭札を受け取って入坑するのに先立ち、だれがどの払いに割当てられるかが知らされるのである。「払い」とは、既述したように、「長壁《ちょうへき》式」と呼ばれる採炭方式での採炭壁面（切羽）のことで、狭い坑道を正面前方へと掘り進むのではなく、ときには数百メートルにも及ぶ長い採炭壁面を作って採掘するその作業現場を意味する。条件の良い払いが割当てられれば能率が上がるが、出水その他に悩まされる悪い払

一九五六年の井上光晴——『すばらしき人間群』（一九五六年一一月、近代生活社）より

いに当たれば、仕事は過酷となり出炭量は大幅に落ちることになる。もちろん、出炭量に応じて賃金に差が生じる。この炭鉱では「西二片払《にしにかたはらい》」がもっとも恐れられていた。李本三鎮《りもとさんちん》は、週に一度の繰込変更日をもう三度も待っていたのに、今度もまたその「西二片払」からの変更はなされなかった。坑夫たちから「ヤンバン」(両班)と呼ばれる労務課の主任、陣田に直訴したかれは、「李本、模範鮮人だと思ってつけ上がりすぎるとひどいぞ」と一喝された。両班とは、朝鮮の貴族階級を意味するが、このことばが炭鉱の管理職の呼び名として転用されていたのである。このことばにもまた、炭鉱における日本人と朝鮮人との関係が刻み込まれている。繰込炭札係の十六歳の杉昭夫は陣田の残忍さを憎んだが、かれにできることは李本三鎮に汚れていない新しい炭札を渡してやることくらいだった。安全灯をもらう順番の列に並ぶ李本を見て、「安全灯のべっぴん」と呼ばれている娘の芳英《ほうえい》は、父がまたも「地獄になった」ことを悟った。

「長靴島はS軍港から汽船で二時間の沖にあり、晴れた日には五島列島と東支那海がかすかに見えた。十月。長靴島には波と石炭と暖竹《だんじく》の風が吹いた。闇夜の晩には周囲二八キロのわずかなボタ土まじりの面積の中に、二万五千の坑夫とその家族たちが呻き、コークスの火柱が天に燃えた。」――この長靴島で、一九四一年十二月八日の直前に起こった小さな事件が、この物語の直接のテーマである。一方の側には「ヤンバン」たちである労務主任の陣田とその腰巾着の繰込係助手、そしてかれらの背後にある目に見えぬ巨大な長靴炭礦の機構。他方の側には李本三鎮と同じように生命そのものを陣田たちに握られている朝鮮人坑夫たち。この不動の構造のなかに、作者は二組の恋人たちを配置する。ひとつは、繰込炭札係の杉昭夫と、朝鮮納屋に住む安全灯のべっぴん、李本芳英の恋であり、もうひとつは、日本人坑夫の沼崎透と島の朝鮮人売春婦、余梨春《よりしゅん》との愛である。

半年ほど前、風呂場で知り合って、日曜ごとに杉昭夫に英語を教えていた沼崎透は、ある日、杉から「日本人が朝鮮人を好きになってはいけんでしょうか」と訊ねられた。近ごろ芳英がずっと欠勤しているのを杉は心配しているのである。自分にもかつてこういう時代があった、と沼崎は何とも言えぬ気持ちに襲われた。京城大学に在学していたころ、かれは真剣にひとりの朝鮮人の娘を愛した。ランプ工場に働いていたその娘との恋愛は、沼崎が大学を追われ、京城で民族解放運動にたずさわっていたときも続いた。東京連絡の途上、下関でかれが逮捕されたとき、特高の口から、その娘が身ごもっていたことを聞かされた。そのときすでに、娘は死んでいた。かれの行方を知るための拷問のすえだった。その娘の面影を、沼崎は長靴島の売春婦、余梨春に見た。「彼はこの一年来（余梨春を愛しはじめてから）もう一度本当の人間として生きたいと考えていた。余梨春への愛情をテコとして、崩壊への道をまっしぐらに驀進していく日本帝国主義の渦中で、同じく崩壊しつくした自分の最後のものを朝鮮人余梨春への愛に賭けていた。いわば余梨春との愛を完成させるそのことが、戦争と朝鮮民族隷属化に反対する、彼の残された最後の闘いであった。」（カッコ内も原文のまま）――若い杉は、沼崎が決して日本名で朝鮮人を呼ばないことに気付いていていた。自分が上司である陣田に頼んでもだめだった李本三鎮の「西二片払」からの交替が、ある日なぜか実現したとき、かれが沼崎にそれを告げると、沼崎は「おなじことだよ、朝鮮人がでてまた朝鮮人が入る、何人変っても地獄は地獄だ……」とつぶやいたのだった。きょう、沼崎のいる納屋、仰天寮を訪れた杉は、それがどういう意味かを訊ねたかったのだ。いつもは言葉を濁して淋しい笑いでごまかす沼崎が、この日は、「まるで腐れた坑木の代りに朝鮮人を枠にでも入れるように」酷使する炭鉱の現実について、初めて心を開いて語ってくれた。きょうのその沼崎には何でも話していいような気がした。

「しかし杉君、僕が今いったようなことをあまりしゃべらない方がいいよ」と沼崎がいった。

「ええ」と杉が答えた。その時、仰天寮の塀のむこうの道で、ジャン、ジャン、ジャンという鐘の音が鳴った。

「朝鮮ピーだ」と何の気なくいいかけて、杉ははっと息をのんだ。芳英と今聞いた沼崎の言葉を同時に思いだしたからである。そういう言葉をたとえ誤っても口にだすべきではなかった。

ジャン、ジャン、ジャンとまた鐘がひびいた。受銭の当日か、前日、朝鮮人の売春婦たちが行列して独身寮のある場所をねり歩くのであった。悲しみと痛苦をこめたたえがたい眼で、「杉君、窓をしめろ」と沼崎がいった。鐘はもう一度、情容赦もなくけたたましく鳴りわたった。

杉の恋人、芳英の欠勤は、父を「西二片払」から交替させてほしいと頼みにきたかの女を労務主任の陣田が強姦したことに起因していた。広まった噂を打ち消すために陣田が李本三鎮を再び「地獄」に戻したとき、沼崎はみずから李本と替わってそこに行くことを選ぶ。自分の犯罪が会社上部に知れるのを恐れた陣田は、先手を打って事件を起こす道があることに気づく。小説「長靴島」は、こうして結末を迎える。杉少年は本坑の警部補派出所に勾留され、沼崎の思想について訊問される。五日目に、芳英が面会にやってくる。安全灯係をやめて、労務課の世話で名古屋へ働きに行くことになったという。一週間後に杉が釈放されたとき、ねじまげて書かれたかれの調書は、沼崎透を逮捕する理由にそのまま結びついていた。一九四一年十二月三日、釧路を西南にとって輸送船団が寺島水道から出動していった朝、長靴島の上に共産主義者逮捕の噂が静かに流れはじめた。——小説にはもちろん書かれていないが、それは、対米英開戦の五日前のことである。

長靴島の現実と拮抗する二組の愛する男女、という構図は、「長靴島」から二年半ののちに発表された「トロッコと海島」[9]でもまた生かされている。ひとつは、夫が台湾海峡で船とともに沈んだという通知を受けて小学校六年の息子を選炭婦をして育てている樽あき子と、長靴島の対岸にある「キリシタン島」の炭坑からケツワリをして海を泳ぎ渡ってきた名郷玄吉との愛である。それと並行して、模範朝鮮人坑夫を父に持つ安全灯係の崔ツル子と、鴨緑江上流で反日パルチザン闘争をして日本軍の捕虜となり、この炭鉱に送られてきた鄭成伊との愛が描かれる。貞節であるべき「戦争未亡人」と、じつは政治犯だった日本人男性との愛は、ひとつの国辱にほかならない。そして、日本人にさえも食べられない米の飯の握り飯を朝鮮人の抗日捕虜に与えた（というのは、じつは米の握り飯などではなかったのだが）朝鮮人の娘は、まさに売国奴なのである。長靴島は、地獄のように劣悪な海底の坑道で朝鮮人坑夫たちを使い捨てたばかりではなかった。その同じ炭鉱に働く日本人の坑夫たちやその家族たちによって、かれらを、そしてかれらにわずかでも共感をいだく国

（9）「トロッコと海島」（一九五六年二月号『新日本文学』）。四篇の小説と三篇の評論からなる『トロッコと海島』（註6）に表題作として収められた。

辱的日本人を、包囲させ蹂躙させたのである。

「一に高島、二に端島、三に崎戸の鬼ガ島」――崎戸高島炭田と総称された長崎県の島々の炭鉱は、その劣悪で悲惨な労働条件のゆえに、こう言い伝えられていた。日本人にとってさえ鬼ガ島だった崎戸海底炭鉱が、「官斡旋」という名の強制連行や「自由徴募」の朝鮮人坑夫たちにとってどのようなものだったのか、同じ炭鉱に働く日本人との関係のなかでどのようなものだったのかを、井上光晴の小説は、日本の敗戦からすでに十年以上が過ぎていた時点で、微小な人間関係を凝視することによって、初めて具象的に描き出したのである。それは、そもそも炭鉱を描く自分とは何者なのかを問うた表現者によってしか、なされえない作業だったのだ。

3　石炭の歴史における「移入鮮人」の位置

井上光晴より一年後、一九二七年四月に植民地朝鮮の大邱で生まれた森崎和江もまた、炭鉱との関わりのなかで日本人と朝鮮人との歴史的関係を見つめなおした表現者である。かの女は、一九七二年八月号の雑誌『展望』に発表されたエッセイ、「白い太陽」[10]を、つぎのような一文で始めている。

炭坑節に「ひとやまふたやまみやま越え」という一節がある。このやまやまは本来は筑豊の香春岳の三つの峯をさしていると地元では言う。ここの石炭が世人に知られるようになったのは正徳二年（一七一二）という伝説があって、大雪の日ひとりの旅僧が山間で雪を避け枯枝で暖をとっている時に発見したと言われている。／けれども香春岳の中腹には香春神社があって、新羅《しらぎ》から渡来した神が祭

（10）森崎和江「白い太陽」（一九七二年八月号『展望』、筑摩書房）は、のちに森崎のエッセイ集『匪賊の笛』（一九七四年十一月、葦書房）に収められた。

られ、銅産神として知られているように、古くから採銅地なので燃える石の発見はもっと早かったにちがいない。／香春岳のふもとには今も採銅所という地名がある。和同開珎以下の銭や、東大寺の大仏や多くの銅鐘はここの銅によると記録されている。香春岳は今は中腹から山頂にかけてばっさりとえぐられて、地肌がしろしろとそびえている。セメント工業の石灰が採られつつあって、緑の丘陵の間に異様な風景である。この山の、まだ木立ふかい山肌に香春神社は建っているのだが、祭神は新羅の神、つまり古代朝鮮の神である。「豊前国風土記」には「昔者《むかし》、新羅の国の神、自ら度《(わた)》り到来《きた》りて、この河春に住みき、すなはち、名づけて鹿春の神といふ」とある。

「ひとやまふたやまみやま越え」に続く『炭坑節』の歌詞は、「奥に咲いたる八重つばき　なんぼ色よく咲いたとて　さまちゃんが通わにゃ　仇の花　サノヨイヨイ」である。「様ちゃん」とは、「わたしの良い人」という意味で、もちろんここでは男性の炭坑夫を女性が呼ぶ言いかただ。「八重つばき」には「紅つばき」、あるいは「八重つつじ」というヴァリエーションがあり、「さまちゃんが通わにゃ」には「さまちゃんが手折《たお》らにゃ」というヴァージョンもある。

香春岳（かわらだけ）は、筑豊炭田の中心地のひとつ、三井鉱山田川鉱業所の伊田坑を見下ろして聳えていた。「香春岳から見下ろせば　伊田の竪坑《たてこう》が真正面　六時下がりのさまちゃんが　ケージにもたれて思案顔　サノヨイヨイ」という歌詞もある。(11) 一番方《かた》として六時に入坑する様ちゃんが、坑内に坑夫を運ぶ昇降機《ケージ》にもたれて、きょうはスカブラしようか（サボろうか）と思案しているのである。「月が出た出た

（11）「香春岳から見下ろせば」以下の歌詞を、「瓦がけから見おろせば 板のたてこは真正面 十二時さがりの様ちゃんが けいじにもたれて思案顔 サノヨイ〱」と添付冊子に印刷したCDが発売されていることは、拙著『火野葦平論――［海外進出文学］論・第一部』（二〇〇〇年十二月、インパクト出版会）の第Ⅷ章「馬賊芸者と同胞たち」に記した。『炭坑節』についてはそこで詳述しているので、参照されたい。なお、筑豊炭田の歴史と生活との関わりで炭坑節を追跡研究したすぐれた資料に、深町純亮『炭坑節物語――歌いつぐヤマの歴史と人情』（一九九七年十一月、海鳥社）がある。

月が出た　うちのおやまの上に出た　あんまり煙突が高いので　さぞやお月さんけむたかろ　サノヨイヨイ」と歌われた伊田坑の高い煙突はそのまま現在も残されている。だが香春岳は、森崎和江の言うように、この山を形づくる石灰《せっかい》がセメント材料として乱掘された結果、いまでは見る影もない。香春岳を無残に破壊したセメント会社は、日本セメント（旧・浅野セメント）、三井セメント、麻生セメントの三社である。これらのうち、三井は周知のとおり田川伊田坑や三池炭鉱を始めとする有力炭鉱を全国で経営していた巨大財閥であり、麻生は、多数の朝鮮人労務者を酷使し使い棄てたことで有名な麻生炭鉱の系列会社だった。麻生炭鉱の創業者・麻生太吉の孫が、自民党の政治家として首相となった麻生太郎である。

　香春岳は破壊されても、香春岳にまつわる歴史は、生きつづける。それは、ケージにもたれる様ちゃんたちと、かれを待つ八重椿たちが生きてきた歴史であり、かれら、かの女らが忘却してきた歴史である。森崎和江はさらにこう述べている、「香春岳の近辺ばかりでなく福岡県は朝鮮半島に近いためか、遠い過去のみならずつい二十数年前まで朝鮮人は多かった。わけても炭坑である。その強制連行外に、山村の農家に朝鮮人は作男として住み込んでいた。おそらく私ら家族のように植民者として朝鮮に渡った者の紹介によって、その出身地へ送り込まれたのであろう。にほんの民衆の近代化と引きかえであった。／それは個人の生活をとおして行われた契約なので、行政的な強制連行のように目立つこともなく、ために全く意識化されてない。が民衆の心情の根のような部分に思いがけぬ深さで朝鮮人は生活していたのである。今は使われなくなっている牛小屋の上の荒壁のへやを見上げて心が屈折する。／朝鮮人作男を使う農民たちは、国家が要求したように彼らに日本との同化を

田川市役所より望む香春岳―かつて田川伊田坑の正面にそびえていた峰が石灰岩採掘のため台地状に変形してしまった（二〇一一年十二月二十六日、著者撮影）

要求しなかった。むしろ村落への同化をこばんだ。国家が日本の神と朝鮮の神とは兄弟神であることを古書をひもといて教えつつ神社参拝と天皇崇拝を要求したようにはゆかなかった。神々の共有をこばんだ。それは、村落共同体が排外的な閉鎖性と表裏しつつ機能することの延長として、きわめて自然である。〔……〕農婦の記憶には、夫婦がいさかうと夫が「この朝鮮人！」と妻を罵倒し、妻は「朝鮮人にもあんたよりましな男はいくらでん居る！」とやりかえしたことが残っている。この売りことばに買いことばは、作男を使った農民らの一般的な朝鮮人観であろう。」（傍点は引用者）

同じ森崎和江は、日本人民衆のなかに生きたもうひとつ別の朝鮮人観、「この朝鮮人！」という罵倒とは正反対の朝鮮人観についても記している。「白い太陽」の二年後、一九七四年六月号の雑誌『現代の眼』に発表された「からゆきさんが抱いた世界」[12]がそれである。森崎は、天草を始めとする九州の各地から石炭輸送船の船底に潜んで南方アジアの島々に身売りしていった「からゆきさん」たちの歴史について語るなかで、「私は幾人かのからゆきさんに会い、彼女たちが最後には「内地は好かん。内地人は心がせまいけん、なるべくつきあわんごとしとる」というのを聞いてきた」と述べるのだが、「おなごのしごと」として異郷に身を売ったそのからゆきさんたちと、九州の農村および炭鉱に生きる女たちとが、森崎のこの文章によってつぎのように結び合わされるのである。

さて、からゆきさんは貧農家庭の兄あるいは弟を「男にしてやりたくて」稼ぎに出ていた。男にしてやりたいとは、田畠を持つ農夫にしてやりたいということ

（12）森崎和江「からゆきさんが抱いた世界」（一九七四年六月号『現代の眼』）は、のちに森崎『匪賊の笛』（註10参照）、および池田浩士編『戦争責任と戦後責任』（〈コメンタール戦後50年〉第3巻。一九九五年六月、社会評論社）に収められている。

である。そして身を売りつつ借金を返しつつ、わずかな金を貯めては故郷へ送った。その売春の客には三種類あって、日本人、白人および華僑、そして原住民である。そのなかで、「土民がいちばん親切」という。その感想は、炭坑で女坑夫が「朝鮮人と組んだら安心だった。朝鮮人はけっしていやらしいことはせんから」と言ったことを思い出させる。暗黒の炭坑での仕事も、「おなごのしごと」的動向と無縁ではなく、よりよい切羽を得るための売春行為とか強要される行為は常で、女坑夫たちはそれを共働きのための性愛へと引きよせんとしつづけていた。そしてなお「朝鮮人はよかった」という感想を洩らす。

自由徴募にせよ強制連行にせよ、「内地移入」された特殊労務者たる朝鮮人たちと日本人たちとの間にこの二種類の関係が存在したことを、忘れるわけにはいかないだろう。井上光晴の小説の人物たちは、「朝鮮人はよかった」という感想を戦後もいだきつづける炭鉱の女たちとついに出会うことなく、もっぱら侮蔑的なもうひとつの朝鮮人観が瀰漫する現実を生き、みずからもその現実を体現することしかできなかったのである。そして、こちらの朝鮮人観こそは、いわゆる「自由徴募」の欺瞞と「官斡旋」という名の強制連行とを根底において支える日本人の確信でもあったのだ。

前章で言及した前田一の『特殊労務者の労務管理』[13]は、全二五八ページのほぼ三分の二を占める「前篇　鮮人」で、十九世紀末以来の日本内地への朝鮮人労務者の渡航に関する歴史を詳述し、現時点での「官斡旋」の実施状況を事細かく検討したうえで、最後に「使用体験者はいふ」という章を設けて、「炭礦坑内作業に鮮人を使用した体験者の感想」を紹介している。この感想の聴取は一九三九年秋とされてい

（13）前田一『特殊労務者の労務管理』については、三九五ページの註（20）参照。

るが、これはちょうど、朝鮮人内地移入に関する日本政府の方針が根本的に転換された時期に当たっていた。それまで基本的に維持されてきた朝鮮人労働者移入制限から、積極的な移入へと変更され、一九三九年七月二十八日付の内務・厚生両次官名による「朝鮮人炭礦労働者移入」についての「依命通牒」にしたがって、翌四〇年三月までに計二万七千名あまりの朝鮮人労働者が四次にわたって内地の炭鉱へ送り込まれることになったのである。これは、支那事変の長期化に伴う必要と、さらには対米英戦を視野に入れたいわゆる「物資動員計画」（物動計画）を実行するために、「労働動員計画」が緊急課題となり、「鮮人労務者の重点産業への移入充用」が政府によって決定されたためだった。そして、このとき二年契約で移入された朝鮮人労働者の契約期間が満了を迎えた時期が、ちょうど対米英戦開始の前後に当たっていた——というのが、歴史の脈絡だった。その結果、それまで基本的に「自由徴募」の建前を取っていた方式に代わる新たな募集形式として一九四二年二月二十日から実施されたのが、「鮮人内地移入斡旋要綱」に基づくいわゆる「官斡旋」方式、事実上の強制連行だったのだ。募集主体である「朝鮮労務協会」は、四一年六月に設立され、朝鮮総督府内に本部を、道庁内に支部を、府郡島に分会を置いていた。——一九三九年秋に聴取された使用体験者の感想を四三年一月刊行の自著に収載したとき、前田一は、「片言隻句の中にも、労務管理上示唆せられるものが甚だ多いから採録することにした」との註釈を付している。「労働動員計画」から「官斡旋」に至る国策によって移入された多数の朝鮮人を使役するうえで、将来的にも示唆に富んでいる、と考えたのである。いまあらためてこれらを熟読するとき、いっけん瑣末で迂遠な感想のように思われるものからも、炭鉱の現場における日本人の朝鮮人にたいする評価と感情と態度、さらには日本人と朝鮮人との関係のありかたが、暗示的に浮かび上がってくるだろう。煩を厭わず全項目を引用しておこう。（カッコ内も原文のまま。ただしカッコでくくった振りがなは引用者による。）

（1）早退防止には上添（うはぞえ）・下添（したぞえ）（坑道の部分的名称で、作業場の出入口に当る）に看視者を置くと効果的だ。
（2）懐柔・親切・同情も度を過すと悪結果を招くことが多い。
（3）作業用語・生活用語集のパンフレットを作り、各人に配布されたい。
（4）動作敏捷を欠き入坑時間に遅れて困る。
（5）早退者・怠惰者を戒めるには、賃金カードを裂く真似をして賃金を与へぬことを示すと効果的だ。
（6）班長・通訳の人選粗漏の嫌ひあり、この良否は作業上甚大の影響がある。
（7）時間に構はず弁当を食ひ、定食時に人の弁当を盗み、空箱を打棄てるので、盗まれた者は翌日の弁当〔弁当箱＝引用者註〕に困る。
（8）戸籍と実際の年齢と相違するもの多数あり、且《かつ》難解の名前多き故《ゆえ》鑑札に振仮名を付することを要す。
（9）仕事の小休時などに、故郷のことどもを話題にし話しかけることは相互の親しみを濃厚にする。
（10）〝私刑〟は絶対加へぬこと、加害者の犠牲くらゐで償はれぬ結果を招来することがあるから注意せよ。
（11）作業終了後、その稼働振り、能率上の講評をし、良き点は努めて褒めるがよい。

『特殊労務者の労務管理』カバー

(12) 同僚の者が悪いと認めた者は少々たしなめても誰も騒がない。
(13) 同郷の者や友人同士は結束して勝手な真似をなしがちである。
(14) 日本語とか日本人とか〝日本〟といふ言葉より国語又は内地人といふ方が感情を刺戟しない。
(15) 威圧と温情とをもつて半島人を統率する力のある係員が1名くらい現場に必要だ。
(16) 坑内禁制品を携帯する者が多いから、現場で不時捜検を励行すると効果的だ。
(17) 水漏り現場では合羽を、石掘現場〔石炭採掘現場＝引用者註〕ではマスクを使用させると効率的だ。
(18) 何辺《なんべん》も繰返して教へることが肝要である。
(19) 半島人の忌避するニキビシバラ（不倫行為）、イヌモセキ（馬鹿）、ナツプサロメ（悪人）等の言葉を慎しむこと。同時にタンシ（貴下）と呼べば大概機嫌の良い返事をする。
(20) 若い班長は統制力に乏しい。班長に腕章を付けさすと監督と間違へて仕事をせぬ者がある。
(21) 弁当を忘れて来た時など自分のを与へると非常に恩義を感ずる。一寸したことで彼等は服従する。
(22) 民族的侮辱感を与へる言語、例へば〝朝鮮は亡国だ〟などは絶対にいはぬこと。
(23) 年齢が若いから将来の熟練に望みがもてるが、二ケ年で帰ると思ふと失望する。
(24) 自発的に仕事をしたり、他人の分まで手伝ふといふ者が尠《すくな》い。
(25) 〝鉄管接ぎ〟の如き穢い場所での仕事も平気でやるところは偉い。

(26) 訓練中といへども時間延長の場合は歩増《ぶまし》するのが妥当である。班長の賃金は少し増すべきだ。
(27) 訓練中は定賃金なる故、骨の折れる仕事や余分な仕事を忌避する。
(28) 歩増・歩引の場合は克《よ》く説明して納得させないとうるさい。
(29) 経験によれば、賃金の比率は採炭10、掘進9、充填8・5、支柱8、その他7が妥当である。
(30) 訓練中は遊んでゐても必ず賃金が貰へると思つてゐるものが多い。
(31) 賃金統制令の趣旨を労務係からよく徹底させないと現場で困ることがある。
(32) 内地人坑夫の態度は温順・親切になつた。稼ぐ鮮人には好きさうな弁当のお菜を持つてきて与へるものもある。
(33) 内地人先山は苦労が多いので、鮮人の後山を悦ばぬ風がある。
(34) 鮮人の数が多く、内地人が鮮人の短所に感化されはしないかを惧《おそ》れる。
(35) 内地人なるが故に故意に反抗的気勢を示す鮮人もある。
(36) 募集地での説明と、山元の就業条件に相違を訴へる者が多い。
(37) 半島人日誌を作成して現場と労務と連絡をとると効果的である。

一九四二年二月に始まる「官斡旋」という名の強制連行では、炭鉱その他での現場労働に就く前に訓練が行なわれることになっていた。前田一の『特殊労務者の労務管理』は、この訓練についてきわめて詳細に論述している。それによれば、「鮮人労務者に対する訓練」は大別して以下の九種にわたっていた。――(1)朝鮮現地訓練、(2)就労地到着訓練、(3)皇民訓練、(4)国語訓練、(5)作業訓練、(6)生活

訓練、（7）体錬、（8）就労後の再訓練、（9）不良者特別訓練。

朝鮮現地訓練は、「輸送途中の規律を確立し、逃走を防止し、就業地到着後の訓練を円滑に進捗せしむるために」なされるものだが、「現地訓練に於て第一に教ふべきことは、皇国臣民たるの自覚を喚起せしめ」ることとされている。そのために「皇国臣民ノ誓詞」を朗誦させ、「内地渡航の使命の何物たるかを理解せしめ」なければならなかった。「一、我等ハ皇国臣民ナリ忠誠ヲ以テ君国ニ報ゼン。／一、我等皇国臣民ハ互ニ信愛協力シ以テ団結ヲ固クセン。／一、我等皇国臣民ハ忍苦鍛錬力ヲ養ヒ以テ皇道ヲ宣揚セン。」――この「皇国臣民ノ誓詞」は、内地に着いてからもあらゆる生活と労働の現場で朝鮮人を縛り続けることになる。各種訓練はもちろんこの「誓詞」の文言を肉体と精神に叩き込むためになされるものだったが、なかでも「誓詞」と直結するのが、「皇民訓練」だった。前田が引用している「皇民訓練指導要項並に注意」によれば、指導項目は「皇大神宮」に始まって「天皇陛下」、「大日本帝国」、「忠君愛国」、「朋友」、「質素・物資愛護」、「精励恪勤《せいれいかっきん》」、「責任観念」、「克己」、「正直・沈着・非常訓練」、「強健・協力」、「時局認識と臣道実践」に及んでいる。これらを裏面から見れば、日本人労務担当者たちが強制連行された朝鮮人たちに何が欠けていると認識していたかを、これらの項目は如実に物語っていると言えよう。たとえば「天皇陛下」の項目の「指導要項」はこうなっている、「（1）天皇陛下は天照大神の御心を御心としてわが国を統治し給ふ。（2）天皇陛下は国民を赤子《せきし》として慈しみ給ふ。（3）国民は　天皇陛下を現神《あきつかみ》として又大御親《おおみおや》として仰ぎ奉る。（4）わが国は皇室を大宗家《そうけ》として仰ぎ奉る。（5）御歴代天皇の御聖徳。（6）皇室に関する御言葉遣ひ並に最敬礼の実習。」――同じ項目の「指導上の注意」はこう記されている、「(1) 一視同仁の御聖旨を強調して　天皇陛下の御仁慈を奉戴せしむること。(2) 御聖徳について多くの御事例を講話して感得せしむること。(3) 毎朝宮城《きゅうじょう》遥拝を実行すること。」

その当時、文章中に「天皇」または「天皇陛下」という語が出てくる場合には、それが文頭や行頭でないかぎり、その後の上を一字分あけて印刷するのがつねだった。天皇の頭上に何かがあるというのは不敬にあたるからである。前田一のこの『特殊労務者の労務管理』は当時としてはめずらしく横書きの本だったが、それでも前田は「天皇」の前を一字分あけている。かれが朝鮮人労務者に何を要求していたのかを、このこともまた物語っているだろう。――いずれにせよ、このように移入され、各地の炭鉱に送られた朝鮮人は、前田一が記しているように、「人々が唖然として続次移入の鮮人を受入れてゐる間に、その割合はいつの間にか4割となり、5割となり、甚だしきは8割に達するものさへ現れた」のだった。これらは極端な例だったとしても、では、戦時下の日本内地の炭鉱において、朝鮮人はじっさいにはどのような比率を占めていたのだろうか？――それを物語るデータが、戦後十三年を経て北海道炭礦汽船株式会社によって刊行された『石炭国家統制史』[14]に採録されている。敗戦直後の一九四五年十二月に設置された石炭庁および業界団体である石炭鉱業会の資料に基づく「戦時中における炭鉱労務者数の地区別構成別累年表」がそれだが、ここではその表のうち北海道、九州に関する数値と全国の合計とを示しておこ

戦時中における炭鉱労務者数の地区別構成別累年表

	年度別	(17年3月末) 16年度		(18年3月末) 17年度		(19年3月末) 18年度		(19年9月末) 19年度		(20年6月末) 20年度		(21年6月末) 21年度	
地区別	労働者別	労働者数 人	割合 %	労働者数 人	割合 %	労働者数 人	割合 %	労働者数 人	割合 %	労働者数 人	割合 %	労働者数 人	割合 %
北海道	一般	49,183	−	51,147	−	45,626	−	41,833	−	44,841	−	64,074	−
	短期	500	−	936	−	4,360	−	6,600	−	4,214	−	27	−
	朝鮮人	17,057	−	28,886	−	35,884	−	35,209	−	37,171	−	−	−
	俘虜	−	−	−	−	−	−	−	−	941	−	−	−
	中国人	−	−	−	−	−	−	407	−	3,079	−	−	−
	合計	66,740		80,969		85,870		84,049		90,246		64,101	
九州	一般	149,274	−	166,121	−	152,230	−	145.889	−	141,975	−	194,044	−
	短期	6,900	−	10,107	−	15,111	−	21,986	−	15,171	−	646	−
	朝鮮人	21,552	−	56,756	−	70,068	−	74,736	−	69,207	−	−	−
	俘虜	−	−	−	−	2,373	−	4,083	−	6,399	−	−	−
	中国人	−	−	−	−	541	−	3,018	−	5,800	−	−	−
	合計	177,726		232,987		240,323		249,712		238,552		194,690	
合計	一般	234,541	(81.8)	239,638	(69.3)	241,860	(61.6)	230,748	(57.5)	232,555	(58.6)	315,829	(99.7)
	短期	8,198	(2.8)	13,064	(3.5)	22,571	(5.8)	32,804	(8.2)	21,336	(5.4)	883	(0.3)
	朝鮮人	44,067	(15.4)	102,061	(27.2)	124,131	(31.6)	128,146	(31.9)	124,025	(31.3)	−	−
	俘虜	−	−	−	−	3,279	(1.0)	6,131	(1.5)	9,719	(2.4)	−	−
	中国人	−	−	−	−	541	−	3,703	(0.9)	9,077	(2.3)	−	−
	合計	286,806	(100.0)	286,806	(100.0)	392,382	(100.0)	401,534	(100.0)	396,712	(100.0)	316,712	(100.0)

う。（「短期」とは、徴用、学徒動員、応援隊、報国隊など臨時労務者を指す。また朝鮮人には既住朝鮮人を含む。なお、北海道、九州の「労務者数」が全国合計に占めるパーセンテージは、煩を避けて省略した。）

この表に示されているとおり、一九四四年（昭和十九年）九月末における全国合計欄の朝鮮人の人数、一二万八一四六人は、全国の炭鉱労働者総数の三一・九％に相当する。また、敗戦直前の一九四五年六月末の北海道においては、炭鉱労働者のじつに四一・二％が朝鮮人だったのである。

一九四二年二月に施行された「鮮人内地移入斡旋要綱」（官斡旋要綱）は、「第一　通則」の四で「本要綱ニ依リ斡旋スル朝鮮人労務者ノ出動期間ハ原則トシテ二ケ年トスルモノトス」と定めていた。その一方で、「第七　移動ニ関スル措置」の一は、「出動期間満了後尚《ナオ》引続キ従業セシムル必要アルトキハ希望アルモノニ限リ其ノ出動期間ノ延長ヲ認メ得ルモノトス」としていた。本人の希望が前提とされているが、じっさいには、労働力の不足がますます深刻化するなかで、出動期間はほとんど強制的に延長されたのである。ところが、その強制も、強制連行が「官斡旋」と呼ばれたのと同じように、朝鮮人側の積極的な自発的「再契約」の「嘆願」という形式でなされたのだった。前田はその著書に、「再契約」を申請するさいの書類（「願書」）の書式を掲載している。

願書（鮮語併用）

時局重大の秋私達は石炭鑛業が如何に働き甲斐のある仕事であるかを痛感して一

（14）北海道炭礦汽船株式会社『石炭国家統制史』（非売品。一九五八年七月、編集人＝根津知好、発行人＝初見成、発行所＝財団法人・日本経済研究所）。

昨年この地に参りました。その当時は内地の生活や言葉にも何となく不安でしたが、絶えぬ労務係員、協和会の方々の御指導によつてさうした事もなくだんだん仕事も覚え生活も楽しく早くも1年半となりました。皆様が私達に与へて下さいましたこの間の御好意と御努力を無にすることは出来ません。私共は今では仕事にも生活にも慣れましたので、これからが真個に御国のためになる時であります。私達も立派な皇国臣民です。東亜の指導者日本の国民として臣道を実践することはこれ実にこの儘今の職場に真剣に御奉公を続けることでありませう。これが又日常私達を指導して下さつた係員皆様の御趣旨に副ふものと思ひます。茲に赤誠を披瀝して契約を更新し引続き職域奉公の出来ますやうに御取計ひ下さいますことを嘆願致します。

昭和17年〇月〇日

第〇協和寮　氏　名　㊞

〇〇鑛業所労務課長殿

だがしかし、現実には、二年間の「契約期間」終了を前にして「再契約」が「嘆願」される以前に、大日本帝国とその国策企業たる石炭業界は、「移入鮮人」もしくは「鮮人労務者」の多くを失っていたのである。石炭業界の労務担当を事実上代表して『特殊労務者の労務管理』を著した前田一は、その「第4章　作業面に於ける鮮人」、「第1節　移動」の冒頭で、注目すべきひとつのデータを掲出せざるをえなかった。それは、一九三九年七月の「労働動員計画」にもとづく「鮮人労務者の重点産業への移入充用」によって同年十月に移入され、各地の炭鉱に送られた朝鮮人労務者が、三年後にどうなったかを示すデータにほかならない。

移入朝鮮人労務者異動調（昭和17年10月末日現在）

地方別	移入数	減耗歩合					差引十月（ママ）末日現在歩合
		逃走	病気送還	満期帰鮮	死亡	其他	
福岡	―	四四・〇%	三・五%	三・四%	〇・五%	六・九%	四一・七%
常磐	―	三四・二	九・六	一一・六	〇・八	二・八	四一・〇
札幌	―	一五・六	四・五	一五・八	二・一	二・五	五九・五
合計	―	三五・六	四・三	七・三	〇・九	五・五	四六・四

（備考）本調査は昭和14年10月以降昭和17年10月末に至る石炭鑛業の移入総数に対する動態とす

〔%を現わす横書きの算用数字を縦書きの漢数字に変えた。〕

札幌（つまり北海道の炭鉱）を除いて、移入朝鮮人のじつに半数以上、六割近くが「減耗」していたのだった。しかも、これまた札幌を除いて、移入数の三分の一、福岡では半数近くが、「逃走」によって失われたのである。「備考」に記されているとおり、この数値の母数には調査の直前に移入された人びとまで含んでいるので、一定期間についての実際の数値はもっと高くなると考えられる。いずれにせよ、このデータについて、前田はこう記さねばならなかったのである、「鮮人移動の状況は、次の表の如く、昭和14年10月移入当初より三ケ年間に於て約半数以上を失つてゐる。この間満期帰鮮せる者は僅に7分3厘であり、3割5分6厘が逃走によるものであることは驚くべき事実である。逃走の最も甚だしきは福岡地方の44％　次いで常磐地方の34・2％　札幌地方は割合に落着きを示して15・6％となつてゐる。」――これは、労務管理の担当者にとっては由々しき問題だったに違いない。前田は、逃走の原因を、「渡航前より逃走の意志を有するもの及び本来稼働の意志なきもの」と「就労後次の如き事由により逃走の機運を醸成したるもの」との二種に大別し、後者について、「募集条件の相違による不満」、「賃金作業時間に対する不満」、「坑内作業の重労働なるため他に安易なる職を求めて」、「食糧問題（規制米に満腹感を得ずとして）」、「郷里の妻子より呼戻通信又は家庭の都合によるもの」など、十六項目の原因を推測している。だが、逃走防止策としてかれが提示しえたのは、つぎのような諸点にすぎなかった、「応募地に於ける郡当局・警察署の身元調査の完璧を期すると共に時局認識を徹底せしめ、産業戦士の重要性を強調し、応募者にして途中若く《もし》は就業地着山後逃走したる者に対しては、相当の処分をなす旨地元署長の訓示を要望し、この種の渡航者を阻止すること」、「募集地に於て少くとも3日間位は精神・行動の両面から現地訓練を行ひ素質の向上に努むること」、「港出発前警察署の協力を得て携帯荷物及び身体検査を行ふこと。計画的逃走をなす渡航者の多くは所持の手帳に下車駅、行先、氏名等を記帳しをるか、若くは往復文書の封筒等を所持しゐるを通例とす」、「着山後に於ては彼等の往復文書・往復先等につきては常に注意を払ひ、逃走の事前発見に努め適当の処置をなす」、「移入連送途中、ブローカー等が列車内に潜入し悪宣伝を行ひ、又は紙片に〝炭坑行は危険。他に安全なる仕事あり。○○駅にて待つ逃走せよ〟等の文字を記入したるものを窓より投入し誘拐する等の事実あるにつき、保護連送人は万全の注意を要すること」。

筑豊炭田地帯で炭鉱夫の逃走を意味する「ケツワリ」という語は「ケッチョガリ」という朝鮮語から来ている――というのが、上野英信の説だった。その説を裏付けるかのように、大東亜戦争下の日本で、この地に「移入」された朝鮮人たちは、失敗して捕縛されたときの生命の危険にもかかわらず、これだけ多くの逃走によって「皇国臣民」への拒否を実践したのである。そして、決行されたこれらの逃走の陰には、実行されぬまま胸中で生き続けねばならなかったさらに多くの未遂の逃走があっただろう。井上光晴の人物である日本人たちが関係を結んだのは、これらの朝鮮人たちだったのだ。戦時下の時代でも、戦後の時代でも、このことに変わりはない。

4 『地の群れ』の戦中・戦後

井上光晴の長靴島である崎戸島の炭鉱は、大東亜戦争の戦時下にこの国家社会を支えただけではなかった。戦後もまた日本の石炭産業を支えつづけた。ある探訪記《レポート》は、敗戦から四年を経た一九四九年夏の三菱鑛業崎戸鑛業所について、つぎのように伝えている。

> 船から下りた所が山の麓のような所で、鑛業所の事務所へはすぐ坂を登らなければならない。否事務所だけでは無い鑛業所の住宅其他一切の設備が此の坂の上に在るのだから船から下りた人達は全部ゾロ〱と登つていく、私達もそれ等の人達について坂を登つて行くと右手に事務所が在る。／昭和十八年に一二六万噸も出炭した大炭鑛の事務所とも思えない小じんまりとした建物である。炭礦は必ずしも事務所が立派だからと云つて石炭が沢山出る訳では無いから決して恥には

崎戸炭鉱の選炭場と積込場（閉山後の写真）。次ページの写真とも、林えいだい『清算されない昭和』(No.370)より

ならない。〔……〕島の大きさは蠣浦、崎戸、御島三つを合せて百四十万坪〔約四六〇ヘクタール＝引用者註〕で人口二万人であるが、その六割一万二千名は炭礦関係者である〔……〕。兵庫所長は自ら鑛業所内の案内をされたが、こゝに私が一番感心したことは職員は勿論のこと礦員〔坑夫のこと＝引用者註〕に至るまで、行交う人達は皆丁寧に頭を下げて挨拶して通ることである。私は戦後北海道の炭礦を始め全国至る処の炭礦を見て廻つたが、炭礦上役と出会つても知らん顔をし〔て〕通る礦員が多い。之は炭礦に限らず一般社会の道義の頽廃したものとして慨嘆禁じ得ないものがあつたが、崎戸鑛業所全員の此の正しく守られたあの節度には心から頭の下る思いであつた。所長の話によると賃銀其他で団体交渉の時には君僕と互角の言葉を使うけれ共、一度個人に帰ると礼儀正しく上下の区別を明かにすると云うのであつた。私は此の礼儀こそ労使一致協力の源をなすものとして将来の増産に最も必要な第一要件だと考えている。必ずや崎戸鑛業所は能率増進の範を示されるよう大いに期待をかけている。（久保山雄三『炭砿めぐり――九州の巻』[15]）

戦時中の一九四三年における崎戸炭鉱の出炭量、一二六万トンというのは、同じ年の全国（内地）の総出炭量五五五三万九〇〇〇トンの二・三％に当たる。これは、ひとつの島の海底炭鉱の数値としては、驚くべき高さである。同じ年、「二に端島」と称された別名「軍艦島」の端島《はしま》では、崎戸島の約半分の六四万五〇〇〇トンを出炭していた。戦後の一九四九年に一万六〇〇〇人だった崎戸の「炭礦関係者」は、「長靴島」で井上光晴が書いているところによれば、一九四一年の時点で二万五〇〇〇の「坑夫とその家族」を擁していた。統計によれば、一九四二年六月の島における

崎戸島の港にあった労務係の見張所

(15) 久保山雄三『炭砿めぐり――九州の巻』（一九五〇年七月、公論社）、久保山には、これの姉妹篇、『炭砿めぐり――北海道の巻』（一九四九年一月、公論社）のほか、B5判八三七ページの大著『石炭大観』（一九四二年六月、公論社）や、『石炭鑛業発達史』（四二年十一月、公論社）、『炭礦の知識』（四八年三月、公論社）など、戦中から戦後にかけての炭鉱と石炭についてのスタンダード・ワークや入門書がある。なお、これらの版元である公論社は、「久保山石炭研究所」の出版部門でもあった。

朝鮮人坑夫の数は一三四四人だった。これらの朝鮮人坑夫たちが、そしてその家族たちが、「ヤンバン」である日本人管理職とのあいだにどのような「節度」と「礼儀」の関係を結んでいたか、戦後のルポルタージュからはその現実はすべて消失している。

だが、戦時中の現実があたかも存在しなかったかのように消失しただけではなかったのだ。戦後の眼前の現実もまた、存在しないかのように消し去られるのである。すでに一九六〇年の反安保闘争も過去のものとなろうとしていた六三年夏、井上光晴が長篇『地の群れ』[16]で問おうとしたのが、眼前の現実のこの消失だった。

長崎市のある町で診療所を開いている宇南親雄もまた、短篇「長靴島」の杉少年と同じように、四歳の時に母と別れ、数え十六歳で「戸島海底炭鉱」に働いた過去を持っている。他の諸作品で「長靴島」と呼ばれるその島は、「飢える故郷」とこの『地の群れ』では「戸島」と呼ばれる。戦時中のある日、この島の坑木置場で、かれは朝鮮人の安全灯婦、朱宝子と肉体関係を結んだのだった。そして、朝鮮人とのその関係が明らかになれば自分の出世にとって致命的な障害となる、と考えたかれは、朱宝子を裏切り、妹を案じるかの女の姉をも踏みにじったのである。戦争末期に満洲から帰った宇南の父は、連れてきた二人の女性とともに、八月九日の原爆で死んだ。こうして敗戦を迎えた宇南は、やがて医師となって、戦時中をどこかに置いてきたかのような新しい生活に入っていく。だが、その生活は、じつは多くの翳をともなっている。宇南は、戦時中だけでなくその現在の生活をも直視しえないままに生きている。

妻の英子は、かつて日本共産党が一九五〇年前後に展開した「山村工作隊」運動のなかで恋人が餓死したあと、その同志だった宇南と結婚したのだが、子供を産む

（16）註5参照。

ことを宇南が許さぬために何度も中絶を重ねたすえ、今度こそは宇南と別れてでも産もうと決心しはじめている。宇南の祖母で八十九歳になるアマネは、臓物売りの津山金代と親しくしている。金代は、息子が原爆で生死不明となったあと、当時三歳だった孫の信夫を育ててきて、被爆者たちが集まってつくった「海塔新田」という集落に信夫とともに住んでいる。今では十代後半となった信夫は、被爆の象徴である浦上天主堂の残骸が取り壊されることになったとき、壊れたマリア像の首を盗んで破壊した容疑で警察に拘引され、さらに被差別部落の娘、福地徳子にたいする強姦容疑でも取り調べを受ける。徳子の父は、戦時中に徴用され、そこで部落民にたいする差別を怒って乱闘となったとき、持っていた皮切り包丁で傷ついて死んだのである。

ある日、宇南親雄は、娘の初潮の血が止まらなくなったというので往診の依頼を受ける。患者は海塔新田の住人、家弓光子の娘・安子だった。年齢からすれば原爆から三年たって生まれたのである。母の光子は、原爆が落ちたとき自分は佐賀にいたから娘が原爆症であるはずはないと頑強に言い張る。だが、症状はどう見ても原爆症としか考えられない。あのとき長崎にいて被爆したということになれば、娘の将来はなくなるのだ。福地徳子の被差別部落とまた別の意味で、被爆者の海塔新田は差別的な眼によって包囲されている。徳子は、暗闇で自分を強姦した男がこの夏の季節に手袋をはめていたことを手がかりにして、海塔新田の宮地真という一青年を突き止め、津山信夫に宮地の家を教えてもらって、単身、その家に乗り込んでいく。その青年が夏でも手袋をはめていたのは、明示的には書かれていないが、もちろん原爆によるケロイドを隠すためである。——事件は、娘のあとを追っていった母の

『地の群れ』表紙・帯——この上に透明のビニール・カバーがかけられている

福地松子が徴用中に殺された夫と同じ運命をたどる、という結末で終わる。加害者・宮地真の家の周囲では、被差別部落のものが乗り込んできたことを知った海塔新田の被爆者住人たちが、闇の中で松子を取り巻いていたのだ。

> 　夜掘人でもいるのか、黒い川のような海のむこうに、ゆっくり動きながら明滅する明りを背にして、「中に入れなさいよ。外では話もできんよ」と、福地松子は圧し殺した声でいった。
>
> 「なんのためにあんたを家の中に入れにゃいかんとね。この夜更けにつきあいもなか人を家に入れるわけにはいかんよ」真《まこと》の父親の重夫は、ついさっき福地徳子を追い出した戸口の前で立ちはだかった。〔……〕
>
> 口の中にいっぱい泡をためながら、福地松子は、海塔新田の家々の戸口を叩きあけるような声をだした。
>
> 　しかし、もう人々は遠くから二人をとりまいていたのだ。ひそひそした話し声があちこちからきこえるようになり、「強姦」というその中の、ひとつのささやきが宮地重夫の耳に入ったとき、彼はいきり立った。
>
> 「実際、娘も娘なら、親も親だ。いきなり何の関係もない家に、強姦したとかなんとかいうて怒鳴り込んできて、やっぱり部落のもんはどこかちがうねえ」
>
> 「部落のもん……」福地松子は最初、殆ど聞きとれぬぐらいの低い声で、それを反唱した。
>
> 「部落のもん……」彼女はいった。「そいじゃ、部落のもんと知っとって娘を疵ものにしたとたいねえ……」彼女は自分にいいきかせるようにまたいった。

この地方で「貝が啼いとる」といわれる、干潮の流れる音までがきこえてくるような深い沈黙が、一瞬あたりを支配し、その沈黙に耐えきれなくなって、闇の中の人々の吐く息がふたたび、ざわざわと揺れはじめたとき、福地松子の黒い何かをしぼり取るような声が、あたりを切った。

「あんたは、この海塔新田が世間でなんといわれとるか知っとるとね。知らんことはなかろう。あたし達がエタなら、あんた達は血の止まらんエタたいね。わたし達の部落の血はどこも変らんけど、あんた達の血は中身から腐って、これから何代も何代もつづいていくとよ。ピカドン部落のもんといわれて嫁にも行けん、嫁もとれん、しまいには、しまいには……」

その時、うっ、うっ、と呻くような声を出している宮地重夫の足もとに、どこからか飛んできた石が鈍い音をたててはね上った。つづいて、またひとつ。石は滑るような音をたてながら福地松子の左肘をかすめた。

「なにするとね」福地松子はあたりを見廻した。「卑怯かよ」彼女は叫んだ。しかし声はなく、宮地重夫が素早く家の中に身をかくしたあと、石は次々に暗い納戸の方向から単なる脅しではなく兇器のように鋭くうなりをあげながら彼女にむかってきた。石は彼女の膝にあたり、彼女がしゃがみこむと同時に、彼女のコメカミに、したたかに命中した。

福地松子の裂くような悲鳴を、津山信夫は自分の耳ではなく、人の耳できくような感じできいていた。

「あんなことをいわなければよかったのだ。血の止まらんエタとかなんとか、あんなことをいわなければよかったんだ」とぼんやり考えながら、彼は握りしめていた石を地面に落した。

福地松子は、海塔新田の住人たちから石や瓦《かわら》の欠片《かけら》を投げつけられて死んだのである。だが、そもそもの事の起こりとなった強姦事件の被害者である娘の福地徳子は、警察で津山信夫が逃走したことを聞かされたとき、「うちのかあちゃんを殺したのは津山さんじゃありません」と言う。「じゃ、誰がころしたというとかね」と警官に問われて、徳子は言葉につまる。「津山さんじゃない。かあちゃんはみんなから殺されたんだ。直接手をくだしたのは海塔新田のもんかもしれんけど、本当はみんなから殺されたんだ、という考えが断片的に入りまじって頭をよぎったが、彼女はそれをうまく口にだすことができなかった。」

福地徳子のこの思いは、事件について聞かされたときの宇南親雄の反応と、対照的である。「瓦の欠片《かけら》をぶっつけられて死んだのか」という宇南の低いひきつった声を、妻の宇南英子は何か作りもののように感じる。かれの言葉を、自分に流産薬まで仕込む男の言葉として、英子は聞いていたのである。うまく口に出すことができぬまま福地徳子がいだく深い思いと、感動を表わしているようでいて妻の英子には作りもののようにしか感じられない宇南親雄の言葉とを、静かな対照のままに示すこの一場で、長篇『地の群れ』は結末を迎える。だが、読者はここであらためて、宇南親雄をみずからのうちに蘇らせ、物語を遡りながら、かれとあらためて向き合わずにはいられないだろう。宇南英子の視線でかれを見つめざるをえないだろう。もちろんかの女は、夫である宇南親雄が、かつて戦時中に、海底炭鉱島の朝鮮人安全灯婦、朱宝子とその姉の宰子とどのような関係を結びながら生きてきたのかを、知るはずもなかった。だが、被差別部落にたいする根深い差別と、原爆被爆者への新たな差別とを、差別者および被差別者としてともに体現する海塔新田という架空の地のまえで宇南親雄を立ち尽くさせることによって、作者は、戦後民主主義時代の母胎にほかならぬ戦時下の現実へと、読者を引き戻すのである。一九四五年夏は、日本という国家社会の歴史の切断ではなかった。宇南親雄と同じように、人びとは生きつづけてきたのだった。そして、いま、同じように生きている。

検定試験を受けて上級の学校に行き、なんとしても炭鉱を脱け出したいと考えていた戦時下のかれは、「そのチャンスが目先にぶら下がっていた時、朝鮮人の安全灯婦に子供を生ましたんじゃ、いや、朱宝子がお前の子供を妊娠したということが知れただけで、お前はもう永久に葬られてしまう」と、必死で考えたのだった。かれから裏切られ、姉とともに追いつめられた朱宝子は、自分で自分の体の始末をつけようと決心し、そして死んだのである。

戸島海底炭鉱では夜中になると海鼠を取って喰うバカ鳥が啼く。そのバカ鳥の声をききながら朱宝子は、お前と密会していた二坑海岸の坑木置場に歩いていった。そこには機帆船の積んできた二メートルの坑木が、粘炭積出し場の横にピラミッドのように積んであった。朱宝子はその坑木の山のいちばん勾配の平たいところを選んで這い上った。きっと心の底では、お前の名前をありったけの憎しみをこめて叫んでいたのだろう。朱宝子は坑木を這い上る時、きっとお前の名前をよんだにちがいない。それから闇の中でバカ鳥が啼くのをききながら、眼をつぶってまっさかさまに滑り落ちた。いや、もしかすると眼はひらいていたかもしれな

坑木置場——北海道炭礦汽船株式会社『七十年史』（No.95）より

い。いっぱい涙をためながら。そして朱宝子は死んだのだ。腹の中の子供どころか、自分まで死んでしまったのだ。翌朝、捲上方から発見された時はまだ生きていたが、朱宝子はひとこともお前の名前をいわなかった。二坑の病院に運ばれてからも、ひとこともいわず、駈けつけた朱宰子もひとこともいわなかった。いえば、あんまり自分の妹が可哀そうだった。一週間ばかり、それこそ二坑の坑木置場の坑木を全部海にまきちらしたようなとりどりの噂の中で、お前は飯が咽喉に通らないほど心配していたが、ついに朱宰子はひとこともお前のことをしゃべらず、それから、本坑の労務助手が強姦したのだという噂がまことしやかに流れた時さえ、お前のことをしゃべらなかった。

死んだ朱宝子と生き残った朱宰子とのこの沈黙のうえに、日本の戦後は成立したのである。そして、現在の原拠である長靴島を見ないようにして、現在は生きつづけようとしているのである。その原拠の現場にあったのは、ヤンバンたちの犯罪だけではなかった。炭鉱を何としても脱出したいとかつて希い、いまは海塔新田を見まいとして生きる宇南親雄もまた、ヤンバンたちと別の人間ではなかったのだ。それを描く表現者たる作者自身も、別の人間ではありえなかったのだ。「移入鮮人」との関係を置き去りにしたままの宇南親雄に、戦後の海塔新田という新しい現実と向き合うことができるのか。「移入鮮人」との関係を置き去りにしたまま、廃坑に向かう戦後の「長靴島」という新しい現実と向き合うことが、文学表現にはできるのか。

石炭の文学は、その歴史のなかで初めて、石炭を描く文学の自己責任を、井上光晴の作品のなかで問うたのである。「たたかう石炭」の顔が、ここでようやく初めて、過去と現在とをつらぬく歴史のなかに位置づけられて浮かび上がりはじめるのだ。それは炭鉱の現場を越えて、この国家社会の歴史と日常のあらゆる闇のなかで燃えはじめるのである。

終章　石炭の一生が遺したもの

1　生きつづける弊害

自然が生んだ物質としての石炭の一生は、いまからおよそ三億六千万年前から二億九千万年前までの「古生代石炭紀」と呼ばれる時代に始まる。いまから四十億年も前にできたとされる地球は、当初の熱いどろどろの塊《かたま》りから次第に冷えて、噴火ガスが水蒸気となり、その水蒸気が空気となって地球を包む。そして、誕生からほぼ十億年後には地表が陸と海とに分かれ、さらに数億年をかけてようやく地球上に小さな生物が生まれる。やがて陸地に生い茂るようになった巨大なシダ類の植物が地中に埋まって、長い時間のなかで変化したものが石炭であるとされている。ただし、そうした何億年も昔の植物からできているのは、主としてヨーロッパや北アメリカの石炭であり、東アジアでは朝鮮半島の平壌炭田や満洲の本渓湖炭田などがこの石炭紀のものであるにすぎない。日本列島の石炭はそれよりもずっと新しく、いまからほぼ六千五百万年前から二千四百万年前までの「新生代古第三紀」と呼ばれる時代の植物、主として針葉樹からできたと考えられている。いずれにしても、人間の一生と比べれば気が遠くなるような長い時間をかけて植物が炭化したものだが、その炭化の度合いによって、泥炭《でいたん》、亜炭《あたん》、褐炭《かったん》、瀝青炭《れきせいたん》、無煙炭《むえんたん》の五種類に分類される。それらの化学的成分と発熱量を記せば、つぎのとおりである（化学的成分は%、発熱量は石炭一キログラム当たりのキロカロリー）。

	炭素	水素	酸素	発熱量
無煙炭	九四―九八	一―三	一―三	八〇〇〇―九〇〇〇
瀝青炭	八〇―九二	四―五	四―一五	八〇〇〇―九〇〇〇
褐　炭	七〇―七八	五	一七―二五	四五〇〇―五五〇〇
亜　炭	六五	五	三〇	四〇〇〇―四五〇〇
泥　炭	五五―六〇	五―六	三五―三九	四〇〇〇―四五〇〇
（木材）	五〇	六	四四	四〇〇〇―四三〇〇

泥炭は寒冷地の湿地帯に多く、日本では北海道、青森、秋田、愛知などで産した。樺太（サハリン）の凍原《ツンドラ》地帯はそのまま広大な泥炭地であり、ロシア、スカンジナヴィア諸国、アイルランド、ドイツ北部などに広い泥炭地帯がある。泥炭は五〇―八〇%の水分を含むので、煉瓦くらいの大きさに切って乾燥させ、家庭用の燃料として用いたり、練炭やガスの原料にする。燃やすと強い臭《にお》いとひどい煤《すす》が出るが、泥炭地の農民にとっては大切な資源だった。

亜炭は泥炭に次いで炭化度が低く、茶褐色で、多くはもとの樹木の木目が見られる。日本では愛知、岐阜、宮城、山形などで採れた。しかし、いずれも炭層が薄く量もわずかで、炭鉱も小規模だった。外国では、朝鮮半島、中国などで産する。もとの植物はアメリカ松であるとされている。褐炭は、亜炭と同じように茶褐色のものと、木目のない黒色のものとがある。日本では、常磐炭田（茨城、福島）と宇部炭田（山口）、北海道の釧路、天塩《てしお》で産した。ドイツは有名な「ドイツ褐炭」を多く産出するが、これが石炭を液化して石油を製造するのに適していたのである。日本では、亜炭や褐炭はそのまま燃料としたほか、練炭や、コークスの一種であるコーライトの原料として使われた。

瀝青炭は、石炭のうちでもっとも量が多く、石炭の半分は瀝青炭だとされている。日本では主として九州と北海道の諸炭田で採れたが、新生代のものであるため、同じ瀝青炭でもヨーロッパやアメリカの古生代石炭紀のものと比べると炭化度が低く、灰分が多く含まれていて、品質において劣る。無煙炭は、瀝青炭よりさらに炭化度が高く、灰分が少ない。日本では、山口県の大嶺《おおみね》と津布田《つふだ》のほか、筑豊、天草、熊野の各炭田から少量が採れるのみだった。瀝青炭と無煙炭には、粘結性という性質を持ったものがあり、密閉して急に熱する（乾溜する）と真っ赤な塊りになって溶けてくる。ガスやコールタールが出てしまったあと餅《もち》のように固まったものがさらに分解して、海綿状の灰色の固形物になる。これがコークス（骸炭《がいたん》）である。コークスは、溶鉱炉での製鉄に不可欠の材料であり、日本国内での石炭採掘がなされなくなったとしても、製鉄のために石炭の輸入をやめることはできないのである。

石炭の用途は、何らかのかたちで燃料として使われることだけではなかった。現在では石油が担っている役割のほとんどを、かつては石炭が担っていたのである。たとえばつぎの図を見れば、石炭が果たしていた多様な役割が想像できるだろう。

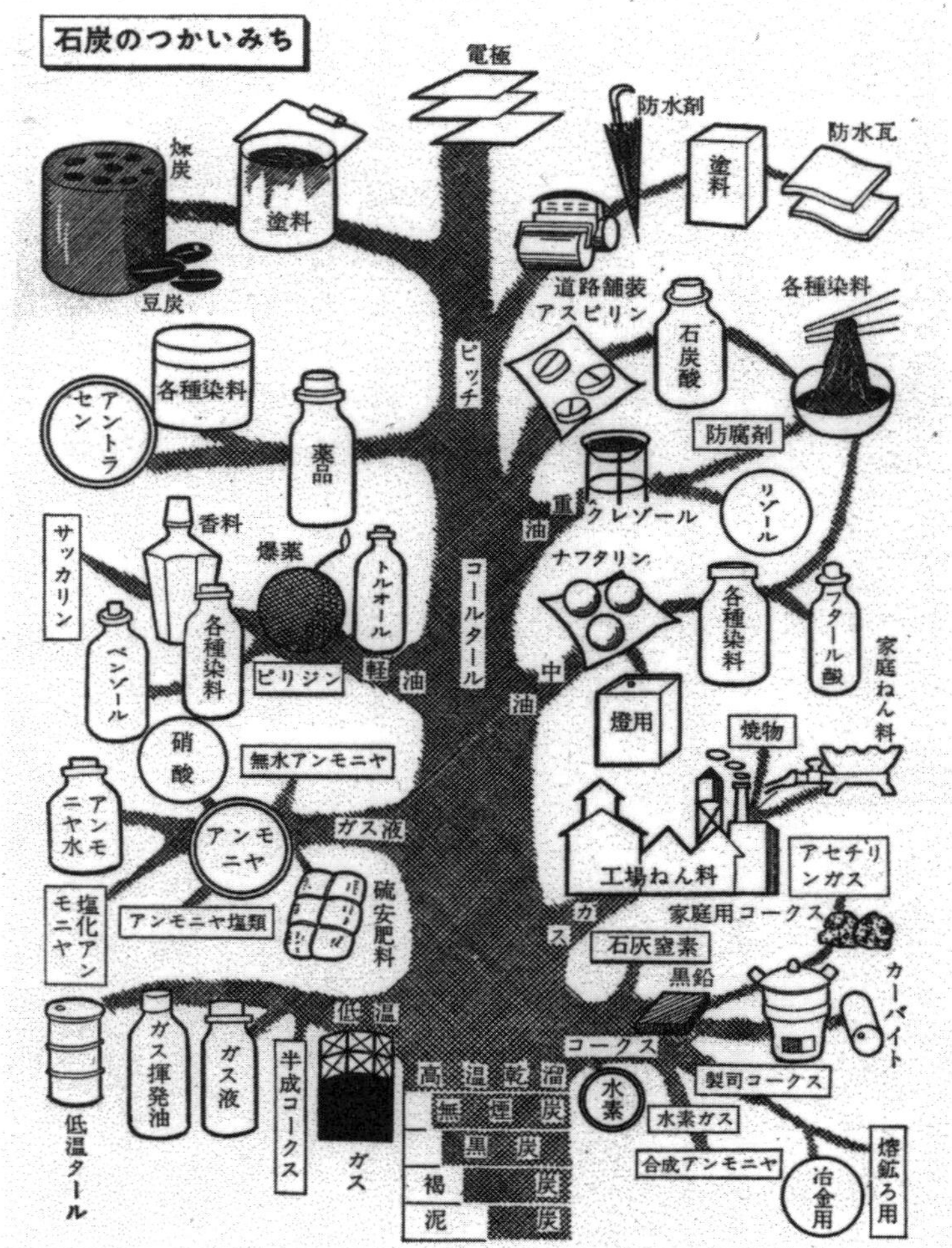

もちろん、石炭を原料として作られる製品を重点的に示しているこの図からは、鉄道や船舶および火力発電用の燃料に使われる大量の石炭は見えてこない。また、この図にあるさまざまな用途にも、時代や社会状況によってその重要度に変化があった。たとえば、大東亜戦争の敗戦によって石炭産業においても壊滅的な状況に陥った日本が、一九五〇年六月に始まる朝鮮戦争に深く関わることで戦後復興を遂げることになるその復興期の初期について見ると、日本の石炭の用途はつぎのような数値を示していた（単位＝千トン）[1]。

	一九五二年	一九五三年
非産業用		
山元消費（炭鉱での消費）	二五三一	二六〇七
国鉄（国有鉄道の燃料）	五〇〇一	五〇五六
私鉄・船舶その他	一三五四	一〇九七
電力（火力発電用）	六〇六九	六九八四
ガス（石炭ガスの原料）	二七八七	三三五四
コークス	一一六八	一〇九九
駐留軍用（占領軍の使用分）	一五五〇	一六五四
輸出用	八八三	四八九
計（その他とも）	二五二五七	二七〇七四
産業用（燃料または原材料として）		
食品工業	一三四八	一二五〇

（1）石炭の生成と成分、および用途についてのここまでの記述は、主として、成田忠久『炭鉱のすがた』（〈図解による新日本地理〉第一二巻。一九五六年六月／一九五八年三月＝再版。牧書店）を参考にしている。四五二ページの図、および用途の数値も同書から引用した（ただし、用途についての説明などを補足した）。同書は、小・中学校向きの参考書として学校図書室に備えつけられることを主たる目的としたシリーズの一冊だが、石炭という物質とそれをめぐる人間社会の営みを歴史的にとらえたきわめて質の高い文献である。とりわけ、炭鉱地域の小・中学生による詩や作文を数多く収載しており、一九五〇年代前半から中葉にかけての日本の炭鉱の現実に関する貴重な証言集ともなっている。

紡績工業	一四七五	一四四八
パルプおよび紙	一六六六	一七九七
化学工業	四四七〇	四七五九
窯業《ようぎょう》	三四七九	三五九五
第一次金属工業（製鉄・製銅など）	七四六五	七九二一
計（その他とも）	二一一四六	二一八六二
合計	四六四〇三	四八九三六

物質としての石炭の一生は、数億年ないし数千万年前に地球上に生い茂って倒れた植物に始まり、掘り出されてふたたび地上に帰ったのち、使用される現場まで運ばれて、工場や鉄道や船舶で燃焼し、あるいは化学製品に加工されたのち消費され消耗されたときに終わる。だが、じつは、新たな誕生ともいうべき採掘から、それぞれの用途に応じた消費に至るまでの過程は、「資源」と呼ばれる石炭が人間と社会とにもっぱら利益をもたらす局面からだけ成り立っているわけではない。炭鉱での採炭や地上への搬出は、すでにさまざまな事故や災害の危険と背中合わせにしかなされえない。坑内での事故や災害としてよく知られているものには、落盤のほか、出水やガス突出とガス爆発、炭塵爆発などの大規模災害、さらには石炭運搬のために坑内に敷設された軌道の炭車（トロッコ）による人身事故や、坑内作業が機械化され合理化されるのにともなって増大した事故もある。戦後復興初期のデータによれば、一九四九年から五三年までの五年間の年平均で、災害による死傷者はつぎのとおりだった。[2]

（2）成田忠久『炭鉱のすがた』（註1）に拠る。

	年平均死者	年平均重傷者
落　盤	三六九人	一〇七九五人
ガス・炭塵爆発	三三	四一
ガス中毒・窒息	一九	九
自然発火	二	五
運搬関係	一六〇	五四三四
機械・電気	二二	八九五
飛石・転石	四	二八三一
その他	七八	一〇九九一
坑内事故	六八六	三一〇〇〇
坑外事故	六四	四二七〇
総　計	七五〇	三五二七〇

（軽傷は年平均一〇万人）

これらの事故や災害は、大東亜戦争末期の一九四四年について見ると、日本内地における一年間の死者が一九六六人という驚くべき数に上っている。これは、坑夫一〇〇〇人当たり四・八人という割合である。また、石炭を一〇〇万トン掘るために何人の坑夫が死傷しているかという統計を見ると、戦後復興初期の一九五二年の時点で、死者は一五・七人、負傷者が二二三八・一人だった。同じ年のドイツ（西ドイツ）

ではそれぞれ五・三人と一一七・一人であり、アメリカとイギリスではその前年の統計でそれぞれ一・四人と六一・五人（重傷者のみか？）、二・三人と一一〇四・六人となっている。これを見ると、日本の炭鉱は労働者の死傷率がきわめて高かった、と言える。諸外国と比べて日本がきわだって高いこの数値は、戦後復興の一時期だけに限らず、戦前・戦中・戦後を通じて変わらなかった。同じことは、植民地や傀儡国家、占領地などで日本が経営し、あるいは日本の管理下に置かれていた諸炭鉱についても言える。

炭鉱における事故や災害を考えるとき、たとえただちに死と結びつくのでなくとも、長期にわたって、多くは一生涯、後遺症に苦しまなければならない場合があることを、忘れてはならないだろう。その代表的なものは、「よろけ」とも呼ばれる塵肺《じんぱい》である。発破《はっぱ》（ダイナマイトによる炭層の爆破）や採掘作業のさいに飛散し坑内に充満する石炭の微細な粉末、つまり炭塵が、炭鉱夫たちの肺に吸引され、肺組織に沈着して、息切れ、呼吸困難、心機能障害などを惹き起こす。コールカッター、ドリリングマシンなど坑内の機械化が進むにつれて、飛散して空気中に浮遊する微細な炭塵は増大した。その結果、日本という国家社会から炭鉱が姿を消したのちも、いまなお塵肺に苦しむ元・坑夫たちは「よろけ」とともに生きつづけなければならない。

坑内から地上に出た石炭は、炭鉱から消費地に運ばれる以前にすでに、塵肺とはまた別のもうひとつの公害を生まねばならなかった。それは、炭塵と同じような細かい粉末となった石炭によってもたらされる被害だった。

まっくろな川
十勝《とかち》の国ざかいのほうから
長いたびをつづけてながれてくる川　はばが三メートルぐらいだが
それがまっくろだ
上のせん炭場で　石炭をあらうからだ
つりをしてもうごいてこないし
およぐこともできない
学校がえり　はしの上からこの川をみると
くろびかりの石炭が　目にうつる
いま　尺別《しゃくべつ》で　手当のことでストをやっている
どうしてストをやるのか
くろい川の水が　だんだんすんでいく
かんがえると　さみしくなってくる
この川の水がきれいになると
ぼくらがごはんをたべることもできないし
この尺別に住むこともできなくなる
まっくろな川はいやだけれど
まっくろな川はありがたいなあといつも思う

（北海道・小6・北村とみお[3]）

掘り出された石炭に混入する岩石や砂礫、つまり「ボタ」（北海道、常磐などでは

（3）『炭鉱のすがた』（註1）から引用。

「ズリ」という）を取り除き、さらには塊りの大きさで石炭を仕分けするために行なわれる「選炭」という作業は、長く選炭婦たちの手作業で行なわれていた。ところが、ほぼ一九三〇年代から水洗機という機械が導入されるようになり、それが一般化すると、石炭の選別にも「選炭」と並んで「洗炭」という字が当てられるようになる。水洗機の水槽に水を流し、あるいは水槽そのものを振動させて、比重の重いボタは速く沈むという性質を利用してボタを除去し、さらには塊炭と比べて沈みにくい粉炭を浮かばせて選り分けるのである。この洗炭に使う大量の水は、排水溝を通して近くの河川に流されるので、付近の川や、場合によっては水田が、細かい炭塵を含んだ排水で黒く濁ることになる。これは、石炭を掘ったあとの坑道が陥没し地面が沈下する被害と並んで、産炭地における石炭公害の代表的なひとつだった。

　石炭がもたらす害は、採炭と選炭の過程だけに限らない。加工や消費の場まで運ばれた石炭は、化学製品に変じて使用されるにせよ、そのまま燃料として使用されるにせよ、そこでもまた新たな弊害を生み出すことになる。たとえば燃焼によって石炭そのものは姿を消すとしても、燃焼のさいに出る煙や煤《すす》、あるいはそれらにともなう臭気や有毒ガスは、石炭そのものと一緒に消えるのではない。それらは、いわゆる公害となって、職業病である「塵肺」と同じように、石炭のあとにまで生き残る。石炭そのものは姿を消し、その長い一生が終わったかに見えても、それが生み出した弊害は残り、生きつづけるのである。

　キリスト者の社会改革運動家として知られる賀川豊彦（一八八八—一九六〇）は、関東大震災の前年、一九二二年に発表されたSF的な長篇小説『空中征服』(4)で、大都市における石炭の煤煙の害とたたかう先駆的な人物を描いた。大阪市長に就任し

（4）賀川豊彦の『空中征服』は、『大阪日報』（『大阪毎日新聞』の前身）に連載されたのち、一九二二年十二月に改造社から刊行された。初版発行は十二月十三日だが、六日後の十二月十九日には早くも七版、十日後の二十三日には十版を重ねるベストセラーとなった。一九七二年十一月にキリスト新聞社版「賀川豊彦全集」第十五巻に収められているほか、一九八八年一月に日本生活協同組合連合会から新版が出版され、さらに同年十月には社会思想社の「現代教養文庫」の一冊として刊行された。ただし、日本生協連版は、たとえば「今宮の貧民窟」などの固有名詞を削除したのを始め、いわゆる不適切な表記を（当時まだ著作権者だった賀川豊彦の長男の意向で）改変するなどしており、歴史的文献としての価値はない。この版の復刻版が二〇〇九年五月に不二出版から刊行されたが、資料的に無価値であることは日本生協連版と同様である。「現代教養文庫」版は、挿し絵もふくめて原作を誠実に再現している。

て「煙突文明」に終止符を打とうとする「賀川豊彦」という主人公がそれである。「今日の如き、空を持ち、あの煙突と煤煙を持つてゐては、迚《とて》も大阪市民は此後《こののち》五十年の健康を続けることは出来まい」と考える賀川市長は、「大阪精神の確立は先づ、空中の煤煙防止から始む可《べ》きであらうと思ひます」と市民に訴えて、その実行に乗り出す。すでにそのころ日本最大の石炭需要地域だった阪神工業地帯の大気汚染を、かれは絶滅しようとするのである。賀川市長のこの政策は、市議会の傍聴席に現われた太閤豊臣秀吉の応援演説や、市庁舎前に集まった「労働者諸君」による「大示威運動」の「我等は煤煙文明を弔う」、「資本主義を葬れ」などの旗によって全面的な賛同をかちとる。ところが、石炭から利潤を得ている「安治川《あぢかは》石炭」君や「松島遊郭」君など市の有力資本家たちは猛烈な反対に乗り出し、市長は窮地に追い込まれる。賀川市長は「今宮の貧民窟」に住んでいるのだが、そこへ安治川や松島に雇われた暴力団親分の一の子分、「蛇の目の熊五郎」が押しかけてきて、「おい、賀川、貴様は大阪市民を嬲《なぶ》りものにする積りか？　俺はな、忠君愛国の思想から煙突の必要を考へてゐるのだ。――貴様は国を亡ぼさんが為めに労働者を煽動して、煙突を破壊しやうとしてゐるンだらう」と凄む。

　賀川豊彦の小説『空中征服』は、煤煙都市を結局はどのようにして変えるのか、石炭というほとんど唯一のエネルギー源にともなう弊害をどう解決するのか、そしてそもそも石炭がなければ動かない資本主義の工業社会をどう変革するのか、ということについての明確な示唆を描かないまま、空中都市の建設、さらには火星への移住というＳＦ物語に変わり、賀川市長への死刑判決と処刑という夢の結末へと逃避して終わることになる。とはいえ、それから半世紀近くを経てすでに石油時代となってから「四日市喘息《ぜんそく》」や諸都市における「光化学スモッグ」として顕在化することになる大気汚染の問題を、この小説は逸早く取り上げたのだった。石炭を動力とする経済成長のただなかで、その動力とそれによって動く社会のありかたとに疑問を突きつけたこの小説を、石炭の一生との関連において忘れることはできないだろう。石炭をめぐるさまざまな問題は、石炭と直接関わる労働現場の労働者たちだけの問題ではなく、石炭を消費するものたち、いわば石炭の恩恵に浴して生活しているものたちの問題でもあったはずだからである。そして、そのような問題は、石炭の長い一生が日本における炭鉱の終焉によって最終的に終わったかに見える現実のなかでも、未解決の問題として、いまなお生きつづけているのである。

2　炭塵爆発とその後遺症

石炭と関わる労働が直面しなければならなかった災害、いわゆる労働災害のうちでも、直接的な被害の激烈さに加えて、それが生み出す後遺症の悲惨さという点で、炭鉱坑内における炭塵爆発は、日本国内から炭鉱がほとんど姿を消した現在なお、ひとつの歴史的現実として記憶にとどめられる必要があるだろう。この国家社会の「近代化」と「経済成長」は、このような代償と引き換えにのみ、実現されたのである。

豊前《ぶぜん》田川の名も高き
三菱方城《ほうじょう》炭坑にて
坑内ガスが破裂して
八百余名の犠牲者を

出した哀れな大非常

頃は大正三年十二月十五日
時も午前九時過に
突然ガスが破裂して
天地も崩れる音共に
黒き煙は坑口に
渦巻きドンドと噴き上る

これに驚き事務所は
「スワこそ坑内非常だ」と
騒ぐその間もあらばこそ
あまた坑夫や遺族しや
女や子供や老人《としより》が
速く坑内の人々を
助けてくれと呼ぶ声は
実に哀れな限りなり

この時吉沢坑長は
全部機械をどうまいて〔送風機など機械をフル回転させて〕
ガスのかげんはおさめられ

捜索人は処置〔を〕なし
なれど坑内一面に
激しき破裂のその為に
枠や柱はみな倒れ
天井もしおが高落《たかお》ちで
崩れし断層がかたにつけ〔取り片付けられて〕
死人や外傷人《けがにん》助けられ
助けられたる人々は
嬉し涙であがりくる

上がれば子供や老人《としより》が
飛びつき諸共《もろとも》嬉し泣き
紫色や黒焦《くろこ》げで
手足もげたり首が飛び
体の崩れし人もある
見るも身の毛がよだんにも〔身の毛がよだつ有様だったが〕
医師の検査が済んだ後《のち》
白木の棺に入れられて
野辺の送りを済まされた

一九一四年十二月十五日午前九時四十分ごろ、開坑して六年になる筑豊田川の三

方城炭坑遠景——織井青吾『方城大非常』（No.428）より

方城炭坑構内遠景（昭和20年代）

菱方城炭坑で大爆発が起こった。のちに明らかになるところによれば、それは、日本のみならず世界の炭鉱史上でも五指に入る巨大事故だった。右の唄は、この大事故のあと「方城非常唄」として筑豊地方で歌われたものだという(5)。この事故がどの程度の規模だったかを推測するための資料として、死者三〇〇人以上を出した全世界の炭鉱事故を挙げておこう(6)。

炭鉱名	国別	災害　年・月	死者（人）
本渓湖	「満洲」（日本経営）	一九四二・四	一五二七
クーリエ	フランス	一九〇六・三	一〇九九
撫順大山	中国（日本経営）	一九一七・一	九一七
三菱方城（筑豊）	日本	一九一四・一二	六六七
三井三池三川	日本	一九六三・一一	四五八
シンゲニー	イギリス	一九一三・一二	四三九
新夕張若鍋	日本	一九一四・一二	四二三
貝島桐野二坑（筑豊）	日本	一九一七・一二	三六九
ラートボルト	ドイツ	一九一二・一一	三六七
豊国（筑豊）	日本	一九〇七・七	三六五
オーフ	イギリス	一八六六・一二	三四一
井陘（河北省）	中国（「日支合弁」）	一九四〇・五	三四一
三菱高島蠣瀬坑	日本	一九〇六・三	三〇七
西安泰信一坑	中国（日本経営）	一九四二・一〇	三〇一

（5）織井青吾『方城大非常』（一九七九年十一月、朝日新聞社）から引用。〔　〕内は引用者（池田）による補足である。

（6）成田忠久『炭鉱のすがた』（註1）所載の「世界における十一災害（三〇〇人以上死亡）」を参照しながら、年・月および死者数の誤りを正したうえで、一九六三年の三池三川鉱の事故を追補し、脱落していた他の二大事故を表に加えた。

これら世界史上の十四大事故のうち、じつに六件が日本（内地）で起きている。これらに加えて、日本の傀儡国家「満洲国」や中国の日本軍占領地域で日本の国策会社によって経営され、あるいは汪兆銘傀儡政権下の中国企業と日本企業（井陘の場合は貝島炭礦）との「日支合弁」という形式で経営されていた炭鉱での大事故を数えると、一時に三百人を超える死者を出した大事故のうちの七割を超える十件が、日本という国家の責任の下で惹起された炭鉱災害なのである。

死者の数において史上第四位を占める三菱方城炭鉱の爆発事故は、「方城非常唄」にもあるように、当初はガス爆発と見なされていた。会社側は、警察の協力によって、運び上げられる坑夫たちの遺体の衣服を点検し、禁止されているマッチなどの火気を持ち込んでいなかったかを調べた。坑内のメタンガスが労働者の規則違反の火気使用によって引火した、という想定である。しかし、さまざまな調査研究の結果、爆発は坑内の炭塵によるものであることが明らかになった。メタンガスの爆発もそれに加わった可能性があるにせよ、主要な事故原因は炭塵爆発だったことが確認されたのだ。坑夫が照明用として携帯する安全灯（当時はまだキャップ・ランプではなく手提げ式のオイル・ランプだった）の炎がガラスカバー内で小さな炭塵爆発を惹き起こし、それが安全灯外の炭塵の大爆発を誘発したのである。死者たちが黒い煤《すす》状のものに覆われていたのも、炭塵爆発を物語る痕跡だった。メタンガスの爆発なら、死体はピンク色になるはずだという。(7) 会社側が炭塵爆発を認めたがらなかったのは、発生防止がほとんど不可能なメタンガスとは違って、炭塵爆発は適切な安全対策によって防止できるからだった。坑内で発生する炭塵は、坑道内を浮遊したのちやが

（7）事故原因の究明については、主として織井青吾『方城大非常』（註5）に拠った。

て沈下し堆積するが、坑内の気流や振動などによって舞い上がり、「塵雲《じんうん》」と呼ばれる状態で坑内に充満することが少なくない。これがある濃度に達すると、引火して爆発する。これが炭塵爆発である。坑内を清掃して炭塵の堆積を防いだり、坑道に散水して炭塵に湿気を与えたり、火山灰など微細な岩粉を撒いて炭塵の濃度を低くしたりする防御策を励行すれば、炭塵爆発は起こらない。つまり、炭塵爆発は、企業側が安全策を怠ることによって生じる「人災」なのである。――しかも、じつは、さきに挙げた史上十四の大規模炭鉱災害のうち、時代的にもっとも古いイギリスのオーフ炭鉱での事故を除いて、他はすべて炭塵爆発によるものだったのだ。(8)

日本における炭鉱の歴史が終末を迎えつつあった一九六三年十一月九日午後三時十二分、三井鉱山株式会社三池鉱業所三川鉱で、大規模な炭塵爆発事故が起こった。事故の直接的な原因は、連結チェーンが切断したため逸走した鉱車（石炭搬出用のトロッコ、炭車ともいう）が、坑道の炭塵を巻き上げながら暴走し、坑内の電源ケーブルを切断してショートしたか、鉱車が他の物体と衝突した衝撃で火花が散ったかのいずれかによって、炭塵雲に引火したと推定されている。当日の入坑者一四〇三人のうち、死者が四五八人、負傷者は八三九人に上った。それは、歴史上、死者の数では前述の方城大非常に次ぐ炭鉱災害だった。方城の場合は、入坑総員六八七人のうち救出されたものがわずか二一人（そのうち二人は収容後に死亡）だったが、三川鉱の事故では、ともかくも九四五人の炭鉱労働者が生命を取り止めた。けれども、救出されたかれらの多くが、後述するような深刻な損傷を受けていたのである。

三井三池三川鉱のこの大事故にさいして、その原因糾明と追跡調査、負傷者の治療およびアフターケアに心血を注いだ医学者がいた。事故の当時、熊本大学医学部

（8）原田正純『炭じん爆発』（後出の註10）所載の「表1-1　主な炭じん爆発」を参照した。なお、オーフ炭鉱の事故については原因未詳であり、炭塵爆発だった可能性は否定できない。

の大学院生だった原田正純である。一九三四年九月生まれの原田正純の名は、日本の海外進出を支えた戦犯企業「日本窒素肥料株式会社」を中核とする「日窒コンツェルン」の後身（一九五〇年に「新日本窒素肥料株式会社」、六五年に「チッソ株式会社」と改称）によって引き起こされた水俣病を告発し、患者たちとともに生きた医師として、広く知られている。『水俣病』（岩波新書）、『水俣病が映す世界』（日本評論社）[9]など、水俣病と取り組む一連の著作が、いわゆる環境破壊と人間破壊のなかに集約的に顕現した資本主義社会の現実との根底的な対決であることは、あらためて言うまでもないだろう。その原田正純のもう一つのライフワークの結晶が、『炭じん爆発――三池三川鉱の一酸化炭素中毒』というA5判六六〇ページを超える大著である[10]。

「その翌日は日曜日だった。阿蘇の根子岳の頂上で私は事故を知った。その日は日本列島は呪われた日だったのか、横浜でも電車の衝突事故が起こって一六一人が死亡していた。事故の状況を携帯ラジオで聞きながら、この三井三池三川鉱の事故がまさかそれからの私との長い付き合いになろうとは、この時、思ってもみなかった。私にとって水俣と同様にとても長い付き合いになってしまった。」――原田正純の大著は、こういう叙述で始まっている。横浜での電車の衝突事故というのは、同じ一九六三年十一月九日の午後九時四十九分、横浜市鶴見区の国鉄東海道線で起きた列車同士の二重衝突事故である。鶴見駅と新子安駅の中間地点で、東海道線と並行する貨物線を走っていた下り貨物列車の後尾三輌が脱線し、隣りの線路に乗り上げた。そこへ東海道線を走る上りの横須賀線電車が突っ込み、貨車に衝突してはじき飛ばされた先頭車輌が、貨物列車の脱線を認めて徐行通過していた下りの横須賀線電車の四、五輌目に激突したのだった。三本の列車が屈曲し折り重なるようになっ

（9）原田正純『水俣病』（〈岩波新書〉。一九七二年十一月、岩波書店）。同『水俣病が映す世界』（一九八九年五月、日本評論社）。
（10）原田正純『炭じん爆発――三池三川鉱の一酸化炭素中毒』（一九九四年八月、日本評論社）。

て現出した事故現場は、当時の写真を見るだけでも息を呑むすさまじさである。土曜日の夜の帰宅途上で多くの通勤客がこの事故に巻き込まれ、一六一人の死者のほか、一二〇人が重軽傷を負った。首都圏と九州での相次ぐ大事故が、全国に衝撃を及ぼしたことは言うまでもないが、九州の炭鉱から遠い人びとにとっても、三井三池炭鉱の名は、つい最近まで社会問題として注目を集めていた「三池争議」によって、未知のものではなかったのである。二つの事故を翌日に知った原田正純にとっては、熊本県との県境に位置する福岡県最南端の三池炭鉱は、つい眼と鼻の先だったのだろう。三池闘争にたいするかれの思いがその距離をさらに小さくしていたことは、想像に難くない。

　数日後、かれが属していた精神神経科の医局長が医局の全員を集めて、三池の爆発事故の応援要請があったのであすから全員出動することになる、と言い渡した。熊本大学の担当は、熊本県側にある荒尾市民病院、三井三池鉱業所病院（天領病院）の分院である万田分院、平井分院の三病院だった。ここから始まる炭塵爆発との「とても長い付き合い」の集大成が一九九四年八月に一冊の『炭じん爆発』としてまとめられるまでに、ちょうど三十年を要したことになる。

　ところが、この原田正純の『炭じん爆発』には、「三井三池鉱の一酸化炭素中毒」という副題が付されているのである。事故は――これまた三井鉱山株式会社側はその事実を認めたがらなかったのだが――炭塵爆発によるものだった。それがなぜ「一酸化炭素中毒」なのか？

　あの頃私は一酸化炭素中毒（以下、ＣＯ）についても炭鉱についてもほとんど何も知らなかった。不安と新しい経験にたいする期待とが交錯して軽い興奮を覚えたものであった。その時の天領病院の光景は忘れることができない。足の踏み場もないように患者たちは廊下から待合室に寝かされていた。手術室にはまだ意識がでないで死線を彷徨っている患者たちが寝かされ、医師や看護婦があわただしく動きまわっていた。野戦病院とはこのようなものであったろうと考え、気にしながらも私の受け持ちの荒尾市民病院へと急いだ。荒尾市民病院は静かな郊外にあった。ここの内科の医師たちは私の見るかぎりでは優秀であったが、患者たちの示す激しい症状に明らかに戸惑っていた。歌を唄うもの、大声で叫ぶもの、落ち着きなく徘徊するもの、注射を拒否して四、五人がかりで押さえつけられているもの、いまだにぐうぐう寝ているもの、ヤカンから水を飲もうとしているのだが注ぎ口がわからないでヤカンの水を頭からかぶってしまうもの、トイレがわからず付き添いと言い合いしているもの、食事をしたばかりなのにまだ食べていないといって妻たちを困らせているものなどそれは賑やかであった。これは明らかに精神病的な症状で専門的治療が必要な状態であった。私たち精神神経科医でさえもこのような症状を見るのは初めてであったから、救命治療後に内科や外科の医師たちが困惑して為す術もなかったとしても、それを責めることはできない。まさに、狂気の館に踏み込んだようであった。しかし、命が助かったことの安堵からだろうか、奇妙に病室は明るかった。付き添いや応援の労働組合員、そして妻や家族までもが患者の奇妙な行動に大笑いしていた。一人が歌を唄えばみんなで手拍子をとり、着物の前後がわからないといっては笑いこけていた。私はなぜか無性に悲しかった。それはこれから長く続く患者や家族の苦しみの予感みたい

『炭じん爆発』函

なものであったのかもしれない。しかし、この時点ではかくも長く後遺症が深刻に続き、患者も家族も地獄の苦しみを味わうようになるとは夢にも思っていなかったのである。

救出され病院に収容された直後に「患者」たちが示したこのような「精神病的な症状」は、一酸化炭素によるものだった。もう一度繰り返せば、三池三川鉱の大事故はガス爆発ではなく炭塵爆発によるものだった。だが、炭塵爆発は、炭塵爆発だけで終わらないのである。原田は、炭塵爆発の基本的な構造について、つぎのように解説している。（原田は炭塵を「炭じん」と表記しているので、以下の引用でもすべて原田の表記を尊重した。）

石炭の粉（炭じん）が多量に浮遊してじん雲をつくっている時に、その空気との混合の割合によっては引火、爆発することがある。炭坑内は当然、多量の炭じんが発生するから、つねに坑内の広い範囲に炭じんが堆積しているのである。しかし、炭じんがいくらあっても、湿っていたり、じん雲をつくっても、その濃度が濃過ぎたり、また、薄い場合にも爆発はおこらない。通常一〇〇グラム／立方メートル程度で爆発が生じるといわれている。このようなじん雲は「爆発じん雲」と呼ばれている。また、一般的に炭じんと呼ばれるものは粒径〇・八三ミリ以下の石炭の微粉末をいうのであるが、どんな炭じんでも爆発はおこすが、粒径が小さければ小さいほど爆発をおこしやすいことがわかっている。とくに、二〇〇メッシュ（粒径〇・〇七四ミリ）以下のものが危険である。このような微細な炭じんは気流にのって広く飛散し、天井の枠の上などに堆積しており、一度爆発をおこすとつぎつぎにおこしていく。／このような炭じん雲が着火源によって熱作用をうけ、分解ガス、爆発球（炭じん雲が熱分解によって溶融して球状に膨張したもの）とともに燃焼し爆発をおこすが、このさい、はげしい衝撃波（秒速二〇〇〇メートルを超えることがある）を生じ、狭い坑道でさらに勢力を加え、坑内に堆積した炭じんを吹き上げ、後続してくる火焔で連続的に二次爆発をおこし、全坑に伝わっていくため災害を大規模にしていく。／炭坑爆発といえばガス爆発を一般的に想像しやすいが、実際、三池三川鉱は「ガスのない優良鉱」であって安全な山といわれてきた。しかし、ガスの場合は一時に多量のガス突出の場合を除いては局部的で、小区域の爆発が多く、また発生する跡ガスは量も少なく、メタンガス濃度が濃厚な場合は一酸化炭素が発生するが量は比較的少なくその性質も悪くなく、炭じん爆発にくらべてはるかに災害の規模が小さいものである。／一方、それにたいして、炭じん爆発は炭坑事故のなかでも最悪の事故だといわれている。その理由の一つはガスと異なって炭じんは切羽から坑口まで至るところ広範囲に堆積または浮遊しているから爆発の規模がどうしても大きくなるからである。／第二は、爆発にともなって跡ガスという一酸化炭素ガスが必ず大量に発生することである。火傷や爆風によって死をまぬがれたものでも、このガスによって大量に死亡し、または中毒となる。また、炭じん爆発は酸素の関係で入気坑道〔坑内に外から空気を送り込むための坑道＝引用者註〕にむかって拡大していく傾向があるので、発生した一酸化炭素ガスは入気坑をつうじて全坑内に流れ、全坑爆発でなくとも全坑内にガスが充満し、全労働者を全滅の危機にさらすことになる。まさに、三池三川鉱炭じん爆発がこのような特徴で史上最悪の事故となった。

事故当時、精神神経科の医者の卵だった原田正純が三池三川鉱の炭塵爆発と関わることになったのは、爆発によって「必ず大量に発生する」一酸化炭素ガスの中毒症状が、水俣病の症状と同じように精神神経科の担当分野だったからである。大著『炭じん爆発』は、三川鉱の事故についての詳細な報告と分析のあと、フランスのクーリエ炭鉱での炭塵爆発事故（一九〇六年）の事例を振り返りながら一酸化炭素中毒症の一般的な特徴を明らかにし、三池におけるＣＯ中毒医療の実態と特徴を検証する。こうした基礎作業ののちに、個々の患者たちの症状を、原田自身が作成した診断書に即して詳細に記述し、考察を加える。読者は、こうして一酸化炭素中毒症の実態を知り、具体的な患者たちの姿を見つめたのち、この炭鉱災害にたいする行政の対応について考え、行政と会社側との対応に抗する道を裁判闘争に見出すしかなかった労働者たちの姿と向き合うことになる。とりわけ、個々の患者の症状について克明に記した第6章と、「三池ＣＯ裁判」の過程でなされた患者検証調書を収載した第8章は、あまりにもよく知られている水俣病患者たちの症状をも思い起こさせながら、読むものを絶句させ、立ち尽くさせずにはいないだろう。

事故の直後には、救出された労働者のほとんど全員が、頭痛、めまい、吐き気、発汗異常、不眠、意欲減退、集中困難感、記憶力減退感などの自覚症状を訴えた。救護隊員のなかにも、同様の症状が認められた。かれらは、マスクも着用せず、ＣＯガスにたいする説明もなく坑内に送り込まれたため、残留ガスを吸入したものがいたのだ。こうした症状は事故から受けた心理的反応と思われがちだが、じつは「明らかな脳の器質的障害の存在を推定せしめるものが大多数に認められた」のである。

そして、症状は長期化した。リハビリテーションのあと「治療認定」によって復職したものも、坑内でほとんど仕事にならず、結局は「再発認定」を受けて入院したものや、暴力沙汰を重ねてついに精神病院に入院させられたものもあった。事故から三十年近くを経た一九九一年二月末の時点で「現在症状」として原田が記録しているところによれば、ある患者は、つぎのような状態だった。——指鼻指示テストなど検者がやってみせて模倣させようとしてもできず、「目を閉じて左の手をあげる」などの複雑な動作は口頭でもできず困惑状態となる。着衣なども複雑にして置くと着ることができない。色の識別はできず、時計も読めず、時間も書けない。この患者は、五年くらい前から全身痙攣がみられるようになった（てんかん）のだが、油断すると出ていって行方不明になることがあった。合併症として肝障害、内痔核（脱肛）がある。そして、「妻の声は理解している、そばにいると顔を触って認知できるが、他の女性を三人並べて「どれが奥さんか」というと識別できない。しかし、ハーモニカによる演奏はできる。メロディーは正確」。この患者について原田は、「一酸化炭素中毒にみられる典型的な重度な後遺症、すなわち遷延する意識障害に引き続き健忘症状群、性格変化が強い。加えて本例の特徴は相貌失認など視覚失認を中心とした多彩な神経心理学的症状が著明であることである。そのために日常生活を自力で行うことが全くできず常時介助、指導が必要な重症例である」という考察を記している。そして、その考察をこう結んでいる、「特徴的なことは自己の障害を認識していることである。症状を説明していると涙ぐむ。その点が一般の痴呆と異なる。」

数百人が死に、多数の後遺症患者を生んだからその事故は重大で、犠牲者が一人

図8-17　模倣ができない

「模倣ができない」——原田正純『炭じん爆発』（NO.194）より

だったからその事故は軽微だった、ということなど、もちろんありえない。国家社会のエネルギー源を創出するために、たった一人の人間の生命でも、損なわれてよいなどということはありえないのだ。だが、石炭の一生が立ち会わなければならなかった炭鉱における巨大災害の大多数を占める炭塵爆発事故が、これほど多くの炭鉱労働者たちからこれほど多くのものを奪ったという現実は、原田正純の『炭じん爆発』とともに、歴史に深く刻印されるべきだろう。

原田は、水俣病と三井三池の一酸化炭素中毒症とが発生した歴史的根拠について、こう述べている。「戦後最大の争議があった三池に炭じん爆発がおこり、長い安定賃金闘争がおこった水俣チッソに水俣病がおこったのは決して偶然ではない。それは三井やチッソの歴史をみると明らかなように、第二次世界大戦で植民地を失ったわが国の資本が九州をその代替地として高度成長のあしがかりにし、石炭から石油への転換期や電気化学から石油化学への転換期にしぼりつくして棄てられたと考えるのは穿ち過ぎだろうか。」――三池闘争やチッソの闘争は、まさしく、石炭から石油への転換にともなう「合理化」への抵抗としてなされた。その闘争の舞台となった九州が、大東亜戦争の敗戦によって日本が失った海外植民地の代替地として「高度成長」の足がかりとなった、という原田の見解は、的外れではあるまい。かつて北海道が、そしてその地の監獄部屋労働が果たした役割を、敗戦後の九州が、とりわけ炭鉱と化学工業における労働が強要されたのである。これらの労働現場が生み出した巨大な災害もまた、満洲や中国占領地での日本による大規模炭鉱災害の歴史的な延長線上にあったのだ。

ここで、炭塵爆発に関する原田正純の指摘をもう一つだけ引用しておこう。

図8-21　人形を画いてください

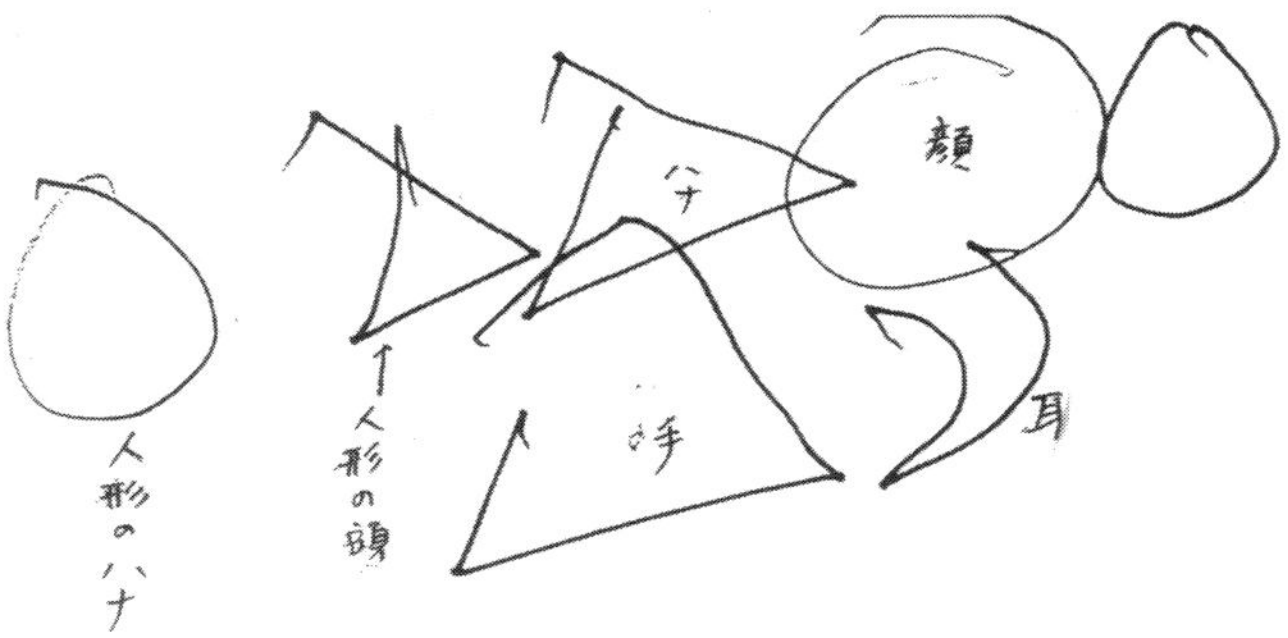

注：字は検者

「人形の絵を画いてください」（字は検者＝原田）―原田正純『炭じん爆発』より

産業革命以降、石炭産業が基幹産業として重要な位置をしめて大型化するにつれ、炭坑爆発は数多くみられている。しかし、初期にはメタンガスの爆発と考えられて、もっぱらガス対策に関心が向けられていた。／もっとも古い炭じん爆発の記録はイギリスの一八〇三年のウォルスエンド炭鉱のものだろうといわれている。ついで同じくイギリスの一八四四年のハウスエル炭鉱、一八七〇年のウェールズ地方でおこった爆発などが坑内の乾燥がはげしく、炭じんが多かったこと、規模が大きく、火焔が火源より遠くまで及んだことなどから炭じん爆発であったろうと考えられている。しかし、一般に「ガスがなければ炭じんだけでは爆発しない」と信じられていた。その後、一八七八年、アメリカのミネアポリス（ママ）で一麺粉工場で猛烈な爆発がおこった。その原因は麺粉じんが引火したものとして「麺粉、炭じんなど炭素に富んだじん粉が空気と混合して裸火によって爆発をおこす」ことが明らかになった。しかし、この例は炭坑関係者にはあまり知られなかった。また、一九七〇年〔「一八七〇年」の誤りだろう＝引用者註〕から九〇年代には、イギリス、ドイツ、フランス、オーストリアなどで、つぎつぎと炭じん爆発実験が成功した。その他、各爆発の原因調査によって、一八九四（明二七）年にはイギリスの炭じん爆発調査会が「ガスがまったくなくても、発破の突発または強烈な点火は炭じん爆発をおこさせる」と発表した。しかし、これらの結果は必ずしも各地で生かされたわけではなかった。炭鉱の歴史はまさに炭じん爆発による死屍累々《ししるいるい》たるものであった。

（追記）本書（『石炭の文学史』）の最終校正のさなかに原田正純さんの訃報に接した。他界されたのは二〇一二年六月十一日だった。企業犯罪への激しい怒りと人間への深い共感に裏打ちされた原田さんのお仕事を、あらためて胸にきざみたい。

3　『奇想、天を動かす』が問う歴史的責任

目に見える後遺症や公害とともに石炭の一生が遺した未解決の問題のひとつを、フィクションとして、それも推理小説として描いたのが、一九八九年秋に刊行された島田荘司の長篇、『奇想、天を動かす』だった。

一九八九年一月七日、昭和天皇裕仁《ひろひと》が死亡したと発表され、皇太子だった明仁《あきひと》が践祚《せんそ》して、「平成」という元号が定められた。その年の四月一日、かねて自民党政府によって導入が計画されてきた税率三%の消費税が実施された。島田荘司の「長編推理小説」、『奇想、天を動かす』[11]は、その新しい消費税をめぐって起きたと目される殺人事件から始まる。

消費税が実施された日から二日後の一九八九年四月三日午後、浅草の仲見世に近い小さな乾物屋で、袋菓子を買って代金の四百円だけを支払ったまま立ち去ろうとした老年の男が、消費税の十二円を請求して後を追ってきた店主の五十歳過ぎの女性を、持っていた刃物で刺し殺したのである。その場で逮捕されたその小柄な老人は、京成電車の車内でハーモニカを吹く人物として知られていた。警察での取調べにも一言も答えず、身元を示す書類などはいっさい持っていない。浅草界隈《かいわい》で野宿をする「浮浪者」のひとりと思われたが、意図して黙秘しているのではなく、外界の刺激に反応しない「ボケ老人」か、あるいは知能に欠陥でもあるらしい。消費税の導入には異論も強かったので、事件は「消費税殺人」として世間の注目を浴びることになる。だが、取調べに当たった警視庁捜査一課の吉敷《よしき》刑事は、この老人が十二円の消費税を払うのがいやで衝動的に人を殺したとは、どうしても思えない。単純な殺人事件として早く処理してしまいたい主任の意向に逆らって、吉敷は老人の身元

(11)「札沼《さっしょう》線五つの怪」という副題をもつ島田荘司の『奇想、天を動かす』は、「長編推理小説・書下ろし」と銘打って、「カッパノベルス」の一冊として刊行された(一九八九年九月、光文社)。その後、一九九三年三月に同じ光文社の「光文社文庫」に副題を削除して収められた。どちらの版にも、中心的な事件が起こった一九五七年一月当時の北海道の鉄道路線図が添えられている。じつは、この路線図が、吉敷刑事の真相発見を遅らせるためのトリックとなっている。現在でも市販されている鉄道「時刻表」掲載の鉄道路線図と、実測に基づく「日本地図」などの鉄道路線とを比較してみてほしい。なお、カッパノベルズ版と光文社文庫版とでは旧植民地の地名表記に違いがある。引用は光文社文庫版に拠った。

と殺人の動機についての捜査を開始する。

手がかりは、まず被害者である女性の経歴の一部が明らかになるところから得られていく。桜井佳子というその女性は、二年ほど前まで、かつて遊郭だった吉原の「浮葉屋《うきばや》」という料理屋で働いていたのである。「浮葉屋」が中心となって観光行事として行なわれる「花魁道中《おいらんどうちゅう》」というイベントで、桜井佳子が花魁に扮したことがあった、という事実もわかる。また、かの女が浮葉屋をやめたのは、かの女を浮葉屋に紹介した源田という不動産会社の社長が死んだときだったことも、明らかになった。それとほぼ並行して、「消費税殺人事件」の新聞報道を見た宮城刑務所の一刑務官から、その老人は一昨年まで殺人罪で無期懲役刑に服していた「行川郁夫《なめかわいくお》」ではないかという電話が入る。行川は、静岡県藤枝市で起きた幼児誘拐殺人事件の犯人として一九六一年に逮捕され、無期懲役の刑が確定して、一九八七年に宮城刑務所を仮出所するまで、二十六年間の刑務所生活をしていたのだ。身長百五十センチあるかないかの小柄で極端に要領の悪い行川を、その服役中ただひとり同囚たちの暴力から終始かばいつづけた服役者がいたことを刑務官から聞き出した吉敷刑事は、宮古市内に住むその秦野という男性を訪ねて話を聞き、秦野が行川の殺人罪は担当刑事によるデッチ上げの冤罪であると確信していることを知る。吉敷は、在職中から悪名の高かったその便山《べんやま》という静岡県警の元・刑事を訪問して、行川事件のことを聞き糺し、便山に事実上デッチ上げを認めさせる。人生の最盛期を冤罪で二十六年間も獄中に過ごした行川が、ようやく出所して再び刑務所に逆戻りするようなことを軽はずみにするはずがない、と吉敷は確信する。そうだとすれば、桜井佳子殺しには、已《や》むに已まれぬ重要な動機があるはずなのだ。だが、桜井と行川の接点が、どうしても見つからないのである。

その手がかりも、思いがけぬところからやってくる。殺された桜井佳子が花魁道中で花魁に扮して練り歩いたとき、その花魁の姿を見て驚いた様子で立ち止まり、ずっとその行列の後を追っていった小柄な老人がいたことを、近所のひとりの少女が憶えていたのだった。桜井と行川は、それ以前にどこかで出会ったことがあったのである。花魁の扮装というところから、桜井佳子には演劇関係の前歴があると考えられるのだが、それがどうしてもわからない。そうこうするうちに、「消費税殺人事件」の犯人が宮城刑務所で幻想的な物語を書いていたこと、それが懲役労働で印刷の仕事をしていた同囚によって小部数の冊子としてまとめられていたことを、週刊誌がスクープし、そのうちの一篇が同誌に掲載された。――じつは、「長編推理小説」である『奇想、天を動かす』に描かれる最初の事件は、「消費税殺人事件」ではないのである。小説の冒頭の一章は、「おどるピエロの怪」と題されたお伽噺《メールヒェン》仕立ての物語であり、そのなかですでに一つの奇怪な事件が起きるのである。吉敷刑事の推理と捜査の過程をたどる小説のいわば幕間劇《まくあいげき》として、この物語を含めて四篇のメールヒェンが挿入されているのだが、これらがいずれも行川郁夫という名の懲役囚によって書かれたものであることが、のちになって明らかにされる。

「おどるピエロの怪」の事件は、北海道の札幌と石狩沼田とを結ぶ札沼線《さっしょう》という国鉄（ＪＲの前身）の路線を走る列車のなかで起きる。――一九五七年の一月のことだっただろうか。札沼線の夜汽車の車内を、サーカスに出てくるピエロが踊り歩くのがうつらうつらとしていた乗客によって目撃された。しばらくして一発の銃声が響き、驚いた乗客たちは列車の便所からそれが聞こえたことに気付く。便所の扉は内側から鍵が掛かっていたので、車掌が合鍵で開けたところ、詰めかけた乗客たちはアッと驚いた。便器の上に覆いかぶさるようにして、ひとりのピエロがピストルで頭を撃ち抜いていたのだ。しかも、死体の周囲の床には火のついた蠟燭が何本も立てられて、炎がゆらゆらと燃えていたのである。現場を保持するために車掌はそのまま便所の鍵を掛け、乗客たちを席に戻らせた。ところが、火をあのままにしておくのは危ない、というひとりの乗客の意見に動かされた車掌が再び扉を開けてみると、なんとピエロの死体は影も形もなくなっていたのだ。車中で踊っていたピエロは目立って小柄だったとはいえ、列車の便所の排出口から出て行けるはずはなく、便所の窓は開いてもごく狭い隙間しかできない構造になっていた。

こういうストーリーの物語が「消費税殺人事件」の犯人の作品として週刊誌に紹介されたとき、吉敷刑事のかつての同僚でいまは札幌署にいる牛越警部から電話が掛かってくる。あの物語と同じ事件が実際にあった、というのだ。札沼線というのは、いま（一九八九年の時点）では北半分が廃線になって、札幌から新十津川までしか行っていないが、事件が起きた一九五七年一月二十九日の当時はさらに北上して石狩沼田までの全線が通じていた。その夜、じっさいに列車の便所でピエロ姿の人物がピストル自殺をし、その死体が消失する、という事件が起こったのである。それはかりではない。その事件の直後に、その同じ沼田行きの列車の一輌目（機関車のすぐ後）が、原因不明の大爆発を起こし、列車は脱線転覆して、多数の死傷者を出したのだという。これを聞いた吉敷刑事の推理は、ついにピエロとサーカスとを結びつけ、花魁姿で玉乗りをする少女が人気を博していたサーカス団があったこと、そのサーカス団が札沼線の事件当時、小樽で興行していたことを突き止める。消費税をめぐ

カッパノベルス版カバー・帯

このカバーの絵には誤りがある。小説中の列車はディーゼル機関車に牽引されていたのだが、この絵では客車の前の部分に運転室があるディーゼルカー（のちに登場し、いま普通に見られるもの）が描かれている。

るトラブルからの偶発的な出来事と思われた殺人事件の被害者と加害者は、敗戦から間もない時代の北海道で、濃密な接点を持っていたのである。

このサーカスの団員だった人物の証言で、行川郁夫はじつは呂泰永という朝鮮人であることが判明する。行川郁夫という名は、あの便山という刑事が、呂泰永の本名が分からぬまま幼児殺人事件の犯人としてデッチ上げるにさいして、行方不明の一人物の戸籍を使って勝手に「犯人」の名前にしてしまったのである。そのとき、呂泰永は、桜井佳子の郷里が静岡市であることから、行方の知れない佳子がいずれ故郷に帰ってくるに違いないと考えて、隣りの藤枝市に住んで機会をうかがっていたのだった。機会というのは、殺された弟の復讐をするためである。日本の敗戦ののち、サハリンから北海道に渡った呂泰永と弟の泰明は、生きて朝鮮への帰国を果たすためにサーカス団で働いた。そこで玉乗りの桜井佳子と出会い、弟の泰明はたぐいまれな美貌のかの女を愛するようになった。佳子は、かねてドサ廻りのサーカスから脱出して大都会で暮らしたいと考えており、かの女に目を付けていた旭川の土建業の社長、源田から誘われるままに、源田のところへ行くことで都会への足がかりを得ようと目論んだのだった。そして、呂泰明に駆け落ちを持ちかけ、その実、泰明を旭川までの護衛役にしようとしたのである。いっしょに故国に帰るまでは離れることをすまいと誓い合った兄の泰永も、ともにサーカスを抜け出した。元サーカス団員が知っていたのはそこまでだったが、吉敷刑事がのちにたどり着いた事実によれば、源田は、佳子を連れてこさせるために二人の子分を小樽まで派遣していたのである。泰明と泰永が佳子についてくるのを知った子分たちは、泰永が眠っているすきに列車のなかで弟の泰明を殺害する。それは、かねて見知っていた子分たちの姿を認めた佳子が、泰明に向かって、自分はあなたなど少しも愛していない、と捨て台詞を投げつけた直後のことだった。泰明を殺した子分は、そのあと列車内で拳銃による射殺死体となって発見された。その時点では、泰明殺しも、兄の泰永が一緒だったことも、捜査当局は知らなかった。殺された泰明の死体が列車に残されていなかったためである。

行川郁夫という人物がじつは呂泰永であることを語ってくれた元サーカス団員と、吉敷刑事はこういう会話を交わしている――

「サハリンから、呂兄弟は流れてきたと言われましたね」

「はい」

「二人はなぜサハリンに？　朝鮮からではないんですか？」

「人狩りで、強制的に連行されていたんですよ、樺太（サハリン）に」

「人狩り？」

「ええ、彼らはそう言っていましたが、大戦中のいわゆる強制連行です。昭和十三年の国家総動員法というやつがまあ後ろ盾で、内地の日本人でさえ兵役でどんどん死んでいるんだからということで、植民地の民に対して、ずいぶんひどいことをやったんですね」

「そんなことがあったんですか」

「刑事さんのような戦後生まれの方はもうご存じないでしょうが、そりゃあひどいことをやったんですよ。私は呂兄弟のことがあったからね、あれから関心を持って、ずいぶんいろんな本を取り寄せて読みました。サハリンには今もまだ四万人以上の、日本人が強制的に送り込んで労働をさせた朝鮮人が残っているんですよ。ところが送り込んだ当の日本人は、まあ知らん顔というところがあります。いくら戦争のせいといっても、それではすまぬところがあります。この不義理を解消しないことには、日本は真の一等国にはなれないと私は思っているんですがね。こんなふうにいえば怒る日本人がいるんですが、私は真に日本人のために、そう思うんです」

「呂兄弟は、朝鮮から、樺太へ強制連行された人たちなんですか？」

「そうです。そのあたりの話は、呂兄弟から詳しく聞きました。ずいぶんひどい話でね、道を歩いていたら殴られて、トラックの荷台に放りあげられたというんですから。足の骨が折れるほどひどく棒で殴られてね。

日本という国の政府はね、内地では学生が映画を観に行っても殴る、女の子と二人で道を歩いていても殴る、私らが子供のころはね、不良学生トラック二台分検挙、なんてね、よく新聞の見出しに載ってたもんです。でもどんな不良学生かっていうとね、ただ映画を観に行ったというだけなんですよ。無茶苦茶な話ですよ。

国内ではこれほど道徳道徳と口やかましく言っていて、朝鮮半島では人さらいを容認していたんですからね、日本人にとっての道徳や正義ってのは、いったい何なんでしょうね」

呂兄弟の過去についてもう少し詳しく教えていただけないかと頼む吉敷刑事に、いまは老人ホームにいるその八坂という元サーカス団員は、まず、こういう前置きをして語り始める、「日本本土や、南方諸島や千島《ちしま》、樺太などに朝鮮から強制連行された朝鮮人の数は、記録が焼却されているらしくて実態ははっきりしないんですがね、数十万人ともあるいはそれ以上ともいわれます。最近日本の日本海側からウネという日本人が北朝鮮にスパイ養成要員として誘拐されていたといって、みな驚いていますが、四、五十年前、日本人も朝鮮でそういうことをやっていたんですから。それも数が較《くら》べものにならない。」——呂泰永は、「昭和十八年」に「慶尚北道《けいしょうほくどう》の大邱《たいきゅう》市」から強制連行された。連行に携わった日本人警官からは、「勤労で日本へ行くが、二年契約で、破格の良い賃金が支払われる、貯金が二千円もできる」などという説明があったそうだ。弟の泰明が泣いて離れず、とうとう一緒に来てしまったという。まず下関まで連れてこられ、そこからは貨物列車に詰め込まれ、外から鍵をかけられて、北海道まで運ばれ、さらに樺太まで連れてこられて、その年は樺太の留多加郡幌内保というところで軍用飛行場の建設に従事させられた。「ここには朝鮮人ばかり二千数百人が働かされていて、内情はもう、ひどいものだったようです。多くの者は日本語を喋れないが、朝鮮語は禁止で、日本語の番号の呼称でまごつくと、教官と称する日本人からビンタを食ったり、つるはしの柄《え》で、腰をしたたかに殴られたりしたそうです。／いざ働かされると、列車内や朝鮮で聞いた話と全然違う。毎日五合メシを食わせるという話だったが、量は少ない、大豆が半分以上、米がヌカだけに変わってしまうこともしょっちゅうで、それでいて一日二交代制、十二時間勤務の突貫工事、熱がある、腹が痛い、などと訴え出ても、教官から逆にヤキを入れられたといいます。仮病だと言われてね。／ヤキの道具はつるはしの柄とか木刀、皮バンド、ストーブで先を焼いた火かき棒、なんかですね。これを日本人たちは、「朝鮮ヤキ」と称して楽しんでいたといいます。／しかも日給五円と聞かされていたのに、一カ月経って通知を受けた給料は二円五十銭、一人が抗議にたつと、散々ビンタを張られてから、ここまでの旅費を差し引いているんだという答えが返ってきたといいます。／この二円五十銭から、さらに食事代として八十銭が引かれ、また粗悪な軍手やたかじょうという地下タビの払いまで引かれて、ほとんど残らなかったそうです。」

その年、つまり一九四三年の十月に飛行場は完成し、やれやれこれで国へ帰れると思っていたら、「さらに北方の、こんどは川上《かわかみ》炭鉱という場所」へ連れていかれた。「ここでの生活はさらにひどくて、完全なタコ部屋だったそうです。苦労して脱走する者も多く、運良く北海道へたどり着けた者もいるそうですが、たいてい地元の警察に捕まって連れ戻され、散々ヤキを入れられて、体が弱って使いものにならないという理由で、生きたまま死人と一緒に穴に捨てられて、埋められた者もいるといいます。」

そうこうするうちに、一九四五年の日本の敗戦となった。これは朝鮮人には知らされず、日本人たちが一夜のうちに内地に引き揚げて姿を消したので、それと解ったのだという。もちろん賃金も払われずじまいだった。呂兄弟の仲間のうちの数十人は、朝鮮人からの復讐を恐れた日本人に留置場に監禁され、全員銃殺されて、証拠隠滅のために留置場ごと焼かれたという。そのどさくさのなかで呂泰永は拳銃を一挺手に入れ、それ以来いざというときの護身用に、肌身離さず持っていたのだそうだ。川上炭鉱にいた約二千人の仲間は、みんな生き地獄であった川上を少しでも離れたい思いで、てんでに散っていったが、呂兄弟は帰国のチャンスがつかめなくなるのを恐れて、川上に残った。やってきたソ連軍に、身分証を発行するからここに朝鮮人学校を造れ、と言われたが、それでは永久に国へ帰れなくなるので、兄弟は川上の町を脱出して、日本人にまぎれて引き揚げの貨物列車に乗ろうとした。ところが日本人に密告され、ソ連警察に捕まって、二年の罰則強制労働に就かされることになったのである。

小説中の「川上炭鉱」は、仮名でも架空のものでもなく、南樺太に実在した炭鉱である。一九〇五年、日露戦争の戦利品として樺太（サハリン）の北緯五〇度以南の地を植民地として獲得した日本国家は、石炭および鉱物資源の乱開発を防ぐため、鉱区を封鎖し、資源調査ののちに順次これらを封鎖解除して民営企業に払い下げる、という方針を採った。最も重要と目された南部・中部・北部の三つの炭田（いわゆる三大封鎖炭田）が最後まで残ったが、一九一三年にようやく中部炭田の最南端、豊原（ロシア名＝ユジノサハリンスク）の北東約三五キロに位置する川上炭鉱が開封され、南樺太における本格的な炭鉱開発と石炭生産が始まったのである。「川上炭山」と通称されたこの有望炭鉱の経営権を獲得したのは、三井鑛山株式会社だった。九州で三池と筑豊の田川、山野の三大炭鉱を有し、北海道では砂川、美唄《びばい》の両炭鉱を経営していた三井鑛山は、一九二〇年代後半から一貫して、二位の三菱鑛業株式会社を抑えて、日本最大の石炭産出高を誇るトップ企業だった。だが、この企業の石炭生産は、三池における囚人労働に始まって、戦時下の「鮮人」および「華人」の使役、樺太における朝鮮人の強制労働、そして大規模炭鉱災害とその後遺症による労働者の使い棄てに至るまで、日本国家の海外進出のためには不可欠だった罪業によって支えられていたのだ。ちなみに、北海道で囚人を使役した幌内炭鉱、そしてこの炭鉱のための鉄道建設工事が監獄部屋を必要としたその幌内炭鉱を経営してい

樺太川上炭山風景——樺太川上炭山風景絵葉書（No.286）より

たのは、北炭こと北海道炭礦汽船株式会社だが、この北炭も三井財閥系の企業だった。行川《なめかわ》郁夫こと呂泰永は、酷使され使い棄てられたそれらの人びとの一人だったのである。川上炭鉱を脱出したかれの前途には、「復讐」があった。その復讐は、のちに桜井佳子ゆえに殺される弟のためだけのものだったのではあるまい。

「その後の二人の苦労というのは、これはもう語っていると嫌になりますんでね、とにかく、西能登呂岬というところから、一人三百円か米俵一俵で、稚内に向けての救出船を日本人漁師が出しているらしいという噂を聞きつけて、兄弟苦労に苦労を重ねてこの岬へたどり着き、どさくさで拾っていた貴金属と引き換えに船に乗せてもらって、稚内の海岸へ命からがら渡ってきたそうです。これが昭和二十二年〔一九四七年＝引用者註〕の夏のことです。

無一文ですから、野草や、付近の家でめぐんでもらった食い物で飢えをしのぎながら、豊富まで歩いて南下してきたといいます。豊富の街で、呉下サーカスが集団で自給自足生活をしていると聞き込んで、それで私たちのテントや、掘立て小屋を訪ねてきたというわけです」

八坂の長い長い話が終わった。気づくと窓の外は、すっかり陽が落ちている。老人ホームには蛍光灯の明かりが充ち、八坂の背後では、夕食の膳が配られはじめている。

もう立たねばと知りながら、吉敷は席を立てずにいた。ほとんどあきれるような思いで、放心してしまっていたからである。

なんという長い旅を、行川郁夫は、いや呂泰永はしてきていることだろう。長

川上炭鉱本坑採炭場――樺太川上炭山風景絵葉書より

い長い旅の果ての殺人か。この果てしない旅の果て、昭和という彼にとっては象徴的な時代が終わった年の春に、彼はひとつの殺人を犯したのだ。

その動機とは、三十年の時空を超えた、おそらく弟の復讐だ。

なんという事件だ――！

推理小説としての『奇想、天を動かす』は、幾重にも謎を孕んで展開される。桜井佳子を迎えにきた源田の子分が射殺されたのは、小樽から札幌を経て旭川に向かう函館本線の列車内である。だが、かれを殺したと考えられる呂泰永のピエロ姿が車中で目撃され、そのあと便所内でピストル自殺したピエロの死体が消失したのは、函館本線とはまったく別の、札幌から石狩沼田への札沼線でのことである。泰永が、札沼線でことさら人目を惹くピエロ姿を見せ、自殺を演じたのは、自分は子分殺害のあった函館本線には乗っておらず、小樽から札幌まで佳子および泰明と同行したのち札幌で札沼線に乗り換えた、ということを示すためのアリバイ工作だったに違いない。しかし、では、函館本線での子分殺害のあと、札幌まで戻らなければ不可能な札沼線への乗換えを、かれはどうして実行しえたのか。なにしろ、一八時二〇分ごろと推定される子分殺害から、二〇時二〇分ごろのピエロの自殺までには、ちょうど二時間しか時間差がなく、しかも、ピエロ事件の札沼線列車に乗っているためには、札幌を一六時二二分に発たなければならないのだ。謎はそれだけではない。ピエロ事件の札沼線列車は、この事件の前後に、さらに別のいくつかの事件と遭遇していたのである。ピエロ事件の四〇分ほどまえ、同じ列車が、線路を横切るようにして横たわっていた人間を轢いた。運転士と車掌が死体を収容して機関車のすぐ後ろの一輌目の客車のデッキにシートを掛けて置いたが、轢断された頭部と両手首は見つからぬままだった。ところが、ピエロ事件の二〇分ほどあと、今度は、その死体がいきなり立ち上がって、首なしのままの外套姿で一輌目の車内に侵入するという怪事件が起こったのだ。驚愕した乗客たちは、手当たり次第に物を死体に投げつけながら逃げ惑った。そのうちのひとりが、製パン工場に運ぶため通路に置かれていた小麦粉の袋にぶつかって袋が破れたので、その小麦粉をつかんで投げた。死体の胸に命中した小麦粉は、まるで白煙のようにもうもうとあたりに舞った。死体がひるむのを見て、他の乗客たちも小麦粉をつかんで投げはじめた。死体は後じさりしてデッキへ退いた。つぎの瞬間、大音響とともに客車の一輌目が爆発を起こし、列車は脱線転覆したのである。

　こうしたさまざまな事件とその謎を読者とともに追う吉敷刑事は、しかし、そうした個別の謎の背後にある巨大な歴史的根拠に直面して、席を立つこともできぬまま放心したのだった。吉敷刑事も、そしてかれに呂兄弟の生涯を語った八坂も、そのころはまだ知らなかったが、われわれはすでに、たとえば片山通夫によるルポルタージュ、『追跡！　あるサハリン残留朝鮮人の生涯』[12]によって、日本の内地と植民地・樺太とのあいだを翻弄され、ついに朝鮮へ帰ることができぬままサハリンに居住しつづける朝鮮人一家の歴史があることを知っている。慶尚北道義城郡の貧農に生まれた鄭泰植《チョンテシク》（日本名＝大山泰植）は、一九四三年九月、父が炭鉱で働いていた樺太西柵丹《にしさくたん》（ボシニャコヴォ）に母と兄妹とともに移住して以来、みずからも炭鉱勤務の時期を含めて、現在（この本が刊行された二〇一〇年の時点）に至るまでサハリンで生きている。父と兄は、一九四四年には日本の国策によって九州へ強制転換とな

（12）片山通夫『追跡！　あるサハリン残留朝鮮人の生涯』（二〇一〇年八月、凱風社）。

り、福岡県嘉穂郡稲築町（現＝嘉麻市）の三井鉱山山野鉱業所で使役された。三池およぴ田川と並ぶ三井の九州における主力炭鉱である。現実の鄭一家と架空の呂兄弟（兄・泰永には故郷に妻もいたのである）とは、もちろんかれらの生涯のなかで接点を持つはずもない。吉敷刑事も、現実の鄭一家のことは知らぬままだった。しかし、呂兄弟の生涯を知った吉敷にとって、鄭一家の生涯は他人事ではなくなったはずだ。わずか十二円の消費税が惹き起こしたかに見えた殺人事件から、作者・島田荘司は、かれもその一員である日本社会の歴史的責任を、あらためて問うたのである。その責任は、石炭がたどってきた歴史のなかで、石炭そのものの一生が終わったのちにも、依然として消えることはない。

吉敷刑事が最後まで思い悩んだ謎——あるいは事件のトリック——が、二つあった。その一つは、函館本線と札沼線というまったく別の鉄道路線で起きた両事件に、一人の呂泰永がなぜ関与することができたか、という謎であり、もう一つは、爆発物を積んでいたはずもない札沼線の列車がなぜ大爆発を起こしたのか、という謎である。

前者は、すでに廃線になっている鉄道の運行ダイヤと駅の位置を、唯一の手がかりである古い時刻表によって調べなければならないために生じた錯覚によって、解きがたい謎となったのだった。鉄道の時刻表に添えられている鉄道路線図を見たことがあるものなら知っているとおり、その路線図は正確な地図とはかなり懸け離れたものになっている。とりわけ、複数の路線が近接して走っているところなどでは、丸印によって示される駅の駅名を記すためにも、路線の位置や形状は極端に変形されてしまうのである。この図によって函館本線と札沼線の位置関係を思い描いた吉

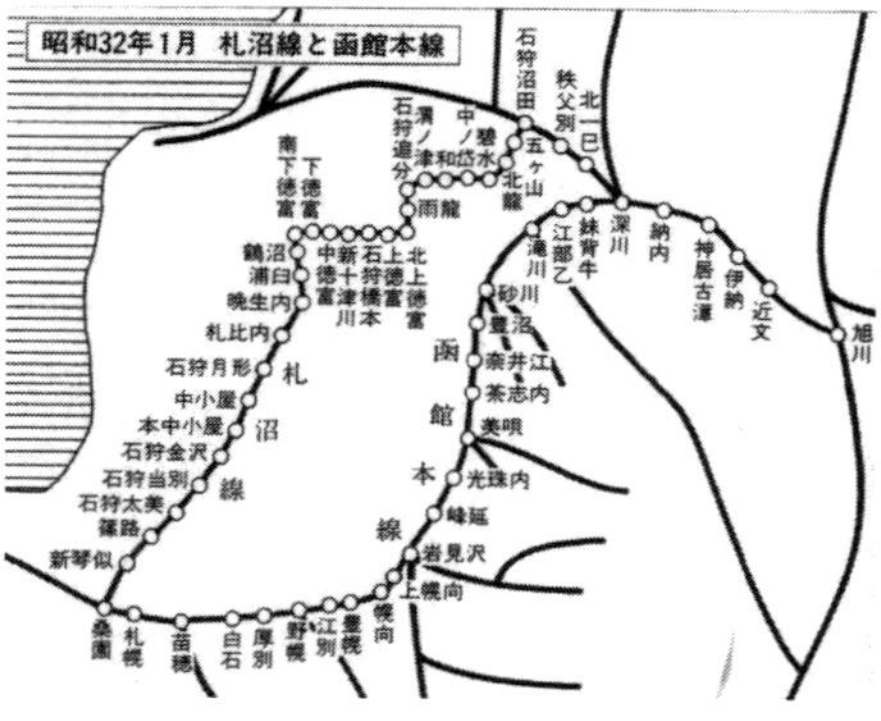

『奇想、天を動かす』（No.375）より

敷刑事や札幌署の牛越警部は、全く思いがけない錯覚に陥っていたのだった。函館本線の列車内で源田の子分を殺して弟の復讐をした呂泰永は、じつは、弟の死体とともに札沼線の列車に乗り込むことが充分にできたのである。

だが、もうひとつの謎、札沼線の列車の大爆発の謎は、炭鉱における炭塵爆発を知っている読者であれば、難なく解くことができる謎にほかならない。ガス爆発と信じられていた炭鉱の爆発が炭塵によるものであることが解明されるに当たっては、アメリカの製粉工場における麺粉（小麦粉、メリケン粉）の粉塵の爆発が、ひとつの手がかりとなった。空気中である一定の濃度に達したとき引火して爆発するのは、炭塵だけに限らないのだ。札沼線の列車で収容された轢死体が立ち上がったのに驚愕し恐怖した乗客たちが、てんでに小麦粉をつかんで死体に投げつけ、車内に粉末がもうもうと立ちこめたとき、列車は火事現場の近くを通過したのだった。おそらく火事の火の粉が列車のデッキか連結部から車内に飛び込んだのだろう。炭鉱坑内の炭塵爆発と同じことが、列車の車内で起こったのである。推理小説『奇想、天を動かす』の最大のトリックは、坑内の事故を列車内で起こさせたことだった。

樺太の川上炭鉱で苦しみの限りを味わった呂泰永に天が動かされたとすれば、その天の配剤は、炭鉱の坑内で遭遇していたとしたら死か深刻な後遺症をかれにもたらしたはずの爆発が、弟の死体の埋葬と泰永自身の脱出とを可能にした、ということにある。こうした設定の意図を、作者・島田荘司は語っていない。だが、呂泰永が、弟とともに、そして無数の同胞たちとともにたどってきた道にふさわしい炭塵爆発によって、作者がかれらへの鎮魂と謝罪という歴史的責任の小さな一部を表現しようとしているのを読むとき、読者は、石炭の一生のあとに遺されたものが事故の後遺症やさまざまな公害だけではないことを、あらためて銘記せざるをえないのだ。

4　終わらぬ石炭の一生

一九八九年九月二十九日、かつて囚人労働によって北海道における監獄部屋の道を開いた幌内炭鉱が閉山した。北海道で最初の鉄道、幌内鉄道が敷設される直接の契機となったこの炭鉱は、一九七八年以降は北海道炭礦汽船株式会社から分離した北炭幌内炭礦株式会社によって経営されていたが、ついに百十年にわたる歴史を閉じたのだった。北海道炭礦汽船そのものは、それから五年半後の一九九五年三月十八日に、最後まで残った空知炭鉱（一九六三年から子会社の空知炭礦株式会社が経営）が倒産閉山して、事実上その営業を終了した。空知炭鉱からさらに二年後の一九九七年三月三十日、これも囚人労働や強制連行の歴史と深い関わりをもつ三井三池鉱業所が閉山した。そして、二〇〇一年十一月二十九日には、長崎県西彼杵《にしそのぎ》郡外海《そとめ》の沖合七キロに浮かぶ池島炭鉱が閉山して、九州から最後の炭鉱が消えた。翌二〇〇二年一月三十日には、北海道の太平洋炭礦株式会社（釧路市）が営業を終了した。この炭鉱はただちに「釧路コールマイン株式会社」に引き継がれ、ここでなお続けられている採炭が、日本に残る唯一の坑内掘りとなったのである。北海道にはなお七ヵ所の露天掘りによる小規模炭鉱が残存してはいるが、日本における本格的な炭鉱の歴史は、こうして二十一世紀の始まりとともに終焉した、と言ってもよいだろう。

　鉄と蒸気による産業革命の文字通りのエネルギー源となり、後発資本主義国家・日本においてもこの国家社会の近代化と海外進出の巨大な原動力となった石炭は、一九六〇年十二月二十七日に政府が決定した「国民所得倍増計画」およびそのための新経済政策であるいわゆる「高度成長政策」の実施とまさに軌を一にして、急速な低落と終焉への道をたどっていく。その道は、「エネルギー革命」という美名によって舗装された。水沢周は、一九八〇年七月に刊行された『石炭――昨日　今日　明日』[13]のなかで、つぎのように述べている。

〃エネルギー革命〃とは、何だったのだろうか。簡単にいってしまえば、一次エネルギーの構成において、かつて優位に立っていた固体エネルギー（石炭）のかわりに、流体エネルギー（石油・ガス）が主力になった、ということにほかならないし、その理由としては、第一に流体エネルギーのほうが輸送・備蓄・計量・使用という各面で、固体エネルギーよりはるかに扱いやすく、しかも単位熱量が高いといった品質上の問題、値段が安く供給が安定的であったという経済的な問題によって説明できるであろう。／また、結果としては、とりわけ臨海性の工業が目だって発達するとともに、石油精製プラントを中心として、発電・製鉄・重工・化学といった基幹的産業が、複合的なコンビナートとして展開したことや、輸送機関としても流体エネルギーを使用するものの発達がいちじるしく、固体エネルギーがこの面でも衰退したことなどがあげられる。

しかし、こうしたことが一九五五年から六五年ごろにかけて、とりわけ急激に日本において起きた、ということには、戦後日本の歴史そのものに根ざす原因があった、と水沢は分析する。かれの分析を簡略に要約すれば、以下のとおりである。

――日本の鉄鋼産業は、戦後の比較的早い時期に重油・海外炭などの海外エネル

(13) 水沢周『石炭――昨日　今日　明日』（一九八〇年七月、築地書館）。

ギー資源に関心をいだいたが、鉄鋼と並んで全産業のもうひとつの基盤である電力の動きも、国内産の石炭にとって、決定的に大きな影響を及ぼした。戦時下の日本の電力事業は、一九三八年に電力管理法によってつくられた一元的な巨大国策企業、「日本発送電」によって運営されていた。敗戦ののち、戦後復興の目途がつきはじめた一九四九年七月、GHQ（連合軍総司令部）は電力事業分割の方向を強く指示し、渋る政府・業界の尻を叩いて、一九五〇年十一月、いわゆるポツダム政令（GHQの指令による法令）というかたちで九電力会社への分割が決定した。この時期はまだ「水主火従」（水力発電を主とし、火力発電を従とする）だったが、やがて「火主水従」となる時点で、この電力事業構成は石炭の運命にとって巨大な影響を与えることになる。すなわち、それぞれの企業としての採算性をきびしく考慮しなければならなくなった各電力会社は、鉄鋼事業と同様に、国内炭の高炭価傾向につねに強い反発を示しながら、わずかに政府の政策にもとづく石炭の長期引取契約（いわゆる政策需要）によって、石炭につなぎとめられていた。一九六〇年代中葉からこの制約がゆるむにつれて、これらの電力会社が火力発電燃料における「油主炭従」路線に急速に切り替えていったのは、当然の成り行きだった。とりわけ人口密集地の集中的な工業地帯に電力を供給する東京電力、関西電力、中部電力は、石炭煤煙による公害問題や、国内産炭地から遠いこともあって、早くから石油志向だった。

日本占領当初、GHQの占領政策は、日本の石油精製能力や貯油施設を戦力回復が不可能なまでに微力化することを目指していたと思われるが、電力再編成を指示したのと同じ一九四九年七月、GHQは日本の太平洋岸の製油所復旧と原油輸入精製再開を許可し、石炭の統制撤廃を指示した。占領軍の対日石油政策が、石油関連施設を撤去して賠償とさせることから、むしろ施設を復興させて生産賠償させるほうが得策という方向へと転換したのである。「また、戦後イギリスにかわって中東における影響力を伸長させたアメリカが、急速に増大する中東原油（一九四六年には、年産、三、五〇〇万トン。一九五〇年には、八、八〇〇万トン）の市場をもとめるようになったことと、米ソ関係が急速に悪化し、いわゆる東西の対立時代がはじまったため、日本がもっとも重大な戦略基地としてクローズアップされてきたことから、急速に日本の石油関連設備の拡充方針がとりあげられるにいたった。この結果が、太平洋岸製油所再開の許可となったのであろう」と水沢は述べている。このことはまた、「国際石油資本が、従来の生産地精製主義を切りかえて、消費地精製主義に切りかえたことを意味する」のである。これによって、消費地は精製費を自国の通貨でまかなえることになり、戦災で極度に経済力の衰えていた消費国の石油需要を拡大することにつながった。一九四九年、国際石油資本各社がいっせいに日本の石油精製会社と合弁・供給保障・委託精製・委託販売などの契約を結び、急速に安い石油が流入して、膨大な設備がつぎつぎに建設されることになる。「昭和二五年〔一九五〇年〕の段階では、輸入原油の買付価格はＣＩＦ（揚地価格）で一バーレル当り二ドル七〇セントであった。一キロリットル六、一一〇円ほどとなる。当時の石炭の価格は六、五二〇キロカロリーのものが一トン当り三、一一〇円ほどで、キロカロリー当りで比較すると原油六五銭にたいし石炭四七銭である。これなら石炭のほうが安い、と考えがちだが、石炭の価格には使用地までの運賃をプラスしなければならない。それにたいし、原油は工場立地という点から見てほとんど揚地で使用可能なのである。〔……〕復興金融公庫融資などの優遇措置をうしない、また炭鉱国営という保護の傘をもうしなっていた石炭は、こうして昭和二七年の燃料油の統制撤廃とともに、需要面からは電力・鉄鋼業界による高炭価批判をあび、供給面では太刀打ちできぬほど強力なライバルのなだれこみを迎えることとなったのであった。」

一九五一年からわずか四年で、鉄鋼業界の国内炭需要は半減した。そしてちょうどそのころから、化学工業もまた石油を原料とする方向に動いた。通産省（通商産業省）石炭局は、一九五三年、向こう五年間に合理化によって炭価をトン当たり四七五二円から三〇六九円に大幅値下げする方針を発表した。そののち、合理化による石炭生産コストの引下げがたびたび試みられるが、一九五〇年代半ばには経営難から炭鉱の企業整備や閉山があいつぎ、さらに一九六〇年代に入ると、石炭の最大需要者のひとつだった国鉄（日本国有鉄道）が、東海道新幹線の建設と営業開始を大きな転機として、在来線でも電化とディーゼル化を推し進め、かつて日本の石炭の一割を消費していた大使用者の位置を放棄していく。一九五九年十二月、政府は、失業対策事業や広域にわたる転職の斡旋を条件とする「炭鉱離職者臨時措置法」を公布した。炭鉱地帯にあふれていた失業者の相当部分が、これによって何らかの職業に吸収されたものの、一方では域外への人口流出が起こって、炭鉱地域の荒廃と空洞化をいっそう促すことになった。これに先立って、一九五九年八月、三井鉱山は四五〇〇人以上の希望退職者募集を中心とする企業整備案を労働組合側に示した。組合が再三のストライキで対抗すると、会社は一二一四人の指名解雇に切り替え、こうして一年三ヵ月にわたる「三池争議」が始まることになる。明治初年から数えて百年の歴史をもった日本の石炭産業は、こうしてわずか数年で崩れ去ることになったのだった。この最後の年月の政府による政策とそれを受けた石炭産業の施策について、水

戦後間もないころの北海道の小炭鉱《やま》「小野炭鉱」の建設現場（右）と二十八歳の社長―玉山昌一『夕張ふるさと写真集』第二号（No.754）より

沢周は、「スクラップ・アンド・ビルドによる、秩序ある撤退ではなく、スクラップ・アンド・スクラップによる無惨な崩壊が石炭産業におこった」と述べている。

「高度成長政策」によって破壊されたのは、しかし、石炭産業だけではなかった。一九六〇年八月、農林省は「新農林漁業政策」を発表した。これにもとづく「農業基本法」が、六一年四月二十九日に衆議院で強行可決されたのち、同年六月十二日に公布され、農業の生産・経営および流通の合理化が急速に推進されたのである。

「ここは陽もささん地獄じゃけん」
一枚の葉もない軒端の柿の木
瘤や皮をけずりとり
不規則に折れ曲がりながら立つている
ここからはあたりいちめん
ボタ石がごろごろ転がり
その向こう下には
炭鉱に追いつめられた零細な農業地帯がある
麦畑は陥没の水にひたされている

「農業基本政策ちや
百姓がらくになることかい　おまえ！
炭鉱とおんなじ
そげん　馘切りのことかい！」

〔本田文吉「冬の時代」（『本田文吉詩集　炭坑《ヤマ》をみすてるな』(14)）より〕

かつて貧窮に追われた農民たちを吸収して成長した炭鉱は、こうして、母村たる農村とともに決定的な貧窮と死への道をたどることになる。それはまた、この国家社会が、食糧においてもエネルギー源においても自給率を破滅的に減じていく道でもあったのだ。しかも、日本という国家社会が大東亜戦争の敗戦からの再出発を遂げてから、ふたたびこの新たな破滅への道を歩み始めるまでには、わずか十五年しか要さなかったのである。

こうして、現実が決定的に変わっていくなかで、敗戦直後の希望を石炭に託してうたわれた歌だけが残った。たとえば、森鷗外をその邸宅の豪奢によって驚嘆させ羨望させた「炭鉱王」貝島太助の本拠地である大之浦炭礦の地元、福岡県鞍手郡宮田町（現・宮若市）の宮田町立(15)（現・宮若市立）宮田中学校の校歌は、その希望と石炭を、つぎのように歌っている。

笠置山《かさぎやま》朝日に映えて　六ツ岳《がたけ》夕日ににおう
丘の上の我が学舎《まなびや》に　集いよる愛の友垣　愛の友垣
固くむすびて平和日本の基《もと》いさだめん
大空にみなぎるけむり　地の底にとどろくはっぱ
はらからが国富まさんと　ほりいだす汗のけっしょう　汗のけっしょう
玉と光りて文化日本の花とかおらん

（14）本田文吉『炭坑《ヤマ》をみすてるな』（一九六五年十一月、地殻社）。
（15）宮田中学校の校歌を教示してくださったのは、二〇〇七年当時わたし（池田）の職場の職員だった三縄直子さんである。わたしが「石炭の文学史」との格闘を続けていることを何かのおりに話すと、ご自分が宮田町の出身で、中学校の校歌に石炭が歌われている、と言って、すぐにその校歌（楽譜つき）のコピーを持ってきてくださった。この場を借りてあらためて感謝したい。

世のあゆみ千石川の　よどみなくすすみてやまず
自由自主ふき独立の　めいよある重き責任　重き責任
みごとはたしてどうぎ日本のじつをしめさん

（八波規吉・作詞／森脇憲蔵・作曲）

一八八三年に貝島太助によって開坑され、一九四一年には一四八万トンを産出して一鉱業所としては三井鉱山の三池と田川に次ぐ業績を誇った貝島大之浦炭礦も、一九七六年八月五日に閉山した。閉山は各地の炭鉱で続出した。歌だけが残ったのは、宮田中学校の校歌の場合にとどまらない。敗戦から朝鮮戦争による朝鮮特需へと日本の戦後復興が進むなかで、この復興と歩みを一にして全国を席捲した「炭坑節」が、やはりそうだった。そして、その「炭坑節」――「月が出た出た　月が出た」で知られ、全国各地の盆踊りでもっとも親しまれた歌のひとつだった「炭坑節」には、こういう歌詞もあったのである。

ダイヤモンドが欲しいなら
うちのおヤマに来るがいい
男ざかりのサマちゃんが
意気で掘りだす黒ダイヤ
　サノヨイヨイ

旧国鉄筑前宮田線、一九八九年十二月二十二日廃線―本田辰己写真集『炭鉱往歳』(No.750) より

あるいはまた――

地下は三千尺どこまでも
掘れば出てくる黒ダイヤ
我が日の本のすみまでも
照らす明るい黒ダイヤ
サノヨイヨイ

かつて、石炭が「黒ダイヤ」に喩《たと》えられ、未来への希望の象徴として、その高い価値を誇った時代があったのだった。そういう時代が過ぎ去り、歌だけがいまなお盆踊りの歌として生きつづけることになったのだ。
その「炭坑節」について書いた文章のなかで、上野英信は、つぎのようなエピソードを語っている。

月がでたでた、で知られる炭鉱節(ママ)を、日本の国歌と思いこんでいる欧米人もあるそうだが、それほど炭鉱節は日本の代表的な民謡のひとつとして〝国際的〟に名高い。外人観光団の宴会といえば、芸者といっしょに炭鉱節を踊らせるのが定石のようである。「フジヤマ、サクラ、ゲイシャガール」に加えて、いまや、タンコーブシは観光日本の表看板のひとつにまでのしあがっている。
いつごろから歌われはじめたのか、不勉強にして私は知らない。炭鉱節の発祥地は「こっちだ」「いや、おれのほうだ」と、三池と田川で〝本家争い〟がうるさいが、どちらが発祥地やら、それも知らない。ただ私は炭鉱節をうたったり、きいたりするたびに、いつも思いだすことがひとつある。いまから十幾年もまえのことだが、どうしても忘れられない。それは私が炭鉱に入って間もないころであったから、たしか昭和二十三年〔一九四八年〕だったろう。古い坑夫長屋に住む友人の家で、特別配給の安酒をのみながら炭鉱節をうたいあったときのことだ。それまで黙ってキセルをふかしていたその家のお婆さんが、不意に顔をあげて語るともなくこう語った。

「長生きすればイカの骨を嚙むちゅうが、ほんなこて、世ん中も変われば変わるもんたいなし。あたいたちが昔坑内にさがりよった時分は、こげな歌どもおおっぴらにうたおうもんなら、それこそどやしあげられよった」

私は驚いてわけをたずねた。老婆はあいかわらずつぶやくような調子でこたえた。

「いまは時代が変わって〝炭鉱節〟ちゅうごとなったが、昔はなし、そげなふうには呼びよらんじゃった。みんなこの歌のことを、〝エッタ節〟とか〝エタ節〟とか、こげなふうにいいよった。そいけん、つい一杯機嫌のよか気色になっち、うかつにこの歌でもおめきだそうもんなら、こらッ、エタ節を歌うなッ！　ちゅうて、目ん玉のとびだすごとどなりあげられたもんたい。日本人は日本人の歌がある。なにもわざわざエタの歌をうたうことはいらんちゅうわけたいなし」

こういってお婆さんは、いかにも感慨ぶかげなおももちで煙草をふかした。〝エタ節〟が〝炭鉱節〟に変わり、私たちのような新参の若ぞうまでが、だれはばからず堂々と大声でこの歌をうたうようになった。そのひとことのなかに、彼女は時代の移り変わりをなによりもつよく感じたのかもしれない。だが、ひょっとす

2009年から毎年11月第一日曜日とその前日に開催される「TAGAWAコールマインフェスティバル〜炭坑節まつり〜」の手ぬぐい（所蔵・撮影＝著者）

れば、彼女はほんとうは次のようにいいたかったのかもしれない。

「おまえたちは焼酎でもこきくろうて、よか気色でおめきよるばってん、こん歌は、よかか、そげな歌ではなかとぞ。おれたちの血を吐きよる音ぞ。地ん底でおしつぶされよるおなごのうめきぞ。それば知っちょるとか。それば知ってうたいよるとなら、うたえ。ばってん、おまえたちは、これがだれの歌かも知らんとじゃ。人間がなんであるとも知らんとじゃ。それも知らじ、こん歌ばうたうことは許されんとぞ」

九州の炭鉱労働者には、古くから〝エタ〟または〝エッタ〟と呼ばれた未解放部落出身者が少なくない。そして彼らは長いあいだ、地上においても、地下においても、きびしく差別をおしつけられてきた。

その昔の坑夫長屋は、現在とは比較にならないほどひどかった。そのなかでも、部落民坑夫の入れられている長屋は、とくに〝エタ納屋〟と呼ばれて、便所の構造にいたるまできびしく差別されていた。長屋の端にある共同便所の構造をみるだけで、その長屋のひとたちが部落民であるかどうか分かるように作られていた。一般の坑夫便所は粗末ながら、糞壷のうえに床が設けられていた。しかし〝エタ納屋〟の便所は、けっして床が設けられず、糞壷のすぐうえに直接二枚の板を渡すだけであったという。

坑内の職場も、採炭や掘進などは「ヤマがけがれる」「ヤマの神さまが荒れる」というような理由をつけて、部落出身者には閉ざされていた。彼らに与えられる職場は、坑内労働のうちでもとくに危険な労働である〝棹取り〟であった。

〝棹取り〟というのは、狭い坑道を昇降する炭車を乗りまわす坑内運搬夫のことである。

「炭鉱節のふるさと」と題するこの文章を、上野英信は一九六二年四月に発表した。[16]それは、戦後日本の労働者運動を領導した労働組合の結合組織である日本労働組合総評議会（総評）が短期間だけ発行していた週刊雑誌、『新週刊』に掲載された。そのころ、すでに、総評の傘下にあった三池炭鉱労働組合の長い闘争も、惨澹たる敗北に終わっていた。まさに日本の石炭産業は死に瀕していたのである。まさにその時期に、上野英信は、瀕死の炭鉱とは裏腹に全国を席捲しつつあった「炭坑節」が内包している歴史的現実のひとこまを、えぐり出したのだった。

けれども、その歴史的現実とは、すでに過ぎ去った現実にとどまるものではなかったのである。「炭鉱節のふるさと」から四年余り後の一九六六年八月、上野英信は「わが町」と題する短文を『朝日新聞』に書いた。これによれば、そのころかれが住んでいた廃鉱の町は、一九五五年度には三万七九五人の住民をかかえていたが、六五年度には二万八〇人の住民しかいなかった。十年間に三分の一を上回る人口の激減だった。しかも、町の総世帯数、約四六〇〇のうち、約一五〇〇が生活保護世帯なのである。この保護世帯のうちの九割以上が、多かれ少なかれ高利貸しの世話になっているという。定められた保護基準では、とうてい最低生活も営めないからだ。それからさらに半年後の「鉱毒部落」と題する文章で、上野英信は、生活保護で生きる炭鉱離職者が「保護のくせに」という周囲の目によって差別され、「筑豊は〝保護天国〟だ」という白い眼によって苦しめられていることを記している。かつては被差別部落民に向けられていた産炭地の差別は、いまでは廃鉱の町となった筑豊の炭

(16) 上野英信「炭鉱節のふるさと」は、一九六二年四月に『新週刊』に発表され、のちに上野の著書『どきゅめんと・筑豊――この国の火床に生きて』（〈新報新書〉。一九六九年七月、社会新報）および『火を掘る日日』（一九七九年三月、大和書房）に収載された。後出の「わが町」は『どきゅめんと・筑豊』に、「鉱毒部落」は同書と『火を掘る日日』に収録されている。

鉱離職者とその家族のすべてに向けられているのだ。
「下罪人」であり、「親のバチ」に呪われた「タンコモン」である坑夫たちによって、日本近代の炭鉱労働は始まった。「納屋」が炭住（炭鉱住宅）となり、社宅と呼び名を変えても、坑夫たちへの差別はなくならなかった。石炭を掘り、地上に運び上げ、選炭する男女の炭坑夫たちだけでなく、その石炭を運搬する川筋の船頭たちも、港湾で石炭荷役にたずさわる「ゴンゾウ」と呼ばれる仲仕たちも、石炭運搬船の下級船員たちも、およそ石炭と関わる肉体労働者のすべてが、社会の蔑視と差別を受けつづけた。そして、石炭産業そのものが壊滅し炭鉱が姿を消したのちも、炭鉱労働者にたいするこの国の社会的差別はなお、姿を変えて再生するのである。

みずから炭鉱労働者として生きた体験をもつ上野英信は、一九六八年一月、「この国の火床に生きて」[17]というエッセイを週刊誌『朝日ジャーナル』に発表した。そのなかで、生活保護という名の「生活破壊」に圧しひしがれる廃鉱の住人たちに目を向けつづけた上野は、この差別の現実への肉薄をまたも試みようとする。

生活保護という名の「生活破壊」は、とどまるところを知らず進行している。本来の民主主義的な目的はどうであれ、現実にはほとんど人権を無視した差別行政であることは、疑うべくもない事実だ。人間が人間として生きるためのもっとも基本的な権利である勤労の権利、教育の機会均等、居住の自由さえ、もはや保障されてはいない。保護世帯であるがための有形無形の圧迫は、ますます堪えがたいものとなっている。しかも為政者たちは彼らを「なまけ者」呼ばわりして恥じず、産炭地振興がはかどらないのは彼らの責任であるかのごとく主張して憚ら

（17）上野英信「この国の火床に生きて」は、『どきゅめんと・筑豊』と『火を掘る日日』（前註参照）に収載された。

ない。

このような鋭く今日的な危機感をふまえたものが、いわゆる閉山炭住「部落化」説であろう。しかし、現実がいかに悲劇的なものであれ、そのことにのみ目を奪われてはなるまい。部落化はけっしてきのうきょうに始まったことではないからだ。古く炭鉱の歴史とともにそれは開始されており、たえず意識的に部落そのものとして作りだされてきているのである。そして、日本の石炭資本の罪科はここにつきるといっても、恐らく過言ではないはずだ。今日の甚だしい貧困と差別が、あたかも合理化政策の犠牲となった廃鉱住民の生活保護世帯化によって生じた、きわめて特殊な現象であると思う人がいるとすれば、木を見て森を見ないの愚というほかはない。石炭資本は歴史の抹殺におおわらわであるが、彼らの終始一貫した差別政策こそ、現在みられるような破局的な部落化の最大の原因であることを、私たちはぜったいに忘れることはできない。

敗戦後、わずか二十年ではあるが筑豊に住みついて、私がいつもなにより強烈な衝撃を受けるのは、じつにこの根深い露骨な差別政策であった。火に油をそそぐように、たえず差別に差別がつみ重ねられてゆく。そして私自身、坑夫の一人として地底で働くなかで、もっとも痛切になめさせられたのは、文字どおり「非人」扱いの悲哀であった。

大事故のたびに何百人と殺されてゆく炭鉱労働者は、しばしば、典型的な消耗品になぞらえられる。しかし、もし単なる「消耗品」「物」として扱われるのであったら、どんなにか救われた

三菱南大夕張炭鉱の閉山（一九九〇年三月二十七日）。最後の仕事を終えて坑木に「さらば南大夕張鉱」と記す労働者たち（撮影・写真提供＝玉山昌一氏）。

であろう。表面はさも消耗品として無視しているように装っているが、その背後にたぎっているのは、深い憎悪の感情であることを、私はつねに痛いほど感じて戦慄させられる。私だけの主観的な思いすごしであれば幸いだが、少なくとも私にはこの血の凍るような憎悪の感情こそ、抜きがたい差別意識のもっとも端的なあらわれであるように思われてならない。

ここで「部落」と書かれているのが、被差別部落のことであるのは言うまでもない。これに続けて上野英信は、「私の家をおとずれる被差別部落の老坑夫たちの歩んだ足跡ほど、いまさらながら炭鉱の差別のすさまじさを思い知らせてくれるものはない」と述べ、とうてい言葉にいいつくしがたい痛苦をかれらが坑内馬に託して語ろうとするのは、とくに印象深いことである、と記している。

かつて被差別部落出身の坑内労働者に与えられた仕事の代表的なものは、いちばん生命の危険率の高い「棹取り」運搬夫、つまり石炭を運搬する炭車（トロッコ）の係りだったが、坑内馬の使役もまた、かれらの主要な労働のひとつだった。「坑夫と馬車ひきが喧嘩をしているのを人間がとめた」といわれるくらい、坑夫も馬車ひきも人間とは見なされていなかったのだから、地の底で馬の手綱をとる坑夫が、とりわけ賤しまれたのも当然だろう。かれらが心中の悲痛を通わせることのできるのは、ただ坑内馬だけだったのかもしれない、と上野は書いて、ひとりの老坑夫の言葉を紹介する。――「馬ほどみじめなもんはなかです。なにしろ電気に弱かですけん、毎日のように、一頭や二頭は死によりました。ていねいに土の中に葬ってやっておりましたが、明けの朝は、誰が盗んだのか、掘返されて影も形もみえません。ばっ

閉山のあとの炭住とボタ山――本橋成一写真集『炭鉱《ヤマ》』（No.730,731）より

てん、生きて坑外にあげられる馬ほどうれしそうなもんは、またとこの世にありますめえ。喜んで喜んで、気違いのごと跳ねて駆けまわります。誰もとめることのでけん勢いです。ばってん、わたしゃ、綱を手から離したことはござっせんばい。こっちが怪我を負うても、馬にだけは傷を負わせまいと思うが一心でなあ」。

さらに忘れがたいのは、ある老婆の言葉だ。「死んでまた生まれ変わってくるとしたら」――男がよか。女がよか。坑夫は嫌じゃ。百姓も嫌じゃ。そんなたわいない夢物語の中で、この老婆だけ、思いつめたような真剣な面ざしでこうつぶやいた。

「あたしゃ、ほかになーんも望みはなかが、でくることなら、ぜひ、馬車馬に生れてきたかよ……」と。

一座は急に静まり返った。幼いころから坑内にさがり、ありとあらゆる屈辱に呻吟しつづけてきた彼女が、選りに選って馬車馬に生まれ変わりたいとは！　誰一人、想像もできないことであった。むしろ彼女こそ、どんな高望みをしたところで、笑う者はなかったであろうし、叶うことなら、ぜひ実現させてやりたいと願わずにはいられなかったであろうに。しーんとなった空気の中で、老婆は喘息に嗄れた声でつぶやきをつづけた。

「あたしゃ、こまかときから一生、スラ（石炭運びに使うソリカゴ）ば曳いてきた。慣れた仕事たい。馬車馬がいちばんよか。坑内馬が忘れきれんと。誰かが重い荷ば曳かんとならんとなら、あたしゃ、やっぱり、馬になって荷ば曳きたかよ」

いだろう。

老婆のこの言葉を記した上野英信は、「もっとも重い差別の荷を曳きつづけてきた人間だけのもつ、最後のいのりとしての熱い純粋な連帯がここにある」と述べている。石炭の一生が遺したもののひとつにこれがあることを、後世は忘れるわけにいかないだろう。

――だが、日本を舞台とする石炭の一生は、じつは終わっていないのだ。統計によれば、二〇一〇年の時点で、日本は年間一億八四五六万トンの石炭を外国から輸入している。そのうちの六三・七％はオーストラリアから、一八・三％はインドネシアからの輸入であり、これらにロシア、カナダ、中国、アメリカ、ヴェトナムが続く。この年間輸入額は、日本の歴史上、国内での石炭生産量が最高に達した一九四〇年の五六三一万三〇〇〇トンと比べて、じつにその三・二八倍に当たる。そして、日本の一次エネルギー供給に占める石炭の割合は、二〇〇九年現在、石油の四五・八％にはもちろん及ばないとはいえ、依然として二〇・七％であり、原子力の一一・四％を遥かに凌いでいるのである。[18]

破滅的な原発事故のあと、石炭は、地球温暖化の加速を始めとするさまざまな弊害にもかかわらず、まだその生命を閉じることができない。日本における石炭は、重要な労働力を国外から移入することによって経済産業が成り立っているのと同様に、外国からの輸入によって新たな一生に歩を踏み入れている。だが、この新しい一生は、嫁支度が整うよりさきに生命を燃え尽きさせたキクエたちや、三たび海峡を渡らねばならなかった河時根たちや、炭塵爆発による一酸化炭素中毒の後遺症とともに生きねばならない炭鉱労働者たちや、サハリンの炭鉱で地獄の苦しみを強い

（18）二宮書店編集部・編『データブック　オブ・ザ・ワールド　２０１２年版――世界各国要覧と最新統計』（二〇一二年一月、二宮書店）に拠る。

られた呂泰永たちや、そして生まれ変わるときには馬車馬になりたいという夢を語った元・女坑夫の老婆たちの、長い歴史の上にのみ、存在する。

石炭の一生と向き合うということは、それの新しい一生が始まっているいまもなお、あらためて自己の歴史的責任と向き合うことなのである。

あとがき

「大東亜戦争」緒戦の捷報にまだ国民が酔い痴れていた一九四二年七月半ば過ぎのある日、『朝日新聞』夕刊の投書欄「鉄箒」に、こういう一文が掲載された、「待望久しい石炭が配給された。有難いことである。ところが配給所からの通知によると「即時取りに来るやうに」とのことであつた。人手不足のこの頃《ごろ》、しかも男は殆《ほとん》ど外に出て、女子供しか残つてゐず、その上、界隈《かいわい》一帯がさうである場合、何十キロかの石炭を即時引取ることができるのは全く偶然でしかない。／即時云々は事務当局の一つのくせであるかもしれない。が、国民がこの千載一遇の機会に際会して、国策に副《そ》うべく熱望してゐる今日、上に立つ人に是非とも欲しいものは、国民と一緒に共感しうる資格である。そして政治の全面に親心を滲み出して貰《もら》ひたい。（一億の一人寄）」

それから四日後の同じ欄に、つぎの一文が載った、「十九日付本欄「一億の一人」氏にお答へ致します。御趣旨は誠《まこと》に御尤もでかやうな行違ひを起したことは申訳ない次第です。家庭用石炭は、東京府石炭株式会社が配給を担当してをり、各配給所には必ず各戸の置場まで配達するやう厳重に指令してあります。／会社に対しては直に調査を命じ、今後の配給について警告致しましたが、多数の配給所係員の中には不心得者も絶対にないとは限りませんので、今後も万一不都合と思はれる配給所がありましたら、当方まで御申出願ひたいと存じます。（東京府燃料係寄《より》）」

　さらに二ヵ月半後の十月上旬、今度は「お風呂の石炭」、つまり風呂を沸かすのに使う石炭が下半期分（十月から翌年三月までの分）として一世帯に百キロずつ、同月十日ごろから配給される、というニュースが出ている。――この一連の記事を読んで、わたしは、当時の日常生活の一端をかいまみる思いを深くしたのだった。米が統制下に置かれ配給制になっていたこと、砂糖や石鹸やマッチも相次いで配給制になっていったこと、衣料品も「衣料切符」がなければ買えなくなったことは、比較的よく知られているだろう。だから、石炭が配給制だったことは、当然なのだ。だがその石炭が、一般燃料用としてだけでなく風呂用という名目でも配給されていたことは、これらの新聞記事に遭遇するまでわたしは知らなかった。それだけではない。上意下達の強圧的な命令・服従関係が「官」と「民」との間に形成され、「国民」は「お上《かみ》」に楯突くことなどありえなかった、という戦時下日本のイメージにはそぐわない物言いと対応とが、「鉄箒」欄の官民のやりとりには見られるのである。もちろん、これは、まだ日本の敗色が日常生活にまったく反映していなかった時期だったからにほかならない。対米英開戦は「千載一遇の機会」として迎えられ、それに「際会」できたことは好運でさえあった。そういう時期だったからこそ、きわめて重要な資源であり生活必需品である石炭をめぐって、「一億の一人」は自己の権利をしっかりと主張し、「東京府燃料係」はその民意にしたがう姿勢を示すことができた。どちらもその余裕があったのだ。

　けれども、じつは、すでにこの年、一九四二年の二月から、植民地・朝鮮では、「特殊労務者」である「鮮人労務者」の「内地移入」のための「官斡旋」、すなわち事

中国吉林省舒蘭の一炭坑（一九九五年八月二十六日、著者撮影）

実上の強制連行が始まっていたのだった。配給される石炭のきわめて多くの部分が、すでに、これらの人びとによって掘られ、搬出されていたのである。この現実がまったく存在しないところで、「国民」は日常生活を戦っていた。何十キロかの石炭を自分の家までどうして運ぶかが、石炭との関係のなかでの最大の問題だった。日本という国家社会の「海外進出」の歴史は、「国民」と呼ばれるわたしたちの無意識と、想像力の欠如とによって支えられ推進されてきたのだということを、これらの新聞記事が伝えるエピソードもまた物語っている。

「石炭の文学史」というテーマと向き合いはじめた当初、わたしはただ、いわゆる産業革命（第一次産業革命）以来の近代化の文字通りのエネルギー源となった石炭が、文学表現のなかでどのように描かれてきたかを、作品に即して見なおしてみたい――というきわめて単純な思いをいだいていたに過ぎなかった。欧米諸国と日本とをつらぬく資本主義体制と資本主義社会の形成・展開・頽落の過程そのものを、石炭を描く文学表現によって再構成してみたい、と考えたのである。だが、一九七八年夏、初めて中国東北三省を訪れ、黒龍江省ハルビンが国際開放都市となって最初の日本人訪問団の一員として市内の諸施設や「七三一部隊」の跡地を実見し、さらには遼寧省の瀋陽（旧・奉天）に程近い撫順炭鉱でかつて「苦力」として日本人に使役されていた中国人古参労働者の話を聴く機会に恵まれたとき、「石炭の文学史」への関心は「海外進出文学」という構想の一環として具体化しはじめた。それからでも、すでに三分の一世紀の時間が経過している。石を拾っては積み上げようとして、鬼ならぬ自分自身でまた突き崩す、という作業を重ねながら、このままでは賽の河原で行き暮れてしまう、という思いをいよいよ強くしたのが、二十世紀の最後の年だった。決心して隔月刊誌『インパクション』に連載を始めたのは、二〇〇一年六月のことである。それからちょうど四年間、断続的に十四回にわたって連載をつづけ、二〇〇五年六月に未完のまま連載を終えた。まとめの章を書き足して上梓してもらう段階まで行き着いた、と考えたからだった。だが、いまこうして「あとがき」を書くまでに、それからさらに七年が経過してしまった。果てしない加筆と改稿を重ねたすえ、いまここにあるのは、雑誌連載のときの姿をほとんど留めぬまでに変貌し、分量も二倍近くに増大した一冊である。論及せぬままに割愛した作品や資料は少なくないが、とりあえずこれを最終稿としなければならない。これによってわたしがみずからの無意識と想像力の欠如とをどこまで克服しえているかを省みるとき、身の縮む思いをなお抑えることができないとしても。

この一冊は、もちろん、長い時間によってだけ生まれたわけではない。たまたま雑談のおりなどに、いまなにをしているのかと問われて、「石炭の文学史」と取り組んでいることを話すと、それならこういうものもある、と教えられたことが少なくなかった。マーティン・クルーズ・スミスの邦訳されたばかりの『ローズ』を紹介してくださったのは、わたしが尊敬する本ものの書痴のひとりである松宮秀治さん（当時・立命館大学文学部）だった。ここでお名前を出すことはできないが、大阪の寄せ場・釜ヶ崎で出会った年配の労働者から九州の炭鉱での体験を聴く、という機会にもたびたび恵まれた。「日本寄せ場学会」の同学で、ご自身が夕張の出身であり、篤実な炭鉱研究者である田巻松雄さん（宇都宮大学国際学部）は、夕張の現地で「石炭の文学」についての講演と討論の集まりを開いてくださり、元・炭鉱労働者や夕張の郷土史研究者、夕張の現状と未来を気遣う住民のかたがたとの交流の場をつくってくださった。そのとき知り合った元・炭鉱労働者で写真家でもある玉山昌一さんからは、ご自身で撮影された夕張の写真や貴重な資料をたびたびお送りいただいた。それらの写真の一部は、本書で使わせていただいている。一九七八年夏に最初に中国東北地方を訪れる機会を与えてくれ、それ以後も中・韓・日の共同研究（文部省科学研究費補助金による国際学術研究「『満蒙開拓団』の総合的研究――母村と現地」、一九九五～九七年。研究代表者＝池田）の現地調査のおりに吉林省舒蘭の炭鉱地帯を訪れるきっかけをつくってくれた「満蒙開拓調査研究会」の清川紘二さんも、この一冊の生みの親のひとりである。その共同研究の一員だった村上勝彦さん（元・東京経済大学学長、理事長）は、舒蘭の一小炭坑でわたしが坑内に入らせてもらったときの、文字通り「ケージ」（籠）という名称そのままの一人乗りの昇降機に乗ったわたしのスナップ写真を、快く本書のために提供してくださった。

大学図書館や公共の図書館の資料を基本的には当てにしない、というのが趣味のひとつであるわたしにとって、最大の頼りは古書店であり、この一冊の場合もまたこれに変わりはなかった。店頭や目録で見つけて買う、という一方的な関係がほとんどだが、それらの書店のうち少なからぬものが本書脱稿の以前に姿を消してしまったのは、悲しいことだ。一九九五年夏にお店を訪ねて話をうかがい、それ以後も何かとお世話になった九州大牟田市の古雅書店が、ますます健在で、右翼暴力団などによる拡声器公害に敢然と立ち向かっておられるのは、それゆえ、とりわけ心強い思いがする。札幌市のサッポロ堂書店には、北海道を訪れるたびにお店で関連文献についてお聞きすることができたほか、きわめて充実した古書目録の毎号から多大な示唆と刺激を頂戴した。

舒蘭の坑道でケージに乗って入坑する著者（一九九五年八月二十六日、撮影＝村上勝彦氏）

東京練馬の辰書房には、そのすぐれた品揃えがたまたまわたしの関心領域と重なり合っていたこともあって、多くの重要な資料を入手する機会を与えてもらった。検事・石田廣の「所謂監獄部屋の研究」を収めた『司法研究　第八輯　報告書集弐』（文献・資料 No.201）もそのひとつだった。――じつは、この辰書房の店主、柴田勝紀さんは、かつて一九六〇年代末から七〇年代にかけての激動期に雑誌『情況』の版元、情況出版の編集者で、わたしは駆け出しの執筆者として知己を得たのである。それ以来、大きな声では言えないさまざまな活動を一緒にして、一九八七年四月の「日本寄せ場学会」結成にもともに関わった。すでに二十五号を数える学会の機関誌『寄せ場』は、柴田さんが編集・制作に粉骨砕身してくださらなかったとしたら、存続していなかっただろう。その寄せ場学会の同志たちからは、いったいいつになったら「石炭の文学史」は地上に出てくるのかと、叱責と督促を受けつづけてきたのだが、柴田さんも心待ちにしてくださったひとりだった。二〇一一年十月十日、計画では十二支のすべてが店名として揃うはずだった古書店ネットワークの第二店（にして最後の一店）寅書房の店主でもある「反天皇制運動連絡会」の天野恵一さんとともに、末期癌の柴田さんを練馬の病院に見舞った。まだ意識が完全に明晰だった柴田さんは、ようやく初校の校正が終わったと報告すると、「それはよかった。最後にそれだけ読んでから行きたいなあ」と言ってくださった。その柴田勝紀さんは、本書が出るのを待たずに、十月二十六日、行ってしまわれた。わたしも、柴田さんの名前に痕跡をとどめているその同じ「紀元二千六百年」の生まれであるだけに、無念さは筆舌に尽くしがたい。いまは、この一冊を柴田勝紀さんの想い出に捧げることしかできないのである。

「〔海外進出文学〕論」の第二巻（「序説」を含めて第三冊）である本書は、もちろん独立した一冊であると同時に、前二冊での論述を前提としている。とりわけ、第一巻（第二冊）『火野葦平論』とは密接な関連をもっている。石炭の一生がたどる諸段階のうち、石炭荷役《にやく》、すなわち石炭の運搬過程における積み込みと積み下ろしのひとこまについては、『火野葦平論』で詳述したことの反復を避けるため、本書『石炭の文学史』ではまったく言及していない。北九州洞海湾若松港の石炭荷役業者（人夫出し請負業者）、玉井金五郎とその妻マンとの長男だった玉井勝則、のちの作家・火野葦平は、『麦と兵隊』など戦記文学のすぐれた書き手だったが、それとともに『花と龍』を始めとする諸作品で、石炭荷役の情景とその仕組み、さらには朝鮮人の荷役労働者の姿や日本人との関係などを、きわめてリアルに描いた。「石炭の文学史」は、そのひとこまを除外しては成り立たないのである。それゆえ、本書の読者でまだ『火野葦平論』を手にしておられないかたには、ぜひともそれを一読してくださるよう、せつにお願いしたい。また、日本の海外進出との関連で論じることがテーマであるため、数多くの外国文学作品には論及しないままになった。D・H・ローレンスの『チャタレイ夫人の恋人』と『息子たちと恋人たち』や、とりわけ炭鉱労働と炭鉱労働者を描いた文学作品の白眉であるエミール・ゾラの『ジェルミナール』について論じることができなかったのは、やはり心残りというしかない。『ジェルミナール』には男女の坑夫たちとともに坑内馬も登場するのである。

本書に収載した「文献・資料（抄）」は、管見によって把握し、微力を傾けて現物を入手することができた限りでの、資料・文献のリストに過ぎない。これに数倍、あるいは数十倍する資料が、石炭に関しては存在するだろう。また、リストの配列や分類も、わたしのプライベートな書棚での並べかたをそのまま援用しただけのものである。関心のあるかたは、このリストをひとつの糸口として、さらに深く探求してくださるものと、確信している。

最後に、本書の脱稿を忍耐強くお待ちくださったインパクト出版会の深田卓さんに、その変わらぬご厚情をあらためて感謝したい。また、面倒極まりない原稿の入力と製版を担当してくださった永井迅さん、綿密で深い見識に裏打ちされた校正によって本書にいわば通行手形を与えてくださった国分葉子さんにも、ここでお礼を述べさせていただきたい。

二〇一二年初夏

池田浩士

「石炭の文学史」文献・資料（抄）

○「石炭」に関する文献・資料は厖大な数量に及んでいるが、以下のリストは、本書『石炭の文学史』執筆に当たって参照したものを中心に、かつ著者がその現物（コピー等ではなく）を所蔵している文献・資料だけに限定して作成した。
○ 資料のうち炭鉱札（炭札・炭券）の現物、生写真、年鑑類（一部を除く）および地図類（同前）は省略した。
○ 関連領域（金属鉱業、鉄道・運輸、土木・建設、労務管理、労働者運動など）についての文献・資料も、本書の内容と関わりがある限りで収載した。
○ テーマ別に A ～ C の大項目に分け、各項目内でさらにグループ化した配列がなされている。グループ内での配列は、テーマごとにほぼ発行年代順となっているが、同一著者・編者のものはできるだけまとめて示した。同一の姓名・団体名は——で表示している。
○ 書名・表題に「長篇小説」、「詩集」、「評論集」などの肩書きや添え書きが付されている場合は、それを（ ）でくくって題名に添えた。
○ 発行年は西暦に統一し、発行年月日を 1928.3.15. のように示した。原資料に年月までの表示しかない場合は、1928.3. のように表記した。旧「出版法」、「新聞紙法」にもとづく印刷（印刷納本）年月日は省略した。
○ A5 判、B6 判、新書判、文庫判などの書籍サイズ（旧サイズの菊判は A5 判に、四六判は B6 版に含めた）と、ページ数を示した。ページの表示方法は文献によって異なるが、目次・索引などを別のページ立てにしているものについても、それらを合計した総ページ数を記した。函・カバー・帯についての記載は割愛した。
○〔 〕内は著者（池田）による補足・説明である。

A. 石炭・炭鉱一般

A-a. 石炭と炭鉱に関する基礎文献

1. 緒方乙丸／小山一郎『日本の鉱山』（1956.9.5. ／増訂第 1 刷＝ 1968.3.15. ／第 3 刷＝ 1989.7.5. 内田老鶴圃。A5、427 頁）
2. 小葉田淳『日本鉱山史の研究』（1968.5.17. 岩波書店。A5、803 頁）
3. 西尾銈次郎『日本鑛業史論』（1943.8.20. 十一組出版部。B6、196 頁）
4. 通商産業大臣官房調査統計部・編『本邦鉱業の趨勢 50 年史（FOR 1905 ～ 1960）資料編』（1980.10.30. 龍渓書舎。B5、803 頁）
5. ——『本邦鉱業の趨勢 50 年史（FOR 1905 ～ 1960）解説編』（1980.10.30. 龍渓書舎。B5、306 頁）
6. 岩崎重三『日本鑛石学第一巻 石炭篇』（1910.5.5. 内田老鶴圃。A5、363 頁）
7. 中久木潔『石炭』（1937.3.31. ／第 4 版＝ 1939.10.20. 修教社書院。A5、296 頁）
8. 岡新六『石炭』（1939.8.25. 共立社。A5、727 頁）
9. 浅井淳『日本石炭読本』〔復刻版〕（原版＝ 1941.6.10. 古今書院。B6、460 頁／復刻版＝ 1995.11.1. 葦書房）
10. 久保山雄三『石炭大観』（1942.6.25. 公論社。B5、851 頁）
11. ——『石炭鑛業発達史』（1942.11.15. 公論社。A5、480 頁）
12. 伊木貞雄『石炭』（1944.5.20. 潮文閣。A5、334 頁＋折込み資料 1 葉）
13. 水野良象『石炭読本』（〈近代商品読本〉第 8 巻、1958.7.10. 春秋社。B6、173 頁）
14. 通商産業大臣官房調査統計部・監修『石炭の事典（1954）』（1954.7.10. 石炭経済研究所。A6、329 頁）
15. ——「全国炭鉱分布図」全 8 葉（「全国炭鉱要覧 昭和三十五年版」付録。）
16. 日経鉱業部・編『石炭の話』（〈日経文庫〉、1955.11.30. 日本経済新聞社。新書、230 頁）
17. 朝日新聞西部本社・編『石炭史話——すみとひとのたたかい』（1970.1.8. 謙光社。B6、475 頁）
18. 矢野牧夫／丹治輝一／桑原真人『石炭の語る日本の近代』改訂新版（〈そしえて文庫〉22、1978.6.30. ／改訂新版第 2 刷＝

1987.6.10. そしえて。B6,284 頁）
19. 水沢周『石炭――昨日 今日 明日』（1980.7.17. 築地書館。B5、221 頁＋折込図 1 葉）
20. 高野江基太郎『石炭鑛業論集――附本邦石炭統計』（1910.5.25. 積善館支店。B5、615 頁）
21. 厚見利作『石炭と炭礦』（1924.5.20. ／訂正増補 6 版＝ 1931.7.20. 丸善株式会社。B6、244 頁）
22. 筑豊石炭鑛業会『炭鑛読本』（1936.5.10. 筑豊石炭鑛業会。B6、221 頁）
23. 井上昌男『石炭の知識』（1940.9.1. ／改増新版＝ 1941.9.5. 紡績雑誌社。B6、217 頁）
24. エリオット、エセル／松本恵子・訳『小さな石炭が話した石炭のおはなし』（1941.12.15. 鄰友社。B6、90 頁）
25. 藪敏二『炭坑用語註解 ―― 鉱員必携』（1942.10.20. 日本鑛業新聞社。B6、112 頁）
26. 伊木正二「生れてくる石炭――炭礦の構造」（『科学の友』1947 年 3 ／ 4 月合併号 27 ～ 34 頁、1947.4.1.）
27. 木下亀城『石炭物語』（1947.12.10. 西日本新聞社。B6、96 頁）
28. ――『炭坑の歴史――九州石炭砿業発達史』（1973.10.25. 発行者＝木下亀城先生喜寿祝賀記念事業会、発行所＝日本地理学研究会。B5、245 頁）
29. 兵庫信一郎『炭坑読本』第 1 輯～第 22 輯（「非売品」、1952.4.20. ～ 1954.2.10. 三菱鉱業株式会社生産部。A5、各輯 38 ～ 76 頁）
30. 成田忠久『炭鉱のすがた』（〈図解による日本地理〉第 14 巻、1956.6.20. ／再販＝ 1958.3.10. 牧書店。A5 変形、256 頁）
31.F・ハイゼ／ F・ヘルプスト／ H・フリッチェ『石炭を主とする採鉱学』上巻 II（「会員配布」、1955.3.25. 日本石炭協会。B5、426 頁＋折込図 1 葉）
32. ――『石炭を主とする採鉱学』下巻 I（「会員配布」、1954.3.25. 日本石炭協会。B5、302 頁）
33. 木下悦二『日本の石炭鑛業』（1957.11.30. 日本評論新社。B6、172 頁）
34. 通商産業省石炭局『炭田総合開発調査報告書――未開発炭田区域調査概要（昭和 38 年 3 月）』（〔奥付なし。「結言」の日付＝ 1963.3.31.〕。A4、220 頁）
35. 隅谷三喜男『日本石炭産業分析』（1968.2.26. 岩波書店。A5、500 頁）
36. 吉村朔夫『日本炭鉱史私注』（1984.10.20. お茶の水書房。A5、488 頁）
37. 田中直樹『近代日本炭礦労働史研究』（1984.10.30. 草風館。A5、658 頁）
38. 燃料協会『燃料協会誌』〔月刊・合本〕第 1 号 ～ 第 147 号、全 12 冊（1912.8.10. ～ 1934.12.10. 発売＝燃料協会出張所／第 4 号から工学書院。B5、毎号ほぼ 64 ～ 256 頁）
39. 柳瀬徹也『我国中小炭礦業の従属形態』（〈日本学術論叢〉10、1944.2.29 ／再版＝ 1946.9.30. 伊藤書店。A5、171 頁＋挿込別表 1 葉）
40. 小島慶三『炭鉱の国家管理――臨時石炭鉱業管理法解説』（1948.3.15. 日本経済新聞社。B6、386 頁）
41. 炭界十年史編輯委員会・編『炭界十年史』（〈「大同通信石炭報」新年特集号付録〉、1955.1.10. 大同通信社。A5、193 頁）
42. 北海道炭礦汽船株式会社『石炭国家統制史』（1958.7.10. 日本経済研究所。B5、978 頁）

A-b. 地域別に見る石炭産業

43. 久保山雄三『炭礦の智識』（1948.3.5. 公論社。B6、164 頁）
44. ――『炭砿めぐり ―― 北海道の巻』（1949.1.15. 公論社。B6、224 頁＋折込み図 1 葉）
45. ――『炭砿めぐり――九州の巻』（1950.7.1. 公論社。B6、334 頁＋折込み図 2 葉）
46. 三木健『西表炭坑概史』（1976.4.1. 発行者＝東京・八重山文化研究会／発行所＝三栄社。A5、87 頁）→ 415, 416.
47. 西日本文化協会『九州石炭礦業史資料目録』第 1 集 ～ 第 12 集（1975.3.20. ～ 1986.2.25. 西日本文化協会。A5、各集ほぼ 450 ～ 600 頁）
48. 福岡鑛山監督局『鑛政五十年』（1943.11.5. 福岡鑛山監督局。A5、138 頁＋写真 8 頁）
49. 福岡通商産業局『福岡通商産業局（管内）鑛区一覧（昭和二十八年七月一日現在）』（発行年月日および発行所の表記なし。B5、276 頁＋広告 64 頁）
50. 福岡通商産業局石炭部・編『九州石炭鉱業 20 年の歩み』（1967.3. 通商産業省臨時石炭対策本部。B5、421 頁）
51. 正田誠一『九州石炭産業史論』（1987.4.20. 九州大学出版会。A5、339 頁）
52. 新藤東洋男『石炭産業の成立と瀬戸内塩田』（1989.8.25. 大牟田の教育・文化を考える会。B5、54 頁）〔以下のものが本体にはさみ込

まれている――「訂正」、「訂正その2」、「訂正その三」各1葉／「補遺」（タイプ印書・謄写版、B4、3枚）、「補遺その二」（同前）、「補遺その三」（同、4枚）〕
53. 高野江基太郎（鼎湖）『筑豊炭礦誌――附三池炭礦誌』（1898.5.27. 中村近古堂。A5、810頁＋折込「筑豊煤田地図」1葉）
54. 筑豊石炭礦業史年表編輯委員会・編輯『筑豊石炭礦業史年表』（1973.11.30. 西日本文化協会。B5、731頁）
55. ――「筑豊石炭礦業史年表地図・附表」〔54.の付録、袋入り〕（「筑豊地方の市町村・人口変遷一覧表（現在の北九州市域を含む）」5葉1冊／「最盛期の筑豊炭田炭坑分布図（昭和15年頃）」1葉／「北九州・筑豊地方の新・旧市町村図」1葉）
56. 社会経済史学会「筑豊石炭礦業史料展示目録」（1977.5.21. ～ 22.「第46回社会経済史学会大会」での九州大学法学部第2会議室における展示の目録。A5、15頁＋追補1葉はさみ込み）
57. 西日本文化協会福岡県地域史研究所・編輯『福岡県史 近代資料編 筑豊石炭鉱業組合（一）』（1987.6.30. 西日本文化協会。B5、664頁＋写真12頁＋折込み地図1葉）
58. ――『福岡県史 近代資料編 筑豊石炭鉱業組合（二）』（1989.6.30. 西日本文化協会。A5、666頁＋写真8頁）
59. 日本銀行調査局『筑豊石炭ニ関スル調査（昭和五年十二月門司支店調査）』（1931.3. 日本銀行調査局。A5、76頁）
60. 高橋正雄・編『変わりゆく筑豊――石炭問題の解明』（1962.1.1. 光文館。A4変形、284頁＋写真4頁）
61. 松本一郎『筑豊の炭鉱札』（〔私家版〕。1988.11.3. B5、322頁）
62. 金子雨石『筑豊炭坑ことば』（1974.12.20. 名著出版。B6、203頁）
63. 第四海軍燃料廠・編『海軍炭鑛五十年史』〔復刻版〕（原典発行＝1943.7.5.／復刻版発行＝1976.9.3. 文献出版。A5、384頁＋写真38頁）
64. 海軍省『明治四十五年度海軍省所管特別会計 海軍採炭所作業歳入歳出予定計算書各目明細書』（奥付なし。B5、33頁）
65. 直方市石炭記念館『石炭と炭鉱100年の歴史を語る』（〔奥付なし。1971年7月開設の「直方市石炭記念館」の案内冊子。1995年8月に同記念館で入手〕。B5、22頁）
66. 田川市石炭資料館『田川市石炭資料館』（1994.1.17. 田川市石炭資料館〔案内冊子〕。B5、28頁）
67. 田川市石炭・歴史博物館『「日本の石炭産業」展――TAGAWAコールマイン・フェスティバル～炭坑節まつり～』〔2006年度特別企画展の案内冊子〕（2006.10.26. 田川市石炭・歴史博物館。A4、35頁＋図2葉）
68. 筑豊地区観光協議会『筑豊 産業遺産めぐり』（発行日付なし、筑豊観光協議会。A5、14頁）
69. 筑豊千人会『筑豊原色図鑑』（1997.11.30. 有限会社まつもと。A4、200頁）
70. 鞍手町教育委員会『特別展ヤマの記録者たち』〔1993年10月9日～11月20日に福岡県鞍手郡歴史民俗資料館で開催された特別展の案内冊子〕（1993.10.9. 鞍手町教育委員会。A4、35頁）
71. 〈定本嘉穂劇場物語〉刊行委員会『定本 嘉穂劇場物語』（1977.6.1. 創思社出版。A4、331頁）
72. 新藤東洋男／池上親春『大牟田鉱工業都市の歴史と現実――地域社会と学校教育を中心に』（1965.12.25. 福岡県大牟田市教職員組合。タイプ印書・謄写版、A5、54頁）
73. 池上親春／新藤東洋男『合理化政策と産炭地三池・筑豊の現実――地域社会と学校教育の問題を中心に』（1966.1.12. 人権民族問題研究会。A5、111頁＋写真2頁）
74. 上妻幸英『三池炭鉱史』（〈教育社歴史新書〉日本史145.1980.10.20. 教育社。新書、232頁）
75. 西日本文化協会 福岡県地域史研究所・編輯『福岡県史 近代資料編 三池鉱山年報』（1982.3.31. 西日本文化協会。A5、551頁＋写真8頁＋折込み図表23葉）
76. 大城美知信／新藤東洋男『わたしたちのまち 三池・大牟田の歴史』〈補訂・拡大版〉（1983.6.1.／補訂2刷＝1985.9.20.／第3刷＝1989.8.1. 古雅書店。A5、281頁＋写真2頁）
77. ――／――『続 三池・大牟田の歴史』（1993.12.3. 古雅書店。A5、163頁）
78. 新藤東洋男『三川地方の近現代史――福岡県大牟田市』上下2巻（上巻＝1992.6.1. 大牟田の教育文化を考える会。タイプ印書・謄写版、B5、94　頁／下巻＝1992.6.1. 同上。タイプ印書・謄写版、B5、108頁）
79. 古賀良一・編者代表『北九州地方社会労働史年表』（1980.2.28. 西日本新聞社。B5、

590 頁＋写真 4 頁）
80. 前川雅夫『炭坑誌――長崎県石炭史年表』（1990.1.15. 葦書房。A5、798 頁＋写真・図版 17 頁）
81. 三菱石炭鉱業株式会社高島砿業所『概況』（1985.5. 三菱石炭鉱業株式会社高島砿業所。B5、11 頁＋折込み図版 2 葉）
82. 井出以誠『佐賀縣石炭史』（1972.2.25. 金華堂。A5、307 頁＋折込み図 1 葉）
83. 朝日新聞宇部支局・編『宇部石炭史話――すみをいかしたひとたち』（1981.8.1. 発行者＝朝日文化センター、製作＝条例出版株式会社。B6、347 頁＋写真 1 頁）
84. 清宮一郎『常磐炭田史』（〈尼子会双書〉第 4 集。1955.6.15. 尼子会事務局。B6、198 頁＋写真 2 頁＋折込 1 葉）
85. 荒川禎三『石炭志 ――常磐炭田史』（1975.12.1. 石炭志刊行会。A5、284 頁）
86. 岩間英夫『ズリ山が語る地域史――常磐南部炭田の盛衰』（〈ふるさと文庫〉。1978.12.10. 崙書房。新書、142 頁）
87. 炭礦の社会史研究会・編『新聞記事にみる 茨城地域の炭礦と社会――明治大正編』（1986.12.1. 現代史研究所。A5、353 頁）
88. ――『新聞記事にみる 茨城地域の炭礦と社会――昭和編』（1997.9.30. 現代史研究所。A5、355 頁）
89. 昭和石炭株式会社小樽支店『北海道の石炭と港』（「非売品」。1937.7.20. 昭和石炭株式会社小樽支店。B6、109 頁＋写真 7 頁＋折込み資料 10 葉）
90. 北海道開拓記念館『明治初期における炭鉱の開発――日曹炭鉱における生活と歴史』（〈北海道開拓記念館調査報告〉第 3 号。1973.3.31. 北海道開拓記念館。B5、69 頁＋正誤表 1 葉はさみ込み）
91. ――『明治初期における炭鉱の開発――幌内炭鉱における生活と歴史』（〈北海道開拓記念館調査報告〉第 7 号。1974.3.31. 北海道開拓記念館。B5、87 頁）
92. ――『第 12 回特別展示 炭鉱――「ヤマ」の移りかわり』（1974.10.1. 北海道開拓記念館。B5、52 頁）
93. ――『ヤマがあゆんだ近代――炭鉱遺産と、これから』（〈第 51 回特別展〉。2001.6.15. 北海道開拓記念館・開拓の村文化振興会。A4、63 頁）
94. 北海道炭礦汽船株式会社『五十年史』（「非売品」。1939.6.24. 北海道炭礦汽船株式会社。B5、291 頁＋写真 31 頁＋図表 7 頁）
95. ――『七十年史』（「非売品」。1958.11.18. 北海道炭礦汽船株式会社。B5、887 頁＋写真 9 頁＋地図 2 頁）
96. 北海道泥炭地研究会・編『泥炭地用語事典』（1988.2.18. ／改訂版＝ 1990.7.19. ／改訂第 2 版＝ 1992.8.10. エコ・ネットワーク。B5、76 頁）
97. 夕張を学ぶ会・編『夕張学――夕張を想う人々とともに』創刊号～第 5 号（〈夕張を学ぶ会年報〉創刊号＝ 2005.7.31. A5、127 頁。第 2 号＝ 2006.10.25. 96 頁。第 3 号＝ 2007.10.16. 82 頁。第 4 号＝ 2008.11.30. 92 頁。第 5 号＝ 2010.5.20. 82 頁。）
98. 大竹登「夕張と私」（〔私家版。発行日付なし〕。A4、コピー、ホチキスどめ、52 頁）
99. ――「夕張日誌」（〔私家版。発行日付なし〕。A4、コピー、ホチキスどめ、30 頁）
100. ――「夕張日誌から（百五十年前の夕張川筋と由仁）」（〔私家版。発行日付なし〕。A4、コピー、ホチキスどめ、4 頁）
101. ――「古地図に見る夕張川筋と岩内」（〔私家版。発行日付なし〕。A4、コピー、ホチキスどめ、4 頁＋地図 9 頁）
102. 古賀進／市川信一『ヨーロッパの石炭 I ――イギリス・フランス篇』（1953.12.30. 白亜書房。A5、200 頁）
103. 東京炭礦技術会『アメリカの炭礦』（「非売品」。〔発行日付なし。1949.12. または 1950.1. か〕。A5、336 頁＋写真 2 頁＋折込み図表 1 葉）
104. Beamish, *The Colliery and pit Cottages. A Teachers' Guide*. The Beamish, The North of England open Air Museum, 1994.

A-c. 石炭をめぐる技術・機械・生活

105. 福本和夫『日本工業の黎明期』（1962.6.30. 未来社。342 頁＋写真 8 頁）
106. 鈴木淳『明治の機械工業――その生成と展開』（1996.3.10. ミネルヴァ書房。A5、382 頁＋写真 8 頁）
107. 三川一一『最新 採炭学』上巻（1939.5.25. ／第 7 版＝ 1941.4.15. 松柏書院。A5、560 頁）
108. ――『最新 採炭学』下巻（1939.5.25. ／第 7 版＝ 1941.6.15. 松柏書院。A5、571 頁）
109. 佐野秀之助『採炭実技図解集』（1947.11.15. 川田書房。A4、173 頁〔刊行の辞と目次を

除き片面印刷〕）
110. ──『採炭実技図解』（〈炭礦技術叢書〉No.7. 1949.3.30. 北海道炭礦技術会。B6、81頁）
111. 炭鉱保安懇談会・編／廣田幸三・執筆『鉱山有資格者テキスト 汽かん篇』（〈鉱山有資格者テキスト〉No.1. 1950.5.1. ／再販＝1951.7.1. 白亜書房。B6、183頁＋図版4頁）
112. ──／横田慶蔵ほか・執筆『鉱山有資格者テキスト 電気篇』（〈鉱山有資格者テキスト〉No.2. 1950.10.30. ／3版＝1951.6.10. 白亜書房。B6、198頁）
113. 炭鉱保安懇談会・編／廣田幸三・執筆『鉱山有資格者テキスト 巻上揚機篇』（〈鉱山有資格者テキスト〉No.5. 1951.5.30. 白亜書房。B6、466頁＋写真4頁＋折込み図1葉）
114. 中内清・編著『鉱山技術者必携』（1956.11.20. 産業図書株式会社。小B6、300頁＋折込み図1葉）
115. 資源庁鉱山保安局・監修／炭鉱保安懇談会・編『石炭鉱山保安規則の解説』（1949.11.30. ／3版＝1950.4.1. 日英社。A5、525頁）
116. 資源庁鉱山保安局・監修『改正 石炭鉱山保安規則──附・関係法規』（1950.9.10. ／再版＝1950.10.16. 白亜書房。B6、363頁）
117. 日本炭鑛労働組合・編『改正 石炭鑛山関係法規全書』（1950.12.10. 日本炭鑛労働組合。B7、797頁）
118. 〔三井鉱山三池鉱業所〕『三池炭鉱保安規程』（〔奥付なし。1954年秋ごろか〕。B6、101頁＋折込み図1葉）
119. 三川鉱保安部・編『坑内一般知識 100. 資源庁鉱山保安局・監修／炭鉱保安懇談会・編『石炭鉱山保安規則の解説』（1949.11.30. ／3版＝1950.4.1. 日英社。A5、525頁）
120. 日野神兒『坑内運搬と捲揚』（1941.8.23. 叢文閣。A5、401頁）
121. 緑川國榮『改訂 鑛山軌道便覧』（1943.8.5. 修教社書院。小B6・横長、56頁〔片面印刷〕）
122. 松田和三・監修／菅原朝吉・著『石炭・鑛石の荷役機械』（1941.2.14. 有象堂出版部。A5、318頁）
123. 中九木潔『選炭』（1943.2.5. ／第4版＝1949.8.15. 修教社。A5、329頁＋折込み図6葉）
124. ──『選炭の実際』（1954.2.10. 丸善株式会社。A5、348頁）
126. 山口彌一郎『炭礦聚落』（1942.7.25. 古今書院。B6、297頁）
127. 九州大学産炭地問題研究会（代表者・高橋正雄）『産炭地域住民の生活実態調査 報告書（1）』（1964.3.〔九州大学産炭地問題研究会〕。タイプ印書・謄写版、B5、258頁）
128. 北海道農事試験場『泥炭地の特性と其の農業』（〈北海道農事試験場彙報〉第60号。1937.3. 北海道農事試験場。A5、311頁＋写真3頁＋折込み地図1葉）
129. 辻元謙之助『石炭燃焼論文集』（1943.9.7. 共立出版株式会社。A5、259頁）
130. 下野克己『戦後日本石炭化学工業史』（1987.12.10. お茶の水書房。A5、259頁）
131. 馬場百輔・編『煉炭元料の大王──舞鶴炭礦志高炭』（1927.6.15. 舞鶴無煙炭坑事務所。B6、10頁＋写真8頁）
132. 村本實蔵・編『生産増強対策と炭礦国有化の可否』（1946.10.5. 鑛業之日本社。B6、64頁）
133. 石炭増産協力会・編『石炭──三千万トンの戦い』（1947.6.8. 石炭増産協力会。B6、79頁）
134. 農文協文化部『石油文明と人間』（〈人間選書〉5.1977.10.15. 改訂第1刷。農山漁村文化協会。B6、226頁）
135. 現代技術史研究会・編『エネルギー問題──工業化社会における自然と労働』（1984.5.25. 社会評論社。B6、239頁）
136. 総務庁行政監察局・編『石油及び石油代替エネルギー政策に関する現状と問題点』（1987.9.25. 大蔵省印刷局。A5、116頁）

A-d. 労働と労働者運動

137. 隅谷三喜男・編／解説『職工および鉱夫調査』（〈生活古典叢書〉3.1970.2.5. ／再版＝1981.11.15. 光生館。A5、207頁）
138. 上野英信・編『鉱夫』（〈近代民衆の記録〉2.1971.11.10. ／2刷＝1978.9.20. 新人物往来社。A5、617頁＋はさみ込み月報8頁）
139. 九州産業史料研究会・編『鉱夫待遇事例』（〈九州近代史料叢書〉第5輯。1957.9.15. 九州産業史料研究会。B5、250頁＋はさみ込み正誤表4頁＋「九州産業史料研究会々報」第5号9頁、同第6号10頁）
140. 日本石炭鑛業聯盟／日本石炭鑛業會・共編『石炭労働年鑑』昭和二十二年版（1947.12.25. 日本石炭鑛業聯盟。A5、591

頁＋折込み表 9 葉）
141. 日本石炭鑛業聯盟・編『石炭労働年鑑』昭和二十三年版（1948.12.5. 日本石炭鑛業聯盟。A5、601 頁＋折込み表 13 葉）
142. 福士敏光『炭鑛労働概説』（1951.3.5. 一橋書房。B5、298 頁＋写真 20 頁＋折込み地図 1 葉）
143. 九州石炭鑛業聯盟『統計と図表でみる九州炭鉱労働事情――昭和三十年』（1955.10.20. 九州石炭鉱業聯盟。B5、50 頁＋折込み地図・図表 9 葉）
144. 菊地平明『炭鑛における組夫の労働事情』（〈研究調査報告〉第 121 号。1959.1.25. 北海道立労働科学研究所。A5、130 頁）
145. 東京大学社会科学研究所『石炭業における技術革新と労務管理』（〈東京大学社会科学研究所調査報告〉第 1 集。1960.3.31. 東京大学社会科学研究所。B5、117 頁＋折込み図表 5 葉）
146. 大山敷太郎『鉱業労働と親方制度――「日本労働関係論」鉱業篇』（1964.12.1. 有斐閣。A5、420 頁）
147. 戸木田嘉久『九州炭鉱労働調査集成』（1989.3.30. 法律文化社。A5、442 頁）
148. 荻野喜弘『筑豊炭鉱労資関係史』（1993.2.28. 九州大学出版会。A5、452 頁）
149. 田中直樹・編『筑豊炭田争議――日本石炭礦夫組合活動記録』（〈郷土史料叢書〉第一輯。〔奥付なし〕田川郷土研究会。タイプ印書・謄写版、B5、61 頁＋折込み図 1 葉）
150. 日本炭鉱労働組合・編『繁栄と恐慌の道――第三回国際炭鉱・鉱山労働者会議の記録』（1959.10.5. 世界労連日本出版協会。B6、226 頁＋写真 2 頁）
151. 日本炭鉱労働組合『炭労――激闘あの日あの時』（1992.4. 日本炭鉱労働組合。A5、546 頁）
152. 諌山博『三井三池――たたかいの記録』（〈三一新書〉256.1960.9.6. 三一書房。新書、241 頁＋写真 16 頁）
153. 塚元敦義『三池闘争――三池にまなぶ会 10 周年記念出版』（〈労大新書〉44.1974.2.1. 労働大学。新書、183 頁）
154. 三池炭鉱労働組合十年史編纂委員会『みいけ十年』（1956.11.3. ／再版＝ 1956.12.26. 三池炭鉱労働組合。A5、1186 頁＋写真 16 頁＋折込み図表 4 葉＋はさみ込み正誤表 1 葉）
155. 三池炭鉱労働組合・編『みいけ 20 年』（1967.2.1. 労働旬報社。A5、1171 頁＋写真 15 頁）
156. 三井鉱山株式会社・編著『資料 三池争議』（1963.1.1. 日本経営者団体連盟広報部。B5、1166 頁＋写真 20 頁）
157. 三池炭鉱主婦会・編『三池主婦会 20 年』（1973.5.25. 労働大学。B6、476 頁＋写真 4 頁）
158. 三池主婦会『三池主婦会二十五周年 記念文集』（1979.8.25. 三池主婦会。A5、116 頁）
159. 三池炭鉱主婦会・編『三池の主婦の手記』（1984.5.12. 労働大学。B6、369 頁）
160. 武松輝男『凋落――三井三池炭鉱 労務沿革』（〔私家版。奥付なし。1990 年代中葉か〕。A4、片面印刷 141 枚）〔元・夕張炭鉱労働者、玉山昌一氏より受贈〕→ 410, 411.
161. 安芸皎一／酒井忠二三『これからのエネルギー問題』（「会員配布」〈産業教養講座・エネルギー産業篇〉第 1 分冊。1961.8. 炭鉱教育訓練委員会。A5、68 頁＋写真 2 頁）
162. 小島慶三『石炭産業における問題点』（「会員配布」〈産業教養講座・エネルギー産業篇〉第 2 分冊。1961.2. 炭鉱教育訓練委員会。A5、71 頁＋写真 1 頁）
163. 佐野初雄『炭鉱における技術革新の現状と将来』（「会員配布」〈産業教養講座・エネルギー産業篇〉第 3 分冊。1961.6. 炭鉱教育訓練委員会。A5、71 頁＋写真 2 頁）
164. 高橋毅夫『需要面から見た石炭』（「会員配布」〈産業教養講座・エネルギー産業篇〉第 4 分冊。1961.8. 炭鉱教育訓練委員会。A5、44 頁＋写真 1 頁）
165. 黒沢俊一『最近の石油事情』（「会員配布」〈産業教養講座・エネルギー産業篇〉第 5 分冊。1961.12. 炭鉱教育訓練委員会。A5、61 頁＋写真 1 頁）
166. 炭鉱医療協会『事業概要 昭和 29 年度版』（〔奥付なし〕財団法人 福岡県社会保険炭鉱医療協会。B6 変形、両面計 10 頁分の折込み 1 葉）
167. 玉井勝則〔火野葦平〕『若松港湾小史』（「非売品」1929.7.1. 若松港汽船積小頭組合事務所。縦 32cm ×横 30cm、122 頁＋折込み図 1 葉）
168.T･S 生「東洋一の石炭荷役機」（『科学知識』1930 年 11 月号、18 ～ 20 頁。科学知識普及會。B5、88 頁＋写真 8 頁）〔同誌同号に関連記事として、「鉄骨構成の美――石炭

荷役機」と題する堀野正雄の写真2点が巻頭のグラビア頁に掲載されている。〕
169. 昭和石炭株式会社若松支店『若松港案内』(1937.5.25. 昭和石炭株式会社若松支店。A5、43頁＋折込み図表・地図4葉)
170. 東亜経済懇談会『九州地方荷役増強座談会報告書――昭和十八年三月』(1943.10.15. 社団法人 東亜経済懇談会。A5、74頁)
171. 〔編著者名なし〕『若松市史 第二輯（中)』(〔第三章 昭和時代〕〔奥付なし。恐らく1955年ごろ発行〕手書き・謄写版、B5、563頁)
172. 洞海港務局『洞海港小史』(1963.4.1. 洞海港務局。A5、195頁＋写真16頁＋折込み図表3葉)
173. 北九州市小学校社会科研究協議会／若松区小学校社会科同好会・編『港・まつり・五平太ものがたり――子どものための若松郷土史』(2000.3. あらき書店。B5、160頁)
174. 芦屋町制百周年記念誌編集委員会『芦屋町制百周年記念誌』(1991.6.2. A4、100頁)
175. 北海道立総合経済研究所・編『北海道の港湾荷役労働――労働事情のうつりかわりと現在の諸問題』(〈研究資料 道総研第八号 労働第三号〉1963.3.28. 北海道立総合経済研究所。タイプ印書・謄写版、A5、245頁)

A-e. 近代化とその裏面

176. 伊澤道雄『開拓鉄道論（上巻)』〔総論 北海道鉄道・台湾鉄道・朝鮮鉄道・樺太鉄道など〕(〈鉄道交通全書〉8（上)。1937.4.15.／第2刷＝1939.9.20. 春秋社。A5、563頁＋折込み地図6葉)
177. ――『開拓鉄道論（下巻)』〔第四部 満洲鉄道篇〕(〈鉄道交通全書〉VIII（下)。1938.4.25. 春秋社。A5、368頁＋折込み地図・年表各1葉)
178. 原田勝正『鉄道と近代化』(〈歴史文化ライブラリー〉38.1998.4.1. 吉川弘文館。B6、205頁)
179. 小池滋『英国鉄道物語』(1979.11.30.／12刷＝1996.12.10. 晶文社。A5変形、284頁)
180. 中川浩一『地下鉄の文化史』(1984.7.30. 筑摩書房。B6、326頁)
181. 三宅俊彦『鉄道古写真帖』(〈別冊歴史読本48、鉄道シリーズ18〉。2003.6.8. 新人物往来社。B5、179頁)
182.Heavisides, M. : *The History of the First Public Railway,* (*Stockton & Amp; Darlington*) *The Opening Day, and What Followed.* 1912. Stockton-on-Tees, Printed and Published by Heavisides & Son. 25 cm ×19cm、96 pp.〔Reprint:2011,Lightning Sours UK Ltd.〕
183. 九州時論社編輯局・編纂『九州交通大観』(1929.9.5. 九州時論社。B5、1056頁＋写真4頁＋折込み地図1葉)
184. 守田久盛／神谷牧夫『九州の鉄道100年』(〈鉄道路線変せん史探訪〉IV.1989.3.30. 吉井書店。発売＝産業図書。A5、252頁)
185. 若松駅史編集委員会・編『石炭と若松驛』(1986.3.24. 若松駅史編集委員会。B5、152頁)
186. 西日本文化協会福岡県地域史研究所・編輯『福岡県史 近代資料編 筑豊興業鉄道（一)』(1990.4.20. 財団法人 西日本文化協会。B5、709頁＋写真・地図7頁＋折込み図表7葉)
187. 西日本文化協会・編輯『福岡県史 近代資料編 筑豊興業鉄道（二)』(1997.5.20. 財団法人 西日本文化協会。B5、617頁＋写真8頁＋折込み地図2葉)
188. 近藤喜代太郎『幌内鉄道史――義経号と弁慶号』(2005.10.18. 成山堂書店。B6、309頁)
188.〔無署名〕「炭坑鉄道試運転列車同乗記」〔恐らく1892.10.23. の新聞記事を複写転載〕(由仁町郷土資料研究会・編『創立二十周年記念誌 辿古二十年』129頁。2006.3.30. 由仁町郷土資料研究会。B5、146頁)
189. 野田正穂／原田勝正／青木栄一・編『明治期鉄道史資料』第二集（4）(1980.6.20. 日本経済評論社。B5、690頁＋表12頁＋写真32葉；折込み資料・地図47葉)〔石炭関連の収載資料：1 北海道鉄道管理局蔵書「北海道炭礦鉄道略記」(1897.? 毛筆164頁) 2 北海道鉄道管理局蔵書「北海道炭礦鉄道略記」(毛筆38頁) 3「北海道鉄道紀要」(毛筆107頁) 4 北海道庁鉄道部「北海道鉄道略記」(1898.8. 活字印刷28頁) 5 北海道鉄道部「北海道官設鉄道沿革概要」(〈鉄道部報〉第151号付録。1902.9.30. 北海道鉄道部。活字印刷28頁) 6「北海道官設鉄道調書」(1896.12. 活字印刷70頁)〕
190. 臼井茂信『機関車の系譜図』Ⅱ（1978.12.10. 交友社。A4、359頁)
191. 宮川一郎『石炭の自然発火』(1943.11.1. 共立出版。A5、254頁)
192. 福岡県鉱害対策連絡協議会・編『石炭と

鉱害（福岡県を中心として）』（1959.3.23. 福岡県鉱害対策連絡協議会（福岡県総務部鉱害課内）。A5、735頁＋写真16頁＋折込み地図1葉）
193. 石炭鉱害事業団・編『石炭鉱害復旧事業の歩み――石炭鉱害事業団二十年史』（1989.8. 石炭鉱害事業団。B5、638頁）
194. 原田正純『炭じん爆発――三池三川鉱の一酸化炭素中毒』（1994.8.31. 日本評論社。A5、662頁）
195. 三池CO大災害訴訟沖原告団・弁護団『地底の泪――三池炭鉱三川鉱炭じん爆発大災害訴訟の記録』（1993.11. 三池CO大災害訴訟沖原告団・弁護団。B5、236頁。はさみ込み正誤表1葉）
196. 労働省職業安定局失業対策部・編『炭鉱離職者対策十年史』（1971.11.25. 日刊労働通信社。A5、494頁）
197. 専修大学社会科学研究所・編『社会科学年報』第8号、特集「日雇労働者――山谷の生活と労働」（1974.9.20. 未来社。A5、342頁）
198. 横川輝雄『筑豊の炭坑失業者と寄せ場（山谷、釜が崎など）―― 1986年度「地理」授業から』（〔私家版、1987.4.25.〕B5、35頁）
199. 山川均「監獄部屋問題」（『前衛』第2巻第2号、1922年9月号、山川均「当面の問題」の一篇、77頁。1922.9.1. 前衛社。A5、70頁）〔信越水力電気会社の工事現場「地獄谷」における「鮮人工夫」虐殺事件で問題となった「監獄部屋」について論じている。〕
200. ――「日鮮労働者の団結」（『前衛』第2巻第2号、1922年9月号、山川均「当面の問題」の一篇、78～79頁。1922.9.1. 前衛社。A5、70頁）〔193の続篇。「監獄部屋」における朝鮮人労働者虐殺が日本人労働者にとって他人事ではないとして、「日鮮の無産階級団結せよ！」と呼びかけている。〕
201. 石田廣『所謂監獄部屋の研究』（『司法研究 第八輯 報告書集 弐』、191頁＋写真5頁＋折込み資料26葉。1928.12. 司法省調査課。A5、632頁＋写真5頁＋折込み資料27葉）
202. 戸崎繁『監獄部屋』（1950.2.20. ／再刻＝1981.6.10. みやま書房。B6、230頁）
203. 寺本界雄『樺戸監獄史話――囚人、石狩川をのぼり沿岸を開く』（1950.8.31. ／再版〔通算5版〕＝1990.10.20. 樺戸郡月形町。B6、247頁＋折込み図（両面）1葉＋はさみ込み「乱丁のお詫びと訂正」1葉）
204. 小池喜孝『鎖塚――自由民権と囚人労働の記録』（1973.8.25. ／第6刷＝1975.6.30. 現代史出版会。A5、286頁）
205. 供野外吉『幌内炭山暴動始末』（1975.9.20. みやま書房。B6、319頁＋写真・地図5頁＋はさみ込み正誤表1葉）
206. 二村一夫『足尾暴動の史的分析――鉱山労働者の社会史』（1988.5.10. 東京大学出版会。A5、378頁）
207. 秋吉茂「夕張炭田で見つけた〝友子制度〟――新しい組織のなかの古い人情」（『文藝朝日』1965年6月号、17～32頁。1965.6.1. 朝日新聞社。A5、384頁）
208. 高田玉吉・記／古川善盛・編『実録 土工・玉吉――タコ部屋半生記』（1974.3.30. 太平出版社。B6、248頁〔うち写真4頁〕）
209. ――記／――編『タコ部屋一代――続 土工／玉吉』（1977.11.30. 太平出版社。A5、225頁）
210. 高木護『人夫考――ある無名者たちへの挽歌』（1979.6.1. 未来社。B6、243頁）
211. 古庄ゆき子『豊後おんな土工――大分近代女性史序説』（1979.10.15. ドメス出版。B6、190頁）
212. 渡辺則文「塩業における技術と労働」（『岩波講座 日本歴史』11、「近世3」、175～208頁。1976.5.22. 岩波書店。A5、388頁）

B. 外地および戦時下の石炭

B-a. 内地と外地の諸相

213. 企画院『大東亜建設基本方策（大東亜建設審議会答申）』（「極秘」。1942.7. 企画院。B5、134頁＋貼込み「註」1葉）
214. 松前重義『戦時生産論』（〈日本思想戦大系〉1943.6.15. 旺文社。A5、281頁）
215. 鈴木舜一『南方労働力の研究』（1942.6.7. 東洋書館。A5、298頁）
216. 林甚之丞『南方鑛物資源に就いて』（〈経済研究叢書〉第124輯。1943. 2. 28. 日本工業倶楽部。B6、60頁）
217. 延兼数之『戦争と資源』（〈国防科学叢書〉8.1943.8.25. ダイヤモンド社。B6、323頁）
218. 櫻井欣一『軍事鑛物資源肉眼鑑定法』（1944.10.25. 柁谷書院。B6、177頁＋写真8頁）
219. ホルトマン、ハンス／救仁郷繁・訳『石炭は世界を支配する』（1944.3.15. 那珂書店。

B5、364頁＋写真2頁＋折込み図表1葉）
220. 東亜経済調査局・編『本邦を中心とせる石炭需給』（〈経済資料〉通巻第184.1933.4.30. 財団法人 東亜経済調査局。A5、322頁＋折込み表16葉）
221. 厚見利作『石炭と炭鑛業の知識』（1937.4.5. ／再版＝1937.5.15. 丸善株式会社・発売。B6、444頁＋写真1頁）
222. ――『非常時下 石炭と炭鑛業（増補第五版）』（1937.4.5. ／増補第5版＝1940.12.25. 厚生莊。B6、496頁＋写真1頁）
223. 電気日日新聞社『電力国家管理は失敗か――日本発送電の石炭計画解剖』（1939.11.8. 電気日日新聞社。B6、30頁）
224. 大河内正敏ほか「特輯・電力と石炭」（『日本評論』1940年3月号、65～108頁。1940.3.1. 日本評論社。A5.）
225. 高橋政博ほか「特輯 石炭・衣服の科学」（『科学朝日』1943年2月号、15～62頁。1943.2.1. 朝日新聞社。B5.）
226. 工業技術教育研究会・編／池田さぶろ・画『絵と標語 作業教本炭砿篇』（1943.8.6. 国民工業学院。A5、74頁）
227. 暉峻義等・述『炭鑛作業図説』（〈労働科学研究所報告 第四部 勤労文化 第五冊〉。1943.9.15. 大阪屋號書店。B5、85頁）
228. 小田正憙『日本採炭機構論』（1944.7.15. 巌松堂書店。A5、389頁）
229.「ソ」聯邦学士院世界政治経済研究所・編／池田一夫・訳『各国に於ける資源と戦争との関係（翻訳）』（〈資料丙第二百六十号B〉。1942.5.30. 東亜研究所。A5、58頁）
230. 久保孚『東亜の石炭方策』（〈東亜新書〉。1941.11.15. 中央公論社。B6、114頁＋折込み表2葉）
231. 東亜研究所『東亜鑛業統計』（1944.3.20. 東亜研究所。岩波書店・発売。B5、355頁）
232. 日満支石炭聯盟『石炭常識講座――昭和十七年新修』（1942.4.30. 社団法人 日満支石炭聯盟。A5、585頁＋写真5頁＋折込み地図・図表3葉）
233. 大島正満「ペルリ訪日艦隊と台湾の炭田調査」（『科学知識』1928年3月号、72～76頁。1928.3.1. 科学知識普及会。B5、96頁＋写真8頁）
234. 満洲資源館『満洲重要鑛産分布図』（1934.11.20. 南満洲鉄道株式会社満洲資源館。縦30cm×横50cm、16折り1葉、表紙つき）
235. 産業部〔満洲国産業部〕鑛工司・編『満洲国鑛区一覧（康徳四年六月三十日現在）』（1937.12.25. 社団法人 満洲鑛業協会。B5、154頁）
236. 佐藤戈止「満洲に於ける鑛産資源」〔地図〕（『日本鑛業會誌』No.654.1939.10. A2、1葉）
237. 満洲労工協会『満洲工場鑛山労働調査書（康徳六年）』（「極秘」。1940.10.5. 満洲労工協会。B5、251頁）
238. 満洲炭礦株式会社『満洲炭礦株式会社概要（康徳四年三月）』（〔奥付なし〕A5、36頁＋写真6頁＋折込み地図2葉）
239. ――『日本工業界の支柱 新東亜建設の尖兵 満洲炭礦株式会社案内』（〔発行日付なし。1939年ごろか〕。満洲炭礦株式会社大阪事務所／満洲炭礦株式会社東京事務所。B4両面印刷、6折り、1葉）
240. 南満洲鉄道株式会社『撫順炭礦』〔案内リーフレット〕（〔発行日付なし。おそらく1923年ごろ〕。B3、両面印刷、12折り1葉）
241. 撫順炭礦『炭礦読本（昭和十四年度版）』（1939.11.20. 南満洲鉄道株式会社撫順炭礦。A5、726頁＋折込み図表9葉）
242. ――『炭礦読本（昭和十四年度版）』〔復刻版〕（〈満鉄史料叢書〉1 1986.1. ／第2刷＝1989.3. 龍渓書舎。A5、726頁＋折込み図表6葉）〔復刻版では、原本（241.）の折込み図表の片面印刷を両面印刷にしたり、図を縮小するなどの変更が、註記なしに行なわれている。〕
243. 大正写真工芸所新京営業部『炭都・撫順の大観』〔写真集〕（1935.6.20. 能文堂書店・発売。縦11cm×横20cm、片面印刷、32頁）〔奥付では「炭都・撫順之大観」と表記されている。〕
244. 満鉄・弘報課『満鉄撫順炭礦（昭和十五年）』（1940.9.25. 南満洲鉄道株式会社広報課。B6、52頁）
245. 小島精一『満鉄コンツェルン読本』（〈日本コンツェルン全書〉VII.1937.3.20. 春秋社。A5変形、368頁＋折込み地図・資料3葉）
246. 撫順炭礦総務局庶務課調査係『撫順炭礦坑内堀採炭事業ニ於ケル満人労働者ニ関スル調査（第二号 第二編 労働条件／第三号 第二編 労働条件 第三章 給與）』〔復刻版〕（1941.5. 撫順炭礦総務局庶務課調査係。復刻版＝〈満鉄史料叢書〉9。1988.10. 龍渓書

舎。A5、219 頁＋折込み図表 13 葉）
247. 日満実業協会『北支自治運動の推移／満洲石炭事情』（〈非売品〉。1936.1.19. 日満実業協会。A5、16 頁＋折込み表 2 葉／ 16 頁）
248. 吉林商工公会『吉林に進出する国際会社——石炭液化並カーバイト工業』（〈経済資料〉第二輯。1938.12.24. 吉林商工公会。B6、70 頁＋写真 2 葉）
249. 堀亮三『満洲に於ける煤煙防止問題に就て』（〈調査統計月報〉第二巻第三号・第四号別冊。1938.7.〔発行者名なし〕。A5、96 頁）
250. 武居郷一『満洲の労働と労働政策』（1941.9.25. ／改訂再版＝ 1941.5.25. 巌松堂書店／満洲巌松堂書店。A5、260 頁）
251. 満洲国通信社・編『満洲開拓年鑑（康徳十一年／昭和十九年版）』〔復刻版〕（1944.5.1. 満洲国通信社。B6、320 頁。復刻版＝ 1986.2.25. 鵬和出版）
252. 満洲国史編纂委員会・編『満洲国年表』（1956.7.1. 財団法人 満洲同胞援護会。B6、211 頁）
253. 満鉄東亜経済調査局・編『満洲読本（昭和二年版）』（1927.9.10. 南満洲鉄道株式会社東亜経済調査局。東京堂書店／中日文化協会・発売。A5、299 頁＋写真 8 葉＋折込み地図 1 葉）
254.The South Manchuria Railway : *Report on Progress in Manchuria 1907-1928.*（1929.6.10. 南満洲鉄道株式会社。A4、258 頁＋写真 35 頁＋折込み地図 3 葉）〔満鉄が英語で刊行した満洲ガイドブック〕
255. 東亜経済調査局・編『満洲読本（昭和五年版）』（1930.7.17. 財団法人 東亜経済調査局。A5、388 頁＋写真 18 頁）
256. ——『満洲読本（昭和十年度版）』（1935.4.30. 財団法人 東亜経済調査局。満洲文化協会・発売。A5、422 頁＋写真 36 頁＋折込み地図 1 葉）
257. ——『満洲読本（昭和十二年版）』（1927.9.1. ／ 6 訂版＝ 1937.4.15. 財団法人 東亜経済調査局。満洲文化協会・発売。A5、398 頁＋写真 44 頁＋折込み地図 1 葉）
258. ——『満洲読本（昭和十三年版）』（1927.9.1. ／ 7 訂版＝ 1938.7.21. 財団法人 東亜経済調査局。満洲文化協会・発売。A5、415 頁＋写真 44 頁＋折込み地図 1 葉）
259. 南満洲鉄道株式会社弘報課『満洲読本（昭和十五年版）』（第 8 訂版＝ 1940.11.10. 南満洲鉄道株式会社弘報課。A5、411 頁＋写真 34 頁＋折込み写真 5 葉）
260. 南満州鉄道株式会社『満洲と満鉄（2595 年版）』（1935.3.20. 南満州鉄道株式会社。A5、97 頁＋折込み地図 1 葉）
261. 荒木貞夫・監修『新満州国読本』（1932.10.2. ／ 5 版＝ 1932.10.6. 実業之日本社。A5、383 頁＋写真 11 頁＋折込み地図 1 葉）
262. 大阪朝日新聞社『満洲国承認記念写真帖』（『大阪朝日新聞』第 18288 号附録。1932.10.5. 大阪朝日新聞社。B5 横、表紙・裏表紙とも 40 頁）〔「撫順炭坑露天掘の偉観」、「撫順炭坑モンド瓦斯製造場（満鉄経営）」の写真掲載〕
263. 芝東吾・著作兼発行《*Japan-Manchoukuo Year Book*（*1934 Edition*）》〔英文日満年鑑・1934 年版〕（1933.12.15. ジヤパン・マンシウコー年鑑社。B5、1103 頁＋地図 2 頁）
264. ——・著作兼発行《*Japan-Manchoukuo Year Book, 1937* 》〔英文日満年鑑・1937 年版〕（1937 .12.2. ジヤパン・マンシウコー年鑑社。B5、1251 頁）
265. 山崎鋆一郎・著作兼印刷『最新 満洲写真帖——附 旅順戦跡蹟』（1930.3.30. ／ 5 版＝ 1935.8.1. 大阪屋號書店〔大連浪速町〕。B6 横、写真 92 葉＋解説 92 葉＋はしがき 1 頁＋目次 2 頁＋コメント 1 頁 ; 折込み地図 2 葉）
266. 河瀬蘇北・編『最新 満洲及支那辞典——地文・人物・制度組織及集団・問題及事件』（1932.11.18. 東方文化協会出版部。B6、480 頁）
267. 浅田亀吉・述『東亜ノ石炭鑛業上ニ於ケル山東省ノ地位提要——附 済南ノ地下水ト工業中心説摘録』（〈非売品・以印刷代口述〉。〔奥付なし〕1921.3. A5、15 頁）
268. 手塚正夫『事変前に於ける支那各炭礦別生産並流動状況』（〈資料乙第二十号 B〉。1940.7.15. 東亜研究所。タイプ印書・謄写版、B5、藁半紙袋綴じ 162 頁）
269. ——『支那の鉄・石炭と東亜』（1943.2.20. 朱雀書林。B6、379 頁＋折込み地図 1 葉）
270. ——『支那の石炭と炭礦業』（〈資料乙第九十三号 C ／第八調査委員会資料第三十号〉。1944.7.10. 東亜研究所。B5、231 頁＋折込み地図・資料 2 葉）
271. 木村和三郎『北支石炭経済論』（〈日本学

術振興会 第二及第十四特別委員会報告『東亜経済研究（1）』〉所収〔191 ～ 552 頁〕。1941.3.31. 有斐閣。B6、362 頁）
272. 藤本武『支那鑛夫の生活』（〈労働科学研究所報告第五部大東亜労務管理第 2 冊〉。1943.11.4. 大阪屋號書店。A5、250 頁）
273. ――『把頭炊事の研究』（「社外秘」。〔奥付および著者名表記なし〕。〔1941.7. か ?〕龍烟鐵鑛株式会社。A5、84 頁）
274. ――『把頭炊事の研究』（〈労働科学研究所報告第五部大東亜労務管理第 3 冊〉。1943.11.9. 大阪屋號書店。A5、122 頁）
275. 中村孝俊『把頭制度の研究』（〈労働科学研究所報告第五部大東亜労務管理第 4 冊〉。1944.7.5. 文求堂書店。A5、153 頁＋折込み図表 13 葉）
276. 辻秀男『満鮮ところどころ』（〔私家版・奥付なし〕。1935. 初秋。A5、70 頁）
277. 川崎繁太郎／田村英太郎『朝鮮ニ於ケル石炭』（〈朝鮮鑛床調査要報〉第一冊ノ一。1912.3.30. 朝鮮総督府。B5、60 頁＋袋入り付図 9 葉）
278. 朝鮮総督府学務局社会課『工場及鑛山に於ける労働状況調査』（1933.3.31. 朝鮮総督府。A5、261 頁）
279. 小松茂『燃料』（〔奥付なし〕。1937.12. 社団法人 朝鮮工業協会。A5、23 頁）
280. 京城日報社／毎日申報社・編『朝鮮年鑑（昭和十一年）』（1935.9.13. 京城日報社／毎日申報社。大阪屋號書店（京城）・発売。B6、638 頁）
281. 京城日報社『朝鮮年鑑（昭和二十年）』（1944.10.20. 京城日報社。B6、434 頁）
282. 和田春樹・解説『新しき朝鮮（復刻版）』（原版＝朝鮮総督府情報課・編纂。1944.4.25. 朝鮮行政学会。A5、85 頁＋写真 2 頁。／復刻版＝ 1982.2.25. 風涛社。A5、96 頁＋写真 2 頁）〔復刻版の表紙には「悪夢の皇民化政策」という副題が付されている。〕
283. 宮田浩人・編集・解説「『復刻 戦ふ朝鮮』（原版＝朝日新聞社『写真報道 戦ふ朝鮮』。1945.6.20. 朝日新聞社。B 5、161 頁。／復刻版＝ 2007.6.10. 新幹社。A4 変形、190 頁）
284. 鈴木武雄『朝鮮の決戦態勢』（1943.12.20. 朝日新聞社。B5、66 頁）
285. 浦丁二「樺太と石炭」（『動向』第 2 巻第 4 号、1940 年 4 月号、22 ～ 26 頁。動向社・発行／平凡社・発売。A5、78 頁）
286. 三井鑛山川上鑛業所『樺太川上炭山風景絵葉書』（〔発売年月未詳〕。三井鑛山株式会社川上鑛業所（樺太豊原郡川上炭山）。袋入り 7 枚。）
287. 前田一『特殊労務者の労務管理』（〈産業能率増進叢書〉。1943.11.30. ／ 3 版＝ 1944.10.10. 山海堂。A5、258 頁）
288. 神原泰『戦争・石油』（1941.3.20. 東晃社。B6、266 頁）
289. ――『戦争する石油』（1942.1.18. ／第 5 版＝ 1942.2.10. 皇国青年教育協会。B6、297 頁＋写真 7 葉＋図版 1 葉＋折込み地図 1 葉）
290. ――『蘭印の石油資源――焦土作戦は可能か』（1942.3.15. 朝日新聞社。B6、78 頁）
291. 石村幸四郎『石炭と石油』（〈科学文化叢書〉1.1941.10.15. 誠文堂新光社。B6、197 頁＋写真 4 頁）
292. 榎本隆一郎『人造石油政策とその事業』（1942.7.1. 会計分析研究所。B6、199 頁）
293. 小中義美『人造石油と戦争』（1943.10.7. 東京八雲書店。B6、293 頁＋写真 8 頁）
294. 石澤豊『蘭印現状読本』（1941.2.17. ／第 3 刷＝ 1941.4.12. 新潮社。B6、268 頁＋折込み地図 1 葉）
295. 南洋團體聯合會『大南洋年鑑（昭和十七年版）』（1942.6.15. ／再版＝ 1942.9.10. 南洋團體聯合會。A5、875 頁＋添付地図 1 葉）
296. 朝日新聞社東亜問題調査会・編『朝日東亜年報（昭和十二年）』（1937.8.31. 朝日新聞社。A5、488 頁＋地図 1 葉）
297. ――『朝日東亜年報（昭和十三年版）』（1938.10.5. 朝日新聞社。A5、342 頁）
298. 朝日新聞社中央調査会・編『朝日東亜年報（昭和十三→十六年版）』（1941.12.25. 朝日新聞社。A5、688 頁）
299. ――『朝日東亜年報（昭和十七年版）・大東亜戦争特輯』（1942.10.20. 朝日新聞社。A5、792 頁）
300. 朝日新聞社・編『朝日東亜年報（昭和十九年第一輯）苛烈なる世界戦局』（1944.8.10. 朝日新聞社。A5、211 頁＋折込み地図 2 葉）
301. ――『朝日東亜年報（昭和十九年第二輯）戦力増強の諸問題』（1944.12.15. 朝日新聞社。A5、223 頁）
302. 矢野恒太・編『日本国勢図会（昭和二年版）』（1927.8.18. 日本評論社。A5、340 頁）

303. ――／白崎享一・共編『日本国勢図会（昭和六年版）』（1931.7.25. ／ 6 版＝ 1933.5.5. 日本評論社。A5、452 頁＋地図 5 頁＋折込み地図 1 葉）
304. ――／――『日本国勢図会（昭和十六年版）』（1940.10.20. 日本評論社。A5、478 頁）
305. 現代法制資料編纂会『戦時・軍事法令集』（1974.3.20. 国書刊行会。B5、387 頁）
306. 朝日新聞社・編『総動員法の全貌――附・関係法令集』（1938.12.30. 朝日新聞社。B6、398 頁）
307. 帝国農會『勤労報国隊関係法令竝ニ通牒』（〔奥付なし〕。1943.9. 帝国農會。B6、148 頁）
308. 国民工業学院『国民勤労報国隊 炭砿勤労読本』（1943.10.21. ／ 2 版＝ 1944.3.21. 国民工業学院。B6、56 頁）
309. 修養團『皇民錬成の栞』（1943.12.25. 財団法人 修養團。A6、70 頁）
310. 児玉政介『勤労動員と援護』〔1944 年刊行の復刊〕（「非売品」。1964.6.25.〔私家版〕。B6、381 頁＋折込み資料 3 葉）

B-b.『朝日新聞』に見る大東亜戦争期日本の石炭（主要記事のみ摘録）

311. 朝日新聞社『朝日新聞縮刷版』昭和十六年十二月号～昭和十九年十二月号、昭和二十年上半期・下半期〔計 39 冊〕、1947.1.11. ～ 1945.1.11. ＋〔昭和二十年分の 2 冊には発行日付なし〕。朝日新聞社。A4、各冊 184 ～ 74 頁、1945 年分は 386 ＋ 388 頁）
  1)「三月から石炭も切符制／石炭増産 素晴しい向上線」（1942.2.8. 夕刊）〔夕刊は、1943.10.10. 付までは日付の前日夕方に発行されていた。それ以後は日付当日夕方の発行となる。毎週日曜は夕刊なし。〕
  2)「石炭を綜合統制――大東亜石炭統制協議会を新設」（1942.3.28.）
  3)「坑内でガス爆発――本渓湖炭礦 製鉄には無影響」（1942.5.2.）〔「被害は極めて軽微」と。じつは世界史上最大の炭鉱災害（炭塵爆発）だった。本書 463 頁参照。〕
  4)「石炭自給策成る――北支、満洲、樺太に主力」（1942.5.30.）
  5)「社説――石炭の増産と自給」（1942.5.31.）
  6)「満鉄の石炭液化に独立会社有力――六箇年計画で愈々実施」（1942.6.16.）
  7)「お風呂の石炭十日頃から配給」（1942.10.4. 夕刊）
  8)「人造石油に挙る凱歌（満洲国）」（「共栄圏の週刊記録」欄。1942.8.30.）
  9)「愉快だった黒ダイヤ掘り――露天商の勤労隊北海道から帰る」（1942.9.8. 夕刊）
  10)「下半期石炭対策成る――常磐 九州 山口の増産に重点――送炭増加に奨励金交付／坑内賃金を特に考慮」（1942.10.3.）
  11)「社説――石炭新対策成る」（1942.10.3.）
  12)「台湾の炭坑爆発」（1942.12.2.）
  13)「常磐に新しい炭層――素晴しいのが黒光り」（1943.1.15. 夕刊）
  14)「石炭増産に利潤保障――労務管理に万全の措置――商相明言」（1943.2.6.）〔商工大臣は岸信介。〕
  15)「炭礦の整理断行――優良鑛区に生産集中」（1943.2.16.）
  16)「炭田に工場移駐――商相、可及的実現を言明」（1943.2.24. 夕刊）
  17)「満炭、四炭礦を独立――増産に現地主義を徹底」（1943.2.27.）
  18)「炭礦整理方策決る――恒久的増産体制を確立」（1943.4.3.）
  19)「石炭の増産にも突撃戦――米国の争議をよそに戦果挙る」（1943.5.4.）
  20)「九州、北海道炭を増送――貨車増発、時刻改正（鉄道省発表）」（1943.5.12.）
  21)「石炭確保運動を実施――選炭、輸送に綜合対策／石炭山の賃金引上げ」（1943.5.29.）
  22)「坑木の供給確保――「集荷配給要綱」を決定」（1943.7.15.）
  23)「炭礦統合を促進――まづ入山・磐城を合併（商工省発表）」（1943.9.3.）
  24)「出炭の新記録――長白山も開発（間島）」（1943.9.20.）
  25)「北支炭の重要性強調」（1943.9.28.）
  26)「走るぞ木製のトロッコ――鑛山の増産戦軌道に登場」（1943.10.20. 夕刊）〔当日発行〕
  27)「地方石炭会社を統合――協議会別に新配給会社」（1943.10.30.）
  28)「掘り抜いた〝国の力〟――石炭増産戦士に厚生大臣賞」（1843.11.20.）
  29)「石炭、造船に行政査察――藤原、鈴木、五島三氏勅命」（1943.12.4. 夕刊）〔藤原銀次郎、鈴木貞一、五島慶太〕
  30)「労務者の待遇改善――簡易炭礦開発を促進（軍需省委員 石炭増産方策答申）」

（1944.1.4.）
31）「全国の炭山に挑む商報隊——九州では大半を採炭——休日もとばし老人も挺身」（1944.1.7.）〔商報隊＝商業報国会勤労奉仕隊〕
32）「掘れ石炭 決戦の原動力」〔5 回連載。署名＝入江特派員〕（1944.1.7 ～ 1.11.）
33）「炭礦へ分村計画——沖縄から調査をかねた勤報隊」（1944.1.17.）〔「満蒙開拓団」の分村移民と同様に、沖縄から本土の炭鉱に分村移民するという計画。〕
34）「炭坑夫に特別の援護——移住性防止にも留意（岸国務相答弁）」（1944.1.25.）
35）「炭坑へ挑む新進作家（井上友一郎氏）」（1944.1.25. 夕刊）
36）「〝全山一家〟の感——炭礦へ来て（上）（井上友一郎）」（1944.2.1.）
37）「すべて人間力——炭礦に来て（下）（井上友一郎）」（1944.2.2.）〔副題が「炭礦へ来て」、「炭礦に来て」と不統一〕
38）「誓ふ石炭増送——安泰なり〝祖国の動脈〟（白魔と戦ふ決勝国鉄）」（1944.1.30.）
39）「炭坑 労務者の定着——条件改善が先決（小泉厚相答弁）」（1944.2.4.）
40）「増炭に沸る戦意——〝渡り歩き〟も姿を消して続く無欠勤——挙国激励に応へるお山」（1944.2.14.）
41）「坑木たのむぞ（鉄箒）欄」（19444.3.4.）〔この日、3 月 6 日付より夕刊の発行休止、朝刊は 4 頁とし、月・木は 2 頁とする、との社告掲載。〕
42）「華北鉄・軽金属・石炭——雄渾な開発進む——資材補給が目下の急務」（1944.4.26.）
43）「社説——半島労務者の定着指導」（1944.5.19.）
44）「人造石油工場を観る（上）（下）」（1944.6.11. ／ 13.）
45）「石炭 労務充足に緊急策——臨時対策本部を設置」（1944.6.20.）
46）「炭坑へ天理教徒一万」（1944.6.30.）
47）「石炭増産へ 出動する天理教徒——機動力持つ〝産業義勇隊〟——勤労動員に新しい構想」（1944.7.4.）
48）「石炭戦士だ父さん萬歳——常磐炭礦の総突撃大会」（1944.7.9.）
49）「出炭量は上昇の一路——労力、食糧ともに自給の鶴岡炭礦（大東亜回報「北満」）」（1944.7.20.）
50）「石炭増産著し（大東亜回報「山西）」（1944.7.21.）
51）「地場労力活用——海南炭の出炭（大東亜回報「中支」）」（1944.8.2.）
52）「可憐な娘、炭礦へ——姉も後を追つて渡道」（1944.9.2.）
53）「石炭——決勝の大増産運動——来月一日から三箇月」（1944.9.27.）
54）「社説——石炭増産への期待」（1944.9.30.）
55）「亜炭を積極増産」（1944.12.29.）
56）「召集猶予、入営延期者——炭坑、重要工場へ——軍動員と産業動員を調整（那須兵務局長答弁）」（1945.1.24.）
57）「社説——鑛山油田の防空を急げ」（1945.3.23.）
58）「松根油増産完遂へ——けふから来る十日迄」（1845.7.25.）
59）「とらう松脂、決戦の燃料へ——簡単に出来る良質油——本土到るところに宝庫あり」（1945.8.4.）
60）「白樺油も登場——満洲の航空燃料」（1945.8.8.）〔これ以後、1945.8.15. まで石炭関連の記事なし。〕
61）「三井、三菱を解体せん——賠償委員会の米代表言明す」（1945.9.21.）
62）「石炭の生産回復へ——下期一千萬トンを目標」（1945.10.3.）

B-c. 銃後が描いた石炭——フィクションとノンフィクション
312. 箕作新六・編／山下謙一・画『石炭』（〈小学科学絵本〉第 9 巻。1937.9.25. 東京社。縦 21cm ×横 19cm、34 頁〔頁表記なし〕）
313.〔無署名〕「経済開発は進む——鐵と石炭」（内閣情報部・編輯『写真週報』第 72 号 8 ～ 9 頁。1939.7.5. 内閣印刷局。A4,24 頁）
314. 北原白秋「満蒙風色」（『日本評論』1939 年 8 月号、375 ～ 392 頁。1939.8.1. 日本評論社。）
315. 岡二郎『入坑信号』〔エッセイ集〕（1939.10.23. 大有社。B6、186 頁）〔見返しに旧蔵者の青鉛筆書きで「竪坑のやぐら表の春日かな 鹿十」とあり〕
316. 火野葦平「石炭の黒さについて」（『改造』1940 年 9 月号、349 ～ 366 頁。1940.9.1. 改造社。A5、368 頁）→ 580 ～ 598.
317. ——「石炭の黒さについて」（火野葦平

『百日紅』、3 ～ 35 頁。1941.12.25. 新聲閣。B6、338 頁）

318. ──『五平太船（小説集）』（1941.10.10. 利根書店。B6、285 頁）〔「五平太船」は筑豊から若松港まで遠賀川と堀川を通って石炭を運ぶ川艜《かわひらた》とも呼ばれる舟を描いている。初出＝『オール讀物』1941 年 5 月号。〕

319. ──「三池炭礦」（火野葦平『戦列の言葉』、212 ～ 218 頁。1943.12.20. 二見書房。B6、299 頁）〔1943.2.4. 執筆〕

320. ──「石炭仲仕道」（火野葦平『戦列の言葉』、197 ～ 211 頁。1943.12.20. 二見書房。B6、299 頁）〔1943.2.20. 執筆〕

321. 華北交通株式会社・撮影「北支の石炭」（内閣情報部・編輯『写真週報』第 132 号 22 ～ 23 頁。1940.9.4. 内閣印刷局。A4,24 頁）

322. 菊池俊吉・撮影「石炭へいま増産の動員令」（情報局・編輯『写真週報』第 156 号 4 ～ 7 頁。1940.9.4. 内閣印刷局。A4,24 頁）

323. 菊地雙三郎・写真「行けよ鑛山男の職場──坑道戦士になるまで」（情報局・編輯『写真週報』第 174 号、4 ～ 8 頁。1941.6.25. 内閣印刷局。A4、24 頁）〔表紙全面に炭鉱労働者の写真と特集表題「行けよ鑛山男の戦場」の文字がある。〕

324. 〔無署名〕「海底の炭鑛──九州高島鑛業所」（情報局・編輯『写真週報』第 178 号、4 ～ 7 頁。1941.7.23. 内閣印刷局。A4、24 頁）〔写真に「長崎要塞司令部検閲済」とあり。〕

325. 〔無署名〕「北方にこの資源・樺太──ツンドラからこんなものが／石炭も露天掘り」（情報局・編輯『写真週報』第 187 号、6 ～ 8 頁。1941.9.24. 内閣印刷局。A4、24 頁）〔樺太のツンドラ（凍土）を燃料その他として利用している場面と、石炭露天掘りの現場。〕

326. 小山いと子『オイルシェール』（1941.11.3. 中央公論社。B6、313 頁）〔「オイルシェール」ほか 8 篇〕

327. ──「造兵廠と足尾銅山──戦ふ銃後の第一線視察記」（『日本婦人』1943 年 1 月号、40 ～ 43 頁。大日本婦人会）

328. 渡邊義雄・撮影「この感激を増産へ──北海道夕張炭礦（非常時石炭増産期間十二月十五日─三月三十一日）」（情報局・編輯『写真週報』第 201 号、18 ～ 19 頁。1941.12.31. 内閣印刷局。A4、24 頁）

329. 志田耕治ほか『鑛山《やま》は呼ぶ』〔小説集〕（1942.3.10. 文英堂昭和出版社。B6、239 頁）

330. 〔無署名〕「地下千二百尺の東條総理」（情報局・編輯『写真週報』第 216 号、2 頁。1942.4.15. 内閣印刷局。A4、23 頁）

331. 大宮昇『絵読本 石炭を生む山』（1942.7.31. 学習社。A5、206 頁＋図 1 葉）

332. 〔無署名〕「北支建設の朗報──石炭と鉄の宝の山」（同盟通信社『同盟グラフ』1942 年 8 月号、34 ～ 35 頁。1942.8.7. 道名通信社。A4、80 頁）

333. 堀江林之助『川筋の女』〔長篇小説〕（1942.11.25. 櫻華社出版部。B6、350 頁）

334. 筑紫聰『炭田の人々』〔作品集〕（1942.11.30. 科学通信社出版部。B6、361 頁）

335. 寺神戸燿『炭坑の記録』〔体験小説集〕（1943.3.20. 讀切講談社。B6、323 頁）

336. 小田俊與・編著／鳥海青児ほか画『聖戦画帖 戦ふ東條首相』（1943.4.30. 博文館。B5、61 頁）

337. 山田克郎『坑道』〔小説集〕（1943.7.20. 春江堂。B6、263 頁）

338. 岩下俊作『熔鑛爐と共に四十年』（1943.7.20. 東洋書館。B6、289 頁）

339. 菊童梨朔『炭山の虹』〔長篇小説〕（1943.8.25.／再版＝ 1943.12.25. 富文館。B6、228 頁）

340. ──『愛の戦列』〔長篇小説〕（1943.9.20. 富文館。B6、228 頁）

341. ──『炭礦の凱歌』〔評論集〕（1943.12.15. 新正堂。B6、277 頁）

342. 粟津清達『産業戦士物語』〔短篇集〕（1943.12.10. 大陸通信社。B6、316 頁）〔「兄と弟」（101 ～ 136 頁）が炭鉱での体験を描いている。〕

343. 日本保育館・編纂『セキタン ヲ ホル ヒト──石炭増産特輯号』（『観察絵本 ミクニノコドモ』第 16 輯第 11 編。1944.1.26. 日本保育館。B5、18 頁〔頁表示なし〕）

344. 〔無署名〕「戦力増強にはまづ石炭──挙国石炭確保激励週間 二月一日→二月十日」（情報局・編輯『写真週報』第 306 号、1 ～ 13 頁。1944.1.26. 印刷局。A4、20 頁〔表紙・裏表紙を含めて頁が記されている〕）〔大勢の炭鉱労働者が右手の拳を上げる写真を載せた表紙には「石炭確保へ総突撃」と記されている。〕

345. 小糸正世『小説石炭』〔長篇小説〕（1944.2.20. 昭和刊行会。B6、348 頁）

346. 玉井勇／岡村俊一郎・編『生産小説 熔鑛爐』

〔小説集〕（1944.9.10. 成武堂。B6、358 頁）
347. 文化奉公会・編『空襲下の北九州 産業戦士奮闘記』（『産業戦線』特輯号、1944.9.10. 文化奉公会産業戦線編輯部。B6、64 頁）
348. 河野慶彦「鑿井工」（『決戦台湾小説集』乾之巻、173 ～ 216 頁。1944.12.30. 台湾出版文化株式会社。B6、216 頁。復刻版＝『決戦台湾小説集』乾之巻／坤之巻。〈日本植民地文学精選集〉015、「台湾編」3.2000.9.25. ゆまに書房。A5、467 頁）
349. 高山凡石「御安全に」（『決戦台湾小説集』乾之巻、47 ～ 89 頁。復刻版＝前出）
350. 陸逵「増産の蔭に——呑気な爺さんの話」（『決戦台湾小説集』坤之巻、95 ～ 155 頁。1945.1.16. 台湾出版文化株式会社。B6、229 頁。復刻版＝前出）
351. 西川満「石炭・船渠・道場」（『決戦台湾小説集』乾之巻、111 ～ 121 頁。復刻版＝前出）
352. 朝田薫『一山の主』〔長篇小説〕（1945.1.15. 弘學社。B6、273 頁）
353. 小田俊與・著／今村俊夫・画『炭礦戦士』（1945.3.30. 大日本雄辯會講談社。B5、49 頁）

B-d. 戦後の視線——歴史を見つめなおす
354. 配炭公団石炭局統計課『炭砿調査表（昭和二十二年十二月）』（〔奥付なし〕。手書き・謄写版、B4、407 枚綴じ）〔全国のすべての炭鉱について、それぞれの炭層状態（層名、層厚、推定埋蔵量、可採炭量）と稼行状況（坑名、稼行炭層、層別出炭量、坑別出炭量、採炭方式、採炭設備、坑口～撰炭場運搬法及び間数など）の数値を詳細に記し、層状を具体的に図示している。〕
355. 日本中国友好協会文化部・編『花岡ものがたり』〔詩と版画〕（〔奥付なし。「あとがき」の日付＝ 1950.5.30.〕B6 変形、113 頁）
356. 安本末子『にあんちゃん——十歳の少女の日記』（〈カッパブックス〉。1958.11.5. ／ 108 版＝ 1966.5.15. 光文社。新書、243 頁）
357. 興梠友兼『満州の思い出』〔鶴崗炭鉱・興安炭鉱の回想〕（〔私家版〕1960.12.1. B6、340 頁＋折込み地図・図版 2 葉）
358. 芦田川雅童『戦争と炭坑夫』〔回顧録〕（〔私家版。奥付なし。発行年月日など不明〕A5、216 頁）
359. 新藤東洋男『太平洋戦争下における三井鉱山と中国・朝鮮人労働者——その強制連行と奴隷労働（第二版増補）』（1973.6.30. 人権民族問題研究会。タイプ印書・謄写版、B6、72 頁）→ 72, 73, 76 ～ 78, 417, 431.
360. 朝鮮人強制連行真相調査団・編『朝鮮人強制連行・強制労働の記録——北海道・千島・樺太篇』（1974.10.25. 現代史出版会。B6、685 頁＋写真 6 頁）
361. ——・編『強制連行された朝鮮人の証言』（1990.8.15. ／第 2 刷＝ 1992.1.20. 明石書店。A5、267 頁）
362. 金賛汀『火の慟哭——在日朝鮮人坑夫の生活史』（1980.1.23. 田畑書店。B6、212 頁）
363. ——『雨の慟哭——在日朝鮮人土工の生活史』（1979.2.24. 田畑書店。B6、246 頁）
364. 鄭清正『怨《オン》と恨《ハン》と故国と——わが子に綴る在日朝鮮人の記録』（1984.10.25. 日本エディタースクール出版部。B6、236 頁）
365. ——『小さきものの生——続・わが子に綴る在日朝鮮人の記録』（1987.12.20. 日本エディタースクール出版部。B6、229 頁）
366. 創価学会青年部反戦出版委員会『強制の兵站基地——炭鉱・勤労報国・被爆の記録』（〈戦争を知らない世代へ〉II 佐賀編。1985.8.15. 第三文明社。B6、222 頁＋写真 4 頁）
367. 林えいだい『筑豊俘虜記』（1987.7.25. 亜紀書房。B6、272 頁）→ 436 ～ 439.
368. ——『朝鮮海峡——深くて暗い歴史』（1988.3.25. 明石書店。B6、342 頁）
369. ——『消された朝鮮人強制連行の記録——関釜連絡線と火床の坑夫たち』（1989.8.30. ／初版第二版＝ 1989.11.30. 明石書店。A5、739 頁＋写真 6 頁）
370. ——・写真・文『清算されない昭和——朝鮮人強制連行の記録』（〈グラフィック・レポー〉。1990.9.7. 岩波書店。B5、174 頁）
371. ——『死者への手紙——海底炭鉱の朝鮮人坑夫たち』（1992.7.20. 明石書店。B6、303 頁）
372. ——『証言・樺太《サハリン》朝鮮人虐殺事件（増補版）』（1992.8.1. 風媒社。B6、302 頁＋写真 6 頁）
373. 武富登己男／林えいだい・編『異郷の炭鉱——三井山野鉱強制労働の記録』（2000.1.15. 海鳥社。B5、271 頁）
374. 金慶海／徐根植／宋成一／鄭鴻永／洪祥進『鉱山と朝鮮人強制連行』（1987.8.10. 明石書店。B6、175 頁＋地図 1 頁）
375. 島田荘司『奇想、天を動かす——札

沼線五つの怪』（〈カッパ・ノベルズ〉。1989.9.30. 光文社。新書、335 頁）
376. ――『奇想、天を動かす（長編推理小説）』（〈光文社文庫〉。1993.3.20. ／ 7 刷＝1996.1.5. 光文社。文庫、452 頁）
377. 強制連行の足跡を若者とたどる旅・事務局『強制連行の足跡を若者とたどる旅』（1990.12.30. 強制連行の足跡を若者とたどる旅・事務局。B5、110 頁）
378. 帚木蓬生『三たびの海峡』（1992.4.15. 新潮社。B6、334 頁）
379. ――『三たびの海峡』（〈新潮文庫〉。1995.8.1. 新潮社。文庫、465 頁）
380. 日本寄せ場学会『寄せ場』No.11.1998.5.30. 日本寄せ場学会／れんが書房新社・発売。A5、224 頁）〔蘇崇民「撫順炭鉱の把頭制度」、傳波「撫順鉱務局館蔵の日本の中国侵略時期の档案資料の研究」、老田裕美「「特殊工人」と「万人坑」――日本への「中国人強制連行の原型」として」、松沢哲成「親方制度と把頭制――中国人強制連行の背景」、伊藤一彦「日中にまたがる労務支配」が掲載されている。〕
381. ――『寄せ場』No.15.2002.5.30. 日本寄せ場学会／れんが書房新社・発売。A5、256 頁）〔中西昭雄／川上奈緒子／番場友子「中国人強制連行の実態――新発見資料・北海道庁「ペスト」防疫関係資料から」が掲載されている。〕
382. 朝鮮人強制連行実態調査報告書編集委員会／札幌学院大学北海道委託調査報告書編集委員会・編『北海道と朝鮮人労働者――朝鮮人強制連行実態調査報告書』（1999.3. 札幌学院大学生活協同組合。A4、652 頁＋地図 1 葉＋写真 14 頁）
383.「戦争と筑豊の炭坑」編集委員会・編『戦争と筑豊の炭坑――私の歩んだ道』（1999.6.29. 発行＝碓井町教育委員会・碓井町立碓井平和祈念館／発売＝海鳥社。A5、322 頁＋写真 8 頁）
384. 松沢哲成『天皇帝国の軌跡――「お上」崇拝・拝外・排外の近代日本史』（2006.12.8. れんが書房新社。B6、340 頁）
385. 片山通夫『追跡！あるサハリン残留朝鮮人の生涯』（2010.8.5. 凱風社。B6、285 頁＋写真 7 頁）

C. 石炭の文学・戦前と戦後（付：図像・音声表現）

C-a. 書誌・文学史

386. 田畑知彦『炭鉱を読む』（〔私家版〕。1985.3.1. 印刷＝北海道大学生活協同組合、北大印刷。手書き・謄写版、B5、34 頁）
387. 福岡県高等学校国漢部会『郷土の文学 北九州編』（1978.8.20. 福岡県高等学校国漢部会。B5、59 頁）
388. ――『郷土の文学 筑豊編』（1980.5.25. 福岡県高等学校国漢部会。B5、72 頁）
389. 瓜生敏一『田川の文学とその人びと』（1982.8.20. 瓜生敏一先生著作集刊行委員会。B6、458 頁＋写真 1 葉＋はさみ込み正誤表 1 葉）

C-b. 伝記・自伝・回想記

390. 児玉音松『筑豊鑛業頭領伝』〔復刻版〕（1970.1.2. 西日本文化協会。B6 変形、348 頁＋写真 12 葉＋題辞 2 頁。原本＝1902.5.30. 発行者＝児玉音松。A5、338 頁＋写真 12 葉＋題辞 2 頁）
391. 雄峯 高橋光威・編『貝島太助翁成功談 炭鑛王』（1903.5.27. 博文館。A5、165 頁＋題辞 2 頁＋写真 1 葉）
392. 麻生太吉翁伝刊行会『麻生太吉翁伝』（1935.3.4. 株式会社麻生商店内 麻生太吉翁伝刊行会。A5、530 頁＋題辞 7 葉＋写真 1 葉＋折込み地図 1 葉）
393. 吉田磯吉翁伝記刊行会『吉田磯吉翁伝』（1941.1.1. 発行者＝吉田敬太郎。A5、321 頁＋写真 10 葉）
394. ――『吉田磯吉翁伝（再編）』〔393. の新組み再刊〕（再発行＝ 1997.5.4. 発行者＝吉田敬太郎、再版者＝吉田潤世。A5、385 頁＋写真 11 頁）
395. 猪野健治『俠客の条件――実録・吉田磯吉伝』（〈双葉新書〉。1977.6.10. 双葉社。新書、338 頁）
396. 森康信『石炭とともに――福永年久伝』（1957.12.10. 東洋書館。B6、350 頁＋写真 2 頁）
397. 山崎時三郎『ぶらつく・だいやを懐いて』（1959.9.20. 大同通信社。B6、312 頁＋題辞 1 葉＋写真 2 葉＋折込み資料 1 葉）
398. 石松正鐵『遥かなる起伏――わが風雲録』（1965.6.21. 日本工業新聞社。B6、138 頁）
399. 劉寒吉『松本健次郎伝』（1968.7.15. 発行所＝松本健次郎伝刊行会。A5、488 頁＋写真 12 頁）

400. 伊藤勝正『炭塵とともに――宇部炭田物語』（1970.12.17. ウベニチ新聞社。A5、363 頁）
401. 木曽寿一『野に燃ゆる石』（〔私家版〕。1979.4.10. A5、452 頁＋写真 4 頁）
402. 杉尾政博『石炭一代 木曽重義』（1979.5.22. 西日本新聞社。A5、224 頁＋写真 1 葉）
403. 木原まさる『筑豊仁侠 後藤松太郎伝』（1981.10.10. ライオンズマガジン社。B6、353 頁〔うち写真 1 頁〕）
404.「坂井孟一郎追悼集」編集委員会・編『いのち燃ゆ――坂井孟一郎追悼集』（〔私家版〕。1993.5.3. A5、165 頁＋写真 22 頁）

C-c. ルポルタージュ／ノンフィクション
405. 喜多収一郎『地下労働――世界的労資の紛争焦点』（1919.12.25. 梅津書店。A5、183 頁）
406. 浅原健三『鎔鑛爐の火は消えたり――闘争三十三年の記』（1930.2.15. ／ 8 版＝1930.3.10. 新建社。B6、492 頁）
407. 山代吉宗「磐城入山二大炭坑争議の経験――常磐地方の鑛山運動小史」〔2 回連載〕（（一）＝『戦旗』1930 年 6 月号、38 ～ 50 頁。1930.6.1. 戦旗社。A5、215 頁。（二）＝同 1930 年 7 月 号、112 ～ 123 頁。1930.7.1. A5、225 頁）〔（二）の末尾に「つゞく」とあるが、続篇は掲載されなかった。筆者の山代吉宗は、この当時、未決囚として水戸刑務所にいた。『荷車の歌』などで知られる作家・山代巴は妻。巴は 1940 年に逮捕されて獄中で敗戦を迎えたが、吉宗は戦時中に獄死した。〕
408. 安田忠郎『炭鉱《やま》へゆく――日本石炭産業の生と死の深淵』（1981.9.25. ／第 3 版第 3 刷＝ 1984.12.15. JCA 出版。A5、299 頁＋写真 1 頁）
409. 杉浦明平『ドキュメント 田舎・炭鉱・部落』（1963.2.28. 未来社。B6、263 頁）
410. 武松輝男『坑内馬と馬夫と女坑夫――地底の記録―呪詛』（1982.3.20. 創思社出版。B6、251 頁）→ 160.
411. ――『囚徒番号七十号坑夫』（1982.11.20. 創思社出版。B6、230 頁）
412. 高田源蔵・著／河本祐一・構成『聞き書 鉱夫の仕事』（1990.4.10. 無明舎出版。B6、199 頁）
413. 鎌田慧『全記録 炭鉱』（2007.7.17. 創森社。B6、364 頁）→ 451.
414. 七尾和晃『炭鉱太郎がきた道――地下に眠る近代日本の記憶』（2009.3.2. 草思社。B6、223 頁）
415. 三木健『西表炭坑夫物語』（〈おきなわ文庫〉。1990.11.15. ひるぎ社。新書、190 頁）
416. ――『沖縄・西表炭坑史』（1996.12.25. 日本経済評論社。B6、227 頁）→ 46.
417. 新藤東洋男『三井鉱山と与論島――資本主義体制下における人的差別との闘い』（1965.7.15. 人権・民族問題研究会。タイプ印書・謄写版、A5、164 頁〔うち折込み資料 2 葉〕＋写真 4 葉）→ 359.
418. 服部団次郎『沖縄から筑豊へ――その谷に塔を立てよ』（1979.11.10. 葦書房。B6、161 頁＋写真 12 頁）
419. 永末十四雄『筑豊――石炭の地域史』（〈NHK ブックス〉199.1973.12.20. 日本放送出版協会。B6、248 頁）
420. ――『筑豊讃歌』（1977.5.20. 日本放送出版協会。B6、261 頁＋図版 2 頁）
421. ――『筑豊万華――炭鉱の社会史』（1996.4.30. 三一書房。B6、239 頁＋写真 4 頁）
422. 犬養光博『筑豊に生きて』（1971.5.20. 日本基督教団出版局。B6、277 頁＋写真 2 頁）
423. ――『弔旗――筑豊の一隅から』（1981.5.25. 日本基督教団出版局。B6、200 頁）
424. 玉井政雄『刀と聖書――筑豊の風雪二代記』（1978.6.30. 歴史図書社。B6、270 頁＋写真 2 頁）→ 630.
425. ――『私の筑豊物語』（1980.7.31. 歴史図書社。B6、282 頁＋写真 8 頁）
426 服部団次郎『この後の者にも／連帯と尊厳を――ある炭鉱伝道者の半生』（1988.4.20. キリスト新聞社。B6、249 頁＋写真 2 頁）
427. 織井青吾『地図のない山――遠賀たんこんもん節』（1977.3.20. 光風社書店。B6、250 頁）
428. ――『方城大非常』（1979.11.30. 朝日新聞社。B6、213 頁）
429. ――『流民の果て――三菱方城炭坑』（1980.12.15. 大月書店。B6、229 頁）
430.「筑豊の孤老たち」編集委員会『筑豊の孤老たち―― 19 の証言』（1979.3.20. 田川市社会福祉協議会。B6 変形、232 頁）
431. 新藤東洋男『赤いボタ山の火――筑豊・三池の人びと』（〈日本民衆の歴史〉地域編 9.1985.10.15. 三省堂。B6、324 頁）

432. 市丸郁夫『ボタ山のある町』（1989.5.20. 元就出版社。B6、318 頁＋図 1 葉）
433. 西田彰『炭坑物語』（1991.8.10. 海鳥社。B6、260 頁）
434. 光吉悦心『火の鎖——筑豊の労働運動に賭けた生涯』（1971.6.15. 河出書房新社。B6、295 頁＋写真 8 頁）
435. 杉藤二郎『筑豊の黒旗——思い出の断片』（1976.3.1. 神戸共同文庫。B6、191 頁＋写真 4 頁）
436. 林えいだい『筑豊坑夫塚』（〈ルポルタージュ叢書〉8.1978.3.15. 晩聲社。B6、249 頁＋写真・図 3 頁）→ 367 ～ 373.
437. ——『筑豊米騒動記』（1986.10.15. 亜紀書房。B6、287 頁）
438. ——『闇を掘る女たち』（1990.11.25. 明石書店。B6、339 頁）
439. ——『海峡の女たち——関門港沖仲仕の社会史』（1983.5.31. 葦書房。B6、319 頁）
440. 井手川泰子『火を産んだ母たち——女坑夫からの聞き書』（1984.11.15. 葦書房。B6、222 頁）
441. 田嶋雅巳『炭坑美人——闇を灯す女たち』（2000.10.20. ／ 2 刷＝ 2001.3.12. 築地書館。A5、268 頁）
442. 林正登『炭《や》坑《ま》の子ども・学校史——納屋学校から「筑豊の子どもたち」まで』（1983.11.15. 葦書房。B6、318 頁）
443. ——『遠賀川流域史探訪』（1989.12.15. 葦書房。B6、260 頁）
444. 朝日新聞社・編『流域紀行』（1973.3.30. 朝日新聞社。B6、306 頁）〔上野英信「遠賀川」収載。115 ～ 140 頁〕
445. 香月靖晴『遠賀川——流域の文化誌』（〈海鳥ブックス〉6.1990.2.15. ／第 2 刷＝ 1994.10.24. 海鳥社。B6、300 頁＋地図 1 頁）
446. 宮田昭『最後の川筋頭領——坂田九十百伝』（1987.7.20. 葦書房。B6、246 頁＋写真 1 葉）
447. 鶴丸幸代／伊藤幸野『15 の春まで筑豊にて』（2011.4.10. インパクト出版会。B6、114 頁）
448. 富山妙子『炭坑夫と私』（1960.11.15. 毎日新聞社。B6、238 頁 9
449. 村上通哉・編著『筑豊・池尻の子どもたち』（1972.2.25. たいまつ社。B6、274 頁）
450. 三池を闘った私たちの記録刊行委員会・編『あのとき私は』（1981.3.10. ／第 2 刷＝ 1981.4.15. 労働教育センター。B6、277 頁＋写真 8 頁）
451. 鎌田慧『去るも地獄 残るも地獄——三池炭鉱労働者の二十年』（1982.7.20. 筑摩書房。B6、239 頁）→ 413.
452. 灰原茂雄・編著『三池を語る』（1983.10.8. 『三池を語る』刊行委員会。〔奥付に「内部討議資料」とあり〕。B6、496 頁）
453. 奈賀悟『閉山——三井三池炭鉱 1889 ～ 1997』（〈同時代ライブラリー〉318.1997.9.16. 岩波書店。文庫、319 頁＋地図 2 頁）
454. 端島労働組合『軍艦島——端島労組解散記念史』（1974.1.1. 端島労働組合。B5、48 頁＋写真 65 頁＋「端島音頭」歌詞 1 頁）
455. 横手一彦「端島（軍艦島）考——コンクリートの島と近代と人の記憶と」（『日本文學誌要』第 54 号、108 ～ 110 頁。1996.7.13. 法政大学国文学会。A5、128 頁）
456. 後藤恵之輔／坂本道徳『軍艦島の遺産——風化する近代日本の象徴』（〈長崎新聞新書〉015.2005.4.12. 長崎新聞社。新書、222 頁）
457. 中里喜昭『香焼島——地方自治の先駆的実験』（〈ルポルタージュ叢書〉2.1977.3.20. 晩聲社。B6、213 頁）
458. 梅原北明・編「高島炭鑛騷擾史」（梅原北明・編纂『近世社会大驚異全史』、（附録一）「近世暴動反逆變亂史」のうち 26 ～ 35 頁。1931.3.20. 史學館書局。A5、1894 頁＋写真・図版 108 頁）〔函を含めた本書の厚みは 13.5cm ある〕
459. ——・編「高島炭鉱騒擾史」（梅原北明・編／鹿野政直・解説『近世暴動反逆変乱史』、61 ～ 77 頁。1973.11.1. 海燕書房。B6、285 頁）
460. 高島町地域保健研究会『炭鉱閉山の島から学んだこと——長崎県高島における学際的地域研究の試み』（1991.8.10. 高島町地域保健研究会（長崎大学医学部衛生学教室）。B5、264 頁）
461. 窪田昭『夕張・高島——その後の日本』（2006.3.29. 講談社出版サービスセンター。A5、250 頁）
462. 森崎和江『まっくら——女坑夫からの聞き書き』（〈リロン・らいぶらりい〉。1961.6. 理論社。新書変形、196 頁）
463. ——・著／山本作兵衛・画『まっくら——女坑夫からの聞き書』（1970.8.25. 現代

思潮社。縦13×横19cm、248頁＋図版1葉）
464. ――『まっくら』（1977.6.30.／第1版第4刷＝1982.2.15. 三一書房。B6、236頁）
465. ――『ははのくにとの幻想婚』（1970.5.20. 現代思潮社。B6、343頁）
466. ――『闘いとエロス』（1970.5.31.／第1版第9刷＝1980.1.31. 三一書房。B6、315頁）
467. ――『異族の原基』（1971.10.25. 大和書房。B6、312頁）
468. ――／川西到『与論島を出た民の歴史』（1971.12.5. たいまつ社。B6、222頁＋写真2頁）
469. ――『奈落の神々――炭坑労働精神史』（1974.4.10. 大和書房。B6、358頁）
470. ――『奈落の神々――炭坑労働精神史』（〈平凡社ライブラリー〉。1996.7.15. 平凡社。文庫変形、435頁）
471. ――『匪賊の笛』（1974.11.30.／第2刷＝1976.7.20. 葦書房。B6、271頁）
472. ――『からゆきさん』（1976.5.15.／第9刷＝1976.7.15. 朝日新聞社。B6、244頁）
473. ――『遥かなる祭』（1978.2.25. 朝日新聞社。B6、260頁）〔小説集だが、参考資料として加えた。〕
474. ――『産小屋日記』（1979.3.31. 三一書房。B6、272頁）
475. ――『きのうから明日へ――庶民聞き書き』（1992.2.13. 葦書房。B6、247頁）
476. ――『いのちの素顔』（〈シリーズ 生きる〉。1994.9.29. 岩波書店。B6、234頁）
477. 上野英信・著／千田梅二・絵『せんぷりせんじが笑った!』（〈ルポルタージュ 日本の証言〉7.1955.4.20. 柏林書房。新書、97頁）〔巻末の出版社広告は、同じ〈ルポルタージュ 日本の証言〉シリーズの第1巻、『原子力』（柾木恭介・著／池田竜雄・絵）に、こういうキャッチフレーズを付している――「この土地を砂漠にするためでなく、この砂漠を花咲く土地にするために……」。〕
478. ――・文／千田梅二・画『親と子の夜』（1959.11.28.／新装第1刷＝1982.10.30.／新装第2刷＝1984.4.10. 未来社。縦21×横15cm、197頁）
479. ――『追われゆく坑夫たち』（〈岩波新書〉青版391.1960.8.20. 岩波書店。新書、248頁＋写真1頁＋地図2頁）
480. ――『追われゆく坑夫たち』（〈同時代ライブラリー〉197.1994.9.16. 岩波書店。文庫変形、244頁）
481. ――『地の底の笑い話』（〈岩波新書〉青版639.1967.5.20.／第3刷＝1968.4.10. 岩波書店。新書、192頁）
482. ――『どきゅめんと 筑豊――この国の火床に生きて』（〈新報新書〉。1969.7.30. 社会新報。新書、256頁＋写真2頁）
483. ――『天皇陛下萬歳――爆弾三勇士序説』（1071.11.30. 筑摩書房。B6、238頁）
484. ――『骨を嚙む』（1973.4.25. 大和書房。B6、262頁）
485. ――『日本陥没期――地底に奪われた死者たち』（新装版第1刷＝1973.5.25. 未来社。258頁＋写真12頁）
486. ――『出ニッポン記』（1977.10.10. 潮出版社。B6、526頁）
487. ――『出ニッポン記』（〈現代教養文庫〉1531（ベスト・ノンフィクション）。1995.4.30. 社会思想社。文庫、606頁）
488. ――『廃鉱譜』（〈ちくまぶっくす〉6.1978.6.20. 筑摩書房。B6、189頁）
489. ――『火を掘る日日』（1979.3.10. 大和書房。B6、262頁）
490. ――『眉屋私記』（1984.3.10.／2刷＝1984.5.25. 潮出版社。B6、538頁）
491. 草野権和・編集人『季刊 人間雑誌』1～9（1979.12.11.～1981.12.11. 草風館。A5、200～264頁）〔上野英信「眉屋私記」の初稿（単行本＝427.で大幅に改稿）が連載されているほか、資料「戦時下の石炭労務者に就て」（1号）、川原一之／由紀子「亜砒鉱山」（1～4号）、佐江衆一「足尾断章」（6号）、樋口健二「ある開拓農民の原発被曝」（6号）、宮下忠子「ある戦後」（1号）など、「石炭の文学史」と関わる諸作品が掲載されている。〕
492. 筑豊炭坑労仂者文芸工作集団機関誌『地下戦線』No.4〔復刻版?〕（1953.12.15. 筑豊炭坑労仂者文芸工作集団／発行及び編集責任者＝上野英信。B5、73頁）〔上野英信「はじめての集団創作を終えて」、65～66頁〕
493. 上野英信追悼録刊行会・編『追悼 上野英信』（1989.11.21. 上野英信追悼録刊行会. A5、526頁＋写真2葉）
494. 岡友幸・編『上野英信の肖像』（1989.11.14.／第2刷＝1997.11.14. 海鳥社。B6、174頁）
495. 上野晴子『キジバトの記』（1998.1.15. 裏

山書房。B6、201 頁）
496. 上野朱『蕨の家——上野英信と晴子』（2000.6.10. ／第 2 刷＝ 2000.8.3. 海鳥社。B6、210 頁）
497. 谷川雁『原点が存在する——谷川雁詩論集』（1958.12.15. 弘文堂。B6、292 頁）
498. ——『原点が存在する』（新装第 1 版＝ 1969.3.10. ／新装第 3 版＝ 1970.1.25. 現代思潮社。B6、291 頁）
499. ——『影の越境をめぐって』（新装第 1 刷＝ 1969.10.25. 現代思潮社。B6、199 頁）
500. ——『工作者宣言』（1977.3.25. 潮出版社。B6、218 頁＋はさみ込み「しおり」12 頁）
501. 上野英信／谷川雁／花田克己／森崎和江ほか・編『サークル村』第 1 巻第 1 号～第 3 巻第 5 号〔第 I 期〕（1958.9.20. ～ 1960.5.10. 九州サークル研究会。A5、48 頁〔第 3 巻第 4、5 号のみ 32 頁〕）
502. 松原新一『幻影のコンミューン——「サークル村」を検証する』（2001.4.20. 創言社。A5、260 頁）
503. 敍説舎・編『敍説（文学批評）』VIII（「特集・筑豊の文学風土」。1993.7.1. 敍説舎。A4 変形、142 頁）〔坂口博／花田俊典・編「Book Review 筑豊」ほか所載〕
504. 丹波マンガン記念館『マンガン資料』（〔奥付なし。1990 年ごろ作成か〕。コピー袋綴じホチキスどめ、B5、12 頁）
505. ——『ワシラは鉱山《やま》で生きてきた——丹波マンガン記念館の精神史』（1992.12.1. ／第 2 刷＝ 1993.8.15. 丹波マンガン記念館。A5、117 頁）
506. 野木英雄『立坑独立愚連隊』（1991.12.10. ユーウ企画出版部・発行／星雲社・発売。B6、304 頁）
507. 日本炭鉱主婦協議会北海道地方本部『研《ずり》山《やま》は知っている——道炭婦協の 20 年』（1973.5.10. 日本炭鉱主婦協議会北海道地方本部。B6、266 頁＋写真 8 頁）
508. 三菱美唄炭鉱文学界・編『炭鉱の生活史——三菱美唄炭鉱資料集 1（改訂版）』（〈非売品〉。1954.12.25. ／改版＝ 1956.3.30. 三菱美唄炭鉱労働組合文化部内 三菱美唄炭鉱文学会。手書き謄写版、B5、72 頁＋写真 2 頁）
509. 三菱美唄炭鉱労働組合『炭鉱に生きる——炭鉱労働者の生活史』（〈岩波新書〉青版 382.1960.5.20. 岩波書店。新書、225 頁＋写真 4 頁）
510. 鹿地亘『やまつなみ——尺別炭砿の労働者たち』（1964.4.25. 鳩の森書房。新書、167 頁）
511. 岡崎正之『長いトンネルの道——炭礦生活の記録』（〈釧路新書〉4.1978.11.5. ／第 2 版＝ 1981.3.10. 釧路市。新書、236 頁）
512. 永井幸一郎『坑夫一代』（1987.11.20. 北方文芸刊行会。B6、238 頁）
513. 夕張・働くものの歴史を記録する会・編『わが夕張——知られざる炭鉱《やま》の歴史』（1977.7.25. ／第 3 刷＝ 1982.2.25. 機関紙印刷出版企画室。B6、351 頁）
514. 稲沢潤子『夕張のこころ』（〈大月フォーラムブックス〉13.1983.3.25. 大月書店。B6、220 頁）
515. 大西暢夫「炭鉱の時代に生きて——夕張シューパロダム・北海道夕張市」（「ダムと人のあいだ」第 2 回、『月刊 オルタ』2002 年 2 月号、32 ～ 33 頁。2002.1.25. アジア太平洋資料センター。A4 変形、40 頁）
516. 山影静子『夕張岳よ永遠に愛を』（2006.12.1. 野薔薇舎。B5、281 頁）
517. 宮本常一ほか・監修『日本残酷物語』〔全 5 部＋現代篇 2 巻〕、第二部「忘れられた土地」（1960.1.30. 平凡社。B6、408 頁）〔第 3 章「北辺の土地」のうち「蝦夷の地」の一節に「泥炭地とのたたかい」（314 ～ 323 頁）がある。〕
518. ——ほか・監修『日本残酷物語』、第五部「近代の暗黒」（1960.7.30. 平凡社。B6、384 頁）〔第 2 章「地のはての記憶」が「監獄部屋の人々」（127 ～ 168 頁）、「坑夫の内臓」（197 ～ 230 頁）、「地底の変異」（231 ～ 254 頁）を含む。〕
519. ——ほか・監修『日本残酷物語』、現代篇 2「不幸な若者たち」（1961.1.21. 平凡社。B6、404 頁）〔第 2 章「離職者のむれ」が「地底の若者たち」（121 ～ 156 頁）を含む。〕
520. 秋山健二郎／森秀人／山下竹史・編著『現代日本の底辺』〔全 4 巻〕、第 1 巻「最下層の人びと」（1960.5.10. 三一書房。新書、248 頁）〔第 2 章「困窮者の密集地帯」（97 ～ 156 頁）が「大都市のスラム」、「ドヤ街の十人たち」、「北九州の〝労働下宿〟」で炭鉱離職者たちを取り上げている。〕
521. ——／——／——・編著『現代日本の底辺』、第 3 巻「不安定就労者」（1960.7.10. 三一書房。新書、267 頁）〔第 3 章「社外工・臨時工」の 1「監獄《タコ》部屋は生きている」（107

～ 142 頁）が三井砂川鉱や八幡製鉄の現実を指摘している。〕

522. ――／――／――・編著『現代日本の底辺』第 4 巻、「零細企業の労働者」（1960.8.10. 三一書房。新書、244 頁）〔第 5 章「斜辺に生きる人びと」（191 ～ 210 頁）が「ゆらぐヤマの足」、「災害職場・炭鉱」から構成されている。〕

523. 松橋喬『教育の森』〔全 12 集〕、第 6 集「谷間からの訴え」（1967.1.10. 毎日新聞社。新書、230 頁）〔「産炭地の壁」（124 ～ 154 頁）を含む。〕

524. 中村政則『労働者と農民――日本近代をささえた人々』（〈小学館ライブラリー〉110.1998.4.20. 文庫変形、508 頁）〔「女工・坑夫・農民――はじめに」（14 ～ 36 頁）、「地底の世界」（120 ～ 175 頁）、「目覚めゆく女工と坑夫」（217 ～ 279 頁）、「荊冠旗」（415 ～ 444 頁）、「産業報国」（445 ～ 491 頁）が坑夫、被差別部落民坑夫、朝鮮人強制連行と炭鉱での強制労働などについて論じている。〕

525. 関寥太郎『坑夫として生き 炭鉱離職者として生きて』（〔私家版〕。1980.7.10. 水晶群。A5、209 頁）

526. 宮下忠子『山谷・泪橋――ドヤ街の自分史』（〈ルポルタージュ叢書〉12.1978.12.25. ／初版第 6 刷＝ 1986.5.1. 晩聲社。B6、290 頁）

527. 「山谷」制作上映委員会・編『映画「山谷《やま》――やられたらやりかえせ」』（1986.4.15. 「山谷」制作上映委員会。B5、104 頁）〔2006.2.4. に 3 刷が刊行されている。〕

528. 田川市石炭資料館『炭鉱《やま》の文化』（1998. 3. 31. 田川市石炭資料館。B5、37 頁）

529. 田川市石炭・歴史博物館・編『炭坑《ヤマ》の語り部 I ――平成 20 年度「炭坑の語り部」の記録』（〈田川市石炭・歴史博物館館長講座記録集〉1. 2010. 3. 31. 田川市石炭・歴史博物館。A4、126 頁）

530. 田川市石炭・歴史博物館・編『炭坑《ヤマ》の語り部 II ――平成 21 年度「炭坑の語り部」の記録』（〈田川市石炭・歴史博物館館長講座記録集〉1. 2010. 3. 31. 田川市石炭・歴史博物館。A4、130 頁）

C-d. 小説・随筆・詩歌・脚本・歌謡

531. 『日本書記』下、巻第二十七「天命開別天皇（天智天皇）」（〈日本古典文学大系〉68.352 ～ 381 頁。1965.7.5. ／第 7 刷＝ 1971.8.20. 岩波書店。A5、627 頁＋図版 1 葉＋地図 2 頁＋はさみ込み月報 12 頁）

532. 松尾芭蕉『芭蕉句選』上（〈日本名著全集・江戸文藝之部〉第 2 巻『芭蕉全集』、27 ～ 36 頁。1929.5.1. 日本名著全集刊行会。B6 変形、997 頁）

533. 森鷗外「我をして九州の富人たらしめば」（『鷗外全集』第 25 巻「評論・随筆」四、93 ～ 98 頁。1973.11.22. 岩波書店。A5、601 頁＋写真 1 葉）〔初出＝ 1899 年 9 月 16 日『福岡日日新聞』〕

534. ――『小倉日記』（『鷗外全集』第 35 巻「日記」、283 ～ 389 頁。1975.1.22. 岩波書店。A5、874 頁＋写真 1 葉）〔1900 年 10 月、1901 年 7 月に筑豊炭田に関する記述がある。〕

535. 夏目漱石『坑夫』（『漱石全集』第 6 巻「坑夫」。1956.11.12. 岩波書店。新書、224 頁＋写真 1 葉）〔初出＝ 1908 年 1 月 1 日～ 4 月 6 日『朝日新聞』〕

536. 小川未明『石炭の火』（1914.12.18. 千章館。新書、222 頁）

537. 宮嶋資夫『坑夫』〔復刻版〕（原典＝ 1916.1.5. 近代思想社。B6、187 頁／復刻版＝〈復刻版社会文学叢書〉5.1992.7.20. 法政大学西田勝研究室・発行／不二出版・発売。B6、184 頁）

538. 平沢紫魂〔計七〕「石炭焚」（『日本プロレタリア文学集』2、「初期プロレタリア文学集」2、27 ～ 31 頁。1985.5.25. 新日本出版社。B6、459 頁）〔初出は『労働及産業』1916 年 9 月号〕

539. 賀川豊彦『空中征服』（1922.12.13. ／ 7 版＝ 1922.12.19. 改造社。B6、386 頁）

540. ――『空中征服』（〈CO・OP ライブラリー〉3.1989.1.10. 日本生活協同組合連合会。B6、274 頁）

541. ――『空中征服』（〈現代教養文庫〉1311.1989.10.30. 社会思想社。文庫、318 頁）

542. 山川菊榮「石炭がら」（『種蒔く人』〔再刊〕第 1 年第 1 巻第 1 号、2 ～ 6 頁。1921.9.1. 種蒔き社。A5、56 頁）

543. 羽志主水「監獄部屋」（『新青年』1926 年 3 月号、15 ～ 21 頁。1926.3.1. 博文館。A5、288 頁）

544. ――「監獄部屋」（〈角川文庫。〉『新青年傑作選集』III、「骨まで凍る殺人事件」、61

～ 72 頁。1977.8.30. ／ 3 版 ＝ 1988.4.20. 角川書店。文庫、332 頁）

545. ――「監獄部屋」（『新青年傑作選』3、「恐怖・ユーモア小説編」、17 ～ 24 頁。1977.9.10. 立風書房。 B6、415 頁＋はさみ込み「月報 3」8 頁）

546. 沼田流人『血の呻き』〔抄〕（「札幌民衆史シリーズ 11」編集委員会・編『小説『血の呻き』とタコ部屋――酷使・虐待・使い捨て場の地獄、それらを守る巡査と検閲』、67 ～ 207 頁。2010.11.1. 札幌郷土を掘る会。A5、218 頁）〔『血の呻き』は 1923 年 6 月 5 日、叢文閣から刊行されたが、発禁となった。〕

547. 葉山嘉樹『海に生くる人々』〔復刻版〕（原典＝ 1926.10.18. 改造社。B6、309 頁／復刻版＝〈精選 名著復刻全集 近代文学館〉。第 4 刷＝ 1973.11.1. 日本近代文学館。）

548. ――「労働者の居ない船」（『葉山嘉樹全集』第 1 巻、『海に生くる人々』、337 ～ 359 頁。1947.12.25. 小学館。B6、368 頁＋写真 1 葉）〔初出＝ 1926 年 5 月号『解放』〕

549. ――「坑夫の子」（『葉山嘉樹全集』第 4 巻、『乳色の靄』、105 ～ 119 頁。1948.5.15. 小学館。B6、403 頁）〔初出＝ 1927 年 5 月号『文藝戦線』〕

550. 花島達夫「島の赤陽――佐渡の×装一揆」（全日本無産者藝術聯盟機関誌『戦旗』第 1 巻第 8 号、1928 年 12 月号、「生きた新聞」（2）、102 ～ 109 頁。1928.12.1. 全日本無産者藝術聯盟出版部。A5、188 頁＋附録 8 頁）

551. 林芙美子「九州炭坑街放浪記」（『改造』1929 年 10 月号、47 ～ 53 頁。1929.10.1. 改造社）

552. 平林たい子『敷設列車』（〈日本プロレタリア創作選集〉。1929.12.30. ／ 14 版＝ 1930.1.28. 日本評論社。B6、196 頁）

553. 橋本英吉『炭坑』（〈現代暴露文学選集〉。1930.3.28. 天人社。B6 変形、178 頁）〔収録作品＝「棺と赤旗」、「揚水ポンプ」、「炭坑」、「一九一八年の記録」、「嫁支度」、「逃走」〕

554. ――『炭坑（長篇）』（1935.6.5. ナウカ社。B6、318 頁）

555. ――『炭坑』（〈日本プロレタリア長篇小説集〉6.3 ～ 160 頁。1955.1.31. 三一書房。B6、210 頁）

556. ――『坑道』（〈生活文学選集〉第 5 巻。1939.4.15. 春陽堂書店。B6、366 頁＋図版 1 葉）

557. ――『筑豊炭田（長篇歴史小説）』（1943.8.30. 今日の問題社。B6、374 頁）

558. ――『棺と赤旗』（〈新日本名作叢書〉。1946.12.20. 新興出版社。B6、172 頁）〔収録作品＝「棺と赤旗」、「眼」、「ところはちぶ」、「季節の綴方」、「自然と人生について」、「金融資本の一断面」、「天平」〕

559. ――『若き坑夫の像』（1976.11.30. 新日本出版社。B6、287 頁）

560. 徳永直「「炭坑」の表現と構成について」（『文學評論』1935 年 8 月号、92 ～ 97 頁。1935.8.1. ナウカ社。A5、186 頁）

561. 桐生房雄「棹取夫」〔短篇小説〕（『文藝戦線』第 6 巻第 7 号、1929 年 7 月号、150 ～ 157 頁。1929.7.1. 労農芸術家聯盟。187 頁）

562. 細田民樹『赤い曙（長編小説）』（1930.5.12. ／再版＝ 1930.5.13. 春秋社。B6、246 頁）

563. 夢野久作「斜坑」（『夢野久作全集』4.303 ～ 335 頁。〈ちくま文庫〉。1992.9.24. 筑摩書房。文庫、437 頁）〔初出＝ 1932 年 4 月号『新青年』〕

564. ――「骸骨の黒穂《くろんぼ》」（『夢野久作全集』4.337 ～ 362 頁。〈ちくま文庫〉。1992.9.24. 筑摩書房。文庫、437 頁）〔初出＝ 1934 年 12 月号『オール讀物』〕

565. ――「女坑主」（『夢野久作全集』4.363 ～ 385 頁。〈ちくま文庫〉。1992.9.24. 筑摩書房。文庫、437 頁）〔初出＝ 1936 年 5 月 1 日号『週刊朝日』〕

566. ――「犬神博士」（『夢野久作全集』5.7 ～ 350 頁。〈ちくま文庫〉。1991.12. 4. 筑摩書房。文庫、471 頁）〔初出＝ 1931 年 9 月 23 日号～ 1932 年 1 月 26 日号『福岡日日新聞』〕

567. 藤沢桓夫『燃える石』（〈文芸復興叢書〉。1934.5.21. 改造社。B6、309 頁）〔収録作品 8 篇のうち、中篇小説「燃える石」（5 ～ 85 頁。初出は 1931 年 2 月号『中央公論』）が石炭と関連している。〕

568. ――『燃える石』（1947.3.15. 桂書房。B6、261 頁）〔557 と同じ表題だが、収録作品 7 篇のうち重複しているのは「燃える石」、「鼠」の 2 篇のみ。なお、「亡き武田麟太郎に捧ぐ」の献辞あり。〕

569. 三好十郎『炭塵（プロレタリア戯曲集）』（1931.5.12. 中央公論社。B6、514 頁＋写真 8 頁）〔収録作品＝「炭塵（プロローグ及び十一場）」、「首を切るのは誰だ」、「疵だらけのお秋」、「おまつり」、「報国七生院」。〕

570. 佐藤信重『炭坑夫（長篇叙事詩）』（1931.9.1. 海図社。B6 変形、116 頁）
571. 間宮茂輔『あらがね』〔長篇小説〕（1938.3.15. 小山書店。B6、372 頁）
572. ──『続 あらがね』〔長篇小説〕（1938.11.25. 小山書店。B6、362 頁）〔扉には「あらがね 第二部」とあり。〕
573. 大鹿卓『探鑛日記』〔小説集〕（1939.2.20. 竹村書房。B6、305 頁）〔収録作品＝「金鑛」、「履歴書」、「探鑛日記」、「鑛山病院一景」、「蕃婦」。台湾を舞台にした「蕃婦」以外は鉱山と関わる作品である。〕
574. ──『金山』（〈生活文学選集〉第 8 巻。1939.7.18. 春陽堂書店。B6、400 頁）
575. ──『渡良瀬川』（〈新作長篇叢書〉第 3 篇。1941.4.8. 中央公論社。B6、480 頁＋写真 1 葉）
576. 中野重治『汽車の罐焚き（小説集）』（1940.4.15. 小山書店。B6、267 頁）〔収録作品＝「汽車の罐焚き」、「汽車の車掌」、「初めての汽車乗り」、「旧友」、「同窓会」、「留守」。〕
577. ──『空想家とシナリオ・汽車の罐焚き』（〈講談社文芸文庫〉。1997.1.10. 講談社。文庫、260 頁）
578. 譲原昌子「朝鮮ヤキ（遺稿）」（『新日本文学』1949 年 4 月号、59 ～ 68 頁。1949.4.1. 新日本文学会。A5、81 頁）
579. 松本信也『もぐら日記』〔長篇自伝小説〕（1953.4.20. 葦会。B6、229 頁＋写真 2 頁）
580. 火野葦平『花と龍』上巻（1953.5.25. 新潮社。B6、366 頁）→ 316 ～ 320.
581. ──『花と龍』下巻（1953.7.31. 新潮社。B6、392 頁）
582. ──『花と龍』上巻（〈新潮文庫〉731.1954.11.30. ／ 16 刷＝ 1965.1.30. 新潮社。文庫、412 頁）
583. ──『花と龍』下巻（〈新潮文庫〉732.1955.1.25. ／ 17 刷＝ 1966.6.10. 新潮社。文庫、341 頁）
584. ──『花と龍』上巻（〈角川文庫〉2150.1962.12.30. ／ 5 版＝ 1965.11.30. 角川書店。文庫、408 頁）
585. ──『花と龍』下巻（〈角川文庫〉2151.1963.1.10. ／ 3 版＝ 1964.9.30. 角川書店。文庫、340 頁）
586. ──『花と龍』上巻（〈大衆文学館〉。1996.1.20. 講談社。文庫、446 頁）
587. ──『花と龍』下巻（〈大衆文学館〉。1996.1.20. 講談社。文庫、446 頁）
588. ──『叛逆者』〔小説集〕（1953.7.31. 文藝春秋新社。B6、279 頁）〔「炭坑」（初出＝ 1953 年 2 月号『文藝春秋』）収載。〕
589. ──『魔の河』〔長篇小説〕（1957.10.28. 光文社。B6、207 頁）
590. ──『女俠一代』〔小説集〕（1954.5.15. 現代社。B6、300 頁）〔「女俠一代──どてら婆さん記」（初出＝ 1953 年 12 月号『小説新潮』）は、北九州若松で石炭荷役の請負業をしていた女親分を描いている。〕
591. ──『女』〔小説集〕（1958.9.30. 五月書房。B6、222 頁）〔「女俠一代」所収。〕
592. ──『燃える河』〔長篇小説〕（1954.12.25. 山田書店。B6、384 頁）
593. ──『燃える河』（1958.10.30. 小壺天書房。B6、384 頁）
594. ──『青春の岐路（長編小説）』（1958.10.15. 光文社。B6、258 頁）
595. ──・脚本『黒い歌──石炭仲仕（前篇）』〔テレビ・ドラマ台本〕（〈現代人間模様〉第 21 話。NHK 大阪台本。1960.2.8.（月）午後 9:00 ～ 9:30 放送。B5、87 頁）〔演出＝和田勉、出演＝山田桂子／日高澄子／端田宏三ほか〕
596. 池田忠雄／橋本忍・脚本『花と龍』〔火野葦平原作・映画シナリオ〕（〔奥付なし〕。東映本社宣伝部・発行。A5、50 頁）〔監督＝佐伯清、出演＝藤田進／山根壽子／島崎雪子／滝沢修ほか。〕
597. 田坂啓／中島貞夫・脚本『続 花と龍（東映株式会社京都作品）』〔火野葦平原作・映画シナリオ〕（〔奥付なし〕。台本作成日-1965.10.10. B5、56 頁）
598. 菊島隆三・脚色『女俠一代（松竹作品）』〔火野葦平原作・映画シナリオ〕（〔奥付なし〕。B5、48 頁）〔監督＝内川清一郎、出演＝清川虹子／淡路恵子／三国連太郎ほか。〕
599. 松本清張「火の記憶」（『小説公園』1953 年 10 月特別号、113 ～ 122 頁。1953.10.1. 六興出版社。A5、248 頁）
600. ──「火の記憶」（松本清張『或る「小倉日記」伝（傑作短編集一）』、73 ～ 93 頁。〈新潮文庫〉1660.1965.6.30. ／ 2 刷＝ 1966.1.30. 新潮社。文庫、404 頁）
601. ──『けものみち』〔長篇小説〕（1964.5.15. 新潮社。B6、415 頁）
602. ──『屈折回路』〔長篇小説〕（1977.7.15.

文藝春秋。B6、315 頁）
603. ――『半生の記』（「増補版」。1977.5.25. 河出書房新社。B6、240 頁）
604. 真鍋呉夫『嵐の中の一本の木』（〈新鋭創作選〉。1954.1.20. 理論社。B6、215 頁）〔収録作品 6 篇のうち、「筑豊炭田」、「嵐の中の一本の木」が炭鉱を舞台にしている。〕
605. 井上友一郎『火の山』〔長篇小説〕（1955.12.25. ／ 2 刷 = 1956.11.25. 新潮社。B6、161 頁）〔「F 県 K 郡 N 村にある興和礦業株式会社所属の炭坑」を舞台にしている。〕
606. 井上光晴『書かれざる一章』〔小説 5 篇〕（1956.8.5. 近代生活社。B6、295 頁）〔以下に挙げる井上光晴の著作はすべて、炭鉱と関わるテーマを描いた作品を含んでいる。〕
607. ――『トロッコと海鳥』〔小説 4 篇＋評論 3 篇〕（〈三一新書〉62.1956.10.15. 三一書房。新書、234 頁）
608. ――『すばらしき人間群（詩集）』（1956.11.10. 近代生活社。新書変形、137 頁＋写真 1 葉）
609. ――『ガダルカナル戦詩集』〔小説 4 篇〕（1959.3.31. 未来社。B6、214 頁）
610. ――『飢える故郷』〔小説 4 篇〕（1961.5.15. 未来社。B6、195 頁）
611. ――『地の群れ（長篇小説）』（〈河出ペーパーバックス〉64.1963.9.25. 河出書房新社。B6、193 頁）
612. ――『幻影なき虚構』〔評論集＋詩集〕（1966.6.30. 勁草書房。B6、424 頁）
613. ――『乾草の車』〔長篇小説〕（1967.6.16. 講談社。B6、216 頁）
614. ――『階級』〔長篇小説〕（1968.1.20. 講談社。B6、209 頁）
615. ――『井上光晴詩集』（1971.7.1. 思潮社。縦 20cm ×横 20cm.283 頁）
616. ――『岸壁派の青春――虚構伝』（1973.5.15. 筑摩書房。B6、230 頁 ; 写真 1 葉）
617. ――『蒼白の飢餓』〔作品集〕（1973.11.30. 創樹社。B6、302 頁）
618. 西川満『黄金の人』（1957.7.7. 新小説社。B6、393 頁＋写真 24 頁）
619. 新読書社編集部・編『三池のこども――闘いの中から生まれた作文集』（1960.8.30. 新読書社。B6、166 頁＋折込み絵 1 葉）
620. 佐木隆三「大罷業」（『別冊 日曜作家』1.〔全冊が「大罷業」と「後記」〕。1960.11.20. 発行人＝佐木隆三。A5、230 頁）
621. ――『大罷業』（1976.7.26. 田畑書店。B6、302 頁）
622. ――『大罷業』（〈角川文庫〉4194. 1978.11.20. 角川書店。文庫、302 頁）
623. ――『鉄鋼帝国の神話』（〈三一新書〉652.1969.4.15. 三一書房。新書、233 頁）
624. 八幡製鐵親和会・編『製鉄文化小説集（第一集）』（「非売品」。1961.9.1. 八幡製鐵親和会。B6、236 頁）
625. 水上勉『飢餓海峡』〔長篇小説〕（1963.9.15. 朝日新聞社。B6、435 頁）
626. ――『飢餓海峡（前編）』（〈Kawade Paperbacks〉110.1964.12.15. 河出書房新社。B6、214 頁＋写真 1 頁）
627. ――『飢餓海峡（後編）』（〈Kawade Paperbacks〉111.1964.12.15. 河出書房新社。B6、247 頁＋写真 1 頁）
628 . 冨士本啓示「前歴者」（『文芸』1966 年 6 月号、40 ～ 77 頁。1966.6.1. 河出書房新社。A5、264 頁）
629. 王塚跣『筑豊一代』（1966.9.30. 朝日新聞社。B6、402 頁）
630. 玉井政雄『ごんぞう物語――九州郷土夜話』（1969.10.10. オール日本社。B6、269 頁＋写真 8 頁）→ 424.
631. 五木寛之『青春の門 筑豊篇 上』（1970.11.24. ／第 22 刷＝ 1974.4.26. 講談社。B6、298 頁）
632. ――『青春の門 筑豊篇 下』（1970.11.30. ／第 22 刷＝ 1974.5.20. 講談社。B6、259 頁）
633. ――『戒厳令の夜――上』（1976.12.15. 新潮社。B6、355 頁）
634. ――『戒厳令の夜――下』（1976.12.15. 新潮社。B6、280 頁）
635. 今東光『華やかな死刑派』（1972.11.10. 新潮社。B6、232 頁）
636. 岩淵啓介『廃鉱の造形（岩淵啓介評論集）』（1974.5.25. 札幌時計台文化協会。A5、115 頁）
637. 山崎喜与志『炭坑夫――いのち・昇坑・小さな家の窓（山崎喜与志小説集）』（〈新日文双書〉9.1974.12.10. 土曜美術社。B6、251 頁）
638. 梶山季之『稲妻よ、奔れ』〔長篇小説〕（1975.8.15. 新潮社。B6、272 頁）
639. 畑中康雄『炭鉱《ヤマ》（畑中康雄小説集）』（〈労働者文学叢書〉5.1976.8.20. 土曜美術社。B6、285 頁＋はさみ込み「労働者芸術の会

通信」第 2 号、12 頁)〔収録作品=「どろだらけの記」、「後山」、「くろいうた」、「馘《くび》」、「租鉱ヤマ」、「ガス爆発」、「働」、「作者自注」〕

640. ──『炭鉱「労働」小説集──滅び行く炭鉱の記録』(2009.10.25. 彩流社。B6、286 頁)〔短篇小説 11 篇〕

641. ──『労働者』〔年刊〕12 号、20 号～ 28 号(1980 年 10 月 1 日、1988 年 1 月 1 日～ 1996 年 3 月 1 日。編集･発行人=畑中康雄。A5、146 頁、286 ～ 338 頁)〔1971 年創刊、2009 年の段階で 38 号まで刊行されているが、私の手もとには上記の 10 冊しかない。12 号には畑中の戯曲、小品、評論のほか天野正勝「十三年──郵便労働者として」が掲載されているが、それ以後の号は全冊が畑中の長篇小説「炭鉱労働者」のみの連載になっている。〕

642. 広野八郎『華氏 140 度の船底から──外国航路の下級船員日記(上)』(1978.12.27. 太平出版社。B6、269 頁〔うち写真 4 頁〕)

643. ──『華氏 140 度の船底から──外国航路の下級船員日記(下)』(1979.3.20. 太平出版社。B6、240 頁〔うち写真 2 頁〕)

644. 西村健『地の底のヤマ』(2011.12.19. / 3 刷= 2012.3.5. 講談社。B6、863 頁)〔三池争議から現在に至る大牟田市を舞台にして展開されるミステリー長篇小説。三池炭鉱の一つの「後史」をフィクションとして描いている。〕

645. 工藤光次郎『坑《あな》の中の詩集(書下し長篇小説)』(1983.8.4. 筑豊文学社。B6、343 頁)

646. 市丸郁夫『五平囃子《ばやし》』(1987.8.28. 元就出版社/星雲社・発売。B6、366 頁)

647. 渡邊俊博・絵と文『ズリ山炭住日暮坂──夕張散歩』(〈ズウ文庫〉3、「復刻版」。1988.5.1. /再版= 2002.7.28. スタジオ・ズウ。縦 12cm ×横 12cm、133 頁)

648. 辻内智貴『信《しん》さん』(2003.9.20. 小学館。B6、111 頁) → 769.

649.『炭道文学』10、11、13、14、16、17 号(10 号= 1962.6.1、A5、346 頁/ 11 号= 1963.1.10、A5、48 頁/ 13 号= 1963.9.15、A5、86 頁+折込み目次 1 葉/ 14 号= 1964.9.1、46 頁/ 16 号= 1966.12、手書き謄写版、B5、32 頁/ 17 号= 1968.1. 手書き謄写版、B5、68 頁。日本炭鉱労働組合北海道地方本部・発行)

650. 日本炭鑛労働組合連合会機関誌『炭鑛戦線』第 2 号(1949.11.1. 炭鑛文化出版社。B5、56 頁)〔懸賞当選小説として高橋勝春「太陽よ地底にも」(48 ～ 56 頁)が掲載されている。〕

651. 三池文学会『三池文学(同人雑誌)』創刊号、第 3、4、6、10、11 号(創刊号= 1950.4.4、A5、77 頁/第 3 号= 1950.6.10、同、59 頁/第 4 号= 1950.7.10、73 頁/第 6 号= 1950.9.10、57 頁/第 10 号= 1951.3.5、61 頁/第 11 号= 1951.6.25、49 頁)

652. 松田解子『辛抱づよい者へ(詩集)』〔復刻版〕(原典= 1935.12.15. 同人社書店。B6、130 頁/復刻版= 1995.7.18. 不二出版。B6、137 頁)〔35 篇の詩のうち、「坑内《しき》の娘」、「右腕」、「馘きられた父へ」、「じつと坐つてゐる赤禿山よ」、「父へ」、「ふるさと」、「ザール人民投票」が、明示的に鉱山(日本の)および炭坑(ナチス・ドイツの)を舞台にしている。〕

653. ──『坑内の娘(松田解子詩集)』(1972.12.25. 秋津書店。B6、173 頁)〔『辛抱づよい者へ』(652.)の詩の大部分(30 篇)に戦後の詩(35 篇)を加えたもの。〕

654. 高沢正鵠『炭掘る双手(高沢正鵠第一句集)』(〈氷原帯叢書〉第 5 輯。1962.4.30. 氷原帯発行所。B6、112 頁)

655. 北垣一柿『句集 炭都祭』(「非売品」。1962.8.1.〔私家版〕B6 変形、134 頁)

656. 岡崎林平『歌集 炭塵』(1963.4.20. 日本文教出版。B6、239 頁+写真 1 葉+正誤表貼付)

657. 内田博『三池の冬(内田博詩集)』(1965.8.1. 三池文学会。B6、169 頁〔うち写真 1 頁〕)

658. 本田文吉『炭坑《ヤマ》をみすてるな(本田文吉詩集)』(1965.11.15. 地殻社。125 頁)

659. 横沢甚八『傾斜と走向(朝川舜炭坑詩章)』(1967.10.1. 北書房。B6、107 頁)〔朝川舜は横沢甚八の筆名。〕

660. 押切順三『斜坑(押切順三詩集)』(1968.9.10. たいまつ社。71 頁)

661. 花田克己『坑夫の署名(花田克己詩集)』(〈現代詩叢書〉。1969.12.25. 飯塚書店。B6、157 頁)

662. 杉本一男『炭鉱詩集』(1979.11.10. 青磁社。B6、136 頁〔うち写真 2 頁〕)

663. 工藤光次郎・編著『短歌と写真による 筑豊炭田史』(「非売品」。1976.8.4. 筑豊文学社。A5、481 頁)

664. ──・編著『俳句と写真による 筑豊炭田

史』（1987.12.15. 筑豊文学社。A5、343 頁）
665. 安部公房「おとし穴（脚本）」（『キネマ旬報別冊 名作シナリオ集』1962 年 3 月号、105 ～ 116 頁。1962.3.3.10. キネマ旬報社。B5、140 頁）
666. 山崎暁一朗『おんな坑夫——三幕（創作劇）』（「演劇集団あらぐさ創立五周年記念公演」。1972.7.15. 演劇集団あらぐさ。B5、52 頁＋写真 2 葉）
667. 大間茜〔原田裕樹〕「剣道少女」（第 7 回フジテレビヤングシナリオ大賞受賞作。『ドラマ』1995 年 7 月号、27 ～ 43 頁。1995.7.1. 映人社。A5、160 頁）
668. 原田裕樹「サーカスの少女」（「第二回日本シナリオ作家協会賞〈佳作入選〉」。『シナリオ』1999 年 6 月号、67 ～ 103 頁。1991.6.1. シナリオ作家協会。A5、168 頁）
669. 宮城道雄「炭坑の音」（宮城道雄全集刊行委員会・編集制作『宮城道雄全集』下巻、236 ～ 240 頁。1972.6.10. 東京美術。「限定 1,000 部の内 813 番」。A5、400 頁＋写真 1 葉）〔盲目の箏曲家、宮城道雄が宇部炭田の沖ノ山炭坑（海底炭坑）の坑内に入って、音だけで炭坑を体験したときを描いたエッセイ。初出についての記載がないので、具体的な年月については未詳。〕
670. 古市春彦「炭坑唄」（『文藝春秋』1933 年 3 月号、256 ～ 264 頁。1933.3.1. 文藝春秋社。A5、336 頁）
671. 服部龍太郎『日本民謡集——ふるさとの詩と心』（〈現代教養文庫〉262.1959.12.20. ／改訂版第 8 刷＝ 1973.5.30. 社会思想社。文庫、553 頁）〔「九州地方」の部で「九州炭坑節」が取り上げられている。〕
672. ——『定本・日本民謡集——ふるさとの詩と心』（〈現代教養文庫〉262.1963.10.30. 社会思想社。文庫、412 頁）
673. 伊藤時雨・著／田中光夫・監修『民謡炭鉱物語』（〔私家版。奥付なし〕。手書き・謄写版、B6 変形、116 頁）
674. ——『うたがき炭鑛記』（1997.2.10. 葦書房。B6、252 頁）
675. ——『うたがき土工記』（〔私家版〕。1988.4.28. B6、164 頁＋写真 1 葉）
676. 深町純亮『炭坑節物語——歌いつぐヤマの歴史と人情』（1997.11.10. 海鳥社。B6、227 頁）
677. 直方市石炭記念館「炭坑の歌」〔歌詞、B5、3 葉＋録音カセットテープ 1 巻。1995 年 8 月、同記念館で購入。収録歌謡＝「石刀節」、「ゴットン節」、「南蛮唄」、「選炭唄」、「石炭船船頭唄」、「ゴンゾーの唄」。〕
678. 石田喜代夫・作詞／鶴田壽夫・編曲『炭坑節』（〈懐しの名曲シリーズ〉No.54.1951.2.10. 新興楽譜出版社。B5 × 3 を三つ折り、両面印刷、表紙面とも 6 頁）〔「炭坑節」の歌詞および楽譜とともに、「炭坑節の踊り方」（加藤夏子・振付）が図で示されている。〕
679. 三橋美智也・唄／キングオーケストラ「炭坑節」〔カセットテープ〕（〈民謡ベスト・カップリングシリーズ〉40. 1995.3.24. キングレコード。2 分 59 秒）〔A 面＝「黒田節」、B 面＝「炭坑節」〕
680. 西野智泉・唄「炭坑節」〔カセットテープ〕（〈コロムビア民謡カラオケ・ベスト〉18.1991. 日本コロムビア。2 分 48 秒）〔A 面＝「黒田節」、B 面＝「炭坑節」〕
681. 宮川簾一・唄「炭坑節」〔CDmini〕（〈決定版・日本の民謡〉17、福岡編。1995 .11.21. 3 分 05 秒）〔他に「黒田節」、「正調博多節」、「そろばん踊り」、「筑後酒造唄」、「祝いめでた」〕
682. 丹みどり・唄「炭坑節」〔CD〕（〈全国民謡全曲集〉九州・沖縄編。1994.11.21. 日本コロムビア。2 分 51 秒）〔他に「おてもやん」など 15 曲〕
683. 二代目・鈴木正夫・唄「炭坑節」〔CD〕（〈決定版・日本の民謡〉4、近畿・四国・九州。1995.7.21. ビクターエンターテインメント。3 分 13 秒）〔他に「五木の子守唄」など 19 曲〕
684. 赤坂小梅「北九州 炭坑節」〔CD〕（〈甦る民謡の歌ごえ〉下。1995.7.21. 日本コロムビア。2 分 48 秒）〔他に「佐渡おけさ」など 25 曲〕
685. 田川市石炭資料館・編『香春岳から見下ろせば——炭坑節の源流』〔CD〕（2002.1.19. 日本コロムビア）。解説と歌詞・楽譜を掲載した冊子（B6、15 頁）が付されている。〔収録唄＝座敷唄「正調炭坑節 伊田町検番」、「炭坑唄 後藤寺検番」／仕事唄「採炭唄 ゴットン節（1）」、「採炭唄 ゴットン節（2）」、「採炭唄 チョンコ節」、「石刀唄（1）」、「石刀唄（2）」、「南蛮唄（1）」、「南蛮唄（2）」、「選炭唄 伊田場打ち選炭唄」、「選炭唄 大藪選炭唄」、「選炭唄 機械選炭唄」／特別収録「正調炭鑛節」（赤坂小梅・唄）〕

686. ――『香春岳から見下ろせば――炭坑節の源流』〔685 の歌詞／楽譜／踊り方を記載した冊子〕（〔発行日付なし〕、田川市石炭資料館。B6、15 頁）

C-e. 外国文学作品

687. 小山内薫・訳『炭坑の中 外一篇』（〈ラヂオドラマ叢書〉第 4 篇。1925.12.15. JOAK 東京放送局 ラヂオドラマ研究会蔵版／春陽堂・発売。B6、50 頁）〔「炭坑の中」はイギリスの作家、リチャード・ヒューズ（Richard Hughes, 1900 ～ 76）原作。「犬」（アントン・チェホフ原作）が併載されている。〕
688. ゾラ、エミール作／関口鎮雄・訳『芽の出る頃』〔『ジェルミナール』の抄訳〕（1923.5.15. ／再版＝ 1927.9.10. 成光館出版部。B6、367 頁）
689. ――／河内清・訳『ジェルミナール』上巻（〈中公文庫〉。1994.7.10. 中央公論社。文庫、405 頁）
690. ――／――・訳『ジェルミナール』下巻（〈中公文庫〉。1994.7.10. 中央公論社。文庫、336 頁）
691. Zola, Emile : *Germinal.*〈Le Livre de Poche〉, Livrairie Générale Française , 2000. pp .608.
692. ウェルシュ、ジェイムス原著／麻生久／渡邊康夫・訳『どん底の英雄――炭坑夫ロバアト・シンクレアの物語』（1924.11.20. 新光社。B6、471 頁）
693. Welsh, James C. : *The Underworld : The Story of Robert Sinclair Miner.* Dodo Press Co. UK, 2010 . pp.232.
694. シンクレヤ著／堺利彦・訳『石炭王（小説）』（1925.3.1. 白揚社。B6 変形、540 頁）
695. Sinclair, Upton: *King Coal*. PR Seitz Bookseller, Fort Lee,NJ., 2008. pp.216.
696. ル・メルテン作／佐野碩・訳「炭坑夫」〔戯曲〕（『文藝戦線』1926 年 10 月号（秋季特別號）、80 ～ 95 頁。1926.10.1. 文藝戦線社。A5、99 頁）
697. ――・作／――・改訳「炭坑夫（一幕）」（『プロレタリア藝術』1928 年 3 月特輯號、127 ～ 149 頁。1928.3.1. マルクス書房。A5、150 頁）
698. ――・作／――・訳「炭坑夫（一幕）」（『新興文学全集』第 18 巻「独逸 I」、687 ～ 711 頁。1928.4.15. 平凡社。B6、711 頁）
699. レウエリン、リチャード著／前田河廣一郎・訳『わが谿谷緑なりし』（1940.12.26. 非凡閣。B6、631 頁）
700. ルウエリン作／中村能三・訳『わが谷は緑なりき』上巻（〈世界文学叢書〉131.1951.4.20. ／ 8 版＝ 1951.5.10. 三笠書房。B6 、256 頁）
701. ――／――・訳『わが谷は緑なりき』下巻（1953.3.25. 三笠書房。B6 、273 頁＋写真 4 頁）
702.Llewellyn, Richard: *How Green Was My Valley.*〈Modern Classics〉.Penguin Books Ltd., London, 2001. pp.448 .
703. ロレンス／吉田健一・訳『息子と恋人』上（〈新潮文庫〉70A.1952.9.15. ／ 33 刷＝ 1978.5.10. 新潮社。文庫、261 頁）
704. ――／――・訳『息子と恋人』中（〈新潮文庫〉70B.1952.9.18. ／ 32 刷＝ 1978.6.30. 新潮社。文庫、263 頁）
705. ――／――・訳『息子と恋人』下（〈新潮文庫〉70C.1952.9.30 . ／ 34 刷＝ 1978.1.20. 新潮社。文庫、282 頁）
706. Lawrence, D. H. : *Sons and Lovers.*〈Pemguin Books〉.Penguin Books Ltd., London, 2001. pp.544 .
707. ロレンス／伊藤整・訳／伊藤礼・補訳『チャタレイ夫人の恋人（完訳）』（〈新潮文庫〉。1996.11.30. ／ 8 刷＝ 1997.6.5. 新潮社。文庫、575 頁）
708. Lawrence, D. H. : *Lady Chatterley's Lover.*〈Pemguin Books〉.Penguin Books Pty. Ltd., Mitcham, Victoria, 1961. pp.341.
709. オーウェル、ジョージ／高木郁郎／土屋宏之・訳『ウィガン波止場への道――イギリスの労働者階級と社会主義運動』（〈現代史叢書〉。1978.3.30. ありえす書房。B6、260 頁）
710. ――／土屋宏之／上野勇・訳『ウィガン波止場への道』（〈ちくま学芸文庫〉。1996.7.10. 筑摩書房。文庫、333 頁）
711. Orwell, George : *The Road To Wigan Pier.* Victor Gollancz Ltd., London, 1937. pp.288.
712. スミス、マーティン・クルーズ／北澤和彦・訳『ローズ』（〈講談社文庫〉。1997.4.15. 講談社。文庫、600 頁）
713.Smith, Martin Cruz: *Rose*. Random House, New York, 1996. pp.369.
714. 韓水山／川村湊・監訳／安岡明子・川村亜子・訳『軍艦島　上』（2009.12.10. 作品社。

B6、470 頁）
715. ――／――／――『軍艦島　下』（2009.12.10. 作品社。B6、482 頁）

C-f. 絵画・写真・映画

716. 山本作兵衛『炭鉱《やま》に生きる――地の底の人生記録（画文集）』（1967.10.28. 講談社。B6、198 頁）〔上野英信「序にかえて――山本作兵衛さんの仕事の意味」／永末十四雄（田川市立図書館長）「解説」〕
717. ――・画文『筑豊炭坑絵巻』（1973.1.20.／第 4 刷＝ 1985.6.10. 葦書房。B5 横、画（頁表記なし）彩色 22 葉＋白黒 163 頁＋文「筑豊炭坑物語」100 頁＋「あとがき」2 頁＋巻頭写真 1 葉＋はさみ込み「山本作兵衛画文集『筑豊炭坑絵巻』によせて」B6、8 頁）
718. ――『筑豊炭坑絵巻 上――ヤマの仕事』（〈パピルス文庫〉03.1977.7.20.／第 2 刷＝ 1977.8.30. 葦書房。新書変形、159 頁＋写真 1 葉）
719. ――『筑豊炭坑絵巻下――ヤマの暮らし』（〈パピルス文庫〉04.1977.7.20.／第 2 刷＝ 1977.8.30. 葦書房。新書変形、175 頁＋写真 1 葉）
720. ――『王国と闇――山本作兵衛炭坑画集』（「限定 1500 部のうち 985」。1981.2.20. 葦書房。縦 31cm ×横 43cm、253 頁〔彩色画 118 葉＋白黒画 15 頁＋菊畑茂久馬「山本作兵衛さんの絵」16 頁＋年譜＋写真 2 葉〕）
721. 田川市石炭・歴史博物館 / 田川市美術館『炭坑《ヤマ》の語り部 山本作兵衛の世界―― 584 の物語』〔2008 年 11 月 1 日～ 12 月 7 日に開催された「二本煙突築百周年／田川市石炭・歴史博物館開館二十五周年記念 特別企画」展の案内冊子〕(2008.11.1.／第 2 刷＝ 2011.3.31. 田川市石炭・歴史博物館／田川市美術館。A4、144 頁）
722.『オロシ底から吹いてくる風は――山本作兵衛追悼録』（1984.11.24. 葦書房。B5、179 頁）〔表題は、「オロシ底から吹いてくる風は サマちゃん恋しと吹いてくる」という炭坑唄「ゴットン節」の一節から採られている。〕
723. 石井利秋『炭坑（石井利秋画集）』（1976.6.25. 木耳社。B5、134 頁 9
724. 千田梅二『炭坑仕事唄板画巻』（1990.7.25. 裏山書房・発行／海鳥社・発売。25cm × 25cm、110 頁）
725. 矢田政行・文／絵『さいごの炭坑夫たち思い出集（和紙ちぎり絵）』（〔私家版。発行日付なし。「編集後記」の日付は 2005 年 5 月〕。B5、54 頁）〔和紙ちぎり絵と文〕
726. 三苫利三郎・写真撮影の三池炭鉱および関連写真集〔表題なし。写真 35 葉と地図 2 葉を綴じて装幀したもの〕（1898.12. 三苫写真館〔博多古門戸町〕。A5、37 葉。）〔地図の地名はすべてローマ字、写真の説明には英語が付されている。〕
727. 岩波書店編集部／岩波映画製作所・編集『石炭』（〈岩波写真文庫〉49.1951.11.25.／第 2 刷＝ 1953.12.20. 岩波書店。B6、64 頁）
728. ――・編集『室蘭』（〈岩波写真文庫〉225.1957.5.25. 岩波書店。B6、64 頁）
729. 土門拳『筑豊のこどもたち（土門拳写真集）』（1960.2.10. 再版、パトリア書店。B5、96 頁）〔1960.2.27. に 3 版が出ている。内容に変更なし。〕
730. ――『るみえちゃんはお父さんが死んだ――続・筑豊のこどもたち（土門拳写真集）』（1960.12.20. 研光社。B5、96 頁）
731. 本橋成一『炭鉱《ヤマ》（本橋成一写真集）』（1968.11.15.／第 2 刷＝ 1969.1.15. 現代書館。B5、112 頁）〔まえがき＝上野英信、あとがき＝重森弘淹／羽仁進〕
732. ――『炭鉱《ヤマ》（本橋成一写真集）』〔増補・新装版〕（1968.11.15.／第 2 版＝ 1992.11.15. 現代書館。B5、120 頁）〔旧版（661）の巻末に「あとがき」と題して著者の文章と写真が計 9 頁分増補され、奥付頁も変更されている。〕
733. 草野日出雄・制作『写真で綴る いわきの炭砿――常磐炭田とその変貌の記録』（1975.6.15. はましん企画・発行／ヤマニ書房、常磐生活協同組合・発売。B5、258 頁）
734. 中山陽『断層――筑豊、この滅びざるもの（中山陽写真集）』（1978.3.10. 創思社出版。A4、184 頁）
735. 上野英信／趙根在・監修『写真万葉集 筑豊 1 ――人間の山』（1984.4.10. 葦書房。B6、176 頁）
736. ――／――・監修『写真万葉集 筑豊 2 ――大いなる火（上）』（1984.7.5. 葦書房。B6、176 頁＋はさみ込み「月報 1」4 頁）
737. ――／――・監修『写真万葉集 筑豊 3 ――大いなる火（下）』（1985.3.10. 葦書房。B6、176 頁＋はさみ込み「月報 4」8 頁）

738. ──／──・監修『写真万葉集 筑豊 4 ──カンテラ坂』(1985.5.1. 葦書房。B6、176 頁＋はさみ込み「月報 5」10 頁)
739. ──／──・監修『写真万葉集 筑豊 5 ──約束の楽土・ブラジル篇』(1984.11.5. 葦書房。B6、256 頁＋はさみ込み「月報 2」8 頁)
740. ──／──・監修『写真万葉集 筑豊 6 ──約束の楽土(続) パラグアイ・アルゼンチン・ボリビア篇』(1984.12.20. 葦書房。B6、160 頁＋はさみ込み「月報 3」8 頁)
741. ──／──・監修『写真万葉集 筑豊 7 ──六月一日』(1985.10.5. 葦書房。B6、176 頁＋はさみ込み「月報 6」10 頁)
742. ──／──・監修『写真万葉集 筑豊 8 ──地ぞこの子』(1986.3.10. 葦書房。B6、176 頁＋はさみ込み「月報 7」12 頁)
743. ──／──・監修『写真万葉集 筑豊 9 ──アリラン峠』(1986.8.20.／第 2 刷＝1994.3.10. 葦書房。B6、176 頁＋はさみ込み「葦 3」16 頁)
744. ──／──・監修『写真万葉集 筑豊 10 ──黒十字』(1986.12.20. 葦書房。B6、208 頁＋はさみ込み「月報 9」16 頁)
745. 松田芳明『ふるさとヤマ真谷地』(1988.5.11. 松田写真事務所。縦 26,5cm ×横 27,5cm、197 頁〔頁表記なし〕)
746. ──『炭鉱《ヤマ》に生きた人々(松田芳明写真集)』(2004.8.15. 松田写真事務所。縦 20cm ×横 18,5cm、51 頁＋はさみ込み資料三つ折り 6 頁分)
747. 樋口健二『山よろけ──北海道じん肺(樋口健二写真集)』(1992.4.30. 三一書房。縦 25,5cm ×横 22cm、114 頁)
748. 柿太清英『崩れゆく記憶──端島炭鉱閉山 18 年目の記録』(1993.10.25. 葦書房。B5、160 頁)
749. 高木尚雄『わが三池炭鉱(写真記録帖)』(1997.4.25.／第 2 刷＝1997.6.11. 葦書房。A5、213 頁)
750. 毎日新聞社『閉山──三井三池 124 年』(『毎日ムック』。1997.4.30. 毎日新聞社。A4、127 頁)
751. 本田辰己・写真／乾由紀子・構成『炭鉱往歳(本田辰己写真集)』(1999.12.31. れんが書房新社。縦 22,5cm ×横 26,5cm、175 頁)
752. 萩原義弘『巨幹残栄──忘れられた日本の廃鉱(萩原義弘写真集)』(2004.1.20. 窓社。縦 26cm ×横 21cm、121 頁)
753. 井手川泰子・文『筑豊──ヤマが燃えていた頃』(2007.6.30. 河出書房新社。B5、159 頁)
754. 安藤文雄ほか『夕張──あの頃の炭都』(2007.8.30. 河出書房新社。B5、159 頁)
755. 玉山昌一『夕張ふるさと写真集』第 2 号(〔私家版〕2009.4.15. A4、22 頁)
756. 八幡製鉄所『八幡製鉄所写真集』(「非売品」。1966.11.18. 八幡製鐵株式会社 八幡製鐵所。縦 31cm ×横 31cm、92 頁)
757. 乾由紀子『炭鉱写真絵葉書の効用──イングランドおよびウェールズの石炭産業を主題とする初期写真絵葉書』〔博士学位論文〕(〔私家版〕。2006.2. A4、244 頁)
758. ──『イギリス炭鉱写真絵はがき』(2008.1.30. 京都大学学術出版会。A5、305 頁＋カラー写真 8 頁)
759. Bernd & Hilla Becher: *Pennsylvania Coal Mine Tipples*. 29cm×27,5cm. pp.135. Schirmer／Mosel, München・Paris・London, 1991.
760. 菊島隆三／広沢栄・脚本『筑豊のこどもたち』(〈東宝シナリオ選集〉。発行日付なし。東宝・日本性が新社 共同制作／東宝株式会社 配給。A5、37 頁)
761.『*Brass!* a film by Mark Harman』〔イギリス映画『ブラス !』解説冊子。表題は英語だが、内容は日本語。〕(1997.12.20. シネカノン。A5、34 頁)
762. 清水宏・監督『泣き濡れた春の女よ』〔VHS ビデオテープ〕(〔発行日付なし〕、松竹株式会社ビエオ事業部・発売。1933 年作品。SB-0381. モノクロ 96 分)〔原作＝本間俊／脚色＝陶山密／出演＝岡田嘉子、大日方伝、千早晶子、大山健二ほか。北海道の港町に近い炭坑に連れてこられた渡り炭坑夫たちと「上官」を自称する在郷下士官の人繰《ひとぐ》り、やはり流れ者の酒場の酌婦たちとの哀切な物語。〕
763. 青丘文化ホール メディア制作室・制作『九州 麻生炭鉱の朝鮮人労働者(1930 年)』〔VHS ビデオテープ〕(〈社会教育ビデオシリーズ〉。〔発行日付なし〕、青丘文化ホール。モノクロ 35 分)
764. 神山征二郎・監督『三たびの海峡』〔VHS ビデオテープ〕(〔発行日付なし〕。FW-0109R. カラー 123 分)〔原作＝帚木蓬生／出演＝三國連太郎、南野陽子、李鐘治、永

島敏行ほか〕
765.『幌内歩こう会 DVD ①』〔「幌内歩こう会 2002」／「目覚める 21 世紀の炭層」／「1989 年の幌内炭鉱」〕（2006.9.1 幌内歩こう会）
766.『幌内歩こう会 DVD part2』〔「目覚める 21 世紀の炭層②」／「炭鉱の語り部」／「北の地の煙は消えず」〕（〔発行日付なし〕、幌内歩こう会）
767. 李相日・監督『フラガール』〔DVD〕（2006. シネカノン。TBIBJ-7170. カラー 120 分）〔出演＝松島泰子、豊川悦司、蒼井優、山崎静代ほか〕
768. フォード、ジョン・監督『わが谷は緑なりき』〔DVD〕（〔発行日付なし〕。MAXTS-0014. モノクロ 118 分）〔主演＝ウォルター・ピジョン、モーリス・オハラ、ドナルド・クリスプほか〕
769. 平山秀幸・監督『信さん――炭坑町のセレナーデ』〔DVD〕（2011.4.22. 発売、アミューズソフトエンタテインメント・発売。108 分）〔原作＝辻内智貴／出演＝小雪、池松壮亮、石田卓也ほか〕→ 648.
770. 雨宮幸明「海外炭鉱映画からの視点――『KAMERADSCHAFT』論」（『立命館言語文化研究』第 22 巻 2 号、39 ～ 48 頁。2010.11.29. 立命館大学国際言語文化研究所。B5、212 頁）
771. 富山妙子ほか『狐と炭鉱――芸術家の見た現代日本の神話と現実』〔2000 年 11 月 11 日～ 12 月 3 日、東京都世田谷区の「りくっく」で開催されたインスタレーションとイヴェントの案内冊子〕（2000.11.11 Pre2001 Project「きつねと炭鉱」実行委員会。A4、14 頁）

池田浩士（いけだひろし）
1940年　大津市生まれ
1968年4月から2004年3月まで京都大学勤務
2004年4月から京都精華大学勤務

最近の著書
『死刑の［昭和］史』インパクト出版会、1992年
『［海外進出文学］論・序説』インパクト出版会、1997年
『火野葦平論—［海外進出文学］論・第Ⅰ部』インパクト出版会、2000年
『歴史のなかの文学・芸術』河合ブックレット、2003年
『虚構のナチズム—「第三帝国」と表現文化』人文書院、2004年
『子どもたちと話す　天皇ってなに？』現代企画室、2010年
「池田浩士コレクション」既刊分＝①『似而非物語』、②『ルカーチとこの時代』、③『ファシズムと文学』、④『教養小説の崩壊』、⑤『闇の文化史』インパクト出版会、以下続刊

最近の訳書
『ナチズム』エルンスト・ブロッホ著（共訳）、水声社2009年
『この時代の遺産』エルンスト・ブロッホ著、新訳＝水声社、2009年

最近の編著
『逆徒「大逆事件」の文学』インパクト出版会、2010年
『蘇らぬ朝「大逆事件」以後の文学』インパクト出版会、2010年

石炭の文学史
［海外進出文学］論・第Ⅱ部

2012年9月20日　第1刷発行
著　者　池　田　浩　士
発行人　深　田　　　卓
装幀者　宗　利　淳　一

発　行　インパクト出版会
〒113-0033　東京都文京区本郷2-5-11　服部ビル2F
Tel 03-3818-7576　Fax 03-3818-8676
E-mail：impact@jca.apc.org
http:www.jca.apc.org/˜impact/
郵便振替　00110-9-83148

表紙・扉写真・本田辰己　　　モリモト印刷株式会社